LAS FURIAS

Obras de John Connolly en Maxi

Todo lo que muere
El poder de las tinieblas
Perfil asesino
El camino blanco
El ángel negro
Los atormentados
Los Hombres de la Guadaña
Los amantes
Voces que susurran
Cuervos
Más allá del espejo
Malvados
Nocturnos
La ira de los ángeles
El invierno del lobo
La canción de las sombras
Música nocturna
Tiempos oscuros
El frío de la muerte
La mujer del bosque
Antigua sangre
En lo más profundo del sur
Tumbas sin nombre
Las furias

JOHN CONNOLLY
LAS FURIAS
Dos novelas de Charlie Parker

Traducción de Mar Rodríguez
y Vicente Campos

MAXI
TUSQUETS
EDITORES

PEFC Certificado
Este libro procede de bosques gestionados de forma sostenible
PEFC
PEFC/14-38-00305 www.pefc.es

Título original: *The Furies. Two Charlie Parker Novels (The Sisters Strange and The Furies)*

1.ª edición en colección Andanzas: junio de 2024
1.ª edición en colección Maxi: junio de 2025

Adaptación de la cubierta: Maxi Tusquets / Área Editorial Grupo Planeta

Ilustración de la cubierta: Fragmento de *Orestes Pursued by the Furies* (1921), de J.S. Sargent. © Artefact / Alamy / ACI

Fotografía del autor: © Ivan Giménez / Tusquets Editores

De la traducción de *Las hermanas Strange*: © Mar Rodríguez Vázquez, 2024

De la traducción de *Las furias*: © Vicente Campos González, 2024

Diseño de la colección: FERRATERCAMPINSMORALES

ISBN: 978-84-1107-638-8
Depósito legal: B. 8.930-2025
Impreso en España

Índice

Las hermanas Strange

Primera parte

> Una palabra vale una moneda, el silencio vale dos.
>
> Chaim Potok, *Los elegidos*

1

Al igual que lo ocurrido con Noé y su arca, la ciudad de Athens, en el condado de Bradford (Pensilvania), parecía destinada a que todo el mundo la asociase por siempre jamás con las inundaciones. En 1916, las inundaciones destruyeron un nuevo puente de acero construido sobre el río Susquehanna. La única víctima humana fue un granjero local, Abraham Hiltz, que precisamente iba en busca de su vecino para avisarle de la subida de las aguas cuando fue arrollado por un tren que arrojó su cuerpo a treinta metros de distancia de las vías; como podría haber hecho un toro con un matador. La culpa de su muerte, sin embargo, la tuvieron las aguas, no había modo de negarlo, ya que el viejo Abraham no se habría encontrado en semejante situación de no haber sido porque el río se convirtió en un torrente.

Desde entonces, los lugareños vigilaban con recelo el Susquehanna, y algunas veces sus peores miedos se hacían realidad. En septiembre de 2011, la mayor parte de la ciudad acabó bajo las aguas cuando la tormenta tropical Lee provocó que el río se desbordase; la gente del pueblo, de hecho, daba por supuesto que el Susquehanna volvería a desbordarse en el futuro. Pero ¿qué podía hacer al respecto una pequeña comunidad de unos tres mil doscientos habitantes situada entre los ríos Susquehanna y Chemung? No había modo alguno de montar el distrito histórico al completo encima de camiones y trasladarlo a una zona más elevada. Por otra parte, a los lugareños les gustaba que Athens estuviera donde estaba, que fuera tal como era. Si lo que uno pretendía era huir de los efectos de la naturaleza, con toda probabilidad no podría detenerse jamás, pues adondequiera que fuese, la naturaleza le estaría esperando. Sería como intentar huir de uno mismo.

Como en la mayoría de esa clase de pequeñas comunidades, los habitantes de Athens se cuidaban los unos a los otros, aunque el precio que había que pagar por ello era una considerable pérdida de intimidad. Uno podía ocuparse de sus propios asuntos, si así lo deseaba, pero eso no quería decir que no hubiese gente dispuesta a ayudarle a ocuparse de los asuntos de los demás, si se presentaba la oportunidad, o de incentivar su curiosidad por saber qué tipo de asuntos eran los que los demás estaban tan interesados en ocultar. Aun así, los había que eran capaces de mantener ocultos sus intereses, y el viejo Edwin Ellerkamp estaba entre ellos. Vivía al norte de la ciudad en una casa de piedra llamada Los Olmos, que pertenecía a su familia desde mediados del siglo XIX. Los Ellerkamp hicieron fortuna con los ferrocarriles, antes de perder casi todo su dinero en el crac bursátil de 1929. Nunca lograron recuperarse del todo, aunque Edwin y su hermano mayor, Horace, habían logrado restaurar en cierta manera el patrimonio de los Ellerkamp a base de trabajo duro y sabias inversiones. Es decir, los Ellerkamp no eran ricos según los estándares que marcaba Manhattan, ni siquiera según los propios de Scranton, pero les iba bien en comparación con el resto de los habitantes de Athens, o incluso con los del resto del Valle, que acogía cuatro comunidades vecinas de los estados de Pensilvania y Nueva York; Athens entre ellas. Edwin y Horace, los últimos de su linaje, pudieron seguir viviendo en Los Olmos, pagar puntualmente sus facturas y emplear a una mujer de la localidad llamada Ida Biener para que se encargase de la cocina y la limpieza. De ese modo, Edwin y Horace disponían de más tiempo para leer, ver telenovelas y coleccionar monedas antiguas. Los Ellerkamp se habían empeñado en pagarle un buen sueldo a Ida, con el que pretendían garantizar su silencio y discreción, o como mínimo un grado aceptable de ambas cosas para todas las partes implicadas, según los estándares de Athens.

Cuando Horace falleció, no mucho después de la inundación de 2011, Ida siguió trabajando para Edwin hasta que las rodillas empezaron a fallarle, momento en el que su hija Marie, para la que ya había allanado el camino, ocupó su lugar. La hija era prácticamente una copia perfecta de la madre, incluida la cerradura que mantenía en su boca, pues había formas mucho peores —y mucho más duras— de ganarse la vida en Athens que cocinando y limpiando para un anciano que no tenía las manos largas y que no ensuciaba demasiado cuando iba al baño. A veces, el marido de Marie no parecía saber hacia dónde tenía que apuntar con su cosita. Marie nunca entendió por qué no podía sentarse para orinar, como un ser humano sensato. Porque bien sabía Dios que su marido aprovechaba cualquier oportunidad para sentarse, así que no parecía haber ninguna razón comprensible por la que no pudiera haber extendido esa misma política al hecho de orinar.

Marie ya llevaba casi un año trabajando para Edwin Ellerkamp, y sí, podía decirse que era un tipo un tanto raro, pero ¿quién que haya llegado a los ochenta años de edad no ha desarrollado algunas excentricidades? Para empezar, estaba su obsesión por las monedas y por su colección de libros sobre numismática, historia y oscuras creencias religiosas que él y su difunto hermano habían ido acumulado a lo largo de los años y que rivalizaba en tamaño con los fondos de la Biblioteca Spalding Memorial de la localidad. Sus requisitos alimenticios también eran muy específicos, porque Edwin estaba decidido a batir las estadísticas y convertirse en el primer hombre en vivir para siempre... o casi. No ingería nada que no fuera sano, y tomaba tantas pastillas al día que era un milagro que le quedara espacio en el estómago para comer de verdad. Marie tenía que reconocer que el cerebro de su empleador era más agudo que el suyo; sin embargo, su cotidianidad no parecía marcada por la alegría, lo que tal vez podría explicar por qué Edwin Ellerkamp era un anciano tan arisco.

No, era peor que eso, según había decidido Marie: era venenoso. Su madre se lo había dado a entender antes de que empezara a trabajar para él, pero ahora Marie creía que Ida se había quedado corta. No se trataba de nada que Edwin hiciera o dijese, sino más bien de la energía negativa que desprendía y que había contaminado la casa al completo. Acechaba desde todos los rincones, la vigilaba de habitación en habitación como un maligno gato negro. En ocasiones, cuando molestaba involuntariamente a Edwin mientras examinaba una moneda o estaba leyendo un libro, percibía en sus ojos algo que iba más allá de la simple irritación, era algo que recordaba al breve destello de la afilada hoja de una espada antes de que su dueño se lo pensara mejor y volviera a envainarla. Y aunque se bañaba con regularidad, se vestía con ropa limpia todos los días y se perfumaba con alguna vieja loción masculina cada mañana, alrededor de Edwin flotaba siempre un tufillo a vinagre.

Pero un trabajo era un trabajo, y en este le pagaban el doble de lo que podría recibir en cualquier otro lugar, y además por la mitad de esfuerzo. A pesar de estas ventajas, Marie se alegraba siempre de salir de Los Olmos al final de su jornada laboral, y a veces tardaba una o dos horas en quitarse de encima la melancolía que parecía llevarse de allí. La madre de Marie había trabajado para los Ellerkamp durante veinticinco años, aunque verse expuesta a los hermanos o a Los Olmos no la había afectado de manera tan profunda o inmediata como le estaba sucediendo a su hija. Ida Biener siempre había sabido aislarse de lo que resultaba desagradable; de lo contrario, no habría podido estar casada con su marido durante treinta años, pues Charles «Chahlee» Biener era un borracho, un intransigente y un pedazo de imbécil de primera categoría. Cuando falleció, la única razón por la que algunas personas acudieron a la funeraria, Marie incluida, fue para asegurarse de que realmente estaba muerto.

Por todo ello, Marie era plenamente consciente de que existían hombres con muchos más defectos que Edwin Ellerkamp, a pesar de no tener claro todavía cuáles eran los detalles específicos que la hacían sentirse incómoda en su presencia, igual que ignoraba el motivo que la llevaba a estar convencida de que aquel hombre albergaba malas intenciones en su interior, tal vez incluso una malicia activa, respecto al mundo en general o hacia alguna parte inconcreta del mismo.

No dejaba de intuirlo.

Las obligaciones de Marie requerían que trabajase en aquella casa de nueve de la mañana a una de la tarde tres días a la semana, de tres a seis de la tarde otros dos días más y de nueve a once de la mañana los sábados, cuando preparaba la comida de Edwin para el fin de semana y llevaba a cabo los últimos recados que le pedía. Edwin prefería tener la comida recién hecha cada día, por eso le había ofrecido a Marie pagarle un dinero extra para que también trabajase los domingos por la mañana, pero aparte de ser una buena cristiana, Marie quería —necesitaba— pasar al menos un día a la semana lejos de Los Olmos. Edwin no dejaba de mascullar, descontento, al respecto e incluso insinuó la posibilidad de que Ida la sustituyese los domingos, pero Marie no estaba dispuesta a dejar que se saliera con la suya, y las rodillas de su madre no mejorarían si volvía a dedicarse al trabajo doméstico; de hecho, no iban a mejorar si no se operaba, pero Ida Biener no estaba por la labor de someterse a esa clase de cirugía, por razones económicas y también psicológicas.

Además, Marie se había percatado de que el humor de su madre mejoró en cuanto dejó de trabajar para Edwin Ellerkamp, y no deseaba provocar una regresión anímica en una mujer que, por naturaleza, era propensa a la melancolía. Ser testigo de ese cambio en el comportamiento de su madre provocó también que Marie se preocupase por el nivel de afectación que podía estar sufriendo *ella* por trabajar en Los Olmos, al igual que un cuerpo se contamina lentamente al verse expuesto de manera constante a radiaciones nocivas. Su intención era ofrecerle a Edwin Ellerkamp tan solo unos pocos años más antes de buscar otro empleo remunerado. Para entonces, sus hijos serían mayores y no la necesitarían tanto. Por otra parte, en un par de años, Edwin, a pesar de todas aquellas píldoras, de los ejercicios respiratorios y de sus caprichos nutricionales, tal vez estaría ya criando malvas. Tendría que deshacerse de Los Olmos y de cualquier resto de la fortuna que hubiera acumulado en vida, incluida la colección de monedas, y cabía la posibilidad de que se acordase de Ida y de Marie en su testamento. Ellas habían hecho más que nadie para aliviar los sinsabores que entraña el paso de los años, y a pesar de sus rarezas, y de su malestar subyacente, Edwin no carecía por completo de sentido de la gratitud: Marie había recibido una generosa gratificación las navidades anteriores, y en la mayoría de las ocasiones Edwin se acordaba de darle las gracias cuando se marchaba de la casa.

Pero Marie tenía que admitir que, en aquella fría y húmeda tarde de finales de enero, no estaba de humor para las tonterías de Edwin. Su eczema le estaba fastidiando de lo lindo y había dormido mal. Al menos Edwin nunca se había quejado por el sobrecoste que suponían los detergentes y productos de limpieza que no irritaban la piel, e incluso le había aconsejado que usase cúrcuma, tanto en forma de suplemento alimenticio como de crema tópica, lo que había aliviado sus molestias. Sin embargo, ese día no creía estar en disposición de fregar con el vigor habitual, y tampoco era probable que silbase mientras trabajaba.

La casa estaba en silencio cuando atravesó la puerta principal; Edwin le había confiado una llave un par de semanas después de que tomara el relevo de su madre, una vez que se aseguró de su honestidad. Sin embargo, aquel silencio no era el habitual: en cualquier habitación en la que se encontrase, a Edwin le gustaba escuchar la WRTI, la emisora de música clásica de Filadelfia, y Marie se había convertido, casi por ósmosis, en una suerte de aficionada, hasta el punto de que ya era capaz de identificar varias piezas clásicas al escuchar los primeros compases. A la ópera, por el contrario, no había logrado adaptarse, por eso deseaba que Edwin se soltara lo que le quedaba de melena de vez en cuando y escuchara música un poco más contemporánea, piezas en las que el ritmo no viniese marcado por la sección de timbales, con letras cantables en un idioma que no fuera el italiano o el alemán.

—¿Señor Ellerkamp? —llamó—. ¿Está despierto?

Edwin Ellerkamp rara vez dormía pasadas las ocho de la mañana, a pesar de que, por lo que ella sabía, nunca se acostaba antes de la una o las dos de la madrugada, o al menos eso era lo que él aseguraba. No sabía a qué dedicaba todo ese tiempo, pero, por lo que ella había observado, debía de dedicarse en gran medida a leer sobre monedas antiguas, examinarlas y buscar formas de adquirirlas y venderlas. Muchas de esas monedas, que guardaba en armarios de caoba y vitrinas de cristal, ni siquiera podían sostenerse con la mano, porque estaban guardadas en contenedores individuales sellados, para su protección. Marie entendía el proceso lógico, pero consideraba una vergüenza que solo se pudieran mirar, no tocar. Ella era una persona táctil, y todo lo que amaba —su marido, sus hijos, su perro, las pequeñas baratijas que ocupaban sus estanterías— estaba asociado al tacto. No le encontraba sentido a tener algo y no poder acariciarlo con los dedos o los labios.

Si bien las monedas constituían el grueso de la colección de Edwin, también le gustaban las cruces antiguas, los iconos religiosos y la cerámica precolombina, que Marie encontraba ligeramente más interesante que las monedas. Pero como ocurría con la mayoría de los aspectos de la vida de Edwin, Marie no hablaba del contenido de la casa con otras personas, y ni siquiera su marido era consciente del alcance de la obsesión del anciano. En caso de correrse la voz, Marie no dudaba de que algún delincuente del Valle irrumpiría en Los Olmos e incluso llegaría a lastimar a Edwin. Marie no quería ser partícipe de semejante robo ni sufrimiento.

Los objetos más valiosos los guardaba en una caja fuerte incrustada en la pared, detrás de las estanterías. Una parte de la estantería tenía bisagras y un pestillo en uno de los soportes: si se presionaba el soporte con el pie, la estantería se desencajaba. Había visto a Edwin abrirla en una ocasión, pero no se había quedado a observar el proceso por miedo a que él creyese que lo estaba espiando. Si le robaban, no quería que Edwin o la policía sospecharan de su posible complicidad.

Marie cerró la puerta de entrada a la casa y escuchó con atención. Edwin Ellerkamp no había respondido a su llamada. Olfateó el aire. Dada su familiaridad con Los Olmos se había acostumbrado no solo a sus ritmos, sino también a sus olores, y al instante el aire le olió mal, como un retrete que no se hubiera vaciado del todo, cuyo contenido se hubiera dejado reposar demasiado tiempo. Siguió el rastro del hedor con una creciente sensación de miedo, pues ya había pasado por algo similar con anterioridad, cuando descubrió el cadáver de su padre en el suelo de la cocina. Su madre estaba fuera, visitando a su hermana en Lambertville, Nueva Jersey, y Marie había pasado la noche en casa de su mejor amiga, Evelyn. Charlie Biener había muerto en pijama, probablemente después de levantarse durante la noche para tomar tal vez un vaso de leche —o más probablemente una cerveza— del frigorífico. El derrame cerebral que lo derribó también provocó que se hiciese sus necesidades, por lo que, desde entonces, Marie asociaba ese olor con la muerte. Era una de las razones por las que mantenía su propio cuarto de baño tan limpio, aunque su marido se quejase de que aquel olor a lavanda impregnaba todo su cuerpo cuando pasaba un rato en el lavabo.

El hedor procedía del salón, cuya puerta estaba ligeramente entreabierta.

—¿Edwin? —preguntó, la preocupación le llevó al trato informal.

Empujó la puerta y el abrigo se le cayó de la mano.

—Dios mío —dijo—. Oh Dios mío, oh Dios mío, oh Dios mío...

2

El Great Lost Bear estaba lleno a rebosar como solo pueden estarlo a veces los mejores bares, como si los dioses del vino y de la fiesta hubieran elegido esa noche en particular para colmarla de su gracia. Había espacio suficiente para moverse, espacio para sentarse, espacio para hablar sin que oídos ajenos oyeran la conversación y espacio para pedir una bebida en la barra, reinaba el buen humor. Incluso Dave Evans —que solía intentar marcharse antes de que la hora punta nocturna se cerniera sobre ese bar, que era de su propiedad desde hacía mucho tiempo— se había quedado hasta tarde porque, en ocasiones, el Bear era, sencillamente, *el* lugar en el que había que estar.

Más allá de las paredes del Bear, Portland estaba cambiando. Las ciudades siempre están en fase de transformación, pero puede que a mí no me gustase tanto la nueva Portland como la antigua. Era lo suficientemente listo como para no intentar negar que eso se debía, en parte, a la edad, a un deseo de conservar, en la medida de lo posible, lo mejor de su pasado, porque sabía cuánto se había perdido ya. En última instancia, todos somos descendientes de la mujer de Lot, incapaces de resistirnos a echar la vista atrás y contemplar lo que nos hemos visto obligados a abandonar, pero, en este caso, no se trataba solo del paso de los años. Había visto cómo aumentaba el descontento entre los lugareños conforme iban alzándose los hoteles en primera línea de mar y su reacción cuando se enteraban de que iban a inaugurar otro de esos restaurantes en los que nunca podrían permitirse comer. En el puerto atracaban grandes cruceros de los que desembarcaban pasajeros indiferentes que compraban camisetas, recuerdos náuticos falsos, y quizás se tomaban un par de cervezas en algún bar con precios abusivos para los turistas, pero a quienes ni se les ocurriría pagar cuarenta dólares por una chuleta. Y sin embargo, alguien comía en esos locales; solo que, cuando eso ocurría, el cliente no era yo, ni nadie que yo conociera. En ocasiones, me daba la impresión de que estaban vendiendo la ciudad a nuestras espaldas y de que, cuando terminara el proceso, tal vez se nos permitiera, con un poco de suerte, aplastar la nariz contra el cristal para ver cómo vivía la otra mitad.

Pero también recordaba esos tiempos en los que Portland era menos próspera y la gente se deslomaba por ganarse la vida entre los decrépitos muelles en Commercial Street y los solares vacíos de Congress Street. Los pobres nunca lo habían tenido fácil, y continuarían deslomándose, pero ahora necesitaban dos trabajos para mantenerse a flote y, cuando venían mal dadas, se iban a pique.

Esa noche, en el Bear, compartí algunas de estas ideas sentado con Dave Evans, pero no era nada que le resultara nuevo o que no hubiera oído antes de boca de otros hombres más listos que yo.

—El Maine Extraño —dijo Dave Evans mientras bebía una cerveza negra tan amarga que probablemente derivase de lo que le dieron a beber a Cristo en la cruz.

—¿La tienda, o el estado entero?

—La tienda. Es el indicador, el canario en la mina de carbón. Cuando desaparezca, podremos izar una cruz sobre la ciudad que ha sido y cerrar con llave las puertas del camposanto.

El Maine Extraño se encontraba en el número 578 de Congress Street. En esa tienda vendían viejos discos de vinilo, casetes, cedés, cintas de vídeo en VHS, deuvedés y libros de Stephen King de segunda mano junto con videoconsolas obsoletas y juegos de mesa tan poco conocidos que hasta sus creadores habían olvidado que existían. Llevaba abierto desde 2003, pero parecía remontarse a una época muy anterior. No tenía ni idea de cómo lograba sobrevivir, pero de algún modo lo conseguía. Cada vez que pasaba por allí, intentaba dejar algo de dinero en la caja registradora. Mi hija Sam, que ya adoraba los discos de vinilo y prácticamente todo lo que tuviera más edad que ella, creía que era uno de los lugares más atractivos del mundo o, al menos, de Portland.

—¿Te das cuenta de que parecemos un par de viejos? —le comenté.

—Has empezado tú.

—Bueno, hay muchas cosas que empiezo a echar de menos en esta ciudad.

En ese preciso instante apareció ante mi vista Raum Buker y me di cuenta de que había algunas cosas que no echaba de menos en absoluto.

Hay hombres que vienen malogrados a este mundo, hombres a los que el mundo decide malograr y hombres que parecen decididos a malograrse a sí mismos y al mundo con ellos. Raum Buker se las había ingeniado para ser los tres casos a la vez, como una ponzoñosa y alterada deidad. Procedía del interior del «Condado», que era como la gente de Maine llamaba a Aroostook, la región más extensa del estado; más de dieciocho mil kilómetros cuadrados que compartían setenta mil habitantes, la mayoría de los cuales se alegraban de no poder ver a sus vecinos, y eran más felices si cabe si no tenían que ver a extraños. El padre de Raum, Sumner, había trabajado como limpiador en la base aérea de Loring, que albergaba a los bombarderos B-52 Stratofortress, pero lo despidieron por encender un cigarrillo al lado de un depósito de combustible. Dado que los depósitos de la base de Loring contenían casi cincuenta millones de litros de combustible para aviación y estaban situados junto a más de cinco mil toneladas de artillería, la explosión resultante habría dejado un cráter lo suficientemente grande como para verse desde el espacio.

Una vez que le dieron puerta, Sumner Buker decidió que su temperamento no se adecuaba a las restricciones de un empleo regular y que le iría mejor si dedicaba su tiempo a actividades delictivas de poca monta, a beber, a acostarse con cualquier mujer que no fuera su esposa y a fumar donde le diera la real gana. Así que se puso manos a la obra con encomiable celo. Sumner no había tomado muchas decisiones sabias durante sus días en la tierra, pero sí eligió a la mujer perfecta para compartir esos días con él. A Vina Buker también le gustaban la bebida y el tabaco, también se acostaba con cualquiera que no fuera su marido, y en una ocasión la habían detenido cuando intentaba llenar una furgoneta de latas de comida y artículos de higiene del supermercado Hannaford, en Caribou, en el que trabajaba como empleada. Sumner y Vina se turnaron para ocupar las celdas de la cárcel del condado de Aroostook en Houlton, lo cual implicaba que uno de ellos siempre estaba en casa para descuidar a su único hijo, Raum. Raum acabó en una casa de acogida y, poco después, su padre vio cumplida una de las ambiciones de su vida y murió en un incendio causado por un cigarrillo inoportuno, llevándose a su esposa con él.

Raum había sido un niño enfermizo, pero con más cerebro que sus dos padres juntos, aunque tampoco es que fuera a batir ningún récord. Pasó a formar parte de una buena familia de acogida en un bonito hogar en Millinocket, donde hizo todo lo que estaba en su mano para que sus padres adoptivos lo consideraran un caso perdido. Eso estableció el patrón para el futuro, en el que Raum pasó de un hogar de acogida a otro, cada uno peor que el anterior, hasta acabar recalando en un centro para menores. Para entonces se había ganado la reputación de saber devolver los golpes con dureza, pero en el reformatorio aprendió también a golpear primero, porque ya no podía decirse que fuese enfermizo. Sería injusto afirmar que desarrolló cierto gusto por la violencia; no era un sádico —eso vendría más tarde— y fue lo bastante astuto como para aprender a controlar su temperamento, pero cuando tuvo que usar la fuerza, lo hizo sin vacilar y sin remordimiento alguno. También recibió un buen puñado de golpes, y sufrió un altercado especialmente brutal con un guardia que le provocó a Raum una hemorragia cerebral que estuvo a punto de acabar con su vida. Un mes después de que soltasen a Raum, alguien entró en la propiedad del guardia y cortó los frenos del coche de su esposa, lo que provocó un accidente que obligaría a la mujer a caminar con la ayuda de un bastón el resto de su vida. Raum no olvidaba lo que le hacían. Con toda probabilidad, incluso inventaba motivos para ofenderse, solo para tener una excusa que le permitiese dejarse llevar.

Así que podría decirse, con cierta justificación, que Raum no había tenido el mejor comienzo en la vida, pero eso les sucedía a muchas personas que después decidían que el mundo no tendría que lamentar la firmeza de la mano del médico que los había traído al mundo. Raum Buker se convirtió por elección propia en su peor enemigo y, como las desgracias nunca vienen solas, decidió convertirse también en el peor enemigo de mucha otra gente.

Para cuando se hizo adulto, Raum resultaba imponente a nivel físico, en un lugar poco iluminado podía considerársele guapo. También era profundamente deshonesto y tenía un apetito sexual insaciable, con un profundo gusto por la violencia a la par que imaginativamente cruel: en una ocasión había utilizado un cepillo de carpintero con un ebanista que le debía dinero y fue rebajándole la piel y las capas superficiales de la carne de nalgas y muslos. La deuda no llegaba a los mil dólares; un hombre iba a sufrir el resto de su vida por una suma de tres cifras. Poco a poco, como la materia fecal que fluye por un desagüe, la fuerza de gravedad condujo a Raum hasta Portland. Se relacionaba con hombres a los que la mayoría evitaba y con mujeres demasiado tontas, desesperadas o agotadas por los malos tratos como para tomar mejores decisiones en la vida.

Entonces empezó a circular un curioso rumor. Se decía que Raum Buker mantenía relaciones con dos hermanas, las hermanas Strange. La mayor, Dolors, vivía en South Portland y regentaba una cafetería. (A sus padres no se les daba bien la ortografía y su intención había sido llamarla Dolores. De todos modos, estaba predestinada a terminar con un sobrenombre que sugiriera la idea de «penar», algo que podía haber influido en su trayectoria posterior.)

La más joven, Ambar —ahí asomaba de nuevo la cabeza el gen de la mala ortografía—, vivía en Westbrook, donde trabajaba como auxiliar de dentista. Ambas estaban solteras y, por consenso popular, era muy probable que fueran a quedarse así. Eran mujeres imponentes, de labios tan tirantes y apretados como el cordón de la bolsa de monedas de un avaro. La noticia de que posiblemente las hermanas Strange, como se las conocía, estuvieran acostándose con Raum Buker se acogía con bastante incredulidad a la vez que cierto alivio, porque eso implicaba que, en lugar de seis, habría solo tres personas insatisfechas con los consiguientes intercambios carnales.

También se contaba, pero podría no ser cierto, que las hermanas Strange se habían distanciado y llevaban años sin hablarse. Raum había comenzado acostándose con Dolors antes de —quizás por accidente, pero probablemente con premeditación— llevarse también a la cama a Ambar. Después, fue pasando de la una a la otra durante unos años, en ocasiones dando preferencia a una de ellas, pero, con frecuencia, manteniendo relaciones con las dos al mismo tiempo. Cada una de las hermanas o bien ignoraba la presencia de la otra en la vida de Raum (lo cual era improbable en una comunidad tan pequeña), o bien optaba por tolerar la peculiaridad de la relación para no verse privada de su parte de las atenciones. Eso no quiere decir que estas complicadas relaciones se desarrollaran sin conflictos, y la policía tuvo que acudir en más de una ocasión para lidiar con algún altercado doméstico en Westbrook, South Portland, y en el apartamento de Raum en el East End de la ciudad. Pero ninguna relación es perfecta.

Raum pasó épocas en diversos correccionales; era listo, pero como muchos hombres y mujeres listos, no tanto como creía. Al final, terminó pasando cuatro años en la penitenciaría del estado de Maine por una falta de clase D, que se había convertido en un delito grave por agresión de clase C debido a los agravantes de sus condenas anteriores por allanamiento de morada, amenazas y por atemorizar a otros ciudadanos. Cuando quedó libre, Raum completó sus dieciocho meses en libertad provisional antes de desvanecerse del estado. Su partida solo la lamentaron las personas a las que Raum debía dinero, pero incluso estas estaban dispuestas a comerse las pérdidas a cambio de que se les privara de su miserable compañía. A las hermanas Strange nadie les pidió su opinión. Por lo que se sabe, las hermanas siguieron llevando vidas separadas, conectadas únicamente por la sangre y por sus respectivas relaciones con un hombre que seguía sin ser querido por nadie excepto por ellas.

¿Acaso tenía Raum Buker otra faceta? No puede decirse que ningún hombre sea completamente malo, y yo había oído historias de pequeños gestos de bondad, a menudo relacionados con él, a aquellos que habían caído mucho más bajo que el resto: exyonquis, putas viejas, delincuentes reincidentes de edad avanzada. Cuando Raum había tenido dinero, lo había compartido con ellos. Si alguien los molestaba, Raum, si estaba en disposición de hacerlo, se lo hacía pagar. Es posible que Raum viera en esas almas perdidas algún atisbo de su propio futuro e intentase acumular buena voluntad en el banco kármico. Pero no había coherencia alguna en sus intervenciones, ni lógica aparente en sus gestos de generosidad. En última instancia, es posible que sus acciones le resultasen misteriosas incluso a él mismo.

Ahora, al parecer, Raum había regresado a Portland después de pasar unos años al margen, y lo único que podía afirmarse con seguridad era que poco bueno podía salir de ello.

3

En Athens, Pensilvania, no abundaban los casos de asesinato. De hecho, los altercados graves eran infrecuentes en una localidad en la que la tasa de criminalidad era menos de la mitad que la media nacional; es decir, los robos, las agresiones y los delitos contra la propiedad ocupaban la mayor parte del tiempo y los recursos de la policía de Athens. Teniendo en cuenta esa circunstancia, Beth Ann Robbin, jefa de policía del pueblo, no dudó en solicitar la ayuda de la Oficina de Investigación Criminal de la Policía Estatal en cuanto vislumbró el estado en que se encontraba el cadáver de Edwin Ellerkamp, pues entendió al instante que aquel caso iba más allá de sus capacidades. En ese momento, Beth Ann y un par de detectives de la policía estatal, trajeados y con botas, observaban cómo los miembros de la policía científica se preparaban para retirar los restos. Los tres agentes recorrieron juntos la habitación —observando, examinando— antes de volver a la puerta para autorizar que sacaran el cadáver.

Edwin permanecía destapado en el sofá junto a la chimenea, lo cual implicaba que Beth Ann no pudiera evitar mirar una y otra vez su boca y su hinchada garganta. Tenía varias monedas esparcidas sobre el pecho debido a sus últimos forcejeos, aunque la mayoría seguían dentro de su cuerpo. Nunca había visto monedas de ese estilo, con bordes desiguales y marcas en algunos casos apenas visibles; eran muy antiguas. Unas cuantas eran del tamaño de la uña de su pulgar y el resto eran apenas un poco más grandes. Se preguntó cuántas habrían sido necesarias para asfixiar a la víctima hasta matarla. Al pensar en ello, le vino a la mente el recuerdo de una de aquellas campañas navideñas de recaudación de fondos que organizaba entre sus clientes el Club de los Alces, donde pagabas un dólar para intentar adivinar el número de monedas de cinco centavos que había en un tarro. Si aciertas el número de monedas raras alojadas en el interior del viejo Edwin Ellerkamp, podrás llevártelas a casa, una vez que hayan sido desinfectadas... Bueno, siempre y cuando hayan encontrado a su asesino. Pero no nos adelantemos. Beth Ann dejó escapar un bufido y se sorprendió al sentir una lágrima brotándole por el rabillo del ojo derecho. Dios bendito, un viejo reservado y discreto obligado a tragar monedas hasta asfixiarse y morir...

—Valeriano —dijo el más veterano de los detectives, llamado Peter Condell—. Sabía que me tocaría a mí.

A Beth Ann le sorprendió que Condell no se hubiera jubilado todavía, porque llevaba más de veinticinco años de servicio. Podía haberse retirado con el setenta y cinco por ciento de su sueldo, que es lo que Beth Ann habría hecho en su lugar. En cambio, ahí estaba, en una sala de estar que olía a muerte, observando un cadáver que parecía sangrar dinero por la boca. Beth Ann no habría podido decir que Condell parecía literalmente feliz —eso lo habría convertido en una especie de psicópata—, pero sospechaba que, en ese preciso momento, no habría preferido estar en ningún otro lugar, ni haciendo ninguna otra cosa. Condell había nacido para ser policía.

—¿Te gustan las hierbas? —preguntó la otra detective. Shirley Gardner era una joven negra con una piel perfecta por la que Beth Ann habría sido capaz de matar. Llevaba un traje azul de muy buen corte y unos zapatos planos cómodos pero lustrosos. A su lado, Condell parecía una cama deshecha en la que hubieran dormido vagabundos.

—Me refiero al emperador romano —dijo Condell. No suspiró ni puso los ojos en blanco. Corrigió a Gardner con naturalidad y ella no se ofendió. Estaba claro que quería aprender y Condell tenía mucho que enseñarle, no solo sobre el trabajo policial—. Según cuentan, un rey persa mandó matar a Valeriano dándole de comer oro fundido, aunque otros relatos dan a entender que lo hizo desollar vivo.

—¿Por qué? —preguntó Beth Ann.

—¿Por qué lo mató? —dijo Condell—, ¿o por qué lo obligó a tragar oro fundido?

—Ambas cosas.

—Bueno, murió porque perdió una batalla y fue capturado, si no recuerdo mal. En cuanto a la cuestión del oro, suponiendo que sea cierta, Valeriano intentó comprar su libertad y el rey se ofendió. Fuera cual fuese el motivo, fue un castigo. —Condell señaló con el dedo a Edwin Ellerkamp—. Igual que esto.

—¿Cabe la posibilidad de que se tratara de un robo que salió mal? —preguntó Beth Ann. En esa dirección apuntó su instinto en primer término, y no le gustaba dudar de sus intuiciones. Cuando trataba con los vecinos de la localidad, su primera impresión solía ser la correcta, aunque estaba dispuesta a aceptar que dejarse llevar por tendencias esotéricas podía ser simplemente una mala costumbre.

—Quien mató a este hombre no vino aquí a robarle —respondió Condell. Señaló la caja fuerte, que tenía la puerta abierta. El contenido estaba revuelto, como si hubieran efectuado un registro, pero seguía llena—. O si lo que pretendían era robar, tenían en mente un objeto específico. No sé gran cosa de monedas, pero esa caja fuerte contiene al menos cinco o seis piezas de oro de veinte dólares Liberty Head, todas del siglo XIX, y no es el único oro que hay. En cuanto al resto, algunas parecen muy muy antiguas. Si le convenía guardarlas bajo llave, quiere decir que tienen valor, y si tienen valor, merece la pena robarlas. Siendo así, ¿por qué irrumpir en la casa de un hombre, obligarle a abrir su caja fuerte, a menos que ya estuviera abierta, y dejar el oro a la vista después de matarlo?

Habían hablado con Marie Biener, la mujer que descubrió el cadáver, pero no sabía lo suficiente sobre la colección de Ellerkamp como para poder decirles qué podía faltar en ella, si es que faltaba algo. Condell y Gardner aún no la habían descartado como posible cómplice, pero Beth Ann estaba segura de que no iban a tardar en hacerlo. Conocía a la familia y, en el instituto, había ido un par de años por delante de Marie. Tal vez su padre fuese un canalla, pero Marie y el resto de los Biener eran buena gente.

—¿Así que se trata de un castigo? —dijo Gardner.

—¿No te lo parece? —replicó Condell—. Hay formas mucho más sencillas que esta de matar a un hombre.

Oyeron movimiento a sus espaldas y se volvieron para ver la camilla que recorría el pasillo, lista para trasladar el cadáver a la oficina del forense del condado de Bradford, en Troy. Al día siguiente sabrían cuántas monedas habían sido necesarias para matar a Edwin Ellerkamp, pero de momento deberían seguir investigando con lo que tenían. Por otra parte, si alguien se enteraba, Beth Ann no tendría que preocuparse por el momento indicado para jubilarse, porque tanto ella como el resto de los implicados se quedarían sin trabajo.

—No me gusta sacar conclusiones precipitadas —le dijo Gardner a Condell—. Usted me lo enseñó.

Se apartaron para dejar pasar al personal de la oficina forense y vieron cómo uno de ellos empezaba a meter las manos y los pies descalzos de la víctima en bolsas para que no se perdiera ninguna materia alojada en la piel o bajo las uñas. Un técnico de pruebas intervino para guardar una por una las monedas sueltas que la víctima tenía sobre el pecho y alrededor de los labios. Tras una breve consulta, decidió meter también la cabeza en una bolsa, no sin antes colocarle un collarín cervical para evitar que se moviera durante el traslado a Troy, minimizando de ese modo cualquier posible alteración o daño en el contenido de la boca.

—Sí —admitió Condell—, sacar conclusiones precipitadas es malo. Pero —añadió— te apuesto un almuerzo a que se trata de monedas.

—Gracias a Dios que tenemos su experiencia para guiarnos —dijo Beth Ann.

—Para eso estoy aquí —repuso Condell—. Por cierto, ¿te atreves a apostar sobre la cantidad de monedas que van a encontrar dentro de él? A dólar la apuesta.

4

Raum Buker se situó junto al mostrador de recepción y observó el bar al completo. Su mirada pasó de largo por encima de mí antes de regresar y posarse en mi cara como un insecto sobre una ventana recién limpia. Raum y yo ya nos conocíamos. Hacia el final de su último periodo de libertad condicional, durante el cual trabajó en una pescadería para cumplir una de las condiciones de su libertad, había comenzado a recaer en sus malas costumbres y a mezclarse con peores compañías. Él y un par de sus amiguitos decidieron presionar a los tenderos de más edad de Portland y de South Portland para que los contrataran como ayudantes o guardas de seguridad, a pesar de que en las tiendas no los necesitaban para nada. Y no es que Raum y sus colegas tuvieran intención de aparecer por ahí para trabajar. Obviamente, no; solo era una de las tramas de extorsión por protección más básicas, que probablemente se remonta a la época de las cavernas, aunque era difícil saber si la probable ausencia de Raum y sus compinches representaba que el acuerdo había empeorado o todo lo contrario.

El error de Raum fue amenazar a una mujer llamada Meda Michaud, que regentaba una pequeña confitería en una bocacalle de Western Avenue y jugaba al bingo una vez a la semana con la señora Fulci, la adorada madre de los hermanos Fulci. Estos exconvictos con exceso de músculo y faltos de medicación, de gran corazón (si no de oro, sí al menos de plata niquelada), sentían auténtica devoción por su madre y, por extensión, por cualquiera de sus amigas. Intentar extorsionar a Meda Michaud era, a ojos de los Fulci, casi tan inaceptable como acosar a la propia señora Fulci y, por consiguiente, tenían la firme intención de separarle a Raum Buker las extremidades del tórax antes de dárselas de comer a sus socios hasta que se atragantaran con ellas.

Pero los Fulci también estaban al corriente de la reputación de Raum, y eso significaba que cualquier tipo de enfrentamiento al que dieran pie estaba destinado a escalar. Si los Fulci lo mataban, lo cual era bastante posible, hubieran acabado en la cárcel, aunque los ciudadanos del estado les habrían enviado cestas con pastelitos por Navidad y por su cumpleaños como muestra de agradecimiento. Por otra parte, si no mataban a Raum, era muy probable que este fuera detrás de los Fulci o de sus allegados una vez que se le hubieran soldado los huesos rotos. Aunque tardara años, Raum habría encontrado la forma de vengar el ultraje.

De modo que, al final, Louis, Angel y yo nos habíamos ofrecido a acompañar a los Fulci, y también a ser los encargados de hablar con Raum, dada la propensión de los hermanos a expresarse con acciones más que con palabras. Nos encontramos con Raum y sus amigos en un tugurio llamado Sly's, que antaño había formado parte del emporio comercial de Daddy Helms, un hombre que en una ocasión me había rociado de hormigas rojas por haber roto las cristaleras de uno de sus bares. Después de todos esos años, el recuerdo de aquel acto deliberado todavía me avergonzaba, pero entonces yo era un joven bobo e iracundo, y después me había comportado como un hombre mayor bobo e iracundo durante mucho más tiempo. Daddy Helms me hizo ver lo equivocado que estaba, aunque lo hizo induciendo a mi amigo Clarence Johns a traicionarme. Clarence estuvo conmigo la noche en que nos ocupamos de la ventana de Daddy Helms, y los hombres de Daddy lo encontraron primero. Para salvarse, Clarence me delató y yo asumí el castigo por los dos: me desnudaron en una playa desierta y luego me cubrieron de hormigas de fuego. Incluso hoy en día soy capaz de recordar el dolor y la indignidad que sufrí, y todavía no tengo claro qué fue peor.

Nunca llegué a averiguar si Clarence estaba al corriente de lo que Daddy Helms había planeado para mí aquella noche. No llegamos a hablar después, y ahora Clarence ya se ha reunido con su Creador. Pero si nuestros papeles se hubieran invertido, yo no habría abandonado a Clarence, no debido a mi estricto sentido del honor o la lealtad, sino porque albergaba demasiada rabia en mi interior como para darle a Daddy Helms ese tipo de satisfacción. Por otra parte, se daba la circunstancia de que solía tolerar con gusto el sufrimiento; soportar cualquier tipo de herida únicamente alimentaba mi rencor. Para entonces, mi padre se había quitado la vida y el cáncer me había arrebatado a mi madre. Incluso la vidriera de Daddy Helms —el burdo intento de un hombre afligido por la fealdad de añadir algo de belleza a su mundo— suponía una afrenta para mí. Si lo que buscas son maneras de hacerte daño, la vida siempre te complace, porque, pase lo que pase, siempre te tiene reservado algún tipo de dolor, de ahí que acepte de buen grado cualquier ayuda que estés dispuesto a ofrecerle en ese sentido. Por eso mismo es mejor no complacerla más de lo necesario. Me gustaría decir que esa ha sido una lección aprendida con esfuerzo, pero eso daría a entender que mi formación es cosa del pasado y, sin embargo, aún está en curso.

Daddy Helms llevaba mucho tiempo muerto, avivando con su grasa los fuegos del infierno, pero el Sly's era un monumento que le hacía justicia, por su oscuridad, su suciedad y su abundancia de bichos infectos, tanto animales como humanos. Los taburetes estaban fijados al suelo mediante gruesos pernos hexagonales, y los asientos de los reservados estaban cubiertos con un tipo de vinilo que no se manchaba; aun así, los dueños habían optado por el color rojo para estar más seguros. El letrero de neón del escaparate prometía comida caliente y cerveza fría, pero la única herramienta para la alimentación era un decrépito horno para pizzas que, si uno se acercaba lo suficiente, apestaba a insectos achicharrados. La leyenda decía que un valiente se había atrevido a comer una vez en el Sly's, pero por lo visto nunca habían encontrado su cadáver.

Raum y sus chicos estaban en la barra, justo al otro lado de la puerta, lo que nos ahorró tener que mancharnos las suelas de los zapatos. Invitamos a Raum y a sus chimpancés amaestrados a que salieran para poder mantener una conversación. Cuando se negaron, los Fulci arrastraron por el pelo y las orejas a los chimpancés, y Raum los siguió por su propio pie para mantener intactas su dignidad y la simetría de sus facciones. Nadie intervino, nadie hizo tampoco el ademán de llamar a la policía, que probablemente se habría reído ante la mera idea de que pudieran verse tentados a intervenir en una disputa menor en el Sly's. Dado que queríamos que fuera una charla amistosa, dejamos que Raum encendiera un cigarrillo, aunque Louis se lo hizo saltar de los labios antes de que pudiera darle la primera calada, no se fuera a pasar. Entonces le explicamos la situación con Meda Michaud. Al principio, Raum se negó a prestar atención, pero se puso a escuchar en cuanto Louis le colocó una pistola en la boca. Es extraño cómo les funciona a algunos el oído.

Raum podría haberse planteado desafiar a los Fulci, e incluso es posible que sopesara desafiarme a mí, pero no era lo bastante estúpido como para enfrentarse a nosotros cinco, especialmente si estaba Louis de por medio. Cuando se decidía a venir a visitarnos desde Nueva York, Louis destacaba en Portland por todo tipo de razones: era alto, negro, vestía bien, era homosexual (aunque nadie se atrevía a preguntar), pero también había hecho cosas que Raum Buker no había hecho jamás, incluyendo algún que otro asesinato. Raum se encontraba de repente ante la presencia de un depredador superior, y eso le atemorizaba. Seguía sin gustarle que le dijeran qué debía hacer, pero eso a nosotros no nos importaba demasiado. Para evitar que cambiara de idea después de que nos marcháramos, dejamos que los Fulci se llevaran a sus colegas a rastras y los lanzaran al Fore para que se relajaran. Fue el final de los intentos de extorsión de Raum, y poco después abandonó el estado. No sabía adónde había ido y nunca había preguntado al respecto. Al igual que sucede cuando desaparece de repente un dolor constante, lo único que cabe hacer en semejantes casos es mostrarse agradecido.

Y ahora ahí estaba, estropeándonos el Bear, y nadie quería que lo hiciese.

—Necesitas normas de admisión más estrictas —le dije a Dave.

—Quizás tengamos que tapiar la puerta por completo.

Y entonces los Fulci, que habían estado jugando en otra mesa al jenga (ese delicado juego que también se conoce como «el tembleque»), vieron a Raum Buker.

5

Algunos hombres de gran envergadura pueden desplazarse a gran velocidad cuando se irritan, lo cual los vuelve doblemente peligrosos en los espacios cerrados. Poseen una elegancia innata, como si el fantasma de un bailarín se hubiera alojado en sus huesos. Verlos pelear es como presenciar un ballet rebosante de violencia, en el que todos los cisnes quedan inconscientes en el suelo cuando cae el telón.

Los hermanos Fulci no eran de ese tipo de hombres. Más bien, parecían locomotoras antiguas, porque tardaban un poco en ganar velocidad, pero, una vez que arrancaban, no era aconsejable interponerse en su camino.

La primera señal del inminente desastre fue el sonido de las fichas de jenga esparciéndose por el suelo del Bear, seguidas de, al menos, una mesa y varias sillas. Para cuando Dave y yo nos levantamos, Paulie Fulci ya estaba casi encima de Raum, con su hermano pisándole los talones. Pensándolo bien, tuvimos suerte de que todavía estaban acelerando cuando los alcanzamos, porque pudimos frenarlos antes de que le pusieran las manos encima a su presa. Raum los había visto venir y parecía que estaba a apenas unos segundos de subirse a la barra para escapar, pero eso no lo hubiera salvado, porque los Fulci, sencillamente, habrían arremetido contra ella sin reducir ni un ápice la velocidad. Agarré a Tony Fulci con más fuerza, Dave rodeó a Paulie con el otro brazo, y un par de camareros demostraron una valentía llena de inconsciencia al interponerse entre Raum y los hermanos Fulci, como unas versiones occidentales del tipo aquel que permaneció en pie frente a los tanques en la plaza de Tiananmen.

—¿Qué mierda está haciendo aquí? —preguntó Paulie.

No me pareció que dirigiera la pregunta a nadie en particular, aunque podía habérsela dirigido al mismísimo Dios, echándole en cara el divino error de no haber borrado a Raum Buker de los anales. Los Fulci creían ciegamente en Dios, aunque este mantenía un decidido mutismo sobre el tema de la devoción que los hermanos Fulci sentían por él. Cosa, ciertamente, muy natural.

—Eso —secundó su hermano, aunque Tony se dirigía claramente a Raum, no a Dios, porque su versión también incluía las palabras «tú» e «hijo de puta abusaancianos».

Alrededor de Raum se despejó el espacio. Ninguno de los clientes quería verse involucrado en lo que estuviera ocurriendo, y tampoco nadie que le conociera estaba dispuesto a ponerse de su lado. Los hombres como Raum no tienen amigos, solo socios, y estos últimos no suelen ponerse de parte de nadie a menos que haya algo que los beneficie, es decir, algo que no sea recibir una paliza.

Dado que Raum era un imbécil, ignoraba cuándo convenía mantenerse callado, o quizás no sentía la necesidad de hacerlo, ahora que tenía la impresión de que los Fulci estaban bajo control. Ya había comenzado a soltar improperios y vi que se había comprado unos dientes nuevos. Eran grandes y muy blancos, y le daban el aspecto de un anuncio de chicles. Si hubiera sabido la poca fuerza con que agarraba a Paulie Fulci, habría sido bastante menos locuaz. Por un instante, tuve incluso la tentación de dar rienda suelta a Paulie, pero no quise ser responsable de que algún camarero se convirtiera en daños colaterales.

—No vale la pena pasar una noche en una celda —les dije a los Fulci.

—Vamos —dijo Raum—, vamos —repitió haciendo gestos de acercamiento con las manos—. Putos gordos —añadió, por si acaso.

—Sí, sí vale la pena —me contestó Tony.

Miré a Raum con su traje oscuro y reluciente, su pelo peinado hacia atrás y su ortodoncia pagada a plazos, y pensé que Tony podía tener razón, pero se impuso el sentido común.

—Raum —le dije—, tienes que dejar de hablar. Ahora mismo.

Y, por una misteriosa conjunción de planetas, me hizo caso.

6

Marie Biener estaba sentada a la mesa de su cocina, con una taza de café descafeinado enfriándose ante ella. Ya había hablado con Beth Ann Robbin en casa de los Ellerkamp, pero a Marie no le sorprendió tener que hablar un poco más de su antiguo jefe, en esta ocasión en compañía de dos detectives de la policía estatal. Por desgracia, no podía contarles más de lo que ya le había contado a Beth Ann. Si Edwin Ellerkamp tenía enemigos, ella no los conocía. Si se había visto envuelto en alguna clase de disputa por culpa de sus monedas, nunca había llegado a mencionárselo, y tampoco había oído nada que pudiera llevarla a pensar que la vida de su jefe corría peligro.

—Su intención era vivir para siempre —dijo—. Pero no le salió muy bien. —Sus palabras sonaron más crueles de lo que pretendía, así que se encogió de hombros para disculparse.

—¿Le gustaba trabajar para él? —preguntó Gardner.

—El sueldo era bueno y también los horarios. Supongo que era bastante tolerante. Era exigente con la comida, pero nada más.

Gardner se dio cuenta de que no había respondido a la pregunta.

—Pero ¿le gustaba trabajar para él? —repitió—. ¿Le caía bien?

Marie miró a Beth Ann, que casi podía leer sus pensamientos. Casualmente, Marie salvó a Beth Ann de cualquier otra muestra de empatía a nivel psíquico hablándole en voz alta.

—Si dijera que no, ¿me convertiría en sospechosa? —preguntó.

—Usted no es sospechosa, Marie —dijo Beth Ann, lo cual era cierto en lo que a ella concernía, cualesquiera que fueran las reservas que Condell o Gardner pudieran haber albergado.

—Creemos que lo mataron entre medianoche y las seis de la madrugada —dijo Condell—. Si le parece bien, podría decirnos dónde ha estado durante esas horas.

—Estaba en la cama —dijo Marie—. Con mi marido. Y el sistema de alarma estaba encendido. Lo instalamos después de la oleada de robos de hace un año o dos, y ahora Ray lo activa todas las noches antes de acostarse. No me importa, sobre todo por los niños. Para salir de casa, alguien tendría que desactivar el sistema y quedaría registrado Es fácil de comprobar. Puedo enseñarle el código.

Condell tomó nota.

—Tenemos que preguntar esta clase de cosas —intervino Gardner.

—Entiendo —dijo Marie—. Y para responder a su anterior pregunta, Edwin no me caía especialmente bien. Trabajaba para él porque pagaba bien y con puntualidad, y su casa estaba a diez minutos de la mía, pero no éramos amigos y rara vez nos dirigíamos más que unas pocas palabras. Edwin no era amigo íntimo de nadie, que yo sepa, pero eso no parecía molestarle. Le gustaba estar solo... y tenía sus monedas.

—¿Y el sistema de alarma de la casa? —preguntó Condell—. ¿Él también tenía alguna rutina?

—No lo sé —respondió Marie—. Siempre estaba despierto antes de que yo llegara, así que nunca tuve motivo para utilizarla, pero recuerdo que una vez me dijo que la conectaba por las noches, cuando tenía claro que no iba a volver a salir, ni siquiera para tomar el aire en su patio.

—La alarma había sido desactivada —dijo Beth Ann—. Justo antes de medianoche, según ha quedado registrado en el sistema.

—Quizás oyó algo fuera y salió a comprobar de qué se trataba.

—Es posible —dijo Condell—. ¿Sabía que guardaba un arma de fuego con licencia en la casa?

—Sí, la guardaba en su dormitorio. La vi una o dos veces, un revólver pequeño.

—Lo encontramos en la cocina, junto al fregadero.

—Entonces seguro que bajó con él, porque yo solo lo he visto al lado de su cama.

A Marie le hicieron algunas preguntas más, que respondió lo mejor que pudo, pero no parecía que fueran a salir de allí mucho más sabios que cuando llegaron.

—Tengo que pedirle un favor más —dijo Condell.

—Cómo no —repuso Marie.

—¿Estaría dispuesta a echar un vistazo detallado a la casa con nosotros, solo para ver si hay algo que le parezca fuera de lugar o que falte?

—Por supuesto. ¿Ahora?

—No, la policía científica todavía está trabajando. ¿Mañana por la mañana?

—Cuando ustedes quieran.

—¿A las diez?

—A las diez está bien.

—De acuerdo, entonces.

Los tres visitantes se pusieron en pie dispuestos a marcharse. Marie oía a los niños viendo la tele en el salón con su marido. Tenía una salsa boloñesa en el fuego, lista para servir, y solo le faltaba hervir los espaguetis. Comerían más tarde de lo habitual, pero no importaba; había sido un día atípico.

Acompañó a los agentes hasta la puerta y la abrió a oscuras.

—¿Edwin era un hombre religioso? —dijo Beth Ann—. Lo pregunto solo porque usted y su madre probablemente lo conocían mejor que nadie. Si hay que organizar un servicio, sería útil conocer su confesión. ¿He dicho algo gracioso?

Marie sonreía.

—Confesión —respondió—. Como el dinero. Básicamente, las monedas eran su confesión. Por eso he sonreído.

—¿Básicamente? —dijo Condell. Él también sonreía, pero Beth Ann se dio cuenta de que observaba con atención a Marie y le impresionó los pocos detalles que se le escapaban.

—En una ocasión en que le dio por hablar, o lo que para él

era hablar, me enseñó un montón de monedas antiguas. Eran monedas vikingas que habían encontrado en Inglaterra. Dijo que, con el tiempo, había empezado a compartir algunas de sus creencias. Le gustaba la idea de un mundo lleno de dioses y demonios, todos ellos relacionados con los asuntos de los hombres, en lugar de un solo dios que prefería permanecer oculto.

—¿Estaba bromeando? —dijo Gardner.

—Edwin no bromeaba.

—No creo que podamos organizar un funeral vikingo —dijo Beth Ann—. Podemos tratarlo como humanista.

7

Nos llevó algún tiempo conseguir que los Fulci se calmaran un poco y pasaran de estar muy enfurecidos a ligeramente irritados, y para entonces Raum ya se había pedido una cerveza y había encontrado un lugar más seguro cerca de los lavabos. Para empezar, era todo un misterio el motivo que le había traído al Bear, a menos que fuera para encontrarse con alguien. Nunca había frecuentado ese local, y menos aún desde que los Fulci habían arrojado a sus dos lacayos al Fore antes de advertirle de que, si no se enmendaba, él también acabaría en el río; en su caso, con un pedazo de motor atado a los tobillos para acelerar el descenso. Era casi como si hubiera ido al Bear únicamente para incomodar a los Fulci en su bar favorito, lo cual denotaba un grado de confianza en sí mismo que no se correspondía con la realidad.

—No debiste dejarlo entrar —se quejó Paulie a Dave.

Tony estaba ayudando a Paulie a ponerse la chaqueta, pues Paulie era más sensible que su hermano y no quería estar a tiro de Raum, cosa decididamente aconsejable.

—No es que le haya puesto la alfombra roja, Paulie —le explicó Dave—. Cuando me he dado cuenta de que había entrado, ya estaba ante la barra.

—Ya, bueno, pues podías haber previsto ese contratiempo.

—No soy adivino —protestó Dave, al tiempo que le daba vueltas a la idea de quién podría haberle enseñado a Paulie una palabra como «contratiempo».

—Pues encuentra uno —sugirió Paulie— y ponlo de portero.

Tony le dio a su hermano unas palmaditas en la espalda. Solo en compañía de Paulie podía parecer Tony, en ocasiones, una persona lúcida y razonable. Tenía menos paciencia que su hermano, cosa de por sí bastante difícil, pero últimamente, en los periodos de más calma, daba muestras de cierta racionalidad.

—Este lugar es importante para nosotros —explicó Tony—. Es como nuestro segundo hogar.

Dave dio un respingo al oírlo, pero lo dejó pasar. En lo más profundo de su ser, Dave deseaba ardientemente que los Fulci encontraran otro lugar al que considerar su segundo hogar. Es posible que añadieran colorido al Bear, pero si añadían algún color era, principalmente, el rojo púrpura de la hipertensión arterial del dueño del bar.

Vimos cómo se marchaban los Fulci. Uno de los empleados se puso a recoger las fichas de jenga y los cristales de las copas hechas añicos, mientras otro intentaba comprobar si la mesa de los Fulci tenía arreglo.

—Podría intercambiar algunas palabras con Raum —le comenté.

—Lo mandaré a casa cuando termines —dijo Dave.

—Ya me encargo yo.

—No hace falta, puedo ocuparme de mi propio bar.

—Considéralo un favor —le dije—, por ti y por los Fulci.

Dave asintió. Siempre nos habíamos llevado bien, Dave y yo, y seguiríamos haciéndolo.

Me dirigí hacia donde estaba sentado Raum. Ahora que se había quitado la chaqueta vi que, durante el tiempo que había pasado fuera del estado, le había aumentado la musculatura. También había añadido algún tatuaje a los que se había hecho en la cárcel. Ninguno de ellos era bueno, excepto uno que representaba un intricado pentáculo, un pentagrama rodeado por un círculo, con símbolos de runas, que todavía se veía enrojecido e irritado en la parte interior de su brazo izquierdo.

—¿Tienes un momento, Raum?

Estaba bebiendo una cerveza embotellada bastante mala. Podía haber conseguido esa cerveza en cualquier bar de la ciudad, pero en lugar de eso había elegido venir al Bear, uno de los mejores bares de cervezas artesanales del país, que solo servía esas marcas de cerveza a los ignorantes que no sabían escoger mejor o que habían dejado de experimentar el día de su boda.

—Claro —respondió—. Pilla una silla. Desembucha.

—Prefiero quedarme de pie.

—De acuerdo. Solo lo he dicho por educación.

Bostezó y, al hacerlo, mostró orgulloso sus brillantes dientes nuevos. La última vez que lo había visto, su boca parecía Dresde en ruinas. Se trataba de un Raum Buker diferente, aunque no podría decir que esta versión me gustara más que la anterior.

—¿Cuándo has vuelto a la ciudad?

—Hace unos días.

—¿Has estado en algún sitio interesante estos años?

—He estado por ahí.

—¿En la cárcel tal vez?

—No quiero hablar de ello.

Y la mano derecha se le fue casi de forma inconsciente al tatuaje del pentáculo. La mirada voraz de Raum Buker se posó en una joven que salía de los lavabos. A la chica no pareció complacerle el interés que Raum mostraba por ella, y nadie hubiera podido echárselo en cara. Di una patada a la suela de la bota de Raum para que volviera a prestarme atención. No le gustó, pero se limitó a hacer una mueca.

—¿Piensas quedarte en Portland? —pregunté.

—¿Por qué?, ¿necesitas compañía? Pues te diré una cosa: durante todo el tiempo en la trena, no me lo hice con ningún tío, y no voy a estrenarme contigo.

—No has respondido a mi pregunta.

—Porque todavía no lo he decidido.

—Deja que te eche una mano —le dije—. Es la segunda vez que impido que los Fulci te hagan pedazos. No habrá una tercera.

—¡Vaya, aquí dirigiendo el cotarro! ¿Todavía permites que esos bestias te hagan el trabajo sucio?

—No, yo me hago cargo de mis cosas.

—¿Y qué me dices de aquellos dos maricas de Nueva York? ¿Has dejado ya de aprovecharte de ellos? —Miró por encima de mi hombro—. No los veo por aquí y —olfateó ostentosamente— tampoco huelo a perfume barato.

—Has cambiado, Raum —repliqué—. Pero no para mejor.

No eran solo los tatuajes, ni los dientes, ni la musculatura. Al principio pensé que podría estar borracho, porque irradiaba una energía extraña, pero sus ojos no tenían ese brillo delator. De hecho, a pesar de toda su fanfarronería, transmitían incertidumbre, como un hombre que descubre de repente que el suelo bajo sus pies no es tan estable como creía.

—El tiempo nos hace cambiar —dijo.

—La cárcel te ha convertido en un filósofo. Pero a lo que me refiero es que no recuerdo que fueras tan valiente cuando intentabas timar a ancianas y Louis se vio obligado a ponerte una pistola en la boca para que dejaras de hacerlo.

—Lo recuerdo —dijo Raum—. Lo tengo bien archivado, para que me sirva de referencia en el futuro.

—Me aseguraré de hacérselo saber a Louis. Le llenaste de babas una pistola nueva y reluciente. La próxima vez se traerá una vieja, no vaya a ser que tenga que comprobar la calidad de tu dentadura. Entretanto, no vuelvas más por aquí. Este lugar no es para ti; a menos que hayas venido a ver a alguien, en cuyo caso tampoco es el tipo de lugar para ti.

Raum dejó la botella, todavía medio llena, en la mesa. Se levantó para estirar los músculos, como un boxeador esperando que sonara la campana.

—No he venido a ver a nadie. Además, ya me iba. Como dices, esto no es para mí. —Me apuntó con el dedo—. Pero quizás más tarde se crucen nuestros caminos, en un lugar más adecuado para mí, un sitio agradable y oscuro, donde no tengas a tus amigos para guardarte las espaldas.

—¿Solos tú y yo, Raum? —pregunté—. Claro, me encantará celebrar esa victoria.

Raum sonrió, y en algún lugar murió un cachorrito.

—Oh, no —dijo—. He aprendido mucho estos últimos años. Cuando nos encontremos, tú estarás solo, pero *mis* amigos estarán conmigo.

—Tú no tienes amigos —repliqué—, excepto los imaginarios, y esos no sirven para pelear.

—Ya lo veremos cuando llegue el momento.

No había nada más que hablar. Ese hombre había dejado de ser interesante el día en que nació.

—Cuídate, Raum —dije—. No me gustaría que te pasara nada.

Volví a Scarborough conduciendo bajo la lluvia. Un camión se había quedado cruzado en la Ruta 1 tras derrapar y el tráfico estaba colapsado, así que me dediqué a escuchar la cadena de clásicos musicales 1st Wave en Sirius mientras contemplaba el espectáculo de las luces giratorias de la policía. 1st Wave terminó con una canción de The Smiths, pero yo ya no podía escuchar de la misma forma a ese grupo, no desde que Morrissey se había convertido en una de las personas a las que él mismo solía despreciar, así que apagué la radio y seguí conduciendo hasta casa en silencio.

Más tarde, con la única compañía de las sombras, me pregunté cómo había conseguido irritarme Raum Buker con tanta rapidez. Ese tipo era una malévola anomalía evolutiva, pero nada más. Las cárceles estaban llenas de gente como él, y también los cementerios, dado que la naturaleza siempre encuentra la manera de eliminar las anomalías del rebaño. Pero la experiencia me había enseñado a no pasar por alto esa inquietud que me embargaba. En el pasado, cuando no le había hecho caso, me había equivocado. Cuando había prestado atención, me había preparado mejor para lo que se avecinaba. Así que dibujé mi propio círculo en torno a Raum Buker, aislando el pentagrama del resto de la figura, y me dispuse a esperar a que empezaran los problemas.

8

Cuando llegó Marie a la mañana siguiente, Beth Ann Robbin estaba esperando con Condell fuera de la casa de los Ellerkamp, ya que la detective Gardner presumiblemente estaba ocupada en otra cosa. A Marie no se le había pasado por alto que la noche anterior, antes de marcharse, y justo cuando parecía estar a punto de abandonar el umbral de su puerta, Condell había pedido comprobar el registro del sistema de alarma, porque, según dijo, «si no lo hacemos ahora, alguien podría preguntarnos más tarde por qué no lo hicimos». Marie supuso que el hecho de que hubiesen confirmado que la noche del crimen estaba en la cama al lado de su marido, significaba que definitivamente había dejado de ser sospechosa, lo cual suponía un alivio. Por otra parte, le inquietaba un poco que Condell hubiera estado sentado a la mesa de su cocina todo el rato planteándose la posibilidad de que ella fuese alguien capaz de hacerle tragar monedas a un anciano hasta ahogarlo.

Frente a la entrada de la casa había estacionado un coche patrulla de la policía de Athens, con un agente sentado al volante leyendo un periódico. La noche anterior, Marie había visto los reportajes de la televisión local sobre el asesinato y había vuelto a verlos antes de salir de casa, pero en ninguno de ellos habían dicho nada sobre el modo en que había muerto Edwin Ellerkamp. Supuso que la policía intentaba mantenerlo en secreto el mayor tiempo posible para no atraer a los chiflados.

Siguió a los dos agentes al interior de la casa y juntos fueron pasando de habitación en habitación. Beth Ann le explicó a Marie que los miembros de la policía científica habían trabajado toda la noche, así que no había problema alguno en tocar las cosas, a pesar de que le habían dado guantes y escarpines de plástico como medida de precaución. Empezaron en el piso de arriba y fueron bajando, pero por lo que Marie pudo comprobar, las habitaciones tenían el mismo aspecto de siempre. Los dominios de Edwin se limitaban a su dormitorio, la cocina, el salón y el comedor. Estos dos últimos espacios estaban conectados por un par de puertas dobles que nunca se cerraban, y hacía tiempo que habían retirado la mesa del comedor. Edwin había convertido esa zona en una especie de biblioteca, estudio y sala de televisión, y era donde pasaba la mayor parte de su tiempo. La habían dejado para el final.

Lo primero que notó Marie fue que la caja fuerte abierta estaba vacía.

—Hemos decidido que no sería prudente dejarla como estaba —dijo Condell cuando mencionó ese detalle—. Hicimos venir a una experta de la Casa de la Moneda de Filadelfia para que nos asesorara, y con un simple vistazo nos señaló un montón de cosas que deberían estar bajo llave. El señor Ellerkamp tenía un montón de monedas muy valiosas. Podríamos estar hablando de seis o incluso siete cifras.

Marie se sorprendió. A menudo se había preguntado cuánto podría valer la colección, pero su mejor estimación estaba por debajo de la mitad de esas cifras.

Condell llevaba una carpeta bajo el brazo y de ella extrajo una serie de fotografías de la habitación, tomadas antes de que se llevaran el cadáver de Edwin. De ese modo, mediante las fotos, Marie podría cotejar cualquier anomalía para determinar si había sido resultado de la actividad policial o de alguna otra cosa. Marie estudió la habitación muy despacio, tratando de alinear sus recuerdos con lo que estaba viendo en ese momento, consciente en todo momento de lo que había ocurrido allí. El sofá en el que Edwin había muerto ya no estaba, se lo habían llevado para analizarlo. Cuatro oquedades redondas en la alfombra marcaban la posición que había ocupado hasta entonces, y las manchas de sangre servían de recordatorio, si uno lo requería, del tormento final que había sufrido su dueño.

Marie se detuvo ante la chimenea, donde un espejo dorado del siglo XIX le devolvió el reflejo de la habitación. Siempre le había resultado muy difícil limpiarlo, pues requería de una escalera y de un buen sentido del equilibrio, pero ahora era ya poco probable que tuviera que preocuparse más por ello. Se estaba apartando del espejo cuando una marca llamó su atención.

—Ahí —dijo—. Eso es nuevo.

Señaló una mancha en la esquina inferior izquierda del espejo.

—No veo nada —replicó Beth Ann.

—Tiene que mirarlo desde un ángulo, cerca del cristal.

Beth Ann miró como le había dicho, Condell estaba a su lado. Vieron una serie de manchas, como si hubieran frotado el espejo con dedos grasientos, creando una mancha de unos treinta centímetros cuadrados, aunque había pasado desapercibida.

—Limpié este espejo anteayer —dijo Marie— y lo dejé impecable.

—No parece fruto del azar —comentó Beth Ann—. Hay un patrón.

—No solo un patrón —dijo Condell—. Veo rastros de sangre.

Condell alzó su teléfono móvil y lo utilizó para tomar una serie de fotos. Cuando terminó, las repasó en la pantalla. La última, por suerte o habilidad, era casi perfecta.

—¿Qué demonios es esto? —preguntó Condell.

9

No volví a ver a Raum Buker hasta algún tiempo después, cosa que no me importó en absoluto. Acepté algunos trabajos rutinarios que pagaban las facturas, como la confirmación de un sencillo caso de fraude al seguro, la entrevista a posibles testigos para un juicio próximo o el seguimiento de una esposa descarriada. (Roby Logan, que había sido investigador privado en Bangor en los años sesenta y setenta, me dijo una vez que la peor desgracia que le había ocurrido al oficio había sido la introducción de la ley del divorcio amistoso allá por 1973. Después de eso, me aseguró, ya no pudo comprarse un coche nuevo cada año.) No le disparé a nadie y nadie me disparó a mí.

Cada noche me daba un baño caliente, porque el cuerpo me dolía más de lo que solía y un baño me aliviaba. Después, me miraba al espejo, veía las cicatrices y me preguntaba cuán profundas eran. En ocasiones, pensaba en cómo me las había hecho. Se afirma que la mente entierra la memoria del dolor para seguir viviendo, pero no es verdad. Lo mismo se dice con respecto a las mujeres y los partos, pero conozco a muchas mujeres, incluyendo a mi antigua pareja, Rachel, para las que el dolor del parto continuaba intacto incluso años después de haber dado a luz. Todavía podía recordar la agonía de los disparos de escopeta que casi me habían quitado la vida; que, de hecho, según los médicos, me habían quitado la vida, porque había fallecido en la mesa de operaciones y me devolvieron a la vida, no una vez ni dos, sino en tres ocasiones. Con frecuencia me despertaba en mitad de la noche sintiendo cómo me atravesaban los perdigones y, a veces, moría de nuevo.

En un helado día de enero, emprendí en coche el largo viaje para visitar las tumbas de Susan, mi mujer, y de Jennifer, mi primera hija. Había contratado a alguien para que limpiara su lápida e hiciera desaparecer el musgo que cubría las letras grabadas. La piedra parecía casi nueva, así que por un instante volví a ser un hombre joven que veía cómo la mano de un artesano me confirmaba su muerte. El dolor se había amortiguado, pero nunca iba a desaparecer, y así debía ser. Algún día, mucho después de que yo me haya ido, los elementos borrarán por completo sus identidades o la lápida caerá y la cubrirá la vegetación. Así son también las cosas. No serán las primeras que caen de esa manera en el olvido. Es un viejo cementerio y sus nombres, sencillamente, se añadirán a la lista oculta de los olvidados.

Pero yo no estaré en esa lista; al menos, no en la de ese lugar. Había decidido hacía mucho tiempo que no iba a descansar ahí. Produciría demasiado dolor a los miembros supervivientes de la familia de Susan, y a sus ojos ya era responsable de suficientes desgracias. En última instancia, no importará demasiado dónde repose; he escogido que me entierren al lado de mi abuelo, en el cementerio Black Point de Scarborough, aunque solo sea para evitar que alguien tenga que molestarse en tomar la decisión en mi nombre. Sé que volveré a ver a Jennifer en la otra vida; quizás también a Susan, pero a Jennifer seguro.

Lo sé, porque a veces continúo entreviéndola también en esta vida. Se me aparece y agradezco su presencia.

La mayoría de las veces.

10

Beth Ann Robbin estaba de nuevo sentada en la cocina de la casa de Marie. La luz del sol matutino se colaba a través de las cortinas, dejando entrever un cielo azul despejado, pero no hacía calor, nada de calor. Incluso con el radiador a tope, Beth Ann sentía el frío invernal merodeando, pellizcándola.

Junto a Marie estaba sentada su madre, Ida. Marie le había hablado de la marca en el espejo y le había enseñado la fotografía que le había enviado Condell desde su teléfono móvil. Ella se la pidió días después de que la descubrieran. Marie supuso que la policía no lo había tenido en cuenta o que los detectives estatales habían olvidado el largo periodo de tiempo que su madre había trabajado en Los Olmos. Beth Ann había acudido para hacerle un interrogatorio de seguimiento, aunque siempre había considerado a Ida Biener como una mujer insulsa que no se habría dado cuenta de la Segunda Venida ni aunque Cristo se hubiera materializado en el patio de su casa. Pero para su sorpresa, incluso la más obtusa de las personas, al parecer, podía poseer la capacidad ocasional de retener y recuperar información.

—He visto eso antes —le dijo Ida a Beth Ann—. Lo de la figura de palo.

—¿Dónde?

—En el ordenador del señor Ellerkamp, no mucho antes de jubilarme. Tenía un aspecto tan extraño que se me quedó grabado. Amplió la imagen para que llenara la pantalla grande, y estaba hablando de ella con alguien por teléfono.

—¿Recuerda lo que dijo o con quién estaba hablando?

Ida negó con la cabeza.

—La verdad es que no —respondió—. Nunca metí las narices en sus asuntos. Sabía que no le gustaba.

—Cuando dice «la verdad es que no»...

—Es posible que oyera un nombre, pero seguramente lo oí mal, porque ya no prestaba atención a sus asuntos. Siempre podía volver y limpiar más tarde, para no molestarle. Es curioso las cosas que se te quedan grabadas. Pregúnteme dónde estuve el martes pasado y me costará decírselo, pero puedo recordar una maldita figura de palo en una pantalla.

Sus ojos grandes y de mirada dulce estaban clavados en Beth Ann. Era, se dijo Beth Ann, como si una vaca particularmente plácida la mirase por encima de una valla.

—¿Y cuál fue el nombre que oyó? —insistió Beth Ann.

—Cielos, de eso hace ya mucho tiempo. Lamento haberlo mencionado. He despertado su interés por nada.

—No es nada, Ida —dijo Beth Ann—. Y necesitamos toda la ayuda posible, por pequeña que le parezca.

Ida arrugó la nariz mientras se esforzaba por recordar.

—¿Kebbell, tal vez? —dijo—. ¿O Kibble? Tengo una gata y ese es el nombre del pienso que le doy. Oh, está ahí, en alguna parte. Concéntrate, tonta. —Parecía a punto de darse una bofetada en la frente cuando se le aclaró el gesto—. Kepler —dijo aliviada—. Juraría que era Kepler. Kibble, Kepler. Si hubiera sido cualquier otra cosa, zas, ya se habría ido.

Beth escribió las tres palabras —Kebbell, Kibble y Kepler— en su cuaderno. Cuando volvió a alzar la vista, el rostro de Ida se había ensombrecido.

—¿Sabe una cosa? —le dijo a Beth Ann—, también creo que esa imagen se me quedó grabada porque me asustó. ¿Por qué cree que pudo ser? Quiero decir, es solo una figura de palo, ¿no? No hay razón para que me asustara a mí o al señor Ellerkamp.

—Claro, solo es una figura de palo —dijo Beth Ann, aunque debía admitir que había algo en ella que resultaba inquietante. Entonces preguntó—: Pero ¿está diciendo que a Edwin Ellerkamp también le asustó?

—Eso pensé entonces, pero también podría tratarse de esa

cosa, ya sabe, lo de que te sientes de una manera en relación con algo y piensas que alguien más debe sentir lo mismo...

—Transferencia —dijo Marie.

—Si tú lo dices. Tú sabes más de eso que yo, con tu terapia y todo eso.

Marie se sonrojó visiblemente.

—Por Dios, mamá —dijo—. Cuéntaselo a todos los del Valle, ¿por qué no?

—Solo nosotras y Beth Ann, y ella no se lo contará a nadie.

Ida le guiñó un ojo a Beth Ann y esta le dedicó a Marie lo que esperaba que se interpretara como una mirada tranquilizadora. Marie alzó la vista.

—¿Y no volvió a ver ese símbolo? —le preguntó Beth Ann a Ida.

—Nunca.

Beth Ann cerró su cuaderno. No era mucho, pero era una pista que podía compartir con Condell y Gardner. Si el tal Kepler era un coleccionista de monedas, alguien en la comunidad numismática estaría al corriente de su existencia.

—Gracias por su ayuda, Ida —dijo.

—Es terrible lo que le ha pasado al señor Ellerkamp —dijo Ida—. Era un buen patrón. Marie no encontrará otro como él, aunque no fuera cristiano. Yo solía decirle que ni con todas sus monedas podría comprar su entrada al cielo cuando llegara el momento. No importaba si creía en Dios o no, tendrá que responder por su forma de vida igualmente.

—¿Y él qué respondía a eso?

La innata imperturbabilidad de Ida Biener se vio alterada durante unos segundos, como el agua estancada que se encrespaba por el impacto de una piedra lanzada con poco tino.

—Me decía —respondió— que con la moneda adecuada podían comprarse hasta los dioses. —Ida se persignó: una buena católica enmendando blasfemias, incluso al repetir el discurso de otro—. Pero como el señor Ellerkamp era una persona muy extraña —concluyó—, si el tal Kepler se asociaba con él, también tenía que serlo.

En una casa, en Ontario, a una hora de distancia de la frontera con Estados Unidos, había un ordenador portátil abierto en una habitación a oscuras, cuyo resplandor proyectaba una luz azulada sobre el rostro del hombre que examinaba la pantalla. Había llegado un correo electrónico, pero no a su cuenta principal, la que utilizaba para recibir información sobre subastas y ventas, sino a una dirección de correo electrónico secundaria. Solo un puñado de personas tenían acceso a ella y la utilizaban con moderación. La mayoría prefería no utilizarla, porque su reputación le precedía, pero él tenía dinero y no se andaba con remilgos. Cuando él vendía, no había que preocuparse por la procedencia, y si dejaba claro que necesitaba más información, se la facilitaban. Si descubría que habían intentado ocultarle algo, alguien pagaba las consecuencias.

Abrió el mensaje, que solo contenía un enlace a una página web terminada en «.onion», la dirección en sí consistía en una serie aleatoria de letras y números. Utilizando una VPN para añadir una capa más de seguridad, accedió al navegador Tor, que le llevó a un sitio de la *dark web*. Era el anuncio de una subasta, aunque el vendedor permanecía anónimo, o creía serlo. Pero el hombre había aprendido que cada vendedor tenía una firma particular, una serie de indicios que podían desentrañarse en la presentación en línea de un anuncio, la formulación de la descripción y las condiciones de venta. En conjunto, rara vez eran cien por cien definitorios, pero permitían reducir la búsqueda si al comprador le preocupaba que lo estafasen o si buscaba resarcirse de alguna estafa que ya había sufrido. En cualquier caso, las estafas eran infrecuentes en los círculos en los que él se movía, tanto en internet como en el mundo real; el peligro radicaba en la aplicación de la ley, no en quienes participaban en el mercado y, de todos modos, solo en raras ocasiones él se aventuraba en la *dark web*. Era de la vieja escuela, más viejo de lo que nadie hubiera imaginado.

Leyó atentamente el anuncio antes de abrir cada una de las imágenes y utilizar una lupa digital para examinarlas con detalle.

Por último, buscó otros artículos de la misma fuente, pero no encontró nada de valor o rareza similares. Cuando terminó, cerró el listado y cogió un par de dados desgastados de su escritorio. Los agitó en su puño y lanzó un seis doble.

No tenía intención de pujar por algo que le habían arrebatado. Ya se había hecho una idea de quién podía ser el vendedor, no solo por el lenguaje utilizado en el anuncio, sino también porque solo un puñado de especialistas poseían los conocimientos y los recursos necesarios para desprenderse de semejante objeto, tan poco común. No obstante, se sentía frustrado. Esperaba resolver el problema antes de que saliera al mercado y, preferiblemente, sin recurrir a la violencia. Había perdido los nervios con Ellerkamp, aunque la teatralidad de la muerte del anciano iba a servir de advertencia para los demás. Le sorprendió que la policía no hubiese hecho público detalle alguno sobre el caso, que no hubiesen mencionado la tarjeta de visita que dejó en el espejo, aunque esto último, admitió, podría haber sido una indulgencia demasiado grande, incluso para él. A pesar del silencio oficial, ya corrían rumores sobre la muerte, lo que sin duda convenía a sus propósitos. Era importante que los posibles compradores comprendieran qué implicaba inmiscuirse en sus actividades. Por otra parte, la mejor manera de que le devolvieran sus posesiones era asegurarse primero de que no había una salida segura para deshacerse de ellas.

Volvió a tirar los dados. De nuevo, un seis doble.

Ellerkamp había muerto tras revelar todo lo que sabía, pero lo que sabía no había sido suficiente. Al coleccionista le había sorprendido que la instigación del robo se remontara hasta él; casi tanto como descubrir que los ladrones le habían traicionado. Fue en ese momento cuando su atacante enfureció de verdad, y le metió a Ellerkamp las monedas en la boca hasta asfixiarlo.

Después, el hombre de Ontario se había visto obligado a tantear el terreno, a pedir marcadores y favores. Más que cualquier otra cosa, le preocupaba que hubiera tenido que aventurarse más allá de la seguridad y los confines de su guarida por culpa de la avaricia de individuos a los que se podía sobornar. Le incomodaba muchísimo llamar la atención sobre su persona, que era la razón por la que llevaba comportándose como un ermitaño desde hacía tanto tiempo. Los rumores eran una cosa, pero lo más adecuado era no darles pábulo mediante confirmación alguna. Además, cada día estaba más débil y, en consecuencia, se encontraba en su punto más vulnerable justo en el momento en que debía hacer todo lo posible para salvarse.

Agitó. Lanzó los dados. Doble seis.

El anuncio atraería a los interesados, algunos de los cuales podrían ser tan expertos como él en identificar vendedores anónimos. Habría que resolver ese problema de inmediato, antes de que el vendedor intentara deshacerse de unos objetos sobre los que no tenía derecho de venta ni de propiedad. El hombre de Ontario cerró los ojos. Tenía que conservar su energía. Causar dolor podía llegar a ser extremadamente agotador. Pero le temía al sueño, le temía porque, por primera vez, podía no volver a despertar. Pensó que ese era su castigo por adorar a un dios voluble, adorarlo y proporcionarle un lugar en el que habitar.

No, no solo un lugar.

Un cuerpo.

11

Aproximadamente una semana después del incidente en el Great Lost Bear, un policía de South Portland me contó algunos rumores que afirmaban que Dolors Strange podía haber vuelto a ocupar la cama de Raum Buker. Un día después, otra persona me comentó que habían visto a Raum comiendo almejas al vapor con Ambar Strange en el Old Port. Cuando me pasé por el restaurante para comprobar la veracidad de la historia, el chaval que le había servido la mesa no pudo decirme con seguridad si la compañera de mesa de Raum respondía a la descripción de Ambar Strange. Sin embargo, sí se acordaba de Raum, sobre todo por sus dientes demasiado blancos y por la propina que había dejado, en efectivo. Parecía que Raum había conseguido bastante dinero.

Por último, y lo más raro de todo, alguien había visto a Raum jugando a los bolos con ambas hermanas Strange en el 33 de Elmwood, en Westbrook. Esta vez no cabía duda alguna de la veracidad del avistamiento, porque los tres aparecían claramente en la grabación de las cámaras de seguridad del bar. Incluso parecían estar pasándoselo bien, o casi, dado el porte de natural melancólico de las hermanas Strange y la indudable participación de Raum en ese cambio.

Hablé sobre Raum Buker y las hermanas Strange con Angel y Louis cuando se acercaron hasta Portland desde Nueva York a pasar unos días de descanso. Desde la enfermedad de Angel, habían comenzado a pasar cada vez más tiempo aquí. Su apartamento en Eastern Promenade tenía unos grandes ventanales que daban a Casco Bay y la visión del mar era un bálsamo para su espíritu. Si Angel estaba feliz, también lo estaba Louis. Les pasa a algunas parejas conforme van haciéndose mayores. Ahorra muchos problemas.

Hace muchos años que conozco a Angel y a Louis. El modo en que nos conocimos..., bueno, esa es otra historia, pero me habían apoyado después de que se hubieran llevado a Susan y a Jennifer, y continuaron apoyándome en los años siguientes. Yo también los había apoyado, y algunas personas se preguntaban por qué un antiguo policía que se había convertido en investigador privado frecuentaba la compañía de dos criminales —uno de ellos, Angel, un ladrón, y el otro, Louis, un segador de hombres, el último de los Hombres de la Guadaña—. Esas personas eran lo suficientemente sensatas como para callarse su opinión siempre que alguno de nosotros pudiera oírla.

—¿Por qué Buker? —preguntó Angel, mientras comía pollo frito con salsa de miel en el CBG, en Congress Street—. Después de todo, creo que no te han contratado para controlarle.

CBG se había llamado antes Congress Bar and Grill y, antes de eso, Norm's. Para provocar algo de confusión del inescrutable modo en el que solo los establecimientos de bebidas de Portland pueden hacerlo, el antiguo Norm's había seguido abierto en un local en la otra acera de la calle. Ese lugar se llama ahora Downtown Lounge, aunque los clientes más antiguos todavía lo llaman a veces Norm's, y lo hacen incluso después de que haya abierto el nuevo Norm's justo enfrente. Así era como la gente que se citaba en Portland en ocasiones no llegaba a encontrarse.

—No lo sé —contesté—, pero os juro que por la noche, antes de irme a dormir, oigo el tictac de su cabeza. Es como una bomba a punto de estallar...

—No me pareció gran cosa la última vez que lo vi —interrumpió Louis—. Aunque recuerdo que en ese momento estaba intentando hablar con la boca llena.

—Creo que le ha quedado el sabor de tu pistola —comenté—. Me hizo partícipe de algunos sentimientos poco piadosos con respecto a ti.

—¿Qué sentimientos?

—Me sonrojaría si tuviera que repetírtelos, pero digamos sencillamente que no le caen bien los homosexuales.

Louis sopesó el problema.

—Puede que solo necesite que le eduquen un poco —indicó—. Ya sabes, que le animen a pensar de otra forma. Refuerzo positivo.

—¿Estás sugiriendo utilizar el método de la zanahoria y el palo?

—No —aclaró Louis—, solo el del palo.

—¿Un palo en forma de revólver?

—Quizás.

—O podemos mantenernos alejados de él —interrumpió Angel— y dejar que los acontecimientos sigan su curso.

Louis y yo nos quedamos mirándole.

—Vaya, qué tontería he dicho —se lamentó Angel—. ¿En qué estaría pensando?

—Ha pasado mucho tiempo desde la última vez que lo viste —dije.

—¿Dónde? —quiso saber Louis.

—He preguntado por ahí y he oído decir que posiblemente en Jersey. Aún no he empezado a indagar para averiguar por qué, pero voy a tener que hacerlo, aunque solo sea porque, con toda probabilidad, es mejor saberlo. Por otra parte, si su exceso de confianza es algo que deba tenerse en cuenta, será que posee dinero o que está a punto de hacer algo. Siempre ha tenido una vena mercenaria. O ha conseguido un trabajo o tiene uno planeado.

—¿Y qué? —dijo Louis—. Si ya está anunciando su presencia y metiéndose con la gente, acabará de nuevo en la cárcel o noqueado a puñetazos, o ambas cosas. Pero a menos que esperes rehabilitarlo, o que su plan implique robar en tu casa, no es tu problema.

No me molesté en discutir con él, aunque no estaba de acuerdo. No podía evitar tener la sensación de que Raum había entrado en mi órbita por una razón, y que la rotación de esa órbita iba a desembocar de manera inevitable en una colisión.

Louis preguntó por mi hija Sam. Comentó que Angel y él estaban pensando en hacer un viaje por carretera a Vermont y que su intención era pasar a verla. Pensé en ofrecerme a acompañarlos, pero decidí que Sam y, sobre todo, Rachel, su madre, disfrutarían de un tiempo con Angel y Louis que no pretendía complicar con mi presencia. Me llevaba mejor con Rachel de lo que lo había hecho en mucho tiempo, y su padre incluso parecía estar empezando a aceptar que yo estuviese presente. Es posible que Rachel y yo ya no estuviéramos juntos, pero los dos queríamos a nuestra hija y seguíamos sintiendo afecto el uno por el otro. La esencia de nuestras desavenencias pertenecía ya al pasado. Que nos hubiésemos separado era también lo mejor para Sam y ella parecía entenderlo.

Pero, de ser así, la comprensión de esa niña iba mucho más allá de lo que cualquier persona de su edad tendría que comprender.

Angel, Louis y yo nos separamos, ellos regresaron a pie a Eastern Promenade y yo conduje de vuelta a Scarborough. El cielo nocturno estaba despejado y plagado de estrellas. Se reflejaban en las aguas de las marismas, de tal modo que parecía como si la tierra fuese un fino disco, tal como la concebían los antiguos, y los estanques fuesen agujeros sobre su superficie por los que un hombre podría precipitarse al vacío en caso de dar ese paso por descuido.

Cuando entré en el garaje, mis faros dibujaron una silueta en la rama más baja de un alerce desnudo en el extremo oriental de mi jardín, que daba a un pequeño estanque: una garza nocturna de corona negra, con la parte inferior pálida como un espejo que reflejase la luz de la luna; una cazadora nocturna que salía a alimentarse cuando sus competidores dormían. No la había visto antes y su presencia me produjo sentimientos encontrados. El resto de las aves de la marisma pronto empezarían a reproducirse y sus huevos y crías serían vulnerables a garzas como esa, especialmente los charranes de Pine Point. Pero no iba a molestarla. Cabía la posibilidad de que me identificase un poco con ella.

Pero los acontecimientos siguieron su curso, como suele pasar. En pocos días, Raum Buker volvería a mi vida, pero eso no era lo malo. Ya sabía que era un hombre despreciable, pero el que vino después fue infinitamente peor.

12

Dos días después de comer con Angel y Louis, me encontré con Will Quinn en el Two Lights, en Cape Elizabeth. El restaurante Lobster Shack, situado sobre el acantilado, continuaba cerrado y, debido al viento procedente del mar, había poca gente alrededor que pudiera fijarse en nosotros. Los que habían elegido pasear cerca del faro mantenían la cabeza baja, cosa que era incluso mejor. Para ayudar a aliviar el frío, me había traído café para los dos del C Salt Gourmet Market y un par de pasteles para remojar.

No tengo oficina, igual que no tengo secretaria. Conservo todos mis archivos y las notas de los casos en mi casa, y los documentos más antiguos, en un trastero. Mi teléfono móvil hace las veces de contestador y nunca acepto más trabajo del que puedo ocuparme cómodamente. La casa en la que vivo es mía, tengo algo de dinero en el banco y cada mes el FBI me paga una cantidad fija (para eso sirve el dinero de los impuestos), lo cual me da un margen de libertad que otros en mi profesión envidiarían, si supieran que existe. La cantidad mensual que pagan por lo que se describe, de manera muy vaga, como «servicios de consultoría» implica ciertas ataduras, claro, pero son bastante elásticas. Cierto es que me había visto obligado a cortar una o dos de esas ataduras en el pasado, pero solo cuando no me había quedado más remedio. Y cuando lo he hecho, el agente especial al mando Edgar Ross, que es el responsable de administrar ese dinero mensual desde una oficina en Federal Plaza en Nueva York, ha llegado a gritarme, pero prefiero pensar que es porque le importo. O digamos que me gustaría pensar eso, pero sé que no es verdad. Aceptamos el consuelo de donde nos llegue y, si no llega de ningún lado, nos lo inventamos.

Cuando tengo que tratar en privado con mis clientes, lo hago en sus casas o, si eso no es posible, en terreno neutral y tranquilo. El Bear suele ir muy bien para eso por la mañana temprano, antes de las once y media, que es cuando abren al público, pero me he sentado para consultas de posibles clientes en cafés, en almacenes de librerías e, incluso, en uno de los teatros vacíos en el Nickelodeon. Debido a algunos de los casos en los que me he visto implicado, mi cara es más conocida de lo que me gustaría. Si alguien ve a un tipo hablando conmigo, significa que es probable que ese tipo, o alguien a quien conoce, esté metido en algún lío.

Pero a menudo ayuda encontrarme con mis clientes en el exterior y hablar mientras caminamos. Es menos formal y agobiante, y da libertad a las personas para que compartan lo que necesitan. Ni siquiera se ven obligados a mirarme a la cara si no quieren: no tienen más que descargar sus penas y yo los escucharé. En ese sentido, se parece mucho al silencio del confesonario, si dejamos aparte mis honorarios, y he renunciado a tantos que mi contable tiene pesadillas.

El Two Lights había sido una sugerencia de Will. Ya me esperaba cuando llegué; estaba de pie al lado del Lobster Shack, viendo cómo rompían las olas contra las rocas, como un personaje de un cuadro romántico del siglo XIX, suponiendo que esos artistas sintieran predilección por los modelos con camisa de leñador a cuadros. Conocía a Will de la ciudad y nos saludábamos con la cabeza cuando nos cruzábamos. Era un hombre pequeño, con barba, de unos cincuenta años; soltero, sin hijos. Siempre me había parecido tímido, incluso ligeramente ingenuo, como si siguiera sin entender las crueldades ocasionales del mundo. Dirigía una empresa maderera en York: madera de pino aserrada y secada en hornos, con un negocio secundario de aserrado a medida; aunque te multaban si la hoja golpeaba el hierro. Su ropa siempre estaba cubierta por una fina capa de serrín y también llevaba rastros en la piel y el pelo. Creo que a él le gustaba lucir de ese modo, había olores mucho peores que el de la madera asociados a un hombre.

Le pasé el café, junto con una cucharilla de plástico y un par de sobres de azúcar, por si quería. Echó al café el contenido de los dos sobres mientras caminábamos hablando del tiempo y de su negocio. Se interesó por Rachel y Sam. Le dije que estaban bien y que Vermont no les sentaba mal.

—Vermont es bonito —dijo Will—. Mi madre vive con su segundo marido en la parte oriental de Dakota del Norte. La primera vez que la visité, pensé que nunca había visto un lugar tan llano. Le pregunté al empleado de una gasolinera si había algo que mereciera la pena ver. Me señaló una colina a un kilómetro y medio de donde nos encontrábamos y me dijo que siempre podía detenerme allí. Le pregunté: «¿Qué veré cuando llegue?», y me contestó: «Lo mismo que puedes ver desde aquí, pero sin la colina». Creo que lo dijo en sentido metafórico, pero no estoy seguro.

—¿Así que subiste a la colina?

—Claro, porque algo tenía que hacer. Realmente, no era una colina, sino más bien un montículo. Las vistas habrían sido mejores si me hubiese subido a una silla.

Transcurridos cinco minutos, Will se dispuso a explicar el motivo por el que me había citado ahí.

—¿Conoces a Raum Buker? —preguntó.

—Sí, le conozco.

—¿Es amigo tuyo?

—Todavía no he tocado fondo, así que va a ser que no.

—Eso me han dicho. Solo quería asegurarme antes de continuar. —Dio otro sorbo al café—. Suelo tomarlo con más azúcar —se quejó.

—Puedo volver a por más, pero tendría que cobrarte el tiempo.

—Sobreviviré.

—Suponía que dirías eso. ¿Qué problema tienes con Raum?

—Estoy saliendo con alguien —comenzó Will—. Una mujer —añadió, por si fuera necesario aclararlo—. Me gusta mucho.

—Eso está bien —dije, aunque supuse que eso no era todo, o no estaríamos manteniendo esta conversación.

—Sí, estuvo bien hasta que apareció Raum Buker —aseguró Will con un suspiro—, porque la mujer es Dolors Strange.

No sé por qué me sorprendió saber que Will Quinn y Dolors Strange podían ser pareja. Quizás porque Will parecía un candidato poco probable a compartir sus afectos con la misma mujer que Raum Buker y, de manera más pertinente, que sus atenciones hubieran sido bien recibidas. Fue como enterarse de que a alguien le gusta escuchar a la vez *death metal* y Perry Como.

—¿Cuánto tiempo lleváis? —pregunté.

—¿Dolors y yo? Unos cuatro meses. Empezó cuando pasó por mi empresa para recoger un poco de corteza como mantillo para su jardín.

Algo que, adiviné, podía parecer adorable en el negocio de la madera.

—¿Te habló alguna vez de su época con Raum? —pregunté.

—Ni siquiera sabía que había estado con él hasta que apareció por la ciudad. Llevo una vida tranquila, quizás demasiado tranquila. Debería salir más.

—No te flageles por eso —le dije—. El tiempo que uno pasa ignorando la existencia de Raum Buker nunca es tiempo perdido. Pero tengo que preguntarte algo: ¿por qué me cuentas esto?

—Porque a ella no le conviene y porque creo que le tiene miedo.

—¿Te lo ha dicho ella?

—Más o menos, justo antes de decirme que teníamos que dejar de vernos durante un tiempo.

Podía haber sido el viento, pero se le humedecieron los ojos. Se los limpió con la manga de la chaqueta.

—Esa brisa corta la cara, ¿verdad? —disimulé.

—«Viento del este, lluvia como peste...» —recitó Will—. Mi madre solía decirlo. No recuerdo el resto, pero esa parte sobre el viento del este se me quedó grabada para siempre. Ahora que lo pienso, no creo que me dijera más que eso. La quería mucho, pero siempre veía el vaso medio vacío.

Cerca, un gavión atlántico de gran tamaño se posó en una roca y golpeó con su pico la parte blanda de un cangrejo. La fuerza del impacto envió al cangrejo dando botes rocas abajo, y el gavión lo siguió. La visión no sirvió en absoluto para relajar el ambiente.

—¿Te dijo Dolors por qué quería alejarse de ti? —pregunté.

—Claro. Por Raum.

Me miró como si solo un idiota necesitara que se lo explicaran, y quizás pensó que se había equivocado al acudir a mí en su momento de tribulación.

—A lo que me refiero es: ¿era porque quería volver a estar con él, o porque tenía miedo de lo que podría suceder si te pillaba calentándote los pies a su lado?

Will reflexionó.

—Espero que sea la segunda opción, aunque ninguna de las dos es muy halagüeña, ¿verdad?

—No se trata de dorarte la píldora, Will. Además, todo lo que digas quedará entre nosotros.

Suspiró.

—Creía que le gustaba. Me gustaría pensar que todavía es así. Incluso estaba pensando en..., ya sabes...

—¿Matrimonio?

La palabra se me escapó cargada de más incredulidad de lo que había pretendido y no pude evitar que Will se diera cuenta..

—Es una buena mujer —me reprochó—, cuando se la conoce.

Me disculpé.

—¿Así que es la segunda opción? Crees que está intentando protegerte.

—Una opción que sigue sin halagarme, de todos modos. Me gustaría ir a por Raum Buker con una barra de acero, pero ¿de qué me serviría? No soy ningún luchador. Terminaría como ese pobre cangrejo.

El gavión había recuperado su desayuno y estaba deleitándose con una de las patas del cangrejo, cuyo cuerpo se balanceaba inerme en el aire. Esperaba que el cangrejo estuviera muerto. No parecía que el mundo estuviera falto de dolor y sufrimiento. El gavión ajustó su agarre, lanzó el cangrejo al aire y volvió a agarrarlo. Oí cómo se partía el caparazón. La mitad del cuerpo del cangrejo cayó al suelo y con eso terminaron las dudas.

—No si lo golpeas por detrás —le sugerí.

—Tampoco puedo hacer eso. De todos modos, con la suerte que tengo probablemente no le daría de pleno.

No me importaba hablar con Will Quinn ni prestarle un hombro donde llorar, pero no veía cómo podían ser asunto mío sus dificultades amorosas.

—Soy investigador privado, Will, no consejero matrimonial. No puedo hacer mucho por ti en este aspecto.

Will se volvió para mirarme a la cara.

—Pero no es solo un problema de relaciones —afirmó—. También es un problema de lo oculto.

13

Los detectives Condell y Gardner habían llegado a un callejón sin salida en el caso de Edwin Ellerkamp. Quienquiera que fuese el responsable de su muerte era o muy hábil o muy afortunado, porque no habían recuperado huellas dactilares ni ADN de la escena del crimen; o nada que no debiera haber estado allí. La sangre del espejo era la del propio Ellerkamp y la había aplicado alguien que llevaba guantes. Los detectives intentaron rastrear las llamadas telefónicas, tanto las realizadas como las recibidas, de un par de números no identificados en el móvil de Ellerkamp, pero por el momento lo único que habían podido determinar era que dichos números habían sido generados por una aplicación anónima que desviaba las llamadas a otro dispositivo. Ese tipo de aplicaciones las utilizaban quienes vendían productos por internet y preferían mantener una barrera de seguridad entre ellos y los posibles compradores, así como quienes tenían citas, en línea o convencionales.

Y los delincuentes, claro está, porque valoraban su intimidad.

Por lo general, el siguiente paso habría sido obtener una orden judicial para obligar a los creadores de la aplicación a revelar cualquier detalle que pudieran poseer sobre el origen o destino final de esas llamadas, salvo que la aplicación hubiera sido rastreada hasta la *dark web*, lo que significaría que: a) cualquier orden, suponiendo que se pudiera obtener, sería inaplicable en términos prácticos, y b) las comunicaciones entre Ellerkamp y el titular o titulares de esos números implicaban casi con toda seguridad algún grado de ilegalidad, porque de lo contrario tales niveles de ocultación habrían sido innecesarios.

Desde el descubrimiento del cadáver, Condell y Gardner habían adquirido más conocimientos de los que cualquiera de ellos hubiera deseado sobre el floreciente mercado de monedas obtenidas de manera ilícita: robadas a coleccionistas, tiendas y museos, o desenterradas por buscadores de tesoros y no declaradas a las autoridades pertinentes. Empezaban a creer que tal vez Edwin Ellerkamp había engañado a alguien en una transacción de monedas, o se había visto implicado él mismo en la compra de bienes robados, y que había sido asesinado por ello. Su colección estaba en proceso de catalogación y tasación, pero varias de las piezas no tenían ningún documento que indicara su procedencia o cómo las había adquirido. Además, a Condell le seguía pareciendo extraño que hubieran dejado intactas tantas cosas de valor en la casa. ¿Qué clase de individuo estaría tan obsesionado con las monedas como para matar a un hombre por ellas y no robar su tesoro al completo? Alguien, pensó Condell, con un peculiar sentido del honor, si no otra cosa.

Y luego estaba el asunto de la marca en el espejo. Por lo que habían llegado a saber, era una variación del símbolo oculto de la «perdición», que significaba algo maligno o destructivo; aunque cabía la posibilidad de que el asesino no supiese dibujar bien una figura de palo. A Condell le habría gustado descartar la segunda opción, pues se inclinaba más por la primera, lo cual no le gustaba nada. Ya era bastante malo que hubiesen asfixiado a un anciano metiéndole en la boca lo que habían identificado como *sceattas* de plata anglosajonas de los siglos VII y VIII, a las que habían añadido algunos dracmas de plata griegos anteriores a Cristo. Que a todo ello fuese a sumarse un elemento oculto no hacía sino complicar aún más las cosas.

Por fortuna, habían logrado no desvelar durante unos días a la prensa la forma exacta en que había sido asesinado Ellerkamp, aunque ahora esa información había pasado a ser de dominio público y habían hablado de ello en un par de artículos periodísticos. Demasiada gente sabía lo que había ocurrido como para que no acabara filtrándose y el tema de las monedas había sido confirmado posteriormente por la policía. La presencia del símbolo en el espejo, sin embargo, seguían manteniéndolo en secreto; que todo el mundo supiese de su existencia no podía beneficiar a la investigación.

Había otro dato sobre el asesinato de Ellerkamp que se mantenía en secreto. En el transcurso de la autopsia, no solo extrajeron monedas de su garganta y estómago. El forense también había recuperado un par de dados viejos, con las caras alteradas: en el primer dado solo aparecían el uno, el dos y el tres; y en el segundo, el cuatro, el cinco y el seis. El segundo, según había averiguado Condell, se conocía como «hombre alto», y el primero como «hombre bajo», y es posible que en su día se utilizaran para estafar a los más palurdos en juegos de azar. Los análisis de datación por radiocarbono habían establecido que los dados se habían fabricado en el siglo XVI, y mediante un proceso conocido como RIA, o radioinmunoanálisis de proteínas, habían identificado que la materia del dado era hueso humano. La mujer que trabajaba para Ellerkamp nunca había visto un solo dado entre las piezas de la colección de su jefe y no recordaba que él los hubiera mencionado nunca, tampoco en sus estanterías había libros que trataran de tales artefactos. Eso no descartaba que fuesen suyos, pero también hacía plausible que su asesino los hubiera introducido en el cuerpo de Ellerkamp. Se trataba de otro detalle peculiar que añadir a una lista cada vez más extensa.

Si bien los asesinatos eran una rareza en Athens, en la Mancomunidad de Pensilvania al completo no lo eran tanto, así como otro tipo de delitos menos extremos pero no por ello menos irritantes, por lo que Gardner y Condell tenían trabajo más que suficiente para mantenerse ocupados. Por eso no tardaron en tener la impresión de que el caso Ellerkamp se iba enfriando con rapidez.

Pero el símbolo de la perdición, como habría dicho la madre de Condell, se interponía entre él y el sueño, porque ¿qué clase de asesino firmaba sus actos con un símbolo rúnico? Si se trataba de una firma, cabía la posibilidad de que fuera un asesino que o bien había segado vidas con anterioridad, o bien pretendía segar más y quería asegurarse de que su obra fuera atribuida correctamente. La segunda posibilidad daba a entender que el asesino sabía que la existencia de la runa acabaría haciéndose pública y que tendría un significado para determinadas personas, que deberían interpretarlo como una advertencia o algún tipo de confirmación. Hasta el momento, sin embargo, las búsquedas que habían llevado a cabo en bases de datos estatales y federales, incluida la del Centro Nacional de Información Criminal del FBI, no habían arrojado resultado alguno. Eso no quería decir que escaseasen las runas, porque cualquiera que hubiera comprado un ejemplar del disco *Led Zeppelin IV* o hubiese frecuentado un salón de tatuajes sabía lo que era una runa, y algunas de esas personas habían llegado a cometer crímenes, incluyendo algunos en los que las runas habían desempeñado un papel significativo. Pero el símbolo de la «perdición» no aparecía en ningún crimen anterior, resuelto o sin resolver, relacionado con monedas o antigüedades, y Condell era reacio a ampliar sus parámetros de búsqueda para incluir a cualquier chaval aburrido que hubiera pintarrajeado alguna vez una pared por su afición desmedida al *black metal* noruego. Tampoco se había encontrado ninguna coincidencia en la búsqueda de dados de hueso.

Volvió a pensar en la historia de Valeriano, que murió asfixiado con oro fundido. Pero Valeriano había cometido el error de interponerse en el camino de un gobernante. ¿A quién había traicionado Edwin Ellerkamp? ¿A algún príncipe feroz y frío, a algún rey oscuro? Condell dejó de lado esa clase de pensamientos. No se trataba de un rey ni de un príncipe. De un sádico, sí, pero no de un sádico cualquiera, sino de uno sobrado de confianza, arrogante incluso, pues había marcado su obra. Los que hacían esa clase de cosas querían ser atrapados, o bien no tenían miedo a que los atrapasen. El hecho de que el asesino de Ellerkamp no hubiera dejado pruebas de su presencia en la casa más allá de un cadáver y una runa sugería esa última posibilidad.

Por el momento, Condell y Gardner seguirían investigando a los comerciantes y coleccionistas de monedas; en persona, siempre que les fuera posible, porque Condell era experto en detectar a los mentirosos. Una persona en aquella comunidad sabía por qué alguien había dejado la runa en un espejo de la casa de Ellerkamp, lo que daba a entender que también tendría una idea de quién podría haberla puesto allí. Por supuesto, la runa podía ser un elemento de despiste para la policía, pero, en ese caso, ¿por qué no facilitarles su búsqueda? No, Condell estaba convencido de que tenía un significado, por eso definió su colocación como un error por parte del asesino, incluso si se trataba de un acto que había sido sopesado y considerado necesario; tal vez, especuló, respondía a una tirada de dados de hueso. Un riesgo, por tanto, pero un riesgo que merecía la pena correr.

Sin embargo, Condell siguió dándole vueltas al asunto: ¿por qué?, ¿por qué era importante?, ¿por qué arriesgarse?

Decidió que necesitaba una siesta, aunque aún no era mediodía. Pero ¿para qué servían los días libres si no eran para poder echarse una siesta por capricho? Su mujer estaba trabajando y sus perros dormitaban en el suelo, por lo que no estaban en condiciones de juzgarle.

Como suele ocurrir, la respuesta a ese último «¿por qué?» le llegó mientras exploraba el terreno entre el sueño y la vigilia.

Una confirmación de identidad.

Una advertencia.

Condell abrió los ojos.

El asesino no había encontrado lo que buscaba en casa de Edwin Ellerkamp.

14

Reuben Hapgood rara vez abría su local antes de las diez de la mañana y a veces ni siquiera a esa hora. Una nota en la puerta invitaba a los clientes a llamar a un número de teléfono si la tienda estaba cerrada —lo que ocurría de domingo a miércoles—, pero Reuben tampoco contestaba siempre al teléfono y solo recogía los mensajes cuando le convenía. Internet había transformado su negocio, como el de tantos otros, y ahora la tienda podía considerarse incluso innecesaria, pues Reuben la había sustituido, en esencia, por un escaparate virtual a través del cual podía mostrar sus existencias al mundo entero. A pesar de ello, hasta ahora se había resistido a entrar de lleno en internet, se mostraba reticente a dejar atrás por completo la tradición y la historia familiar.

Reuben había heredado su vocación —mejor dicho, su obsesión— de su padre, que abrió su tienda en una carretera secundaria a las afueras de Whitefield, New Hampshire, en 1946, poco después de regresar de Europa sin el dedo meñique de la mano izquierda, gracias a un trozo de metralla alemana que más tarde había fijado en un cubo de Lucite para exponerlo detrás del mostrador. El bloque de Lucite seguía allí, al lado de una fotografía del abuelo de Reuben, Farley Hapgood, junto a una serie de monedas con la marca de Athelstan, primer rey de Inglaterra, una instantánea tomada pocos años antes de que el abuelo Farley emigrara de Dorset, su lugar de nacimiento, para emprender una nueva vida en Estados Unidos. Farley había sido arqueólogo aficionado y había participado en excavaciones realizadas en Dorset, Hampshire, Somerset y Wiltshire, los cuatro condados modernos que se correspondían con el antiguo reino de Wessex, y había descubierto las monedas de Athelstan mientras realizaba una búsqueda solitaria en campos recién arados cerca de Bridport. Había recuperado dos docenas en total, junto a trozos de alambre de oro y un pequeño broche de oro casi perfecto. Farley se reservó únicamente tres de las monedas para sí, que finalmente entregó a su hijo mayor, quien a su vez se las legó a su único hijo, Reuben. Este, menos sentimental que sus antepasados, había vendido dos de dichas monedas, pero no era tan avaro como para desprenderse de todas. Reuben había dispuesto que lo enterrasen con la última —que tenía la inscripción «Athelstan Rex» en una cara, rodeando una imagen del rey, y una cruz en el reverso con el nombre del fabricante y la ceca—, a la manera de un antiguo guerrero que pretendiese llevarse parte de su riqueza al otro mundo.

Reuben se había casado una vez, pero hacía mucho tiempo, y no había tenido hijos. Él y su exmujer ya no mantenían el contacto, lo que decía mucho de la profundidad de los sentimientos que habían compartido. Tampoco había hostilidad entre ellos; de hecho, no había ningún tipo de emoción residual. Habían llegado al matrimonio y luego lo habían abandonado, como una pareja que visita brevemente un insatisfactorio Túnel del Amor en un parque de atracciones. Reuben no se molestó en volver a casarse, aunque disfrutó de la compañía duradera de una servicial amiga en Guilford, Vermont, que apreciaba su independencia tanto como Reuben apreciaba la suya, y habría preferido que las ratas colonizaran su morada a compartir techo con él. Los únicos parientes vivos de Reuben, primos de distintas estirpes, estaban lejos y no mantenían relación alguna con él. El testamento de Reuben estipulaba que, en caso de fallecimiento, su colección privada y el contenido de su almacén debían ser examinados por expertos del Smithsonian, a quienes se permitiría añadir hasta el cincuenta por ciento de lo que creyesen conveniente a su propio tesoro. El resto se vendería en subasta y los beneficios se repartirían a partes iguales entre cinco organizaciones benéficas de protección de animales, pues Reuben siempre había preferido la compañía de los gatos a la de las personas, excepto cuando existía la posibilidad de ganar dinero.

Reuben, sin embargo, confiaba en que el día de su fallecimiento aún quedara lejos, porque solo tenía sesenta años y gozaba de buena salud. Sus principales vicios eran el vino y el pan de masa madre, que a él le parecían vicios bastante modestos que quizás compensaban el tercero, que revelaba cierta laxitud moral a la hora de adquirir y vender monedas antiguas y objetos afines. Reuben no robaba, pero no se negaba en ningún caso a que lo robado pasara por sus manos. Su única esperanza era que, tras su muerte, no quedase nada excesivamente ilegal en la tienda, porque preferiría que su buen nombre no se viera mancillado de manera póstuma. Por otra parte, si se descubrían objetos de ese cariz, el Smithsonian, con toda probabilidad, se los quedaría de todos modos, así que no pasaría nada grave..., o no mucho. No es que aquellos a quienes había vendido monedas adquiridas ilegalmente las hubieran fundido, aunque sabía de un coleccionista que había hecho encastar monedas griegas y romanas en el suelo de su cuarto de baño, cosa que molestó un poco a Reuben. Sus clientes se habían deleitado con sus compras y las apreciaban. Eso era mucho mejor, en opinión de Reuben, que tenerlas escondidas en el sótano de algún museo, como sin duda estaban destinadas a serlo las preciadas piezas de su propia colección.

La naturaleza de su clientela era la otra razón por la que Reuben había decidido mantener abierta la tienda. Algunos hombres —y los coleccionistas de monedas eran en su mayoría masculinos— seguían prefiriendo realizar sus transacciones en persona para examinar las posibles adquisiciones en un entorno adecuado, lo que para ellos significaba estar rodeados de monedas. En ese sentido, se parecían a los bibliófilos; Reuben comprendía su deseo porque lo compartía. Incluso cuando las persianas de la tienda estaban bajadas y podía verse el cartel de CERRADO, Reuben permanecía a menudo dentro de la tienda, estudiando en silencio, fotografiando, comunicándose, negociando, con música a bajo volumen y uno de los gatos dormitando en un cojín a su lado.

Pero era jueves, e incluso para los excéntricos y relajados estándares de Reuben, la tienda debería llevar abierta al menos una hora. Los gatos cruzaron la calle con él, como hacían siempre, y luego se adelantaron corriendo por si algún roedor o pájaro pudiera estar a su alcance para divertirse un rato. Reuben entró por la puerta trasera, tras asegurarse primero de que no había personajes sospechosos en las inmediaciones ni vehículos desconocidos aparcados cerca. Nunca se era demasiado precavido, porque no faltaban los yonquis y los maleantes que creían que un vendedor de monedas representaba un blanco fácil. Por eso, Reuben llevaba consigo una pequeña y compacta pistola Ruger cuando se dirigía a la tienda, y en el local disponía de un botón del pánico que podía accionar con el pie, situado bajo el mostrador, que conectaba directamente con la comisaría de policía de Whitefield. Reuben también había optado por no economizar en lo que se refería al sistema de alarma y tenía su propia casa justo enfrente. Si la alarma se activaba —y hasta el momento siempre que se había activado había sido de manera totalmente accidental, gracias a Dios—, él podría ver con sus propios ojos lo que estaba ocurriendo.

Todo lo cual provocó que, al entrar en la tienda, con los dos gatos enredados en sus tobillos, Reuben se sintiese de lo más desconcertado al encontrar a un hombre sentado en uno de los sillones de la trastienda. Iba vestido con ropa de color marrón, tenía un desgastado sombrero trilby sobre el regazo y sostenía en la mano derecha una pistola mucho más grande que la de Reuben. La mano parecía hinchada y las uñas enfermas, con las puntas levantadas, los centros lo bastante cóncavos como para contener cada uno de ellos, sin derramarse, una gota de agua. Tenía la piel descamada y los ojos de color gris lechoso, cubiertos el iris y la pupila por una película; el izquierdo estaba casi totalmente oculto, el derecho solo en parte. Si no estaba a punto de morir, sospechó Reuben, poco le faltaba.

—Sé que tienes una pistola —le dijo a Reuben—, porque serías tonto si no la tuvieras. Ahora sería un buen momento para sacarla lentamente y dejarla en el suelo.

Reuben sacó la Ruger de la funda del cinturón y la dejó en el suelo. Uno de los gatos la olisqueó con curiosidad.

—Cierra la puerta.

Reuben obedeció. Le costó tres intentos introducir la llave, le temblaban mucho las manos.

—¿Has venido a robarme? —dijo.

—No soy un ladrón. —Por su tono de voz parecía ofendido.

—Entonces, ¿qué quieres?

—Me llamo Kepler —dijo el intruso—, y es posible que tengas algo que me pertenece.

15

Will Quinn era un buen cristiano. Iba a la iglesia episcopal de St. George todos los domingos y, en Navidad, su empresa entregaba generosas donaciones a las organizaciones filantrópicas. No estaba seguro de cuál sería su experiencia con lo oculto, pero estaba dispuesto a apostar una buena cantidad a que era bastante pequeña y se limitaba a películas para adultos que le impedían conciliar el sueño.

—¿Has visto a Buker desde que ha vuelto? —quiso saber Will.

—Nos encontramos en una ocasión. No pensaba volver a encontrármelo.

—¿Le viste el tatuaje del brazo?

—Sí. Era un pentáculo.

—Sé lo que es —dijo Will—. Lo he buscado en internet. Es un símbolo oculto. Se usa para invocar a los espíritus.

Lo mejor de internet es que es fácilmente accesible y está a disposición de la mayoría de la gente. Lo peor de internet, por otra parte, es que es fácilmente accesible y está a disposición de la mayoría de la gente. Desde un punto de vista técnico, lo que había leído Will era verdad, pero, en un plano más benigno, el pentáculo también simbolizaba el ciclo de la vida y las conexiones entre los cinco elementos. Se lo comenté.

—¿Crees que Raum Buker se hizo un tatuaje porque está ligado con el ciclo de la vida? —respondió Will—. Dijiste que lo habías visto, ¿no?

No le faltaba razón. Raum no me dio la impresión de ser un

tipo al que le va lo del ciclo de la vida, y la única ocasión en la que podría utilizarse la palabra «benigno» en relación con él sería si le aparecía un tumor.

—Will, la mitad de los gilipollas que van a la cárcel salen con algún tatuaje. ¿Sabes la cantidad de esvásticas al revés que he visto en las espaldas de exconvictos? La mayoría son demasiado bobos para saberlo. Solo se las ven en el espejo, así que creen que están correctas.

—Esto no es una esvástica —dijo Will—, y Buker será muchas cosas, pero bobo no es una de ellas. Incluso Dolors dice que lo encuentra cambiado. Me preocupa su seguridad.

—Cambiado..., ¿en qué sentido?

—Se enfada más a menudo, es más cruel. Le dijo a Dolors que le costaba dormir. Y...

Dudó en proseguir.

—Continúa —dije.

—Y que Raum huele como si estuviera quemándose.

Will Quinn no se marchó contento precisamente, pero sí sintiéndose un poco menos desgraciado que cuando llegó. En contra de mi propia opinión, había aceptado hablar con Dolors Strange acerca de Raum Buker. Will había insistido en pagarme mi tiempo y yo había aceptado cobrar por horas, sin anticipos. En realidad, no pensaba cobrarle más que lo que tardara en llegar hasta el negocio de Dolors Strange, oírla mandarme a freír espárragos, encontrar otro lugar donde comprarme un café e irme directo a casa.

Antes de que se marchara, pregunté a Will acerca de la relación entre Dolors y su hermana, Ambar.

—Es mejor de lo que solía ser —contestó—. Su madre murió hace un año, el pasado marzo, y les hizo darse cuenta de que solo se tenían la una a la otra. También ayudó que Buker ya no anduviera por aquí.

—¿Y ahora que está de vuelta?

—Creo que quiere que las cosas vuelvan a ser como antes.

Pareció avergonzado por lo que esto implicaba. No podía culparle por ello.

—¿Y qué opinan de eso las hermanas Strange? —pregunté.

—Dolors dice que no quiere volver a verle en la vida y que no debería preocuparme por esto. Dice que no va a haber nada entre ellos.

—¿Y Ambar?

—Según Dolors —dijo Quinn—, Ambar es más débil.

—Entonces, ¿por qué estaban las dos con Raum en la bolera de Westbrook hace un par de noches?

Will se encogió de hombros, resignado.

—Realmente no tengo ni idea.

16

Reuben Hapgood estaba sentado justo enfrente del hombre que se hacía llamar Kepler. Los gatos mantenían las distancias, algo que no era habitual en ellos. Les gustaba llamar la atención y no les importaba acurrucarse en el regazo de un cliente si este permanecía sentado el tiempo suficiente, pero el recién llegado había activado el instinto de supervivencia en los animales, y también en el propio Reuben. Nadie le había apuntado nunca con un arma, pero daba por hecho que cualquiera que se molestase en introducirla en una conversación podría estar dispuesto a usarla.

Reuben había oído hablar de Kepler. Era posible que incluso le hubiese vendido monedas en alguna ocasión: aunque el comprador había sido anónimo y el pago se había efectuado mediante giro postal, el número de la caja a la que se enviaron los artículos había hecho sonar las alarmas de dos de los socios de Reuben. Le advirtieron de que se asegurara de que todo lo relacionado con las monedas estaba en orden, porque Kepler tenía una reputación, aunque ninguno de los dos traficantes pudo precisar su origen ni decirle nada sobre el comprador más allá de que no era una persona a la que se pudiera subestimar.

—Vi un anuncio en la *dark web* —dijo Kepler—. Tengo razones para creer que podrías haberlo puesto tú.

Reuben cometió el error de meditar su respuesta, por eso, cuando la formuló, ya se le había pasado la oportunidad de disimular.

—De vez en cuando uso la *dark web* —dijo Reuben—, pero prefiero no hacerlo.

—Excepto cuando vendes artículos de procedencia dudosa o cualquier cosa que pueda atraer la atención de las autoridades.

—Hay que ser precavido. Tú lo sabes. Librarse de una acusación falsa puede llevar mucho tiempo y ser difícil de refutar. Tú eres coleccionista.

—Pero no un ladrón —dijo Kepler.

—Yo tampoco lo soy.

—Actúas en nombre de ladrones.

—Actúo en nombre de vendedores —dijo Reuben—, algunos de los cuales, cosa poco común, admito que pueden ser ladrones —concluyó sin convicción.

Junto a su pie derecho, uno de los gatos maulló, como si lo regañara por sus evasivas. Kepler lo miró con el ceño fruncido. El cambio de expresión hizo que se le abriera una llaga junto al lado derecho de la nariz. Goteaba un líquido claro que le corría por la mejilla. Kepler se la frotó con un dedo, arrugó la nariz con disgusto, como un hombre que oliera su propia mortalidad inminente.

—Solo un ladrón —dijo Kepler— podría estar en posesión de una Dos Emperadores.

La Dos Emperadores que se ofrecía a la venta en la *dark web* era una moneda del siglo IX, de las más raras del mundo. En una de sus caras aparecía el rey Alfredo de Wessex, también conocido como Alfredo el Grande, junto al rey Ceolwulf II de Mercia, que en gran medida había sido borrado de la historia. La otra cara mostraba a Alfredo en solitario. Tan solo dos de esas monedas habían aparecido en el mercado. La primera se encontró en 1840, la segunda más de un siglo después. Se había hecho una puja mínima de cincuenta mil dólares por la moneda, que se vendía a través de la *dark web,* pero su valor real superaba los cien mil dólares.

—¿Cómo puedes estar seguro de eso? —dijo Reuben.

—Por dos razones —dijo Kepler—. La primera ya la conoces. Dada la rareza de la Dos Emperadores, cualquier moneda que se pusiera a la venta únicamente podría proceder de un tesoro descubierto y no comunicado a las autoridades competentes en Gran Bretaña. Se trataría, por definición, de un objeto robado. En este caso particular, sin embargo, lo que sucede es que la moneda es de mi propiedad, porque conozco todas sus marcas. Es una de las doscientas monedas que sustrajeron de mi colección personal no hace mucho.

—Supongo —dijo Reuben— que sería inútil pedir una prueba de propiedad.

—¿Quieres que destripe a uno de tus gatos? —preguntó Kepler.

—No —dijo Reuben.

—Entonces vamos a dar por hecho que es de mi propiedad, ¿de acuerdo?

—Me parece bien —respondió Reuben.

Kepler vio cómo una gota de líquido del corte que tenía le caía en la pernera del pantalón, uniéndose a otras manchas, algunas de ellas recientes.

—Solo un hombre sin escrúpulos aceptaría vender esa moneda en nombre de otro —dijo—. Un hombre de esa calaña, si además fuera inteligente y no demasiado codicioso, habría organizado una venta privada, de modo que nadie se enterase de su participación más allá del comprador y del vendedor. Tú, que eres muy listo pero también muy codicioso, creaste un sitio de subastas de acceso restringido en la *dark web* con la esperanza de que el propietario original nunca se enterara. Te equivocaste.

—No sabía que te habían robado la moneda —dijo Reuben, lo cual era cierto en parte. El vendedor le había aconsejado que no ahondara demasiado en cuestiones de procedencia y él había accedido, aunque tenía sus sospechas, como un puñado de personas de su gremio. Todos habían leído sobre la muerte de Edwin Ellerkamp y circulaban historias al respecto.

—¿Habría cambiado algo? —dijo Kepler.

—Podría haber sido más cauteloso —concedió Reuben.

Kepler esbozó algo parecido a una sonrisa. Eso hizo que otra llaga empezara a supurar, cerca de la comisura izquierda de la boca. Se sacó un pañuelo del bolsillo para secarse la secreción. Reuben se preguntó cuántos años tendría aquel hombre. Poco después de que su padre entrara en el negocio, había tratado con alguien que se llamaba igual y que ya entonces gozaba de cierta notoriedad. Cuando Reuben se hizo cargo de la tienda, había revisado los viejos archivos por curiosidad y anotó los tratos de su abuelo con un tal Kepler, las transacciones que implicaban monedas de una rareza significativa. Solo el apellido, sin nombre alguno. Durante un tiempo, Reuben supuso que el interés por la numismática se había transmitido por la línea Kepler, igual que la suya. Más tarde, cuando se enteró de los rumores, no lo tuvo tan claro. ¿Cuánto tiempo podía vivir un hombre? No mucho más, creía Reuben, a juzgar por el ataque de tos que se había apoderado de su visitante. Pero el arma seguía allí, a la vista, y Reuben ni siquiera se planteó la posibilidad de meterle prisa a Kepler. Reuben no era un cobarde, pero tampoco era tonto.

—Si me permites que te lo diga —dijo—, pareces indispuesto.

Kepler apartó el pañuelo de la boca. Reuben vio sangre en él y algo más: fragmentos de materia marrón negruzca, como tabaco a medio masticar. También podía olerlo, parecía carne en mal estado cocinada sobre azufre.

—Me estoy muriendo —dijo Kepler—. Pero por suerte —añadió—, no estoy en fase terminal.

17

De vuelta en coche desde Two Lights, me puse a pensar en que ojalá Will Quinn hubiera encontrado a alguien más de quien enamorarse sobre el mantillo. Yo solo podía juzgar a Dolors Strange por las personas que la acompañaban, pero una mujer que aceptaba compartir su cama con Raum Buker estaba nadando en aguas más profundas y frías de las que un hombre como Will Quinn jamás debería haberse atrevido a explorar. Creo que una parte de Will deseaba salvarla, no tanto de Raum como de sí misma. Pero Dolors no era tonta, o no estaba más allá de las debilidades del corazón humano, así que no podía haberse dejado llevar por la ceguera a la hora de escoger a su amante. Cabía la posibilidad de que, como algunas de las personas que llevan una vida difícil, hubiera elegido coquetear con el peligro para darle cierta emoción a su existencia, y estaba, o había estado, dispuesta a aceptar las consecuencias mientras durara la relación. Su hermana menor, sin embargo, había sido más salvaje en su juventud, y ese tipo de conductas suelen mantenerse en estado latente, no desaparecen sin más.

Había llegado el momento de jugar a comparar y diferenciar a las hermanas Strange.

18

Reuben Hapgood condujo a Kepler hasta el armario situado junto a la pequeña cocina y el cuarto de baño de la tienda. Al abrirlo, el interior únicamente revelaba un riel con perchas y un par de abrigos de invierno de repuesto, pero un pestillo detrás de la barra abrió el panel trasero, dejando al descubierto la caja fuerte de seguridad Viking. La Viking fue diseñada con la intención de guardar armas, pero se adaptaba perfectamente a los propósitos de Reuben. Estaba fabricada con un híbrido de acero y cromo a prueba de manipulaciones y era ignífuga e impermeable. Se accedía a ella mediante el reconocimiento de las huellas dactilares, pero también disponía de un código PIN alternativo.

—Ábrela —dijo Kepler.

Reuben utilizó el código PIN sin intentar siquiera ocultarlo. Podía cambiarlo más tarde, suponiendo que Kepler no le disparara. Además, no le gustaba la idea de utilizar el reconocimiento de huellas dactilares delante de aquel hombre, por si acaso a Kepler se le ocurría cortarle el dedo índice y quedárselo a modo de copia de seguridad. Reuben había oído hablar de un traficante de Albuquerque al que unos ladrones le habían cortado la mano derecha: entraron en su casa por la noche y le practicaron la amputación en la mesa de la cocina, aunque habían tenido la decencia de matarlo primero. Cuando terminaron, fueron a su negocio y utilizaron la mano para abrir la caja fuerte. Reuben no sabía por qué no habían montado al traficante en un coche y le habían obligado a cooperar. Supuso que a algunas personas simplemente les gustaba hacer daño a los demás.

Dentro de la caja fuerte había cuatro estantes, en los que Reuben guardaba su mercancía más valiosa. Tomó una bolsa de tela negra del estante superior y la colocó sobre la mesa de la cocinilla.

—Enséñamela —dijo Kepler.

Con cuidado, Reuben sacó de la bolsa los portamonedas rígidos, o «losas». Las losas estaban selladas sónicamente para crear un entorno hermético, con las monedas suspendidas dentro de una segunda carcasa interior para evitar movimientos o vibraciones. La única forma de sacar las monedas era romper la carcasa. Cuando Reuben completó el proceso, había treinta placas sobre la mesa. Kepler las examinó sin tocarlas, pero no encontró lo que andaba buscando. Ni siquiera la visión de la Dos Emperadores le hizo reflexionar apenas.

—¿Dónde están las demás? —preguntó.

—Esto es todo lo que tengo —respondió Reuben—. Es todo lo que me ofreció.

Kepler le miró, pero no dijo nada.

—No miento —prosiguió Reuben—. Ya te lo he dicho: de haber sabido que las monedas eran tuyas, nunca las habría aceptado.

No era una gran defensa, pensó Reuben, y apenas contaba como declaración de integridad moral, pero era todo lo que tenía.

—Te creo —dijo Kepler.

Reuben dejó escapar un suspiro entrecortado; ni siquiera se había dado cuenta de que había estado conteniendo el aliento.

—Ahora dime su nombre —dijo Kepler.

Reuben vaciló.

—No quiero que nadie salga herido —repuso.

—Es demasiado tarde para eso.

Reuben recordó lo que había leído sobre la muerte de Edwin Ellerkamp y comprendió que su propia vida pendía de un hilo. Estuvo a punto de preguntarle a Kepler si había matado a Ellerkamp, tenía la pregunta en la punta de la lengua, hasta que se dio cuenta de que la respuesta, si se la daba, lo condenaría. En cualquier caso, sabía la respuesta, o creía saberla, pero en ciertas ocasiones necesitamos una confirmación y... al diablo con las consecuencias.

—Recibí las monedas de Egon Towle —declaró Reuben, lo cual era verdad.

Aunque no toda la verdad y, por lo tanto, nada parecido a la verdad.

Kepler blandió el arma frente a Reuben, con ello quiso indicarle que se sentase en una de las sillas. Cuando Reuben se sentó, Kepler hizo lo propio, pero con pesadez y cansancio.

—Conozco a Egon Towle —comentó Kepler—. Siempre lo había considerado un hombre intrascendente. Me molesta haberme equivocado.

—Le encantan las monedas —dijo Reuben—, y sus conocimientos sobre ellas son notables.

—Su conocimiento de otros temas, también —dijo Kepler, casi con asombro—. Cuánto tiempo habrá pasado acechándome. Con cuánto cuidado debió de hacerlo para que no me diera cuenta de que era el centro de su atención ni oyera la proximidad de sus pasos. —Volvió a guardar silencio durante un rato—. Pero no pudo planear y llevar a cabo el robo solo.

—Con el único que traté fue con Towle —dijo Reuben.

Cierto, pero una vez más hasta cierto punto.

—¿Dónde está ahora? —preguntó Kepler.

—Escondido, creo. Se esconde de ti —añadió Reuben, aunque esto último fuera obvio. Pero estaba asustado y un hombre asustado deplora el silencio.

—Debes de tener un modo de contactar con él —dijo Kepler.

—Una dirección de correo electrónico y un número de teléfono.

—Quiero los dos.

—¿Puedo sacar mi móvil? —preguntó Reuben.

—Por supuesto.

Reuben tomó su teléfono, buscó los datos de contacto de Egon Towle y le mostró la pantalla a Kepler.

—Escríbelo todo —dijo Kepler.

Reuben sacó un bolígrafo del bolsillo y garabateó el número y la dirección de correo electrónico en un recibo de su cartera.

—¿Comentó algo del resto de mis monedas? —preguntó Kepler mientras guardaba el papel—. ¿Tenía pensado ponerlas a la venta?

—Le pregunté si tenía más —respondió Reuben—. Dijo que era posible.

—¿Eso es todo? —dijo.

—Sí.

Ahí estaba, finalmente, la gran mentira, pero Reuben había estado practicando y, a sus oídos, sonó intachable. Esperó que sus palabras llamasen la atención de Kepler, pero el momento pasó y su atención siguió otro derrotero.

—Podría pegarte un tiro por las molestias que me has causado —le dijo a Reuben—. No me resultaría muy satisfactorio, pero admito que un poco sí.

—Preferiría que no lo hicieras —dijo Reuben.

—No lo dudo. También sería hipócrita por mi parte. Nunca he robado a otro hombre y nunca he comprado nada que creyera que había sido robado a otro coleccionista. Pero sí he adquirido objetos que sabía que se habían encontrado en excavaciones y no habían sido denunciados, incluido la Dos Emperadores. Procedía del tesoro de Leominster.

—Me lo imaginé —dijo Reuben.

El tesoro de Leominster, también del siglo IX, había sido descubierto por dos buscadores de metales británicos en 2015, en un lugar llamado King's Hall Hill, cerca de Leominster, en las Midlands Occidentales de Inglaterra. Incluía joyas y cientos de monedas, todas ellas escondidas, con toda probabilidad, por un invasor vikingo que no vivió lo suficiente para recuperar su tesoro. En lugar de dar parte de dicho tesoro, valorado en quince millones de dólares, los descubridores decidieron venderlo y fueron encarcelados por ello. A esas alturas, sin embargo, la mayor parte del contenido había desaparecido, probablemente en el mercado negro, aunque nunca se concretó de forma concluyente, y los culpables se resistían a dar detalles sobre el destino del tesoro.

Con cuidado y reverencia, Reuben tomó la moneda de Dos Emperadores.

—Nunca pensé que vería una de estas —dijo—. Si hubiese sido yo quien la encontró, nunca la habría vendido.

—Me ofrecieron tres y seguro que había más —dijo Kepler—. Yo compré una, porque solo necesitaba una. Seguramente, otros habrían querido poseer el resto.

Extendió una mano, y Reuben le entregó la moneda de mala gana.

—¿Qué es lo más valioso de tu inventario dejando de lado tu propia vida? —dijo Kepler.

Reuben ni siquiera tuvo que pensar la respuesta.

—Una media águila de cinco dólares de oro Coronet Head de 1875 —respondió—. Excelente estado.

—Es una moneda de doscientos mil dólares —dijo Kepler.

—He tenido ofertas, pero ninguna por encima de ciento cincuenta.

—Te la compro.

—¿Qué?

—He dicho que te la compro.

Reuben se quedó boquiabierto.

—¿Cuánto? —dijo.

Kepler metió la mano en el bolsillo y sacó un billete de un dólar.

—Un dólar.

—Estás de broma.

—En realidad, no. Rellenarás un recibo de compra, te daré el dólar y nuestros negocios aquí habrán concluido.

—No lo haré —dijo Reuben.

—Entonces, te pegaré un tiro. Seguirás teniendo la moneda, pero no estarás vivo.

—¿Me engañarías, a pesar de que te haya devuelto lo que te quitaron?

—Nadie te está engañando. El dinero cambiará de manos. Se firmará el comprobante de compra. Y te recuerdo que solo me darás una parte de lo robado.

—No soy responsable del resto —dijo Reuben—. Y doscientos mil dólares es un precio muy alto por un error de juicio.

—No te estoy penalizando por tu error de juicio, sino por mentirme. Creo que sabías que esas monedas eran mías desde el momento en que Egon Towle acudió a ti con ellas, y ya habías sido preparado por él para adquirirlas. Towle no se habría arriesgado a cometer un robo de esa envergadura a menos que tuviera un plan para deshacerse de la mercancía. Admítelo, Hapgood. Estoy cansado y mi paciencia se está agotando.

Reuben llevaba tiempo suficiente en el negocio como para reconocer la diferencia entre un mercado de compradores y uno de vendedores, y ahora mismo estaba sumido en la pesadilla de un vendedor.

—Le dije a Egon que no quería conocer la fuente —dijo—, pero en cuanto me proporcionó un inventario parcial, supe que eras tú. Después de todo, yo te vendí ese penique dc Águila Voladora de 1856. —Señaló la mesa—. Recuerdo la muesca debajo del año.

—Y ahora tu lapsus va a provocarte una pérdida considerable en forma de una media águila de 1875. A menos que...

Kepler sacó del bolsillo de su chaleco un par de dados amarillentos.

—Un simple juego de azar —dijo Kepler—. Tú tiras un dado, yo tiro el otro. El más alto gana. Si ganas, te dejaré quedarte con la moneda. Si tu número es más bajo, pierdes.

A los comerciantes como Reuben Hapgood les gustaba jugar, de un modo u otro.

—Acepto el trato.

Kepler lanzó uno de los dados a Reuben y agitó brevemente el suyo en el puño antes de sacar un cinco. Reuben también sacudió el dado y sacó un dos.

Reuben alzó las manos. Había perdido.

—Está en la caja fuerte —dijo.

—Pues sácalo.

Reuben se levantó y se acercó a la caja fuerte.

—Una cosa, Hapgood.

Reuben volvió la cabeza.

—No toques esa pistolita del estante superior.

Y Reuben pensó: «Mierda».

19

Raum Buker cerró la puerta del almacén, comprobó que era seguro y se dirigió a su coche. Ambar se había hecho cargo del alquiler mientras él estuvo en prisión, pero ya le había devuelto parte de lo que le debía. Si todo iba bien, incluso podría devolverle el resto, siempre y cuando ella no le fastidiase demasiado. En el almacén se encontraban la mayor parte de sus bienes materiales, que no eran muchos: algo de ropa, varios muebles, papeles y objetos relacionados con su infancia que habían sobrevivido al incendio de la casa paterna y con las que mantenía un vínculo excesivamente sentimental como para deshacerse de ellas. Todavía podía olerse el humo en algunos de aquellos objetos. Dada la naturaleza particular de los olores, supuso que los fragmentos microscópicos que quedaban de sus padres probablemente formaban parte de dichos objetos, lo cual era otra razón para aferrarse a ellos. Tal vez su madre y su padre fueran unos perdedores empedernidos, pero ninguno de los dos le puso nunca la mano encima y lo criaron lo mejor que pudieron. Es cierto que ninguno de los dos era muy dado a los abrazos, pero Raum no era de los que los necesitaban.

Uno de sus bolsillos tintineó mientras se alejaba del almacén. Contenía cinco monedas de veinticinco centavos, tres de diez, un par de monedas de cinco y un *aureus* romano de oro acuñado para conmemorar a Faustina la Mayor, esposa del emperador Antonino Pío, que fue deificada por el Senado romano tras su muerte hacia el año 141 d. C. La moneda valía entre tres mil y cuatro mil dólares, pero Raum había accedido a aceptar dos mil de un vendedor en línea a cambio de una transacción rápida. Le había prometido a Egon que no haría nada con las monedas hasta que recibiera su visto bueno, pero Egon se encontraba en ese momento en otro lugar, negociando el modo de dispersar la primera parte del tesoro de Kepler. Raum necesitaba fondos y había muchas más monedas en el sitio de donde había sacado esa. Es cierto que era ya la tercera que Raum vendía, pero el intermediario había prometido discreción, y de algo había que vivir, sobre todo después de los años que había pasado en la cárcel.

A Raum le picaba muchísimo el brazo. Siempre era peor después de visitar el almacén, por eso sabía que esa noche no iba a dormir bien. La culpa era de Egon y sus malditas historias. Había sembrado extrañas ideas en la cabeza de Raum, pero si esas ideas lograban hacerles ricos, Raum suponía que podría soportarlas durante un tiempo más; aunque esperaba que no fuera demasiado, porque las pesadillas estaban adquiriendo un tono muy muy oscuro.

Incluso cuando estaba despierto.

20

Una vez en la parte delantera de la tienda, Reuben Hapgood rellenó el comprobante de compra y entregó la media águila y el papeleo que la acompañaba a Kepler, quien añadió ambas cosas a la bolsa de tela negra que contenía sus posesiones recuperadas, así como la pistola Springfield 911 que había en la caja fuerte, la Ruger y una segunda Ruger que Reuben guardaba bajo el mostrador principal. Reuben no tuvo más remedio que reconocer que el hombre era meticuloso. Incluso había desactivado el sistema de vigilancia, algo de lo que Reuben solo se percató cuando Kepler extrajo el disco duro y lo hizo pedazos delante de él.

—¿Hemos terminado? —preguntó Reuben.

—Creo que sí —dijo Kepler—. A menos que me des motivos para volver.

—No hablaré con la policía, si te refieres a eso. —Aunque Reuben había estado considerando hacerlo una vez que hubiese vaciado la tienda de cualquier artículo cuya procedencia resultase discutible.

—¿Qué les dirías? —dijo Kepler—. ¿Que te obligaron a punta de pistola a vender por un dólar una moneda valiosa? Tal vez te crean o tal vez no, suponiendo que pudieran encontrarme. Pero llevo mucho tiempo jugando a esto, Hapgood, más de lo que puedes suponer. He monitoreado tus ventas, tanto abiertas como clandestinas. Operas en algunas áreas muy grises y has dejado un rastro. Si me causas dificultades, me veré obligado a causarte dificultades, todo por una media águila obtenida ilegalmente, no lo olvides.

—¿Cómo...? —quiso preguntar Reuben, pero se detuvo antes de hacerlo, porque no valía la pena seguir adelante. Había comprado la media águila por cuarenta y cinco mil dólares a un ladrón convertido en asesino múltiple que ahora estaba sentado en una celda de la Unidad Walls de Texas, esperando a que el Tribunal Supremo rechazara su última apelación para que el gobierno del estado pudiera proceder a su ejecución. Reuben esperaba que los eminentes jueces cerraran el caso cuanto antes, por si acaso el condenado decidía facilitar su paso a la otra vida confesando sus pecados en esta. Mirándolo por el lado bueno —que no era muy bueno, a decir verdad—, ahora era una preocupación menos para él.

Kepler sacó dos juegos de bridas del bolsillo de su abrigo. Reuben las miró alarmado.

—No son necesarias —dijo.

—He descubierto que la ausencia hace que algunos corazones se envalentonen —dijo Kepler—. Te aseguraré las manos y los pies, pero por lo demás podrás moverte libremente. Estoy seguro de que encontrarás la forma de llegar a una cuchilla, aunque para entonces yo ya me habré ido.

A Reuben no le hizo ninguna gracia, pero sabía que todo podría haber acabado mucho peor. Colocó las manos a la espalda, dócil como un cordero, y luego se tumbó boca abajo para que le pusiera una brida en los tobillos. Las ligaduras eran incómodas, pero no estaban tan apretadas como para cortarle la circulación. Cuando terminó, Kepler lo ayudó a sentarse y se puso en cuclillas a su lado.

—No voy a decirte que no te pongas en contacto con Egon Towle y le hables de nuestro encuentro —dijo Kepler—. Decidir si admites que has compartido tus datos conmigo es decisión tuya. Es posible que eso le ayude a entender el error que cometió y le sirva para entrar en razón antes de que las circunstancias se deterioren aún más. Pero cualquier desgracia que le sobrevenga se la habrá buscado con creces, y tú ya tienes tus propios problemas, así que tus obligaciones para con él son limitadas.

A Reuben le pareció extraño que le dijese lo de «tus propios problemas»: tenía razón, claro está, tanto como observación existencial general como en referencia a su situación actual, pero no dejaba de ser extraño. Es cierto que estaba atado de pies y manos y que había perdido una valiosa moneda, pero estaba vivo y probablemente seguiría estándolo por el momento.

—Lo siento —dijo.

—Sé que lo sientes.

Kepler sacó un rollo de cinta adhesiva de los pliegues de su abrigo y le rodeó la cabeza con ella para taparle la boca. Reuben quiso protestar, pero Kepler era demasiado rápido.

—Por si viene alguien —dijo Kepler—, porque a decir verdad preferiría que guardaras silencio hasta que llegue el momento.

Entonces Kepler hizo una cosa curiosa: justo antes de irse, agarró a los dos gatos de Reuben y se los llevó con él.

Segunda parte

La luna por un lado, el amanecer por otro: la luna es mi hermana...

HILAIRE BELLOC, «La madrugada»

21

El café que regentaba Dolors Strange se llamaba, obviamente, Strange Brews. Nunca había entrado, porque no quería tomar café ni comer nada de repostería preparado por alguien que hubiera tenido conocimiento carnal de Raum Buker. En su interior, haciendo gala de su nombre, Strange Brews estaba decorado como el local de una pitonisa, lleno de cortinas rojas y cojines a punto de estallar, con cristales, inciensos, aceites, velas y libros New Age a la venta junto a pastelitos, galletas y dónuts. De las paredes colgaba ese tipo de cuadros e ilustraciones que las personas que soñaban con tener algún día un unicornio consideraban arte.

Cuando llegué, en el local no había ni un cliente, pero eso podía deberse a la música que sonaba de fondo, que parecía haberse compuesto para el funeral de un elfo. Dolors Strange estaba ante la caja registradora, ayudada por una adolescente con un umbral de dolor muy elevado para los piercings. A veces me pregunto qué le diría a Sam si esta decidiera seguir la vía de la modificación corporal intensa. Si estaba decidida a sufrir, siempre podía sugerirle que se uniera al cuerpo de los Marines o que se hiciera seguidora de los Browns.

Dolors Strange tenía poco más de cuarenta años, pero parecía mayor. No se teñía las canas, lo que, de algún modo, le sentaba bien, y la severidad que resultaba incongruente en su juventud parecía ahora más apropiada a sus años. Nadie la hubiera llamado hermosa, excepto, quizás, Will Quinn, pero tenía un aspecto interesante, tal vez incluso atractivo, de la misma forma austera que algunas estatuas de cementerio. Estaba comprobando el cajón del cambio de la caja registradora, contando las monedas con largos dedos delicados. Tenía las uñas pintadas de púrpura. El color hacía juego con las venas que sobresalían en el dorso de las manos, como si la sangre desoxigenada se le acumulara en las puntas de los dedos.

—¿Señora Strange? —la saludé, sacando mi licencia—. Me preguntaba si podría hablar con usted un momento. Soy...

—Sé quién es —dijo sin mirarme apenas—. Leo los periódicos. Incluso puedo adivinar qué le trae por aquí. ¿Qué ha hecho ahora?

—¿Quién?

—Raum. ¿Por qué, si no, querría hablar conmigo? No puede estar tan falto de conversación que se haya visto obligado a molestar a extraños.

Omitió la «e» en la palabra «extraños», del modo en que solían hacerlo algunos de los nativos de Maine, y a mí me sonó como si fuera un juego de palabras con su propio apellido.

—Raum sí tiene algo que ver con ello —comencé.

—No soy su guardián. Si tiene algún problema con Raum, háblelo directamente con él. —Terminó de contar y por primera vez me prestó toda su atención—. A menos que solo hable con él cuando tiene a sus matones para ayudarle. Me ha contado cómo usted y sus amigos le metieron una pistola en la boca.

—La pistola fue nuestro último recurso —le dije.

—No parece ser el último en su caso, si es verdad lo que he oído.

—Eso me ha dolido —me lamenté.

—Estoy segura de que lo superará.

—Además, no era mi arma. Me cuido mucho de dónde la pongo.

—No me cabe duda.

Metió en una bolsa algunas monedas de cinco centavos y cerró la caja registradora. Antes de que lo hiciera, vi unos cuantos billetes de un dólar y un par de cinco, pero ningún billete más grande. Eso me hizo preguntarme qué tal le iría al Strange Brews. Se encontraba en una zona poco atractiva de Main Street, entre dos locales más grandes —uno vacío y el otro con oficinas parcialmente ocupadas— y estaba demasiado alejado de la carretera, de modo que cuando los conductores se percataban de su presencia, ya habían pasado de largo. Los carteles del tablón de anuncios indicaban que Strange Brews organizaba un grupo mensual de *mindfulness,* y algo llamado Tejedoras Strange el segundo martes de cada mes, pero dudaba que el *mindfulness* les diese mucho dinero y, por otra parte, era difícil tejer y beber café al mismo tiempo.

—¿Mencionó Raum por casualidad que nos vimos en el Bear no hace mucho? —le dije.

—Es posible. No siente ningún afecto por usted, señor Parker.

Capté el leve atisbo de una sonrisa, aunque no me resultó agradable. En su mente, tuve la impresión, se estaba imaginando a Raum dándome a conocer parte de esa venganza que me había prometido.

—Si ha terminado, sigo queriendo hablar con usted. En privado.

—Sí, he terminado, pero eso también va para la conversación. Si Raum llega a enterarse de que ha estado aquí, me traerá problemas. No le cae bien en absoluto, señor Parker.

—Algunas personas están preocupadas porque piensan que ya está teniendo problemas, señora Strange.

Me miró entrecerrando los ojos y, contra toda posibilidad, apretó aún más los labios. Por un momento pensé que iba a explotar de rabia, pero gradualmente fue reduciéndose la tensión y percibí cierta resignación, quizás pesar.

—Puedo adivinar de quién se trata —reconoció—. Dígale a Will que no tiene por qué preocuparse. Puedo ocuparme de Raum.

Y solo un ligero temblor de la voz y las manos la traicionaron y dejaron entrever la mentira.

22

Reuben Hapgood consiguió llegar hasta la cocina, aunque no sin caerse dos veces, pues resultaba más difícil de lo previsto sortear los obstáculos que abarrotaban la habitación con los brazos y las piernas atados. Al final, tras golpearse dolorosamente la cabeza contra el brazo de una silla, optó por arrastrarse sobre las rodillas. Cuando llegó a la cocina, se apoyó en un cajón, lo abrió y sacó un cuchillo de mondar. No estaba muy afilado, así que tanteó un par de veces antes de encontrar la mejor manera de sujetarlo para cortar la brida de sus muñecas.

Reuben había decidido que, aunque el encuentro con Kepler podría haber ido mejor, también podría haber ido mucho peor. Kepler no sabía que Reuben solo había pagado en metálico tres de las monedas suministradas por Egon Towle y que se había quedado con el resto en consigna, incluida la Dos Emperadores, a pesar de que Reuben no habría tenido dificultades para venderla, pero no disponía de efectivo suficiente para pagar ni la mitad de lo que Towle esperaba ganar con la venta. En otras palabras, contando la media águila y las tres monedas compradas a Towle, le quedaban unos sesenta mil dólares, lo cual no era una buena noticia. Por otra parte, seguía vivo, y eso sí era bueno, y además había conseguido ocultar a Kepler tanto su propia participación en la planificación del robo como la identidad del socio de Egon Towle, Raum Buker. Reuben estaba convencido de que Buker sería capaz de encargarse de Kepler. Es más, Reuben sabía que a Buker se le había confiado la parte del león del botín, incluido...

Reuben hizo una pausa en el doble acto de cortar y evaluar.

En el suelo, junto a la nevera del bar, había una caja en la que guardaba leche para los gatos y una selección de chocolatinas para su propio consumo. La caja era de cartón liso, de unos sesenta centímetros de largo por treinta de ancho y alto, con una tapa encima. No era el tipo de caja que Reuben acostumbraba a utilizar y no recordaba haber pedido nada que pudiera haber llegado empaquetado de ese modo.

Reanudó sus esfuerzos y sintió que la brida cedía bajo el filo del cuchillo. Se arrancó la cinta adhesiva de la boca, sacrificando algo de piel y de vello por el camino, y se dispuso a liberarse de la brida de los tobillos. Una vez hecho eso, tiró el cuchillo a un lado, se acercó a la caja y se arrodilló junto a ella. Con mucho cuidado, separó la tapa. Dentro de la caja había dos recipientes de gasolina rodeados por un cable y un temporizador fijado a un detonador. La cara del temporizador había sido pintada con líquido corrector Wite-Out para ocultar la cuenta atrás. *Si tu número es más bajo, pierdes*. Reuben, un poco tarde, comprendió ahora la naturaleza de esa pérdida.

Se dirigió a la puerta trasera, pero Kepler la había cerrado con llave. El juego de repuesto estaba guardado en una caja magnética fijada a la parte trasera de la caja fuerte. Reuben no quería volver a acercarse a aquel artefacto incendiario, pero no tenía elección. Elevando su primera plegaria en muchos años al Dios en el que, básicamente, aún creía, Reuben corrió hacia la caja fuerte. Estaba a mitad de camino cuando entendió que Dios estaba ocupado.

Así pues, Reuben Hapgood ardió.

23

No había tenido suerte con Dolors Strange. Tampoco había previsto un mejor resultado, pero, si no nos queda optimismo, ¿qué nos queda? La opción sensata hubiera sido lavarme las manos, desentenderme por completo del asunto y aconsejar a Will Quinn que volviera a dedicarse a su pila de musgo con la esperanza de que, ya que el amor le había encontrado allí una vez, tal vez le visitara en un segundo intento.

Por otra parte, todos los seres humanos tenemos una vena autodestructiva. Suele manifestarse en forma de adicción —adicción a la comida, a las drogas, al alcohol, al sexo, a las apuestas y a la violencia, porque, sí, la violencia también se vuelve adictiva—, pero a veces incluso los más disciplinados de entre nosotros oímos su eco o vemos, por un instante, el mundo a través de sus ojos. Es la voz que te habla en tu interior cuando caminas al borde del acantilado, antes de ofrecerte una visión de tu cuerpo rodando hasta estrellarse contra las rocas del fondo. Cuanto más vulnerable se es, más insistente se vuelve. Los muertos son los únicos a los que deja tranquilos.

Así que, una vez que fracasé con Dolors Strange, parecía casi natural cortejar al fracaso también con su hermana pequeña. La consulta del dentista en la que trabajaba Ambar solo abría medio día los miércoles, algo que no descubrí hasta que me pasé por allí. Debería haberlo tomado como un presagio, pero para entonces ya estaba decidido a hablar con ella, así que me acerqué a su casa.

Ambar Strange vivía en una casita de dos habitaciones en Railway Avenue. La propiedad probablemente valía unos trescientos mil dólares. Los registros de la propiedad mostraban que Ambar la había comprado por poco más de doscientos mil dólares en 2015, de modo que había resultado ser una buena inversión. Estaba pintada de color ocre tostado con molduras de color crema y tenía un pequeño pórtico recargado en torno a la puerta de entrada, lo que le daba el aspecto de una casita de jengibre. Lo único que faltaba para completar el cuadro era una bruja, pero tuve que conformarme con un ogro.

Raum Buker apareció desde la parte trasera de la casa, con Ambar Strange detrás de él, con las manos bien metidas en los bolsillos. Tenía seis años menos que su hermana, medía unos quince centímetros menos que ella y apenas pesaba lo suficiente para suavizar las líneas que se mostraban tan agudas en su hermana. Tenía el cabello de un color rojo intenso, conseguido con ayuda de algún tinte, recogido en una coleta que le caía sobre el hombro izquierdo. Llevaba un chaleco acolchado, un jersey y vaqueros, y botas Timberland de color tostado.

Raum y ella conversaron durante unos minutos ante la puerta de entrada. Cuando él se inclinó para besarla, pues era un hombre alto, que superaba el metro ochenta de altura, ella volvió la cabeza de modo que el beso fue en la mejilla, no en la boca. Él lo intentó de nuevo, esta vez agarrándole la barbilla con la mano derecha, pero ella se alejó de él. A Raum esto no le gustó en absoluto y se lo hizo saber, a voz en grito. Con la ventanilla bajada, lo oí todo.

—Que te follen —gritó Raum—. Tú me pediste que viniera.

—Para echarme una mano —respondió Ambar—, no para eso.

—Es una ventana rota. Si quieres ayuda, llama a un cristalero.

Regresó a su coche dando fuertes pisadas. Raum Buker: el visitante caballeroso, consuelo de los afligidos. Conducía un Chevy Monte Carlo rojo destartalado. Si había pagado más de quinientos dólares por él, le habían robado.

Esperaba que hubiera pagado más que eso.

Ambar Strange entró en su casa y cerró la puerta, por lo que no vio lo que sucedió a continuación. Al entrar en el coche,

Raum se subió la manga de la chaqueta y comenzó a rascarse el pentáculo que le habían tatuado recientemente en el brazo. Quizás era el picor que se produce cuando cicatriza; nunca me he hecho un tatuaje, así que no lo sé con certeza. Pero, mientras le miraba, Raum pasó de rascar a desgarrar. Las uñas fueron abriéndose gradualmente paso en la piel hasta llegar a la carne y pude ver cómo le corría la sangre por la muñeca y la palma de la mano antes de gotear desde los dedos. A pesar del dolor que debía de sentir, su expresión no cambió ni un solo instante. Su rostro continuó siendo una máscara del desconsuelo más absoluto.

24

Tiempo atrás conocí a un escritor que creía que algunos hombres eran moralmente tan corruptos que su depravación cobraba una expresión física; en otras palabras: su deformidad moral se manifestaba como una alteración de sus facciones o su constitución. Me dio la impresión de que esa idea era una variación de la frenología o la fisiognomía, esas convicciones pseudocientíficas ya desacreditadas según las cuales la forma del cráneo o del rostro de alguien podían revelar los rasgos esenciales de su carácter. Si eso fuera verdad, el trabajo de hacer cumplir la ley sería muchísimo más sencillo: no habría más que meter en la cárcel a todos los feos. Pero la maldad —la verdadera maldad, no las prosaicas travesuras humanas nacidas del temor, de la envidia, de la ira o de la codicia— es experta en ocultarse, porque quiere sobrevivir y persistir. Solo se muestra cuando está preparada o cuando se le fuerza a hacerlo; ni siquiera el mal puede librarse de las normas de la naturaleza.

Algunas avispas parásitas ponen sus huevos sobre lo que se llaman criaturas huésped, con frecuencia orugas, o en el interior de estas. El inyector, que se conoce como un endoparasitoide, intenta introducir los huevos en el huésped, que, si la avispa obtiene éxito, continuará madurando y proseguirá su desarrollo sin verse obstaculizado por los organismos ajenos de los que es portador. Pero la avispa tiene que ser cuidadosa. La oruga reconoce instintivamente que la amenaza un predador; digamos que no le complace que la devoren viva desde el interior. Se mueve y se agita. Muerde o segrega veneno por la piel. Si lucha con fuerza suficiente, es posible que prevalezca. Pero a menudo no lucha lo suficiente.

En ocasiones, ni siquiera lo intenta.

Cuando la avispa ha terminado y ha puesto sus huevos, coloca un marcador químico en el huésped. No quiere inyectar sus huevos dos veces en el mismo huésped, ni quiere que otras avispas lo utilicen también. Pero, incluso en ese momento, la oruga no ha perdido por completo la batalla contra la infección mortal. Si su instinto y su fuerza se lo permiten, el huésped puede intentar purgarse y eliminar los parásitos ingiriendo alcaloides de determinadas plantas. Sin embargo, no todos los huéspedes infectados tratan de hacerlo, y no se sabe con claridad cuál es el motivo.

El huésped que no luche, que no se purgue, sucumbirá. Los huevos crecen gracias a la absorción de los líquidos corporales antes de que finalmente las larvas emerjan y se alimenten del tejido que las rodea, abriéndose camino desde el interior a mordiscos mientras el huésped muere. Hasta ese momento de revelación, lo único que se muestra a la vista es una criatura, marcada pero con un exterior inalterado, que sigue viviendo con total normalidad.

Ahora creo que es posible que algo repugnante hubiera infectado a Raum Buker, y sin embargo, aunque cuento con la ventaja de poder analizarlo de forma retrospectiva y con cierto imperfecto conocimiento de los hechos que tuvieron lugar a continuación, no sé con certeza qué era. Mi impresión es que la inmunidad de Raum contra la contaminación (porque solo las personas decididamente peores entre nosotros nacen sin cierta protección) se había visto dañada por los defectos en su naturaleza y su crianza, lo cual le había vuelto vulnerable a la depredación. Me gustaría creer que intentó resistirse a ello, aunque podría estar equivocado. Lo que había presenciado ese día, frente a la casa de Ambar Strange, podría haber sido sencillamente el acto de un hombre impulsado a automutilarse por una herida infectada, pero creo, espero, que fuera más que eso.

Creo que Raum Buker estaba intentando purgarse antes de que fuera demasiado tarde.

25

A diferencia de su hermana, Ambar Strange no me reconoció de inmediato ni mostró especial resentimiento cuando me presenté ante ella, aunque es posible que estuviera imaginándose que iba a saludar a un escarmentado Raum Buker cuando abrió la puerta, porque pareció sentir a la vez decepción y un leve alivio, una combinación difícil de lograr. Parecía cansada, como si la embargara ese agotamiento acumulado que produce haber pasado algo más de una noche en vela.

Le enseñé mi licencia de investigador privado y frunció el ceño cuando ató cabos.

—¿Es usted el tipo que le puso una pistola en la boca a Raum? —preguntó.

Lo cierto es que me habría encantado que Louis hubiera encontrado otra forma de centrar la atención de Raum. Por el camino que iba, era más que probable que se ganara a pulso mala fama en todas las salas de espera de los dentistas y en las cafeterías New Age de Nueva Inglaterra.

—Fue un amigo mío.

—¿Y no intentó usted detenerle?

—Es difícil disuadirle una vez que se le ha metido algo en la cabeza.

Se quedó pensativa.

—Supongo que Raum se lo buscó —dijo por fin—. Me sorprende que no le haya pasado más veces.

Ambar tenía todavía mi licencia en su mano. Volvió a mirarla y prosiguió su razonamiento. Pensé que podría ser miope, porque atisbé una depresión a cada lado de su nariz donde las gafas habían dejado su marca. Me devolvió la licencia y siguió pensando.

—¿Y quién le ha contratado? —preguntó—. Porque así funciona, ¿no? No es como con la policía. ¿Esto tiene que ver con Raum o conmigo?

—Con Raum, principalmente. Y en cuanto a quién me ha contratado, trabajo para alguien que se preocupa por su hermana.

—Will Quinn —apuntó, algo más vivaz—. Estoy en lo cierto, ¿verdad?

—Sí, es Will.

—Es buena persona. Dolors podía haber tenido mucha peor suerte.

—¿Por ejemplo con Raum?

Se le desvaneció la sonrisa.

—No es necesario ser desagradable —dijo. Miró hacia el extremo de la calle buscando su coche—. Eso no se lo diría a la cara.

—Se ha ido —dije—. Vi cómo se alejaba en el coche. Y le he dicho cosas peores a la cara.

—Volverá.

—No parece muy feliz por ello.

Se encogió de hombros.

—Como su amigo el de la pistola, Raum también resulta difícil de disuadir una vez que se le mete algo en la cabeza.

—¿Y qué se le ha metido en la cabeza ahora?

Me dirigió una mirada fría.

—¿Usted qué cree?

Era difícil saber cómo responder a la singular organización sexual de las hermanas Strange, en el pasado o en la actualidad, sin adoptar un tono lascivo o mojigato. La relación que mantenían era de esas que hacían que un hombre quisiera agarrar por el cuello de la camisa a David Crosby a mitad de la canción «Triad», su oda a los tríos, y anunciar: «¿Ves, David? *Este* es el motivo por el que no podemos seguir siendo tres».

—¿Podemos hablar dentro? —pregunté.

—A Raum no le va a gustar.

—Raum no tiene por qué enterarse.

Ambar Strange se cruzó de brazos. Hacía fresco, así que era normal que sintiera escalofríos, pero en este caso no era a causa del tiempo.

—Se enterará —dijo con voz muy apagada.

Volví a pensar en su hermana y en el temblor que la había delatado. Había visto cómo Raum Buker se rascaba el tatuaje hasta sangrar. Sabía que había tres personas atemorizadas, pero ignoraba si todas temían lo mismo.

—Señorita Strange —pregunté—, ¿qué hace Raum de vuelta en Portland?

—Ha cumplido su condena. ¿Por qué no iba a volver?

Dado que soy un investigador formado, detecté que evitaba contestarme.

—¿Sabe en qué cárcel estuvo?

Porque nunca estaba de más asegurarse y Ambar Strange podía ahorrarme algunas indagaciones. Además, los hechos eran una cosa, pero el testimonio personal a veces los superaba.

—East Jersey.

—¿Tiene alguna idea de por qué?

—Porque le pillaron.

—Muy graciosa. Además de eso.

—Por accidente. Pregúnteselo a él.

—Estoy contando las horas hasta que ocurra —dije—. Hasta ese bienaventurado día, este es un estado grande, y Raum y Portland nunca se han llevado bien. Podía haber ido a muchos otros lugares y haber llamado mucho menos la atención. ¿Volvió aquí por usted o por su hermana?

Se le crispó la cara, como si le hubiera tocado una vieja herida, y barbotó la respuesta tan rápido que no fue capaz de echar el freno.

—No. Está *esperando* —dijo con el mayor desdén que pudo.

—¿Esperando a qué?

Descruzó los brazos y le quitó importancia con un gesto de la mano derecha.

—Simplemente esperando. Raum siempre tiene algún plan para ganar dinero fácil.

—¿Le ha dicho cuáles son sus planes actuales?

—Dejar de ser pobre. Cuando eso ocurra, se asegurará de que Dolors y yo recibamos nuestra parte. Nadie saldrá herido y no será nada que le importe a la policía.

Dijo todo esto como quien lee el final de un cuento de hadas en el que nunca ha podido creer del todo, pero que al recitarlo de memoria obtiene algún fugaz consuelo. Hice todo lo que pude por mantener la compostura, pero me ganó el escepticismo y Ambar Strange fue testigo de cómo perdía la batalla.

—Lo juró —prosiguió— y yo le creo. Eso es todo lo que sé. Quiero decir, ¿por qué estoy hablando con usted?

—¿Por qué está hablando conmigo?

—Porque Raum merece un descanso —dijo ella—. Ha cumplido su condena, pero su reputación le persigue, como un peso atado a sus tobillos. Si la gente como usted le dejara en paz, podría encontrar el modo de asentarse. Usted está convencido de que está podrido, pero no lo está. Sé lo que ha hecho, lo bueno y lo malo, y creo que una cosa pesa más que la otra.

No aclaró, sin embargo, cuál de las dos pesaba más y sospecho que habríamos diferido en ello de todos modos.

—No soy del todo indiferente —dije a modo de compromiso, porque no lo era. Sabía lo difícil que podía ser para los exconvictos sobrevivir en el exterior. La sociedad convencional, o lo que pasaba por serlo dada la ubicuidad de la fragilidad humana, era más hostil a los que habían cumplido condena que a la mayoría de los grupos de interés.

—¿No? —dijo Ambar—. Lo siento, pero sus palabras me suenan vacías.

—¿Sabe dónde se aloja Raum?

Ella enrojeció.

—Se alojaba aquí.

—Pero ¿ya no?

—No.

—¿Puedo preguntar la razón de la mudanza?

—Puede preguntar. Aunque no obtendrá respuesta, no de mí.

—Lo que nos lleva de nuevo a querer saber dónde está actualmente Raum recostando su cabeza.

—Camas baratas de motel, cuando no encuentra un sofá en el que tumbarse.

Se dispuso a volver a entrar en casa. El tiempo que me había concedido casi había terminado.

—Una última pregunta —dije.

Golpeó ligeramente la cabeza contra el marco de la puerta en señal de frustración.

—¿Qué quiere saber?

—¿Por qué discutían antes usted y Raum?

—¿Ha visto la discusión?

—Una parte. También he oído un poco.

—Anoche alguien dañó un panel de la puerta trasera y estaba preocupada. Pensé que quizás alguien había intentado entrar a robar, pero Raum me dijo que probablemente había sido solo un animal.

—¿Qué le hizo pensar eso?

—Porque la puerta mosquitera estaba destrozada y había arañazos en el cristal.

—¿Le importa si echo un vistazo? —pregunté.

—Sí, me importa.

Y, dicho esto, Ambar Strange me cerró la puerta en las narices.

26

En ese momento ya debería haberme quedado claro que los asuntos de Raum Buker y las hermanas Strange, cualesquiera que fueran su forma o su combinación, no eran en absoluto asunto mío. Ninguna de las hermanas había mostrado signo alguno de agradecer mi interés y era poco probable que Raum Buker fuera a romper esa tendencia. Por otra parte, he hecho de mi curiosidad una vocación y ahora era demasiado tarde para buscar un empleo distinto.

Pero no era solamente una cuestión de tozudez. A Raum le seguían los problemas como un perro en celo y los había traído hasta las puertas de las hermanas Strange. Tal vez ellas se creían capaces de manejarlo y, en circunstancias normales, sin duda habrían tenido razón. Raum no era adversario para dos mujeres listas, porque la mayoría de los hombres ni siquiera pueden con una. Pero uno no observa cómo alguien se arranca tiras de su propia piel, especialmente alguien con los antecedentes de Raum Buker, sin preocuparse por las personas que caigan dentro de su órbita. Si lo dejaba estar y les ocurría algo a alguna de las hermanas Strange, o a las dos, tendría que vivir sabiendo que no había actuado, y ya tenía culpa suficiente para varias vidas.

Y había que tener en cuenta al propio Will: había accedido a trabajar para él y eso sin duda supuso más de dos conversaciones inconclusas antes de dar media vuelta. Will podía ser un hombre tranquilo y tímido, pero no había triunfado en un negocio como el de la madera sin haber empleado algo de fuerza y de terquedad. Si Dolors Strange le importaba lo suficiente, quizás se sintiera impulsado a actuar en su favor si yo me rendía, porque fueran cuales fuesen sus mejores cualidades, no serían rival para las peores de Raum.

Sin embargo, cualquier otra investigación que hubiese querido llevar a cabo se vio truncada por una llamada urgente de mi abogada, Moxie Castin, para quien también realizaba trabajos de investigación. A petición de Moxie, pasé dos días buscando a una testigo reticente en un caso de homicidio doméstico, a la que finalmente localicé en un campamento junto al lago Chamberlain. Para cuando la convencí de que regresara a Portland para testificar, las apuestas en el juego de Raum Buker y las hermanas Strange habían vuelto a subir y un nuevo jugador se estaba haciendo notar.

27

En una habitación de motel junto al centro comercial Maine Mall de South Portland, Kepler se sentó a estudiar una captura de pantalla en la que aparecía Raum Buker tumbado en una cama en un alojamiento aún más anodino, y sin duda de más mala muerte, que el suyo. Buker, observó Kepler, no había hecho nada por que se notase su presencia en la habitación: las posesiones que pudiera haber llevado consigo estaban guardadas fuera de la vista, y cuando comía, en la única mesa, abría una ventana para que salieran los olores y después metía la basura en una bolsa de plástico sellada para deshacerse de ella a la mínima oportunidad.

En cierto modo, la pulcritud del alojamiento de Buker era un reflejo del de Kepler, aunque este último mostraba aún menos signos de presencia humana; de hecho, más de uno habría discutido el uso del término «humano» en relación con ese espacio. La cama estaba hecha, el cuarto de baño apenas se había utilizado, los armarios estaban vacíos y una antigua bolsa de cuero, del tipo que acostumbraban a utilizar los médicos del siglo XIX con problemas de alcoholismo, contenía todo lo que necesitaba para viajar. Se llevaba la bolsa consigo cuando aparecía el servicio de limpieza, algo que ocurría todos los días, y la dejaba a sus pies mientras comía huevos escalfados y manzanas fritas en el Cracker Barrel, esperando a que limpiasen su habitación, porque la higiene era importante para él.

Todas las mañanas revolvía las sábanas y retorcía las almohadas de la cama, aunque no hubiera dormido en ella. Humedecía las toallas y las arrojaba a la bañera, con la única intención de que pareciese que habían sido utilizadas. Si descansaba algo, lo hacía durante el día, tan solo durante una o dos horas. Al igual que algunos mamíferos, Kepler era básicamente nocturno. Además, sufría dolores constantes y le costaba mantener la posición horizontal durante mucho tiempo. Se automedicaba con remedios que no necesitaban receta y, llegado el caso, también con narcóticos de venta libre.

Floriana, la camarera de piso encargada de atender su habitación, había apreciado un olor característico, aunque no desagradable, en la estancia, que ella asociaba con su *bisabuelito* Adelardo, que había pasado toda su vida en una gran mansión ubicada en el Paseo Montejo de Mérida, en el Yucatán. A medida que envejecía y se empobrecía, Adelardo se había visto obligado a alquilar más y más habitaciones de la mansión, hasta que finalmente acabó alojado en el ático, como si se tratase de otro inquilino en lo que antaño había sido su propia casa. Pero todas las mañanas Adelardo se limpiaba los zapatos, se ponía camisa y corbata y paseaba durante horas por la plaza de la Independencia antes de tomarse un vaso de tepeztate en El Cardenal. Es posible que se hubiera visto reducido casi a la condición de indigente, pero eso no era motivo para dejar de lado las buenas costumbres.

Los domingos, antes de ir a misa en la catedral, Adelardo se perfumaba con moderación con una fragancia que conservaba en un bote sin marca. La colonia, cuya procedencia seguía siendo un misterio para la familia de Adelardo, tenía una base de algalia y agua de rosas. Era una versión de ese mismo aroma lo que Floriana había detectado en la habitación 313. Le provocó una deferencia especial hacia su ocupante, el señor Kepler, una deferencia que los cinco dólares que le dejaba todas las mañanas no logró sino aumentar, a pesar de que apenas tardaba unos pocos minutos en limpiar su habitación, pues a menudo parecía tan impoluta como la había dejado el día anterior, si no más. (Floriana había trabajado como camarera de piso durante tres décadas y nunca dejaba de asombrarse de las muchas maneras en que hombres y mujeres aparentemente corrientes eran capaces de ensuciar las habitaciones que ocupaban.)

A Floriana no le importaba que el señor Kepler tuviera un aspecto extraño o que nunca le hubiese oído hablar. Tampoco le preocupaba que, al verlo de cerca, su ropa estuviera en peor estado de lo que parecía a simple vista, pues lo mismo le había ocurrido con su querido bisabuelo. Si se cruzaban en el pasillo, el señor Kepler se alzaba el sombrero en silencio y sonreía, un gesto anticuado en un mundo en el que la amabilidad y la cortesía eran consideradas signos de debilidad, incluso teniendo en cuenta que cuando entreabría los labios dejaba a la vista unos dientes espaciados y cariados, con el esmalte estriado por líneas de falla de un amarillo oscuro.

Sin embargo, a pesar de todas las aparentes, incluso innegables, buenas cualidades del señor Kepler, Floriana evitaba cruzarse con él e intentaba no mirarle a los ojos, porque no podía evitar estremecerse ante la evidencia de que sufría una grave enfermedad. Tampoco pasaba en su habitación más tiempo del estrictamente necesario. Se aseguraba de llevar guantes de goma cuando limpiaba en ella y se lavaba las manos con desinfectante cuando terminaba.

Los patrones de sueño de Floriana también se habían visto alterados. Tenía dos trabajos —reponía las estanterías de Shaw's cuatro tardes a la semana y los sábados pasaba allí todo el día—, por lo que el agotamiento solía asegurarle el olvido inmediato. Pero en las últimas cuatro noches no había descansado bien. Se despertaba sumida en la oscuridad y sentía el impulso de comprobar los pestillos de la puerta y las ventanas del apartamento que compartía con su marido y sus dos hijos ya adultos. Intentaba resistirse a ese impulso, pero cuanto más esperaba, más alerta e inquieta se sentía. Se levantaba sin hacer ningún ruido, lo comprobaba todo y volvía a la cama..., solo para despertarse un par de horas más tarde y llevar a cabo de nuevo la misma rutina.

Cuatro noches sin dormir bien.

Cuatro mañanas limpiando la habitación del señor Kepler.

Y a veces, mientras probaba las cerraduras, Floriana creía percibir un leve rastro del aroma a agua de rosas y algalia y se preguntaba si era así como olía la locura incipiente.

28

El timbre que había sobre la puerta de entrada del Strange Brews tintineó, pero Dolors Strange no se volvió para ver quién había entrado, pues Erin, su ayudante, podía ocuparse de ello. En ese momento, Dolors estaba más preocupada por saber por qué los rollos de canela que había descongelado la noche anterior estaban cubiertos de moho. La única razón posible era que hubieran llegado así de Becker & Co., la panadería local que se los suministraba, pero Johanna Becker se resistía a aceptar que ese fuera el caso y pretendía culpar a Dolors de haberlos almacenado de manera incorrecta. Dado que Dolors tenía en cuenta hasta el último centavo para mantener su negocio en marcha, determinar la responsabilidad del moho era un asunto de cierta relevancia financiera.

—Dolors —dijo Erin.

Dolors le hizo un gesto con la mano para que se callara. Tenía a Johanna contra las cuerdas y no iba a distraerse antes de asestarle el golpe decisivo. Finalmente, después de muchas idas y venidas, Johanna, no precisamente debido a su buena voluntad, accedió a que llevasen una docena de rollos recién horneados al Strange Brews en menos de una hora, sin coste alguno, para reemplazar el envío original, aunque solo fuera para que Dolors colgase el teléfono de una vez. Satisfecha, Dolors se volvió para ver cuál podía ser el siguiente problema.

Su hermana, Ambar, estaba frente al mostrador. Lloraba.

—¿Tienes un minuto? —dijo Ambar—. Creo que debemos hablar.

29

Tras una discusión con Will Quinn, en el curso de la cual cada uno de nosotros dejó claras sus respectivas posiciones y llegamos a un acuerdo sobre la mejor manera de proceder, almorcé temprano en el Bayou Kitchen mientras trabajaba con el teléfono.

Como había oído decir, y Ambar Strange confirmó, Raum había estado preso en Jersey, en la Prisión Estatal de East Jersey, en virtud del Título 2C del Código de Justicia Penal de Nueva Jersey: cinco años por homicidio involuntario, castigo que se encontraba en el extremo inferior de la escala de condenas. Había matado a un hombre llamado Clayton Dempsey en Lindenwold durante una discusión que se inició por una plaza de aparcamiento, pero que luego prosiguió en un bar cercano. El desacuerdo fue a más, Dempsey amenazó a Raum con una botella rota y Raum lo apuñaló con el cuchillo que utilizaba el camarero para cortar los limones.

Más tarde, dos de los testigos se retractaron y dijeron que Dempsey había roto la botella de manera accidental, sin intención de utilizarla como arma, pero habían sembrado suficientes dudas en la mente del jurado como para que Raum evitara ser acusado de un delito grave en primer grado, que le habría supuesto una condena de entre diez y treinta años. Se aceptó el argumento de la defensa, relativo a la provocación razonable en el calor de la pasión, y Raum fue condenado a cinco años. Con arreglo a las directrices sobre condenas mínimas obligatorias de Nueva Jersey, cumplió cincuenta y un meses de prisión. East Jersey era la segunda prisión más antigua del estado, y albergaba presos de máxima, media y mínima seguridad. No era un lugar fácil en el que cumplir condena, y sin duda nadie se apresuraría a volver allí para experimentar por segunda vez su sentido de la hospitalidad, pero no era un lugar tan malo como la Prisión Estatal de Nueva Jersey, en Trenton, lúgubre como el infierno, con fama de violenta entre los reclusos. Si el tatuaje del pentáculo representaba la suma total de las cicatrices tras casi cinco años sometido al sistema penitenciario de Nueva Jersey, Raum Buker podía considerarse medianamente afortunado.

Sentía curiosidad por saber qué compañía habría tenido Raum allí. Un hombre que sale de la cárcel luciendo el símbolo de las Waffen-SS tiene que haber frecuentado a supremacistas blancos. Alguien que sale con un tatuaje pagano es probable que se compre una motocicleta. Pero un preso que recupera la libertad con un símbolo ocultista en el brazo... Bueno, seguramente haya recalado en algún tipo de grupo más bien inusual. Cabía la posibilidad, como es lógico, de que un preso aburrido con demasiado tiempo libre, combinado con la exposición al tipo de libros o deuvedés que a los predicadores fundamentalistas les gustaba criticar durante los sermones dominicales, se le pasara por la cabeza tatuarse horcas y demonios con cuernos, pero Raum Buker no me había parecido que diese el perfil para encajar en esa categoría. Raum pensaba antes de actuar, y eso hacía que sus fechorías fueran mucho más difíciles de perdonar.

Había estado bordeando los márgenes de la vida de Raum, pero aún no era el momento adecuado de enfrentarme a él directamente. No hay muchas cosas que merezca la pena aprender de los abogados, más allá de tener claro que es mejor evitarlos, pero entre ellas estaba la de no hacer preguntas para las que uno no tuviera ya las respuestas. No es un método que siempre funcione con las investigaciones, pero una versión de esa misma regla podía seguir aplicándose: intenta descubrir discretamente por ti mismo el mayor número posible de respuestas antes de empezar a hacer preguntas. Antes de volver a enfrentarme a Raum, quería averiguar todo lo posible sobre sus motivos para regresar a Portland. Gracias a las averiguaciones que había hecho, ahora sabía dónde vivía.

Estaba a punto de hacer una visita poco social al Braycott Arms.

30

Dolors Strange se despidió de su hermana agitando la mano mientras Ambar se alejaba del Strange Brews con el coche. Ambar siempre le había parecido tan menuda, tan vulnerable, pero nunca tanto como en ese momento. Le había enseñado a Dolors los moratones que Raum Buker le había dejado en el brazo, como si le hubiese grabado a fuego la huella de sus dedos en la piel. No había sido su intención, dijo Ambar, pero eso poco importaba: Raum había herido a Ambar, lo que significaba que se había pasado de la raya.

Incluso cuando habían estado distanciadas, Dolors se había preocupado por Ambar. En la infancia habían estado muy unidas, se distanciaron en la adolescencia y se enfrentaron seriamente siendo ya adultas, pero Dolors nunca había dejado de tener cierto sentido de protección respecto a su hermana pequeña. Su madre les había servido de canal de información y se había esforzado por alentar una posible reconciliación, pero solo su enfermedad y, en último término, su muerte, habían logrado salvar la distancia entre las hermanas. Dolors se esforzaba por recordar cuál había sido la causa de su distanciamiento, pero aun cuando la hubiesen coaccionado, no se veía capaz de señalar un solo incidente o intercambio que justificase años de mutua hostilidad. Durante un tiempo, sus diferencias habían sido demasiado extremas, tal vez porque se parecían demasiado, como para poder coexistir con comodidad bajo el mismo techo.

Por otra parte, estaba Raum. Al principio, las hermanas ni siquiera se habían dado cuenta de que se acostaba con las dos. Él se lo había pasado bien, Dolors lo sabía ahora, pasando de los brazos de una a los de la otra, a veces en el transcurso de una misma noche. Raum poseía una innegable vena sádica, y aunque nunca se lo había confesado a ninguna de las dos, Dolors estaba convencida de que la mera idea de abrir una grieta definitiva e insalvable entre las hermanas Strange podía haberle resultado atractiva. En eso, al menos, había fracasado, porque cuando por fin se enteraron de lo que sucedía, se enfrentaron juntas a él, y Raum se había reído en su cara. Dolors juró que no tendría nada más que ver con él, pero Ambar... Bueno, para ella la cosa era más difícil. Raum había clavado sus garfios en Ambar, porque ella no disponía del mismo caparazón protector que su hermana. Cuando Ambar le dijo a Dolors que volvía a acostarse con él tras su regreso a Portland, Dolors no pudo expresar más que desconcierto. No sintió envidia (porque eso habría implicado deseo), solo la constatación por parte de Dolors de que los caminos que seguía su hermana, como los del Señor, estaban más allá de su comprensión.

A Dolors le costaba recordar qué era lo que le había resultado tan atractivo de Raum Buker al principio, más allá del hecho de que era agradable sentirse deseada por un hombre, incluso por alguien como él. Con Ambar había satisfecho algún tipo de necesidad más profunda —de compañía, de protección—, pero ella tenía que lidiar con la versión de Raum que había surgido tras su encarcelamiento. Ahora había dejado su huella en ella, y un hombre que era capaz de hacer algo así una vez, volvería a hacerlo si se lo permitía. Una buena hermana habría aconsejado a Ambar que se alejara, incluso que acudiera a la policía. Sin embargo, en ocasiones, como en los cuentos de hadas, lo que se requería no era ser buena, sino ser lista.

Así que Ambar se quedaría con Raum y Dolors observaría. Observaría y se prepararía.

31

El Braycott Arms estaba situado junto a Park Avenue y había sido antaño un hotel para viajeros de tren, en los tiempos en los que la Union Station se encontraba en St. John Street. La Union Station se demolió en 1961 y la sustituyó un centro comercial que jamás resultó del gusto de nadie, aunque por aquel entonces el futuro tenía el aspecto de un automóvil, y olía y sonaba como él. Pero la antigua estación de tren había sido un edificio peculiar, incluso para las normas de la ampulosa arquitectura ferroviaria del siglo XIX. Se había diseñado para que se asemejara a un castillo francés medieval y tenía una torre del reloj alta y paredes de granito rosa. Muchos lloraron abiertamente cuando cayó la torre, o eso me dijo mi abuelo.

Nadie habría llorado si se desplomara el Braycott Arms, especialmente si se llevaba a algunos de sus huéspedes consigo. El Braycott, incluso en aquellos tiempos, había prestado sus servicios a una clase de viajeros inferior a la que se hospedaba en el Inn en St. John, que desde entonces se había reinventado y convertido en un pequeño hotel boutique. En contraste con este, los actuales propietarios del Braycott tenían reputación de tolerar comportamientos antisociales hasta el punto de que los fomentaban de forma activa, y si hubieran comprobado los antecedentes penales, todas y cada una de sus habitaciones habrían permanecido vacías. No era un sitio al que pudiera llamarse un hogar, y apenas un lugar desde el que llamar al hogar. Los funcionarios encargados de vigilar a presos en libertad condicional intentaban disuadir a estos de que se hospedaran allí, pero a veces los exconvictos no tenían mucho donde elegir, dado que la mayoría de los caseros se mostraban reacios a acoger a maleantes en sus viviendas. En consecuencia, el Braycott con frecuencia alojaba a más hombres con antecedentes penales que la cárcel del condado de Cumberland.

El director era, desde hacía mucho tiempo, un tipo llamado Bobby Wadlin, que vivía y trabajaba en un apartamento de un solo dormitorio justo en la entrada delantera, y que habría empezado a sudar con solo ponerse en pie. Pasaba la mayor parte del día detrás de una estropeada mampara de plexiglás con una ranura para aceptar el dinero y entregar el correo y las llaves, y nadie sabía que se hubiera ido de vacaciones jamás. Durante las discusiones sobre el alquiler o sobre algún desperfecto, se obligaba a actuar, con no demasiada convicción, como mediador con los propietarios sin rostro del hotel, como Simón el Cirineo cuando le obligaron a ayudar a Cristo con la cruz. Dado que Wadlin *era* uno de los propietarios, junto con dos hermanos y una cuñada a los que lo único que les interesaba del Braycott era cobrar el dinero de los alquileres, las negociaciones no duraban mucho y solían terminar de forma poco satisfactoria para los huéspedes en cuestión.

Wadlin, haciendo honor a su fama, estaba sentado detrás de la mampara cuando llegué, viendo una antigua película del Oeste en blanco y negro en un televisor portátil conectado a un reproductor de deuvedés. Wadlin siempre estaba viendo antiguas películas del Oeste en blanco y negro; incluso si se habían rodado en color, cambiaba los ajustes para poder verlas en monocromo. Probablemente de esto pudiera derivarse alguna moraleja, pero eso no habría hecho que Wadlin me gustara más, y no me gustaba en absoluto. A pesar del frío, llevaba una camisa de manga corta y una corbata que solo elegiría un ciego, con una virulencia cromática que quizás era un intento de compensar los tonos grises del resto de su existencia.

—Bobby —llamé.

Wadlin mantuvo los ojos fijos en la pantalla.

—Estoy viendo mi programa.

—Raum Buker.

—¿Qué le pasa?

—¿Está en su habitación?

Wadlin despegó la mirada del televisor durante el tiempo suficiente para comprobar los ganchos de los que colgaban las llaves. No se permitía a los huéspedes que se llevaran las llaves cuando salían, ni siquiera para salidas breves, para evitar que alguna cayera en malas manos y se usara para poder entrar en el Braycott y desinfectarlo a escondidas.

—No. Fuera —dijo Wadlin.

—Me gustaría echar una ojeada a su habitación.

—Nuestros huéspedes esperan privacidad y seguridad.

Puse un billete de veinte dólares en la ranura. Me imaginé que a Will Quinn no le importaría. Como Wadlin tenía la suficiente solvencia económica, aquel soborno podría parecerle ofensivo, pero no se ofendió. Hacer algo sin obtener nada a cambio iba en contra de sus principios, o lo que hacía pasar por ellos en ausencia de principio real alguno. También sabía que, si no me ayudaba, yo encontraría algún modo de complicarle la existencia más tarde, porque esa no era la primera vez que mi actividad me había llevado al Braycott, y probablemente no sería la última.

Wadlin sacó un duplicado de la llave de un cajón y dejó la principal en el gancho, por si volvía Raum Buker.

—No tardes mucho ahí arriba —dijo Wadlin.

—Intentaré no desordenar la mierda.

—Avisaré a las cucarachas de que vas de camino —dijo, volviendo a su película—. A lo mejor eso nos ayuda a librarnos de él.

32

Las habitaciones en el Braycott Arms eran más amplias que las de los hoteles modernos corrientes, pero más pequeñas que las de un estudio. La pintura de las paredes estaba desconchada, las tablas del parqué estaban desgastadas y los techos tenían más grietas que una obra de arte medieval, pero todo parecía, al menos en apariencia, limpio, siempre y cuando el nivel de exigencia no fuese muy elevado. Las escaleras y los rellanos olían a comida y a lavandería, y detrás de las puertas se oía música y bramaban los televisores. Se sabía que los turistas se alojaban en el Braycott únicamente cuando estaban demasiado desesperados o mal informados para alojarse en otro sitio, rara vez llegaban a una segunda noche, y siempre atrancaban la puerta. Los únicos visitantes habituales eran los agentes de la condicional y la policía.

Raum Buker ocupaba una habitación en el extremo de la tercera planta. Al subir, solo me crucé con un individuo, y estaba demasiado ocupado con su conversación telefónica sobre marihuana para prestarme atención. Lo cierto es que aquello olía como una plantación entera, lo cual era algo inevitable. Desde que en Maine se había legalizado el uso recreativo de la marihuana, su olor dulzón se había vuelto omnipresente y podía conseguirse un subidón solo con subirse a un Uber. Quedarse en el vehículo demasiado tiempo implicaba luchar contra el impulso de pedir pollo frito y de escuchar *Dark Star* sin pausa.

Alguien gritaba en la habitación contigua a la de Raum: estaba enzarzado en una discusión unilateral con otra persona invisible, y la discusión, que no parecía implicar el uso de un teléfono, consistía en soltar un chorro imparable de obscenidades y vituperios solo interrumpido por algún sollozo ocasional. Era un elemento más del constante ruido de fondo del Braycott Arms. Me recordaba la cárcel. Probablemente también se la recordaba a algunos de los huéspedes, y ese podía haber sido uno de los motivos por los que habían elegido alojarse ahí. He conocido a reclusos que tardaron meses en poder dormir bien después de salir de la cárcel porque no soportaban el silencio, al igual que otros no eran capaces de lidiar con los espacios abiertos. Había muchas razones por las que los expresidiarios acababan de nuevo entre rejas, pero probablemente la más inquietante de todas ellas era que resultaba más fácil que estar libre.

Llamé suavemente con el puño a la puerta de Raum. Que la llave principal estuviera colgada en el gancho en la oficina de Wadlin no implicaba a la fuerza que la habitación estuviera vacía. La lista de personas a las que habían disparado por haberlo dado por sentado de forma errónea era preocupantemente larga. Nadie respondió, así que usé la llave. Cada una de las puertas del Braycott tiene una mirilla, de modo que no podía saber si me miraba alguien por alguna, pero suponía que los huéspedes preferían ocuparse de sus propios asuntos con la esperanza de que los demás hicieran lo mismo.

La habitación de Raum Buker olía mucho a lejía, pero al menos estaba limpia. La puerta daba directamente a una habitación con ventanas en dos de sus paredes; tenía una pequeña cama doble, un escritorio y una silla, un sofá de vinilo, una cocina y un microondas. A un lado de la cocina había una nevera, y al otro un armario. La cama estaba hecha, y había una taza y un plato secándose junto a la pila del lavabo, en el baño. Un televisor barato de pantalla plana estaba anclado a la pared delante de la cama y el mando a distancia estaba fijo a la mesilla de noche por un grueso cable corto. La habitación carecía de cuadros y de cualquier decoración superflua. En su lugar, había una mancha en la pared sobre el sofá, como si un huésped anterior se hubiera volado los sesos, o se los hubiera volado a otra persona, y no hubieran sabido ocultar el desaguisado.

Raum Buker apenas había alterado la habitación. Había algunas prendas de ropa colgadas en el armario, y los calcetines, la ropa interior y las camisetas ocupaban cajones separados; había un par de botas y un par de zapatillas deportivas colocados sobre una lámina de plástico al lado de la puerta. En un estante, sobre la cocina, había café, azúcar, cereales de desayuno, maíz para hacer palomitas en el microondas, una bolsa abierta de patatas fritas y una bolsa de pan de molde blanco; en la nevera había leche y mantequilla sin sal. Miré bajo la cama y saqué una maleta. No estaba cerrada con llave y no reveló nada importante al abrirla, así que volví a dejarla donde la había encontrado. El único toque personal era una fotografía en un marco de madera desconchada, apoyada en la pared junto a la tetera. Mostraba a un Raum mucho más joven, de pie entre los que debían de ser sus padres, cada uno de ellos cogiéndole una mano. Los tres llevaban bañador y la luz del sol había desteñido los colores originales de la imagen hasta otorgarle una tonalidad marrón pálido uniforme. Abrí el marco soltando los cierres de la parte posterior, pero solo contenía la foto. En el reverso había una fecha escrita: mayo de 1983, con lo que parecía ser la letra de una mujer. Volví a montar el marco y coloqué la foto en su sitio.

El orden no me sorprendió, dado que era un exconvicto. Los reclusos aprendían a aprovechar el espacio y el Braycott Arms no era el tipo de ambiente que invitaba a nadie a desempaquetar y ponerse cómodo; pero incluso teniendo eso en cuenta, la habitación era básicamente un refugio provisional. Raum Buker no habría necesitado más de cinco minutos para hacer la maleta y marcharse sin dejar rastro. Me pregunté si tendría algún otro escondrijo, quizás en algún lugar del condado, porque era imposible que esas fueran todas sus pertenencias. Al parecer, gastarme veinte dólares del dinero de Will Quinn en un soborno no me había servido absolutamente de nada.

Me disponía a marcharme cuando decidí echar una segunda ojeada al baño. El armarito de los medicamentos ya estaba abierto cuando llegué y contenía solo antiácidos e ibuprofeno, junto con algunos remedios de fitoterapia para dormir que indicaban que Raum decididamente tenía problemas para descansar por las noches. El único elemento fuera de lugar era un chorro de polvo negro entre los grifos del lavabo. No había visto ese polvo en ningún otro sitio de la habitación.

Sin pensarlo, agarré la puerta del armarito y la cerré. Mi rostro me devolvió la mirada desde el espejo, pero había algo superpuesto a él, un dibujo sobre el vidrio trazado con algo que parecía ceniza:

Y entonces me dije que, probablemente, no había sido la primera persona en invadir la privacidad de Raum Buker ese día.

33

El teléfono móvil de Kepler sonó mientras se dirigía a su coche por el vestíbulo del motel, pero el recepcionista lo entretuvo para informarle de unas tareas de mantenimiento que requerirían que un técnico de calefacción accediera a su habitación, así que cuando Kepler llegó a su vehículo ya habían pasado tres minutos. Leyó la alerta y abrió la aplicación asociada. Kepler no pudo evitar una sonrisa de anticipación: Raum Buker estaba a punto de encontrar el mensaje que le había dejado en su habitación.

Entonces la sonrisa de Kepler se desvaneció, porque quienquiera que estuviese en aquella habitación, no era Raum Buker.

34

No me pareció sensato quedarme más tiempo en el Braycott, así que saqué una fotografía del dibujo sobre el espejo con mi teléfono móvil y después, antes de salir, comprobé por la mirilla que no hubiera nadie en el rellano. La visión era borrosa, lo que me preocupó por algún motivo que no pude identificar en ese momento. Era el recuerdo de algo que había leído, pero no me venía a la mente y forzar la memoria no iba a serme de ayuda. Parecía que no había nadie, así que salí de la habitación, cerré con llave y me encaminé hacia las escaleras.

Oí pasos y me detuve. Raum Buker estaba unos peldaños más abajo y subía con rapidez. Bobby Wadlin podía haberme llamado para avisarme de que Raum estaba de camino, pero eso no hubiera sido de su estilo. Si Raum decidía armar jaleo y protestar porque alguien había invadido su espacio, Wadlin podría argumentar sencillamente que le habían robado la llave mientras no miraba y dejar que Raum intentara averiguar cómo había ocurrido una vez que estuviera más calmado.

El ascensor no estaba en la tercera planta, así que no era una opción. Subí silenciosamente a la cuarta planta y agucé el oído. Oí cómo los pasos de Raum avanzaban por el pasillo y, a continuación, cómo se abría y cerraba la puerta. Me pregunté cómo reaccionaría al ver ese símbolo en el espejo del armarito del baño. Era posible que lo hubiera puesto ahí él mismo, pero no parecía probable, dada la pulcritud del resto de la habitación. Podría haberme acercado a su habitación con la esperanza de oír algo (quizás una llamada de teléfono), pero no hubiera sido una maniobra inteligente, teniendo en cuenta que era un edificio lleno de criminales, algunos de los cuales decididamente tenían algo que ocultar, y hasta puede que un par de ellos me la tuvieran jurada. Tal vez eso refleje la naturaleza de mi profesión, pero, de todos modos, es probable que, a lo largo de mi vida, haya hecho más enemigos que amigos, incluso si son del tipo de enemigos que a cualquiera le enorgullecería tener.

Ya que quedarme estaba descartado, volví a la recepción. Bobby Wadlin seguía viendo la película de vaqueros.

—He visto que Raum Buker ha vuelto —comenté.

—Eso es porque vive aquí —respondió Wadlin—. Las personas que vuelven a su lugar de residencia deberían tener derecho a hacerlo sin que las molesten, al menos mientras paguen el alquiler. —Levantó una ceja en mi dirección—. ¿Os habéis saludado amablemente?

—He decidido dejarlo para otro día.

—Quizás no seas tan bobo como dicen.

No estaba seguro de cómo responder a eso, así que lo dejé pasar.

—¿Ha entrado alguna persona más más en esa habitación hoy? —pregunté.

—No, solo Buker, porque tú tampoco has estado ahí, ¿verdad?

En la pantalla, alguien le había robado el caballo a Brian Keith en *The Westerner*. Como Keith estaba en el punto de mira, no tenía mucho que decir en el asunto, así que se limitó a tirar su sombrero al suelo mientras su perro observaba. Sabía que al final recuperaría su caballo, porque era uno de los primeros trabajos de Sam Peckinpah. Si hubiera sido más tarde, Keith habría acabado muerto y con él su perro y su caballo. Me pregunté cuántas veces habría visto Bobby Wadlin ese episodio. Demasiadas veces, decidí, y no las suficientes.

—¿Y el servicio de limpieza? —pregunté, mientras escuchaba por si Raum bajaba de sus aposentos, lo que me obligaría a interrumpir la conversación.

Wadlin puso en pausa el episodio. Si iba a verlo, esperaría a poder hacerlo con tranquilidad.

—Eso se paga aparte. Buker se ocupa de su propia limpieza. No es el único, pero al menos mantiene ordenada su habitación, que es más de lo que puede decirse de otros. Revisamos todas las habitaciones periódicamente, para evitar que empiecen a apestar. En una ocasión, una mujer tenía un gato muerto en una bolsa. Hice que se deshicieran de él y le dije a la mujer que no tolerábamos que la gente tuviera animales en las habitaciones, vivos o muertos. ¿Sabes lo que dijo?

—No podría imaginarlo.

—Dijo que no era un animal, sino una mascota, y que no teníamos que haber hecho nada con él sin que ella lo dijera. Al día siguiente, la asistenta volvió a la habitación y había otro gato muerto en una bolsa. No tengo ni idea de dónde provenía y no pregunté. La mandé a casa con el gato. Me gustaría decir que es lo más raro que he visto aquí, pero mentiría.

Decidí que si alguna vez caía tan bajo como para enfrentarme a la perspectiva de vivir en el Braycott, me pegaría un tiro. Por otra parte, no dudaba de que algunos de los actuales ocupantes se habrían hecho alguna vez la misma promesa. El Braycott no suponía tocar fondo, pero si mirabas hacia abajo desde allí podías ver que el fondo no quedaba lejos.

—¿Ha entrado algún extraño en el edificio hoy?

Wadlin señaló hacia un cartel en el escudo de plexiglás. Rezaba: NO SE PREMITEN VISITAS DESPUÉS DE LAS 5 DE LA TARDE.

—Todavía no son las cinco —dije—. Y «permiten» está mal escrito.

—Bueno, solo me pagan por vigilar si hay visitantes después de las cinco. Y si quieres empezar a dar clases, empieza en otro sitio.

—Así lo haré. No me gustaría interferir con el funcionamiento de tu escuela de simpatía.

Una cámara de seguridad enfocaba hacia el vestíbulo.

—¿Esa cosa funciona? —pregunté.

—No serviría de mucho si no lo hiciera.

—¿Y qué pasa con la de la entrada de atrás?

Sabía por mis visitas anteriores que también había una cámara en la parte trasera del Braycott.

—Esa está estropeada. Una rata se comió los cables. Sigue funcionando como medida disuasoria, porque no hemos avisado a los huéspedes.

—¿Hay alguna posibilidad de que me dejes revisar las grabaciones de la cámara que sí funciona?

—Ninguna —me dijo.

—Eres una buena pieza, Bobby.

—Eso me decía siempre mi madre.

—Probablemente justo antes de intentar ahogarte.

Bobby Wadlin se metió una gominola en la boca, subió el volumen del televisor y asintió solemnemente con la cabeza.

—Tenía —dijo— unas manos muy firmes.

35

No me alejé de inmediato del Braycott Arms. Aunque lo hubiera hecho, su olor habría permanecido conmigo, así que bajé las ventanillas y esperé el siguiente movimiento de Raum Buker. En algún momento se daría cuenta de que había un símbolo en el espejo del baño y sabría lo que significaba. Quería estar cerca para ver qué haría a continuación.

Para pasar el rato, busqué en Google runas, paganismo, ocultismo y un montón de otros términos que con toda seguridad harían que alguien alzase las cejas si alguna vez me incautaban el teléfono como prueba. No tardé mucho en encontrar lo que buscaba. El símbolo en el espejo era un símbolo pagano y significaba «perdición» o «mortal». Así que o bien alguien tenía un extraño sentido del humor, o bien Raum acababa de descubrir otro motivo para arrepentirse de haberse hecho ese tatuaje en el brazo.

Su Chevy estaba aparcado en el solar de los Braycott, el único lugar, aparte de un desguace, en el que ese coche podría haber parecido decente. En caso de que se produjese un incendio cerca, no me habría sorprendido comprobar cómo un par de los coches del Braycott arrancaba espontáneamente para inmolarse en él. Pasaron quince minutos, luego treinta, sin que saliera Raum, pero yo no quería volver a entrar en el Braycott si podía evitarlo. Aparte de tener que vérmelas de nuevo con Bobby Wadlin, significaría enfrentarme a Raum en un espacio reducido y estando nervioso. Yo no sabía si él tenía un arma, pero todo apuntaba a que sí. Los hombres como Raum se dejaban guiar por el instinto, así que su primera respuesta ante una amenaza, por inconcreta que fuese, era asegurarse de disponer de un arma. Puede que a cualquiera que, como Raum, hubiera sido condenado por un delito castigado con un año o más de cárcel, la ley le prohibiese poseer un arma de fuego, pero era público y notorio que los delincuentes no seguían las normas cuando se trataba de cuestiones de jurisprudencia.

Hice una llamada a Chris Attwood, que ahora era el director regional de penitenciarías del Departamento de Correccionales de Maine. Attwood trabajaba en una oficina de Park Avenue, no muy lejos de donde yo estaba aparcado. Nos habíamos cruzado por primera vez después de que uno de sus acusados, un hombre llamado Jerome Burnel, me pidiera ayuda. Para empezar, Burnel nunca debería haber estado entre rejas, y yo conseguí limpiar su nombre, aunque esa reivindicación llegó demasiado tarde porque para entonces ya estaba muerto. Sin embargo, el caso había marcado a Attwood. Y a mí también: mi hija Sam estuvo a punto de morir como consecuencia de mi implicación en el caso.

—Señor Parker —dijo Attwood—, dichosos los ojos.

—No creía que nadie utilizase ya la expresión «dichosos los ojos» —repliqué—, a menos que huela a lavanda y Morgan Freeman se haya puesto al volante.

—Al Departamento le gusta mantener ciertas sutilezas sociales. Esperamos que se les peguen a nuestros clientes.

—Tu optimismo te honra, pero tengo un antiguo cliente en mente que podría pinchar ese globo en particular: Raum Buker.

—He oído que su sombra vuelve a proyectarse —dijo Attwood—. La marea baja, pero siempre vuelve a subir. ¿Qué ha hecho en esta ocasión?

—Oficialmente, nada aparte de ser un incordio, pero en el caso de Raum ese es un requisito existencial. Extraoficialmente, creo que ha traído la mala suerte consigo y eso puede ser contagioso.

—Buker no era de los míos. Jo Niles era su agente de la condicional cuando estaba en nuestro registro. Hoy se ocupa de las inspecciones de trabajo, pero puedo pedirle que te llame.

—Si ella puede ahorrarme algo de investigación, incluso podría compartir una botella de vino.

—Le pasaré esa oferta. ¿Qué necesitas de ella?

—Raum pasó hace poco cinco años en la prisión estatal de East Jersey por homicidio involuntario —dije—. Eso es de dominio público. Quiero saber quiénes eran sus compañeros de celda, si tenía alguno, y también qué amistades entabló mientras estuvo dentro.

Esperé mientras Attwood tomaba notas.

—¿Te importaría darme tu punto de vista?

—Arcano. Raum se ha hecho un tatuaje ocultista. Ese no era su estilo antes de caer.

Hubo una pausa.

—Contigo —dijo Attwood— es lógico.

Pero no estaba siendo despectivo y no se rio. Después de lo que le había ocurrido a Jerome Burnel, sabía que no debía serlo.

Cuando terminé la llamada, Raum Buker salió del Braycott Arms. Bajé del coche y se detuvo cuando lo llamé por su nombre, pero no pareció sorprendido de verme. Bobby Wadlin podría haber optado por cubrirse las espaldas haciéndole saber a Raum que yo había estado preguntando por él, pero sin admitir su intervención en el tema de la llave de la habitación. Por otra parte, las hermanas Strange también podrían haberse puesto en contacto para informar a Raum de mis conversaciones con ellas, alertándole de mi interés. Si había que apostar por una de las dos, yo diría que podría ser Ambar.

—Espero que te hayan dado una habitación con vistas.

—Las vistas cuestan un dinero extra —respondió—. Como las toallas. ¿Qué quieres?

No sonaba hostil, solo resignado, por lo que entendí que Wadlin no le había mencionado mi visita.

—Hablar.

Miró por encima del hombro, como esperando ver cómo se acercaban a toda velocidad los hermanos Fulci envueltos en una nube de polvo, cual rinocerontes a la carrera por el Serengueti. Solo cuando se convenció de que no había moros en la costa volvió a mirarme. Gran parte de la petulancia que había mostrado en el Great Lost Bear había desaparecido, pero no lo había sustituido solo el miedo (porque se notaba que tenía miedo); mostraba una calma inquietante, la que exhiben algunas personas cuando ya ha llegado lo peor.

—¿Por qué has ido a molestar a Ambar? —preguntó.

Había acertado. Tomé nota mental de que esa semana debía jugar a la lotería.

—¿Te ha dicho que he estado molestándola?

—Me ha dicho que te habías pasado por allí. En tu caso, es lo mismo.

Lo cual era, tenía que reconocerlo, una frase estupenda.

—Hay algunas personas preocupadas por las hermanas Strange —dije.

—¿Por mi causa?

—Sí.

—Pues no deberían —protestó Raum—. Nunca he hecho daño a una mujer.

No era la primera vez que un hombre me decía esas palabras, con frecuencia con el mismo tono de orgullo, incluso de satisfacción consigo mismos. Y, en todos los casos, lo que deduje fue que habían pensado en pegar a una mujer, pero que, en última instancia, habían resistido la tentación, lo cual los convertía en personas estupendas.

—Puede que sea verdad —repliqué—, pero sí has causado bastante daño. El carpintero al que destrozaste con la garlopa ya no camina bien, y cinco años de condena en East Jersey demuestran que hay un muerto más por tu culpa.

—Bueno, aquí el experto en muertos eres tú. Deberías hacerte accionista en un cementerio.

—Podemos seguir diciéndonos lindezas el uno al otro —le dije— o podemos mantener una conversación.

Echó una ojeada al reloj.

—Habla, pues —dijo—. Puedo escucharte un rato, si con eso me evito volver a oírte nunca más, pero date prisa.

—Háblame del tatuaje del pentáculo.

No sé qué esperaba que dijera, pero decididamente no era eso.

—¿Qué pasa con ese tatuaje?

—¿Dónde te lo hiciste, y por qué?

—Me he hecho muchos.

—No como ese.

Vi que se disponía a rascarse el tatuaje al oír hablar de él. Se contuvo, pero sus dedos seguían ansiosos por alcanzarlo.

—Lo vi en un libro —dijo—. Me pareció interesante, distinto. Ahora lo lamento. Creo que está infectado.

—Esa parte me la creo. ¿De qué tienes miedo, Raum?

—No de ti ni de tus amiguitos, eso desde luego —dijo, y el antiguo Raum, el Raum que no era más que un idiota, asomó la cabeza por un momento antes de volver a hundirse en el silencio. Pero el nuevo Raum no le ponía empeño y solo sintió algo de vergüenza por la petulancia de su *alter ego*—. Mira —continuó—, no quiero más problemas contigo ni con los Fulci. No tenía que haber ido al Bear esa noche y quizás tampoco debería haber vuelto a Portland, pero aquí estoy y tengo algunos asuntos que atender.

—¿Qué asuntos?

—Ninguno que te incumba, pero una vez que termine no volverás a verme. Me mantendré alejado de Dolors y de Ambar lo máximo posible. Tú y yo no tenemos ningún problema personal, a no ser que quieras que tengamos uno.

Y entonces ocurrió algo muy extraño. Algo que solo puedo describir así: el rostro de Raum Buker se contorsionó para esbozar una sonrisa, pero la sonrisa no era suya, y una presencia que no tenía derecho alguno a estar en su cabeza asomó detrás de sus ojos, como un intruso que mira hacia fuera por la ventana de una casa conocida.

—¿Es eso lo que quieres, señor Parker? —preguntó Raum, en un tono de voz que parecía una contramelodía disonante, como una canción entonada en una clave equivocada—. Porque no te lo aconsejaría.

Mientras hablaba, su mano derecha se rindió al impulso de

rascar su brazo izquierdo, que empezó a sangrar de nuevo. Le señalé la mano izquierda, de la que goteaba sangre.

—Deberías ir a que te lo vea el médico —dije. Y le dejé con su dolor.

36

Esa noche me pasé por la casa de Will Quinn para ponerle al día sobre lo que a nosotros, los profesionales de la investigación, nos gusta denominar «progreso», normalmente cuando cobramos el trabajo a alguien y apenas hemos progresado nada. No le oculté gran cosa, porque no había mucho que mereciera la pena ocultar y no le debía nada a ninguno de los implicados, excepto a Will. El único detalle que me guardé, al menos por el momento, fue el extraño cambio en la voz y en la expresión de Raum Buker al final de la conversación que habíamos mantenido. No quería dar a Will la impresión de que me alarmaba por nimiedades, aunque podía haberle dado detalles minuciosos sobre los motivos por los que, en casos pasados, había tenido muy buenas razones para alarmarme.

—¿Crees que el signo en el espejo era una advertencia? —preguntó.

Estábamos sentados en la cocina. Él mismo había hecho todos los armarios y accesorios de la casa, que era todo un canto a la madera vista. Era un buen artesano, pero al lugar le hubieran venido bien un par de alfombras y algo de color para darle vida. Parecía que estabas en un féretro sin cojines.

—Creo que, más bien, alguien quería que Raum supiera que habían registrado su habitación —respondí—. No hay otra razón para entrar en el alojamiento de un hombre cuando no está y dejar una tarjeta de visita.

—Pero ¿por qué?

—Para hacerle perder los estribos. Quien registró la habitación quizás no encontró lo que buscaba y pensó que un susto lo llevaría a hacer algo que podría revelar su paradero, o quizás quiso recordarle alguna obligación. Admito que es un poco melodramático, pero eficaz. Raum no parecía demasiado contento cuando nos despedimos, y no era solo por mi culpa.

—¿No lo has seguido para ver adónde iba?

Los programas y las películas de televisión han hecho que todos se crean especialistas de salón en ciencias forenses y mecanismos de detección. Si aplicaran el mismo principio a las series televisivas de médicos, la mitad de la población estaría dando sabios consejos a los cirujanos durante las operaciones o eliminando a los intermediarios y realizando sus propias amputaciones en su casa.

—Ese enfoque podría haber sido demasiado evidente —le expliqué—, incluso para mí. Y, hasta el momento, Raum Buker no ha hecho nada malo, aparte de interferir en tu vida amorosa.

Vi que a Will lo invadía la nostalgia, que luego se tornó en malhumor, como si yo acabara de recordarle de lo que se veía privado ahora que se veía obligado a mantenerse lejos de Dolors Strange.

—¿Crees que Buker hablaba en serio cuando te ha dicho que había terminado con Dolors y su hermana? —preguntó Will.

—Basándonos en lo que he visto hasta ahora —dije—, es posible que Raum haya sido sincero, porque tiene miedo y quiere sacárseme de encima, pero si las circunstancias cambian o se le complican las cosas, volverá a acercarse a ellas. Si no a Dolors, sí a Ambar. Podría equivocarme, pero Ambar me parece más vulnerable que su hermana, y es posible que sus sentimientos hacia Raum sean más ambivalentes.

Will se miró las manos. Eran las de un trabajador, con cicatrices y callos. Probablemente no podía recordar ningún día en que no hubiera acabado con cortes en las manos. Llevaba solo mucho tiempo y quizás había renunciado a encontrar a alguien hasta que Dolors Strange entró en su vida. Ahora había invertido su futuro en ella, pero se veía amenazado por el pasado de la mujer.

—Me pregunto qué haría yo si estuviera en tu lugar —dijo al fin.

No era la manera habitual de plantearlo —lo lógico hubiera sido que me preguntara: «¿Qué harías tú si estuvieras en mi lugar?»—, pero entendí el motivo. Will quería saber qué haría yo, como investigador privado, si me hubiera enamorado de una mujer como Dolors Strange y tuviera problemas como consecuencia de ello con un hombre como Raum Buker.

—Sería franco con Dolors —le dije—. Le diría lo que siento, y que no voy a quedarme mirando y dejar que se enfrente sola a lo que se avecina, porque, Will, tengo la impresión de que algo *se avecina.* Tendrás que confiar en mí en esto. Dependiendo de lo malo que sea y de hasta qué punto la haya liado Raum, puede sencillamente merendarse a las hermanas Strange o asestarles un duro golpe, pero lo cierto es que están en su camino, por su historia con él.

—¿Y después? —preguntó.

—Intentaría averiguar qué ha hecho exactamente Raum —dije—. Y de dónde ha salido ese tatuaje.

Se quedó pensando en lo que eso implicaba. Era una persona práctica.

—Podría ocuparme de algunas cosas, pero no de todo —explicó—. ¿Puedo contratarte para que hagas el resto?

Contemplé su cara, sus cicatrices y su casa, carente de toque femenino. Sopesé su pasado, su presente y varios escenarios futuros: solo en uno de ellos no había pesar.

—Ya lo has hecho —respondí.

37

A la mañana siguiente volví al Braycott Arms. Bobby Wadlin continuaba detrás de su escudo de plexiglás y seguía viendo películas de vaqueros. En ninguna de las ocasiones en las que había estado en el Braycott había pillado a Wadlin viendo una película de calidad. Daba la impresión de que eludía deliberadamente los largometrajes que mostraban un mínimo de talento y que prefería las películas malas de serie B y series de televisión aún peores. En una ocasión, incluso le había pillado viendo *Dusty's Trail,* que era como *La isla de Gilligan* para personas con discapacidad mental. Debo reconocer que Wadlin no estaba riéndose, pero eso es como decir que nadie sonríe viendo *La lista de Schindler.*

—Buker no está aquí —dijo Wadlin—. No lo he visto desde ayer.

—¿Ha venido alguien más preguntando por él?

—Solo tú. Y no puedo volver a darte la llave. Me echarían a la calle.

—Bobby, si te echan, no tienes más que volver a contratarte. Pero si yo estuviera en tu lugar, te hubiera despedido hace mucho tiempo.

Permaneció con los ojos fijos en la pantalla y en los hombres muertos que ya se habían convertido en leyenda inmortal.

—Insultarme no cambiará nada. Sigo sin poder darte esa llave.

—¿Cuándo le toca pagar el alquiler?

—Paga por semana, así que lo tiene cubierto hasta mañana.

Puse mi tarjeta de presentación en la ranura.

—Llámame cuando vuelva; y si no vuelve, también.

—No pienso llamarte.

Decidí que ya estaba bien de tonterías.

—Bobby.

Ahora sí miró. Alargó una mano y agarró la tarjeta, como una tarántula que no tiene más remedio que conformarse con una mala presa.

—No le caes bien a nadie —dijo—, ni siquiera a mí. Y a mí me cae bien todo el mundo.

Eso dolía, y mientras salía del hotel intenté asimilarlo. No me resultó tan difícil como creía: para cuando respiré el aire de la calle, el dolor ya había desaparecido.

Jo Niles, la funcionaria de libertad vigilada que había trabajado con Raum Buker, se encontraba en su puesto de trabajo cuando me pasé por el Departamento de Correccionales situado en Park Avenue. Tenía, como mucho, unos treinta años, y es posible que con tacones llegara a alcanzar el metro y medio. El pelo, oscuro, lo llevaba muy corto; tenía las orejas ligeramente en punta y llevaba unas gafas con una gran montura azul. Si prescindíamos de las gafas, podía haber salido de uno de los cuadros que había visto en Strange Brews, posiblemente el óleo grande con la elfa desnuda y el dragón. (Estaba pensando en comprarlo para regalárselo a Angel y Louis, siempre que pudiera entregárselo en persona y estar presente cuando lo desenvolvieran. Era ridículamente caro —lo hubiera sido aunque costara solo diez dólares—, pero ¿puede ponerse precio a la felicidad?)

—Así que eres Charlie Parker —dijo, mientras me sentaba frente a ella—. No sé por qué, pero pensé que serías más alto.

—Me lo dicen mucho —respondí—, junto con «Pensé que ya estarías muerto».

—Tenemos que aprender a convivir con la gente que se hace vanas ilusiones. —Abrió una libreta sobre su escritorio—. Chris Attwood me dijo que querías información sobre Raum Buker. ¿Te han contratado para investigarle?

—Sí.
—¿Quién?
—La actual pareja de una de sus antiguas novias.
—¿Le ha hecho daño Buker?
—Que yo sepa, no.
—¿Ha hecho daño a alguna otra persona?
—Basándome en las probabilidades, diría que sí.
—Pero no tienes ninguna prueba de que haya cometido un crimen.
—Ninguna, más allá de aquellos por los que ya ha cumplido condena.
—Entonces, ¿qué problema hay?
—Eso —respondí— es lo que intento averiguar.
Niles frunció los labios y me miró con severidad a través de los cristales de las gafas. Decidí que, si en algún momento me hallaba en libertad condicional, no quería que ella fuera la encargada de mantenerme controlado. Después de apenas unos minutos en su presencia, ya me encontraba examinando mi conciencia y había decidido que no daba la talla.
—¿Me estás contestando con evasivas a propósito? —preguntó—. Porque me han dicho que sueles hacerlo.
—Es un defecto de carácter —admití—. Puede incluso que sea genético. Pero ahora estoy diciéndote la verdad. No tengo ni idea de por qué Raum Buker ha vuelto a Portland. Solo sé que, en mi opinión, tiene miedo de alguien o de algo. Si puedo averiguar de qué clase de amenaza se trata, podré determinar cómo afecta a los intereses de mi cliente, si es que los afecta. Pero también tengo entendido que Raum tiene un plan para ganar dinero rápido y es poco probable que consista en entregar botellas y latas en un centro de canje.
—¿Conoces la naturaleza de ese plan?
—Tiendo a pensar que es delictivo.
—Qué curioso. Esperaba que pudieras ser más específico.
—Me gustaría serlo, pero no puedo. Me baso en experiencias anteriores.
Es posible que Niles siguiera sospechando que mentía, en todo o en parte, pero sus preguntas eran más que nada para

aparentar. Attwood le había pedido que me ayudara y, además de ser su superior, tenía fama de ser un buen tipo. Habría sido tonta de no haber accedido, pero hizo ademán de dudar y arrugó el entrecejo para que me quedara claro el esfuerzo que le costaba.

—Raum Buker obtuvo la pena máxima en Nueva Jersey —dijo—, así que no se aplica la supervisión posterior a la puesta en libertad. No podía llamar a un agente de la condicional y pedir esa clase de información. —La arruga del ceño se hizo más profunda—. Tenía que ponerme en contacto con una exnovia, y lo cierto es que no quería hacerlo.

Saqué una botella de Moët de mi bolsa y la coloqué sobre su escritorio. Me había costado cincuenta y cinco dólares en la tienda de licores de Portsmouth, New Hampshire, porque había sido bobo: al igual que la mitad de los habitantes del estado de Maine, siempre compraba cualquier cosa más cara que un vino peleón al otro lado de la frontera. Había estado reservando el champán para una ocasión especial en la que bastaría un llamativo aliciente para saltarse las normas. Para ser justos con Niles, hizo que su ceño se frunciera un poco.

—Con clase —dijo—. También he oído decir eso de ti, aunque a regañadientes.

—Pero no se lo digas a Attwood. Me sentiría raro dándole champán, como si tuviera que regalarle un ramillete también.

—Puede ser nuestro secreto. No me gustaría que se confundiese con su sexualidad. —Guardó la botella en un cajón y volvió a sus notas—. Buker compartió celda, los tres primeros años y pico, con dos compañeros diferentes, pero estuvo en aislamiento protegido el resto de su condena.

—¿El motivo?

—Intervino en una pelea y salvó a un guardia de que le fracturaran el cráneo. Según mi contacto, Buker intentaba defender a otro recluso y detuvo un par de golpes destinados al guardia sin pretenderlo. Buker y el otro preso fueron separados después, por precaución.

—¿Algún rencor?

—Nada personal —dijo Niles—, o no más allá de lo habitual, porque siempre es temporada alta cuando se va contra un guardia.

—¿Y el segundo preso implicado?

—Egon Towle, al que pusieron en libertad tres meses antes que Buker. Sesenta y tres meses bajo el peso de la Ley Graves. Fue condenado por un robo en una tienda de monedas en Paterson, en el que llevaba consigo un arma de fuego que no llegó a disparar. Mínimo obligatorio de cuarenta y dos meses, más el cincuenta por ciento por los antecedentes, junto a la inhabilitación de la libertad condicional.

—¿Así que Towle también llegó al máximo?

—Así es.

—¿Fue uno de los dos compañeros de celda de Raum Buker?

—En realidad, fue el compañero de celda de Buker el que atacó a Towle. Se llamaba Perry Gudex, de Kentucky. Homicidio involuntario, diez años. También era un fanático religioso, al borde de la locura.

—¿Alguna idea de qué pudo causar la pelea entre ellos?

—La religión, imagínate. Gudex era baptista del sur y Towle estaba tan lejos de ser baptista como puede estarlo cualquiera, del sur o no. No le gustaba la religión organizada y le gustaba meterse con Gudex, hasta que Gudex estalló.

—¿Dónde está Gudex ahora?

—Sigue entre rejas. No saldrá hasta dentro de cinco años.

—¿Y Towle?

—Ni idea. Igual que Buker, no está bajo supervisión. Puede ir a donde le plazca, pero mi contacto dice que la madre de Towle vive en Ossipee, New Hampshire, y que esa fue la dirección que dio cuando lo detuvieron en Nueva Jersey.

—¿Qué hay del otro compañero de celda de Buker?

—Clu Angard. Tres años por posesión con intención de traficar. Murió de sobredosis poco después de salir en libertad.

Dejé de escribir. Me gustaba tomar notas. Rara vez tenía que consultarlas, pero poner las cosas por escrito ayudaba a cimentar los testimonios en mi memoria.

—Hay una cosa más —dijo Niles—. Pedí una lista de las visitas permitidas de Raum Buker, por si podía ser de ayuda.

—¿Y?

—Durante los tres primeros años, solo había un nombre en la lista —dijo Niles—. Una mujer, Ambar Strange. El último año, había dos.

—¿Quién fue la segunda visita?

—Otra mujer: Dolors Strange. No soy detective, pero el instinto me sugiere que podrían estar relacionadas.

—Hermanas —dije.

—¿Las conoces?

—Hace poco que he empezado a tratar con ellas.

—Las hermanas Strange...

—No te imaginas hasta qué punto son extrañas.

38

En el Cracker Barrel junto al Maine Mall, una camarera llamada Olivia se había acostumbrado al extraño cliente que pedía todos los días el mismo desayuno. La rareza no se debía a la uniformidad de sus apetitos; algunas personas del área de la que ella se ocupaba llevaban años desayunando lo mismo, en ocasiones en la misma mesa. Algunos se negaban a comer en ninguna otra y, si al llegar se encontraban ocupado su sitio, insistían en esperar hasta que quedaba libre o se iban a dar un paseo y volvían más tarde. En el caso de sus clientes favoritos, los que siempre recordaban darle más propina que la mínima, aceptaba incluso llamarles por teléfono cuando estaba lista la mesa y se la guardaba con un pequeño letrero que rezaba: RESERVADA.

Aquel extraño cliente no era tan quisquilloso. Comía en cualquier mesa, siempre y cuando sus huevos estuvieran bien escalfados y las manzanas no estuvieran demasiado duras. No sabía su nombre, porque siempre pagaba en efectivo, pero había empezado a pensar en él como «Señor Beige», porque parecía llevar siempre tonos desvaídos de amarillo, avena y marrón, desde la punta del sombrero de fieltro hasta las punteras de sus gastados zapatos. No hablaba más que en raras ocasiones, excepto para decir «Por favor» y «Gracias».

—¿Lo de siempre? —preguntaba Olivia.

—Por favor —solía responder, y parecía que la voz procedía simultáneamente de muy cerca y de muy lejos, como si contuviera su propio eco en su interior.

La primera mañana intentó entablar conversación con él, pero el hombre se había limitado a inclinar la cabeza y sonreír antes de abrir el periódico. Ahora no hacía más que servirle la comida y recoger su propina al final, lo que ya le iba bien. No era descortés, no intentaba ligársela y le dejaba siempre un veinte por ciento de propina. Con peores clientes tenía que vérselas.

En un principio, a Olivia le había gustado cómo olía. Algunos de los asiduos olían como si solo se duchasen en navidades, pero el Señor Beige olía a limpio, un aroma un punto anticuado. Tras los dos primeros días, sin embargo, había empezado a molestarle, porque ese olor se le quedaba impregnado incluso al terminar su turno de trabajo, pegado a la piel y a la ropa. Había empezado a volver a ducharse al llegar a casa y a cambiarse de ropa interior, porque notaba el olor incluso en esas prendas, pero no le servía de mucho, y ahora no podía siquiera comer sin que un resto de ese olor afectase a su sentido del gusto. Deseaba que el extraño terminara lo que tuviera que hacer en la ciudad y se marchara por donde hubiera venido; eso, o que encontrara otro local donde desayunar. Estaba sopesando ponerle sal en las manzanas o pedir que le asignaran otra camarera, pero en algún momento tenía que marcharse, ¿no?

Quizás lo más peculiar, al margen de su olor, su comportamiento reservado y su aspecto —manos pequeñas pero hinchadas, unos ojos... Dios santo, esos *ojos*—, eran los periódicos que leía. Eran todos atrasados, y no unos días ni unas semanas, sino varios años. La víspera, el hombre había estado leyendo sobre el 11 de septiembre, y la antevíspera, el titular trataba de Jimmy Carter y de una toma de rehenes en 1979. El papel de los periódicos, aunque amarilleaba, se veía en buen estado, como si alguien, con sumo cuidado, los hubiera guardado sin leer y los hubiera desempolvado hacía poco. Era como encontrarse a un personaje de *La dimensión desconocida,* alguien que acabara de despertar de un largo sueño y tratara de enterarse de lo que había sucedido en el mundo.

Olivia no veía el momento de tomarse unos días libres. Quizás a su regreso el cliente ya se hubiera ido, y con él, ese olor. Pero los tiempos eran duros y las propinas, nada desdeñables.

—¿Estas bien, cariño? Pareces cansada.

Era Caitlin, una de las supervisoras. Caitlin tenía una hija de la edad de Olivia, y su abrigo protector se extendía hasta su empleada, aunque Caitlin era amable con prácticamente todo el mundo en el Cracker Barrel. La hija de Caitlin vivía con su padre, por motivos que Olivia desconocía. Caitlin parecía una persona de buena pasta, así que costaba imaginar qué circunstancias domésticas habían llevado a la hija a optar por vivir con su padre, a menos que él fuera aún de mejor pasta que la madre. La sonrisa siempre afloraba a los labios de Caitlin cuando su hija salía a relucir en la conversación, pero sus ojos jamás perdían su velo de tristeza. Olivia no llevaba en el Cracker Barrel el tiempo suficiente como para preguntarle por qué.

—Me encuentro bien, gracias —dijo Olivia—. Quizás es que últimamente no duermo bien.

—¿Pesadillas?

—Sí, algo así.

—Quizás no tengas la conciencia tranquila.

Por un momento, Olivia pensó en compartir con Caitlin su sueño recurrente. Había soñado lo mismo las últimas cuatro o cinco noches; no era siempre el mismo sueño, sino una variación de un mismo tema. Se sentaba en la cama, con la sensación de que había alguien en su apartamento, y entonces veía a alguien sentado en la silla al lado de la ventana, o de pie, junto a la estantería, pasando un dedo por los lomos de los libros, o veía recortarse una silueta en la puerta del baño, que la había contemplado mientras dormía. Nunca podía ver la cara del intruso, porque siempre estaba en sombras, pero sabía quién era, lo sabía por su sombrero de fieltro y por su inconfundible olor.

Ciertamente, en los sueños no hay olores, pero era siempre su colonia la que la despertaba, y ahí seguía cuando abría los ojos, como un fantasma en la habitación, antes de disiparse lentamente.

—Creo que tengo que irme a casa —barbotó Olivia de repente—. Me encuentro mal.

—Cariño, estamos hasta arriba de trabajo...

—Lo sé, lo siento —respondió Olivia, quitándose el delantal—. Tengo que irme. Tengo que irme antes de empezar a vomitar.

Tengo que irme antes de que llegue.

39

Kepler tenía ahora un nombre para la persona que había estado en la habitación de Raum Buker: Parker, un investigador privado. Kepler sentía curiosidad por saber quién podría haberle contratado, pero la única forma de averiguarlo sería enfrentándose al propio Parker, y todo lo que Kepler había averiguado sobre él sugería que eso no sería aconsejable; no todavía, en cualquier caso.

Kepler se miró en el espejo. Se aplicaba pomada en las llagas que aparecían regularmente en su cara y sus manos y que se negaban a cicatrizar, y no eran los únicos signos visibles de su deterioro. Le habían salido pequeños y dolorosos bultos en las axilas y en la base del cuello, por lo que ahora tenía que llevar el último botón de la camisa desabrochado. Parecían marcas de la peste bubónica, y eso le llevó a visualizar cómo los dedos de sus manos y sus pies empezaban a pudrirse. El cínico chiste que había compartido con Reuben Hapgood —«no estoy en fase terminal»— ya no le parecía tan gracioso. Sí estaba en fase terminal. Kepler se estaba muriendo y, a medida que se desvanecía, Raum Buker se hacía más fuerte.

Tenía la esperanza de que Buker hubiera sido lo bastante insensato como para guardar en su alojamiento del Braycott parte, o todo, de lo que Egon Towle y él le habían robado, pero en la habitación no había ni un solo objeto de valor, posiblemente porque no había en ella ninguna caja fuerte en la que guardarlo. Buker, por otra parte, ni siquiera se había molestado en cerrar con llave su destartalado Chevy. Con toda probabilidad, habría adquirido un medio de transporte más seguro si su intención hubiese sido utilizarlo como cámara acorazada móvil. Por último, Kepler había intentado, sin éxito, acceder a la casa de Ambar Strange, la mujer con la que se decía que Buker mantenía relaciones, pero el hecho de que ahora viviera en el Braycott Arms daba a entender que su relación posiblemente había tocado a su fin. De ser así, era poco probable que Buker le hubiera confiado aquel tesoro. Ambar también tenía una hermana mayor, pero Kepler había llegado a la conclusión de que Dolors no disfrutaba del mismo nivel de intimidad que su hermana con Buker. ¿Dónde guardaba entonces lo que se había llevado?

Todo habría sido más fácil si Kepler hubiese podido enfrentarse directamente a Buker, pero estaba débil y Buker era fuerte, pues la propia naturaleza del delito que había cometido le ofrecía protección, aunque aún no fuera consciente de ello. El resultado era que Kepler se veía obligado a dar vueltas, con la esperanza de que su reputación, y su presencia en Portland, fueran motivación suficiente para que Buker llegara a un acuerdo con él. Pero Buker no había respondido a las insinuaciones de Kepler: «Puedes quedarte con la mayor parte de lo que te llevaste. Solo quiero esto. Es importante para mí». Los correos electrónicos enviados a la dirección de Buker no habían obtenido respuesta y su número de móvil más reciente ya no funcionaba. Kepler no iba a tardar en tener que hacer un movimiento. Sin duda, el investigador privado suponía una inoportuna complicación, pero lo único que Kepler tenía que hacer era eludirlo.

Kepler sintió que la arena de sus días se le escurría entre los dedos. Volvió a mirar su reflejo y lo vio cambiar a la imagen de otro hombre, también moribundo, esta vez a manos de Kepler. El hombre reía, reía incluso mientras Kepler le arrancaba tiras de piel.

Lo destruirá si te acercas demasiado a él, dijo el hombre riendo. *Lo destruirá y acabará contigo.*

40

La mañana amaneció inusualmente cálida por tercer día consecutivo, presagiando un deshielo prematuro. Llamé a Will Quinn para preguntarle si había tenido ocasión de hablar con Dolors Strange. Me dijo que había ido a verla inmediatamente después de nuestra conversación en su casa y que habían hablado durante dos horas. La conclusión era que, al parecer, Dolors compartía los sentimientos de Will y habían decidido retomar su relación.

—¿Qué pasa con Raum? —pregunté.

—Ha terminado con él. Ha salido de su vida. Dice que si su hermana quiere seguir viéndole, es decisión suya, pero que aconsejó a Ambar que lo dejara. Buker y Ambar discutieron y él le hizo daño en el brazo. Ambar asegura que fue un accidente, pero Dolors no lo tiene claro.

—Supongo que no hace falta que pregunte si Ambar denunció el incidente a la policía —dije.

—No gastaría saliva. Creo que esa fue también la opinión de Ambar.

Pensé que el siguiente día de Acción de Gracias en casa de los Quinn-Strange iba a ser, sin duda, una ocasión memorable y que necesitaba preparar bien mi excusa, y con tiempo, por si acaso.

—¿Le dijiste que me habías contratado?

—Sí. ¿No debería habérselo dicho?

—De todos modos, tarde o temprano se hubiera enterado. ¿Cómo se tomó la noticia?

—Me dijo que no debería haberlo hecho, y que no era necesario que derrochara el dinero en un investigador privado. Me aconsejó que cortara todo contacto contigo de inmediato. Le contesté que no podía hacerlo hasta no estar seguro de que ella estaría bien. Le sugerí que me sentiría más tranquilo si estuviera dispuesta a responder cualquier pregunta que pudieras tener.

Me alegré de ver que Will le había echado algo de valor y mostraba músculo. Quizás habían influido todos esos años cargando madera.

—Voy a acercarme a verla ahora —dije—. Solo quería comprobar que no iba a hacer un viaje en balde. Estoy harto de que las hermanas Strange me ignoren.

—¿Quieres que vaya contigo?

Le dije que se quedara donde estaba. Trabajaba para Will, pero eso no implicaba compartir con él todo lo que averiguara. De hecho, dependiendo de lo que me contara Dolors Strange, quizás sería mejor para él que no se lo dijera, a menos que le gustara escuchar los detalles escabrosos de la relación que tuvieron en el pasado Dolors y Raum Buker. Ni siquiera estaba seguro de querer escucharlos yo y, a diferencia de Will, no tenía pensado acostarme con ella.

También era verdad que, cada vez que pensaba que estaba a punto de entender a las hermanas Strange, sucedía algo que no lo hacía posible. Había visto a Raum intentar besar a Ambar Strange y cómo ella le rechazaba, pero había en sus movimientos un toque de familiaridad íntima, y ella había acudido a Raum cuando le habían preocupado los daños en la puerta. Y aunque ahora Dolors Strange afirmaba que había extirpado a Raum de su vida en favor de Will Quinn, había visitado a Raum en la cárcel estatal de East Jersey y había pasado tiempo con él tras su regreso a Portland. Dolors podía haberle explicado a Will Quinn el motivo; o quizás había decidido no mencionarlo por miedo a perturbar su reconciliación. En conclusión, y por deferencia a su posible futuro juntos, parecía más sensato hablar con ella sin que estuviera Will presente.

—Tengo que preguntarte algo —dijo Will—, ya que estamos de confidencias.

—Dispara.

—¿Cómo es que siempre hablas de Buker por su nombre de pila? Si no te conociera, casi habría dicho que sois amigos íntimos.

Ni siquiera era consciente de estar haciéndolo, pero tenía razón.

—Nunca me ha gustado —dije—, pero siempre he sentido lástima por él.

—¿En serio? Es malo de la cabeza a los pies.

Pero Will no tenía razón. Yo me había enfrentado a la verdadera maldad y había visto la profundidad de la crueldad humana. Raum Buker poseía sin duda un ramalazo de bajeza y de rencor, pero no lo suficiente como para condenarlo por ello, o al menos no en mi opinión, aunque podría ser que estuviera volviéndome un sentimental con los años. Siempre había creído que Raum era lo bastante inteligente como para reconocer hasta qué punto había fracasado como hombre y que todavía podía encontrar la redención. Era posible también que me hubiese identificado en cierta medida con él: un hombre que se dejaba llevar por la ira. Si lo condenaba moralmente, ¿debería condenarme también a mí mismo?

Pero no me había gustado lo que había visto y oído junto al Braycott Arms. Ese era un Raum Buker cambiado.

41

Una hora más tarde, regresé al Strange Brews. Sonaba la misma música New Age y en las paredes colgaban los mismos cuadros de fantasía, pero Dolors Strange no estaba allí y ante la caja registradora se encontraba una mujer mayor a la que no reconocí. Cuando pregunté por la propietaria, me dijo que Dolors había vuelto a casa porque se sentía enferma y que no se esperaba que volviera en todo el día. Pedí un café por educación y me lo llevé al coche. El café sabía a flores, aunque en realidad no debería haberme sorprendido. Lo vertí en el suelo e hice una nota para cobrárselo a Will Quinn.

Dolors Strange vivía en una casa de una sola planta en Broadway Street, en South Portland. La ciudad ocupaba uno de los primeros puestos en las listas de los lugares de Maine más codiciados para vivir, pero probablemente los que se dedican a compilar esa clase de información no habían pensado en ese tramo específico de Broadway. Tampoco era una zona terrible; sencillamente, era anodina y estaba muy descuidada. No obstante, Dolors tenía mucho espacio para una sola persona, más de ciento ochenta y cinco metros cuadrados, de acuerdo con el registro de la propiedad, aunque esto incluía el garaje. La valoración, en doscientos treinta mil dólares, era de las más bajas, pero al menos se había comprado un pedazo de casa por ese dinero. Le hubiera venido bien algo de cariño y cuidado, porque la madera se pudría en algunos puntos. Decididamente, Will Quinn podría ser de ayuda. Quizás Dolors estaba saliendo con él solo por el descuento.

En los días anteriores a la Ley de Gramm-Leach-Bliley, la Ley de Protección de la Privacidad del Conductor y las reformas a la Ley de Informes Crediticios Justos, los investigadores privados obtenían los informes crediticios con relativa facilidad. Ahora se exigían exenciones de responsabilidad firmadas por el interesado y te veías obligado a meterte en discusiones acerca de la definición de «propósitos permisibles». Todavía era posible hacer consultas «por la puerta de atrás», pero salían caras y conllevaban el riesgo de suspensión de la licencia y cárcel. En lo que se refiere a enfrentarse a la justicia, yo ya me había gastado mis siete vidas y otro par a crédito, así que, siempre que era posible, prefería no salirme del buen camino. Si iban a colgarme, que fuera al menos por algo memorable.

Sentado en mi coche frente a la propiedad de Dolors Strange, volví a llamar a Will Quinn.

—Es una pregunta delicada —dije—, pero ¿qué tal le va a Dolors desde el punto de vista económico?

—No sé todos los detalles, pero no demasiado bien. Volvió a hipotecar su casa después de la crisis de 2008 para que Strange Brews siguiera funcionando. Ahora apenas se mantiene a flote, o eso afirma.

—¿No la crees?

—Según mi experiencia, los propietarios de negocios te pintan las cosas peor o mejor de lo que son, pero nunca como son *realmente*. Creo que Dolors está poniendo al mal tiempo buena cara, y con la rehipoteca tiene muchas deudas. Me ofrecí a ayudarla.

—¿Y?

—Todavía me pita el oído por el bufido.

—¿Y qué pasa con Ambar?

—Dolors también le debe dinero. Después de reconciliarse con su hermana, Ambar también volvió a hipotecar su casa. Dedicó parte del dinero a reflotar Strange Brews e invirtió la mayor parte de lo que le quedó.

—¿En qué?

—Según Dolors, en Raum Buker.

—¿Y cómo le fue?

—Tendrías que preguntárselo a Ambar —dijo Will—, pero tengo la impresión de que no demasiado bien.

Le di las gracias, cerré el coche con llave y llamé a la puerta delantera de la casa de Dolors Strange. Por unos segundos me sentí culpable ante la posibilidad de sacarla de su lecho de enferma, pero ahora yo estaba ahí y tenía preguntas que necesitaban respuesta. Dejé que pasaran uno o dos minutos antes de volver a llamar a la puerta, con igual resultado.

Miré a mi alrededor. Pasaba algún coche, pero no vi a nadie caminando y nadie me prestaba atención. Dejé el porche principal y rodeé la casa. Ninguna de las cortinas estaba echada y podía verse con claridad el interior de todas las habitaciones, a excepción de los baños. Era posible que Dolors Strange estuviera en uno de ellos, pero no me parecía muy probable. Las casas vacías tienen una atmósfera específica y, después de algún tiempo, resulta familiar. Por último, eché un vistazo al garaje. También estaba vacío.

Y me pregunté hasta qué punto estaba realmente enferma Dolors Strange.

42

El silencio también rodeaba la casita de Ambar Strange cuando llegué, y no había ningún coche en el camino de entrada. Supuse que ella estaba trabajando, lo cual era el principal motivo por el que yo me encontraba ante su casa y no en el consultorio del dentista. Aparqué en el camino de entrada, como si me esperaran, solo por si alguno de los vecinos seguía con atención mis movimientos, y me dirigí hacia la parte trasera de la casa.

Todavía no habían reparado los daños en el cristal y en la mosquitera de la puerta. Uno de los cristales inferiores casi había desaparecido y tenía el agujero tapado con un cartón, y parte de la mosquitera estaba destrozada y se asemejaba a una jaula metálica que hubiera destrozado un animal encerrado en ella para escapar. Había visto el trabajo de algunos ladrones pésimos en mis tiempos, pero algo así era duro para cualquier estándar.

Separé con cuidado el cartón del cristal antes de sacar algunas fotos del destrozo con el teléfono móvil. La luz empezaba a desvanecerse; me sentía cansado y tenía hambre. Si Angel y Louis hubieran estado en Portland, hubiera quedado con ellos para salir a cenar por ahí, pero habían regresado a Nueva York para una de las revisiones médicas que se hacía Angel de manera periódica. Pensé en ver alguna película, pero no me apetecía ver ninguna. Echaba de menos a Sam y, en ocasiones, también a Rachel. La mayor parte del tiempo me gustaba estar solo, pero había momentos en que me resultaba difícil no sentirme solo.

Mientras volvía al coche, comprobé que las imágenes de los daños se veían con claridad. Me detuve y amplié una de ellas.

Quizás se debía a la luz mortecina del sol al incidir sobre el cristal, o quizás al ángulo desde el que había tomado la foto, pero el caso es que vi algo que me había pasado inadvertido. Regresé a la puerta, me arrodillé y examiné el cristal con más detenimiento. Todavía podían verse parte de los arañazos originales, y entre ellos creí distinguir un semicírculo y algo que se parecía a una «V» de lado. O estaba muy equivocado, o aquello parecía la mitad de la runa que había encontrado en el espejo de Raum Buker. Recordé una vez más cómo Raum se rascaba el tatuaje. Ahora creía saber el motivo.

Ya en mi coche, accedí vía telemática al registro de la propiedad de Ossipee, Nueva Hampshire. Emmeline Towle, la madre de Egon Towle, a quien Raum Buker había salvado de una paliza en la cárcel, seguía viviendo en la ciudad. Para viajar de Portland a Ossipee se requerían unos noventa minutos, pero tendría que esperar al día siguiente. A nadie le gusta que aparezca un investigador privado en la puerta después de oscurecer. Aunque, ahora que lo pienso, tampoco es plato de buen gusto a plena luz del día.

Ya había consultado los antecedentes penales de Egon Towle. Antes de ingresar en la cárcel de East Jersey y hallarse en la órbita de Raum Buker solo se había metido en problemas con la ley en una ocasión anterior, en Connecticut. Podían haberle condenado hasta a un máximo de veinte años en la cárcel y a pagar una cuantiosa multa, pero la jueza, bendito sea su tierno corazón, lo había considerado adecuado para la rehabilitación acelerada antes del juicio basándose en el hecho de que Towle declaró no saber el verdadero valor de la colección, que ascendía a casi doscientos cincuenta mil dólares. Towle había completado con éxito el programa, había jurado no volver a pecar y se habían desestimado los cargos. Cinco años más tarde comenzó su condena en la prisión estatal de East Jersey, de nuevo por un crimen relacionado con monedas, lo cual indicaba que tal vez la rehabilitación no había sido un completo éxito. También se había graduado en robo con violencia o intimidación con arma de fuego, aunque él no hubiera empuñado el revólver.

Llamé a Angel.

—¿Cómo fue la cita médica? —pregunté.

—Voy a seguir aquí, con todos vosotros, en un futuro inmediato. Louis se tomó la noticia como un campeón.

—Bien, porque yo solo no sería capaz de mantenerlo entretenido. ¿Qué sabes de ladrones de monedas?

—Que son aburridos —respondió—. En serio. Leen revistas aburridas, tienen una conversación aburrida y frecuentan compañías que hacen que los coleccionistas de sellos parezcan la *drag queen* RuPaul. Si te refieres a monedas muy raras, son difíciles de vender y suelen robarse previo pedido, o al menos pensando en un comprador determinado. La parte positiva es que, si tienes un comprador, son fáciles de transportar y con ellas se gana mucho dinero muy rápido con un riesgo mínimo. Después, las monedas se desvanecen en una colección privada, aunque he sabido de alguien que las usa como garantía para asuntos de droga, igual que con obras de arte robadas. ¿Por qué?

—¿Has oído hablar de un tipo llamado Egon Towle?

—No.

—¿Podrías ver si te enteras de algo?

—Puedo hacer algunas llamadas. ¿Te corre mucha prisa?

—Lo necesito para mañana. Voy a acercarme a New Hampshire para visitar a su madre. Es posible que Towle esté viviendo con ella.

—¿Está relacionado con lo de Raum Buker?

—Creo que Raum y él podían haber sido buenos amigos en la cárcel.

—Bueno —dijo Angel—, sobre gustos no hay nada escrito.

43

No pude dormir esa noche. No tenía nada que ver con Raum ni con las hermanas Strange. Lo sabía porque aquella inquietud me era familiar y por lo que entendí que significaba: mi hija muerta estaba cerca, o bien la parte de ella que aún habitaba este mundo.

Hacía frío en el exterior, pero no resultaba incómodo, no con el abrigo y las botas puestas sobre la camiseta y los pantalones de chándal; otra vez aquel extraño clima. Supongo que mi aspecto no habría sido de lo más presentable si a mi lado hubiese habido alguien más que Jennifer para presenciarlo, pero todo estaba tranquilo, y no pasaban coches por la carretera de abajo. Me detuve en el porche y observé los árboles y la marisma, pero no pude encontrar ni rastro de ella. Así sucedía siempre con mi hija. Podía percibir su presencia y sentirla más a menudo de lo que la veía y oía, pero sin embargo me reconfortaba.

—Estoy bien —dije en voz alta a la oscuridad—. Mejor que bien.

He aquí una verdad, o lo más cerca que podría estar de ella: aquellos que han perdido hijos les hablarán hasta que la muerte haga callar su propia voz. Percibirán su presencia en una ráfaga de aire que atraviesa brevemente una habitación cerrada, en el tintineo de un carillón donde no sopla la brisa, en cómo acabaron asentándose unas tablas que hace tiempo que lograron alinearse, y a esas cosas les darán el nombre de su hijo o su hija. Cuando acucia el dolor, buscamos consuelo donde podemos, en aquello que creemos verdadero. ¿Quién podría decir que estamos equivocados si eso nos aporta paz y no causa daño a nadie? Y si, con el paso de los años, les hablamos con menos asiduidad a las sombras, y estas visitas sin palabras se hacen más infrecuentes, no es que nos hayan olvidado, o que nos hayamos olvidado nosotros, sino más bien que los muertos quizás entiendan mejor las necesidades de los vivos que los propios vivos y sean más conscientes del significado y del sinsentido. Para los muertos, el amor tiene consecuencias, el tiempo no las tiene, y la ausencia dura un abrir y cerrar de ojos.

Desde el alerce, la garza nocturna de corona negra se elevó hacia el cielo y se perdió entre las estrellas.

44

Floriana iba con retraso y todavía no se había ocupado de la habitación del señor Kepler. Primero había tenido un problema con el coche, y, después, dos de las otras limpiadoras —unas primas que compartían piso y que en opinión de Floriana se trataban con hombres poco recomendables— habían pillado algún virus, y ella llevaba todo el día corriendo e intentando, en vano, recuperar el tiempo perdido.

Llamó a la puerta del señor Kepler y no recibió respuesta. En otras circunstancias, hubiera vuelto a llamar, solo por si acaso, pero estaba cansada y algo distraída, y la inquietud que sentía siempre que se acercaba a la habitación 313 se había transformado en un temor más profundo. Solo quería limpiar a toda prisa esa *maldita habitación* y quitársela de encima.

Abrió la puerta. Lo primero que vio fue un par de dados de marfil sobre la mesa situada al lado del armario. Era la primera vez que veía algo de carácter personal en la habitación, más allá de un cepillo de dientes, pasta de dientes, una maquinilla de afeitar desechable y un bote de espuma de afeitar en formato de viaje. Junto a los dados había un pequeño reloj con los engranajes a la vista y varias esferas. Los números no pertenecían a ningún alfabeto que pudiera reconocer Floriana, y la disposición de las esferas era tan complicada que le resultaba totalmente imposible saber qué hora marcaban.

Floriana tomó los dados. Parecían muy antiguos. Al cabo de unos instantes se dio cuenta de que también había algo raro en los números. Y es que los números grabados en las caras opuestas no sumaban, como es habitual, 7 (1 y 6, 2 y 5, 3 y 4), sino que la distribución era aleatoria. El número opuesto al 6 era el 2, al 5 se oponía el 4, y el 1 estaba opuesto al 3. El segundo dado era también distinto: 4 y 6, 1 y 5, 2 y 3. Jamás había visto algo parecido.

Cuando volvió a dejarlos sobre la mesa, oyó un ruido procedente del baño, muy ligero, apenas audible, como la salida de gas de una válvula.

—¿Hola? —llamó, en voz baja, muy baja, aunque una voz en su cabeza le decía que sería mejor que saliera de la habitación en ese momento, que cerrara la puerta con cuidado tras de sí y que se olvidara de los dados y del sonido...

Miró hacia el interior del baño. Y vio ante sí al señor Kepler sentado, desnudo, con los ojos cerrados, aparentemente dormido, sobre el borde de la bañera. Todo su cuerpo, a excepción del rostro, el cuello y las manos, estaba cubierto de tatuajes, incluso en el prepucio. Parecían símbolos, o letras de algún alfabeto, y, una vez más, ninguno le resultaba familiar. En el cuello, en el pecho y entre el escaso vello de la ingle, vio hinchazones y ampollas y supo que se trataba de un hombre que sufría un dolor casi inimaginable.

Floriana retrocedió. No abrió la boca, y el señor Kepler desapareció de su vista. Llegó a la puerta, que seguía abierta y afianzada con una cuña de madera. Salió al pasillo y retiró la cuña, sosteniendo la puerta con una mano y bajando la manilla con la otra para cerrar sin hacer ruido. Solo respiró cuando la puerta se cerró a su espalda.

Y solo entonces abrió Kepler los ojos.

Pasé la mañana en el juzgado de distrito de Maine, esperando para testificar en un caso de seguros que al final se resolvió en las escaleras de la sala. Al menos me había llevado un libro para leer y eran horas facturables. Resulta bastante agradable que te paguen por leer. Cuando di por terminado mi trabajo, me compré un café y un bocadillo en el Crooked Mile de Milk Street y leí las partes del *New York Times* que no me resultaban deprimentes. Estaba acabando cuando llamó Angel.

—Preguntabas por Egon Towle —comenzó.

—¿Voy a lamentarlo?

—¿Y si empiezo diciéndote que le llaman Egon «el Rarillo»?

—Vale —interrumpí—, ya lo estoy lamentando.

Egon Towle no creía en Dios, pero sí creía en el diablo. Estaba fascinado por el trascendentalismo, la teosofía, el espiritismo, el hermetismo, la cábala, el neopaganismo y la brujería. Había trabajado algún tiempo en la biblioteca de la prisión del estado de East Jersey antes de que se descubriera que había conseguido introducir de contrabando en la cárcel cinco volúmenes sobre ocultismo —incluyendo una edición moderna del clásico del siglo XVIII *Grimorium Verum, The Book of Ceremonial Magic* de Arthur Waite y un tratado de guerra ocultista— como parte de una donación caritativa de la colección de una residencia para ancianas solteronas ya clausurada. También afirmaba haberse infiltrado en el grupo Bilderberg y en los aledaños de la familia real británica, y haber falsificado personalmente el certificado de nacimiento del presidente Barack Obama. A Egon Towle no se le había caído solo un tornillo: se le había caído tal cantidad que podía haberse construido un robot con ellos.

—Así que está loco —conjeturé.

—Sí, como una cabra —confirmó Angel—, pero también es un ladrón muy muy diestro.

45

Al mediodía, Raum Buker todavía no había vuelto al Braycott Arms y llevaba veinticuatro horas de retraso en el pago del alquiler. Pero Bobby Wadlin, que no era muy dado a demostraciones de amabilidad, no ordenó de inmediato que se limpiara y vaciara la habitación. No se debía a que a medida que le aumentaba el perímetro de la cintura, también lo hiciera el corazón, porque el órgano en cuestión no solo era tan duro como las arterias que lo rodeaban, sino que también se había atrofiado hasta alcanzar el tamaño de una nuez. No, se debía más bien a que el Raum Buker que residía en ese momento en el Braycott Arms no era el mismo hombre al que Wadlin recordaba, y debía ser precavido.

Wadlin había conocido en su vida a muchos hombres y mujeres perturbados, motivo por el que rara vez emergía de detrás de su pantalla de plexiglás; al menos no si podía evitarlo. Aun así, el plexiglás solo ofrecía cierto grado de protección, e incluso Wadlin se veía en ocasiones obligado a aventurarse por las calles de la ciudad. Por ese motivo le resultaba importante mantener la ficción de que solo era un empleado de los propietarios ausentes del Braycott y no el accionista principal de la empresa. Y, por lo mismo, también evitaba ponerse innecesariamente a malas con los clientes y solo llamaba a la policía como último recurso. El penúltimo recurso era un gorila de baja estofa llamado Tony Motti que una vez había resistido dos asaltos contra Joey Gamache, el único boxeador de Maine que había ganado un título mundial. Joey había jugado un poco con Tony antes de tumbarlo de un puñetazo, que Tony probablemente todavía sentía cuando refrescaba el tiempo. Ahora, Tony trabajaba de guardia de seguridad en ese tipo de bares que evitan las personas cuerdas basándose en el hecho de que necesitan una persona como Tony Motti para mantener la apariencia de orden, y, en ocasiones, ayudaba a caseros como Bobby Wadlin con los inquilinos recalcitrantes.

Raum Buker no era un inquilino problemático y Wadlin esperaba sinceramente que no se convirtiera en uno, porque Raum empezaba a dar muestras de estar a punto de sufrir una crisis nerviosa. Otro inquilino se había quejado de que Raum no le dejaba dormir por la noche porque gritaba en sueños. También le comentó a Wadlin que creía que Raum tenía a alguien en su habitación por las noches, porque estaba seguro de que oía a otra persona. Pero cuando Wadlin había ido a comprobarlo, una vez que el vecino le había alertado de que estaba manteniendo otra conversación similar, se encontró a Raum solo en la habitación. Esa noche, en la habitación de Raum, Bobby Wadlin había olido a quemado.

—¿Le has prendido fuego a algo —preguntó, una vez que comprobó que la habitación estaba vacía— o has estado fumando? Porque ya conoces las reglas.

—Yo no huelo nada —respondió Raum—, y no fumo. Estaba durmiendo cuando has llamado a la puerta.

A Wadlin no le había parecido que tuviera aspecto de haber estado durmiendo, y tampoco parecía molesto por la intrusión; al contrario, parecía que le divertía. Pero ese olor..., era como si alguien estuviera asando un trozo de jamón de mala calidad. Si no fuera porque no tenía ningún sentido, Wadlin hubiera dicho incluso que provenía del hombre que estaba de pie ante él.

Así que ahora Bobby Wadlin quería, sencillamente, que Raum Buker se fuera. Otro pringado ocuparía pronto su lugar, y, la verdad, los ingresos por una habitación no iban a marcar la diferencia entre comer o no. Wadlin y sus familiares podían sobrevivir sin ellos. Pero no quería problemas con Raum, y por eso esperó unas horas antes de enviar a una limpiadora a la habitación con instrucciones de recoger todos los objetos personales y meterlos en el almacén. Si Raum volvía e intentaba pagar otra semana por adelantado, o incluso un día más, Wadlin le diría que ya había alquilado la habitación a otro. Wadlin estaba harto de Raum Buker, porque le ponía los pelos de punta, pero también...

El teléfono que tenía al lado sonó, interrumpiendo temporalmente sus pensamientos y distrayéndole aún más de la acción que se desarrollaba en la pantalla del televisor, a saber, los esfuerzos de Johnny Ringo por descubrir la verdad sobre el proscrito Boone Hackett. Levantó el auricular.

—Braycott. Habla el gerente.

Y una voz desagradable dijo:

—¿Por qué metes tus narices en la habitación de Raum Buker?

46

El trayecto en coche hasta New Hampshire fue lento pero sin contratiempos, a ello había contribuido el hecho de mantener la velocidad por debajo de los ciento veinte y haberla reducido siempre que veía un deportivo que no fuera a toda máquina; a la policía del estado de Maine le gustaba mantenerse al acecho en Mustangs para atrapar entre sus redes a los incautos.

Nunca había estado en Ossipee antes. Parecía un conglomerado de aldeas que compartían ese nombre, situadas en torno a Center Ossipee, la «Cuna de la Primera Motonieve», porque algún sitio tenía que serlo. Emmeline Towle vivía en Moultonville Road, cerca de la Funeraria Lord. Su casa estaba más retirada de la calle que la de sus vecinos y protegida por plantas perennes. Había un coche estacionado a la puerta del garaje, un Oldsmobile Cutlass azul de la década de 1980, con una pegatina borrosa de las elecciones a favor de un político del que nunca había oído hablar; lo que, dada la situación actual, era probablemente la mejor clase de político.

Aparqué detrás del Oldsmobile. Cuando me bajé del coche, se abrió la puerta delantera de la casa y una mujer de unos cincuenta años salió al porche. Tenía el pelo gris más bien sucio y llevaba un delantal infantil que le llegaba hasta las rodillas. La mano derecha estaba metida hasta el fondo en uno de los bolsillos, y hubiera jurado que sostenía una pistola en ella. Cuando te han disparado más de una vez, uno se vuelve muy bueno en detectar indicios, aunque solo sea como estrategia de supervivencia tardía. Decidí mantenerme cerca de mi coche con la esperanza de que la mano se mantuviera también dentro del bolsillo del delantal.

—¿Qué quiere? —preguntó.

—Busco a Emmeline Towle.

—Llega dos meses tarde.

—¿Cómo es eso?

—Porque la enterramos en el cementerio de Chickville.

A veces creo que la vida sería mucho más sencilla si pudiéramos pulsar el botón «restablecer» y eliminar los diez segundos anteriores. A falta de eso, tendría que seguir mejorando mis habilidades diplomáticas o comenzar determinadas conversaciones asegurándome de que no se diera la circunstancia de que la persona por la que preguntaba estuviera muerta.

—Lo lamento —dije.

—Puede llevarle flores si quiere.

—No la conocía lo suficiente. De hecho, no la conocía en absoluto.

—Entonces no tiene nada que lamentar.

—Excepto su pérdida.

Se relajó un poco..., apenas lo suficiente para asentir con la cabeza.

—Todavía no me ha dicho quién es y qué quiere de mi madre.

—En realidad —dije—, esperaba hablar con ella sobre su hijo, Egon, o con el propio Egon. Me llamo Charlie Parker; soy investigador privado. Es por un caso en el que estoy trabajando.

Ante el nombre de Egon volvió a envararse y la mano derecha apretó lo que fuera que tenía en el bolsillo de su delantal.

—Egon no está aquí. Y antes de que lo pregunte, no sé dónde está, así que puede marcharse.

—No pretendo causarle a usted ningún problema —dije—. Ni a él, si puedo evitarlo.

—¿Qué otra razón podría tener un investigador privado para estar en mi propiedad que querer causar problemas a alguien?

Era una observación justa, quizás incluso sagaz. El sol estaba poniéndose tras los árboles y yo ya podía sentir cómo el frío de la noche invadía lentamente la atmósfera. Había conducido casi dos horas hasta la Cuna de la Primera Motonieve y ni siquiera me gustan las motonieves. Tampoco me gustaban especialmente Raum Buker ni las hermanas Strange y, con independencia de lo que me pagara Will Quinn, todo aquello empezaba a hacer mella en mi entusiasmo innato, así que decidí ser honesto.

—Creo que dos mujeres podrían correr peligro por su relación con un hombre llamado Raum Buker —expliqué—. Su hermano Egon coincidió con él en la prisión estatal de East Jersey. Es posible que incluso sean buenos amigos. Raum es deshonesto de nacimiento y su hermano es un ladrón convicto. Si los dos planearon algo para después de su puesta en libertad, me gustaría saber qué es. Si es así, y están compinchados, han atraído a otro tipo por lo que hicieron, y esas mujeres podrían quedar atrapadas en el fuego cruzado.

La hermana de Egon Towle sacó la mano derecha del delantal y yo, instintivamente, retrocedí un paso, como si eso pudiera ser de alguna ayuda en el caso de que me disparara. Vio la expresión de mi cara y levantó la mano para enseñar un vaporizador voluminoso. Exhalé al tiempo que ella inspiraba.

—¿Pensaba que era una pistola? —preguntó.

—Estas cosas pasan. No se ofenda.

—No me ofende. Y sería hipócrita por mi parte, dado que la he dejado sobre la mesa de la entrada tras la puerta. ¿Tiene alguna identificación?

Caminé hasta el porche y le enseñé la licencia.

—Parece auténtica —comentó.

—Eso espero. Tardé horas en hacerla.

Hizo salir una nube de vapor del vaporizador y creí ver la sombra de una sonrisa.

—Supongo que será mejor que entre —dijo—. Quizás, a pesar de todo, pueda ayudarle.

Tercera parte

El arte es una muestra de la definitiva astucia del alma humana, que prefiere hacer cualquier cosa antes que enfrentarse a los dioses.

IRIS MURDOCH, *Acastos: Dos diálogos platónicos*

47

La hermana de Egon Towle se llamaba Eleanor porque, según me explicó, a su familia le gustaban los nombres que empezaban con la letra «e». No parecía haber ningún motivo especial para ello, aparte de un toque de excentricidad, una palabra que, como señaló, también comenzaba con esa misma letra.

Eleanor se disculpó por el estado de su casa mientras me indicaba la cocina, a pesar de que a mí me dio la impresión de que estaba perfectamente limpia y en orden, aunque parecía algo anticuada, incluyendo el delantal con un dibujo infantil que llevaba puesto. Me ofreció café y lo acepté, porque una de mis máximas es, en situaciones como esa, no negarme nunca a un café o un té: ayuda a establecer ciertos lazos de familiaridad y de informalidad. Negarse reduce las posibilidades de que la persona a la que se entrevista se abra a nosotros, aunque hay que tener cuidado con el alcohol. De todos modos, Eleanor Towle podía haberme ofrecido una taza de arsénico y se la habría aceptado; el hecho de que se acepte no implica que haya que beber. Hay en todo esto una moraleja para la vida, pero que me aspen si sé cuál es.

Solo cuando tuve el café frente a mí, le pregunté por qué tenía una pistola en la mesa de la entrada.

—¿Que por qué tiene una pistola una mujer? —preguntó a su vez—. Para protegerse, claro.

—¿De alguien en particular?

—Quizás. —Me miró con dureza—. ¿Lleva usted pistola?

—De vez en cuando.

—¿Ahora?

—No. Si cree que voy a necesitar una, puedo ir a buscarla al coche.

—Entonces, ¿podría haberle disparado y usted no habría podido hacer nada al respecto?

Al parecer, esa idea le resultaba divertida, todo lo contrario que a mí.

—Cuando alguien te dispara —dije—, ya es demasiado tarde para hacer algo aparte de agacharte, sangrar o morir. Por lo demás, llegar a la puerta de un desconocido con un arma en la mano transmite un mensaje equivocado. Es una cuestión de juicio.

—Bueno, en esta ocasión ha acertado.

—Eso espero. Si decide dispararme, me sentiré muy decepcionado.

—Si llega el caso, dispararé a matar por la espalda. No me gustaría que su última emoción fuese la decepción.

Se llevó la taza a la boca, pero no bebió, sino que aprovechó el gesto para pensar antes de volver a hablar. Me dio la oportunidad de asimilar sus palabras. Irradiaba fuerza y tristeza en cantidades similares. Pensé que sería una mujer difícil de conocer, pero fácil de querer una vez que hubiese decidido sincerarse. Observé la cocina y el salón. No me dio la impresión de que ella perteneciese a ese lugar, pues todo lo que había a la vista parecía formar parte de algo más antiguo. Si me hubiera preguntado, le habría aconsejado que se deshiciese de todo y empezara de nuevo con un cascarón vacío; eso o que vendiese la casa y se mudara a otro sitio. Si se quedaba, la casa la atraparía en su red, envolviéndola en recuerdos al tiempo que el pasado la dejaba seca.

—¿No le gusta la decoración? —dijo cuando volví a mirarla.

—Yo diría que tampoco es excesivamente de su gusto.

—Vaya, es usted sincero. —Golpeó su taza. La porcelana sonó como una campana—. Todo lo que ve perteneció a mi madre. Lo mío está en otra parte, fuera de la vista. No tengo claro todavía qué hacer con esta casa, pero la decisión me incumbirá únicamente a mí.

—¿Y su hermano?

—Dividiremos la herencia en partes iguales. Solo tenemos que sentarnos con un abogado y concretarlo todo.

—¿Eso significa que ya podemos hablar de Egon?

—Todavía estoy sopesándolo.

Su tono de voz había ido cambiado gradualmente. Ya no bromeaba y su mirada prestaba atención a las mentiras.

—Estábamos hablando de armas —dijo.

—Hablábamos.

—¿Le han disparado alguna vez?

—Sí.

—Me había dado esa impresión. Lo vi en su cara cuando salió el tema.

—¿Porque me estremecí?

—No, porque no lo hizo. Creo que probablemente es usted un hombre valiente, señor Parker. Apostaría a que también es honrado. —Dejó su taza—. Sí, hablemos de Egon. ¿Cuánto sabe de mi hermano?

—No lo conozco mucho... Sé que estuvo en prisión por intento de robo y que evitó por poco pasar otra temporada entre rejas por posesión de artículos robados. También que tiene un gusto un tanto extraño en cuanto a sus lecturas y puede que, si me perdona la expresión, esté algo desequilibrado.

—¿Seguro que no lo conoce? —preguntó Eleanor—. Porque ese es un resumen bastante fidedigno de su personalidad.

—Se lo garantizo. ¿Le tiene usted miedo?

—¿A Egon? —Se echó a reír—. Mi hermano no le haría daño ni a una mosca.

—Quizás no, pero le acompañan hombres que sí lo harían y que ya lo han hecho.

Dejó de reír, lo cual era una pena. Eleanor Towle era una mujer que no llamaba mucho la atención y que daba la impresión de llevar el peso del mundo sobre los hombros, pero tenía una sonrisa bonita.

—Egon es bueno planeando cosas —dijo—, pero no es una persona fuerte y, decididamente, no intimida a nadie. Cuando le pillan, suele ser porque ha decidido trabajar con alguien más. Nunca ha sido muy bueno escogiendo a sus amigos. Y es probable que por eso haya terminado por no tener ninguno.

—Me han dicho que tenía fama de ser un ladrón estupendo.

—Egon... —comenzó a hablar y volvió a quedarse en silencio—. ¿Cómo sé que no va a ir a la policía con la información?

—No lo sabe.

—¿Entonces?

—No soy un representante de las fuerzas del orden —declaré—. No tengo ninguna obligación legal de informar de los datos de un crimen, se esté planeando o ya se haya cometido, a menos que me pregunten directamente sobre ello en el curso de una investigación criminal. Un fiscal o la policía podrían poner esto en tela de juicio, pero cualquier abogado medio decente dejaría sus argumentos en nada. Además, yo aplico determinadas condiciones: si tiene que ver con un acto de violencia que puede detenerse, o con el abuso de mujeres o niños, anteriores o en curso, tengo el deber moral de actuar conforme a esta información (y una obligación legal también, dependiendo de la interpretación de la ley), pero la obligación moral prevalece sobre todo lo demás.

Esperé. En ocasiones, no con mucha frecuencia, pero sí con la frecuencia suficiente como para marcar una diferencia estadística, me encuentro con alguna persona que quiere hablar y que sencillamente solo espera a que se le haga la pregunta adecuada. A menudo tienen miedo o están enfadadas, así que tratar con ellas es un asunto delicado. El silencio suele ayudar, pero eso requiere paciencia. A la gente le incomoda el silencio e intenta llenarlo. Librarse de los cargos de conciencia es muy parecido a esquiar colina abajo: una vez que se empieza, es muy difícil parar.

—No sé por qué he hecho café —murmuró—. No me apetecía.

—A mí tampoco.

Volvió a asomarle una sonrisa.

—Vaya —dijo—, qué listillo nos ha salido. Si bebiera alcohol, sugeriría que nos pasáramos a él ahora, pero nunca me ha gustado y en casa solo tengo refrescos. Supongo que debe de pensar que soy aburrida, con mi vida de soltera, un coche viejo en la entrada y ni siquiera cerveza en la nevera.

—En absoluto —repliqué, y era verdad. Eleanor Towle era inteligente y se conocía bien a sí misma, pero hablando con ella en ese entorno tan ordenado, aunque extrañamente sombrío, sabiendo que había enterrado a su madre hacía poco y que su hermano era un corrupto, no me resultaba difícil construir un posible relato de su vida, una vida a la que le habían añadido más desencanto y frustración de lo que le correspondía. Las elecciones que había hecho (si es que en alguna ocasión había podido realizar alguna elección verdadera) la habían llevado hasta este lugar, y no era un lugar feliz. Y aunque hubiera tenido la oportunidad de disfrutar de mejores alternativas, las acciones de su hermano hubieran equilibrado la balanza o la hubiera desnivelado en su contra. La vida no es justa, pero es más dura para unos que para otros, y las mujeres, las personas de color y los pobres siempre se cuentan entre las personas sobre las que se ejerce más control y a las que se les imponen más limitaciones. Quienquiera que afirme algo distinto miente, y quienquiera que favorezca esa injusticia es un estafador. Aquí termina la lección.

Eleanor Towle, a punto de hundirse entre las aguas oscuras, alargó una mano pidiendo ayuda.

—Egon se llevó algo que no era suyo —dijo— y ahora su propietario quiere recuperarlo.

48

Bobby Wadlin hizo algo que rara vez hacía: apagó el televisor, dejando a Johnny Ringo y a Boone Hackett en el limbo. Acto seguido, llamó a la habitación de Raum Buker y le ordenó a la asistenta que dejara todo tal como lo había encontrado, porque, al fin y al cabo, no iban a alquilarla a alguien nuevo, no todavía.

—Pero la habitación ya está limpia y la cama tiene sábanas limpias —dijo la asistenta, que era china o vietnamita; asiática, en cualquier caso. A Wadlin le gustaba presumir de que no tenía en cuenta el color de piel de las personas, lo cual era cierto solo en parte: para él, únicamente había blancos, negros y asiáticos, luego estaban todos los demás, y mientras pagaran sus facturas y obedecieran las normas no tenía nada que objetar contra ninguno de ellos.

—¿Y qué? —dijo Wadlin—. Para eso te pagan: para limpiar y hacer camas.

Pero él sabía a qué se refería la criada. Las habitaciones se limpiaban dos veces por semana, a menos que se prepararan para nuevos huéspedes, y las tareas domésticas innecesarias repercutían en el resto de sus obligaciones. Además, era amante de la rutina y desdeñaba las alteraciones. Wadlin y ella tenían mucho en común.

—¿Ha vuelto el señor Buker? —preguntó ella.

—Que me aspen si lo sé —respondió Wadlin—. Seguramente, ni él mismo lo sabe.

—¿Qué?

—Nada. Solo pon sus cosas donde las encontraste.

Wadlin colgó el aparato. No se arrepentía de haber aceptado

el dinero del tipo enfermizo vestido de color marrón para permitirle acceder a la habitación de Buker, porque ganar dinero nunca era motivo para arrepentirse, pero Wadlin deseaba que el extraño hubiera salido de allí arrastrándose y que hubiese muerto inmediatamente después. Le preocupaba que estuviese al tanto del intento de vaciar la habitación de las pertenencias de Buker, por escasas que fueran. Wadlin suponía que alguien debía de habérselo dicho, y eso significaba que tenía ojos en el Braycott. A Wadlin la situación no le gustaba lo más mínimo. La confianza, la honradez y la discreción eran imprescindibles para dirigir con éxito una casa de huéspedes para delincuentes, por eso cualquier fallo le deprimía. Wadlin entró en su pequeño apartamento, se tumbó en la cama y se dejó llevar por la desesperanza de la humanidad.

49

La historia que Eleanor Towle compartió conmigo decía así:

Egon, su hermano, no era un ladrón típico, sino una especie de urraca, pues le atraían los objetos brillantes en general y las monedas en particular. Ella no tenía ni idea del origen de esa fascinación. Su padre, que había muerto cuando ambos eran adolescentes, nunca había tenido en su posesión más de un par de monedas juntas, y lo único que coleccionaba su madre eran figurillas de segunda mano y el polvo que las acompañaba. Sin embargo, Egon se había sumergido desde edad temprana en la numismática y volvía loca a la señorita Dinah, la bibliotecaria de la biblioteca pública en Center Ossipee, con solicitudes de libros que se hubieran considerado de difícil comprensión en la Biblioteca Pública de Nueva York, por no hablar de su pequeño ateneo. No obstante, había hecho todo lo que había podido por él, porque le gustaba fomentar la lectura en los jóvenes.

La señorita Dinah, para su bien, había muerto antes de que quedara claro que la afición infantil de Egon se había convertido en la edad adulta en una obsesión criminal; pero ya de joven se habían manifestado los primeros signos. Egon revisaba el monedero y el cajón donde su madre guardaba el cambio en busca de monedas que le resultasen interesantes, porque había memorizado las monedas de veinticinco centavos de George Washington que valían más de lo que indicaba la cifra grabada en ellas y podía identificar una de plata con solo echarle un vistazo. Si descubría alguna, se la guardaba en el bolsillo, a pesar de que su madre tenía dos trabajos para poder mantener a sus hijos. Una vez agotada esa fuente, Egon convenció a los comercios locales

—tiendas de alimentación, gasolineras, tiendas de golosinas— para que le permitieran clasificar sus monedas de veinticinco centavos, informándoles de que deseaba reunir la mejor colección de monedas del estado. Como no era más que un niño, le siguieron la corriente, y al principio pudo apartar las monedas que le interesaban antes de cambiarlas diligentemente por sus propias monedas de veinticinco centavos, bajo la atenta mirada del dueño del negocio. Poco a poco, empezó a obtener un pequeño beneficio de sus esfuerzos; un beneficio que aumentó con el tiempo. Un día, en el taller de Minty, encontró dos monedas de veinticinco centavos de Washington de 1932-D en un tarro de monedas antiguas y monedas canadienses que Minty guardaba en un estante junto a sus contenedores de tuercas y tornillos desparejados. Egon utilizó parte del dinero obtenido con la venta de esas monedas para comprar la cena de su madre y su hermana. Pero, por alguna razón, Minty se enteró de lo ocurrido y acudió a su casa para despotricar en el umbral sobre cómo el chico le había engañado y exigir una parte de las ganancias. La señora Towle lo echó de allí con cajas destempladas, diciéndole que su hijo había cambiado las monedas por otras que valían lo mismo, como hacía siempre, y que no era culpa de Egon que Minty no conociese el verdadero valor de lo que tenía delante de sus narices.

Pero se corrió la voz y los comercios de Ossipee ya no se mostraron tan dispuestos a permitir que Egon accediera a sus cajas registradoras. A todo esto, se estableció un flujo constante de lugareños que se presentaban en la puerta de la casa de los Towle, llevando consigo bolsas de monedas polvorientas con la esperanza de que entre ellas pudiera encontrarse una moneda de veinticinco centavos de Barber o Draped Bust, algo que solo resultaba evidente para la experta mirada del joven Egon Towle. Egon consiguió timar a algunos de esos que le solicitaban, aunque no les sacó gran cosa, mientras negociaba más escrupulosamente con los más inteligentes. La mayoría, sin embargo, se marchaban decepcionados, maldiciendo a los abuelos y bisabuelos por haberles dejado solo calderilla a sus descendientes.

La intención de Egon, sin embargo, era dejar atrás las cajas registradoras llenas de grasa y los tarros sucios. Comerciaba con avidez, cambiando cien monedas de poco valor por una que realmente valiera la pena conservar; y lo que no podía adquirir honradamente lo robaba, a menudo en pequeños comercios familiares que seguían creyendo, a pesar de las pruebas que indicaban lo contrario, en la honestidad fundamental de las personas. Egon no sentía ningún reparo en saquearlos. Para él, «*In God We Trust*» («Confiamos en Dios») suponía una advertencia implícita sobre la duplicidad humana. Si uno decidía ignorarla, no podía decir que no le habían advertido. Para cuando la mayoría de sus clientes se daban cuenta de que faltaba una moneda, Egon ya se había ido y la moneda en cuestión había cambiado rápidamente de manos.

Como actividad secundaria, también supervisaba las necrológicas que aparecían en los periódicos. Egon llevaba un registro de los coleccionistas del nordeste e intentaba ser de los primeros en llegar a la puerta del difunto en cuestión una vez transcurrido el tiempo necesario tras el último aliento, dispuesto a ayudar a las viudas a deshacerse de aquellos montones de monedas, ya que la mayoría de los coleccionistas solían ser hombres. Siempre llegaba bien arreglado, con un álbum bajo el brazo que contenía fotografías y recortes de monedas con estimaciones amañadas y un sobre lleno de dinero en el bolsillo interior de la chaqueta. Había descubierto que el dinero fácil siempre resultaba de ayuda. Le asombraba el número de hombres que morían sin hacer testamento, dejando a sus esposas y descendientes desamparados mientras los abogados intentaban desentrañar las herencias. A algunos de ellos les enseñaba la cartera con los billetes y se mostraban dispuestos a vender cualquier cosa que llamara la atención de un entendido, aunque en un principio se mostraran reticentes, porque todo tenía un «valor sentimental». Egon sabía por experiencia que los sentimientos, como tantas otras cosas en la vida, podían valorarse según un incremento porcentual.

Siguió realizando robos al tiempo que estafaba, creciendo en audacia. Solo el más crédulo de los observadores judiciales habría llegado a la conclusión, tras leer los antecedentes penales de Egon Towle, de que únicamente había cometido robo en dos ocasiones. El suyo era un empeño continuo y persistente, pero que a menudo requería largos meses de investigación y planificación. Rondaba por las ferias de numismática, merodeaba por foros de internet y salas de chat a medida que el coleccionismo iba desarrollándose en la red, y se informaba de las identidades de los aficionados menos cuidadosos con los temas de seguridad, así como de los menos concienzudos: aquellos que compraban lo que él tenía para vender sin preguntar siquiera, siempre que el precio fuera correcto.

—Egon era bueno detectándolos —dijo su hermana—. Tenía olfato para la corrupción.

Pero, independientemente de todos sus esfuerzos, Egon en raras ocasiones ganaba dinero. En el mercado no corrían muchas monedas raras de gran valor, e incluso cuando lograba hacerse con un buen botín solía verse obligado a venderlo por mucho menos de su valor real debido al modo en que lo había adquirido. Su posesión más valiosa, que rondaría los doscientos cincuenta mil dólares, había atraído la atención de la ley en Connecticut, y lo habían detenido antes de poder ponerlo en el mercado. Además, a Egon Towle le gustaba coleccionar piezas, y gastaba todas sus ganancias en obtener las que quería, siempre de forma legal, por supuesto, dado que Egon era demasiado listo para conservar artículos robados durante mucho tiempo.

Mientras tanto, continuó viviendo con su madre y su hermana, a excepción del periodo que pasó en la cárcel de Nueva Jersey. No salía con mujeres ni con hombres, y pasaba las noches en casa leyendo libros sobre numismática, sobre esoterismo y sobre ocultismo, además de escuchar las divagaciones apocalípticas de los supervivencialistas, al tiempo que escuchaba jazz de vanguardia.

—Nos dejó muy claro cómo se ganaba la vida —continuó Eleanor Towle—. Bueno, en realidad le hubiera resultado imposible ocultárnoslo después de lo que pasó en Connecticut. A mi madre le decepcionó mucho y decidió que lo mejor que se podía hacer era fingir que, sencillamente, no estaba ocurriendo. Si él le daba dinero, ella se lo agradecía y no volvía a hablarse de ello. La criminalidad de Egon nunca fue un tema de discusión en nuestra casa. Pero está distinto desde que salió de East Jersey —añadió.

—Distinto, ¿en qué sentido? —pregunté.

—Está más triste, pero también se muestra más duro. Supongo que eso es lo que la cárcel le hace a la gente, ¿no? Pensé que su paso por prisión le obligaría a replantearse su vida, pero no fue así. Si acaso, lo empujó a robar más. Sabía que nadie iba a darle trabajo debido a sus antecedentes penales, así que ¿para qué intentarlo? Al menos pasó un tiempo con nuestra madre. Siempre se preocupó de cuidarla.

—¿Y el ocultismo?

—¡Ah! Tampoco hablábamos de eso —respondió Eleanor—. Mi madre era episcopaliana, así que no le gustaba en absoluto lo oculto. Para ser sincera, a mí me parecía una especie de broma. Egon siempre tuvo ideas raras sobre el mundo y cualquier teoría conspiranoica le atraía, pero con los años ha ido interesándose cada vez más por lo oculto. Si le dijera que su curiosidad por el ocultismo tiene algo de académico, no estaría muy lejos de la verdad. Egon es realmente brillante: aprendió japonés por sí solo. Ni siquiera conoce a ningún japonés, no le gusta volar en avión y se marea en la bañera, pero aun así decidió aprender el idioma y solo lo habla cuando vamos a un restaurante a comer sushi.

No tomaba notas. No me hacían falta. Lo que me estaba contando Eleanor Towle me parecía interesante, pero nada más. Yo le permitía seguir dando rodeos para que fuera sintiéndose cómoda compartiendo información. Pero había llegado la hora de que se centrara.

—¿Alguna vez le habló de un hombre llamado Raum Buker? —pregunté.

—Sí, conozco un poco a Raum —dijo Eleanor—. O, al menos, debería conocerlo, porque me acosté con él.

50

Kepler, ataviado únicamente con una toalla, dobló el ejemplar del *New York Times* y lo tiró a la papelera de su habitación del motel. El periódico era de mayo de 2003 y la noticia principal informaba de que el entonces presidente había afirmado que las principales operaciones de combate en Irak habían tocado a su fin. Dicha afirmación, como demostraron los acontecimientos posteriores, fue, como mínimo, optimista, y, siendo realistas, ilusoria, en particular si se tenía en cuenta la historia de la región, detalle que nadie en aquella benévola administración estadounidense se había siquiera planteado. Pero Kepler tenía una memoria mucho más exhaustiva de lo normal, aunque sus lagunas pudieran resultarle frustrantes, lo que le llevaba a rellenarlas con lo que tenía a mano. El santuario de Kepler en el este de Ontario era tranquilo y oscuro, por lo que su ocupante podía dormir temporadas enteras, como una araña en hibernación, despertándose tan solo para alimentarse cuando era imprescindible. La longevidad no era una bendición sencilla ni una maldición incondicional e incluso los árboles más viejos requerían cuidados específicos.

Miró el reloj que tenía junto a la cama, con sus símbolos rúnicos, complicaciones dentro de las complicaciones, esferas dentro de esferas. Lo había diseñado él mismo y solo para él tenía sentido, pero si alguien lo hubiese observado de cerca, aunque no estuviera familiarizado con ese aparato, le habría resultado evidente que se atrasaba desde hacía días. Los movimientos se estaban ralentizando, aproximándose a su fin, exactamente igual que el tiempo que le quedaba a Kepler en la Tierra, aunque no se rendiría sin luchar. La suave presión que había ejercido sobre Raum Buker no había producido resultado alguno, por lo que Kepler había estado a punto de implementar medidas más directas y dolorosas justo antes de que Buker desapareciese. Ahora iba a tener que emplear energía en sacarlo de su escondrijo.

Pero Kepler estaba débil, muy débil, y el hecho de que Buker no hubiese aparecido por el Braycott Arms resultaba inquietante. Si tenía intención de trasladarse a otro lugar, ¿por qué no se había llevado sus pertenencias? Tal vez una de las mujeres Strange sabría dónde estaba, pero acercarse a ellas directamente implicaría tener que hacerles daño y eso llamaría la atención. Ya había dejado demasiados cadáveres a su paso y, al final, tenía pensado añadir el de Buker, no solo porque muy posiblemente no habría otra forma de obligarle a entregar lo que había robado, sino también para castigarle por su desvergüenza. Sin embargo, a Kepler le preocupaba que, en un enfrentamiento con Buker, fuese él el que saliera peor parado. Con sus actos, Buker y Towle habían puesto en marcha elementos corruptores: Kepler podía ver y sentir cómo se iba pudriendo. Buker pretendía ganar tiempo porque entendía que eso iría en contra de Kepler, como un boxeador que se mantiene fuera del alcance de los golpes de un oponente que va perdiendo las fuerzas.

Kepler atrajo hacia sí su portátil y abrió la captura de pantalla en la que aparecía el investigador privado, Parker. Kepler había vivido demasiado tiempo y había enviado al otro barrio a demasiados hombres entrometidos como para preocuparse por esa última encarnación de semejantes tipos. Sin embargo, se trataba de un experto en encontrar a quienes no querían ser encontrados. Kepler había estado leyendo sobre él, y Wadlin, el gerente del Braycott, también había sido una útil fuente de información. Si Parker era tan bueno como decían, cabía la posibilidad de que ya hubiese descubierto que Buker y Towle intentaban vender monedas robadas. Incluso podría haber averiguado la identidad del verdadero propietario de dichas monedas, lo que entrañaba un peligro evidente para Kepler, si bien también podía resultarle ventajoso. Parker y Buker, según llegó a saber, se habían enfrentado en un bar llamado Great Lost Bear, donde el primero era muy conocido. Kepler sabía muy bien que, a veces, había que lanzar el cebo sobre las aguas y dejar que la presa se confundiera con el depredador.

Manteniendo la mirada apartada del espejo, para no tener que contemplar su maltrecha identidad, Kepler comenzó a vestirse despacio y con mucho esfuerzo.

51

Eleanor Towle se cruzó de brazos y esperó mi respuesta. Para ser un tipo que para mí tenía muy pocas cualidades positivas, Raum Buker gozaba de mucho éxito entre las mujeres de cierta edad. Ese hombre debería haber publicado un libro con sus conquistas. No veía cómo abordar con delicadeza el tema, así que decidí tirarme de cabeza.

—¿Desde cuándo lo conocía, antes de...?

—¿Acostarme con él? —terminó—. He creído que debía ahorrarle la molestia de terminar la pregunta, le he visto muy incómodo. Por cierto, ¿me ha parecido oír cierto tonillo de moralina?

—Digamos, sencillamente, que no acabo de comprender por qué es tan atractivo.

—Me acosté con él —dijo Eleanor—. No dije que fuera a casarme con él. De todos modos, me dijo que tenía una mujer en Maine.

—En realidad —la corregí—, tiene *dos* mujeres en Maine.

—Menudo chivato... ¿Son las que le preocupan?

—Efectivamente. ¿Mencionó el nombre de la mujer?

—Solo el apellido: Strange. Pensó que me parecería gracioso.

—¿Y se lo pareció?

—Puede que me hubiera parecido más gracioso si me lo hubiera dicho antes de que nos acostáramos.

—Seguro que se le pasó por alto.

—Ya. Supongo que los cerebros de los tíos tienen ese defecto. De todos modos, Egon y él estaban celebrando algo, yo me uní y una cosa llevó a la otra. Últimamente no tengo mucho que celebrar, con lo de la muerte de mi madre y demás, así que agradecí la distracción. En cuanto a acostarme con Raum, llevaba ocho años sin acostarme con alguien. No es que me acosen los pretendientes, precisamente. A veces una toma lo que puede y lo agradece.

—¿Cómo terminó aquí?

—Egon lo trajo. Era la primera vez que veía a Raum, aunque Egon me había hablado de él durante mis visitas a la cárcel. Se habían hecho muy amigos..., no de aquella manera. Bueno, supongo que todo lo que tiene que ver con Egon es de aquella manera, pero ya me entiende.

—No eran amantes.

—No. No tenían casi nada en común, aparte de que ambos se las habían visto con la ley, pero se llevaban bien y Raum cuidó de mi hermano. Más tarde, tras acostarnos, Raum me dijo que Egon había conseguido que también él se interesara en el ocultismo. De hecho, me pareció que Raum estaba aún más interesado que mi hermano. Después de todo, Egon nunca se tatuó nada. Es demasiado conservador para eso.

—¿Y qué pensó de ese tatuaje?

—¿Qué pensé? Pues que se parecía a uno de esos chicos góticos que pasan el rato junto al cine del centro comercial Mountain Valley. Un hombre de su edad no tenía por qué hacerse un tatuaje así y se lo dije. También supuse que se lo habrían hecho con una aguja sucia, porque sangraba mucho. No se le iba a curar nunca, no de la forma en que Raum lo trataba.

—¿Le dijo por qué se lo había hecho?

Dio una calada al vapeador.

—Ojalá siguiera fumando —dijo—. Esta maldita cosa no es lo mismo.

Sus ojos se posaron en algo a mi izquierda, y su cara se desencajó. Me volví para mirar y vi una fotografía de una Eleanor más joven, entre dos personas mayores, un hombre y una mujer. Podía ver un poco de cada uno de ellos en ella, posiblemente porque eran una de esas parejas que, ya fuera por un capricho del destino o por años de convivencia, se parecían mucho. La exposición a luz del sol había difuminado algo la imagen. Con el tiempo, si no la ponía en otro sitio, los rostros tal vez dejarían de resultar identificables. Me recordó a la fotografía de la habitación del Braycott: Raum con su madre y su padre, la saturación del color degenerando, evanescente como la memoria. No dejaba de ser curioso cómo él y Eleanor Towle se habían encontrado. Quizás los dos tenían más en común de lo que yo, o ellos, podían saber.

—¿Fueron buenos padres? —dije.

Ella sonrió.

—Sí, lo fueron. Mi padre, de haber vivido, no habría permitido que alguien como Raum Buker pusiera un pie en su jardín. Pero nunca he sabido elegir al hombre adecuado para mi cama, o bien el hombre adecuado nunca me ha elegido a mí. Es este lugar, no la casa, o no solo eso, sino que llevo demasiado tiempo en este pueblo, en este condado. La gente te conoce demasiado. Te encasillan y empiezas a convertirte en lo que ellos han decidido que eres. Yo soy Eleanor Towle, solterona. Buena para enrollarse un sábado por la noche, si no hay nada mejor, y suponiendo que funcione, pero no alguien con quien quieras despertarte el resto de tu vida, ni siquiera dos mañanas seguidas. —Curvó los labios en un gesto de desagrado—. Oiga. Debería cobrar por hora por estas confesiones.

—Estoy a sueldo de otra persona, si eso le sirve de algo —dije—. Aunque no fuera así, no tengo otro sitio en el que estar ahora mismo y no me apetece volver a Portland hasta que el tráfico se haya calmado.

—Es usted amable —dijo ella—. No he hablado en condiciones con nadie desde el funeral de mi madre, o con nadie aparte de Egon, y Raum aquella única noche, y ninguno de los dos mostró mucho interés por mis penas. Me preguntaba por qué Raum se había hecho el tatuaje. Dijo que era para protegerse.

—¿Mencionó de qué quería protegerse?

—No de qué, sino de quién. Y nos estamos adelantando en la historia. Tenemos que volver a por qué estaban aquí.

—Dijo que estaban de celebración —dije—. ¿Sabe qué celebraban?

—Supongo que, fuera lo que fuera lo que planearon juntos, la cosa había tenido éxito.

Desvió la mirada, pero yo no iba a dejarla escabullirse con tanta facilidad.

—¿Supone?

—De acuerdo, lo sé. ¿Mejor?

—Ya se lo he dicho: no soy policía.

—Quizás no, pero tiene aspecto de policía.

—Un día lo fui.

—¿Dónde?

—En Nueva York.

—¿Pilló la jubilación anticipada?

—Muy anticipada.

—No quiere hablar de eso, ¿eh?

—No demasiado.

—Ahora sabe cómo me siento.

—*Touché.* Volvamos a la celebración.

Se frotó los labios con la mano derecha, incómoda.

—Dios —dijo—, ojalá todavía fumara.

Yo esperé.

—Eran monedas —prosiguió al fin—. Con Egon, ¿qué otra cosa podía ser? Egon había oído hablar de un tipo. Le habían dicho que era un coleccionista de alto nivel, pero realmente solitario, y que hacía adquisiciones sobre todo en el extranjero, a través de agentes o por subasta a distancia, especializado en griegos, romanos, persas, chinos y británicos primitivos. Monedas, principalmente, pero también objetos religiosos; cuanto más raros, mejor. Cuando se fijaba en un objetivo, no le gustaba que le pasasen la mano por la cara. Si no lograba lo que quería, o si alguien se negaba a responder positivamente a una de sus aproximaciones, encontraba otra forma de conseguir lo que deseaba.

—¿Lo robaba? ¿Usaba la violencia?

—Según lo que se contaba, no necesitaba robar, o no literalmente. Una moneda de, digamos, diez mil dólares podía desaparecer de una colección, pero dejaba otra cosa en su lugar. Podía corresponder a una fracción del valor de lo sustraído, pero se trataba de un objeto inusual: una vieja cruz, por ejemplo, o una antigua punta de flecha griega. No era un intercambio justo, pero era un intercambio al fin y al cabo, y solo tenía lugar después de haber rechazado cualquier oferta. Todos encontramos formas de tranquilizar nuestras conciencias. En cuanto a la violencia, eso es harina de otro costal. El mercado de antigüedades tiene sus rincones oscuros y a él no le importaba robar a ladrones y delincuentes, porque no eran verdaderos coleccionistas, o no a sus ojos.

Había conocido a un hombre así: un coleccionista, no, el Coleccionista. También él se regía por un código propio, pero ya no estaba. O al menos eso esperaba.

—Era una leyenda en el gremio —continuó Eleanor—, el hombre del saco. Muchos coleccionistas se reían de las historias que se contaban sobre él. Los rumores circulaban desde hacía décadas y algunos comerciantes recordaban a sus padres, e incluso a sus abuelos, hablando de ese mismo personaje o de una versión de él. De ser ciertas esas historias, tenía que ser muy viejo, más allá de lo posible, y a menudo utilizaba diferentes alias, por lo que nadie podía estar seguro de que se tratara de la misma persona. Una de esas historias que se cuentan alrededor de la hoguera a la gente a la que no le gusta la vida al aire libre. Durante mucho tiempo, mi hermano, como muchos otros, no estaba dispuesto a aceptar siquiera que existiese, hasta que Egon hizo algunas averiguaciones y se convenció de que era real.

—¿Qué hizo? —le dije.

—Egon y ese tipo tenían los mismos intereses; ya sabes, lo extraño. Entonces apareció otra persona, otro coleccionista. No recuerdo su nombre, pero vivía en el norte de Pensilvania: Sayre, South Waverly, algún sitio por el estilo. Rellenó los espacios en blanco de Egon, o muchos de ellos.

—¿Por qué?

—Quería que Egon le hiciera el trabajo sucio robándole al hombre del saco, y Egon estaba dispuesto a seguirle la corriente porque el golpe prometía ser gordo, y la víctima no podría denunciar el robo a la policía debido a sus propias actividades. Si no se trataba del crimen perfecto, era lo más cerca que Egon llegaría a estar de cometerlo.

—Ayudado por Raum, ¿no es cierto? —dije.

—A Egon no le gustan las asperezas. La pistola que le metió en todo ese lío ni siquiera estaba cargada. Así que el coleccionista de Pensilvania (Athens, de ahí es, pero su nombre no se me quedó grabado) proporcionó el señuelo: una moneda india, muy antigua, vinculada directamente con Alamelamma, la esposa de un gobernante indio que se arrojó por un acantilado allá por el siglo XVII, no sin antes maldecir a los reyes de Mysore.

No pude evitar alzar una ceja.

—Lo sé —dijo Eleanor—. He vivido tantos años con Egon que algo tenía que pegárseme. Así que el pez picó y mi hermano realizó el seguimiento de la entrega. La moneda acabó en un apartado postal de Castorville, en Nueva York, en una zona muy remota. Después, no hubo más que gastar algo de dinero para averiguar de quién era el apartado postal. Para cuando Raum salió de la cárcel, Egon ya había fraguado un plan. Raum y él dieron el golpe una semana más tarde y eso era lo que celebraban la noche que me acosté con Raum. Habían vencido al hombre del saco y le habían robado su tesoro, como en un cuento de hadas.

—¿Y tiene nombre ese hombre del saco? —pregunté.

—Utiliza varios seudónimos —dijo Eleanor—, pero uno de ellos con más frecuencia que otros. —Ya no sonreía, y su mirada se deslizó hasta posarse sobre la pistola en la consola—. La mayor parte de las veces —añadió— se hace llamar Kepler.

52

Eleanor Towle tiró el café frío al fregadero y lavó las tazas. La sorprendí observando mi reflejo en el cristal de la ventana de la cocina y sopesándome. Si su hermano se parecía siquiera un poco a ella, sería un adversario formidable independientemente de sus excentricidades. Ella era una mujer interesante. Por supuesto, también era una mentirosa, aunque fuera por omisión, pero nadie es perfecto.

Mientras ella trajinaba ante el fregadero, continué escuchando con atención; llevaba haciéndolo desde que había entrado en su casa. Es más difícil de lo que se cree mantenerse totalmente inmóvil y en silencio, sobre todo si se está intentando seguir una conversación, pero no había captado ningún signo de que en la vivienda hubiera otro ocupante. Eleanor Towle parecía estar sola. Dondequiera que se escondiera su hermano, no era aquí.

—¿Cómo se gana la vida, señora Towle?

—Soy camarera en el Phil's —respondió. El Phil's era un asador en la Ruta 16. Había pasado por delante de una valla publicitaria con su nombre de camino a la casa de Towle. El cartel rezaba PHIL UP AT PHIL'S!,* una broma tan manida que no la hubieran aceptado en ninguna tienda de segunda mano.

—¿Le gusta?

—¿Usted qué cree?

—No tengo ni idea, por eso le he preguntado.

Posó las tazas del revés para que se secaran, se enjugó las ma-

* Juego de palabras fonético entre *«Phil up»* y *fill up*, este último con el sentido de «saciar». O sea: SÁCIATE EN PHIL'S. *(N. de la T.)*

nos con un trapo y se volvió para mirarme con los brazos cruzados.

—No, no me gusta —respondió—, pero es un trabajo, las propinas no están mal y fueron muy comprensivos durante la enfermedad de mi madre.

—¿Va a seguir trabajando ahí ahora que ha muerto?

—No lo he decidido. Egon y yo hemos hablado de vender la casa. Me gustaría irme lejos de aquí. Ossipee no me ha traído suerte en la vida, y a Egon tampoco, pero se siente cómodo en un entorno conocido. Si pudiera, elegiría que lo sacaran de aquí con los pies por delante.

Si vendían la casa y se dividían las ganancias por la mitad, supuse que les quedarían cien mil dólares a cada uno, más o menos. No era mucho, y menos aún si pensaba comenzar de nuevo en otra parte.

—¿Qué le robaron exactamente su hermano y Raum Buker a ese tal Kepler? —pregunté.

—Monedas, ya se lo he dicho.

Pero ahí estaba, ese pequeño indicio de evasión.

—¿Solo monedas?

Inclinó la cabeza.

—Es usted bueno, ¿verdad? —dijo.

—Tengo experiencia.

—¿En captar lo que no se dice?

—En eso y en saber cuándo alguien quiere terminar un cuento pero le preocupa cómo pueda sonar o lo que puede dar a entender de él.

—No me preocupa la segunda parte.

—¿Y la primera?

—Tal vez —aceptó—. Y no, no «solo» monedas.

—No le sigo. ¿Quiere decir que robaron otras cosas?

—No. —Hizo una mueca de frustración—. Verá, la mayoría eran monedas, o lo que usted y yo entenderíamos como monedas. Ya sabe: de oro o plata, romanas o griegas, el tipo de monedas que se encuentran detrás de una vitrina como parte de una colección, pero una de ellas era distinta.

—¿Qué le pasaba?

Se balanceó, incómoda. Ahora nos acercábamos a la verdad, o a una de sus versiones.

—Era celta —dijo—, hecha de potín, de la época antes de Cristo. Descubrieron la moneda en Essex, pero podría haber venido de otro lugar de las islas británicas, o incluso es posible que no la hubieran acuñado ahí. Es difícil de decir, porque no se parece a nada de esa época o de ese lugar.

—¿Qué es el potín?

—Es una aleación de bronce y estaño.

—¿Valiosa?

—Para un museo o un coleccionista, claro. Pero esa moneda era especial, o eso dijo Egon, aunque a mí no me lo pareció, al menos al principio.

—¿La vio?

—Sí —contestó, pero su voz delataba inquietud.

—¿Qué tenía de raro?

Volvió a suspirar profundamente, sobre todo para ganar tiempo, mientras debatía consigo misma qué me contaría y qué no. Solo podía tener dos motivos para eludir mis preguntas: o tenía miedo, o quería despistarme. Pensé que la primera opción era más probable, pero no descartaba por completo la segunda.

—A ver... —respondió—. Las primeras monedas británicas están bastante estandarizadas. Por lo que me dijo Egon, se basan en los estáteros de oro y plata que introdujeron en las islas británicas los comerciantes de la Galia, porque se imita lo que se ve, ¿entiende? Por eso las primeras monedas británicas representan a Felipe de Macedonia en una cara y a un auriga en la otra. Pero, a medida que pasa el tiempo, se ve que las monedas se van diferenciando con imágenes de criaturas reales e imaginarias. Es posible que el chamán o jefe local fume algo y tenga una visión, y que quiera que eso sea lo que se muestre en las monedas. Las vuelve interesantes; incluso, en ocasiones, únicas.

—¿Y qué mostraba la moneda que Egon le enseñó? —pregunté.

—Una bestia —respondió—. No. Un demonio.

Cuarta parte

Tomé un montón de polvo y, al alzarlo, pedí tontamente tantos cumpleaños como granos de polvo. Olvidé pedir que fueran años de juventud.

OVIDIO, *Metamorfosis*

53

Dave Evans se disponía a marcharse a casa desde el Bear cuando Paulie Fulci se le acercó. Los hermanos Fulci le habían perdonado a Dave, si no olvidado por completo, su fracaso a la hora de echar a Raum Buker del local, a lo que había contribuido el hecho de que Raum no había vuelto al bar desde su altercado con ellos. Los Fulci ya sabían que estaba escondido en el Braycott Arms, pero también que si bien a veces vale la pena golpear a un hombre, no así el esfuerzo de recorrer una distancia para hacerlo. Si Raum hubiera sido tan desafortunado o descuidado como para tropezar en su camino, los Fulci habrían deshecho con gusto los progresos logrados por su dentista y también habrían puesto de su parte para que tuviese que buscar un buen ortopedista.

—El hombre de la esquina —dijo Paulie—, junto a la pizarra de platos especiales, creo que le pasa algo.

—¿Algo como qué? —dijo Dave.

—Simplemente algo.

Los hermanos Fulci podrían haber sido acusados de muchas cosas —sobre todo en los tribunales—, pero no de ser malos a la hora de juzgar. Sus reacciones podían ser instintivas y podían expresarlas en los términos más sencillos, pero rara vez se equivocaban. Era una consecuencia de su perspectiva relativamente infantil del mundo y de quienes lo habitaban. Los Fulci veían el comportamiento en términos de bueno o malo, amable o antipático, generoso o mezquino, y desconfiaban de cualquier sentido de la moral que se mostrase tolerante con el compromiso. Y Dave pensaba que quién podía alegar que estuviesen equivocados. Es cierto que su comportamiento en el pasado no había sido irreprochable y que incluso algunas de sus hazañas más recientes eran motivo de preocupación, pero todo lo que hacían estaba respaldado por un innegable sentido de la rectitud y la honestidad, que era más de lo que podía decirse de mucha de la gente que Dave conocía. El principal defecto de los Fulci era que se dejaban llevar fácilmente. Bueno, eso y su temperamento explosivo. Y su disposición a utilizar la violencia como segundo recurso, o incluso como primero. En realidad, si Dave se detenía a considerarlo, los Fulci tenían muchos defectos.

Así que, aunque su casa le estuviera llamando, Dave hizo caso a Paulie y simuló que comprobaba la ortografía de los platos especiales de la noche para echar un vistazo al tipo en cuestión. Estaba sentado justo debajo de la pizarra y vestía con tonos tostados, crema y marrón, empezando por su sombrero trilby hasta llegar a las suelas de sus zapatos de cuero bicolor; como el protagonista de una fotografía en color sepia que hubiese cobrado vida. Llevaba una chaqueta de *tweed* marrón sobre un chaleco tostado, una camisa amarilla con corbata amarilla y beige y pantalones de moleskin color crema. Una sola pluma roja asomaba de la cinta de su sombrero, como si se tratase de un explorador nativo americano no del todo oculto entre las áridas laderas.

Pero de cerca, saltaban a la vista las manchas de los pantalones y la camisa, junto con los puños deshilachados de la chaqueta, el botón central del chaleco que le faltaba —su barriga se ceñía contra la camisa de algodón, dejando a la vista un vello gris y áspero— y las rozaduras de sus zapatos sin lustrar. Tenía la barbilla hundida en el pecho y el ala del sombrero le ocultaba la cara. Respiraba de un modo tan regular y profundo que Dave pensó que podría estar dormido, y desprendía un leve aroma de agua de rosas, junto con algo más desagradable que olía como un retrete en pleno verano. Había dejado una ampolla vacía de plástico amarillo y negro junto a un vaso de lo que parecía coñac, aunque cuando Dave preguntó más tarde, nadie recordaba habérselo servido; el vaso, por lo demás, no era uno de los del Bear.

Alzó la cabeza y abrió los ojos, que a Dave le recordaron las conchas que se abren para revelar los bivalvos que hay dentro, o bien los embriones de las ranas durante el desove. Los globos eran lechosos, uno más que el otro, y los iris eran de color gris, tenía las pupilas dilatadas, oscuras e imperfectas en su circularidad, como si esos mismos embriones hubieran sido inducidos a desplegarse debido a la repentina afluencia de luz. Su mano cambió de posición sobre la mesa, mostrando un par de dados de marfil del mismo color que el resto de su piel. Cuando habló, su voz sonó tan suave que Dave tuvo que acercarse para oírlo.

—¿Le gusta jugar?

54

Estaba oscureciendo, así que Eleanor Towle encendió una lámpara sobre la mesa de la cocina. El antiguo sistema de calefacción se había puesto en marcha, gorgoteando y silbando, y ahora la casa sonaba como si estuviera sufriendo una indigestión.

—Así que las marcas de las monedas eran poco habituales —dije—. ¿Les daba más valor?

Eleanor apoyó la barbilla en las manos. Su humor y el tono de su voz habían cambiado una vez más y me di cuenta de que estaba cada vez más impaciente, incluso enfadada. Al invitarme a su casa había puesto en marcha una cadena de acontecimientos que solo podía terminar con la revelación de algo más de lo que en un principio pretendía revelar. Quería algo a cambio, aunque solo fuera un breve alivio de su soledad. Pero cuanto más tiempo pasaba en aquella casa, más opresiva se volvía su atmósfera, especialmente ahora que había llegado la noche.

—Hace muchas preguntas —dijo.

—Para eso he venido.

—No parece muy justo. Usted pregunta y yo respondo; es como un interrogatorio.

—Señora Towle, no creo que me esté diciendo nada que no quiera compartir.

—¿Y por qué iba a hacer eso?

—Porque está preocupada.

—¿Por qué?

—Por su seguridad —respondí—, y probablemente también por la de Egon. Usted no puede llamar a la policía, por lo que ha hecho su hermano, y no creo que se le haya pasado por la cabeza llamar a un investigador privado, porque, ¿qué más hay que investigar aparte del robo de su hermano? Usted ha calculado que es probable que mi implicación resulte más de ayuda que una molestia, y ha apostado por esa posibilidad, pero cada vez que hago una pregunta puedo ver cómo se lo piensa uno o dos segundos antes de responder.

—Eso es porque estoy confiando mucho en usted; confianza que solo existe por mi parte.

—No creo que «confianza» sea el término adecuado. Está callándose mucho también.

—A lo mejor no es usted tan amable. ¿Está casado?

—No.

—Me sorprende. Pensaba que solo la gente casada desconfiaba tanto del sexo opuesto. ¿Ha estado casado en alguna ocasión?

—Sí.

—¿Qué pasó?

—Murió.

—Lo siento. ¿Tiene hijos?

—Sí.

Dos, pero no era asunto suyo.

—¿Niño o niña?

—Niña. Me estaba hablando de la moneda.

Aceptó que eso era todo lo que iba a conseguir de mí, si no había más concesiones por su parte.

—Sí, es verdad. —Alzó la cabeza y se frotó la palma de la mano derecha con el pulgar—. La tuve en la mano, ¿sabe?, aunque solo un momento. No me gustó en absoluto.

—¿Por qué?

Levantó la mano derecha para mostrarme la palma de la mano. En la piel se veían unas pequeñas ampollas blancas, incluso a la tenue luz de la lámpara.

—No puedo librarme de ellas —dijo— y pican muchísimo. Creo que tendré que ir al médico, pero ¿qué le digo?, ¿que sostuve una moneda antigua un par de segundos antes de dejarla caer al suelo?, ¿que vi algo durante esos segundos, algo que se parecía a lo que estaba acuñado en la moneda y que después me salieron ampollas en la piel?, ¿que ahora tengo pesadillas sobre infecciones y enfermedades, sobre cómo estallan las pústulas y de las heridas emergen gusanos blancos?

Cerró la mano y la puso sobre el regazo.

—¿Qué es esa moneda, señora Towle? ¿Por qué es tan importante?

—Es posible que no haya sido siempre una moneda —explicó—. Egon cree que puede haber tenido alguna otra forma en algún momento, quizás una estatuilla, pero que terminó hecha potín antes de convertirse en moneda. Realmente no importa. La forma puede cambiar, pero su naturaleza es inmutable. Es la enfermedad y el remedio. Es una toxina y su antitoxina, todo en uno. No es la moneda lo que importa, sino lo que se supone que se compra con ella.

—¿Y qué se compra con ella?

—Vida —respondió—, se compra la prolongación de la vida. Porque la moneda mantiene alejada a la muerte.

—¿La vida eterna?

Se echó a reír.

—No, eso no. ¿Quién querría algo así, de todos modos? Parece escéptico, es una expresión que su cara adopta sin dificultad.

—¿Debería sonar de otra forma?

—Por supuesto que no. Nada es eterno. Incluso Dios se desvanecerá cuando no haya nadie para pronunciar su nombre. Llámelo una prolongación, entonces: años, decenios. Eso bastaría para algunos. Sé de gente que vendería su alma por solo un día más de vida. —Se detuvo—. Mi madre no lo hubiera hecho, pero yo habría vendido mi alma por un día más con ella...

Mantuvo la mirada fija en la mesa, como una mujer que contempla una plácida laguna oscura intentando medir la profundidad de su remordimiento.

—Me parece que se acerca un «pero» —dije.

—¿No hay siempre uno? Pensé que cuando tuviera mi edad ya estaría casada, pero no lo estoy. Pensé que iba a ser madre, pero no ha ocurrido. Quería que mi madre siguiera viviendo, pero murió. La vida está escrita después del «pero». El resto es solo lo que podría haber ocurrido.

Se pasó la mano por los ojos, aunque solo se le habían humedecido ligeramente.

—Soy una idiota —dijo—. Raum Buker aparece por aquí y me lo llevo a la cama. Usted llega a mi puerta y le cuento mi vida. Malditos sean los hombres, estoy mejor sola.

No iba a contradecirla, y cualquier encuesta que se hiciera a las mujeres probablemente hubiera confirmado lo que acababa de decir. En general, los hombres eran malos representantes de su sexo, pero Raum Buker más que la mayoría.

—La moneda es su propio precio —dijo Eleanor—, o eso me dijo Egon, porque ese es el mito que la rodea. La moneda infecta, pero también mantiene a raya las consecuencias de la infección. Corrompe, pero si conservas la moneda, sigues con vida. Si la extravías, es tu ruina. El tiempo comienza a correr y la contaminación empieza a hacerse patente. Entretanto, sea lo que sea lo que se conserva en ese trozo de metal, comienza a buscar un nuevo huésped a medida que el viejo empieza a marchitarse.

»Si la moneda no cae en ninguna mano, la presencia duerme y espera hasta que vuelvan a descubrirla. Así que es un cuento de hadas, aunque no uno que yo quisiera contarle a un niño. La mayoría de los coleccionistas habían descartado la historia, aun cuando creían en la existencia de la moneda, porque había cambiado de manos en el pasado, aunque no desde principios del siglo pasado o, como mínimo, nadie podía asegurarlo. El coleccionista de Athens descubrió que Kepler tenía la moneda y quiso conseguirla. Egon y Raum estaban dispuestos a involucrarse, porque incluso si la información era errónea, el resto de la colección de Kepler merecía el esfuerzo y el riesgo que implicaba. Pero encontraron la moneda, y aunque su historia no fuese más que una patraña, todavía había hombres que pagarían mucho dinero por ella, porque es antigua y poco común. Egon está convencido de que es la única de ese diseño que se ha acuñado. Para el comprador adecuado, vale una suma de entre seis y siete cifras; eso antes de añadir el valor de cualquier otra cosa que Egon y Raum le hayan quitado a Kepler.

—Pero el coleccionista de Athens quería la moneda —dije—,

¿o estoy malinterpretando el acuerdo? No tenía intención de venderla, solo de añadirla a su propia colección.

—Por eso, Egon y Raum le traicionaron —dijo Eleanor—. Calcularon que para cuando se deshicieran de su parte, teniendo en cuenta los caprichos del mercado y lo que Egon siempre denomina «depreciación del ladrón», podrían repartirse doscientos mil entre los dos, si las estrellas se alineaban. Querían más y tenían un vendedor dispuesto a hacerse cargo de la venta.

Y ahí estaba.

—¿No habría consecuencias por incumplir el acuerdo? —le pregunté.

—Lo dudo —dijo ella—. El intermediario mantendría la boca cerrada porque quería el dinero y también algunas de las monedas. Él también era coleccionista. El coleccionista de Athens es viejo, por lo que me contó Egon, y él y Egon nunca se han visto cara a cara. ¿Qué va a hacer, llamar al FBI y decirles que el robo que ayudó a organizar no salió como él había planeado? No tendría más remedio que aguantarse.

Colocar una moneda de cientos de miles de dólares, aparte del resto, iba a suponer mucho esfuerzo. De haberse encontrado en la piel de Egon Towle y Raum Buker, estaría preocupado. Un anciano no tendría mucho que perder señalándoles con el dedo.

—¿Es consciente el comerciante de la procedencia de las monedas? —dije.

—¿A usted qué le parece?

—¿Qué fue del honor entre ladrones?

—Murió con el Watergate. Además, siempre tuvo un precio. Para la mayoría, el beneficio de la venta de esas monedas supondría un cambio en su vida.

Me fijé en el énfasis de la palabra «mayoría» y en el pliegue de su labio superior.

—Pero no para Raum y Egon —dije.

—No, para ellos no, porque cada uno es tonto a su manera. Egon usará su mitad para comprar más monedas. Es posible que disfrute de un poco de lo que gane, pero no mucho. Por lo demás, su vida no cambiará nada, porque le gusta tal como es. En cuanto a Raum, si le dieras un pincho, en su mano se convertiría en un sacacorchos. Ese hombre nació torcido y morirá torcido. El dinero no le cambiará para mejor.

Yo ya no escuchaba. El carácter de su hermano me interesaba poco. Por otra parte, sabía de Raum Buker todo lo que necesitaba saber. El que me interesaba ahora era ese tal Kepler, porque si le habían robado objetos tan valiosos, sin duda estaría haciendo un esfuerzo por recuperarlos. Estaría atento a cualquier indicio que sugiriera que su colección se estaba poniendo a la venta para poder abalanzarse sobre el vendedor. Al mismo tiempo, daría caza a los ladrones, y supongo que ya conocía sus identidades, porque todo delito deja un rastro. Si no estaba equivocado, Kepler se había personado en casa de Ambar Strange y en el cuarto de baño de Raum en el Braycott, pero hasta el momento no había recurrido a la fuerza bruta.

—¿Ha encontrado su hermano un comprador para la moneda? —le pregunté.

—No lo creo. El problema es Kepler. Nadie va a querer adquirir esa moneda mientras él la esté buscando. Quiero decir, ¿a quién le apetece morir por un mito?

—Entonces, ¿Raum y su hermano están esperando a que muera?

—Suponiendo que la historia, por improbable que parezca, sea cierta —dijo Eleanor—. Si no lo es, se verán obligados a replantearse su estrategia, si es que lo que están haciendo pasa por ser una estrategia.

Tamborileó sobre la mesa con un dedo y la lámpara reflejó el brillo de sus ojos.

—Pero tan pronto como Kepler exhale su último aliento —añadió—, comienza la subasta.

55

En el Great Lost Bear, entre el ruido de la música, las conversaciones y las risas, en el que vendría siendo un día cualquiera, Dave Evans se quedó mirando el par de dados que había sobre la mesa. Al igual que la camarera de piso, Floriana, se dio cuenta de inmediato de la peculiaridad de su fabricación y solo pudo adivinar que se trataba de piezas antiguas. Pensó que podían ser de hueso, de animal, esperaba, pero tal vez no. Cualquiera que fuese su origen, tuvo claro que no sería prudente tocarlos.

—Yo no juego —declaró Dave.

El desconocido golpeó la mesa con los dedos al compás de una cadencia que solo él podía oír. Parpadeó con fuerza, sus párpados descendían lentamente y ascendían aún más despacio, como si las placas tarsianas de su interior fueran de plomo. Sus ojos miraron a Dave con un deje húmedo.

—No le iba a proponer una apuesta en metálico, solo sería por jugar —dijo—. Si gana, puede hacerme una pregunta. Si gano yo, le pregunto a usted. Una apuesta baja. El emperador Claudio apostó una vez cuatrocientos mil sestercios en una tirada de dados.

Dave notó que su voz poseía una reverberación peculiar, una suerte de distorsión que daba la impresión de que había dos personas vocalizando a la vez, cada una con un timbre ligeramente distinto.

—No tiene nada que perder —insistió el desconocido—, excepto su tiempo.

Dave se había dedicado a la hostelería la mayor parte de su

vida. Durante esos años había aprendido a detectar a tiempo la maldad, lo cual le ahorraba muchos disgustos. Sabía que algunos individuos intentaban disimular su iniquidad, en tanto que otros ni siquiera reconocían su existencia, dado lo muy alejados que estaban de su verdadera naturaleza. Pero luego estaban los que decidían anunciar su maldad o bien no podían ocultarla más de lo que podían ocultar el color de su piel o el ascenso y descenso de su respiración; si se examinase la médula de sus huesos se descubriría que estaba contaminada. Con semejantes hombres —pues solían ser hombres— lo más adecuado era evitar todo discurso y trato, pero cuando uno se enfrentaba a ellos, no podía mostrar debilidad. Si estaban empeñados en la confrontación, solo el valor les daría un respiro.

—Con todo respeto —dijo Dave—, no creo que a mí me interese nada de lo que usted pueda saber.

El desconocido tomó los dados, los agitó con la mano derecha y los lanzó sobre la mesa. Al caer, ambos dejaron a la vista el número seis.

—Hace un tiempo estuvo aquí un caballero —dijo—. Creo que se vio involucrado en una pelea. Se llama Raum Buker. Estoy ansioso por conocerlo. ¿Cree que volverá pronto a honrar este establecimiento con su presencia?

—No creo que me haya oído bien —replicó Dave.

—Oh, le he oído bien, pero solo porque no esté familiarizado con las reglas no significa que esté exento del juego. El juego continúa. El juego siempre continúa. Lo único que hay que decidir es si se es jugador o peón. —Volvió a agitar los dados. Una vez más sacó un seis doble—. ¿Ha sido el señor Raum Buker un habitual de este local desde su regreso? —preguntó.

—Fuera.

Agitó. Lanzó. Doble seis.

—¿Lo han sido sus mujeres?

Dave deseaba con todas sus fuerzas expulsar a aquel hombre personalmente, guiado por un considerable prejuicio, pero hasta ese momento no había hecho otra cosa que preguntar, nada amenazador. Muy cerca de ese rincón, los hermanos Fulci revoloteaban, porque los problemas se reconocen entre sí.

El desconocido lanzó los dados una vez más. Doble seis: o este hombre tenía mucha suerte o los dados estaban trucados.

—¿Qué puede decirme de un hombre llamado Parker, un detective? ¿Trabaja con el señor Raum Buker?

—A ver qué le parece esto —dijo Dave—. Podría sacarle a la fuerza de esa silla y dejarlo en el aparcamiento, pero sería indigno para usted y molesto para el resto de nuestros clientes.

—¿O...? —Los dados estaban de nuevo en su mano.

—O podemos dejar que la policía resuelva la situación —dijo Dave—. Da la casualidad de que creo que podríamos tener unos cuantos agentes aquí esta noche, si desea que se los presente. Pero estoy convencido de que, con toda probabilidad, preferirá adoptar una estrategia alternativa, que implicaría marcharse y no volver a asomar la cara por mi bar.

El desconocido hizo rodar los dados libremente en la palma de su mano.

—Eso ha sido un movimiento perspicaz —dijo—. Espero que no se arrepienta.

Luego, en una proeza de prestidigitación que Dave recordaría hasta el día de su muerte, movió simultáneamente los dados por encima y por debajo de los dedos de cada mano, de modo que parecían flotar sobre los nudillos y adherirse a las yemas de los dedos desafiando a la gravedad. Cuando terminó, los dejó caer sobre la mesa antes de presionar sucesivamente el fondo de su vaso contra ellos hasta partirlos, revelando cada uno de ellos un diminuto trozo de metal.

—Todos se están deteriorando. —Habló en voz baja y con pesar, pero no se dirigía a Dave—. Mis holandeses y los altos alemanes, mis cerdas y *fulhams,* mis hombres altos y bajos. ¿Qué clase de grajo soy ahora? Ninguno digno de ese nombre.

Se terminó su bebida, dejó caer el vaso vacío en uno de sus deformes bolsillos y recogió los fragmentos de los dados, que desaparecieron al instante, dejando solo la palma de la mano vacía.

—Hizo bien en no jugar —le dijo a Dave—. Tiene que ser capaz de confiar en los dados y los únicos dados en los que uno puede confiar son los propios. —Deslizó un billete de un dólar bajo el posavasos—. Si ve al señor Raum Buker, o al detective llamado Charlie Parker, infórmeles de que Kepler les envía saludos. Ya me pondré en contacto con uno y con otro.

Y se marchó, dejando un aroma a rosas y podredumbre. Los Fulci siguieron atentamente su evolución mientras una de las camareras llegaba para limpiar la mesa.

—Qué asqueroso —dijo. Se dispuso a deshacerse de la ampolla vacía, pero Dave la detuvo.

—Me la quedo yo —dijo.

Ella se encogió de hombros y se la dio, antes de tomar el billete de un dólar.

—También da buenas propinas —dijo antes de examinar el billete más de cerca—. Espera, ¿es de verdad?

Dave lo agarró. Era un antiguo billete de Certificado de Plata con Sello Azul en perfecto estado, un tipo que había dejado de producirse en la década de 1960. La fecha de la serie era 1923.

—Es auténtico —dijo—, pero viejo. Es posible que incluso valga unos cuantos dólares, si preguntas por ahí.

Le devolvió el billete a la camarera.

—Lo juzgué mal —dijo.

—No —repuso Dave, mientras la puerta se cerraba tras Kepler—, creo que has acertado de pleno.

56

Will Quinn llamó a la puerta de la casa de Dolors Strange sin recibir respuesta. Antes se había acercado a Strange Brews, pero en la cafetería no habían visto a Dolors desde la víspera, cuando se había marchado pronto alegando que se sentía enferma. De acuerdo con Erin, la ayudante del gerente, Dolors había llamado por teléfono esa mañana para decir que todavía no se sentía muy bien y que se quedaría otro día en casa. Y ahí estaba ahora Will, con un ramo de flores en la mano, y se había encontrado con que el coche no estaba en la entrada y la casa estaba vacía. Y Dolors no le respondía al móvil.

Will miró sombrío el ramo de flores. No era una compra barata de gasolinera, sino un ramo de flores como Dios manda que había comprado en Harmon's Floral Company, en Congress Street, y hasta tenía un lazo. Y allí, de pie ante la puerta, sin nadie que aceptara su regalo, se sintió como un bobo, o como un niño grande al que dejan plantado la noche de su graduación. Pensó en dejar las flores por dentro de la puerta mosquitera, pero le pareció que quizás se aplastarían. Sabía que Dolors tenía algunas macetas grandes al lado de la puerta trasera de la casa, la que daba a la cocina. Estaban vacías en ese momento, dada la estación del año, y se le ocurrió que podía dejar el ramo en una de ellas, para que las flores no se estropearan ni se las llevara el viento.

Se abrió la chaqueta para que le entrara un poco de aire. Esa mañana se había puesto un jersey, pero el clima seguía jugando malas pasadas y ahora tenía la sensación de llevar una capa de ropa de más. El suelo empezaba a descongelarse, incluso más al norte. Eso repercutía en su negocio, ya que tenía un pequeño centro de jardinería junto al aserradero y aún no estaba totalmente abastecido para la primavera.

Will hurgó en el ramo. Si había algo más tonto que un viejo tonto, pensó, era un viejo tonto enamorado. Si hubiera tenido más experiencia y éxito con el sexo opuesto, tal vez nunca se habría encontrado en semejante situación: contratar los servicios de un investigador privado para estar al corriente de las actividades de una mujer que había compartido su cama con un delincuente y que, a su vez, había compartido a ese delincuente con su hermana; una mujer, por lo demás, que había puesto fin a su incipiente relación cuando el delincuente en cuestión reapareció tras haber cumplido condena por homicidio involuntario, siendo este último detalle solo una de las muchas características de Raum Buker que Dolors había decidido pasar por alto u ocultar por completo. Y sí, tal vez Will había sido cómplice de ello al aceptar que sus posibilidades de mantener una relación con Dolors dependiesen de que ella pudiese compartir u ocultar a voluntad lo que considerara oportuno, pero esa decisión le había colocado en una situación de desventaja desde el principio. Y todo porque una tarde había visto a una clienta junto al montón de mantillo y había decidido ocuparse de ella en lugar de permitir que lo hiciese alguien de su personal.

Will se había enamorado de Dolors Strange y creía que ella podría llegar a sentir lo mismo por él. En una etapa de su vida en la que podía decirse que había perdido la esperanza de encontrar una compañera, o incluso de disfrutar de una cita regular para salir a cenar, había entrado en la órbita de una mujer extraordinaria, si bien excéntrica, y no tenía intención alguna de dejarla marchar. Le tranquilizaba, por otra parte, que el detective se hallara de su parte. Ya no tenía totalmente claro para qué había contratado a Parker, más allá de establecer las razones de Raum Buker para haber vuelto a Portland, pero sabía que, en tiempos de incertidumbre, un hombre podía tener peores aliados.

Will se dirigió a la parte trasera de la casa y, cuando llegó, se detuvo en seco. Vio el cuerpo de una ardilla clavado en la puerta, con la tripa abierta y los intestinos en el peldaño. La sangre se había usado para dejar una marca en la madera.

Will Quinn dejó caer las flores e hizo una llamada.

57

Presioné a Eleanor Towle para que me diera el nombre del vendedor de monedas que había conspirado con Egon Towle y Raum Buker para robar la colección de Kepler. Ella sabía de quién se trataba, aunque aún no lo hubiera revelado. Lo sabía porque era astuta y se había convertido en una experta en ver y oír mucho más de lo que contaba. A pesar de ello, tardó en contestar. Si hubiera declarado en un estrado, la obviedad de algunas de sus deliberaciones internas podría haber hecho dudar al jurado de la veracidad de todo lo que decía. Yo estaba dispuesto a mostrar menos reparos, porque a esas alturas creía tenerle tomada la medida: si mentía, lo haría por omisión, pero sabía que prefería decir la verdad.

—Es bueno saber que algunos detalles se le escapan —dijo—. Son nuestras debilidades las que nos hacen humanos. Se llamaba Reuben Hapgood.

—¿Se llamaba?

—Murió. Murió en un incendio.

—¿Cuándo?

—Hará cosa de una semana, creo, en su tienda.

—¿Cuál fue la causa del incendio?

—Todavía lo están investigando, pero la policía declaró en los periódicos que podía haber sido un incendio provocado.

Esa era la maldición de vivir en un país grande: un hombre en el estado vecino podía morir quemado por desconocidos y solo era posible enterarse de ello haciendo la pregunta adecuada a un extraño.

—¿No le había parecido oportuno mencionarlo hasta ahora? —pregunté.

—Es posible que no tenga nada que ver con lo que hicieron Egon y Raum.

—¿Eso fue lo que dijo Egon o lo que ha intentado decirse a sí misma?

—¿Acaso importa? —dijo Eleanor.

—Supongo que no. Ni siquiera le importa a Reuben Hapgood. Ya no.

—Menuda sangre fría.

Resistí el impulso de reírme en su cara. No habría servido de nada y podría haber provocado que todo acabase de manera prematura cuando aún quedaban preguntas por responder. En mi opinión, Eleanor Towle había pasado de ser una intrigante a una caprichosa; incluso tenía ahora algo de sospechosa.

Sentí vibrar mi teléfono móvil en el bolsillo, pero no respondí a la llamada. Quienquiera que fuese podía esperar hasta que yo terminara allí. Le pregunté a Eleanor si tenía una foto de la moneda, pero me dijo que no.

—Egon seguro que tiene más de una —dijo—, y Raum también. Las necesitarán cuando llegue el momento de vender, para convencer a los compradores de que realmente la tienen en su poder.

—Pero no empezarán a publicitarla hasta que Kepler esté muerto.

—Como ya le he dicho, ese es un riesgo que no están dispuestos a correr. No es un hombre al que subestimar.

—¿Por qué Raum y su hermano no se deshicieron de Kepler y ya está, en vez de arriesgarse a que fuera a por ellos?

—Egon no es de esa clase de hombres —dijo Eleanor—. Raum tampoco, por mucho que se las dé de tipo duro.

Le recordé que Raum había ido a la cárcel por haber matado a un hombre en Nueva Jersey.

—No tuvo elección —dijo—. Fue en defensa propia.

—Parece que los testigos no opinaban igual.

—Pues que los follen. Pero...

Dudó.

—¿Qué? —pregunté.

—Es posible que Egon y Raum temieran que el mito fuera verdad y que el único modo de librarse de Kepler fuera quitarle la moneda.

—¿Es eso una posibilidad, o me está diciendo que es lo que ellos creían?

—De acuerdo, se lo estoy diciendo. ¿Contento? Ya ha conseguido su historia, sea cual sea su valor. Puede aceptarlo o pasarlo por alto, no me importa.

Estábamos llegando al final. No iba a sacarle mucho más. Tomé mi teléfono móvil y le mostré el símbolo que había fotografiado en la habitación de Raum Buker en el Braycott Arms.

—¿Ha visto algo parecido antes? —pregunté.

Observó la fotografía sin poder evitar mostrar aversión.

—Egon me lo enseñó cuando estaba borracho. Es la runa de Kepler, él la usa a modo de firma o de tarjeta de visita. ¿Dónde la ha encontrado?

—En el motel de Raum Buker y en la puerta de la casa de la mujer a la que frecuentaba en Maine. ¿Ha estado Kepler aquí, señora Towle?

—No.

Eso no tenía ningún sentido. Si Kepler buscaba a Raum Buker, también debía de seguir la pista de Egon Towle.

—¿Cuándo fue la última vez que supo de su hermano? —pregunté.

—Hace seis días.

—¿Antes o después de que Reuben Hapgood ardiera en llamas?

—Después —concedió—. Pero no mucho después.

—Así que pasó a la clandestinidad cuando Hapgood fue asesinado.

—Si quiere decirlo así.

—¿No está preocupada por él?

—Un poco, pero me dijo que desaparecería por un tiempo. No me sorprende que no se haya puesto en contacto conmigo. También le dijo a Raum que no llamara la atención, pero no creo que ese sea su estilo.

Tenía razón en ese punto, dado el comportamiento de Raum en el Great Lost Bear. Si los Fulci hubieran logrado ponerle las manos encima, es posible que ya no hubiera sido capaz de llamar la atención en absoluto. Pero a esta parte de la narración de Eleanor Towle le faltaba un eslabón. Si Kepler no podía poner las manos sobre Raum o Egon y ya había dejado su marca en la puerta de Ambar Strange, ¿por qué no presionar a la hermana de Egon para averiguar lo que sabía? A menos que...

—¿Tiene un número de teléfono para ponerse en contacto con su hermano? —pregunté.

—Sí.

—¿Lo ha usado últimamente?

—No, porque puede realizarse el seguimiento de las llamadas. Todo el mundo lo sabe.

—Hágame caso —dije—. Llámele.

—Ni en broma con usted delante. Lo llamaré más tarde, una vez que se haya ido. Ya le avisaré de cómo va.

—¿Le contará lo de mi visita?

—No, a menos que me vea obligada a ello.

Eleanor Towle jugaba a un juego interesante y yo ni siquiera estaba seguro de que ella supiera todas las reglas. Teniendo eso en cuenta, las probabilidades de que perdiera la partida eran muy elevadas.

—¿Y a Egon no le preocupó dejarla aquí, a merced de Kepler? —pregunté.

—Por eso tengo la pistola, pero Egon estaba convencido de que Kepler se debilitaría bastante rápido, eso suponiendo que averiguara quién era el responsable del robo.

Señalé la imagen de la runa.

—Me parece, señora Towle, que su hermano andaba muy equivocado.

Setenta kilómetros al este, Ambar Strange se movía por los confines de su casa en Westbrook como un espectro distraído recorriendo sus espacios encantados. El coche estaba aparcado en la entrada, con la carrocería y las ruedas cubiertas de barro. Parecía como si hubiera superado una dura prueba. Desde la arboleda, Kepler la observó y se preguntó dónde habría estado hasta ese momento.

58

Eleanor Towle me acompañó a la puerta y observó desde el porche cómo me dirigía a mi coche. Lógicamente, Kepler debería haberse acercado a ella, al igual que había advertido a Raum Buker de su presencia con la esperanza de atemorizarlo para que devolviera lo que le habían robado, pero todavía no había aparecido ante su puerta. Solo podía haber un motivo: Kepler sabía que Eleanor no tenía la moneda, y el único modo de saberlo era que Egon Towle se lo hubiera dicho, pero el testimonio de Egon debía de haber sido muy convincente para asegurarse de que Kepler no iría a por su hermana. Si Egon Towle no estaba muerto ya, probablemente desearía estarlo. Sin embargo, esto no lo compartí con Eleanor. Si era tan brillante como parecía, o la mitad de brillante de lo que ella pensaba que era, ya lo habría sospechado.

—¿Puedo hacerle una última pregunta? —inquirí.

—Me sorprende que le quede alguna, pero por supuesto, adelante.

—¿Cuántas de las monedas robadas compartió con usted su hermano?

La luz del porche brilló detrás de ella, mostrando su contorno y ocultando su rostro. Oí cómo se reía y el viento captó el sonido y se lo llevó hacia el norte.

—Es usted muy listo, señor Parker. Si en alguna ocasión se siente solo, debería volver a visitarme. Yo no esperaría demasiado. La próxima vez que venga, es posible que yo ya me haya ido.

Volvió a entrar en su casa y cerró la puerta.

Vi que tenía una llamada perdida de Will Quinn así como un mensaje de texto de Dave Evans, del Bear, pidiéndome que le llamara en cuanto tuviera ocasión. Como estaba trabajando para Will, me puse en contacto con él mientras conducía hacia el este y escuché cómo me describía lo que había encontrado en casa de Dolors Strange.

—¿Has logrado ponerte en contacto con ella? —pregunté.

—Ahora mismo, después de ocho intentos.

—¿Te ha dicho dónde ha estado?

—Solo que necesitaba espacio y que pasaría varios días fuera de la ciudad.

Percibí la duda en su voz. Se preguntaba si Dolors estaba sola o si se había llevado a Raum Buker para recordar viejos tiempos.

—¿Qué pasa con Ambar? —le dije.

—¿Qué pasa con ella?

—¿Ella también se fue de la ciudad?

—No pregunté.

—¿Crees que podrías averiguarlo?

—Lo intentaré.

—Hazlo. ¿Cómo ha reaccionado Dolors cuando le has hablado de la ardilla muerta en la puerta?

—Me ha pedido que me deshaga de ella. Cuando le he sugerido ir a la policía, me ha respondido que no volvería a verme si metía a la policía en esto. ¿Qué diablos está ocurriendo, Parker?

Le dije que tenía algunas respuestas, aunque no todas, y que pasaría por su casa más tarde para hablar con él. También le recomendé que Dolors y Ambar buscaran otro lugar donde pasar un par de días, e incluso que pidieran dos días libres en el trabajo, si era posible. Le recomendé el Inn de St. John en Portland, porque lo había usado tiempo atrás cuando alguno de mis clientes había necesitado un lugar seguro en el que pasar una o dos noches. Si Will mencionaba mi nombre, el personal haría lo necesario. Dijo que intentaría convencer a Dolors, y que quizás ella hablaría con su hermana, pero al colgar lo noté bastante descontento.

Si implicábamos a la policía, tendría que hablarles de Eleanor Towle y de su hermano, y por algún motivo me embargaba la perversa sensación de estar obligado hacia la señora Towle. Me había estado utilizando, dándome suficiente información para ponerme tras la pista de Kepler con la esperanza de que me convirtiera en otro medio de mantenerlo a raya, pero no se había esforzado mucho en ocultarlo y pensé que el mundo sería un lugar más divertido con ella en él. En cuanto a Egon, si respondía a la llamada de su hermana y esta lograba hacerle entrar en razón, era posible que pudiera resolverse el asunto de las monedas. Ciertamente, Raum continuaba siendo un problema, pero esperaba que pudiéramos persuadirle de que devolviera parte de lo que había robado a Kepler, o todo, tanto para salvar su propia piel como la de los demás. Pero la situación estaba empeorando, según indicaba la ardilla mutilada, pues un hombre que puede hacer daño a un animal es también capaz de hacer daño a un ser humano o incluso quemar a uno hasta la muerte, porque ese había sido el destino del vendedor de monedas Reuben Hapgood.

Me detuve en una gasolinera y aproveché para profundizar en el caso Hapgood. Aún no se había confirmado que el incendio fuera provocado, pero la información de Eleanor Towle me dejaba en una posición incómoda, porque en teoría ahora disponía de unos conocimientos que podrían ayudar con la investigación policial, aunque solo mediante un nombre —Kepler— y una historia sobre una moneda robada. Si acudía a la policía con lo que sabía, cabía suponer que un considerable número de personas se vería arrastrado como consecuencia de ello. Raum Buker y Egon Towle —incluso Eleanor— no merecían nada mejor, pero las hermanas Strange también se verían sometidas al escrutinio policial debido a su relación con Raum. No había forma de saber lo que la policía llegaría a descubrir una vez que empezase a indagar en las vidas de Dolors y Ambar, pero era posible que llegaran a saber más de lo que habían compartido con Will Quinn o conmigo. No eran conscientes de ello, pero en cuanto la policía empezaba a tirar de los hilos sueltos del tapiz de una historia, resultaba muy difícil recomponerlo. Ambar podía perder su trabajo, el negocio de Dolors podía venirse abajo y los resentimientos resultantes se harían imperecederos. Es posible que sea un sentimental, pero no quería que Will Quinn me hubiera contratado para arruinarle la vida.

Tal vez iba a actuar de un modo incorrecto a ojos de la ley —en realidad, sobra el «tal vez»—, pero decidí dejar pasar veinticuatro horas antes de hablar con la policía. Si era capaz de inducir a Raum y Egon Towle a que le entregasen al menos la moneda de potín, eso serviría de aliciente para Kepler; sería como poner carne en el mecanismo de una trampa. Creo que quería verle. Era posible que, al igual que otros que conocían las historias sobre su persona, desease confirmar que existía y que todo lo que había visto y oído hasta entonces —símbolos rúnicos en el cristal, historias de monedas y vidas prolongadas— no formaba parte de un elaborado engaño urdido por Raum Buker y los Towle para ocultar un simple robo. Una vez convencido de su existencia, podía decidir cómo tratar con él. Si no lograba atraparlo, no tendría reparos en compartir con la policía una versión precisa de lo que sabía; después de que hubiera tenido tiempo de decidir qué omitir de la misma. Era una solución imperfecta, lo que la hacía perfecta para un mundo imperfecto.

Había poco tráfico en la carretera de regreso a Maine y se circulaba bastante bien. Eleanor Towle me llamó cuando cruzaba Newfield.

—Mi hermano no responde el teléfono —me dijo—. Mis llamadas van directamente al buzón de voz, aunque tratándose de Egon no me resulta extraño.

—¿Cuánto tiempo suele tardar en devolver las llamadas?

—Depende de su estado de ánimo, pero siempre comprueba el teléfono antes de irse a dormir y luego es la primera cosa que hace por la mañana. Por las noches lo apaga. A Egon le gusta dormir sin interrupciones.

—Avíseme si tiene alguna noticia —le dije.

—¿Y si no la tengo?

No tenía sentido fingir.

—Entonces significará que Egon está muerto —respondí—. Creo que tiene que salir de esa casa, señorita Towle, y tiene que hacerlo ahora mismo.

Colgó sin decir una palabra más.

59

Si, como parecía cada vez más probable, Kepler había localizado ya a Egon Towle, tenía que haber sido Towle quien lo había dirigido hacia Raum Buker. Pero Kepler también estaba al corriente de la relación de Raum con las hermanas Strange, por eso había dejado su marca en la puerta de la casa de Ambar. Quería que Raum supiera que ella formaba parte del juego y que si él no estaba dispuesto a devolverle lo que le había quitado pensando en su propio bien, debería considerar hacerlo por el bien de ella. Volví a imaginarme el alcance de los daños en la puerta. En aquel momento, me había parecido excesivo e inútil, pero a estas alturas ya no: tal vez Kepler fuera el responsable de la destrucción inicial, pero había sido Raum quien la había destrozado aún más para ocultar la presencia de la runa.

Sin embargo, si bien Kepler seguramente había localizado a Egon Towle, parecía más reacio a enfrentarse a Raum. Cosa que no suponía sorpresa alguna. Por lo que sabía de Towle, parecía un blanco fácil. Raum, por el contrario, era muchas cosas, pero de fácil no tenía nada; entre otras razones, porque la cárcel lo había endurecido. Hasta ahora, Kepler había estado evitando una confrontación directa con él, pero no iba a poder aplazarlo por mucho más tiempo. Lo que más me preocupaba en ese momento era la seguridad de las hermanas Strange.

Solo cuando vi la señal de salida del Maine Mall y sus moteles entendí lo que me había preocupado con respecto a la mirilla de la puerta de la habitación de Raum en el Braycott Arms. Aunque se estaba haciendo tarde, continué hacia el centro de Portland y aparqué en la acera frente a la puerta del hotel. La puerta del vestíbulo interior estaba cerrada, pero Bobby Wadlin se encontraba en su puesto, bañado por la luz de la pantalla del televisor. Si se alegró de verme, no lo hizo evidente, pero el placer, con toda probabilidad, era un concepto ajeno a él, a menos que implicara disparar a alguien desde un caballo.

—¿Ha vuelto Raum Buker por aquí? —le dije.

—No —dijo Wadlin—, pero sigo guardándole la habitación, a pesar de la demanda, aunque estás de mala suerte, en caso de que tengas previsto preguntar. Me preocupo de mis inquilinos.

Consideré lo bajo que tendría que caer en la vida en caso de verme obligado a llamar a la puerta del Braycott Arms. No tan bajo, tal vez, como tendría que caer para que me rechazaran.

—Necesito echar otro vistazo a su habitación —dije.

—Es tarde.

—Dame ese gusto, Bobby.

—No apruebo la indulgencia. En cualquier caso, tenemos reglas.

Tocó con el dedo el cartel que prohibía la entrada después de las cinco de la tarde a los no residentes. La grafía de «premiten» había sido burdamente alterada con un lápiz de color. El letrero decía ahora: NO SE PEMITEN VISITAS DESPUÉS DE LAS 5 DE LA TARDE.

—No soy una visita —dije—, porque no hay nadie a quien visitar.

—Vuelve mañana. Mejor aún, no vuelvas nunca.

Uno de los inquilinos apareció en la puerta interior. Cuando salió, entré. Bobby Wadlin gritó tras de mí cuando la puerta se cerró.

—¡No te voy a dar la maldita llave!

—No la necesito —dije.

Cuando llegué ante la puerta de la antigua habitación de Raum Buker saqué un destornillador del bolsillo. Metí la punta detrás de la lente de la mirilla de la puerta e hice presión. La parte exterior del visor cayó al suelo, pero la interior se mantuvo en su lugar. Por el orificio se veía un trozo de cable negro. Usé el destornillador para tirar de él y noté cómo se enganchaba el cable. Seguí hurgando y la punta del destornillador se topó con una cinta adhesiva y una forma cilíndrica que debía de haber sido la fuente de alimentación. Ahora sabía por qué, cuando miré por la mirilla desde la habitación de Raum, la visión era nebulosa y oscura.

Alguien había instalado una cámara en la puerta.

60

Kepler abandonó la habitación del motel situado junto al centro comercial. Ya había permanecido demasiado tiempo allí, pero había comenzado a cansarse y quedarse en un sitio le resultaba más fácil que andar moviéndose, al menos físicamente. Por la noche, sin embargo, su espíritu, o una versión envenenada de este que ya no era completamente suya, optaba por vagabundear. La entidad que habitaba en su interior empezaba a hastiarse, llevaba ya muchos años en su compañía. Kepler se dijo que probablemente casi se sentiría feliz de verle morir.

La cámara con mirilla que había instalado en la habitación de Buker en el Braycott Arms ya no funcionaba. Por las imágenes finales, era obvio que alguien la había descubierto e inutilizado. Kepler estaba ansioso por averiguar quién podía haber sido el responsable, pero el tonto del gerente, Wadlin, no contestaba al teléfono. No podía haber sido el propio Buker, porque a Wadlin le habían pagado bien para que avisara a Kepler cuando volviera, si es que volvía. Kepler dudaba de que Wadlin fuera lo bastante listo como para haber descubierto el aparato, pero si por una remota casualidad hubiera sido así, también habría sido lo bastante marrullero como para relacionar su presencia con Kepler y olvidarse de que lo había visto. Quedaba el investigador privado, Parker, que seguramente sí sería lo bastante listo como para descubrir una cámara oculta, otra de las razones por las que Kepler había decidido cambiar de alojamiento. También se había deshecho de su antigua tarjeta SIM y la había sustituido por otra. Si Parker era quien había encontrado la cámara, su siguiente paso sería hacerle algunas preguntas incómodas al gerente.

Wadlin tenía una línea de comunicación con Kepler que podía servir para seguirle la pista, pero a Kepler no le importaba convertirse en presa fácil para Parker.

El nuevo motel no era mucho mejor que el anterior, pero las habitaciones eran ligeramente más amplias y se encontraba más alejado del bullicio. En la quietud del baño, Kepler se desnudó y se bañó con extremo cuidado. Cada día que pasaba aumentaba su dolor: incluso sentía como si estuvieran lijándole la piel cada vez que pasaba la esponja, pero le gustaba mantenerse limpio. Cuando terminó, se echó algo de colonia. El frasco estaba casi vacío, pero echarse agua de colonia era más un hábito que una necesidad. Llevaba tanto tiempo usándola que el olor impregnaba por completo su cuerpo y exudaba el aroma a agua de rosas y almizcle por los poros.

Por último, Kepler se puso de pie ante el espejo de cuerpo entero de la puerta, que reflejó sus tatuajes rúnicos como la patente manifestación de los errores de su vida. Por mucho que lo intentara, ya no podía negar el progreso de su decadencia. En la mesilla de noche, el ornamentado reloj giraba y sonaba, pero mucho más despacio que antes. Cuando el reloj se detuviera por completo, también lo haría el corazón de Kepler.

Y, mientras miraba, algo se le removió debajo de la piel.

61

Bobby Wadlin se quedó mirando el mecanismo.

—¿Qué demonios es esto? —preguntó.

—Es una cámara. Alguien la instaló de forma que mirara hacia la habitación de Raum Buker.

—Bueno, yo no fui —dijo Wadlin—. Espera un momento, ¿has dañado la puerta?

La preocupación por su propiedad, unida a la expresión de su rostro, me llevaron a rechazar cualquier tipo de responsabilidad por parte de Wadlin, pero no iba a dejar que se librara tan fácilmente.

—¿Quién más ha estado haciendo preguntas sobre Raum? —dije.

Wadlin abrió la boca, pero levanté un dedo para detenerle.

—Bobby, si me mientes, lo sabré y destrozaré ese mostrador para llegar hasta ti.

Le vi sopesar una amenaza inmediata para su bienestar frente a otra más lejana y llegar, por lo tanto, a la decisión correcta.

—Hubo una persona —dijo—. Quería que le dijera si Buker se reunía con alguien y que estuviese al tanto de sus mensajes y movimientos. No era nada que los agentes de la condicional no me hubieran pedido en el pasado, y ellos no pagan.

—¿Quién es esa persona?

—No me dio un nombre, solo una dirección de correo electrónico.

—¿Registró la habitación?

—No lo sé. Es posible que lo hiciese. No se lo pregunté.

—Descríbemelo.

Wadlin lo hizo. Si se trataba de Kepler y la descripción de Wadlin era exacta, Eleanor Towle había tenido razón al referirse a él como el hombre del saco. Daba la impresión de estar a un paso de la tumba.

—Dame la dirección de correo electrónico —dije.

Bobby sacó un pedazo de papel de un cajón, garabateó la dirección y lo introdujo por la ranura del mostrador. Miré el papel, lo doblé, me lo metí en el bolsillo y me dispuse a limpiar el polvo del Braycott de mis pies.

—¿Qué dirección utilizabas para enviar tus mensajes?

—Me inventé una nueva en Gmail —dijo Wadlin.

—Quiero esa dirección también, y la contraseña.

—No lo dirás en serio. Son cosas privadas.

—¿Te parezco alguien que no dice las cosas en serio?

Wadlin llegó a la conclusión de que no y me dio la dirección y la contraseña.

—Oye —dijo Wadlin—, no le dirás a ese tipo que se la he jugado, ¿verdad?

Durante unos segundos pensé que no podía ser cierto lo que estaba oyendo, hasta que me di cuenta de que sí lo era.

—Por supuesto que no —respondí. Dejé que los hombros de Wadlin se hundieran de alivio antes de añadir—: Ya se las apañará él solito.

La dirección de correo electrónico usada por Kepler —números, símbolos y letras al azar— era temporal y anónima y la generaba Guerrilla Mail. Lo sabía porque ya me había encontrado antes con el nombre de dominio sharklasers.com. Resultaba imposible rastrearla y estaría configurada para que el destinatario recibiera una alerta cada vez que llegaba un mensaje. Era una forma razonablemente eficaz de operar y evitaba la necesidad de un número de teléfono, que podía rastrearse y localizarse con mayor facilidad.

Abrí Gmail, introduje los datos que me había dado Wadlin y envié un simple mensaje de tres palabras a la cuenta de Guerrilla

Mail: «Buker ha regresado». Luego me senté a esperar. Pasé cerca de tres horas fuera del Braycott Arms, con mi coche aparcado de cara al lateral del edificio para poder ver a cualquiera que entrara o saliera por las puertas delantera o trasera, pero nadie de los que entraron o salieron coincidía con la descripción que me había dado Wadlin; todos parecían residentes habituales. Kepler no venía. No había mordido el anzuelo. Creía saber por qué, pero me sentía cansado y la venganza podía esperar.

62

Pasaba de la medianoche cuando llegué a casa de Will Quinn, pero este seguía despierto, esperándome. No había querido hablar por teléfono con él porque era un hombre que prefería cerrar los negocios serios cara a cara. Le transmití la mayor parte de lo que había averiguado aquel día, guardándome para mí la sospecha de que a Eleanor Towle se le podrían haber confiado algunas de las monedas del alijo, aunque no la que Kepler buscaba con más ahínco. Era demasiado astuta para eso y cabía la posibilidad de que le diera suficiente crédito al mito que rodeaba a aquella moneda como para no querer guardársela. Tampoco le dije nada a Will de la muerte de Reuben Hapgood, porque ya tenía suficientes distracciones. Por su parte, me dijo que Dolors no había estado de humor para hablar de muchas cosas a su regreso a Portland y que apenas había echado un vistazo a las fotos que Will había hecho de la ardilla muerta clavada en su puerta o de la marca ensangrentada en la madera.

—Era como si no la hubiera visto antes —dijo Will—. Me refiero a la marca. Quizás la ardilla tampoco, porque ¿quién sabe? Pero pensé que al menos la marca podría haber despertado su interés.

«No si ella ya era consciente de lo que significaba», pensé, pero eso también me lo guardé para mí. ¿Hasta qué punto habría compartido Raum su particular punto de vista con las hermanas Strange?

Will no había conseguido convencer a Dolors de que se mudara al Inn en St. John, lo cual implicaba que Ambar también seguía en su propia casa. Ahora ya no podía hacerse nada, pero pensé que al día siguiente haría un último intento para que cambiasen de opinión. Dolors había asegurado a Will que mantendría la puerta cerrada, que tendría con ella su teléfono móvil en todo momento y que le había dicho a Ambar que hiciera lo mismo, pero eso no era exactamente como levantar el puente y reforzar la guardia del castillo.

—¿Tiene alguna de ellas una pistola en casa? —pregunté.

—Creo que Ambar sí —respondió Will—. A Dolors no le gustan las armas, pero tiene espray de pimienta en alguna parte.

Mejor eso que nada, suponiendo que lo encontrara, y que todavía funcionara.

—¿Llegaste a averiguar si Ambar también había estado fuera?

—Dolors dijo que había ido para hacerle compañía —dijo Will.

—¿Adónde?

—A algún sitio del norte.

—El norte es muy grande. ¿No fue más concreta?

—Podría decirse que no se mostró muy dispuesta a seguir contestando mis preguntas.

—Estoy seguro de que la policía tendrá en cuenta su sensibilidad.

—Dolors ha dejado clara su posición sobre la participación de la policía.

—Ya viste lo que Kepler le hizo a esa ardilla. En breve, los sentimientos de Dolors no importarán un bledo, a menos que Raum haga lo correcto.

—¿Todo esto por una moneda?

—La gente muere apuñalada por calderilla. Esa moneda vale mucho más.

—Tengo que confesarte —comentó Will— que toda esa historia me resulta de lo más extraña. Es decir, entiendo que a Buker le diera por creerse algunas ideas extrañas mientras estaba en prisión, de lo contrario no se habría hecho ese maldito tatuaje, pero eso no significa que el resto de nosotros estemos obligados a aceptarlas como ciertas.

—Creo que Raum Buker y Egon Towle robaron a Kepler —dije—. El resto es irrelevante. Kepler intenta evitar una confrontación directa, por eso puso esa cámara en miniatura en la mirilla, solo por si Raum hubiera ocultado la moneda en su habitación. Si tuviera que conjeturar algo, diría que posiblemente también haya un micrófono o un transmisor de voz en miniatura oculto en alguna parte de la habitación, porque eso es lo que haría yo. De esa forma, Kepler podría oír al menos retazos de cualquier conversación que hubiera mantenido por teléfono móvil.

—Pero ¿cómo accedió Kepler al Braycott? —preguntó Will.

—La cámara de la entrada de atrás está estropeada, así que es posible que pagara a un inquilino para que lo dejara entrar, pero es más probable que sencillamente haya sobornado a Bobby Wadlin. Bobby lo niega, por supuesto, pero Bobby negaría su propio nombre con tal de ganar un dólar. Es tozudo e irascible. Creo que es por todas esas películas del Oeste que ve.

—Entonces, ¿qué hacemos ahora?

—Tengo que encontrar a Raum e intentar persuadirlo de que haga lo correcto y devuelva lo que robó.

Will sopesó la idea.

—Espero que tengas un plan B —dijo.

—El plan B sería buscar a Kepler y convencerle de que se mantenga alejado de Dolors y Ambar mientras intento resolver el problema con Raum. La última opción, la más sensata, sería ir a la policía, contarles todo lo que sé y dejar que ellos lo resuelvan, pero Dolors te culparía de ello. Además, si vamos a la policía, es probable que Dolors y Ambar tengan que pasar por un doloroso trámite legal y no salgan indemnes, porque nunca sale uno indemne de esas cosas.

Will me miró con los ojos entrecerrados. Es posible que fuera relativamente inexperto en asuntos del corazón, pero hasta ahí llegaba su ingenuidad.

—¿Crees que Dolors y Ambar saben lo de las monedas? —preguntó.

—Eso es lo que supondrá la policía —contesté—, por la intimidad que mantuvieron con Raum.

—¿Y tú qué supones?

—Que la policía estará en lo cierto.

Will apoyó la cara entre las manos. No acudir a la policía con el cuento iba en contra de todos sus principios. Era un buen hombre, confiaba en las instituciones que representaban la ley y la justicia, pero también tenía fe en mí. No quise decirle que podía estar fuera de lugar, porque la honestidad a veces es mala para los negocios, así que me senté para ver en qué sentido se inclinaba.

—¿Y dónde está el tal Kepler? —preguntó finalmente.

Fue directo.

—Debe de tener una base de operaciones temporal cerca de aquí —dije—, aunque solo sea una habitación de motel o un Airbnb. Empezaré a seguir esa pista por la mañana y también volveré a llamar a Dolors, así que puedes decirle que me espere. No dudes en contarle lo que te he dicho. Podría ayudar a que centre la atención y a convencerla de que se reúna con Raum. Diga lo que diga, sabe dónde está, aunque solo sea a través de Ambar.

—¿Y qué pasa con Egon Towle? —preguntó Will—. ¿No está implicado él también?

—Lo estaba —dije al ponerme en pie—. Que siga estándolo es discutible.

Me encontraba en casa, medio desvestido, cuando me di cuenta de que había olvidado devolver la llamada a Dave Evans. Decidí que podía esperar hasta el día siguiente, porque Dave no me agradecería que le llamara a esas horas. A pesar de mi cansancio, tardé un rato en conciliar el sueño. Sabía que estaba llevando el caso de forma inadecuada, que las veinticuatro horas que me había permitido antes de involucrar a la policía eran veintitrés horas de más. Podía justificarlo aduciendo que la información que había obtenido era, en el mejor de los casos, incompleta, y que si recurría a la justicia con cada dato que recopilaba, me convertiría en un elemento tan fijo en las comisarías como los barrotes de las celdas de detención; por no decir que a partir de ese momento sería el hazmerreír del gremio. Ni siquiera había visto una foto de la rara moneda de la que me había hablado Eleanor Towle y dudaba de todas las historias que se contaban sobre Kepler. Podía aceptar que Raum Buker y Egon Towle fueran ladrones de monedas, que Kepler hubiese sido su víctima, pero hasta ahí llegaba el límite de mi credulidad.

Es más, si tuviese que dirigirme a la policía cada vez que penetraba en una zona gris desde el punto de vista legal, mi carrera como investigador privado tocaría rápidamente a su fin, ya que los clientes esperaban cierto grado de discreción en mi trato con ellos, si no confidencialidad absoluta. Pero lo cierto era que me picaba la curiosidad, y la curiosidad, como sucede con los gatos, era la maldición de mi raza. Hasta ahora no había acabado conmigo. Es cierto que había estado a punto de morir en más de una ocasión, pero me había salvado por los pelos.

Me estiré y sentí viejos dolores.

Heridas, tal vez, pero no habían conseguido matarme por los pelos.

63

Lucas Tyler estaba haciendo pellas. No lo hacía muy a menudo, solo una vez al mes o cada dos meses, cuando le daba por ahí. Su madre siempre le daba una coartada, porque Lucas era brillante: demasiado brillante para su clase, demasiado brillante para su escuela, demasiado brillante para su ciudad. Sacaba matrículas de honor en todos los exámenes y había decidido hacer la carrera de Informática y Biología Molecular en el MIT. Pensaba presentarse a los exámenes de acceso en octubre, después de pasarse el verano estudiando, pero estaba seguro de que sacaría 1600, la puntuación más alta. Una confianza que compartían sin reserva sus profesores, porque Lucas, además de ser brillante, también era un chaval decente. Sus ingresos familiares, que procedían prácticamente en su totalidad de su madre, dado que su padre había muerto hacía mucho, no alcanzaban ni de lejos los noventa mil dólares, la cantidad máxima permitida para poder optar a la beca del MIT. Si lo aceptaban (y no parecía haber ninguna razón en contra), asistiría con la matrícula pagada.

Lucas conducía un Volkswagen Golf de 1990 que había comprado con los ahorros que había acumulado trabajando los fines de semana en una de las tiendas de bricolaje de Ossipee. Le encantaba ese coche. La mayor parte de los problemas podía resolverlos él mismo, y si él no podía, los resolvía con facilidad cualquier mecánico medianamente competente. También tenía espacio suficiente para acoger cómodamente a su novia Annabeth, un detalle importante cuando se comparte casa con una madre; especialmente una madre que trabajaba como voluntaria en el Primera Iglesia Congregacional y que aún añoraba los días en que los matrimonios de las comedias de situación dormían en camas separadas.

El Golf estaba aparcado en esos momentos en el límite sur de la reserva natural Heath Pond Bog, oculto en un claro a los ojos de cualquier policía curioso que quisiera saber por qué su propietario no estaba a esa hora continuando su educación en clase. A Lucas le gustaba caminar por Heath Pond Bog porque era fácil evitar a otras personas. Tenía un rincón favorito al lado del riachuelo, donde las ramas de un viejo árbol habían adoptado la forma de una silla. Solía llevarse algún cojín, un termo de café y el almuerzo, y leer, escuchar música o, sencillamente, mirar correr el agua. Era bueno para el alma.

Lucas llevaba sin acercarse al río un par de semanas. El tiempo había sido bastante desapacible y no había sentido la necesidad, pero un par de días aburridos en clase, seguidos de una riña con Annabeth que había derivado en lo que esperaba que solo fuera una separación temporal, le habían hecho cambiar de idea. Ahora Heath Pond Bog estaba llamándole.

Esa mañana, Lucas Tyler fue hasta Heath Pond Bog por última vez. Aparcó su Golf por última vez bajo la arboleda; sacó del maletero por última vez sus cojines y su mochila, y caminó, por última vez, hasta su árbol favorito. Olió el hedor a la vez que vislumbró el río. Lucas nunca había olido antes ningún cadáver, pero el olor despertó en él algún recuerdo atávico y supo, antes incluso de encontrar los restos, que no se trataba de una mofeta ni de un ciervo.

El hombre estaba desnudo. Tenía las manos esposadas sobre una rama del árbol de Lucas y las piernas atadas juntas con un alambre que le había hecho profundos cortes en los tobillos. Era un hombre menudo: aunque la rama era baja, apenas tocaba el suelo con los pies descalzos. Del cuello le colgaba una mordaza sanguinolenta, que le dejaba la boca abierta. Después de todo, pensó Lucas, mientras notaba que se le subía la bilis a la garganta, ¿cómo puede decirte alguien lo que quieres saber si tiene la boca totalmente tapada? Por otro lado, tendrías que ahogar sus gritos mientras le convences de que hable. Lucas no sabía cuánta convicción había necesitado ese hombre, pero había sido la suficiente para que tuvieran que arrancarle largas tiras de piel de brazos, piernas, estómago y tórax, algo que Lucas podía ver a pesar de la hinchazón.

Cuando terminó de vaciar sus tripas en el río, Lucas sacó el teléfono móvil de su mochila y llamó a urgencias. Probablemente eso le acarrearía problemas en la escuela, e incluso con la policía, pero no podía quedarse de brazos cruzados. Cuando terminó de hablar con la persona encargada de emergencias, llamó a su madre. Luego se sentó sobre una piedra ante el hombre muerto y se echó a llorar.

64

Will Quinn me había dado el último número de Raum, que a su vez le había pasado Dolors, que solo había aceptado revelarlo cuando él le advirtió que compartirlo con la policía sería peor. Pero Raum no contestaba a las llamadas, y el buzón de voz saltaba después de cuatro tonos. Le dejé un mensaje pidiéndole que se pusiera en contacto conmigo, pero no tenía esperanzas reales de que lo hiciese. Después pasé diez minutos charlando con mi hija por FaceTime mientras desayunaba, antes de conseguir pillar a Dave Evans de camino al Bear.

—Un friki estuvo aquí ayer preguntando por ti y por Raum Buker —me informó Dave—. Dijo que quería contactar con vosotros.

—¿Dejó un nombre?

—Kepler. Si te sirve de algo, supongo que podrías verlo en nuestras grabaciones de seguridad.

Le dije a Dave que iría enseguida. Antes de que pudiera salir de casa, una alerta de Google me informó de que, oficialmente, el incendio de Hapgood Monedas & Coleccionables se consideraba que había sido provocado y que la muerte de su propietario había sido un asesinato. Se estaban buscando testigos, pero hasta el momento no se había presentado ninguno. Era posible, claro está, que el asesinato de un comerciante de monedas en New Hampshire no tuviera nada que ver con el reciente robo de una valiosa colección en Ontario o con la presencia en Maine tanto de Raum Buker como del hombre llamado Kepler, pero también era posible que las probabilidades no favorecieran a la casa y tuviese las de perder.

Volví a llamar al número de Raum desde el coche y dejé un segundo mensaje. Me expresé con toda la delicadeza que pude, ya que las grabaciones de voz son admisibles como prueba en cualquier procedimiento judicial, pero le dejé claro que sabía lo que había hecho; que la confirmación de que el incendio en Whitefield había sido provocado había alterado el panorama, tanto en sentido literal como figurado; que ahora se trataba de limitar los daños, porque ya había pasado el momento de un acuerdo. Era más que probable que Kepler fuera un asesino, así que si Raum se presentaba y compartía lo que sabía de él con la policía, Moxie Castin haría todo lo posible para que su colaboración se tuviera en cuenta a la hora de dictar sentencia. No había forma de evitar la cárcel, aunque Moxie negociaría una condena mínima, pero si Raum cooperaba, podría salvar a las hermanas Strange de la amenaza, porque su relación con él las había puesto en el punto de mira de Kepler. Por último, le dejé claro que si no se ponía en contacto conmigo antes de que todo quedase resuelto, me vería obligado a acudir a la policía y a entregarlo, de ahí que lo más prudente fuese hablar primero conmigo. Mientras tanto, seguiría buscándole, pero no sin antes pasar por el Bear para echarle un vistazo al hombre del saco Kepler.

65

El Volkswagen Golf de Lucas Tyler estaba rodeado de vehículos del Departamento de Policía de Ossipee, de la Oficina del Sheriff del condado de Carroll y de la Policía Estatal de New Hampshire, y Lucas, a su vez, estaba rodeado por representantes de cada una de estas agencias. Lo primero que les dijo Lucas fue: «Yo no he sido», porque en estas ocasiones siempre hay que extremar la precaución, sobre todo tratándose de un asesinato, pero el muchacho esperaba que nadie pensara en serio que él lo había cometido. Lucas trató de recordar todos los sitios en los que había estado durante la última semana, por si necesitaba una coartada. Cerca de él, dos oficiales de la policía del estado hablaban con su madre.

Lucas hubiera deseado con toda su alma no ser él quien encontró el cadáver. Empezaba a preocuparse por cómo iba a afectar todo eso a sus posibilidades de entrar en el MIT, sobre todo si se relacionaba su nombre con un asesinato. Pero la policía solo parecía estar interesada en si había tocado el cuerpo y si, en sus anteriores visitas a Heath Pond Bog, había visto por la zona a alguien que se comportara de manera extraña.

A Lucas se le ocurrió de repente que todavía no sabía de qué había muerto el hombre. Suponía que, cuando le arrancaron las tiras de piel del cuerpo, había sufrido dolor (habría sufrido mucho dolor, sí), pero eso no habría sido suficiente para matarle, a menos que tuviera un corazón débil y el estrés hubiera acabado con él.

En realidad, la causa de la muerte —en este caso, asfixia por obstrucción de las vías respiratorias por un cuerpo extraño— no se establecería de forma concluyente hasta la autopsia, cuando el forense extrajo el objeto que se le había alojado en la laringe. Estaba formado por tiras de alambre de aluminio muy apretadas, cuyo conjunto se asemejaba toscamente a la figura de un hombre. En el hueco de la cabeza de la figura había un viejo troquel de hueso.

Kepler, firmando su obra.

66

Me senté con Dave Evans en su oficina en el Great Lost Bear para ver y rebobinar una y otra vez la grabación de las cintas de seguridad del local. Sin embargo, no logré ver a Kepler con claridad en ninguna de las imágenes; era como si supiera dónde estaban las cámaras y se hubiera colocado de forma que pudiera evitarlas. Aun así, lo que vi me bastó para convencerme de lo peculiar de su aspecto, sin que hubiera hecho falta el testimonio de Dave para ratificarlo.

—¿Qué hay del frasco de medicina que recogiste de la mesa? —pregunté.

—Le pregunté a mi médico —respondió Dave—. Por lo visto, es un medicamento para tratar problemas hepáticos. Tiene sentido, porque parecía enfermo, y con ello me refiero a un estado terminal.

—¿Y dices que quería que jugaras a los dados con él?

—Sí, eran dados de marfil, quizás de hueso —explicó Dave—. Pensé que ya lo había visto todo, pero obviamente me equivocaba. ¿Tienes idea de por qué quería hablar con Buker y contigo?

—Raum le robó una colección de monedas. Kepler quiere recuperarlas.

—Entonces Buker debería devolvérselas, porque no le conviene que este tío meta las narices en sus asuntos. ¿Hasta qué punto estás implicado en esto?

—Más de lo que me gustaría. ¿Conoces a Will Quinn, el maderero? Me contrató para averiguar por qué Raum seguía frecuentando a las hermanas Strange, especialmente a Dolors. Will siente algo por ella.

—¿No pudo encontrar un iceberg al que agarrarse?

—El corazón quiere lo que quiere, pero empiezo a creer que la pregunta debería ser, igualmente, por qué las Strange mantenían una relación con Raum. En cualquier caso, la respuesta es cada vez más clara. Se trata de amor, dinero o ambas cosas.

—Maldita sea —dijo Dave—, yo no soy detective, pero podría haberte dicho lo mismo. ¿Y la policía?

—Hasta hace poco, nadie había resultado herido —dije—, excepto una ardilla y puede que incluso ya estuviera muerta. Esperaba poder resolver esto sin involucrar a las autoridades, pero ahora creo que Kepler puede haber matado a un vendedor de monedas en New Hampshire. Y podría tratarse del primer paso. Si no logro convencer a Raum de que venga por su propia voluntad, tendré que hablar hoy con la policía y dejar que ellos decidan cuál tiene que ser el siguiente paso. Mientras tanto, será mejor que guardes ese vídeo. Podría ser útil.

Dejé a Dave y volví a mi coche, todavía sin señal alguna de Raum. Había creído que se preocupaba hasta cierto punto por las hermanas Strange. Tal vez fuera una muestra de ingenuidad, pero uno se cansa de suponer siempre lo peor de la gente, por mucho que se empeñen en darle la razón. Así que o bien a Raum no le importaban, y en realidad nunca le habían importado, o bien ya habían dejado de importarle, porque había una diferencia entre no querer comunicarse y no poder hacerlo. Si Kepler ya había encontrado a Raum, nadie iba a volver a saber nada de ninguno de los dos. Pero hasta que no estuviera seguro, seguiría a la caza de ambos.

Me pasé las horas siguientes llamando por teléfono a los antiguos compañeros de Raum, incluidos los dos imbéciles que se habían bañado en el Fore por insistencia de los Fulci hacía ya un buen puñado de años. También llamé a la puerta de los que me parecían más propensos a seguir en contacto con él. Pero aparte de hablarme del Braycott Arms, ninguno de ellos fue capaz de decirme dónde podría hallarse Raum, y estaba convencido de que no me mintieron. Una y otra vez me dieron a entender que Raum era una bestia fuera de sí desde su salida de la cárcel. Se apreciaba en sus ojos, en su voz, en su automóvil. Cualquier atractivo residual que pudiera haber tenido hasta entonces, incluso para los delincuentes incurables, había desaparecido por completo. Los antiguos conocidos de Raum eran estafadores y matones de poca monta, igual que él. Cabía la posibilidad de que desconfiaran de él, pero nunca le habían temido. Hasta ahora.

La información más peculiar me la dio un hombre llamado Tessell Forde, que se enmarcaba dentro del tipo de criminal más familiarizado con las cárceles del condado que con las prisiones estatales y que nunca se había sentido cómodo al volante si no se había tomado antes un par de tragos para que dejaran de temblarle las manos. Tessell vivía en una decrépita habitación en Mellen Street, en Parkside, una zona de Portland considerada bastante violenta, pero solo porque las demás zonas de la ciudad apenas lo eran. En sus tiempos había acompañado a Raum Buker, pero ahora no acompañaba a nadie y apenas era capaz de caminar con ayuda de un bastón. Podía haber pasado por una persona de sesenta años, se decía que rondaba la cincuentena, pero, en realidad, tenía cuarenta y un años. Sobrevivía gracias al salario social y a las ganancias de pequeños actos delictivos, y nunca había conocido una prosperidad siquiera modesta. Curiosamente, contra todo pronóstico, Tessell no perdía el optimismo a pesar de que la vida se despertaba cada mañana, abría la boca para bostezar y le daba una buena patada en el culo antes de seguir con su día.

—Raum está enfermo —me dijo Tessell, mientras se liaba un cigarrillo. Cerca de él había una botella de oxígeno conectada a una máscara que colgaba del extremo de un pilar de la cama. Al menos no se oía el silbido del gas.

—¿Enfermo?

—Tiene una infección, creo, tanto de la mente como del cuerpo.

Tessell pegó un lametón al papel de fumar y se llevó el cigarrillo a los labios. Parecía más delgado incluso que la cerilla que usó para encenderlo, pues su paquete de picadura de tabaco contenía poco más que polvo y humo.

—¿Cuándo lo viste por última vez? —pregunté.

—Hace tres o cuatro días, cerca del Braycott. Le llamé, pero no me reconoció. —Era obvio que le había dolido—. Raum y yo nos conocemos desde hace mucho tiempo, pero me miró como si no me hubiera visto en la vida. Tenía la mirada febril y también olía mal, como si estuviera quemándose. Incluso la voz no era la suya. Si no lo conociera tan bien, habría dicho que era otra persona y que me había equivocado cuando creí reconocerlo.

El padre de Tessell era un exsacerdote católico al que habían expulsado de su ministerio, que había nacido en algún lugar del condado de Piscataquis, y algo de su locuacidad y de su amor por la oratoria se le había pegado al hijo. De la pared sobre la cabecera de la cama de Tessell colgaba un crucifijo; la pintura de los pies de Cristo se había borrado casi totalmente por lo mucho que lo habían tocado unos dedos suplicantes. Me preguntaba qué pedía Tessell en sus rezos. Fuera lo que fuese, no se lo habían concedido, a menos que hubiera estado rogando tener solo mala suerte.

—Pero Raum llamó a mi puerta esa misma noche —continuó Tessell— y volvía a ser el antiguo Raum, o casi. Me dijo que lamentaba lo que había pasado antes, y me trajo tabaco y una botella de Hobble Creek.

Hobble Creek sabía como un refresco de uva que se hubiera conservado en una botella de whisky añejo. Sentirse agradecido por ese regalo indicaba lo mal que le iba a Tessell Forde, pero quizás solo le importaba la intención.

—Raum me dijo que pronto se marcharía de la ciudad —añadió Tessell—. Tenía pensado ir hacia el oeste, me dijo, para oler el Pacífico. —Tessell arrugó el ceño—. Luego me pidió que le echara una ojeada a su ojo derecho.

—¿Por qué? —pregunté.

—Quería saber si le pasaba algo, dijo que le molestaba. Como no veo demasiado bien, tuve que ir a buscar la lupa que uso para leer. La acerqué mucho a él y miré con detenimiento. —Dio una profunda calada al cigarrillo, que se empequeñeció entre sus dedos—. Tenía un gusano en el ojo, justo aquí.

Tessell hablaba con despreocupación, como si para él fuera algo normal descubrir extraños organismos en el interior de los ojos de sus colegas.

—¿Un gusano?

—Un gusanito negro, como un parásito, en el rabillo del ojo; diminuto, ancho como un hilo y largo como la uña del meñique. Le dije lo que veía y empezó a ponerse nervioso. Le pedí que se calmara mientras buscaba unas pinzas. Pensé que podía intentar sacárselo, porque para entonces ya me había tomado un par de vasos del Hobble Creek. Lo agarré muy bien con las pinzas, pero tan pronto como tiré de él Raum empezó a gritar y me empujó tan fuerte que casi me cargo la pared.

Tessell se frotó el pecho, como si todavía le doliera el impacto.

—Obviamente, me apresuré a guardar la lupa y las pinzas y le aconsejé que consultara con un especialista.

El cigarrillo se había quedado ahora reducido a un cachito de papel. Tessell lo miró con pena antes de apagar la colilla en el suelo, añadiendo otra marca de chamusquina a la colección. No comenté nada durante un rato, anonadado como estaba al imaginarme a un Tessell Forde ebrio intentando operar el ojo de otro hombre. Intenté consolarme con el hecho de que lo que llamó la atención de Tessell podría no haber sido real. Si bebías suficiente Hobble Creek, no sabías hasta qué punto podías tener alucinaciones.

—¿Mencionó Raum algo sobre monedas antiguas durante su visita? —pregunté, una vez que me hube recuperado.

—¿Monedas? No. Sí que me dio algo, sin embargo. —Metió la mano por dentro de la camisa y sacó una diminuta cruz de oro con cinco círculos concéntricos colgando de una cadena—. Representan las llagas de Cristo —explicó—. Lo recuerdo de los sermones de mi padre. Raum me dijo que la cruz era muy antigua, y yo le creo. Quizás la venda o puede que la conserve. Nunca he tenido nada tan bonito en mi vida. —Volvió a colocarse la cruz sobre el pecho—. Me figuro que Raum se la agenció por medios no muy honestos —dijo, aunque pareció que eso no le preocupaba en absoluto—. No pudo haberla conseguido de otro modo, pero estuvo bien por su parte dármela para que la cuidase, aunque no vaya a tener más remedio que venderla. Tengo suficientes cruces ya como para rivalizar con el Gólgota.

Saqué un billete de veinte dólares de la cartera y lo puse sobre la mesita al lado de la puerta.

—Yo, en tu lugar —le dije—, no le hablaría a nadie más de esa cruz y esperaría un poco antes de venderla.

—No se la robó a ningún cristiano, ¿verdad? —preguntó Tessell—. Porque eso estaría mal.

—No —contesté—. Probablemente más bien lo contrario.

67

Dolors Strange estaba de vuelta en su café. Esta vez, cuando fui a verla, no intentó que me marchara a toda prisa como si fuera un apestado, sino que me ofreció un café gratis y se sentó conmigo bajo el cuadro de una mujer desnuda que jugaba al ajedrez con un mago durante una tormenta. Dolors me pilló mirándolo, o intentando evitarlo.

—Erin, que está ahí, es la artista —me explicó señalando hacia la chica que se encontraba detrás del mostrador, el sueño de cualquier detector de metales—. Todos esos cuadros son obra suya.

—Tiene una visión artística única.

—No sabía que podía ser tan diplomático, señor Parker.

—Bueno, quiero seguir ascendiendo en la vida.

Probé el café. Sabía a flores. Dos sorbos más, y tendría que tomar un antihistamínico.

—Supongo que Will le ha contado lo que puede que hayan robado Raum y su colega Egon Towle —dije.

—¿Las monedas? Sí, me lo dijo.

—Antes de que Will sacara el tema, ¿sabía usted que lo habían hecho?

—No hasta hace poco —respondió—. Raum solo dijo que pronto iba a tener dinero y que podría devolvernos a Ambar y a mí lo que le habíamos prestado. Pero hace unas noches se marchó del Braycott, vino a casa y dijo que pronto tendría el dinero. Le había oído decir cosas semejantes tan a menudo que podría haberlo convertido en una melodía, y se lo dije. Entonces sacó un águila doble de oro de veinte dólares, fechada en 1905. Dijo que valía cinco mil dólares y lo corroboró mostrándome con su teléfono móvil lo que se había pagado por una moneda igual. Después de eso, le creí.

—¿Le dijo de dónde había sacado la moneda?

—Me contó que originalmente había sido robada y que él y Egon Towle se la habían quitado al ladrón junto con un montón de monedas más. Me dijo que robarle a un ladrón era hacer justicia. No puedo decir que estuviera de acuerdo con él, pero el atractivo de Raum nunca se basó precisamente en su sentido de la moral.

—¿Mencionó el nombre del ladrón?

—Raum dijo que tenía muchos nombres.

—Dígame uno.

—Kepler. —Lo pronunció de mala gana y en voz baja, como quien se ve presionado a una invocación no deseada.

—¿Y Raum parecía preocupado la última vez que lo vio? —pregunté.

—Su humor era muy cambiante, como si estuviera colocado. A veces parecía paranoico y un minuto después estaba completamente tranquilo. Daba miedo. Reconocí al primer Raum, pero al otro no. Ni siquiera parecía él mismo. ¿Sabía que lastimó a mi hermana?

—Will me lo contó. Dio a entender que podría haberlo hecho de manera involuntaria.

—Intencionado o no, el viejo Raum nunca habría hecho eso. Ni siquiera se habría visto en la situación de ponerle la mano encima a una mujer.

No dijo nada sobre el hecho de que, de haber mostrado la misma moderación con los hombres, se habría evitado muchos problemas en la vida, incluida la cárcel.

—Cuando dice que estaba ansioso...

—Al principio supuse que era por la policía. Estamos hablando de Raum. O es deshonesto o no sería nada. La policía es un peligro permanente para alguien con una vocación como la suya.

Lo dijo con una sonrisa. Fuera lo que fuera lo que caracterizaba a Raum, tendrían que embotellarlo y venderlo como el perfume de los hombres malvados.

—Por eso le pidió a Will Quinn que no los involucrara.

—Sí.

—¿Sigue sintiendo algo por Raum?

—Tengo recuerdos, algunos buenos. Para poder conservarlos, no quiero verlo arrojado a los leones.

—¿Y su hermana?

—Pasara lo que pasara entre ellos, ella siente lo mismo: quiere mantenerlo fuera del alcance de la ley. Sin embargo, lo metió en su cama, aunque por poco tiempo.

—¿No le pareció bien que reanudara su relación con él?

—No creía que fuera bueno para ninguno de los dos. Además, no quería que volviera a interponerse entre nosotras.

—¿Y lo ha hecho?

—Brevemente, pero lo superaremos. El dinero ayudará.

—¿Va a seguir aceptando dinero de Raum, incluso sabiendo cómo lo consiguió?

—No puedo permitirme no hacerlo. Estoy a punto de perder mi negocio. Si lo pierdo, también perderé mi casa. Ambar está endeudada y apenas puede hacer frente a sus pagos mensuales. Si un ladrón tiene que sufrir para que podamos sobrevivir, aceptaré ese trato.

—Muy pragmático por su parte.

—Soy una persona muy pragmática.

No lo dudaba.

—¿Dónde está Raum ahora?

—Se fue de la ciudad.

—¿Puede concretar un poco más?

—Se ha ido al norte del Condado. Me dijo que allí estaría más seguro hasta que todo esto hubiera pasado. Entonces empecé a entender que no era a la policía a quien trataba de evitar, porque me aseguró que el robo no había sido denunciado ni lo sería nunca. Así que le pregunté directamente quién sabía que Egon y él eran los responsables del robo. Me aseguró que nadie, ni siquiera Kepler.

—Raum se equivocaba, porque Kepler está aquí.

Dolors Strange se apartó brevemente de mí para que el pelo le ocultase el rostro.

—Raum se equivocó en muchas cosas —declaró.

—¿Podría explicarse mejor?

—Me acuesto con Will Quinn, no con Raum. ¿Le ha quedado suficientemente claro?

«Bien, Will», pensé. «Eres más valiente que yo.» Pero me di cuenta de que Dolors no había reaccionado con gran conmoción al oír que Kepler estaba en Maine.

—Usted sabía que Kepler rastreó a Raum hasta Portland, ¿verdad? —le dije—. Incluso antes de clavar una ardilla muerta en su puerta.

—Temía que viniera, a pesar de que Raum asegurase lo contrario. Nadie se sale con la suya en un robo así, desde luego no hombres como él.

—Se da cuenta de que Raum les ha puesto en peligro a usted y a su hermana.

—Pero no tenemos lo que Kepler quiere.

—Debería plantearse la posibilidad de escribirle una nota en ese sentido. Estoy seguro de que lo tendrá en cuenta.

—No tiene ninguna necesidad de ser sarcástico.

—Por la misma regla de tres, podría decirle que no tiene ninguna necesidad de ser ingenua. Estamos hablando de un individuo peligroso que puede que ya haya quemado vivo a un hombre. Y apostaría a que Egon Towle lo tiene cada vez más crudo.

—Pero Raum dijo que Kepler se estaba muriendo —dijo Dolors.

—Todo el mundo se muere, pero, como dicen las Escrituras, sin saber el día ni la hora. Los rencorosos pueden ser sorprendentemente resistentes. Yo no fiaría mi seguridad personal, ni la de nadie, a la opción de que Kepler muera.

Mis palabras la hicieron recapacitar y, de repente, regresé a la cocina de Eleanor Towle, con una mujer astuta frente a mí calculando probabilidades.

—¿Tiene algún medio de contactar con Raum? —pregunté.

—Le di a Will su número de móvil. Se suponía que iba a pasárselo.

—Lo hizo, pero Raum no contesta.

—Volverá a aparecer cuando Kepler esté muerto.

Su certeza era sorprendente y creí entender por qué.

—Raum no solo le contó que Kepler se estaba muriendo —dije—. También la informó de la existencia de la moneda, la que está hecha de potín. Usted ya sabe por qué Kepler quiere recuperarla.

—¿Y si Raum tiene razón? —dijo, y le brillaron los ojos—. ¿Y si esa moneda es especial?

Me sentí como si hubiera entrado en la cafetería de un manicomio.

—¿La ha visto?

—Raum me la enseñó. La sostuve.

—¿Y?

Extendió los dedos de su mano derecha ante mí y volví a ver una extensión de ampollas blancas.

—Hay algo en esa historia —dijo—. Ahora tengo fe en ella.

Hablaba con el celo de una persona recién convertida, las motas doradas de sus iris brillaban como los destellos de un sol negro.

—Que usted tenga fe en ella o deje de tenerla es irrelevante para Kepler —dije—. Dudo que se resista a hacer daño a una mujer si así obtiene ventaja. Raum tiene que regresar para devolver lo que robó o las cosas pueden ponerse muy feas para los tres.

—La decisión es de Raum, y creo que ya la ha tomado.

—Me parece que no entiende la gravedad de la situación. Raum está basándose en un mito para protegerse, pero no es más que eso: un mito. Es posible que Kepler, quienquiera que sea realmente, nos sobreviva a todos, y en ese caso no cejará en su empeño, y si no puede ponerle las manos encima a Raum, usted y su hermana tendrán un puesto destacado en la lista de suplentes.

—Confío en que Raum haga lo correcto —dijo Dolors, encogiéndose de hombros. Supe que estaba perdiendo el tiempo.

—¿Le ayudaron a escapar de Portland usted y su hermana?

Ni siquiera se esforzó por disimular.

—Por eso vino a mí —dijo—. Ambar y yo le seguimos hasta Houlton y nos separamos en Monument Park. Ambar dejó abandonado el coche de Raum en un centro comercial de Lincoln y luego vinimos las dos en el mío de vuelta a la ciudad.

Lincoln estaba en el condado de Penobscot, al sur de Aroostook.

—¿Por qué decidió abandonar Raum el coche?

—Llamaba demasiado la atención. Encontrará otro. ¿Ha terminado, señor Parker? Tengo cosas que hornear.

—Sigo pensando que deberían irse de sus casas hasta que encuentre un modo de terminar con esto.

Dolors Strange alargó la mano derecha y la colocó sobre la mía. La aparté, y no solo por esas ampollas. Ella no se ofendió. Hacía tiempo que había superado esa clase de susceptibilidades.

—Pero, señor Parker —dijo—, ¿no se da cuenta? Es posible que nada de esto sea verdad. Eleanor Towle le contó una historia y usted la creyó, pero ¿qué pruebas hay de que exista siquiera este Kepler? ¿Qué hay de Egon Towle? ¿Dónde está? ¿Y ha visto usted alguna moneda? Porque las únicas que yo veo son las que están en mi caja registradora y, para mi gusto, no hay suficientes.

—¿Está ensayando un relato para la policía? —pregunté, porque eso representaba un cambio de tono respecto a la nueva creyente que antes había demostrado ser.

—Que vengan. No tengo nada que ocultar.

—¿Y Kepler?

—Que venga también.

Ahí estaba de nuevo: esa certeza.

—¿Qué hizo Raum con el águila doble que le mostró? —le pregunté.

—Se la llevó consigo, por supuesto.

Sus ojos me desafiaron a llamarla mentirosa.

—Usted y Eleanor Towle parecen tener algo en común, señorita Strange.

—¿De verdad? —preguntó—. ¿El qué?

—Ambas están apostando en un juego que no entienden.

—¿Lo entiende usted, señor Parker?

Me puse en pie y ella me imitó.

—No —respondí—, pero yo no tengo nada que perder.

68

Si Raum Buker se escondía en Aroostook, encontrarle no resultaría fácil, que era precisamente lo que Buker pretendía. Incluso a los nacidos en Maine les resulta difícil orientarse por el Condado, y los del sur, los que vivimos por la costa, lo consideramos un territorio extraño, una región remota y de tendencia conservadora distinta al resto del estado. Incluye grandes extensiones deshabitadas y en el valle de San Juan no es raro oír hablar en variantes del francés, dados sus lazos culturales, históricos y geográficos con Canadá y los acadianos.

Si a mí ya me iba a resultar difícil encontrar el rastro de Raum, Kepler, que era un extraño tanto en Aroostook como en Maine, no debía de albergar esperanza alguna de conseguirlo. Eso eran buenas noticias para Raum, pero malas, mucho me temía, para las hermanas Strange. Ahora estaba convencido de que Kepler era capaz de ir más allá de las runas y las ardillas destripadas y pasar a la acción directa, aunque seguía sin tener claro por qué había matado al comerciante Hapgood. Las únicas razones que se me ocurrían eran la venganza —castigo por la implicación de Hapgood en el robo e intento de venta de la colección que le habían robado a Kepler—, la precaución —lo que Hapgood supiera de Kepler era suficiente para justificar que lo silenciase para siempre— u obtención de información; en este caso, los nombres de los ladrones.

El problema era el pentáculo que se había tatuado Raum, que indicaba que para él no se trataba exclusivamente de un asunto de dinero: también evidenciaba un interés más profundo en lo oculto. Eleanor Towle había sugerido que Raum y Egon creían de verdad en ello, quizás Raum más que Egon. Además, había que tener en cuenta el testimonio de Tessell Forde. Su historia, fuera de contexto, podía parecer peculiar, pero yo la veía a través del prisma de mis propias experiencias con Raum, incluido nuestro encuentro a la salida del Braycott Arms. No nos enfrentábamos ya al antiguo Raum Buker, sino a alguien transformado: la palabra con que Tessell lo había descrito era «enfermo», padecía una «infección», y no sería yo quien le llevara la contraria. Y con respecto al gusanito en el ojo de Raum, es posible que hubiera sido un producto de la imaginación de Tessell provocado por el exceso de Hobble Creek, pero ¿quién podría asegurarlo?

Y aunque todavía no estaba dispuesto a aceptar el relato de Eleanor sobre la moneda como algo más que una leyenda, era cada vez más probable que Raum Buker, Egon Towle y el enigmático Kepler, e incluso Dolors Strange, creyeran que era verdad. De los tres hombres, en esos momentos dos de ellos estaban ilocalizables, pero el tercero, Kepler, no tenía miedo de hacerse visible, como demostraba su aparición en el Great Lost Bear. Pero si se había dejado ver y había preguntado por mí, ¿por qué no había intentado ponerse en contacto directamente conmigo?

Llamé a Moxie Castin y le pregunté si su secretaria podía llamar a los hoteles y alojamientos en Portland y South Portland para ver si había algún huésped cuya descripción o cuyo nombre coincidieran con los de Kepler. Le pedí que comenzara con las cadenas de hoteles y pasara después a alojamientos más exclusivos o lujosos, porque era más fácil mantener el anonimato en los primeros. Algunos se negarían a dar esa información, pero valía la pena intentarlo.

—Espero que me pagues sus horas de trabajo —se quejó Moxie.

—¡Tú siempre tan bromista! —respondí, y colgué antes de que pudiera pedirme los datos de la tarjeta de crédito.

Solo por si la secretaria de Moxie no tenía suerte, volví por última vez al Braycott Arms. Bobby Wadlin estaba viendo un episodio de *La vida y leyenda de Wyatt Earp,* cuya estética, incluido el sonido, no parecía haber mejorado con el tiempo.

—Me debes los daños por la mirilla —gruñó Wadlin.

—Puedes añadirlos al resto —le sugerí.

Wadlin despegó los ojos de la pantalla.

—¿Qué resto? —preguntó, justo cuando yo entraba en su oficina de una patada en la puerta.

Más tarde, sentado en el coche, vi a Tony Motti mirándome furioso desde la entrada del Braycott Arms. Wadlin le había llamado justo después de que yo saliera, pero Tony solo valía para echar a borrachos y cobrar deudas de gente demasiado atemorizada o demasiado ignorante para saber sus derechos. A menos que también supiera arreglar puertas, no iba a ser de mucha ayuda.

Había sido estúpido por mi parte aceptar la palabra de Wadlin respecto al correo electrónico como único medio de contacto con Kepler, pero podría vivir para lamentar lo que había hecho si la policía se interesaba. Resultó que Wadlin, quizás de manera inteligente, tenía más miedo de Kepler que de mí. Siempre había tenido el número de móvil de Kepler. El móvil era el principal medio de contacto, admitió Wadlin, pero solo mediante mensaje de texto, porque nunca respondía a las llamadas. La noche anterior, cuando me marché del Braycott, Wadlin envió un mensaje a Kepler para confesarle que me había revelado la dirección de correo electrónico. Ahora, los intentos de enviar mensajes de texto al número de Kepler estaban resultando infructuosos. Por otra parte, no obtuve resultado alguno al introducir el número en una aplicación de localización, lo que significaba que la SIM ya había sido eliminada o destruida para que no se pudiera localizar al usuario.

No le había puesto un dedo encima a Bobby Wadlin, pero solo porque me habría conducido a una celda, ya que con toda probabilidad me habría denunciado. Pero yo sabía lo que había hecho y se lo iba a tener en cuenta, incluso si las fuerzas de la ley nunca llegaban a oír hablar del caso. Un punto de presión podría resultar útil en el futuro, porque no me cabía la menor duda de que no había sido el último episodio en el Braycott Arms.

Ya me estaba marchando cuando la secretaria de Moxie Castin se puso en contacto conmigo para decirme que un huésped llamado Kepler se había alojado en uno de los moteles de una cadena junto al Maine Mall, pero se había marchado el día anterior. Le pedí que siguiera buscando, pero no tenía muchas esperanzas. Me daba la impresión de que cuando Kepler volviera a salir a la superficie, sería su última vez.

Observé cómo el sol indicaba el ocaso del día. Dentro de unas horas tendría que compartir con la policía lo poco que había averiguado. Sería como reconocer mi fracaso: fracaso a la hora de ayudar a Will Quinn, fracaso al proteger a las hermanas Strange, fracaso en salvar a Raum Buker de sí mismo y fracaso respecto a localizar a un hombre que no habría llamado más la atención si hubiese llegado a la ciudad acompañado por una banda de música. Algunos casos se resuelven gracias a la experiencia, pero pasan factura.

Después me dio por especular sobre el tiempo que debía de llevar Kepler siguiéndome. Llegué a la conclusión de que podría haber empezado la noche anterior. Había tenido cerca a Kepler mientras estaba sentado en la puerta del Braycott Arms, con mi coche a la vista y la silueta de mi figura visible tras el parabrisas. A esas alturas, sus dolores debían de ser tan intensos que no podría dormir, así que se había distraído de sus pensamientos sobre su propia mortalidad observando a un hombre que se creía un cazador.

Cuando por fin se dio a conocer, supuso casi un alivio.

69

Aparqué frente a mi casa y me detuve en la entrada mientras el sol de invierno se ponía sobre la marisma. Había hablado con Will Quinn para decirle que, al haber conseguido tan poco, no pensaba cobrarle y que cualquier otra cosa que hiciese por él tendría que ser en mi tiempo libre y correría a mi costa. También le dije que hablaría con la policía antes de que terminase la noche y que les aconsejaría a las hermanas Strange que, para entonces, tuviesen claras sus versiones de la historia, aunque sería mejor que lo hicieran por propia voluntad. Eleanor Towle tendría que jugársela.

Will no hizo un último esfuerzo por disuadirme. Pensaba, tal vez erróneamente, que Dolors y Ambar estarían bien, porque quería creer que no habían hecho nada malo. Opté por no llevarle la contraria.

—Les pediré a ambas que se reúnan conmigo en casa de Ambar —dijo Will—. Tengo que hacer una entrega de última hora en Westbrook, así que estaré cerca. Si no consigo convencerlas, iré a la policía contigo. Iría solo, pero me pongo nervioso delante de los miembros de la ley.

—Eso es porque eres honrado —repuse—. Seguro que también te preocupa que te condenen por un delito que no has cometido.

—Ni bromees con esas cosas —dijo Will—. La verdad es que me gustaría que Raum Buker nunca hubiera nacido.

—No eres el primero en desear algo así —le dije—, pero tal y como van las cosas, es posible que seas el último.

Colgué el teléfono y comprobé la hora. Angel y Louis probablemente ya estarían de vuelta en Portland. Sentí la necesidad de estar en compañía de ellos. Tal vez la policía podría esperar hasta mañana, lo que les daría a Raum Buker y a las hermanas Strange una última oportunidad de entrar en razón. Incluso podría hacer la primera aproximación a la policía de Portland a través de Sharon Macy. Habíamos empezado a vernos de nuevo, aunque tímidamente; hasta tal punto que ambos éramos reacios incluso a reconocer que podríamos estar sentando las bases de algo a largo plazo. Ella había estado en Quantico, Virginia, durante diez semanas, participando en un curso de perfeccionamiento para enlaces con las fuerzas del orden dirigido por la Academia Nacional del FBI, y después había pasado un tiempo en Florida, pero ahora estaba de vuelta en la ciudad. Me cuidaba mucho de mantener cierta distancia profesional entre nosotros para evitarle complicaciones, pero en el asunto de las hermanas Strange no había hecho nada malo. Simplemente, disponía de información que podría resultar útil en el curso de una investigación, en la que estaría implicada la policía de otra jurisdicción, y Macy era el principal punto de contacto entre la policía de Portland y las agencias externas.

Mi teléfono emitió un pitido debido a un mensaje de texto entrante. Procedía de un número que no reconocí y solo contenía una palabra: Kepler. Llamé al número. Segundos después, sonó un teléfono a mi espalda.

Me di la vuelta y allí estaba él.

70

Kepler iba vestido como en el vídeo del Great Lost Bear, estaba bronceado, cubierto de cremas de tono marrón, pero su ropa le colgaba del cuerpo más holgada que antes, como si hubiese sido confeccionada para un hombre con más carne en los huesos. Sus mejillas estaban manchadas de pústulas que no sangraban y la piel alrededor de sus ojos se hundía como si la piel de la cara se le estuviera despegando del cráneo. Tenía los ojos tan blancos que el mundo debía de ser poco más que niebla y sombras para él. Pero la pistola en su mano derecha no daba la impresión de vacilar. Cuando habló, su voz sonó firme.

Cortó la llamada y dejó caer el teléfono al suelo. Yo sostenía el mío en la mano y mantenía los brazos alejados del cuerpo.

—¿Lleva un arma? —preguntó.

—En el lado izquierdo.

—Utilice solo el pulgar y el índice izquierdos.

Saqué con torpeza la pistola de su funda.

—Arrójela a los arbustos y haga lo mismo con el teléfono móvil.

Hice lo que me ordenó.

—Ahora siéntese, con las piernas dobladas debajo del cuerpo.

Me acomodé bajo la atenta mirada de su pistola. Era un revólver Colt Single Action Army, el arma que ayudó a domar el salvaje Oeste. La marca Colt todavía fabricaba una versión moderna. La que tenía delante parecía vieja y desgastada, pero bien cuidada.

—He estado leyendo sobre usted —dijo Kepler—. Es un hombre maldito.

—Si los rumores son ciertos, usted también lo es.

—Ha estado muy ocupado. ¿Quién le ha estado contando historias?

Parecía sentir una curiosidad genuina, razón de más para no contestar.

—Nadie que conozca —respondí—. ¿Qué quiere de mí?

—Quiero lo que es mío. Quiero lo que me quitaron.

—Yo no lo tengo.

—Pero sabe quién lo tiene.

—¿Raum Buker? Le ha hecho huir y no creo que pueda encontrarlo. Debería haber acudido a la policía y contarles lo que le hicieron, en lugar de ir dejando su marca en puertas y espejos.

—No me gusta tratar con las fuerzas de la ley.

—¿Tiene esqueletos en el armario o esconde los huesos en otra parte?

—A veces —dijo Kepler— ni siquiera me molesto en esconder los huesos. Los dejo para que ardan, como ya sabrá. ¿Pretende provocarme, señor Parker? Porque yo en su lugar no lo haría. No soy un hombre paciente.

—No, usted es un moribundo.

—Pero todavía no estoy muerto, todavía no. Tengo preguntas que hacerle. ¿Dónde está Buker?

—No lo sé.

En la carretera, a nuestra espalda, rugió un camión. Kepler utilizó el ruido para amortiguar el sonido del disparo, pero igualmente sonó con una fuerza feroz. El impacto de la bala, a medio metro de distancia, hizo saltar arenilla en mis ojos. Apenas había desplazado el arma un centímetro y ahora su ojo oscuro volvía a centrarse en mí.

—No sé dónde está —repetí—. Pero tengo tantas ganas de echarle el guante como usted.

—Lo dudo. ¿Para quién trabaja? ¿Para las Strange?

—Me preocupa su bienestar.

No le vi sentido a meter a Will Quinn en todo eso.

—No debería haberse involucrado con ellas. Sospecho de la capacidad para la falsedad de esas mujeres. Está en la naturaleza de su sexo.

—Creo que está cegado por la misoginia.

—Y usted por el sentimentalismo. El gran error del hombre ha sido siempre subestimar la inteligencia y la astucia de las mujeres. En esto, todos somos hijos de Adán.

—Le aseguro que las Strange no tienen lo que anda buscando —dije.

—¿Y qué es lo que ando buscando?

—Una moneda, antigua y valiosa.

Inclinó la cabeza hacia la derecha, como un pájaro que no tuviese claro si alimentarse o no de una carroña extraña.

—¿Compartió Buker la naturaleza de la moneda con usted?

—Como usted ha dicho, he estado ocupado.

Mantuvo la cabeza inclinada.

—No, Buker no y Egon Towle tampoco —dijo—. ¿Habló con su hermana? Sí, seguro que sí. Sería lo lógico. Pero ella tampoco tiene la moneda.

—Porque Egon se lo habría dicho a usted si se la hubiese confiado a ella —dije—. Usted se aseguró de ello.

—Bien hecho.

—¿Está muerto?

—Muy muerto.

—Entonces déjelo aquí —dije—. Puedo encontrar a Raum. Solo necesito tiempo para convencerle de que devuelva lo que se llevó. Pero para hacerlo tengo que estar seguro de que Dolors y Ambar Strange van a estar sanas y salvas.

—Es posible que necesite tiempo, señor Parker, pero no solo para eso. ¿Está diciéndome sinceramente que no acudirá a la policía con todo lo que sabe de mí?

—No —dije—, pienso contárselo todo, pero también soy realista. Sabe cómo esconderse y, si la policía no le atrapa, no quiero que mis clientes estén pendientes de usted el resto de sus días. Las monedas no son importantes para mí, pero son muy importantes para usted. Una de esas monedas en particular. Si encuentro la forma de recuperarla para usted, sabré que la seguridad de mis clientes está asegurada. Después de eso, la ley podrá intentar darle caza hasta hartarse y yo me aseguraré de reservar un buen asiento cuando se celebre el juicio.

—¿Realmente sabría cómo localizar a Raum Buker, señor Parker?

—Se ha ido al norte, al condado de Aroostook, y eso significa que usted no tiene esperanza alguna de poder seguirle la pista. Pero yo sí.

—Miente. Buker está aquí, en Portland, cerca de las dos mujeres.

Amartilló la pistola y, de manera instintiva, alcé las manos, como si mis dedos pudieran de algún modo protegerme de una bala.

—Le estoy diciendo la verdad —declaré—. ¿Por qué iba a mentir? No tengo ningún motivo para protegerle.

No era la primera vez que mi vida dependía de la presión de un dedo. Muy despacio, Kepler aflojó el dedo del gatillo.

—Sí, ¿qué motivo tendría para mentir? —reconoció, más para sí mismo que para mí—. Muy bien, señor Parker, ya hemos hablado bastante.

Kepler metió la mano izquierda en un bolsillo y sacó una brida de plástico ya preparada. Se colocó a mi espalda, manteniendo la distancia, sin apartar la boca del cañón de mi cuerpo.

—Las manos extendidas a la espalda —me dijo.

Extendí las manos, pero me preparé para moverme con la esperanza de que la acción de tensar la brida lo dejase vulnerable o desequilibrado durante unos segundos. La brida tocó mis muñecas. Me tensé.

Un revólver Colt Single Action Army pesa un kilo y medio. Empuñado con suficiente fuerza, puede fracturar un cráneo de un golpe. Kepler no me golpeó tan fuerte, solo lo suficiente para hacerme ver explosiones en el cielo. La brida de plástico se tensó al caer. Me tumbé en el suelo y oí el sonido de sus pasos cada vez más lejanos, seguidos del ruido del motor de un coche que se dirigía hacia el oeste. No perdí el conocimiento, pero el dolor me hizo desear haberlo perdido. Al cabo de un rato me puse de rodillas y vomité, antes de utilizar el filo de la llave del coche para cortar el plástico. Cuando me liberé, saqué un par de vendas del botiquín del maletero, las utilicé para detener la hemorragia del corte de la coronilla y me tragué dos Tylenol sin agua.

Recuperé mi teléfono móvil de entre los arbustos e intenté llamar primero a Will Quinn y después a Dolors Strange. Ninguno de los dos contestó.

Ahora podía elegir entre dos números, uno de ellos era el 911. Opté por el otro, tal vez porque no pensaba con claridad, o tal vez sí.

—¿Dónde estás? —pregunté cuando respondió a la llamada.

—Tomándome un cóctel en Terlingua.

Terlingua era un establecimiento caro que servía barbacoas en Washington Avenue, a escasa distancia a pie del apartamento de Angel y Louis en Portland.

—¿Cuántos cócteles te has tomado? —pregunté.

—Acabo de pedir el segundo para mí y el tercero para Angel.

—Cancélalos y paga la cuenta, por favor. Puede que necesite ayuda.

—¿Armada?

—¿Te habría llamado —dije— si no fuese así?

Detuve el coche delante de la casita de Ambar Strange. Vi luz en el interior, pero las cortinas estaban echadas. El jeep de Will Quinn estaba aparcado en la entrada, así como el Toyota rojo de Ambar y el viejo Buick de Dolors. Llamé al timbre, pero no abrió nadie. Detrás de mí, un Audi negro paró ante la acera. De él salieron Louis y Angel.

Y dentro de la casa de Ambar Strange comenzó el tiroteo.

71

Tirar una puerta abajo cuesta lo suyo, incluso sin una conmoción cerebral leve, así que dejé que Louis se encargase de ello. Angel, pistola en mano, ya corría hacia la parte de atrás de la casa. La puerta cedió por fin, pero no me precipité al interior de la casa, porque ese era un modo estupendo de convertirme en hombre muerto y los disparos habían sonado como si procedieran de dos armas de fuego distintas. En vez de eso, me asomé con cuidado por el quicio de la puerta para ver la amplia zona de estar de Ambar Strange. Will Quinn yacía junto a la chimenea iluminado por las llamas. No vi que estuviera herido por ningún lado, pero tenía los ojos abiertos y se movía. Dolors Strange se encontraba arrodillada a su lado, mientras Ambar estaba de pie en el centro de la habitación con una pistola en las manos, con el cañón apuntando hacia la cocina y la puerta trasera abierta. La pistola temblaba porque Ambar temblaba.

—Ambar —dije—, no dispares. Soy Parker. Tengo dos colegas conmigo, uno está en la parte trasera de la casa. Tampoco les dispares.

Se volvió hacia mí y la pistola giró con ella. Volví a protegerme tras el marco de la puerta.

—Baja la pistola, Ambar —pedí—, por favor.

—Ambar, haz lo que dice el señor Parker —le indicó Dolors—. Ya se ha ido.

Me arriesgué a echar otra ojeada. Ambar, aturdida, empezaba a bajar la pistola lentamente. Caminé hacia ella y le quité con cuidado el arma de las manos. Era una 9 mm Springfield modelo XD, un arma cómoda para una mujer, con poco retroceso y una amplia distancia entre las miras. Con solo que hubiera practicado un poco, era probable que le hubiera acertado a quienquiera que hubiera apuntado dentro de su propia casa.

—¿Kepler? —pregunté.

Ambar no respondió, pero su hermana sí lo hizo.

—Ambar le disparó —dijo Dolors—. Todo el suelo de la cocina está cubierto de sangre.

—¿Está armado?

—Tiene un revólver. Lo ha disparado, pero para entonces ya le habíamos herido. No sé adónde han ido a parar sus balas, pero no nos han alcanzado a ninguno de nosotros.

—¿Qué le pasa a Will?

—Creo que ha sufrido un ataque al corazón.

En la sala flotaba un olor acre que no supe identificar. Me pareció que venía de la chimenea, pero en ese momento no podía pararme a pensar en ello.

—Llamad a una ambulancia —les dije, y me dirigí hacia la puerta de la cocina sin despegarme de la pared; no quería ser una diana fácil para Kepler. Dolors tenía razón: Ambar le había herido. La sangre era de color rojo vivo, así que la herida era grave. Me detuve al lado del fregadero y apagué la luz de la cocina.

—¿Angel?

—A la derecha —respondió—. Se ha ido hacia los árboles.

Detrás de la casa de Ambar había un terreno sin urbanizar bajo cuyos pinos la gente solía ir a pasear a sus perros.

—Voy a ir tras él —avisé.

Los contenedores de basura y reciclaje estaban detrás de un muro bajo de hormigón a la izquierda. No parecían un buen refugio, pero era lo único que tenía a mano. No perdí el tiempo pensando, porque si pensaba en lo que estaba haciendo probablemente sentiría el apremiante impulso de quedarme quieto. Nada desalienta tanto el movimiento como la perspectiva de quedar enmarcado en una puerta mientras un hombre armado contempla la posibilidad de dispararte. Salí por la puerta y me oculté en la oscuridad antes de que pudiera volver a respirar, con Louis pisándome los talones.

—Está herido —le dije a Angel cuando llegué a su altura—. Pero también va armado.

—Podríamos esperar a que se desangre —sugirió Angel.

—O a que escape —respondí.

—Eres un pesimista. ¿Vamos?

—Vamos —respondí.

Nos movimos a la vez, corriendo a toda velocidad hacia los árboles y manteniendo la distancia entre nosotros. El rastro de sangre era fácil de seguir a la luz de la luna y algo más difícil una vez que nos adentramos en la espesura, pero al menos los pinos nos ofrecían cierta protección. Estaba empezando a acostumbrarme a la oscuridad cuando creí vislumbrar una forma pálida desplomada entre las sombras hacia las que me dirigía.

—Lo veo —confirmó Louis.

—Yo también —dije.

Llamé a Kepler, pero no respondió.

—No se mueve —dijo Angel en algún punto a mi izquierda, ligeramente por detrás.

—¿Algún rastro de una pistola?

—En el suelo, al lado de la mano derecha.

Avanzamos y nos acercamos al hombre herido, hasta que al fin lo rodeamos. Kepler yacía con la espalda apoyada en uno de los pinos. La parte delantera del cuerpo estaba manchada de sangre, y le costaba mantener los ojos abiertos. No reaccionó cuando Louis alejó el revólver de su alcance. En el silencio de la noche oí cómo se esforzaba por respirar. Intentó hablar y me arrodillé para escucharlo.

—Pérfidas —dijo—. Ya se lo advertí.

Quizás fue el paso de las nubes, o el movimiento de las ramas con la brisa nocturna, pero por un instante me pareció que algo se movía en la piel de Kepler. No, no exactamente en la piel, sino *bajo* ella, y se le alteró la forma del rostro. Vislumbré los rasgos de otro, trazos duros y salvajes, afilados dientes en sierra. Detecté, bajo el aroma floral del hombre, un ligerísimo olor a quemado.

Y luego se desvaneció, se fue, y Kepler con él.

72

Regresamos a la casa de Ambar Strange. Ya se oían las sirenas a lo lejos, así que Louis y Angel hicieron desaparecer sus armas en el compartimento oculto bajo la rueda de repuesto de su vehículo mientras esperábamos a que llegaran la ambulancia y la policía. Me acerqué a la chimenea y contemplé las llamas. Cerca del borde vi una pequeña mancha y un residuo fundido. Al moverlo con un atizador, me pareció que podía tratarse de metal derretido. Junto a la puerta se encontraban las Timberland de color tostado de Ambar tumbadas, con las suelas cubiertas de barro y el cuero manchado.

Llegó la policía y les conté todo lo que sabía, excepto que Eleanor Towle podía estar al tanto del robo que había provocado que Kepler se interesara por las hermanas Strange. Escuché, a mi vez, cómo Dolors describía la súbita irrupción de Kepler en la casa, cómo había atacado a Will Quinn y cómo había reaccionado Ambar: dos disparos, uno de los cuales había dado en el blanco. Las hermanas Strange continuaron negando saber nada de lo que podía haber robado Raum Buker y solo admitieron que le habían ayudado a refugiarse en el Condado. Al hacerlo no habían cometido ningún crimen, y el disparo de Ambar a Kepler decididamente quedaba tipificado dentro de lo que el Código Penal de Maine definía como fuerza legítima y derecho a la defensa propia. Kepler estaba muerto y ahí terminaba la historia.

Pero esa noche, cuando me disponía a irme a dormir, volví a pensar en el residuo en la chimenea. Era precisamente lo que hubiera quedado si se hubiera fundido una moneda pequeña.

73

Se habló de la muerte de Kepler en todos los periódicos y en las noticias de la televisión, junto con diversas versiones de la historia del robo, pero Raum Buker no salió de su escondite. Algunos dijeron que al final había seguido hacia el oeste y que había comenzado una nueva vida con los recursos que le proporcionaba la venta de la colección de Kepler. Pero si Raum estaba vendiendo objetos valiosos, estaba haciéndolo con discreción, y la discreción no era una de sus cualidades. Lo que yo creo es lo siguiente: Raum Buker nunca dejó el Condado y no debería haberse interpuesto nunca entre las hermanas Strange.

Creo que sigue allí, enterrado a tanta profundidad como lo permita la suciedad invernal.

74

El hombre que se hacía llamar Kepler siguió siendo un misterio incluso tras su muerte. Encontraron su vehículo, un Cadillac Coupé DeVille de la línea Elegance de 1977, aparcado cerca de la casa de Ambar Strange. Estaba vacío, a excepción de un pequeño maletín médico antiguo que contenía ropa, artículos de higiene y un abigarrado y pequeño reloj con varias caras y esferas, cada una de las cuales ahora se había detenido a una hora distinta. Más adelante, los números se identificaron como pertenecientes a la escritura Ogham, un sistema alfanumérico celta prerrománico. El reloj parecía ser obra del propio Kepler, porque no hay registros conocidos de ningún mecanismo semejante. El Cadillac estaba registrado a nombre de una sociedad de responsabilidad limitada de Nuevo México con un número de identificación fiscal anónimo y una dirección fantasma que resultó ser otro apartado de correos, esta vez en Mississippi. Su carné de conducir, de Dakota del Sur, indicaba que su nombre era Johannes Kepler, igual que el astrónomo y matemático alemán. La dirección que constaba en el carné resultó ser la de una cabaña abandonada en Wall, y pertenecía a la misma sociedad de responsabilidad limitada. En el bolsillo de su abrigo encontraron un par de dados trucados, hechos de hueso, que más tarde se determinó que procedía de una joven. Los dados tenían cuatrocientos años.

Finalmente, semanas después de que se publicara en los periódicos la fotografía del carné de conducir de Kepler, una mujer de Perth, en Ontario, se puso en contacto con el Departamento de Policía de Portland para decirles que creía saber quién era el hombre de la foto. Lo conocía como Christopher Cattan, otro préstamo de la historia: Cattan había sido un afamado geomántico del siglo XVI, un especialista en descifrar, a partir de patrones en el terreno, las piedras y la arena, conocimientos divinos ocultos. Cattan, contó la mujer, visitaba Perth con poca frecuencia y no se relacionaba con nadie, pero tenía una casita cerca de la Autopista 7 en dirección a Peterborough. Enviaron a Canadá a Sharon Macy, la detective de Portland responsable de las relaciones con agencias exteriores, para que consultara con la policía de la provincia de Ontario, y se obtuvo del tribunal de justicia de Ontario en Perth una orden judicial para registrar la propiedad indicada.

La casa, vista desde fuera, me contó Macy más tarde en el Corner Room, era muy discreta: una sencilla vivienda de dos plantas hecha de madera y ladrillo. El paso del tiempo se había ensañado con la madera, y la hiedra trepaba por las paredes exteriores; sin embargo, las ventanas y las puertas parecían muy robustas, y había un sistema de alarma, aunque no se activó cuando entraron. Dos oficiales armados de las fuerzas especiales la acompañaron, pero pronto vieron con claridad que la casa estaba vacía. Dentro, descubrieron una caja fuerte forzada, un montón de cristales rotos en un rincón, una biblioteca de libros sobre numismática y artefactos de civilizaciones antiguas, y estanterías a rebosar de periódicos que se remontaban al menos cincuenta años, muchos de ellos aparentemente sin leer y envueltos herméticamente en plástico en grupos de diez. La decoración de las habitaciones parecía no haberse renovado desde los años cincuenta y las paredes estaban desnudas: ni un solo cuadro, ninguna fotografía, nada. Tampoco había televisión, radio, conexión a internet ni teléfono; solo libros y periódicos viejos.

En la planta superior solo había un dormitorio, con una cama doble de pequeño tamaño. En el vestidor del dormitorio había otra caja fuerte, aunque, a diferencia de la que se encontraba en la planta baja, no la habían forzado. Cuando la abrió un cerrajero, hallaron en su interior veinte mil dólares en divisas diversas, junto con varios documentos de identificación, incluyendo pasaportes y carnés de conducir expedidos a distintos nombres, entre ellos Faber, Galeotti, Bacon y Dee, que luego se descubrió que eran astrólogos o alquimistas de tiempos pretéritos. Los documentos más antiguos databan de 1924 —como un carné de conducir del estado de Nueva York a nombre de William Backhouse—, pero las fotos de esos documentos mostraban siempre diversas versiones de Kepler. La explicación oficial fue que Kepler había pertenecido a una larga estirpe de hombres deshonestos, y ¿quién puede decir que eso no se acercaba a la verdad?

75

Las hermanas Strange reanudaron sus antiguas vidas una vez que se calmó todo el revuelo. Ambar continúa trabajando en la consulta del dentista y ha hecho algunos arreglos en su casa, pero, aparte de algunas vacaciones ocasionales, lleva una existencia apacible. El Strange Brews sigue abierto, e incluso se ha expandido a nuevos establecimientos en Saco y en Old Orchard Beach, aunque Dolors suele estar en el café original en South Portland, rodeada de cuadros malísimos y, quizás a veces, de malos recuerdos. Ella y Will Quinn ya no salen juntos. Will y yo hablamos largo y tendido sobre las hermanas Strange y le comenté lo que yo sospechaba, ideas que Will quizás solo había contemplado en sus noches de insomnio, cuando el silencio de Raum Buker se prolongaba más y más. Will ahora sale con Kestrel Carroll, la única detective del Departamento de Policía de Cape Elizabeth, y se rumorea que están a punto de prometerse. Parece que a Will se le ha pasado el miedo a la ley.

Eleanor Towle, por su parte, ya no vive en Ossipee. Lo último que supe de ella es que se había mudado a Florida, pero no creo que la visite nunca porque no me gusta Florida. Hablé brevemente con ella los días posteriores a la muerte de su hermano para expresarle mis condolencias. Me dio las gracias y colgó.

A veces me llama Angel para contarme que ha aparecido en el mercado una moneda poco corriente, bien en una subasta o en una operación ilegal. Cuando se trata de las monedas más excepcionales, el vendedor suele ser una mujer, aunque no siempre es la misma. Según un consignador, la descripción de esa mujer coincide con la de Eleanor Towle, pero, según otro, se parece mucho a Dolors Strange.

Las furias

Primera parte

1

El Braycott Arms era una mancha en el carácter de la ciudad de Portland, una desgracia sobre sus habitantes y un depósito de criminalidad, tanto la agresivamente activa como la relativamente pasiva, dependiendo esta última con frecuencia de los requisitos temporales de la comisión que concede la libertad condicional. Siempre había sido así, incluso antes de que hubiera recuerdos del establecimiento. El Braycott era uno de los varios hoteles para los viajeros del tren que habían surgido en las cercanías de la Union Station, que habían desaparecido a lo largo de los últimos sesenta años, y de los que solo sobrevivían el Inn en St. John Street y el Braycott. Pero mientras que el primero era cómodo, acogedor y estaba bien cuidado, el Braycott daba servicio a aquellos a los que no les importaban nada sus alrededores y apreciaban mucho más la compañía de hombres duros y de mujeres más duras si cabe por encima de unas sábanas limpias y un sueño nocturno tranquilo.

Había algo casi admirable en el compromiso del Braycott con la anarquía y la mala fama, un compromiso que parecía haber pasado de propietario en propietario junto con las escrituras y las llaves. El hotel abrió sus puertas el 25 de julio de 1888, justo un mes después de que se inaugurara la Union Station. Por entonces, la aceptación de la Prohibición en Maine, que había empezado casi setenta años antes de la aprobación de la Ley Volstead, era más firme que nunca. La venta de alcohol era ilegal en el estado, lo que hizo que el negocio pasara a la clandestinidad y se volviera subterráneo, literalmente en el caso del Braycott Arms, cuyo principal constructor tuvo la previsión de concebir un bar en el sótano, aunque lo omitiera en los planos oficiales. Los sobornos lo hicieron inmune en gran medida a las redadas, salvo las motivadas por propósitos cosméticos, aunque un túnel de casi sesenta metros que se extendía por detrás del almacén de barriles de cerveza se mantenía despejado por si había emergencias de verdad, con una salida a otra finca propiedad del Braycott al otro lado de Park Avenue. Décadas más tarde, cuando el resto de los Estados Unidos siguió los pasos de Maine en su intento de «secar» a su población por la fuerza, el túnel y el bar del Braycott se convirtieron en un punto de paso para los contrabandistas de licor que introducían el alcohol en el puerto de Portland, donde las botellas permanecerían escondidas en cajas de soda Moxie, que más adelante se convertiría en el refresco oficial del estado, posiblemente por los servicios prestados a su población durante la Prohibición.

La decadencia del Braycott empezó después de la derogación de la Ley Volstead. Como en tantos casos de decadencia, al principio fue gradual, pero se aceleró rápidamente. De manera que se hicieron tan frecuentes las peleas, las palizas y los apuñalamientos en el bar del hotel que se propuso, y no del todo en broma, que la policía debía plantearse abrir una pequeña comisaría allí mismo para ahorrar en gasolina. Finalmente, después de que destriparan a un viajante de comercio en 1972 durante una discusión por un sombrero, y más tarde una mujer muriera a tiros durante una riña a causa del mismo viajante —y, por extensión, el mismo sombrero—, el Braycott perdió su licencia como bar, y el antro del sótano cerró sus puertas y no reabrió nunca más.

Por entonces, Bobby Wadlin tenía un año, y era el menor de tres hermanos cuyo padre, Eldon, era el propietario más reciente del Braycott. Bobby, como sus hermanos, nació en el hotel y conocía cada uno de los rincones polvorientos de este, cada grieta en sus paredes, cada agujero en el suelo, cada tablón reseco y crujiente, y cada bisagra traicionera y chirriante. Cuando sus hermanos se marcharon del hotel, Bobby se quedó para ayudar a sus padres a llevar el establecimiento. Se convirtió en la imagen oficial del Braycott, una presencia permanente detrás del mostrador de recepción, y en consecuencia estuvo con sus dos progenitores cuando ambos fallecieron allí mismo: su padre primero, seguido de la madre seis meses después, cada uno de ellos murió en el dormitorio de su apartamento privado en la planta más alta del hotel. El Braycott no cerró sus puertas tras la defunción de ninguno de ellos y Bobby Wadlin solo se ausentó de la recepción durante el tiempo que duraron los funerales y entierros.

Pero tras la muerte de la *mère* Wadlin corrieron rumores de que el hotel, para gran alivio de los prohombres de la ciudad, iba a ser vendido y demolido. Lo primero era verdad; lo segundo, no. El Braycott se vendió, pero eso no fue, de hecho, más que una artimaña legal que transfirió sus valores a una empresa privada controlada, en todo menos el nombre, por los hermanos Wadlin y una única cuñada. Bobby se convirtió en un empleado de esa empresa y los beneficios se repartieron equitativamente en cuatro partes, aunque gracias a un buen contable y a una sucesión de contratistas corruptos, el Braycott apenas parecía tener beneficios.

Pero a Bobby no le interesaban mucho las finanzas del Braycott, aparte de las de su funcionamiento diario. Oh, no era ningún idiota en cuanto al dinero, y podría haber citado ingresos y gastos si se lo pedían, hasta casi el último dólar, pero la liquidez solo tenía valor para él en cuanto medio para conservar la seguridad económica del Braycott. Habría trabajado por apenas nada mientras se le permitiera permanecer en su recinto y tuviera los fondos suficientes para alimentarse y pagar su adicción a las películas del Oeste antiguas en el medio de reproducción que fuera. Había transformado las habitaciones que había detrás de la recepción en su alojamiento privado, en cuyas paredes se alineaban estanterías con películas del Oeste en cintas de vídeo, DVD, Blu-ray e incluso Laserdisc, aunque ya no tenía un reproductor que funcionara. Poseía colecciones completas de Louis L'Amour, Luke Short, John H. Reese y Nelson Nye, así como series incompletas de casi un centenar de otros escritores, algunas de las cuales las guardaba en la habitación 13, que utilizaba como biblioteca e instalación de almacenamiento, dado que muchos huéspedes, sin importar lo curtidos que estuvieran por la vida, eran reacios a alojarse en una habitación con un 13 en la puerta.

Sin embargo, Bobby no tenía nada que ver con supersticiones de esa índole, ni de ninguna otra. Había perdido la cuenta de la cantidad de gente que le había preguntado si el Braycott Arms estaba hechizado, dada su larga e ignominiosa historia. Ciertamente, no eran pocos los huéspedes que habían muerto en el hotel, incluidos sus padres, las víctimas de la pelea por el sombrero, y un buen número de borrachos que se habían partido el cuello de maneras variopintas bajando las escaleras, o ahogados en sus propios vómitos, o, en un caso, al confundir una ventana con una puerta y caer desde un cuarto piso al suelo. (Bobby había oído cuentos de borrachos que habían caído desde grandes alturas y sobrevivido gracias a la relajación de los miembros provocada por el alcohol, aunque esa relajación no servía de gran cosa si uno aterrizaba con la cabeza.) Ninguno de ellos, hasta donde Bobby sabía, había elegido pasar su otra vida en las inmediaciones del Braycott. Que era, en su opinión, algo que se perdían. Cuando muriera, Bobby esperaba que se le permitiera pasar la eternidad en su amado hotel o en alguna versión celestial de este, donde mataría el tiempo viendo *El virginiano* o *El hombre del rifle* en bucles interminables.

Después de todo, eran los pequeños detalles los que mantenían cuerdo a un hombre.

2

En los pasillos del Braycott no se oía ningún reloj. La orientación del edificio, junto con la mugre de las ventanas de la recepción, implicaban que la luz del sol tenía un efecto limitado sobre la iluminación, y por las noches las débiles bombillas apenas cambiaban las cosas. El hotel, por tanto, existía en un permanente estado crepuscular, como muchos de sus moradores. Bobby raramente pisaba los pasillos después de que oscureciera —para ser sinceros, tampoco los pisaba durante el día—, salvo cuando alguien excedía los niveles de ruido permisibles, se negaba a irse en la fecha acordada, enfermaba o fallecía. El lugar habitual de Bobby estaba junto a la puerta, cerca de su televisor, donde a veces se pasaba la noche entera. Cuando dormía, lo hacía solo durante unas horas. Nunca había dormido mucho y la falta de un descanso apropiado no parecía afectar ni a su estado anímico ni a su personalidad, que dejaban mucho que desear.

Las limpiadoras controlaban el estado de las habitaciones e informaban a Bobby de los daños y las manchas que debían considerarse inaceptables incluso para los laxos estándares del Braycott, así como de los muebles y aparatos domésticos que habían alcanzado el final de su prolongado periodo útil. Tales artículos eran entonces sustituidos por otros de los que Bobby guardaba en el sótano, cuyo inventario procedía de tiendas de caridad, mercadillos, rastrillos particulares de segunda mano y hogares de recientes difuntos, durante las esporádicas incursiones de Bobby por el mundo exterior. Durante estos peculiares periodos de ausencia, las funciones de la recepción las asumía una mujer llamada Abigail Stackpole, de la que lo más amable que podía decirse es que podría haber sido una mujer guapa cuando estaba viva. Ahora Abigail parecía un cuerpo disecado de edad incierta, y se rumoreaba que ella y Bobby Wadlin eran, o habían sido, pareja, pese a la diferencia de edad, cifrada en décadas. Abigail era la única persona a la que Bobby Wadlin estaba dispuesto a confiar el Braycott en su ausencia, y también era una del puñado de personas que tenían un juego de llaves completo del hotel.

Si Bobby Wadlin no era un ser humano especialmente cálido, tampoco era demasiado cruel. No toleraba a los vagabundos en su establecimiento porque pertenecían al tipo de hombre que había convertido en costumbre el no pagar sus facturas —algo que Bobby consideraba tanto deshonesto como perjudicial para la gestión eficiente de un negocio—, pero estaba dispuesto a hacer concesiones a aquellos que estaban pasando una mala racha, aunque esas concesiones pocas veces se prolongaran más allá de las cuarenta y ocho horas. El Braycott contaba con un puñado de huéspedes de larga estancia, y hacia un par de ellos Bobby exhibía cierto grado de paciencia y proteccionismo que podría haberse confundido, bajo la tenue luz del hotel, con algo que se acercaba al afecto. Pero, aunque amaba su hotel, no se hacía ilusiones sobre la calidad del establecimiento ni la de sus huéspedes. Asumir una larga estancia en el Braycott era similar a un alquiler permanente en el cementerio: un signo de que tu vida había llegado a su final. El Braycott estaba un peldaño por encima de la calle y solo dos por encima de la tumba.

Bobby tenía también su propio código de caballería, derivado, quizás, de su íntimo estudio de las películas del Oeste. No creía que el Braycott fuera un lugar digno de damas sin compañía, y hacía cuanto podía por mandar a cualquiera de ellas que se presentara ante su puerta a alojamientos más apropiados. Sí que daba la bienvenida a huéspedes femeninas, porque no hacerlo habría ido contra la ley, pero prefería a aquellas que parecían saber valerse por sí solas, sobre todo aquellas que alardeaban de más tatuajes que la Sexta Flota, al menos una vez que hubiera confirmado que no eran prostitutas. Esto lo hacía Bobby informando sin rodeos a las mujeres sospechosas de prácticas sexuales comerciales que no permitía putas en su hotel. Si eso las ofendía, para empezar no deberían haber intentado registrarse en el Braycott. De lo contrario, podían aceptar si quejarse o, si de verdad eran furcias, buscarse otro sitio para sus necesidades de cama compartida. Por otro lado, no se permitían niños en ningún caso. El Braycott no era un establecimiento para niños, y a Bobby tampoco es que le importaran en ningún caso, así que informaba alegremente a quien quisiera escucharle que, aunque él no detestaba a los pequeños, nunca había sido capaz de comerse uno entero.

Y esa era la razón por la que a Bobby le sorprendió e irritó que le despertaran de una cabezada poco después de las dos de la madrugada por el pitido del teléfono interno, seguido por la voz de Phil Hardiman, de la veintidós, quejándose de que había un niño corriendo arriba y abajo por el pasillo delante de su puerta. A Hardiman lo habían soltado hacía poco de la Prisión Estatal de Maine después de cumplir cuatro años por un delito de posesión de drogas duras, y Bobby estaba bastante seguro de que no tardaría en volver a pasarse otros cuatro años, como mínimo, en prisión, porque Bobby reconocía a un perdedor de por vida en cuanto lo veía. Ahora parecía que Phil Hardiman se había colocado con su propio material, o incluso con el de otro; o eso o estaba soportando el tipo de sueños que requerían alguna forma legal y regulada de intervención farmacéutica para ponerles fin, en cuyo caso necesitaba aclarar las cosas con su agente de libertad condicional, y rápido.

—No tenemos ningún niño alojado en el hotel, señor Hardiman —declaró Bobby—. No lo permitimos.

—Pues yo le aseguro —dijo Hardiman— que alguien ha colado a una niña en este antro, tanto si lo permiten como si no. Si puedo escucharla perfectamente, ¡por el amor de Dios! Arriba y abajo, arriba y abajo, ¡y sin parar de reírse! ¡Me está volviendo loco!

—¿Y qué aspecto tiene? —preguntó Bobby—. Me refiero a que si es muy pequeña o...

Hardiman no respondió al instante.

—No sé qué pinta tiene —dijo por fin—. Cuando me asomo al pasillo, ella se esconde.

—¿Que se esconde?

—¿De qué coño va usted, de puto eco? Sí, se esconde.

—¿Y dónde se esconde?

En los pasillos del Braycott había diez habitaciones en cada piso por encima de la planta baja, además de un trastero; la llave de estos últimos solo la tenían las limpiadoras y se mantenían cerrados bajo pena de despido inmediato, porque Bobby no quería que ninguno de los huéspedes se pusiera a vender sus reservas de toallas, rollos de papel higiénico, lejía y jabón para gastarse el dinero en botellas de brandy de cerezas silvestres Mr. Boston. (Alguien había derramado en una ocasión una botella del licor en la habitación 24 y el olor la impregnó por todos lados.) En otras palabras, aparte de las escaleras o el hueco del ascensor, un niño no podía esconderse en ninguna parte.

—Si supiera dónde se esconde —dijo Hardiman—, no le habría llamado para que viniera a buscarla, ¿verdad que no?

—¿Ha mirado por las escaleras y el hueco del ascensor?

—Pues sí, he comprobado las escaleras y el hueco del ascensor, pero hace frío y solo llevo puestos los calzoncillos. ¿Y ahora qué? ¿Va a venir a solucionar lo de la chiquilla o no?

Bobby no creía que hubiera forma posible de meter a un niño a hurtadillas en el Braycott. Aunque el hotel disponía de una puerta trasera, esta se mantenía cerrada. Eso era obviamente una violación de la ley, pero Bobby no podía fiarse de que sus clientes no le metieran a colegas, mujeres, hombres o animales de granja en sus habitaciones. Además, si estallaba un incendio en la fachada del hotel, Bobby siempre podría abrir la puerta trasera, y si el incendio se producía en la parte de atrás, Bobby se ocuparía de que todos salieran por la fachada. Había accesos a las escaleras de incendios desde todas las ventanas de los pasillos, y la mayoría de ellas se abrían. No era necesario ningún título en ciencias.

—¿Me está escuchando, pedazo de idiota? ¡Eh!

La voz de Hardiman, que parecía haber subido una octava, devolvió a Bobby al problema en cuestión.

—Subiré a echar un vistazo —dijo—, pero nadie más se ha quejado.

En ese momento, solo había otra habitación ocupada en la planta de Hardiman. Los dos hombres alojados no eran de los que esconden a un niño en su habitación. Si lo hubieran hecho, incluso Bobby —que no era precisamente un admirador de la poli— habría llamado inmediatamente a la policía porque no habría augurado nada bueno para la criatura en cuestión.

—Si alguien ha metido a un niño a hurtadillas de algún modo, lo solucionaré —dijo—. Pero aun así creo que se equivoca.

—Hágalo de una vez —dijo Hardiman—. Necesito dormir. Por la mañana tengo unos asuntos pendientes.

«Ya, claro», pensó Bobby. «Tal vez yo tendría que llamar por adelantado a Warren y decirles que le preparen su celda habitual.»

Hardiman colgó. Bobby buscó una linterna, solo por si tenía que husmear en rincones sin iluminar, de los que tanto abundaban en el Braycott, y seguidamente salió de su santuario. Eso le obligó a abrir la puerta de seguridad y salir de detrás de su escudo protector de plexiglás. Como resultaba inevitable en un negocio como el suyo, a veces se daban diferencias de opinión con los clientes. Y dado que la naturaleza de bastantes de los huéspedes del Braycott tendía hacia lo desagradable, era conveniente mantener una separación con ellos.

Bobby miró dentro del ascensor, pero estaba vacío y no se había movido de la planta baja desde que había vuelto el último huésped poco antes de medianoche. Como precaución, Bobby lo desactivó con su llave y subió por las escaleras hasta la cuarta planta, echando un vistazo de camino a la segunda y la tercera plantas. Oyó los ronquidos de al menos una de las habitaciones, música que sonaba en otra, y a uno de los interlocutores de una discusión por teléfono desde una tercera habitación, pero todos los pasillos estaban vacíos. Incluso por la noche, cierto nivel de ruido formaba parte integral de la atmósfera del Braycott, pero pocos clientes se quejaban de ello. Bobby sabía que esto se debía a que cualquiera que hubiera pasado tiempo entre rejas estaba acostumbrado a dormir con el acompañamiento de un clamor, y con frecuencia tenía que esforzarse para conciliar un sueño profundo sin él. Si de verdad había un niño por el edificio, eso explicaría por qué se había despertado Hardiman: no se trataba tanto del alboroto como del hecho de que fuera tan incoherente, un sonido desconocido en la prisión.

Pero Bobby seguía convencido de que todo eran imaginaciones de Hardiman.

Llegó a la cuarta planta. La habitación de Hardiman estaba al final del pasillo, cerca de la ventana que daba al norte. Los otros clientes de esa planta ocupaban en ese momento la habitación 29, junto a la ventana que daba al sur. Se habían registrado como Lyle Pantuff y Gilman Veale y habían pagado tres noches en efectivo, de las que esa era la primera. Habían pedido una habitación con dos camas, lo que seguramente significaba que no eran maricas, aunque uno no pudiera estar seguro. Bobby Wadlin no tenía ningún problema con los gais en tanto no le pusieran las manazas encima. Puede que no fuera un hombre convencionalmente apuesto, pero tenía su gracia. De eso estaba bastante seguro.

Pantuff y Veale, por su parte, eran unas versiones adultas de los cabrones de mierda que habían convertido la época escolar de Bobby en un infierno. Pantuff, el mayor de los dos, lucía un corte de tazón rubio rojizo que le llegaba justo a las orejas, y el resto de la cabeza afeitada. Combinado con las oscuras cuencas de sus ojos y los gruesos labios rosas fijados en una sonrisa sin alegría, como si le hubieran dañado los nervios durante una operación quirúrgica chapucera, parecía un payaso, pero no uno de esos de los que hubiera tenido ganas de reírse una persona cuerda. Bobby Wadlin estaba acostumbrado a tratar con hombres que habían cumplido una condena, y Pantuff desprendía ese aire. Pero la experiencia también había enseñado a Bobby a clasificar a los expresos según sus probables delitos —los ladrones, los camellos, los estafadores, los asesinos— y los años no habían hecho más que agudizar su perspicacia. Quizás no tenía a Pantuff por un criminal sexual, pero sí por un delincuente al que le había gustado endulzar sus trabajos con sexo. Si te despertabas y descubrías a Lyle Pantuff robando en tu casa, era probable que alguien acabara violado.

Veale era más joven y más moreno, como si en las venas de sus antepasados hubiera corrido un poco de sangre de negro, supuso Bobby. Parecía más normal que su colega, aunque al lado de Pantuff un alienígena de visita en el planeta habría pasado desapercibido en el entorno, pero si examinabas el rostro de Veale más de cerca, veías que sus ojos eran grises y de loco. Pantuff rebosaba maldad, pero al menos destilaba energía, alma. Por el contrario, la mirada de Veale carecía por completo de brillo, como si Dios le hubiera extirpado el espíritu en el momento de nacer, junto con cualquier interés por la humanidad normal y corriente. Las personas como Veale, pensaba Bobby, probablemente se hubieran encargado de los hornos en Auschwitz. Sus vidas eran una exploración ininterrumpida de las profundidades de la crueldad para evocar una débil reacción emocional en su interior, como un científico incrementaría el voltaje aplicado a un animal muerto hasta que sus músculos sufrieran espasmos.

Bobby caminó sigilosamente hasta su habitación y escuchó junto a la puerta, pero no oyó ningún sonido procedente de su interior. Si estaban durmiendo, dormían silenciosamente, como los muertos. Si había un niño con ellos, el pequeño también guardaba silencio; pero, como Bobby ya había concluido, no eran hombres que acogieran a niños en su habitación, o no durante mucho tiempo. Dejó a Pantuff y Veale descansando y empezó a desplazarse de puerta en puerta, investigando cada habitación vacía en busca de signos de la presencia de un niño, sin encontrar, como había previsto, nada. Luego pasó a repetir lo mismo en las dos plantas que quedaban, explorando las habitaciones vacías y pegando la oreja a las puertas de las ocupadas con huéspedes, antes de llegar a la conclusión de que, sin duda, Phil Hardiman se había equivocado, y eso era para Bobby la confirmación de que lo que más le convendría a Hardiman era dejar la droga, empezar a tomarla, o alterar la dosis de lo que fuera que se estaba metiendo, porque dadas las circunstancias no le sentaba bien.

Bobby volvió a la recepción. Pensó en llamar a la habitación de Hardiman e informarle de que la inspección, en el mejor de los casos, había resultado insatisfactoria, pero optó por dejar dormir a los ya dormidos. Con un poco de suerte, Hardiman se habría olvidado de todo el follón por la mañana, pero en el improbable caso de que no sufriera alucinaciones auditivas y uno de los huéspedes se las hubiera apañado para introducir a un niño en el Braycott Arms, Bobby instruiría a las encargadas de la limpieza para que se mantuvieran atentas por si descubrían a algún huésped no autorizado.

A esas alturas, Bobby estaba completamente despierto y cabreado por estarlo. Por descontado, en circunstancias normales tampoco habría dormido mucho, pero necesitaba tanto como disfrutaba el poco descanso del que era capaz, y Phil Hardiman y sus delirios parecían haber privado a Bobby de ese reposo durante una noche. Pero todavía no se daba por vencido. Calentó un cazo de leche, abrió una caja de galletas Lorna Doone, puso en marcha su viejo reproductor de VHS e insertó la edición expandida de pantalla panorámica del *Wyatt Earp* de Lawrence Kasdan. Bobby pensó que si eso no hacía que le entrara el sueño, nada lo haría.

3

A Bobby Wadlin tal vez le habría interesado saber lo cerca que había estado de ser asesinado esa noche, porque su inútil búsqueda de lo que muy probablemente era una niña inexistente no había pasado inadvertida. Cuando había pegado la oreja a la puerta de la habitación 29, intentando percibir algún sonido y sin llegar a oír nada, el cañón con silenciador de una Beretta M9 estaba apuntándole a la cabeza desde el otro lado de la puerta, porque, tratándose de dormir, últimamente Gilman Veale hacía que Bobby pareciese el Rip van Winkle de Washington Irving, por los muchos años que estuvo durmiendo.

Cuando Bobby se apartó de la puerta, Veale vigiló sus pasos a través de la mirilla. Veale se preguntaba qué estaría buscando el paleto de la recepción. No le pareció que la presencia de Bobby Wadlin en el pasillo tuviera nada que ver con su propia incapacidad para conciliar el sueño.

Porque a Gilman Veale lo perseguía una niña.

Una vez que Veale se tranquilizó al ver que el recepcionista no parecía tener ningún interés específico en Pantuff y en él, volvió a la silla que había junto a la ventana y dejó el arma encima de la mesa que quedaba a su derecha. En la cama más alejada, Pantuff dormía profundamente. Pantuff podía dormir en cualquier sitio, sumiéndose de inmediato en un sueño insondable. Veale creía que, dadas sus preferencias, Pantuff optaría por pasarse la vida durmiendo. Cuando estaba despierto, era un hombre mezquino hasta el tuétano, pero también se conocía lo bastante a sí mismo para ser consciente del veneno que destilaba. En momentos de ocio, Pantuff incluso cavilaba al respecto. No se trataba de un sentimiento de culpa exactamente, sino más bien de una percepción de su debilitamiento progresivo, como un hombre al que le han diagnosticado un cáncer terminal y se obsesiona con el progreso invisible de la enfermedad. Las únicas ocasiones en que Pantuff no estaba atormentado era cuando infligía dolor a otro ser humano o cuando estaba inconsciente. Por las noches nunca se movía después de acostarse, y siempre se despertaba en la misma postura exacta en que se había quedado dormido.

Pantuff no oía a la niña. Él creía que Veale se la imaginaba, lo que era raro porque Veale carecía de imaginación por completo. Tener imaginación requería una inteligencia creativa, de la que Veale también carecía, como carecía asimismo de cualquier cosa que se pareciera ni remotamente a un serio compromiso emocional con el mundo. Siempre había sido así, incluso de niño. Sus padres eran trabajadores normales y seguramente le habrían querido si él hubiera respondido con algún tipo de sentimiento, aunque fuera el odio, pero lo que no podían soportar era su incapacidad para vincularse afectivamente. A Veale lo habían examinado médicos, quienes, tras especular sobre un daño cerebral no diagnosticado o un trauma emocional oculto, se decepcionaban al no descubrir nada, y en lugar de eso optaban por remitirse a variaciones del autismo o a la alexitimia, o «ceguera emocional». Probaron con la terapia, pero si Veale no tenía ningún interés en relacionarse con sus padres, todavía le interesaba menos hablar de sí mismo con un desconocido.

Pese a todo, poco a poco empezó a llevar a cabo una exploración personal de su situación, una investigación que consistía en ir por ahí provocando reacciones físicas y emocionales negativas en otros y luego reflexionando sobre ellas. Comenzó con animales —gatos, perros callejeros e incluso ratas si podía atraparlas, aunque resultara difícil deducir gran cosa de las reacciones de una rata— antes de pasar a los seres humanos. También experimentó con las autolesiones antes de concluir que no daba para mucho aprender haciéndose daño a uno mismo, aparte de que era incómodo, y por tanto mejor evitarlo. Por otro lado, hacer daño a otros no le causaba ningún placer, aunque tampoco le desagradaba, y las exhibiciones de miedo, rabia y duelo le parecían curiosas. Le interesaba causar esas emociones en los demás porque eso le permitía bañarse en su calor, de manera que algo de lo que carecía podía experimentarlo vicariamente. Eso convertía a Veale en muy apto en los círculos de criminales especialistas, aunque también lo había marcado en otros círculos: uno solo podía infligir tormentos durante cierto tiempo, a veces a la gente equivocada, antes de atraer cierto grado de publicidad negativa, lo que llevaba a un silencioso acuerdo de que el mundo estaría mejor sin su presencia en él.

A una conclusión similar se había llegado con respecto a Lyle Pantuff, aunque en su caso era consecuencia de su gusto por la violencia sexual. Estos cambios en sus circunstancias profesionales habían obligado a ambos hombres a ir juntos, y ahora funcionaban como una unidad independiente y muy efectiva. Trabajaban para otros solo selectivamente y preferían actuar por iniciativa propia. Elegían sus objetivos con cuidado, especializándose en los hurtos mayores y la extorsión. Veale había moderado de forma bastante apreciable el comportamiento de Pantuff, animándole a mantener sus tendencias sexuales fuera de su trabajo siempre que fuera posible. Pantuff, a su vez, había permitido a Veale explorar el concepto de compañerismo, porque Pantuff parecía disfrutar activamente de su compañía. Veale no entendía por qué —incluso a Pantuff le costaba explicárselo—, pero estaba dispuesto a conceder que notaba la ausencia de Pantuff si no estaba a su lado, y eso era lo más cerca que había llegado a sentirse de otro ser humano.

Veale olisqueó el aire. El Braycott estaba más limpio de lo que había previsto, pero aun así hedía a desesperación y abandono. Con todo, no era eso lo que Veale intentaba detectar. El ruido de la criatura —a Veale le daba igual pensar en ese ser como «él» o «ella», dado que, de hecho, todavía no estaba preparado para admitir que existiera— siempre iba acompañado de una fragancia especial, una mezcla de sudor saludable combinado con lo que podrían haber sido polvos de talco y chocolate. Veale la había olido solo unos minutos antes, pero ahora se había desvanecido. Era un aroma que le resultaba extrañamente familiar, tal vez de su propia infancia. De manera objetiva, consideraba la posibilidad de que estuviera persiguiéndose a sí mismo, y que la criatura, que hasta ese momento solo se había revelado como sonidos y olores, representara una manifestación sensible de una perturbación psicológica más profunda, de una crisis nerviosa, a falta de mejor expresión.

A Veale no le gustaba pensar que estuviera sufriendo los primeros estadios de un colapso mayor. No era tonto. Sabía que era un hombre anómalo, aunque era consciente de que quienes le conocían, a él y su trabajo, habrían preferido categorizarle como aberración o incluso demente. Fuera cual fuese el diagnóstico, Veale estaba dispuesto a aceptar que los mecanismos internos que le permitían funcionar con cierta eficacia en el mundo eran potencialmente frágiles. Si se debilitaran aún más, no estaba seguro de que pudiera llegar a recuperarse del todo en algún momento. A veces visualizaba su yo interior, el principio que lo animaba, como una caja transparente llena de bichos negros arrastrándose unos por encima de otros, en un ciclo eterno de nacimiento, reproducción, lucha y muerte. Si las paredes de esa caja se quebraban, el propio Veale acabaría consumido por los bichos.

Esperó unos minutos más hasta asegurarse de que la alucinación, el fantasma, la desorientación —llámese como se quiera— había cesado por el momento, y luego volvió a meterse en la cama. Cerró los ojos. Siempre había tenido sueños, nunca agradables, pero desde que había empezado a oler y oír a la criatura, ya no soñaba, o, si lo hacía, se despertaba sin ningún recuerdo de ellos. Y eso añadía a sus preocupaciones el que pudiera estar coqueteando con la enajenación y que la barrera entre su vida durante la vigilia y durante los sueños se había roto irreparablemente. Si ese era el caso, no tardaría en acabar deseando parecerse más a Pantuff, y buscar una vía de escape en el olvido. Si la perturbación persistía, concluyó Veale, seguramente se vería forzado a suicidarse para así poder dormir para siempre. La perspectiva resultaba vagamente consoladora, y de ese modo se fue sumiendo en la insensibilidad.

A Veale lo despertó el ruido de las noticias de la televisión. Pantuff ya estaba despierto, acuclillado como una gárgola a los pies de su cama. Tenía la piel tan pálida que casi resplandecía en la oscuridad, y, bajo cierta luz, rayaba en la transparencia. Desnudo, casi no parecía humano, y parecía mostrar una mayor similitud genética con ciertas criaturas depredadoras de las profundidades que con la humanidad.

Pantuff miró a Veale cuando este se incorporó.

—Parece que ha llegado el fin del mundo —dijo Pantuff—. Putos chinos. Ni siquiera me gusta su comida.

—¿Algún cambio?

—Parece que la ciudad de Portland podría decretar pronto un toque de queda.

—¿Muy estricto?

—La gente todavía podrá salir a comprar productos esenciales, pero...

—Pero quedarán menos. —Veale acabó la frase por él.

—Eso es. ¿Y quién sabe? Si este virus se agrava, tal vez saquen a más policías a las calles o recurran incluso a la Guardia Nacional para restringir la actividad. Podríamos vernos atrapados aquí, o topar con preguntas, que preferiríamos no responder, sobre las razones que nos han traído a la ciudad.

—Y eso no lo queremos.

—No, está claro que no.

Ambos hombres tenían antecedentes delictivos que harían sonar las alarmas si los detenían durante un control rutinario. Y una vez que estuvieran en el radar local, les resultaría imposible acabar el trabajo que les había llevado a la ciudad.

Veale volvió a olisquear el aire, pero solo se olió a sí mismo. Quería darse una ducha. A esas alturas, Pantuff tendría que haberse levantado y vestido, pero se había obsesionado con el virus, lo que implicaba estar atento a los canales de noticias, incluso cuando no emitían noticias, o al menos no de las que merecieran la atención de nadie. A Veale, el virus no le preocupaba tanto como a Pantuff. Pasara lo que pasase, él sabía que saldría bien parado. Veale estaba emparentado con las cucarachas, y eso no le suponía ningún problema.

—Le daremos el fin de semana para que reúna el dinero —dijo.

—Lo sé. Tendremos que decirle que las circunstancias han cambiado, y no precisamente en su favor.

—¿Y si no lo tiene todo?

—Entonces nos llevaremos lo que tenga —respondió Pantuff.

Eso no suponía gran cosa, aunque ellos tampoco eran delincuentes de grandes golpes. Los golpes importantes atraían más la atención. Uno se volvía avaricioso y acababa detenido, y no es que ellos navegaran en yates o contaran los empleados a los que tenían que pagar. Se movían entre moteles de cuarenta dólares y aparcamientos baratos para caravanas, comían en Denny's o en cafeterías baratas y bebían en bares donde servían sus especialidades en vasos de plástico. Eran supervivientes, y uno sobrevivía manteniéndose cerca del cieno en el fondo de la charca.

—¿Y si no es bastante? —preguntó Veale.

—Estás empezando el día con un montón de preguntas.

—Es uno de esos días, ya sabes.

Pantuff volvió a concentrarse en la televisión.

—Podríamos simular un incendio —dijo—, grabar un vídeo y mandárselo a ella si la arma, animarla a buscar más a fondo. Nada como una cuenta atrás para que un cuerpo se ponga en movimiento.

Veale tenía otra pregunta. No le importaba que Pantuff mostrase signos de irritación. Pantuff, aparte de todo lo demás, no era una persona que funcionase bien por las mañanas. En fin, Veale quería una respuesta. No le gustaba dejar los problemas sin resolver, y era un hombre organizado por naturaleza. Como había dicho Pantuff, las circunstancias habían cambiado. La mujer estaba a punto de verse sometida a una presión adicional, y cuando uno presiona a la gente, esta se vuelve impredecible.

—¿Y si ella hace alguna tontería?

—Es una mujer —dijo Pantuff—, y las mujeres lo único que hacen son tonterías.

Pantuff odiaba a las mujeres, que era la razón por la que le gustaba tanto atormentarlas. A Veale le pareció probable que también quisiera torturar a esta porque había perdido la primera ocasión. A Pantuff podría haberle venido bien que ella se echara atrás en lo que habían acordado. Le habría dado una excusa para ir a por ella otra vez.

—Eso no responde a mi pregunta —dijo Veale.

Pantuff se puso de pie. Llevaba su móvil en la mano derecha.

—Destrozaremos todo lo que le importe —dijo—. Lo reduciremos a ceniza. Luego tal vez la viole hasta matarla. ¿Responde eso a tu pregunta?

Veale no mostró la menor sorpresa. Se había imaginado algo parecido, pero era mejor que quedara claro.

—Sí —dijo—, la responde.

Guardó silencio mientras Pantuff hacía la llamada. Se fijó en que la voz de Pantuff cambiaba al hablar con la mujer. Se volvía más grave, casi como un ronroneo. Veale sabía que a Pantuff le gustaba hablarles a las mujeres mientras las violaba, y se habría apostado una buena pasta a que esa era la voz que Pantuff utilizaba, porque Veale vio que se estaba excitando. En la cabeza de Pantuff, ya estaba dentro de ella.

Cuando acabó la llamada, Pantuff se metió en el lavabo y cerró la puerta tras de sí. Al cabo de unos momentos, Veale oyó que abría la ducha, aunque sabía que Pantuff no se estaba duchando, todavía no. Solo utilizaba el ruido del agua para enmascarar los sonidos que su cuerpo estuviera a punto de hacer mientras estaba sentado en el retrete, y también había dejado la televisión encendida por la misma razón. Pantuff era ruidoso en ese aspecto. Le avergonzaba el funcionamiento de su propio cuerpo, pero no se empeñaba en dormir en habitaciones separadas, aunque pudieran permitírselo. Veale sabía que Pantuff no era marica. Simplemente no le gustaba estar solo.

Veale siguió viendo las noticias sin prestar demasiada atención, escuchando la charla sobre la cuarentena y las órdenes de permanecer en casa. La idea de un confinamiento obligado le atraía. Significaba que no tendría que relacionarse con gente que no conocía. Si había un problema que escapaba a su comprensión, Pantuff estaría allí para explicárselo. Además, Veale podía leer —preferiblemente historia, pero solo del mundo antiguo, cuando la vida era más sencilla— y dar paseos solo. Tal vez, para entonces la criatura se habría marchado. Eso esperaba, porque la idea de un confinamiento mientras esa cosa seguía todavía con él, no le hacía ninguna gracia, en absoluto.

Veale sentía una preocupación por la mujer que Pantuff no podía imaginar a causa de su misoginia. Veale no creía que fuera tonta, puede que su marido sí lo hubiera sido —de otro modo, no estaría muerto—, pero ella no. Ya le habían arrebatado demasiadas cosas. En su situación, Veale intentaría encontrar una forma de protegerse contra el enésimo golpe. Incluso se habría planteado dar un golpe por sí mismo. Si optaban por presionarla, tendrían que vigilarla.

Por desgracia, controlarla implicaba correr ciertos riesgos, porque ella estaría alerta a cualquier indicio de que la estaban vigilando. Pantuff era partidario de que siguieran manteniéndose a distancia, pero Veale podía convencerlo de lo contrario. La cuestión era: ¿a quién podía recurrir ella? No a la policía, porque a esta le encantaría perderla de vista. Tampoco podía recurrir a la gente de su marido, dado que ya había tenido bastante suerte con que no la mataran junto a él. Era posible que pudiera contratar unos matones, pero estos no serían rivales para Pantuff y Veale, salvo que contratara a los mejores, y los mejores costaban dinero, que era lo que ella afirmaba no tener. Era todo un dilema, sin lugar a duda.

Se oyó cómo tiraban de la cadena, y luego a Pantuff caminando hacia la ducha. Veale apagó la televisión, y con la ausencia de ese ruido de fondo se le aclararon los pensamientos.

¿Y si ella hace alguna tontería?

Se dio cuenta de que le había planteado a Pantuff la pregunta equivocada.

No, ¿y si ella hace algo inteligente?

4

Cuando llamó Dave Evans, yo andaba por el Maine Mall, viendo a la gente empujar los carritos llenos hasta los topes de comestibles, licor, patatas chips y papel higiénico. En otro lugar, las armerías tenían problemas para reponer la munición en sus estantes. E incluso L.L. Bean, la empresa de venta por internet y correspondencia, había cerrado, lo que era una señal de lo malos que eran esos tiempos. Lo único que faltaba era la voz de Orson Welles anunciando que los marcianos se estaban abatiendo sobre Nueva York.

—Aquí hay una mujer preguntando por ti —dijo Dave—. Dice que quiere contratarte.

Tenía un montón de llamadas atrasadas por hacer y ni siquiera había escuchado la mayoría de los mensajes pendientes. Imaginé que estaría rechazando trabajo durante un tiempo, hasta que estuviera más claro cómo se suponía que íbamos a manejarnos en este desconcertante nuevo mundo. Iba a esforzarme en concluir los casos para los que ya me habían contratado, aunque tres de ellos eran empresas que podían esperar, y el cuarto era un trabajo preliminar para Moxie Castin en un caso de indemnización para un trabajador. Había hablado con Moxie esa misma mañana temprano, y opinaba que los retrasos serían inevitables. Los juicios por lo civil pasarían detrás de los casos de delitos graves hasta que se encontrara una vacuna o todo el mundo muriera. Moxie me confesó que la pandemia lo había vuelto filosófico, llevándole a replantearse su existencia profesional. A tal fin, había dividido su lista de clientes entre aquellos que esperaba que sobrevivieran, aquellos que esperaba que murieran, y aquellos que suponía que morirían lentamente.

—Pídele que deje un número —le dije a Dave— y me pondré en contacto con ella en cuanto pueda.

Mi hija Sam estaba en Burlington, Vermont, viviendo con su madre y sus abuelos. Yo no quería estar más aislado de lo que ya lo estaba. Si preparaba una maleta, podría encontrar algún sitio donde alojarme cerca. Incluso podría alquilar un apartamento y...

—Dice que ya dejó un número —comentó Dave—, pero que nadie le devolvió la llamada y que por eso está ahora en mi bar.

Dave sonaba irritado, lo que no era propio de su carácter. No lo culpaba. Todo el mundo se sentía irritado, así que ¿por qué iba a ser él la excepción? Además, estaba al frente de un negocio que debía mantener a flote al mismo tiempo que cuidaba del personal. Ahora mismo tenía que ocuparse de más cosas que la mayoría de la gente.

Oí la voz de una mujer de fondo. Dave volvió a hablar, repitiendo lo que ella acababa de decir.

—Me ha pedido que te diga que es urgente —dijo Dave—. También dice que se llama Sarah Abelli, aunque antes era Sarah Sawyer. Es la viuda de Nate Sawyer.

—¿Del Nate Sawyer que conozco? —pregunté.

Dave le transmitió la pregunta a la mujer.

—Del mismo, dice. ¿Tendría que conocerlo yo?

—Mejor que no —dije—. Esto solo puede significar problemas.

—Con el debido respeto —dijo Dave—, pero no conozco a nadie que haya acudido alguna vez a ti porque ha encontrado oro. Y bien, ¿vas a hablar con ella o no? Porque estoy un tanto atareado intentando prepararme para el apocalipsis.

Delante de Books-A-Million, una mujer cargaba el maletero de su coche con cajas de novelas rebajadas. Tal vez todavía había alguna esperanza para la humanidad.

—Dile que voy para allá —dije.

—Me aseguraré de que aguza el oído para escuchar tu trompeta.

—Eh, espera —dije—, ¿era eso un comentario sarcástico?

Pero Dave ya había colgado.

5

El nombre de Nathaniel Sawyer no era de los que se asocian habitualmente con mafiosos italianos, pero este Nate Sawyer contravenía esa tendencia. Había trabajado como correo y sicario para la Oficina, como le gustaba presentarse a la familia criminal Patriarca, de las afueras de Providence, en Rhode Island. La madre de Sawyer, Luciana Morati, se había casado con el padre de Nate, Royce, más por necesidad que por deseo, pues este último había seguido su curso tras varias sesiones poco satisfactorias en asientos traseros de coches, pero no antes de que ella hubiera concebido un hijo. Royce Sawyer era el canijo de una camada de Connecticut en el pasado orgullosa, apuestos, pero carentes de encanto, y con gustos caros, pero escasez de dinero. El matrimonio no duró y Royce se fue pitando a Australia, donde se le perdió la pista para siempre. Luciana volvió con su familia en Lenox Dale, con la sombra de una relación fracasada cerniéndose sobre ella. Su hijo, Nate, estuvo comportándose como un idiota durante un tiempo antes de acabar entrando en la órbita del subjefe de la Oficina en Boston Sam Ricci, también conocido como Sam «el Chef», dado que trabajaba desde la trastienda de un restaurante en la Ruta 1, en Saugus. El restaurante estaba en la misma parcela que una clínica especializada en el tratamiento de la impotencia, de manera que a Sam Ricci a veces también lo llamaban Pichaseca, aunque solo fuera del alcance de su oído.

El legado mestizo de Nate Sawyer lo convertía en un marginado, pero esos *outsiders* tienen su utilidad, sobre todo en una organización como la Oficina. Los Patriarca habían soportado una sucesión de malos tiempos: el encarcelamiento del *boss* Peter Limone en 1968, acusado de asesinato por un ajuste de cuentas entre mafiosos que él no había cometido, y que tuvo como consecuencia treinta y tres años de cárcel —diez de ellos en el corredor de la muerte— antes de su liberación y la firma de un acuerdo de veintiséis millones de dólares por su encarcelamiento improcedente, lo que era una pequeña recompensa por pasar la mejor parte de su vida tras las rejas; el breve y desastroso reinado de Raymond Patriarca hijo en los años ochenta, y el de su sucesor «Cadillac Frank» Salemne, que acabó convertido en testigo del Gobierno en la década de los noventa tras descubrir que algunos de sus socios lo habían delatado al FBI.

Tras esta historia enrevesada y el interés que atrajo de la prensa, la Oficina tomó la decisión consciente de primar la discreción e hizo cuanto pudo para no despertar el interés hacia sus actividades. Nunca llegó a conseguirlo del todo, pero la intención fue loable, a diferencia de todo lo demás que rodeaba a la Oficina. Nate Sawyer desempeñó su papel en todo esto, dado que lo consideraban digno de confianza, aunque también era un canalla: brutal y cruel, un abusón tanto dentro como fuera de las paredes de su propio hogar, un hombre que solo se sentía cómodo en compañía de aquellos más ignorantes que él. Seguramente no supuso ninguna sorpresa saber que Sawyer había sido un confidente del FBI durante casi toda una década, desde que la agencia gubernamental había descubierto pruebas de los robos de Sawyer a sus patrones, cosa que habría acabado haciéndole merecedor de una paliza seguida de una bala detrás de la oreja. Nate Sawyer había sido más astuto de lo que nadie había sospechado.

Por desgracia para él, cuando estaba a punto de dar el salto definitivo a testigo federal, tras lo cual se le incluiría en el programa de protección de testigos, Sawyer mató a un policía infiltrado, y lo justificó diciendo que fue un disparo accidental de su arma durante un robo en un almacén de licores en Gloucester, en Massachusetts. El hecho de que el policía recibiera tres disparos no ayudó precisamente al caso de Sawyer, y la posterior revelación de su pasado como soplón lo convirtió en persona *non grata* para su propia gente, y además lo puso en una lista de las fuerzas de la ley y de los federales con los nombres de los individuos cuya vida iban a convertir en un infierno, con un FBI en concreto profundamente avergonzado de que uno de sus confidentes fuera un asesino de policías. Pese a que lo pusieron bajo protección en la Prisión Estatal de Concord, Sawyer no llegó vivo al juicio. Alguien le echó talio a su comida y murió la Nochebuena de 2017.

Sarah, su mujer —aunque por entonces ya solo de nombre, pues su matrimonio se había convertido en una pesadilla de castidad para ella—, seguramente ni se enteró de que lo habían asesinado. A principios de esa misma semana, Kara, su hija de cinco años, se había caído por las escaleras en su casa de Revere y se había golpeado la cabeza contra la barandilla, para acabar muriendo camino del hospital. En un periodo de siete días, Sarah Sawyer se había convertido en viuda y madre de una hija difunta. Pero a esas alturas, ya había sido condenada al ostracismo, mancillada por asociación con las actividades de su marido. Al funeral de su hija acudió poca gente, y Sarah ni siquiera se tomó la molestia de ir a la incineración de Nate. Se decía que la Oficina había reclamado sus cenizas y luego las había arrojado a los cerdos para que se las comieran.

Seis meses después, se encontraron los cadáveres de dos mujeres enterrados en el suelo de tierra del garaje que Nate Sawyer alquilaba y donde había guardado en el pasado un Chevy Camaro de 1978. La primera llevaba desaparecida desde 2014; la segunda, desde 2016. No estaba claro si la afición de Sawyer a matar mujeres se había desarrollado hacía poco, o si esas eran simplemente sus últimas víctimas. Sarah Sawyer, que ya era considerada una paria en su comunidad, se convirtió entonces en objeto de desprecio, incluso de odio, hasta fuera de su grupo. Ella debió de enterarse, porque se murmuraba por todas partes. Y si no se enteró, seguro que lo sospechaba. Y si no lo sospechaba, tendría que haberlo hecho. Con la muerte de su marido, parte de la culpa de sus crímenes se transfería a ella. Eso la dejaba con dos opciones: podía afrontarlo o podía desaparecer de la vista. Sabiamente, se quedó con la segunda. Yo no sabía que se había trasladado a Maine y daba por sentado que no había recorrido todo el trayecto hasta Portland desde donde fuera que estuviera solo para contratar mis servicios. De ser así, estaba destinada a una decepción. No se me ocurrían muchas razones para implicarme en sus problemas. Para ser sinceros, no se me ocurría ninguna.

A esas alturas, yo entraba ya en Forest Avenue. Encontré sitio para aparcar delante del Great Lost Bear, pero no entré inmediatamente. En lugar de eso dediqué unos minutos a repasar los hechos del caso de Sawyer. Su viuda se llamaba, de soltera, Sarah Gaudiano. Me pregunté de dónde procedería el Abelli, a no ser que la mujer que estaba en el Bear mintiera sobre su identidad, en cuyo caso estaba loca, porque nadie en sus cabales afirmaría tener ninguna relación con Nate Sawyer si no fuera cierta. Por otro lado, bien mirado, corrían tiempos extraños.

6

Bobby Wadlin estaba sentado detrás del mostrador cuando Lyle Pantuff y Gilman Veale pasaron por delante de camino a algún sitio donde desayunar. Aparentemente, a diferencia de la mayoría de sus conciudadanos, Wadlin no había entrado en pánico y se había puesto a ver o había contratado un canal de noticias, sino que estaba absorto en un episodio de *Alias Smith and Jones,* una serie también conocida como *Los dos mosqueteros* y que Pantuff recordaba vagamente, pero de la que Veale, que era quince años más joven que su colega, no había oído ni hablar.

Wadlin se levantó de un salto en cuanto vio a los dos hombres, o al menos casi saltó teniendo en cuenta la indolencia natural de alguien como Bobby Wadlin.

—Caballeros, ¿han dormido bien? —preguntó.

—Yo estupendamente —respondió Pantuff—. Siempre duermo bien. Debe de ser porque tengo la conciencia limpia.

Su sonrisa se ensanchó de una manera que sugería que sería sorprendente que tuviera conciencia en absoluto, limpia o no.

—¿Por qué lo pregunta? —quiso saber Veale. Su intervención sorprendió a Pantuff, dado que a Veale no le gustaba hablar por hablar. Pero a Veale le dio la impresión de que Wadlin parecía nervioso y que en su pregunta había algo más que mera cortesía.

De repente, Bobby Wadlin lamentó haber abierto la boca. Pantuff podía pasar por una atracción de barraca de feria, pero era posible tomarle la medida. Por el contrario, que Veale te mirara era como tener una araña arrastrándose por tu cara.

—Anoche llamó otro huésped para quejarse de un alboroto —dijo Wadlin.

—¿Procedente de nuestra habitación? —preguntó Pantuff.

—No, por favor, no —respondió Wadlin—. Venía del pasillo. Según él, había alguien corriendo arriba y abajo. Creía que podría ser un niño. —Wadlin toqueteó el aviso en el plexiglás que advertía a los clientes que los niños no eran bienvenidos, rezaba: NO SE PERMITE A NIÑOS—. En el Braycott no permitimos que se alojen niños, así que debió de confundirse.

Veale miraba fijamente el cartel de aviso.

—¿Qué es lo que no se permite a niños? —preguntó Veale.

—¿Qué? —preguntó a su vez Wadlin. Había estado a punto de decir «¿No se permite a los niños que qué?», pero se contuvo a tiempo por temor a que Veale percibiera que se estaban burlando de él.

—El cartel dice «No se permite a niños», pero no aclara qué particularidad de los niños no está permitida. ¿Juguetes? ¿Juegos? ¿Zapatos?

Bobby Wadlin no tenía ni la más remota idea de qué estaba hablando ese tío. Sin duda, caviló, el Braycott necesitaba unas medidas de admisión más estrictas. Veale se dio cuenta finalmente de su total desconcierto.

—Han utilizado mal el verbo —aclaró Veale—, la frase se construye sin «a», en forma impersonal. Tendrían que corregirlo para evitar confusiones.

Wadlin recordaba vagamente a otra persona quejándose sobre uno de esos carteles. Tal vez no solo los virus eran contagiosos, sino también la puta pedantería. Se planteó informar a Veale de que encontraría un momento para corregir el cartel a su debido tiempo, en cuanto la temperatura bajara lo suficiente en el infierno, pero el sentido común acabó por imponerse. Cuando un hombre como Gilman Veale pedía que se arreglara algo, tenías que arreglarlo, así que Wadlin quitó el cartel y lo tiró a la basura. Pensó que podía prescindir por completo de los carteles e ir inventándose las reglas sobre la marcha, que era, en cualquier caso, su opción preferida.

La mirada de Pantuff se desvió a la pantalla del televisor,

donde Pete Duel y Ben Murphy estaban repasando los detalles de una estafa con Walter Brennan.

—Usted está enterado de que hay una pandemia, ¿verdad? —dijo Pantuff.

Wadlin le siguió la mirada.

—No en el Territorio de Wyoming en el siglo XVIII —dijo.

—Debería salir alguna vez.

—Procuro no hacerlo. No me gusta estar ahí fuera. Nunca me ha gustado.

Dada la situación actual del mundo, Pantuff pensó que Wadlin podía tener su parte de razón. Le pidió a Wadlin que les recomendase algún local para desayunar, y Wadlin les sugirió el Macy's en Oak Street, aunque les avisó de que solo aceptaban efectivo, lo que convenció a Pantuff de inmediato de que era el lugar que buscaba. Él siempre pagaba en efectivo y las únicas tarjetas que utilizaba eran robadas.

Pantuff y Veale dejaron a Wadlin enfrascado en su episodio, se subieron al coche y fueron hasta Macy's. Pantuff iba en coche a todas partes, y prefería no alejarse más de una manzana de su vehículo. La primera vez que lo habían encarcelado había sido porque había intentado huir a pie tras asaltar una tienda de licores, y solo un idiota comete el mismo error dos veces.

—¿Estás bien? —le preguntó a Veale mientras se detenían ante un parquímetro a unos pasos de la puerta del restaurante. Cualquiera que no conociera a Veale no habría atisbado la menor alteración en su semblante desde que habían salido del Braycott, pero Pantuff se percató de que sí estaba alterado.

—Wadlin estaba hablando de un niño —dijo Veale.

—¿Y?

—Y yo oí a un niño mientras tú dormías.

Pantuff revisó la calle en busca de policías antes de apearse. Tenía una de esas caras que no podría haber atraído a más policías si tuviera forma de rosquilla y estuviera espolvoreada con azúcar. Era mejor no dar a la ley la menor oportunidad de entablar conversación. Solo cuando se convenció de que era seguro hacerlo, abrió la puerta, se apeó y metió un dólar en monedas de veinticinco centavos en el parquímetro.

—Y repito por segunda vez: ¿y?

—Llevo oyendo a un niño desde que nos pusimos a esa mujer como objetivo —dijo Veale, ajustando su paso al de Pantuff—. Ya lo sabes.

—Sí, me lo contaste y yo te creí. —dijo Pantuff—. Durante varios años después de que muriera creí oír la voz de mi padre. La oía igual que si estuviera a mi lado. Era una cosa muy rara, porque él nunca me decía más de dos palabras al día cuando estaba vivo. Pero, tras morir, no había manera de cerrarle el pico. Supongo que lo echaba en falta más de lo que había previsto.

A Veale le importaba una mierda el difunto padre de Pantuff, y lo dijo.

—No tenías por qué comentar nada así al respecto —dijo Pantuff.

A esas alturas habían llegado al Macy's, y Pantuff mantuvo la puerta abierta para dejar salir a un par de chicas jóvenes. En cuestión de segundos, él las había seguido a casa, había pasado un buen rato a su costa y se había largado tras robar cuanto tenía algo de valor. Quería que ellas le devolvieran la mirada, porque entonces podría ver que todo aquello se reflejaba en sus caras, pero las chicas demostraron ser más sensatas y siguieron andando.

Pantuff y Veale se sentaron a una mesa y ambos pidieron huevos, filetes de jamón, patatas fritas caseras y café. Esperaron a que les sirvieran el café antes de reanudar la conversación.

—No intentarás convencerme —dijo Pantuff— de que un muerto de hambre en el Braycott oyó al mismo niño que tú afirmas que has estado oyendo, ¿no? Mira, alguien metió a un niño a hurtadillas en ese antro, y esa es una razón más que suficiente para que los servicios sociales registren el establecimiento, pero solo después de que nosotros nos hayamos ido. El niño decidió estirar las piernas un rato, porque eso es lo que hacen los niños.

—¿En plena noche?

—¿Por quién me tomas?, ¿por el doctor Spock? No tengo ni idea de cómo funciona la mente de un niño. —«Y ciertamente tampoco la tengo de lo que pasa en la tuya», pensó Pantuff, pero se lo guardó para sí. No se trataba de que pudiera herir los sentimientos de Veale (uno debía tener algo parecido a emociones convencionales para que eso fuera posible), pero Veale tenía una desgraciada tendencia a tomarse las afirmaciones ajenas literalmente, y Pantuff no quería que su colega lo despertara en plena noche ofreciéndole una considerada valoración de sus mejores ideas.

Llegó su comida. Tenía buen aspecto y olía bien, y Pantuff se puso manos a la obra. Veale apartó las patatas fritas empujándolas hacia los bordes de su plato. Pantuff procuró no prestarle atención, aunque Veale tenía un método para impedir que lo ignoraran.

—¿Y si fuimos nosotros los que trajimos al niño? —preguntó Veale.

Pantuff se detuvo, con el tenedor lleno de huevo junto a sus labios.

—¿De qué estás hablando?

—Empecé a oír esos sonidos en el momento en que nos propusimos ir a por la mujer —dijo Veale—. ¿Y si es su hija?

—Su hija —repuso Pantuff— está muerta.

—Eso ya lo sé —dijo Veale.

La expresión de su rostro no delataba la menor incomodidad. Era otra debilidad contra la que él parecía estar inmunizado.

—¿Crees que tú y el vagabundo del Braycott oísteis a la misma criatura y que es el fantasma de la hija de Sawyer?

—¿Y por qué no? —preguntó Veale.

—Porque es una locura, por eso.

A desgana, Pantuff dejó el tenedor de nuevo en su plato. No le gustaba hablar con la boca llena. Era una zafiedad.

—Mira —dijo—, no estoy diciendo que los fantasmas existan ni dejen de existir. Puedo asegurarte que nunca he visto ninguno, pero tampoco he visto París, y estoy seguro de que existe, así que mantengo la mente abierta. También he conocido a gente que afirmaba haber visto fantasmas y solo algunos de ellos estaban pirados, aunque los que no lo estaban habían cogido una buena cogorza. Me da la impresión de que estás llegando a unas conclusiones descabelladas en esta cuestión.

Pantuff volvió a su desayuno. No quería que se le enfriaran

los huevos. En el mundo de Pantuff había pocas cosas peores que unos huevos fríos. El cáncer, tal vez, pero, de ser así, dejaba a los huevos fríos en segundo lugar, aunque pisándole los talones al primero. Comer también le daba tiempo para plantearse cuál sería la mejor forma de abordar el problema de Veale, que era indudablemente psicológico y por tanto podía añadirse a la larga lista de los demás asuntos de Veale, incluso si este necesitaba traspasar la línea roja, dado que estaba relacionado con el trabajo que tenían entre manos.

—Yo no he visto ningún fantasma —dijo Veale—, solo he oído uno. Creo que también lo he olido, pero no estoy seguro.

Pantuff siguió masticando. No iba a permitir que lo distrajese de su desayuno. De ninguna de las maneras.

—Lo que oíste fueron pasos —dijo después de tragar—. Y uno no oye pasos donde no debería haberlos. Uno no oye pasos subiendo por las paredes, ni por el techo. Uno los oye en un pasillo, que es por donde camina la gente, incluso los niños pequeños.

—Pero no había niños. Lo dijo el gerente.

—El gerente se equivocó. Por el amor de Dios, si tiene el reloj parado en 1899.

—No se equivocó —dijo Veale—. Dudo que haya una sola grieta en las paredes que no conozca.

—En ese caso, bien podría rellenarlas de yeso —comentó Pantuff—, y, ya de paso, quitar todas las telarañas.

—Dame otra explicación —dijo Veale.

—Puedo darte diez, o cien si quieres. Cansancio, para empezar. Exceso de trabajo. Puedes estar sufriendo una fiebre. Cuando tengo fiebre, oigo canciones de musicales. No puedo quitármelas de la cabeza durante una o dos noches, pero luego desaparecen.

—No estoy cansado —dijo Veale—, no tengo trabajo y hace días que ni sudo.

—¡Por Dios!

Pantuff arrojó sus cubiertos sobre la mesa. ¿Qué clase de mundo era este en el que un hombre ni siquiera podía disfrutar de la primera comida de la jornada en una relativa tranquilidad?

Algunos de los comensales más valientes o temerarios miraron hacia ellos antes de decidir con sensatez que más valía que se ocuparan de sus propios asuntos.

Pantuff cerró los ojos y respiró hondo. No se sacaba nada irritándose con Veale. A Veale no le gustaban los gritos, en especial cuando los dirigían contra él. Llegados a cierto punto, su instinto era ponerles fin. Enfurecerse con Veale era como arrojar una pelota contra la pared, te volvía rebotada, y con cuanta más fuerza la lanzaras más probable era que, a la vuelta, te golpeara en la cara.

—Escúchame —dijo Pantuff, ahora con más suavidad—. Yo no he oído nada, y las únicas veces que hemos estado alejados últimamente uno del otro ha sido cuando uno de los dos ha ido al lavabo. Y en cuanto a los olores, lo único que percibo en ese antro es hedor a ropa vieja y desinfectante barato. Aun cuando, por una rareza del universo, y sería una muy extraña, una que solo admito por educación y respeto, te persiguiera la niña de Sawyer, ¿por qué iba a oírla también el tipo que se aloja en la otra punta del pasillo?

—Porque es real —respondió Veale, y lo dijo tan impasible que cualquier reserva que pudiera haber albergado previamente Pantuff acerca de la cordura de Veale se desvaneció para siempre—. Habita en el mundo, así que ¿por qué no iba a oírla? Tú estabas dormido. Y eso pasa por la noche.

La forma en que dijo las seis últimas palabras hizo que se le erizase el vello a Pantuff, porque, por primera vez desde que lo conocía, Veale sonó inquieto.

—Pues vale —dijo Pantuff—, cree lo que quieras. Si es verdad, más razones tenemos para acabar con esto cuanto antes. Y si no lo es, debemos acabarlo en cualquier caso para no quedarnos atrapados aquí, con un virus y un millón de paletos.

Pidió la cuenta y pagó con mugrientos billetes de cinco y de un dólares. La propina que dejó fue la debida: ni mucha ni poca. Ahora lamentaba haber levantado antes la voz. En todo lo que hacía, Pantuff intentaba pasar inadvertido, por más que su fisonomía y su aspecto general conspiraran contra sus mejores intenciones.

—Creo que te equivocas en otra cosa —dijo Veale.

—Pero ¿es que ahora llevas una lista? —preguntó Pantuff—. Tendríamos que casarnos, porque esto es como tener una parienta.

Veale no quería casarse con Pantuff, ni con nadie. Si se casaba con alguien, esa persona tendría que ir con ellos a todas partes. Incluso si no insistieran en hablar con él, él sabría que estaban allí. Veale pensaba que había dos clases principales de personas en el mundo: los mediocres y todos los demás. A ambas clases había que evitarlas.

—No me hace falta llevar listas —respondió Veale—. Tengo buena memoria. Y además esto está relacionado con la mujer de Sawyer. No es ninguna tonta. Yo la estuve siguiendo, y me habría dado cuenta. Ella aprendió a ocultarlo, me parece que a causa de su marido, pero es muy inteligente.

Pantuff ya se había levantado y se encaminaba hacia la puerta. Veale lo siguió.

—En ese caso —comentó Pantuff por encima del hombro—, hará lo que se le mande.

—No tiene motivos para fiarse de nosotros —dijo Veale—. Si yo fuera ella, estaría estudiando todos los ángulos posibles. Tendríamos que seguirla.

—En ese caso nos arriesgamos a que nos vean. —Pantuff se detuvo un momento para revisar de nuevo la calle antes de salir del restaurante. Vio un coche patrulla a lo lejos, pero se dirigía al centro, alejándose todavía más de ellos. Había llegado a la conclusión de que en Portland, Maine, había demasiada policía con demasiado tiempo libre. Cuando se dio por satisfecho al comprobar que los alrededores estaban despejados, encabezó la vuelta al coche.

—Si es tan inteligente como dices —comentó Pantuff—, estará atenta por si la vigilan. Espera un momento, pero ¿qué estoy diciendo? Puta vigilancia. Le quitamos un par de tonterías, unas fotografías. Seguro que tienen un valor sentimental que intentábamos convertir en pasta, porque, de otro modo, no estaríamos haciendo esto, pero ¿«ángulos», «vigilancia»? No, es un simple intercambio. Ella sabe que no podemos venderlos, así que ¿por qué íbamos a joderla? Ella supone para nosotros mucha pasta, nada más.

—Pero no vamos a devolverle nada, ¿verdad que no? —dijo Veale—. Así que vamos a joderla bien jodida.

Pantuff puso el coche en marcha.

—Sí —dijo—, es lo que se merece la zorra por meter una rata en su cama. Una rata asesina.

Incluso Veale lo miró de reojo cuando dijo eso, dado el trato que Pantuff daba a las mujeres y la opinión que manifestaba con frecuencia de que las víctimas de Nate Sawyer casi con toda seguridad se habían buscado lo que les pasó, aunque solo fuera por ser tan tontas como para permitirle acercarse. Veale creía que Pantuff podía envidiar a Sawyer. Pantuff nunca había matado a ninguna mujer, pero Veale sabía que fantaseaba con ello. Le había hablado a menudo del feminicidio.

A Pantuff no se le había quitado el hambre. Eso le arruinaría el resto del día. Ni siquiera lo arreglarían la comida y la cena, y ahora, además, Veale estaba sembrando dudas, lo que afectaría más si cabe a su apetito. Pero cuando Veale hablaba, convenía atenderle. Su peculiar constitución psicológica le confería la claridad de un asceta. Veía el mundo en blanco y negro; bueno, sobre todo en negro, pero eso no invalidaba sus opiniones. Pantuff no estaba dispuesto a ir tan lejos como para aceptar que la viuda de Sawyer tuviese una gran inteligencia, pero sí a conceder que fuera una mujer taimada. En el mundo de Pantuff, «astuta» no era un cumplido.

Pero ya habían aumentado una vez la presión sobre la mujer, y es posible que tuvieran que hacerlo de nuevo. Ella podía argumentar que todavía no había conseguido reunir todo el dinero, y probablemente no mentiría, por más que a Pantuff le doliera reconocerlo. Pero al forzar la situación, ellos también limitaban las oportunidades de ella para el engaño, y podrían escabullirse y aislarse un día antes.

—¿En qué piensas? —preguntó Veale.

—En que podemos seguir dos vías —dijo Pantuff—. Aceptamos lo que pueda darnos, aunque sea menos de lo que habíamos esperado. Esa es la primera.

—¿O?

—O nos llevamos ahora lo que podamos y volvemos más adelante para un segundo pellizco, pero eso implicaría devolver parte del material. Si no lo hacemos, nunca le sacaremos más dinero. Le damos alguna cosa cuando pague la primera vez, y tiramos las demás cuando recibamos la segunda parte. Yo preferiría arrebatarle todo, pero un hombre tiene que aprender el arte del compromiso.

Veale negó con la cabeza.

—No quiero regresar aquí —dijo—. Y quiero deshacerme de todo lo que nos llevamos en cuanto sea posible.

—Para que así dejes de oír las pisadas de una niña —dijo Pantuff—. Porque eso es lo que esperas que pase en cuanto nos hayamos quitado de encima este lío, ¿no?

—Sí —dijo Veale, aunque no se trataba solo de eso. Quería que los objetos desaparecieran antes de que además de escuchar a la niña empezara a verla también.

—Tus supersticiones van a costarnos dinero —dijo Pantuff.

—Te lo compensaré la próxima vez.

—No lo digo por eso. Solo era un comentario, nada más.

Pantuff se metió entre el tráfico de camino a Old Port. No estaba de humor para volver al Braycott. La vida ya era bastante deprimente de por sí sin pasar la mayor parte de ella encerrado en un vertedero como aquel, y mantenerse alejado del establecimiento le sentaría bien a Veale. Pantuff se planteó si había algún modo de que Veale pudiera reducir a cenizas el Braycott en algún futuro cercano. No costaría demasiado. El local, tal como estaba, ya era una trampa mortal en caso de incendio, y le haría un favor a la ciudad.

—Me preguntaba... —empezó Pantuff.

—¿Qué?

—De nuevo es solo una suposición, pero pensemos que la niña que oyes es la hija de los Sawyer, porque yo sigo siendo escéptico.

—Muy bien, lo entiendo. Sigue.

—¿Tú crees —dijo Pantuff— que su madre la oye también?

Esa posibilidad no se le había ocurrido a Veale hasta ahora.

Reflexionó al respecto mientras giraban hacia Commercial, con el río Fore ante ellos. El puente basculante de Casco Bay estaba levantado para permitir la salida a mar abierto de un inmenso buque portacontenedores. Veale había leído que incluso los portacontenedores más grandes a veces contaban con una tripulación tan exigua que no superaba los veinte miembros a bordo. A menudo se había imaginado a sí mismo navegando, perdiéndose en la inmensidad de los océanos. Si le confiaran una tarea que pudiera realizar solo, un acto sencillo y repetitivo que pudiera hacer bien, sus rarezas encontrarían acomodo.

Si lo rodeaba gente que no hablaba inglés, pasaría completamente inadvertido.

—Sí —dijo Veale—. Supón que la oye. Si puedo oír yo a la chica, ¿por qué no iba a hacerlo ella?

La chica. Estaba empezando a humanizar a la aparición. Eso no le hizo gracia.

—De manera que la niña debe de tener una conexión con lo que nos llevamos —dijo Pantuff—, un lazo de algún tipo, de lo contrario, ¿por qué se habría mantenido tan cerca de ella? Me refiero siempre en el caso de que exista, cosa que no creo.

—Esa es una explicación posible para lo que está pasando.

—¿Tienes otra mejor?

—En este momento, no.

—A donde quiero ir a parar —dijo Pantuff— es a que damos por sentado que el valor de lo que robamos era puramente sentimental, pero ¿y si es algo más que eso? Supongamos que una pequeña parte de su hija sigue vinculada a esos recuerdos, como, qué sé yo, ¿un espíritu?

—¿Y qué? —replicó Veale—. Eso no significa que ella pueda conseguir más dinero, por más que la exprimamos.

—No quiero exprimirla —dijo Pantuff—, solo hacerle daño. —Toqueteó el volante con los dedos de la mano derecha, siguiendo un ritmo que solo él conocía—. Le sacaremos todo el efectivo que haya reunido, luego destruiremos todo lo que le hayamos robado. Lo quemaremos y lo que queda de su hija arderá con los restos. Lo filmaremos para que así pueda verlo arder y saber que la niña ya no está en este mundo. ¿Qué te parece?

—Me parece —dijo Veale— que estás empezando a creer.

Pero no aceptó de inmediato el plan de Pantuff. Quería tiempo para estudiarlo.

—El que yo crea o deje de creer no importa —dijo Pantuff—. Lo que importa es que ella se lo crea. Pero, de todas manera, me gustaría asegurarme. —Se mordisqueó un padrastro—. Tal vez —dijo— deberíamos averiguarlo.

7

El Bear estaba abierto como siempre, aunque se respiraba una evidente atmósfera de incertidumbre y ansiedad en el local. Ni siquiera los hermanos Fulci eran los mismos de antes, aunque algunos habrían considerado cualquier cambio como una mejora. Los hermanos habían llegado temprano para ayudar a Dave a reparar unas mesas rotas, pero dado que, para empezar, las habían roto ellos —en una acalorada discusión sobre una partida de ajedrez—, era lo menos que podían hacer.

Dave me paró en la recepción.

—He buscado a Nate Sawyer en Google —me comentó—, y tengo que decirte que tu lista de clientes se vuelve más colorista a medida que pasan los años. Te juro que si la viuda de Jack el Destripador se presentara aquí preguntando por ti, no me sorprendería lo más mínimo.

—¿Dónde está la señora Sawyer?

—En tu oficina-reservado habitual, al lado de la barra. ¿Quieres un café?

—Claro, ¿por qué no?

—Ahora te mando a alguien a servírtelo. —Miró hacia la barra—. Uno tiene que preguntarse en qué clase de lío estará metida para venir hasta aquí. Es difícil imaginar que sea algo peor de lo que ya ha visto.

—Te sorprenderías.

—Dios, espero que no. Me parece que el mundo ya sufre bastantes penas para salir adelante.

Lo dejé con sus agobios y me encaminé hacia el reservado. Sarah Abelli, o Sawyer, estaba sentada dando la espalda a la pared, mirando hacia fuera. Seguramente adoptaba esa posición muchas veces últimamente, y eso en el caso de que se atreviese a salir muchas veces de casa por la puerta delantera. Tenía la cabeza inclinada y tecleaba un mensaje en su móvil. Al acercarme, levantó la mirada de la pantalla, y entonces me detuve de golpe. Sentí que me quedaba sin aliento y me desgarraba entre la urgencia de marcharme de allí o la necesidad de estirar la mano y acariciarle la cara.

Sarah Abelli guardaba un asombroso parecido con Susan, mi difunta esposa. Estaba en sus ojos, la curva de sus pómulos y la forma de su boca, pero también en la postura, con una especie de relajada elegancia, incluso sentada. El cabello era diferente —más largo, más oscuro— y tenía la cara un poco más rellena, pero si Susan y ella hubieran estado sentadas la una al lado de la otra, y a la primera la hubieran presentado como la hermana pequeña de la segunda, nadie habría puesto objeciones.

—¿Señor Parker? —dijo.

Tardé un instante en encontrar la voz.

—El mismo.

Se levantó y me tendió la mano.

—Soy Sarah Abelli.

Vacilé un momento antes de estrecharle la mano. Ella tenía la piel muy seca, con una textura áspera, casi arenosa. Cuando relajé mi apretón, casi esperaba ver granos de arena brillando en la palma.

—Gracias por dedicar parte de su tiempo a hablar conmigo —dijo mientras volvía a sentarse—. ¿Se encuentra bien? Parece un poco alterado.

—Usted me recuerda a alguien que conocía —dije—. Me ha sorprendido.

—Espero que fuera alguien que le gustaba.

—Sí, lo era.

Tal vez ella vio algo en mi cara, o lo oyó en mi voz, pero el caso es que abandonó el tema y yo se lo agradecí.

—Bueno —repuso—, supongo que eso es mejor que la otra alternativa.

Llegó un camarero con un par de tazas, una cafetera, algunos edulcorantes y leche, porque Dave sabía que yo prefería la leche normal a la crema batida. El camarero sirvió el café y volvió a dejarnos solos.

—Antes de empezar, debo informarla —dije— de que creo que mis circunstancias no son las propicias para aceptar más clientes. Dada la situación actual, va a resultar difícil cumplir los encargos que ya tengo pendientes.

Ella pasó por alto el azúcar y la leche —tampoco hizo el menor caso a mis palabras a juzgar por el modo en que sonrió—, y probó el café.

—No creo que mi problema vaya a ocuparle mucho tiempo —declaró—. En menos de veinticuatro horas se habrá acabado todo.

—Aun en ese caso... —dije.

Sostuvo la taza en las manos y me miró a través del vapor. Su expresión cambió y percibí cómo se arremolinaban la decepción y la rabia, y no toda contra mí. Sarah Abelli, supuse, había pasado demasiadas horas haciendo examen de conciencia y se había sentido mal.

—¿Es usted reacio a trabajar para mí por ser quien soy o, peor aún, por quien era mi marido?

No la conocía lo bastante para poder o querer juzgarla, pero sí conocía a la gente con la que se movía Nate Sawyer, así como que las revelaciones póstumas sobre él no lo hacían precisamente más atractivo. Dave estaba en lo cierto cuando comentó que todos teníamos ya bastantes conflictos a los que hacer frente ahora mismo.

—Digamos que conozco a los socios de su difunto marido —dije—, y que preferiría mantenerlos a cierta distancia.

—No le culpo —dijo ella—, he procurado seguir el mismo criterio, cuando me lo han permitido las circunstancias. E incluso lo he conseguido, casi siempre. Si es una cuestión de dinero, puedo pagar. Si le preocupa que la gente descubra que usted me ha ayudado, puedo garantizarle que nadie lo sabrá jamás, siempre y cuando su amigo de ahí sepa mantener un secreto. Y, como le he dicho, no parece que este caso vaya a alargarse mucho.

Añadí un poco de leche a mi café. Algunas de las semejanzas

con Susan empezaban a desvanecerse, pero el recuerdo de la primera impresión persistía.

—¿Está acostumbrada a salirse con la suya? —pregunté. Hice la pregunta con cierta ligereza, pero ella no respondió en el mismo tono.

—No —dijo—. Nunca me he acostumbrado a imponer mis deseos. Mi difunto marido me rompió tres costillas, me fracturó dos dedos y una vez me golpeó con tal fuerza en el lado izquierdo de la cabeza que me provocó un infarto leve del lóbulo occipital y me dejó parcialmente ciega de un ojo. Supongo que puedo considerarme afortunada de que no me matara, teniendo en cuenta lo que debió de hacerles a aquellas otras mujeres. Yo diría que no lo hizo porque no quería cargar con las molestias de cuidar solo a nuestra hija.

Esbozó una mueca y tardó unos segundos en serenarse. Para darle tiempo, pregunté:

—¿Tiene alguna duda acerca de su culpabilidad?

Ella agradeció la distracción, o eso me pareció, aunque no tardó mucho en responder. Después de todo, seguramente pensaba sobre la cuestión todos los días.

—Me gustaría creer que no fue el responsable —dijo—, aunque solo fuera por mí. No me gusta ser una paria a causa de los pecados de otro. Pero sé muy bien de qué era capaz, así que es probable que asesinara a esas mujeres, aunque eso no quiere decir que no me alegrara descubrir que no fue así.

Dejó la taza sobre la mesa con fuerza. Parte del café se derramó.

—Mire lo que he hecho —dijo.

Alargué la mano para coger una servilleta, pero ella se me adelantó.

—¡Ya me encargo yo!

Lo dijo tan alto que llamó la atención del camarero. Hice un leve gesto con la cabeza para avisarlo y él se dio la vuelta.

—Lo siento —dijo Abelli. Acabó de limpiar el café derramado y dejó la servilleta manchada a un lado—. ¿Sabe lo que le pasó a mi hija?

—Algo leí. Entiendo una pequeña parte de lo que debe de estar pasando.

—Esperaba que lo hiciera. Por eso he recurrido a usted. —Me miró de una manera extraña—. ¿Sabe una cosa? —preguntó—. Creo que usted es la primera persona que no ha dicho que lo siente o me ha ofrecido sus condolencias.

—Se usa demasiado. Es un deseo bienintencionado, sí, pero nunca he tenido muy claro lo que significa. ¿Esto va de su hija, Sarah?

Y cuando utilicé su nombre de pila, sus defensas se vinieron abajo, y todo lo que quedó fue sufrimiento.

—Sí —dijo—, o de lo que queda de ella.

8

Sarah Abelli finalmente se fue a Freeport, en Maine, tres meses después de las muertes de su hija y su marido. La madre de Sarah tenía una tía solterona en las afueras de Freeport, y cada verano la madre, Sarah y sus dos hermanos pequeños tomaban el autocar desde Massachusetts para pasar un mes con la anciana. El padre de Sarah iría más tarde en coche para quedarse una semana con ellos, confiando la administración de su querida tienda de comestibles a su ayudante, Theo, si es que «confiar» algo a alguien significa importunarlo constantemente con llamadas telefónicas para asegurarse de que no había regalado todas las existencias a los pobres aprovechados, ni había dejado que todo el establecimiento se llenara de humo. A su muerte, la tía legó su casa a la madre de Sarah, y ella a su vez se la dejó a sus propios hijos en el testamento. Ni el hermano ni la hermana de Sarah tenían el mismo afecto por el retiro veraniego, así que ella les fue comprando la casa a plazos a lo largo de diez años.

Nate Sawyer raramente había incordiado al estado de Maine con su presencia, a no ser que algún trabajo le requiriese viajar al norte. Tampoco le molestaba el creciente deseo de su mujer de pasar tiempo en Freeport mientras su matrimonio se tambaleaba, dado que eso le daba tiempo para seguir con sus diversas relaciones esporádicas y, como se sabría más adelante, matar a mujeres jóvenes. En Maine, los residentes de Freeport conocían a Sarah simplemente como una de las «chicas Abelli», pues ese era el apellido de su tía. A la muerte de su marido, Sarah presentó, a través de su abogado, una solicitud a un tribunal de Massachusetts con la intención de utilizar el apellido de su tía, y rápidamente se dispuso la vista. Al cabo de dos semanas, tras la sesión a puerta cerrada de la audiencia, ya era oficialmente Sarah Abelli. Ahora dudaba de que más de un par de personas en Freeport la hubieran relacionado con su marido, y a estas les preocupaba lo bastante como para guardar silencio, sobre todo tras la muerte de su hija.

—¿Por qué se aceleró la vista? —pregunté. Los cambios de nombre podían tardar hasta seis meses para que los certificara un juez. Pero ya mientras se lo preguntaba supe la respuesta.

—Porque les conté a la policía y al FBI todo lo que sabía sobre las actividades de mi marido, aunque sin dar nombres, y a cambio ellos me dieron algunas facilidades para cambiar hasta cierto punto de identidad.

Bingo.

—Eso debió de suponer muchos riesgos —comenté.

—Así es. Me pasé una semana planeando qué iba a contarles y ensayándolo con mi abogado. Él, a su vez, aclaraba las cosas con..., esto, con otros por adelantado.

—¿Con la Oficina?

—¿Y con quién sino?

Entendía por qué ellos estaban dispuestos a dejarla hablar. Ni siquiera la Oficina quería que la percibieran como una organización que consentía que uno de sus miembros cometiera crímenes sexuales.

—¿La presionaron mucho los agentes federales? —Los federales habrían querido algo más que la historia de cómo podrían haber acabado enterradas las chicas en el garaje de Nate Sawyer.

—Presionaron bastante, pero solo les conté lo que me permitieron contarles.

—¿Le pidieron que declarara?

—No habría merecido la pena. La mayor parte de lo que les expliqué no eran más que rumores.

—¿Pero?

—No era bastante.

—¿A quién podía hacer daño?

—A la Oficina, no; pero sí a alguna gente que la organización quería ver retorciéndose en un anzuelo federal. Ya sabe, incordios.

Eso sería un movimiento inteligente, si salía bien.

—¿Está la Oficina al tanto de su cambio de nombre?

—Procuramos mantenerlo en secreto, porque eso formaba parte del acuerdo. Pero en Boston no hay secretos, o al menos no de esa clase. Y, en el fondo, ¿qué importa? Ahora todo se reduce a mí. Todo lo demás son recuerdos.

—¿De su hija? —pregunté con suavidad.

—Sí. De Kara.

9

—Lo repito de memoria una y otra vez, ¿sabe? —dijo Sarah Abelli en el reservado del Great Lost Bear—. Intento ubicar el momento en que podría haber cambiado el final, de manera que ella siguiera viva. Me quedo con ella en la planta de arriba en lugar de bajar para llamar a mi hermana. O insisto en que me acompañe en lugar de dejarla sola con sus ceras y su libro para colorear. O voy a ayudarla en las escaleras cuando la oigo bajar en lugar de quedarme en la cocina con un cigarrillo en una mano y el teléfono en la otra. Reacciono más rápido cuando la oigo caer. Explico lo que ha pasado con más coherencia a la operadora de emergencias. Utilizo otras palabras cuando le hablo a Kara mientras esperamos la ambulancia, palabras que se introducen en su cerebro y la mantienen a mi lado. Veo todas esas desviaciones en el sendero, esas oportunidades de cambiar el futuro, y son mínimas, visiblemente intrascendentes, pero, debido a las decisiones que tomé, la historia acaba con ella agonizando en una ambulancia.

No la interrumpí, ni le ofrecí consuelo. Yo había pasado años atormentándome a mí mismo de una forma similar, con la diferencia de que mis decisiones parecían conducir inexorablemente a los asesinatos de mi esposa y mi primera hija. Tardé mucho tiempo en aceptar, y solo parcialmente, que la culpa era del hombre que les había arrebatado las vidas. Sarah Abelli ni siquiera tenía a nadie con quien compartir la culpa, a no ser que fuera Dios en persona. Si seguía ese camino, yo no se lo iba a recriminar, y tampoco creo que Dios lo hiciera.

En el momento en que Kara murió, Sarah Sawyer era todavía

la esposa de un soplón, que no tardaría en ser etiquetado como un asesino en serie de mujeres. Además de ser sometida al ostracismo por su propia comunidad y por los antiguos colegas de su marido, también estuvo presionada por estos últimos para que explicara adónde habían ido a parar ciertas sumas afanadas, porque, además de chivato y asesino, Nate Sawyer le había estado robando a su propia gente.

—Una semana después del funeral de Kara —dijo Sarah—, dos hombres que no conocía se presentaron en casa. Me introdujeron por la fuerza en la parte de atrás de una furgoneta, me taparon la cabeza con una capucha y me llevaron a una finca junto al mar, porque podía oír las olas rompiendo en la orilla y oler la sal, incluso a través de la capucha. Y aquella capucha apestaba; la habían usado antes, tal vez muchas veces. Me llevaron a un sótano. Me arrancaron la ropa y me dejaron en ropa interior, y entonces uno de ellos me metió los dedos. Dijo que les habían dado permiso para hacer lo que quisieran conmigo, pero que si les decía dónde estaba el dinero se plantearían no violarme. Entonces empezaron los golpes, los puñetazos. En un momento dado perdí el conocimiento. Cuando recobré la conciencia había otro hombre en el sótano, y estoy segura de que reconocí su voz porque lo había visto un par de veces reunido con mi marido. Nate me lo había presentado como Luca, pero nunca supe su apellido porque tampoco lo pregunté. Dijo que si no les decía dónde estaba el dinero, desenterrarían el cuerpo de Kara y se lo darían a los mismos cerdos que se habían comido las cenizas de mi marido.

Se tomó un momento, frunció los labios y miró a su interior.

—Me casé con uno de esos hombres —dijo—, el tipo de hombre que amenazaría con desenterrar a una niña y arrojar su cadáver a los cerdos. Me acosté con él, tuve una hija con él, aunque Kara siempre fue mía, nunca suya. Pero ¿cómo pude ser tan estúpida?

No tenía ningún sentido decirle que ella no podía haberlo sabido, porque sí lo sabía: aunque no estuviera al tanto de los detalles, se hacía una idea general. Simplemente había preferido no reconocerlo. A veces, esa es la única manera de sobrevivir.

—Pero si Nate les robó, como afirmaban —prosiguió—, yo no tenía ni la menor idea. Sí, claro, él lo pagaba todo en efectivo; pero eso no era nada raro en los círculos en los que se movía. Cuando yo necesitaba comprar algo, me daba el dinero. No era tacaño y tampoco le molestaba que yo apartara un poco de dinero para mí, pero estábamos hablando de una suma de cuatro cifras como mucho. Pero no conseguí que me creyeran. Pensé que estaba claro que harían conmigo lo que habían dicho, y que vaciarían la tumba de Kara. Luca le dijo al que amenazó con violarme que podía hacer lo que quisiera conmigo, y cuando acabara, él volvería y hablaríamos de nuevo para ver si me había hecho entrar en razón. —Sarah mantenía la mirada fija en mí, no la apartó—. El que me había metido los dedos me susurró al oído lo que iba a hacerme. Ya tenía sus manos sobre mis pechos cuando se produjo un ruido cerca. Oí que se abría una puerta y todo se detuvo durante un momento. Cuando otra persona tomó la palabra, me sonó como si fuera un viejo. Dijo que no quería que me hicieran daño, que él también tenía hijas, pero que había un límite a la protección que podía ofrecer. El dinero que había robado Nate tenía que ser devuelto. Así eran las cosas. No se trataba de nada personal, solo negocios.

Al final ella aceptó traspasar su casa —doscientos mil dólares con cincuenta mil pendientes en el cambio de hipoteca— y ellos la dejaron marcharse. Cuando volvió a casa, todo estaba patas arriba debido al empeño que habían puesto en encontrar algunos de los escondrijos de su marido. También habían conseguido dar con cinco mil dólares en la pared de detrás del botiquín y otros doce mil en el fondo falso del banco del garaje.

—Me dieron una semana para dejar mi casa —dijo—. Lo organicé todo para exhumar el cuerpo de Kara, que volvió a ser enterrado bajo sus iniciales. Hablé con los federales como se me había instruido y luego vine aquí. Empecé a pensar que se habían olvidado de mí, pero estaba equivocada.

Hacía una semana, al volver a su nueva casa del gimnasio se encontró con que la habían arrasado unos asaltantes: habían desgarrado la tapicería y los colchones, su ropa estaba tirada sobre las alfombras, habían vaciado las estanterías e incluso el contenido de los armarios de la cocina: habían abierto los paquetes de arroz y volcado las cajas de cereales por el suelo. Era una destrucción casi vengativa, pero meticulosa en su exploración. Debía de haber sido otra gente con la que trabajaba su marido, pero si informaba a la policía atraería la mirada de esta hacia ella; en cualquier caso, los intrusos no podían haber descubierto nada de valor porque tenía poco que mereciera la pena robar, y lo que tenía estaba bien escondido. Solo cuando revisó su dormitorio por segunda vez se percató de lo que se habían llevado. Su reacción fue chillar.

—Yo guardaba los recuerdos de Kara en una caja —siguió contándome—, todas esas pequeñeces de sus primeros años que había podido conservar: sus primeras botitas, su primer chupete, el primer diente que perdió, algunos dibujos suyos, fotografías, e incluso moldes de yeso de sus manos y pies del día que la trajimos a casa del hospital. Se habían llevado todo cuanto tenía de ella.

Me di cuenta de que había resuelto no llorar delante de mí. Apretaba los puños y le costaba mantener la compostura. Además, había vuelto la rabia: si hubiera sido capaz de atrapar a los que habían cometido el robo, ella les habría arrancado el corazón de buena gana.

—En ese momento estuve a punto de llamar a la policía —prosiguió—. No me importaba que se descubriera mi identidad ni que me rompieran los cristales de las ventanas y me viera obligada a mudarme de nuevo. Solo quería recuperar a Kara. Yo había puesto mucho de mí misma, de *ella,* en esas pequeñeces. Eran el lazo que me unía a mi hija. Sin ellas, la habría perdido para siempre.

Mientras la miraba y la escuchaba, tuve la sensación de que había palabras que se habían quedado sin pronunciar, y emociones más profundas que no se habían expresado. Tal vez era solo el dolor lógico de una madre que había perdido a su hija, y una rabia y conmoción comprensibles ante el robo de los recuerdos materiales que habían quedado en el mundo de la niña. Pero no, no era eso; yo me había convertido en un experto en la identificación de los escondites, de los silencios, porque ahí era donde radicaba la verdad con mucha frecuencia. Sarah Abelli me ocultaba información. Quienquiera que hubiera robado en su casa se había llevado más cosas suyas que unos recuerdos, por importantes que fueran para ella.

—¿Y acudió a la policía? —le pregunté.

—No tuve la ocasión. Recibí una llamada. No sé cómo consiguieron mi número porque lo cambié después de dejar Massachusetts. Ni siquiera conservaba las facturas antiguas en casa. Menos de una docena de personas tenían aquel número, y todas ellas son de mi absoluta confianza.

—Si tiene un móvil, pueden localizar el número —dije—, sin importar lo esporádicamente que lo use. Hábleme del hombre que la llamó.

—No me dijo cómo se llamaba; solo que tenían las cosas de Kara, y que podría recuperarlas por cincuenta mil dólares. Le informé de que no tenía esa suma, que apenas tenía mil dólares en mis cuentas, y mi tarjeta de crédito acumulaba una deuda de cien dólares. Trabajo en L.L. Bean y conduzco el mismo coche desde hace diez años. Le conté todo eso, pero me dio la impresión de que él ya lo sabía y que aquello no le afectaba a él ni a sus exigencias. Me advirtió que más me valía encontrar un modo de reunir el dinero o destruirían todo lo que se habían llevado. Me sugirió que hipotecara la casa. —Tragó saliva—. Y eso es lo que hice. El banco solo me dio treinta mil dólares, así que mis dos hermanos acudieron en mi ayuda dejándome diez mil cada uno.

—Estoy esperando el «pero» —dije.

—El que llamó se ha puesto en contacto conmigo esta mañana. Ahora quieren el dinero antes de esta noche. El banco me prometió que el efectivo de la refinanciación estaría en mi cuenta a finales de semana. He vuelto a hablar con el gestor de cuentas, y le he rogado que acelerase los trámites para disponer hoy del dinero. Le dije que se trataba de un pago urgente para sufragar unos gastos médicos de mi hermana, y me ha dicho que vería qué podía hacer.

—¿Por qué me cuenta todo esto? —pregunté.

—Creo que van a engañarme —respondió—. Estoy convencida de que no tienen la menor intención de devolverme lo que me robaron.

—¿Por qué lo dice?

—Porque saben quién soy. De otro modo no se habrían llevado la caja de Kara. El que llamó dijo que no creía que hiciera falta que me advirtiera que no acudiera a la policía porque esta no se mostraría muy comprensiva con alguien como yo. Y en su voz percibí su desprecio hacia mí. Lo que le divertía mi sufrimiento. Dios, le supliqué y él se limitó a reírse. Disfrutaba con mi dolor.

—¿Y qué quiere que haga yo?

—Quiero que se asegure de que devuelven lo que me robaron, todo.

No respondí durante un buen rato. Tenía motivos de sobra para no implicarme: la sensación de pánico en las calles; mi prisa por dejar Portland e irme a Vermont con mi hija; y el montón de trabajo que tenía pendiente, parte del cual sería incapaz de acabarlo durante semanas, o puede que meses, dependiendo de la evolución del virus.

Pero lo principal era la Oficina. Hacía mucho que me había hartado de perseguir a matones, y mi intervención en sus asuntos nunca había acabado bien. También tenía malos recuerdos de Providence, entre ellos haberme cruzado con la competencia local de la Oficina, una pesadilla freudiana conocida como la Madre. La Madre parecía haberse retirado a las sombras, y su antiguo territorio era ahora dominio de la Oficina, pero el recuerdo de aquel encuentro perduraba. Ahora mismo, sentada delante de mí y pidiendo mi ayuda, había una mujer cuyo sufrimiento habría alegrado a la Oficina, y era muy posible que ya se hubieran preparado para convertir esa alegría en realidad.

Pero también era una madre que lloraba a su hija fallecida, y quienquiera que fuera el responsable de asaltar su hogar y llevarse los recuerdos de su hija era culpable de un acto reprobable. Pensé en Jennifer, mi propia hija muerta, y los recuerdos de su breve existencia que yo conservaba. Si alguien me los hubiera arrebatado, habría perseguido a los culpables y les habría hecho daño. Si yo no ayudaba a Sarah Abelli, ¿quién lo haría? Si le daba la espalda, ¿qué autoridad moral me quedaría?

—Usted ha utilizado a veces la palabra «ellos» y «los» al hablar de quienquiera que fuera el que le robara la caja —dije—, pero, si la he entendido bien, ha tratado con un único hombre.

—Así es, pero él hablaba en plural todo el tiempo. Supongo que podría estar mintiéndome para intimidarme más si cabe, pero ¿qué más da? Tenía la caja de Kara, y con eso bastaba. Además...

Esperé.

—De esto no puedo estar segura —prosiguió—, porque su voz sonaba amortiguada por teléfono, y la amortiguaba a propósito, creo, pero podría ser el mismo hombre que me atacó en el sótano. Su forma de hablar tenía un ritmo raro, como si hubiera aprendido inglés como segundo idioma, aunque no tenía el menor acento. De ser ese el caso, es posible que el otro hombre que me secuestró también esté con él.

—¿Llegó a verles la cara en algún momento?

—No, a decir verdad, no. Llevaban máscaras cuando me secuestraron: de plástico transparente, pero con un efecto deformante. Era como mirar imágenes en un espejo de feria. Y aun así, apenas los vislumbré antes de que me encapucharan, y me dejaron puesta la capucha hasta que me llevaron de vuelta a casa. No creo que fuera capaz de reconocerlos sin esas máscaras.

Eso no eran buenas noticias. Si se trataba de los mismos hombres, existía la posibilidad, incluso una alta probabilidad, de que trabajaran para la Oficina. La historia era que Nate Sawyer había birlado quinientos mil dólares a lo largo de seis o siete años, lo que no era moco de pavo. Y ese dinero o bien seguía oculto, en un escondite cuya localización se había llevado Sawyer a la tumba —o más bien al aparato digestivo de unos cerdos—, o bien su viuda era más dura y más astuta de lo que nadie había supuesto y se las había apañado para quedarse con parte del dinero de su marido. Si había vendido su casa después de la muerte de este, habría sacado unos ciento cincuenta mil dólares, más o menos, aunque el acuerdo al que había llegado con la Oficina la había dejado sin nada. Pero al sacrificar su casa, podría haberse garantizado potencialmente el triple de esa suma, suponiendo que su difunto marido no se lo hubiera gastado todo. Era posible que alguien en la Oficina hubiera empezado a pensar de esa manera, y la hubiera seguido hasta Maine. Hacerse con las posesiones de su hija para cobrar un rescate sería un buen modo de tantear el terreno. Si podía acceder a cincuenta mil dólares con demasiada facilidad, ese dinero procedería de algún sitio donde habría más, y un segundo viaje al sótano sería lo conveniente, en esta ocasión, un viaje del que ella no saldría viva.

Sin embargo, ayudarla implicaría inexorablemente una conversación con la Oficina, que no resultaba nada atractiva. Eran hombres de mal genio, el mundo no andaba escaso de sótanos, y un agujero en la tierra acogería a dos con la misma facilidad que a uno.

—¿Tiene algún modo de ponerse en contacto con ellos? —pregunté.

—No, siempre llaman desde un número oculto, y eso implica que tengo que responder cada vez que suena el teléfono. Estoy harta de la gente que intenta venderme algo.

—¿Le han dado instrucciones para realizar la transferencia del dinero?

—Todavía no, pero me han dicho que lo tuviera preparado en efectivo.

Eso era útil. Una transferencia electrónica habría sido más difícil de rastrear. Yo conocía a alguien que sabría hacerlo, pero hasta que encontrara la cuenta de destino final, los fondos se habrían dispersado. Sin embargo, el dinero en efectivo significaba que los extorsionadores se verían obligados a ponerse en contacto físico con el rescate. Y eso les volvería momentáneamente vulnerables.

—¿No sospechará el banco cuando pida su dinero en billetes?

—No si alguna vez han tenido que tratar con la profesión médica. ¿Ha visto lo que cobran los médicos? Algunos de ellos hacen que la Oficina parezca la encarnación de la honradez. ¿Significa eso que va a ayudarme?

—Para serle sincero, la idea no me atrae, pero no estoy seguro de que pudiera mirarme al espejo si no lo hiciera. Aunque tengo una pregunta más.

—Adelante, pregunte.

—Si son los mismos hombres que la torturaron, la Oficina debió de enviarlos para establecer de una vez por todas si usted tenía el dinero que les había robado su marido. Mi pregunta es: ¿lo tenía?

Ella mantuvo su mirada fija en la mía.

—No, no lo tenía.

Y no supe decir si mentía.

10

Pantuff y Veale pasaron en coche por delante de la casa de Sarah Abelli en Freeport, pero el coche de la mujer no estaba en la entrada. Había un gato sentado en uno de los alféizares de la fachada, irradiando rencor por haber sido dejado fuera de la casa, al frío. Pantuff pensó que Veale seguramente lo habría matado si fuera solo, y tuvo suerte el animal de no estar dentro cuando ellos irrumpieron. Veale había hablado en el pasado de su aprendizaje atormentando animales, y hacía poco que Pantuff se había visto obligado a advertirle que no quemara arañas, porque estaba seguro de que dejaba un olor extraño en la habitación. A Pantuff no le gustaba ver sufrir a los animales, solo a las mujeres. En su opinión, eso contaba como un rasgo positivo.

—Me pregunto por dónde andará —dijo Veale.

—Consiguiéndonos el dinero, a poco que esté en sus cabales. Podemos llamarla y averiguarlo.

Pantuff deseó que hubiera algún sitio cerca —un Starbucks, puestos a pedir, donde un hombre pudiera quedarse durante horas sin que lo echaran— en el que uno de ellos pudiera sentarse para vigilar la casa, pero el único Starbucks que vio se encontraba en Main Street, rodeado de tiendas baratas. La casa de Abelli estaba en Durham Road, muy alejada del centro y cerca de la Interestatal 295, sin ninguna cafetería a la vista. Incluso detenerse cerca durante demasiado tiempo podía llamar la atención de un vecino o de un policía de paso, que era la razón por la que apenas habían reducido la velocidad mientras echaban un vistazo al pasar por delante. Ahí, en el quinto pino, la gente era más entrometida de lo que le convendría. Esa era una de las razones por las que Pantuff detestaba los pueblos pequeños. La otra razón era, simplemente, que odiaba los pueblos pequeños. Veale y él también habían explorado de manera superficial el bosque que se extendía por detrás de la casa, pero no encontraron ningún sitio que les proporcionara una buena perspectiva sin llamar la atención de la gente que paseaba a sus perros por los senderos. Había días en que uno no tenía suerte ni queriendo.

—Llamemos a la zorra —dijo Pantuff—. Tengo ganas de pincharla un poco más.

Sarah Abelli y yo repasamos los sucesos acaecidos tanto en Maine como en Massachusetts. Le pedí que me hablara de nuevo de los hombres que la habían secuestrado y torturado, esta vez concentrándose en cada detalle que pudiera recordar de su forma de hablar y de su aspecto: altura, peso, color de pelo por detrás de las máscaras, si eran diestros o zurdos, y cualquier marca distinguible en la que se hubiera fijado, como cicatrices o tatuajes. Al final, yo disponía de más información con la que seguir adelante, pero no mucha. Entonces le hice recordar lo que pudiera de los días anteriores y también de los inmediatamente posteriores al asalto, por si los hombres implicados la hubieran estado controlando y ella los hubiera visto, aunque no fuera consciente de ello. De nuevo, tampoco sacamos gran cosa, pero Sarah creía haber visto un viejo Chrysler LHS azul dos días seguidos, uno en el Maine Mall y al día siguiente en el Freeport Medical Center, en una punta de Durham Road. Se acordaba del detalle porque su padre había conducido el mismo modelo hasta su muerte, y no podía ver uno sin pensar en él. Tomé nota para comprobar si el centro médico tenía alguna cámara de vigilancia, pero, aunque la tuviera, dudaba que me dieran acceso a la grabación: a los médicos no les gusta que los investigadores privados examinen las idas y venidas de sus pacientes.

—Supongo que no habrá estado controlando lo que se veía por el retrovisor de camino aquí, ¿verdad? —pregunté.

Ella se tensó ligeramente.

—Mi marido era un mafioso —dijo—. Nos pasábamos la vida mirando el retrovisor. Tomé precauciones. No me han seguido.

Eso me lo creía.

—¿Y ahora qué? —me preguntó mientras yo cerraba mi cuaderno.

—No podemos hacer gran cosa hasta que no se pongan de nuevo en contacto con usted y le digan cómo se va a producir el intercambio. Si son profesionales, serán muy cautelosos. Eso podría implicar que deba lanzar algo desde el coche: usted abre la ventanilla mientras conduce por cierto lugar, arroja el dinero y sigue adelante, con uno de ellos vigilándola durante los tres kilómetros previos desde otro vehículo, solo por si usted decide hacerse la listilla, y el otro hombre espera en el punto de lanzamiento para recoger el dinero. No le dirán adónde tiene que ir hasta que ya esté conduciendo su coche, y aun así solo lo harán unos pocos minutos antes de que llegue para que no haya nadie vigilando el lugar.

—Pero si hago eso, ¿cómo puedo saber que me devolverán las cosas de Kara?

—No lo puede saber —dije—, en todo caso, si su instinto no se equivoca, puede que no se las devuelvan todas. Si paga una vez, tal vez decidan que tiene que pagarles otra.

—Bien, pues a la mierda.

Pero lo dijo más con desesperación que como desafío. Quería que le devolvieran íntegras las pertenencias de su hija, y su instinto le decía que eso era cada vez menos probable, por mucho dinero que pagara.

—Por otro lado —añadí—, saben que es improbable que usted se haya puesto en contacto con la policía y que ninguno de los antiguos colegas de su marido levantará un dedo para ayudarla. Si fuera lo bastante rica, acudiría a alguna cara agencia de detectives privados especializada en problemas de este tipo a cambio de una prima, pero ellos dudan que lo haga, aunque estuviera nadando en el dinero de su marido. Cincuenta mil dólares no son calderilla, pero tampoco suponen un rescate colosal: es un objetivo alcanzable para todas las partes. Por norma, el truco consiste en averiguar hasta dónde puede pagar la víctima, y luego sumar entre un diez y un veinte por ciento para que sude. Si pides poco, no te tomará en serio. Si pides demasiado, te arriesgas a llamar la atención o a salir sin nada en absoluto. Todo radica en encontrar el punto óptimo.

—Todo eso es muy interesante —dijo—, incluso es posible que sea cierto en mi situación, pero ¿dónde nos deja?

—Nos deja en el punto en que hay que averiguar si la Oficina tiene algo que ver, que es lo que más lo complica todo. Si la instrucción de ir contra usted procede de Providence, cabe la posibilidad de entablar negociaciones, porque esos cincuenta mil dólares no son el desenlace.

—Le he dicho la verdad —replicó ella—. No tengo el dinero de Nate.

—El dinero de la Oficina —la corregí—. Es un error fácil de cometer, pero usted ha perdido una casa por él.

—¿Y si la orden no procede de la Oficina?

—En ese caso, usted contaría con cierta ventaja, pero no vayamos por ahí hasta que estemos seguros.

Le pedí su dirección, el número de su móvil y las llaves de su casa, tanto de la puerta delantera como de la trasera. Entonces me disculpé un momento y abrí un plano de Durham Road, seguido de una imagen de Google Earth de la zona. El río Merrill Brook discurría más o menos paralelo a Durham Road durante un trecho a través del bosque antes de desviarse hacia el noroeste pasada Richards Lane. Parecía que se podía acceder a la casa de Abelli por detrás, cruzando el río y el bosque, sin ser visto. Los árboles incluso habrían ofrecido un lugar razonable desde el que vigilar la casa.

Busqué a Tony y Pauli Fulci y les dije que tenía un trabajo para ellos si lo querían, y lo quisieron, porque la palabra «no» no figuraba en su vocabulario en cuanto a mí se refería. Le pedí a Tony que hiciera una copia de las llaves antes de emprender un viaje hasta la casa de Sarah Abelli en Freeport. Tenía que aparcar a cierta distancia y estar atento a un Chrysler LHS azul de finales de los años noventa, y luego seguir a través del bosque desde el Merrill Brook hacia la casa, pero solo cuando estuviera seguro de que nadie la vigilaba. Seguidamente entraría por la puerta de atrás y se colocaría en algún punto que le ofreciera una visión clara de la carretera.

A Paulie le dije que estuviera preparado para seguir a Sarah en cuanto saliera del Bear. Tony podía dejarlo en su casa de camino a Freeport, para que así Paulie pudiera coger uno de los vehículos menos llamativos de la familia —es decir, nada del camión monstruo— y volviera a tiempo para estar con ella. Avisé a ambos para que fueran armados, porque los Fulci habían eludido la pérdida del derecho a portar armas al no ser sentenciados por un delito que conllevara una condena de más de un año de prisión, aunque preferían viajar desarmados. Cuando uno tenía el aspecto de los Fulci, las armas eran una carga innecesaria. Paulie dijo que tomaría prestado el coche de su madre, que en la actualidad era un Kia Soul de color crema, aunque reconoció que una parte de sí mismo moriría allí dentro. Entonces volví al reservado y a mi nueva clienta.

—No estoy seguro de cuánto sabe usted sobre mí —dije—, pero no siempre trabajo solo, y tengo gente a la que puedo recurrir si es necesario. Da la casualidad de que todos andan por aquí en este momento, lo cual me viene muy bien. No puedo garantizar un resultado positivo de todo esto, porque la otra parte tiene casi todas las cartas, pero nuestras probabilidades mejorarán implicando a esos hombres.

—Pagaré con gusto lo que haga falta —dijo ella.

—Bien, porque dos de ellos ya están en marcha; uno estará esperándola en su casa cuando usted llegue. Se llama Tony. Parece más temible de lo que es en realidad, pero ciertamente se trata de una situación impredecible si se mira bajo cierta luz.

—¿Por qué tiene que entrar en mi casa?

—Suponen un par de ojos más en los alrededores, y seguridad por si esos hombres deciden ir a recoger el rescate en persona. ¿Guarda algún arma en casa?

—No, no me gustan las armas.

—Bien, Tony irá armado, así que agradecería su comprensión. Ahora necesito su móvil y su contraseña.

Ella me entregó su móvil Android y yo instalé FlexiSpy y

Call Recorder. El segundo era básicamente un *backup* del primero, porque FlexiSpy no solo me permitiría escuchar todas las llamadas, tanto hechas como recibidas, sino también grabarlas. La *app* funcionaría además como micrófono, y eso sería útil si llegáramos al punto en que se obligara a Sarah a subir sola a su coche, pues nos permitiría permanecer en contacto. También contenía un rastreador de ubicación, de modo que mientras el teléfono estuviera en posesión de ella, yo sabría dónde se encontraba.

—Ahora me llegará una notificación cada vez que usted reciba una llamada —dije—. No conteste de inmediato porque puede que necesite un poco de tiempo para conectarme. He preparado la *app* para que monitorice todas las llamadas, pero si no tienen importancia para lo que nos interesa, dejaré de escuchar. Esto también me da acceso a su *email* y sus SMS, así que si tiene algún problema al respecto, dígamelo.

—Puede mirar y escuchar cuanto quiera —dijo Sarah—. No tengo vida personal, a no ser que cuente como tal la pertenencia a un club de lectura.

—Sin embargo, es importante que quede claro a lo que accedo. Quiero que espere aquí unos minutos hasta que Tony le devuelva sus llaves y yo le diga que es seguro salir. Cuando se vaya, le seguirá un Kia de color crema. Será Paulie. Si tiene alguna duda, solo tiene que buscar a un hombre corpulento que exuda pundonor. No podría pasar inadvertido ni aunque quisiera.

A lo largo de los últimos meses, Tony —el más reflexivo de los hermanos— había empezado a dar signos de una marcada evolución de la personalidad, incluida la habilidad de, sin llegar a fundirse con lo que le rodeaba, encontrar entornos en los que no pareciera que necesitaba un permiso de obras. Paulie, por el contrario, seguía siendo Paulie. Pedirle que procurara no llamar la atención sería como ponerle un sombrero a un oso y decir que iba disfrazado.

—¿Qué estarán vigilando? —preguntó Abelli.

—El Chrysler o cualquier otro vehículo que parezca mostrar interés por usted o su lugar de residencia. Si no se ha equivocado con el coche, la solución más sencilla a todo esto sería que lo localizáramos, habláramos con quienesquiera que sean los propietarios, y les convenciéramos de que le devuelvan las cosas de su hija antes de seguir camino.

—¿Así de simple?

—Podemos resultar muy convincentes.

—Eso indica su reputación.

—No se crea todo lo que lee.

—En su caso, no me hace falta creérmelo todo —dijo—. Con el diez por ciento me basta.

Pasé por alto el comentario.

—Pero si no tenemos suerte —proseguí— y esos hombres se las apañan para mantenerse ocultos sin llamar la atención, deberemos conformarnos con cumplir con lo que sea que le digan que haga, y asegurarnos de que le echamos mano al menos a uno de ellos antes de que se desvanezcan. Entonces propondremos un intercambio distinto: nos devuelven el dinero y los objetos que le robaron, y a cambio nosotros no implicamos a la policía ni recurrimos a más violencia de la necesaria. Pero primero, como le he dicho, tenemos que establecer antes el grado de implicación de la Oficina.

Por el momento, no había nada más que hablar. Llegamos a un acuerdo sobre los honorarios por el trabajo, y Sarah Abelli se ofreció a pagarlos por adelantado. Abrió su bolso para enseñar un sobre lleno de billetes. Le dije que cobraría la mitad por el momento, y la otra mitad cuando hubiéramos acabado. Yo sabía que los Fulci estaban desesperados por dinero, y pagarles en efectivo por sus esfuerzos sería lo mejor. Ella contó los billetes, todos de veinte, algunos nuevos y otros con el aspecto de haber sido recuperados de debajo de los cojines del sofá, lo cual no significaba que algunos de ellos hubieran sido afanados a la Oficina. Le di los números de los Fulci y me aseguré de que los introducía correctamente en su móvil, porque no quería problemas de comunicación si algo salía mal. Esperé con ella hasta que Tony estuvo de vuelta con sus llaves y se fue, y Paulie confirmó que estaba delante del Bear. Dimos un margen de tiempo a Tony para que llegara a Freeport, y luego ella se marchó. Incluso su forma de andar me recordaba la de Susan, y tuve que esforzarme para mantenerme en el presente. La carga de mi pasado ya era lo bastante pesada para sumarle algo más.

Dave se acercó en cuanto la puerta se cerró tras ella.

—¿Puedo preguntar? —dijo.

—Alguien robó las pertenencias de su hija —dije—. Fotografías, recuerdos de su infancia. Se los llevaron para pedir un rescate.

Dave tardó unos segundos en recuperar la voz. Cuando pudo volver a hablar, una fracción de su fe en el mundo se había perdido para siempre.

—¿Qué tipo de gente haría algo así? —preguntó—. A ver, ¿a quién se le ocurriría siquiera hacer eso?

Sentí la tentación de contestarle que tal vez el tipo de personas que también amenazaría con desenterrar los restos de la misma niña y arrojarlos a los cerdos. Pero Dave no tenía ninguna necesidad de enterarse de eso.

En ese momento, sonó mi teléfono. Miré la pantalla y vi una llamada entrante a Sarah Abelli desde un número oculto. FlexiSpy estaba justificando la suscripción que pagaba.

—Me parece que vamos a averiguarlo —dije.

11

Phil Hardiman no era muy madrugador, y, en cualquier caso, a Bobby Wadlin nunca le había parecido un tipo al que le sentaran bien las mañanas, ni, ya puestos, las tardes, ni siquiera las noches, salvo para sus trapicheos. Iba por la vida como si las cosas que valían la pena estuvieran rodeadas de una valla electrificada, y su destino consistiera en lanzarse en vano contra ella hasta que finalmente llegara la muerte para aliviarlo de la carga de tener que intentarlo siquiera. Los narcóticos mitigaban el dolor, pero había caído en el círculo de empezar a vender para así poder seguir consumiéndolos y descubrir que sus apetitos personales prácticamente no se mitigaban. Tal como son los yonquis, eso significaba que no tardaría en encontrarse en números rojos, lo que le obligaría a cometer varios tipos de robo para cumplir sus compromisos y mantenerse a la altura. Su estancia en el Braycott Arms servía únicamente para posponer el inevitable regreso a una institución, aún menos grata, pagada por el Estado.

Y ahora ahí estaba, con los ojos pitañosos, de mal humor, cerniéndose sobre el mostrador de Bobby, quejándose de nuevo del niño que había perturbado su sueño nocturno, buscando un descuento o una devolución de parte o de todo lo que adeudaba de su estancia en el Braycott.

—Voy a decírselo por última vez —repitió Bobby—, aquí no hay ningún niño.

Para ser sinceros, Bobby no estaba absolutamente seguro de ello, porque el servicio de limpieza no había acabado de revisar todas las habitaciones, pero rayaba en la certidumbre, y Hardiman no era lo que se dice un testigo fiable. Si estuviéramos en navidades, seguramente habría afirmado que había oído a Santa Claus. Bobby no sabía cuál era la droga preferida del huésped, pero, con independencia de esa flaqueza concreta, conocía lo bastante a los drogatas para sostener que sus capacidades mentales tendían a disminuir a medida que pasaban los años.

—Pues yo le digo que oí a uno —replicó Hardiman, pero Bobby se dio cuenta de que estaba agotando al huésped, haciéndole dudar de sí mismo, aparte de lo que sus fanfarronadas pudieran sugerir. Al percatarse, Bobby hizo un gesto para llegar a un acuerdo.

—Escuche, voy a explicarle lo que voy a hacer —dijo—. Si el servicio encuentra pruebas de que alguien ha metido a un niño a hurtadillas en el hotel, le devolveré la mitad de la tarifa de una noche para compensarle por el sueño perdido. Pero eso lo haré solo, repito, solo, si el servicio se presenta con las pruebas. Los dueños armarán una buena por eso, pero aguantaré lo que sea porque lo justo es justo. ¿Le parece bien?

Obviamente, no le parecía bien, pero Hardiman aceptó, sabedor de que era lo máximo que podría sacar. También sabía que el rollo de los dueños era mentira y que una parte de la tarifa iba directa al bolsillo de Bobby Wadlin. Es más, Hardiman no se fiaba de que Wadlin fuera a decirle que el servicio de limpieza había encontrado las pruebas de la presencia del niño, aun en el caso de que así fuera. No le extrañaría que Wadlin sacara al crío escondido entre la ropa sucia solo para evitar tener que aflojar la cartera.

—Tengo cosas que hacer —se despidió Hardiman—. Ya llego tarde por culpa de todo esto.

—No deje que yo le retenga —dijo Bobby sin mencionar la advertencia de que la porquería que se pinchaba no se compraba ni vendía sola. Ya estaba dispuesto a quitarse a Hardiman de la cabeza y volver a *40 rifles en el Paso Apache* cuando Esther Vogt apareció de repente. Esther era una de las residentes más antiguas del Braycott y también la más longeva. Había alquilado una habitación en el hotel a finales de los años noventa, tras un incendio en el viejo dúplex en el que había vivido durante treinta años con su marido, un constructor de origen alemán llamado Adolf. («El incendiario», le acusaba siempre ella. «Le echaban la culpa del Holocausto.») Adolf murió poco después a causa de un enfisema. Esther ingresó el dinero del seguro en el banco, y lo que iba a ser una estancia temporal en el Braycott fue convirtiéndose paulatinamente en una estancia permanente, a medida que ella descubría que ya no necesitaba tanto espacio como antes, ahora que su marido ya no andaba por allí para desordenarlo todo con sus trastos, o, de hecho, para incitar mayores represalias por parte del Pueblo Elegido. Además, tras pasar muchos años oculta en compañía de un hombre que solo hablaba para manifestar su acuerdo con ella, empezó a disfrutar de la experiencia de compartir alojamiento con personalidades más expansivas y ahora hacía las veces de madre adoptiva de todos los moradores del Braycott. Era una mujer servicial, que estaba perpetuamente animada, y el paso de los años no parecía disminuir su luz ni un ápice. Bobby Wadlin no soportaba más de tres minutos en su compañía, y lo que ella dijo a continuación restó para siempre dos minutos como mínimo, en buena medida porque hizo que Phil Hardiman volviera corriendo a su mostrador.

—Señor Wadlin —dijo—, creo que alguien puede haber traído a un niño a su establecimiento.

12

Como le había pedido, Sarah Abelli me dio un margen de tiempo suficiente para encontrar algún lugar tranquilo desde donde escuchar la llamada. La voz al otro lado de la línea era masculina, y no parecía muy joven. No tenía acento de Massachusetts, y se reconocían trazas del Sur, pero sonaba rara, como si perteneciera a un hijo de inmigrantes.

—Señora Sawyer —dijo el hombre—, espero que siga bien.

—Ya se lo he dicho, no utilizo ese apellido nunca.

—Pues como le dije yo, a mí eso no me importa. Mire, más vale que cambie de actitud, de otro modo me limpiaré el culo con las fotografías de su pequeña.

—Deja mucho que desear como hombre.

Me di cuenta de que tendría que haber permanecido cerca de ella para la llamada. Había oído y visto cosas como esta antes. A veces, cuando una persona con problemas conseguía convencer a la policía para que se implicase, o contrataba a un investigador privado, su valentía experimentaba un subidón. Irritar al hombre con el que se veía obligada a tratar no le haría ningún favor a Sarah Abelli, pero ella pareció darse cuenta porque, cuando volvió a hablar, el fuego que ardía antes en su voz se había apagado.

—Además no recibirá su dinero —dijo— y todos habremos salido de esto sin nada.

—Con la excepción de que siempre hay dinero en alguna parte —dijo él—, pero lo que nosotros le hemos quitado es algo único e irreemplazable, y, la verdad, no la veo trayendo al mundo a otra criatura muy pronto. ¿Qué edad tiene, cuarenta,

cuarenta y uno? Le resultará difícil encontrar a un hombre dispuesto a desperdiciar su semen en usted.

Supe entonces que Sarah tenía razón: incluso si entregaba el dinero, no volvería a ver las pertenencias de su hija. Ese era un hombre al que le gustaba humillar a las mujeres. La idea de Sarah Abelli llorando la pérdida de todos los rastros físicos de su hija muerta le ayudaría a entrar en calor hasta que llegara el verano.

Hay que reconocerle a Sarah que mantuvo la templanza.

—¿Ha acabado de insultarme? —preguntó—. ¿Quiere decirme de una vez por qué me ha llamado?

—Solo para comprobar dónde está. Imagino que anda por ahí, reuniendo nuestro dinero.

De manera que habían pasado por la casa y habían reparado en que su coche no estaba aparcado allí. Eso era una buena señal. Teníamos una vaga idea del color y la marca de su vehículo, y eso significaba que alguno de los vecinos de Sarah podía haberse fijado en él. Como mínimo, podríamos confirmar con cuánta gente estábamos tratando.

—Eso intento —dijo ella—, y espero tenerlo dentro de unas horas.

—Muy bien. No queremos ningún malentendido, más que nada por su hija. ¿Sabe?, es como si ella estuviera aquí, con nosotros. ¿Tiene alguna vez esa sensación, señora Sawyer?

Conté el silencio que hubo a continuación: se alargó cinco segundos enteros.

—Mi hija siempre está conmigo —dijo, pero su voz sonó demasiado uniforme.

—Pues yo diría que últimamente no tanto. No sabe las ganas que tenemos de hacer negocios con usted. Nos pondremos en contacto para organizarlo todo. Adiós, señora Sawyer. Si veo a su hija, le daré una palmada en el trasero de su parte.

Colgó. Apenas un minuto más tarde, Sarah Abelli volvió al Great Lost Bear. Eso fue inteligente por su parte, pensé. Su reacción inmediata podría haber sido llamarme, pero no lo hizo.

—¿Lo ha oído todo? —preguntó.

—Hasta la última palabra y tengo una grabación de la llamada, por si esto llega alguna vez ante un tribunal.

—No hemos hablado de cómo debo actuar: ya sabe, si debería cortarles por lo sano o bien intentar sonsacarles información.

—Porque no quería que hiciera ninguna de esas dos cosas. Si lo hubiera hecho, nos habría delatado a los dos.

—Eso suena como si usted no me considerara muy inteligente.

—No es verdad —dije—. Quería que se comportase con naturalidad, o con tanta naturalidad como sea posible bajo esta presión, porque entonces el que llama hará lo mismo. Y lo ha hecho, y ahora sabemos un poco más sobre él. Es del Sur, pero probablemente americano de primera generación; tiene cierta edad; y es un misógino. También se ha pasado por su casa no hace mucho. Necesitaré los nombres y números de teléfono de los vecinos que viven en su misma calle, por la remota posibilidad de que uno de ellos se haya fijado en el coche y sus ocupantes.

—Yo puedo hacer esas llamadas. Usted ya está bastante ocupado.

—Muy bien. Y además usted ha sido lo bastante inteligente para no utilizar su teléfono en cuanto acabó la llamada y en vez de eso volver aquí y hablar conmigo en persona. No me cabe la menor duda de su inteligencia, señora Abelli.

De repente, su teléfono sonó de nuevo como lo hizo el mío también: FlexiSpy otra vez, con una llamada procedente de un número oculto. Solo sonó una vez.

—Es lo que yo habría hecho —dijo—, si el teléfono comunicaba cuando volvía a llamar, pensaría que el contenido de la conversación estaba siendo transmitido a una tercera persona y que se disponían a tenderme una trampa.

—¿Eso lo sabe por haber estado casada con un mafioso?

—No —replicó—, lo sé por haber estado casada con un hombre que era compulsivamente infiel.

Repasé en mi cabeza la conversación, dándoles vueltas a aquellos cinco segundos de silencio.

—Cuando él le preguntó por su hija y si la sentía cerca... —empecé a decir.

—¿Es que usted no siente cerca a su hija? —preguntó ella—, ¿la niña que murió?

No respondí. No era esa una conversación que quisiera mantener con una desconocida, ni con nadie. La cara de Sarah era una máscara mientras me miraba, pero vi que el dolor se había acumulado en sus ojos, una pena tan afilada como cristales rotos. No sabría decir cómo, aparte de la experiencia vivida por mi propia pérdida, pero me pareció que miraba a una mujer que le hablaba a su hija muerta por la noche, y oía que algo en la oscuridad le respondía.

—Váyase a casa, señora Abelli —dije—. Haré cuanto pueda por usted y su hija.

Asintió una vez y me pregunté si me comprendería tan bien, al menos, como yo la comprendía a ella. Me planteé advertirle que no irritara a los hombres con quienes estábamos tratando, pero llegué a la conclusión de que ya había aprendido esa lección, y que, en cualquier caso, daría igual lo que yo dijese. Al menos uno de ellos ya la odiaba, si no por ser quien era, sí por su sexo. No le dije que ahora ya estaba convencido de que la engañarían. Esa sospecha había empezado a encallecerse en su interior antes de que viniera a verme.

Si se presentaba la ocasión, pensé, sería un placer hacerles daño.

13

Pantuff y Veale estaban sentados en su coche delante de la tienda Goodwill en el Falmouth Shopping Center, mirando cómo un vagabundo empujaba un carrito lleno de sus pertenencias. El vagabundo se movía como si tuviera un objetivo: la espalda erguida, la cabeza alta y una mascarilla quirúrgica colgada de una oreja, oscilando. Pantuff sintió un intenso rencor hacia él.

No había hablado desde que había acabado la llamada con la Sawyer. Veale sabía que estaba reconcentrado, pensando, y optó por no molestarle.

Finalmente, Pantuff dijo:

—Creo que ha estado hablando de nosotros con alguien.

Paulie Fulci se mantuvo cerca del coche de Sarah Abelli mientras se dirigía hacia Freeport. Observaba con atención por si veía un Chrysler LHS azul de finales de los noventa, lo que significaba que reaccionaba ante cualquier vehículo azul que veía a lo largo del trayecto. Eso hizo que el viaje resultara tenso y difícil, pero le gustaba tener un objetivo, aunque implicara rezar para que ninguno de sus conocidos lo viera al volante del Kia. El vehículo era, además, un espacio muy exiguo para él, y empezaba a sentir claustrofobia. No sabía nada de la mujer a la que seguía, ni siquiera por qué la seguía. Lo único que sabía era que había acudido al detective pidiendo ayuda, y él se la había dado; eso bastaba para Paulie.

No la siguió hasta la casa, sino que se detuvo al lado del Freeport Medical Center y la dejó recorrer sola Durham Road. Su hermano había llamado para decirle que tenía el coche de Sarah a la vista, así que Paulie se convenció de que la mujer estaba a salvo. Apagó el motor e intentó ponerse cómodo. Tony lo llamó por segunda vez para decir que la mujer había entrado y que todo estaba bien. La madre de Paulie se había dejado en el coche un audiolibro de una novela de Bill Loehfelm, así que lo puso para pasar el rato. Paulie nunca había estado en Staten Island, donde se desarrollaba la novela. Al poco, ya metido en el audiolibro, pensó que si alguna vez iba allí, llevaría un arma.

14

Hablé un momento con Tony Fulci cuando llamó para informar de que Sarah Abelli estaba de vuelta bajo su techo. Previamente, como le había pedido, había hecho un reconocimiento superficial del bosque de los alrededores del Merrill Brook, pero no había visto a nadie comportándose de una manera extraña, ni había descubierto ningún lugar que hubiera permitido una visión ilimitada de la casa de Abelli sin llamar la atención sobre el observador. También había abordado a algunos de los paseantes que caminaban por los senderos cercanos, quienes, tras haberse recuperado del susto, le informaron de que no habían notado nada anormal, aunque supongo que serían lo bastante sensatos para no añadir que no lo habían notado hasta que apareció Tony. Mientras tanto, Sarah había estado llamando a sus vecinos para preguntarles si habían visto un coche azul esa mañana en la carretera o a alguien que se comportara de manera sospechosa cerca de su casa, pero, hasta el momento, ninguno había visto nada que mereciera la pena mencionar siquiera.

Cuando colgué el teléfono tras hablar con Tony, Dave Evans apareció un vez más en el horizonte, con el aspecto de un sirviente que ha sido instruido para impartir regularmente malas noticias al rey, pero empezaba a hartarse.

—Necesitas de verdad montarte un despacho —dijo—. O buscarte una habitación de hotel, vista la cantidad de mujeres que preguntan últimamente por ti. Tienes a otra en la recepción. Dice que se llama Marjorie Thombs, y ella, como las demás, te ha estado dejando mensajes que no has contestado.

Me sentí tentado de pedirle a Dave que mintiera por mí, lo que me permitiría escabullirme por la puerta trasera. Yo ya había informado a Marjorie Thombs en el pasado de que no creía que pudiera serle de mucha ayuda. Ella se había sentido decepcionada, pero había encajado la negativa razonablemente bien. Marjorie y yo habíamos ido juntos al instituto de Scarborough, aunque no nos movíamos en los mismos círculos. Nunca había sido desagradable conmigo, solo distante. Era guapa, popular y se había graduado formando parte del diez por ciento que mejores calificaciones había obtenido de su curso, por lo que su nombre apareció en el *Press Herald* para orgullo de sus padres. A aquellos menos afortunados que ella les había concedido una esporádica sonrisa, como una moneda de oro repartida por las manos de la aristocracia.

Puesto que yo no había asistido a ninguna reunión anual de exalumnos del instituto, toda la información que tenía de ellos procedía de encuentros casuales o necrológicas. Había perdido el rastro de Marjorie Thombs hasta que ella se puso en contacto conmigo el verano del año anterior. Marjorie se había casado demasiado joven, había criado una hija, se había divorciado, había dejado su empleo en Maine Health y se había formado para ser psicoterapeuta, especializándose en familias y parejas con problemas. Por desgracia, Melissa, su única hija, se empeñó en ser una mala publicidad para el trabajo de su madre. Se había liado con un tipo llamado Donnie Packard, quien durante años había sido un habitual de la policía local por faltas menores de aprendiz de delincuente: conducir bebido, conducir con el carné suspendido o retirado, posesión ilegal de estupefacientes, y delitos contra la propiedad, y que prometía infracciones más graves en el futuro. Por tanto, sus historial consistía en delitos y faltas que probablemente le supondrían una multa o diez días en la cárcel del condado, y una etiqueta como incordio para la sociedad en general y la policía en particular. Sin embargo, últimamente, y como estaba previsto, me había fijado en que Donnie había estado subiendo el listón con contactos sexuales ilícitos y violencia doméstica; esta última, casi con toda seguridad, sufrida por su novia, Melissa. Obviamente, Marjorie Thombs hubiera preferido que su hija encontrara a alguien mejor, lo que no le habría resultado demasiado difícil, pero Melissa parecía incapaz o bien poco dispuesta a salir del desastre que era su relación con Packard.

Yo había intentado hablar con la hija como un favor a la madre, pero nuestra conversación duró lo que Melissa tardó en decirme que me metiese en mis asuntos, y eso no fue mucho tiempo, dado que Melissa me mandó a la mierda con cuatro palabras. Fui a ver a Marjorie para informarle de que yo había agotado todas mis posibilidades, pues enzarzarme con Donnie sería tan inútil como discutir de moral con un tiburón. No era un lío en el que quisiera implicarme más a fondo. La gente tiene que ser libre para tomar malas decisiones, y hasta era posible que, de hecho, Melissa Thombs amara a Donnie Packard, en cuyo caso molerlo a palos en un empeño por animarle a buscar nuevos pastos —como había sugerido Marjorie Thombs con un circunloquio— solo habría complicado una situación ya de por sí desgraciada. Di a Marjorie los nombres de un par de personas que podrían ser de más ayuda para su hija, si es que esta podía recuperar la sensatez, entre ellos el de Molly Bow en la casa de acogida para mujeres Tender House en Bangor, y luego me aparté de aquel turbio asunto. Sentí una punzada de culpabilidad, pero hacía mucho tiempo que había aprendido que apartarse de algo tendía a ser la segunda peor opción, siendo la peor el no apartarse.

—A la mierda, hablaré con ella —le dije a Dave—. Pero, después de esto, se acabó y no me importa si Jesucristo en persona viene preguntando por mí.

Mi prioridad en ese momento era Sarah Abelli. Cualquier otra cosa suponía una distracción que ni quería ni consentiría.

A cierta distancia, Marjorie Thombs tenía un aspecto tan juvenil y elegante como el que yo recordaba, porque siempre había estado destinada a envejecer bien. Sin embargo, de cerca, era patente que últimamente no había dormido tan bien como debería y en su cara se veían arrugas que yo no recordaba del año anterior, resecas ahora, como el lecho de un río, pero nacidas de la angustia.

Ni siquiera me había dado tiempo a saludarla, cuando ella abrió la boca.

—Va a matarla —dijo, y se echó a llorar.

15

Bobby Wadlin empezaba a sospechar que todos se estaban volviendo locos en el Braycott, y además estaban empeñados en arrastrarlo con ellos. Las mujeres vietnamitas a las que pagaba en efectivo para trabajar de limpiadoras habían informado de que no habían encontrado ni rastro de un niño en las habitaciones que habían limpiado. Aunque no habían entrado en ninguna habitación en cuya puerta colgara un cartel de NO MOLESTAR. Eran tres, contaron las mujeres. Una, la 11, estaba ocupada actualmente por un borracho llamado Max Sapon, y Bobby no creía que el bueno de Max fuera un candidato para tener un niño cerca de él, a no ser que la criatura tuviera en el cuerpo un cincuenta por ciento de alcohol. No obstante, habría que registrar la estancia por si Max había confundido accidentalmente al niño con una botella de ron especiado Admiral Nelson y se lo había llevado para empezar bien la jornada. Max Sapon rara vez emergía al mundo de la conciencia antes de mediodía, así que Bobby mandó a una de las limpiadoras que no hiciera caso del rótulo de NO MOLESTAR, se tapara la nariz para evitar que los gases llegaran hasta ella y echara un rápido vistazo por la habitación mientras Max seguía demasiado embriagado para enterarse de nada.

La segunda habitación con un cartel en la puerta era la 38, y en ella se alojaba una pareja, los Sussman. Habían reservado unos pocos días para asistir a un funeral, y eran tan viejos que apenas les merecería la pena salir del cementerio después de las exequias. Bobby supuso que les daba demasiado miedo abandonar su alojamiento a no ser que fuera absolutamente necesario, y hasta era posible que hubieran arrimado los muebles a la puerta porque más valía prevenir que curar. Ahora estarían arriba, meándose encima al oír el ruido de unos pasos que se aproximaban, pero Bobby pensó que si llamaba a la habitación y les decía que tenía que arreglar algo, le dejarían entrar. Y, claro, si se mostraban dispuestos a dejarle pasar, sería porque no tenían nada que ocultar, incluido un niño.

Solo quedaba una última habitación, la 29, la que ocupaban Lyle Pantuff y Gilman Veale. Bobby sabía que los Pantuff y los Veale del mundo no ponían un cartel de NO MOLESTAR en su puerta porque sí, y se tomarían a mal si alguien lo pasaba por alto. Pero, bien mirado, lo que no supieran no podía hacerles daño, y, aunque lo que pasaba por ser la conciencia de Bobby Wadlin equivalía apenas a un pestañeo en el vacío de su alma, sí dejaba un espacio para un pequeño instinto protector cuando se trataba de niños, instinto que ahora ampliaba a sí mismo. Si resultaba que Pantuff y Veale tenían a un niño en su habitación, y que ese niño estaba ahí obligado —lo que era más que plausible, pues ni Pantuff ni Veale le parecían a Bobby hombres familiares ni paternales—, las consecuencias podían ser graves para el Braycott. Si se descubría que Bobby no había hecho caso a las quejas de que había un niño en el establecimiento, y que el niño sufría algún daño, estaría enredado con abogados hasta el día del Juicio Final.

Esther Vogt había vuelto a su cuarto y Phil Hardiman había salido para cumplir con sus urgentes negocios con narcóticos, aunque no sin recordar a Bobby que la contribución de la tal señora Vogt al debate había cerrado el trato sobre el descuento solicitado. Con muchas reticencias, Bobby abrió una vez más la puerta que separaba la recepción y su apartamento del resto de su reino, se quitó el llavero del cinturón y cerró la entrada delantera. Luego colocó un cartel manuscrito contra el cristal, informando de que la recepción quedaba desatendida durante unos momentos, y solicitando a cualquiera que esperara para entrar o para pedir la llave de su habitación que tuviera un poco de «pacienzia».

Una de las limpiadoras, Thi, volvió para decir que Max Sapon seguía inconsciente, y que en su habitación no había niños, dado que las botellas vacías no contaban como prole. Bobby llamó entonces a los Sussman y les preguntó si no les molestaba que un miembro del personal fuera a su habitación para comprobar una posible filtración. No parecieron entusiasmados ante la perspectiva, así que Bobby dejó caer la oferta de unas galletas y una bolsa de patatas fritas gratis y ellos accedieron. Bobby y Thi subieron, y Bobby esperó junto a la habitación mientras Thi llevaba a cabo el registro con el pretexto de revisar las tuberías. Él tenía la esperanza de que los Sussman hubieran colado a un nieto con ellos, porque así se evitaría tener que entrar en la habitación 29. Para desgracia de Bobby, Dios había optado por no sonreírle, o estaba ocupado porque los Sussman ni siquiera habían abierto su maleta y apenas habían utilizado la cama. Thi le dijo a Bobby que le parecía que debían de haber dormido encima de la colcha. Si había sido así, Bobby esperaba que lo hubieran hecho completamente vestidos, porque las colchas se lavaban solo cada dos meses. Se estremeció al pensar qué aspecto tendría una de ellas bajo una luz ultravioleta.

Sin otra cosa que hacer, mandó a Thi que se pusiera otra vez a limpiar y se aseguró de que permaneciera alejada del vestíbulo. Lo último que quería ahora era que Pantuff y Veale regresasen al Braycott, exigieran entrar y volvieran a su habitación mientras Bobby estaba todavía dentro. Eso no acabaría bien para él.

Entonces, como un condenado subiendo al patíbulo, se encaminó a la habitación 29.

16

No le pedí a Dave que le sirviera un café a Marjorie Thombs, ni siquiera un vaso de agua, pero la acomodó en una silla y se tomó su tiempo al hacerlo para escuchar lo que tenía que decir. Según su testimonio, el temperamento de Packard se había deteriorado considerablemente durante las últimas semanas, al igual que el trato que dispensaba a su novia. Si en el pasado le había dejado moratones, se había asegurado de que fueran en lugares donde no se veían, pero ahora Melissa Thombs lucía marcas en la cara y los brazos, o así había sido la última vez que la vio su madre, porque Packard también estaba disuadiendo a Melissa de que se encontrara con su madre o cualquier otra persona. Solo su considerable perseverancia había permitido que Marjorie accediera a su hija, y aun así apenas durante unos instantes. A Packard incluso le había dado por apropiarse del móvil de Melissa para asegurarse de que no podía hacer ni recibir llamadas a escondidas, y cuando su madre conseguía hablar con ella, Packard escuchaba sus conversaciones. Melissa había conseguido llamar a su madre en varias ocasiones desde teléfonos públicos, pero sus charlas eran irremediablemente apresuradas, y a Marjorie le resultaba difícil lograr que su hija se sincerara. Lo único que Marjorie podía afirmar con seguridad era que la droga favorita de Packard en ese momento era el Spice, o marihuana sintética, y que estaba tomando tanta como podía pagar, y en su versión más potente. Y aunque Melissa, pensaba la madre, estaba por fin asumiendo la idea de que Donnie Packard tal vez no era una persona que mereciese la pena, él la había convertido prácticamente en su prisionera en la casa que compartían, de manera que la opinión de la joven no contaba.

Pese a su nombre, la marihuana sintética no guardaba ninguna relación con la auténtica marihuana, y sus efectos eran completamente distintos. Incluso un Spice de baja concentración intensificaba la ansiedad, y el más potente causaba paranoia y psicosis. Si Donnie Packard tomaba tanta como Marjorie Thombs afirmaba, tenía muchas posibilidades de acabar matándose. Y, lo que sería más triste, podría acabar llevándose a su novia con él.

—Melissa quiere dejarlo —prosiguió Marjorie—, me lo dijo ella misma la última vez que hablamos, pero la asusta lo que le pueda llegar a hacer si lo intenta y fracasa. E incluso si lo consigue, está convencida de que irá tras ella. Ahora se nos aconseja que permanezcamos confinados en casa debido al virus, pero ella no puede estar recluida con él durante el tiempo que dure esto. Sencillamente no puede.

—¿Has acudido a la policía? —pregunté.

—Lo intenté, pero no pudieron hacer nada. Se presentaron en la casa, pero Melissa les aseguró que estaba bien. Una agente entró sola con ella en una habitación, mientras su compañero permanecía fuera con Donnie, para que Melissa pudiera hablar sin temor a que Donnie la escuchara, pero ella siguió en las mismas. A veces creo que, aunque quiere dejarlo, a ella todavía le preocupa lo suficiente para no querer verlo metido en más problemas con la ley.

No era la primera vez que yo escuchaba alguna variante de ese cuento, y estaba convencido de que no sería la última. Fueran cuales fuesen sus razones para permanecer junto a él, no impedirían que Melissa Thombs acabase arrastrada a las profundidades por su novio, para ahogarse allí junto a él. La reputación de Donnie Packard giraba alrededor de diversos sinónimos de la palabra «mezquino». Yo me había cruzado con él en tribunales y bares, y una vez había visto cómo lo detenían en Fore Street después de un altercado con un portero del que había salido mal parado. No había nada por lo que Donnie me hubiese impresionado jamás, pero tratar con él requería, pese a todo, cierto grado de cautela. Siempre había sido indisciplinado e imprevisible, y sus adicciones solo empeoraban esos rasgos.

Me di cuenta de que ya estaba enfocando el caso como si lo hubiera aceptado. Parecía que no podía fiarme ni de mí mismo.

—¿Sabes si Donnie tiene un arma? —pregunté.

La afición de Packard a la violencia doméstica, que se remontaba al mes de agosto pasado, significaba que le habían prohibido la tenencia de armas de fuego o munición según la Enmienda Lautenberg.

—Le pregunté a Melissa, pero no supo contestarme.

—Lo que significa que sí tiene —dije— y se está saltando la prohibición. —Los delincuentes, al menos cuando incumplían una ley, lo hacían por algo.

Marjorie Thombs bajó la mirada al pañuelo que sostenía en las manos. Era blanco, confeccionado con una tela decorada con rosas rojas, y parecía que había sido robado a la heroína de un novelón romántico de Harlequin.

—No sé qué hacer, señor Parker —dijo—. Simplemente no lo sé.

Resultaba extraño oírla dirigirse a mí con un tratamiento tan formal, aunque, bien pensado, me estaba abordando desde la desesperación más absoluta. Me estaba suplicando, y todos los que suplican se arrodillan, pero yo deseaba que nunca hubiera venido aquí a depositar la carga de su desgracia familiar sobre la mesa entre ambos. Intervenir en una disputa familiar siempre implicaba un riesgo peculiar, pero en este caso parecía que algún tipo de violencia resultaba inevitable. Para empezar, yo me movía sobre hielo quebradizo, en términos legales, y no tenía ningún derecho a irrumpir en una vivienda sin ser invitado, aunque fuera para ayudar a una mujer que presuntamente estaba sometida a maltrato psicológico y físico. Por descontado, tenía que presentarme y encontrar a Melissa Thombs sola, con las maletas hechas y un billete de ida a Cualquier Sitio Menos Esta Ciudad ya comprado y pagado, en cuyo caso yo me detendría a comprar un tarjeta de rasca y gana para ambos antes de dejarla en la estación de autobuses. Pero era más probable que Donnie Packard estuviera con ella cuando yo llegara, y lógicamente se resistiría a que alguien entrara en su casa con la intención de arrebatarle a su esclava. Por último, como recordaba de mis tiempos de uniforme, incluso una mujer llena de odio y temor hacia su pareja era capaz de sacar sus garras para defenderlo si veía que era necesaria la fuerza para someterle.

Y, pese a todo, sentía que no podía darle la espalda a este embrollo, al igual que no podía habérsela dado al dolor de Sarah Abelli; por más que lo deseara, no podía.

—Veré qué puedo hacer —dije, y la tensión abandonó a Marjorie Thombs tan deprisa que su frente estuvo a punto de golpear la mesa.

—Gracias —dijo, y volvió a echarse a llorar, pero no había tiempo para eso.

—Necesito que te pongas en contacto con Melissa —dije—; si podemos hacer esto con su colaboración, será más fácil para todos los implicados. Pero tengo que avisarte de que estoy metido en otro caso que va a ocupar la mayor parte de mi atención durante las próximas horas. No puedo prometerte que libere a tu hija hoy mismo. Pero, de todos modos, lo intentaré.

—Para mí con eso basta. ¿Qué quieres de Melissa?

—Antes que nada, ¿viven en un apartamento o en una casa?

—Una casa, era la vivienda de la madre de Donnie en Yarmouth. Se la legó en su testamento. No es más que un antro, y esa es la única razón por la que no la ha vendido. Bueno, esa y también que Melissa es la voz de la cordura y sabe que, si vende la casa, acabarán en la calle por la adicción de Donnie y lo demás.

—¿Tiene patio?

—Sí.

—¿Dónde guardan los cubos de basura?

La pregunta pareció desconcertarla.

—En la parte de delante, diría, bajo un viejo árbol.

—Muy bien —dije—; lo mejor sería que dispusiera de una línea de comunicación directa con Melissa, porque es posible que tengamos que hacerlo rápido y sin llamar la atención lo más mínimo. Voy a organizarlo para que dejen caer un móvil detrás de los cubos de basura —miré mi reloj—, a las seis o a las siete como muy tarde. Te pediría que lo hicieras tú, pero tengo miedo de que Donnie te vea. Así que solo tendrás que encontrar un modo de informar a Melissa de que el teléfono estará allí. Ella debe recogerlo, silenciarlo y encontrar algún sitio donde esconderlo. En cuanto anochezca, quiero que lo lleve encima. Será el modelo más pequeño que podamos encontrar, y habrá un mensaje de texto con instrucciones para que sepa cómo vamos a organizar su huida. Cuando note que vibra, será la señal de que por nuestra parte estamos listos. Puede decirle a Donnie que tiene que salir a tirar la basura, o a tomar un poco el aire, lo que sea. Entonces todo lo que tendrá que hacer es correr hasta el coche en el que la estaremos esperando para llevárnosla de allí, Tendrá que dejar sus cosas en la casa, pero podemos recuperarlas más adelante.

—Hace que todo suene muy sencillo.

—Procuro ser optimista, porque si ella no puede salir, habrá que entrar a sacarla y eso puede complicarlo todo. Si ella no ha aparecido a los diez minutos de ese primer contacto, el móvil vibrará de nuevo. Tendremos a alguien en la puerta trasera y a otro hombre en la delantera. Ella tiene que llegar a una de esas puertas y abrirla. Eso nos dará cobertura legal, porque así podemos argumentar que se nos invitó a pasar, incluso si Packard opta por armarla después, aunque yo diría que no lo hará, no si está en posesión de Spice y de un arma ilegal. De manera que esa es la segunda mejor posibilidad.

—¿Lo que nos deja con...? —preguntó Marjorie Thombs.

—La tercera de las cuatro posibilidades, en una escala variable muy pronunciada. Melissa sabe que estamos esperando, pero no puede llegar a la puerta, y nosotros tenemos que entrar por la fuerza. En ese caso, la probabilidad de que alguien resulte herido se incrementa considerablemente, algo que yo preferiría evitar por el bien de todos.

—¿Y el último recurso?

Ese era uno que yo ni querría plantearme, pero deberíamos tenerlo previsto.

—Tú no consigues ponerte en contacto con Melissa, y ella no tiene la menor idea de lo que se ha planeado, y somos nosotros los que hemos de decidir si entramos o no a sangre fría. Yo soy muy reticente a hacer algo así, porque en este caso alguien resultará herido con total seguridad.

—Y eso incluye posiblemente a mi hija.

—Sí.

Marjorie se lo pensó.

—Bien, en ese caso —dijo Marjorie—, más vale que me asegure de contactar con ella.

—Eso sería de gran ayuda —concluí con un admirable tono comprensivo.

Por descontado, no le había contado el peor de los finales posibles, porque eso solo aumentaría sus preocupaciones. ¿Y si conseguíamos irrumpir en la casa solo para descubrir que Melissa Thombs había cambiado de opinión sobre irse, y de repente nos veíamos enfrentados no con un actor hostil sino con dos? Al menos yo no iría solo. La desgracia ama la compañía y yo conocía a los mejores acompañantes para la ocasión.

17

Bobby Wadlin llamó a la puerta de la habitación 29 antes de entrar. Aunque estaba seguro de que los ocupantes registrados no se encontraban dentro, nunca se era lo bastante cauto. Bobby había aprendido esa lección hacía mucho tiempo, cuando entró en una habitación del Braycott que creía vacía, porque los huéspedes ya habían pagado y dejado la habitación, y se topó inesperadamente con tres personas bastante mayores desnudas, que no había visto nunca, practicando un acto sexual tan estrafalario que estuvo apareciéndosele en sueños hasta diez años más tarde.

Sin embargo, nadie respondió cuando Bobby llamó a la puerta de la habitación 29, y no oyó ningún ruido en su interior. Verificó que el pasillo estaba vacío antes de introducir su llave en la cerradura y abrir la puerta.

—¿Hay alguien ahí? —preguntó, pero no hubo respuesta. Bobby se deslizó dentro y cerró la puerta tras de sí. La habitación olía a humedad, aunque, bien pensado, todas las habitaciones del Braycott olían a lo mismo, salvo las que hedían a algo peor, debido a sus ocupantes. Las cortinas estaban parcialmente descorridas, y eso permitió que Bobby pudiera ver sin encender la luz principal. Las camas gemelas estaban hechas y había dos bolsos de viaje abiertos en el suelo. Ambos estaban preparados, con la ropa bien doblada dentro.

Echó un vistazo al lavabo y comprobó que estaba vacío. Habían usado todas las toallas, pero eso no era muy sorprendente, dado que las toallas del Braycott eran ásperas, delgadas y poco aptas para lo que debería ser su verdadera función, a no ser que esta consistiera en lijar una pared. Quienes permanecían en el establecimiento durante cierto tiempo, o ya habían experimentado la hospitalidad que ofrecía, solían acabar trayendo sus propias toallas. Bobby miró entonces debajo de las camas y en el armario, pero no encontró más que polvo. Para él era obvio que en la habitación 29 no había ningún niño ni nada que pudiera asociarse con uno: ni juguetes, ni pañales, ni desorden. Lo que quiera que fuese que Pantuff y Veale estuvieran escondiendo —y a Bobby no le cabía duda de que algo escondían, porque todos los huéspedes del Braycott tenían algo que ocultar— no era un niño. Pero Phil Hardiman y Esther Vogt afirmaban haber oído a uno, y a no ser que estuvieran más comprometidos que los demás en la conspiración para volver loco a Bobby Wadlin, o cada uno por su parte se hubiera vuelto loco a su manera pero en el mismo estilo, había un niño en algún lugar de las instalaciones. Era un misterio.

Meterse a curiosear en los alojamientos ocupados del Braycott, incluso en aquellos en los que colgaba el cartel de NO MOLESTAR de la puerta, no suponía ningún cargo de conciencia para Bobby Wadlin: este era su hotel y, como mucho, los intrusos eran los huéspedes, no él. Durante los años que llevaba en el puesto, había visto de todo en las habitaciones —drogas, armas, muñecas hinchables, cadáveres— y siempre había mantenido la boca cerrada, con la excepción de los cadáveres. Era conveniente ser discreto, sobre todo cuando una proporción significativa de los huéspedes tenían antecedentes penales y demostraban una admirable propensión a aumentarlos. Pero a Bobby no le apetecía nada demorarse en la habitación 29, porque le daba la impresión de que estaba dejando huellas de sí mismo —olores, células de la piel, pelos sueltos— que Pantuff y Veale serían capaces de reseguir remontándose hasta su fuente.

Su mano se acercaba al pomo de la puerta cuando se fijó en las mantas de reserva en el fondo del armario. Cada habitación tenía el mismo par, y ocupaban el mismo espacio, pero estas parecían más abultadas de lo normal. Bobby se acuclilló, hurgó entre ellas con un dedo y tocó un objeto duro. Desplegó las mantas y dejó al descubierto una lata de galletas Sunshine antigua de color rojo, dorado y azul verdoso («Joy Cookies para niños cortadas con las formas de juguetes»). Esta lata, calculó Bobby, debía de remontarse a los años cincuenta y podría pasar por una antigüedad entre gente poco informada. La cogió, la agitó con suavidad y oyó un ruido que no sonaba como si lo hubieran producido galletas.

Bobby levantó la tapa y miró dentro. Movió el contenido con el dedo para verlo con más claridad. La caja contenía un sonajero infantil, un chupete, un diminuto par de desgastados zapatos rosas, un conejo blanco de peluche del tamaño aproximado del puño cerrado de Bobby, moldes en yeso de manitas y piececitos, una caja plateada que contenía un único diente infantil y un sobre. Abrió el sobre y hojeó las fotos que contenía, puede que dos docenas en total, un recuerdo del crecimiento de una niña pequeña. En algunas de las fotografías, la niña aparecía con una mujer, seguramente su madre, pero no había ni rastro de un padre. Bobby no le dio mucha importancia. A menudo la explicación más simple era la correcta y alguien tenía que sostener la cámara. Y, si no era el padre, entonces ¿quién? Comprobó los dorsos de las fotografías, pero no había ni nombres ni fechas, nada que diera una pista sobre quiénes podían ser la mujer y la niña.

Bobby devolvió los objetos a la caja de galletas y la colocó exactamente como la había encontrado, con las mantas. Antes de salir de la habitación utilizó la mirilla para cerciorarse de que el pasillo estaba despejado, y luego cerró la puerta con fuerza a sus espaldas. Después volvió a la recepción, donde dos antiguos huéspedes, los Huff, miraban disgustados al vestíbulo desde fuera. Bobby les franqueó la entrada, les ofreció lo que podría haber parecido una disculpa siempre que no se examinara muy de cerca y se retiró a su guarida. Ahí se preparó una taza de café a la que echó un chorrito de brandy para tranquilizarse y reflexionó sobre lo que había en la habitación 29.

Ahora estaba aún más perplejo que antes. Los objetos de la lata de galletas no eran las pertenencias de una niña, sino las de unos padres. Aunque Bobby no habría deseado ni a Pantuff ni a Veale como padres ni siquiera del peor niño del mundo, era imposible que uno de ellos hubiera engendrado una hija y conservado el suficiente cariño por ella para guardar algunos de los recuerdos de su infancia. Pero si Phil Hardiman y Esther Vogt estaban en lo cierto, la noche anterior se había oído corretear a una niña por el Braycott. La única prueba que indicaba la existencia de esa niña se hallaba en la habitación 29, pero no incluía la presencia de comida, ni de ropa, ni de la propia niña. Todo aquello era muy raro, y a Bobby le preocupaba ese misterio hasta tal punto que ni siquiera la perspectiva de una película del Oeste le distrajo de la angustia durante la hora siguiente.

18

Esther Vogt tenía setenta y seis años, pero se mantenía en buen estado tanto físico como mental, y creía que incluso había mejorado desde la muerte de su marido, pues Adolf Vogt había sido un hombre callado, hasta cierto punto indolente, con la curiosidad intelectual de un boquerón. Esther lo había querido a su modo —no profundamente y con cierto sentido práctico que solo de vez en cuando llegaba al afecto—, pero su muerte no había alterado demasiado el discurso social e intelectual en la vida de ella. Como muchas de las otras viudas que conocía, el duelo la había llevado a replantearse sus prioridades y la actitud que debía adoptar en los años de vida que le quedaban. Se hizo Amiga de la Biblioteca Pública de Portland, miembro de un club gastronómico, y se convirtió en una consumada jugadora de bolos, e incluso le dio por divertir —y que la divirtiera— a algún ocasional y apuesto caballero de edad avanzada, porque nadie muere creyendo que debería haber disfrutado de menos sexo. Algunos de sus nuevos amigos la habían presionado para que buscara un alojamiento alternativo en una de sus comunidades de jubilados, pero a Esther le gustaba el Braycott. Tenía algo especial, y mucha personalidad, y ella se había pasado demasiados años en un matrimonio sin nada especial ni la menor personalidad.

Por descontado, el Braycott tenía varios aspectos negativos, y entre ellos no era el menor su gerente, Bobby Wadlin. Esther lo tenía por un idiota, pero un idiota taimado, y alguien a quien era mejor no contrariar. Ella sabía que no le caía bien, aunque lo veía como alguien predispuesto a que nadie le cayera bien, con la excepción de Abigail Stackpole y, en ese caso, solo porque Abigail se había acostado con él un par de veces sin vomitar inmediatamente después. Esther conocía un poco a Abigail de las sesiones de aeróbic acuático a las que asistían ambas, y le dio la impresión de que ella sentía cierto afecto genuino hacia Bobby Wadlin, por raro que pudiera parecerles a los demás. Aunque, bien pensado, como le gustaba señalar a Rosemary, la mejor amiga de Esther, Abigail Stackpole no es que se quitara precisamente de encima a palos a sus pretendientes, y por tanto tenía que aprovechar el placer cuando aparecía.

De manera que Esther Vogt procuró mantenerse en términos amigables con Bobby Wadlin incluso cuando, a sus espaldas, ella se iba familiarizando con las costumbres del Braycott. Gracias al descuido de Abigail Stackpole, Esther había conseguido que le hicieran copias de las llaves de la puerta delantera y trasera, así como de las despensas y el sótano. Las primeras no contenían gran cosa que mereciera la pena llevarse, aunque el jabón líquido era de una calidad sorprendentemente alta —Wadlin, supuso, debía conseguirlo de la parte trasera de un camión, porque, con seguridad, no pagaría el precio de mercado—. Pero el sótano era una auténtica cueva de tesoros, tesoros con los que ni siquiera Bobby Wadlin estaba muy familiarizado dada su abundancia. Esther se había convertido en una consumada ladronzuela que sacaba cosas de allí y las subía a su habitación doble: alfombras, cuadros, lámparas, incluso un sillón muy cómodo, aunque le había costado meter sola este último en el ascensor y se había pasado el trayecto planta a planta nerviosa por si Wadlin había elegido precisamente ese momento para hacer una de sus raras incursiones por los alrededores de la recepción. Si las limpiadoras reparaban en las mejoras de la decoración estándar, podían optar por no comentarlo o simplemente asumir que la vieja y loca Esther había estado saqueando las tiendas de beneficencia de artículos de segunda mano para darle un aire personalizado a su alojamiento, y por eso se garantizaba su silencio con la periódica propina semanal que Esther dejaba en un sobre encima de su almohada. Incluso se había sentido tentada de vender un par de objetos del sótano, incluido un espejo *art déco* que, estaba convencida, debía de valer un par de cientos de dólares, pero eso habría sido robar, y Esther Vogt era alguien que tomaba prestado, no una ladrona.

Ahora había vuelto a las regiones inferiores del Braycott, porque había derramado tinta sobre una de las alfombras —Esther todavía escribía con pluma, como cualquier ser humano civilizado— y no se fiaba de que las limpiadoras no llamaran la atención de su patrón sobre el particular, con propina o sin ella. En cualquier caso, tampoco era una alfombra especialmente bonita, y quedaba mucho mejor en el sótano que en su habitación, incluso con las luces atenuadas. Estaba segura de que la alfombra granate de imitación persa que había visto durante su última visita quedaría mucho mejor.

Al entrar en el sótano, Esther se dio cuenta de que alguien había estado ahí abajo hacía poco. Vio marcas en el polvo donde se habían movido algunos muebles, y un pequeño espejo de baño con un marco pintado estaba roto en el suelo y los fragmentos de cristal reflejaban la luz de la bombilla de la entrada. Era improbable que Wadlin dejara cristales rotos por el suelo, pensó, y las limpiadoras sabían que no les convenía montar ese lío y no recogerlo. Sobre todo porque Wadlin podía descontarles lo que quisiera del salario solo para enseñarles la necesidad de respetar la propiedad ajena. Decidió que volvería más tarde con una escoba y un recogedor para ocuparse de todo. No quería que a Wadlin se le ocurriera cambiar la cerradura.

Esther buscó instintivamente el interruptor de la luz, pero al pulsarlo no pasó nada. Lo intentó un par de veces más, porque eso es lo que se hace cuando la luz no se enciende, y no hace falta ser electricista para saberlo, pero la estancia siguió a oscuras. Se encontraba, pues, ante un problema. No se trataba de tener o no tener una bombilla de repuesto, pues, aunque la hubiera tenido, habría necesitado una escalera para cambiar la rota. Tampoco podía acudir a Bobby Wadlin e informarle de que había que cambiar la bombilla del sótano para que ella pudiera apropiarse de una de sus alfombras y sustituir la que había manchado.

Por suerte llevaba el móvil en el bolsillo. No daba mucha luz, pero bastaría. Una vez que hubiera cambiado las alfombras tendría que vivir con sus muebles actuales, al menos hasta que Wadlin se decidiera a cambiar él mismo la bombilla. Ella pasó al lado del espejo roto y fue a buscar la alfombra granate. La última vez que la había visto, estaba de pie y enrollada junto a la pared del fondo. Apuntó la luz del teléfono en esa dirección y vio la alfombra justo donde la recordaba, junto a una cómoda baja de caoba con un dibujo floral decorativo y un baúl de cuatro cajones que, de lo feo que era, no habría permitido que lo colocaran en su habitación incluso si le pagaran por ello.

Esther empezó a abrirse paso poco a poco entre los muebles y los trastos, apañándoselas para no rasparse más de una vez la espinilla, aunque se golpeó contra un paragüero de hierro fundido, y le dolió. Y mucho. Agarró la alfombra y comprobó su peso. Pesaba más de lo que parecía, pero creyó que podría con ella utilizando ambos brazos, sosteniendo el móvil con la mano derecha para iluminar el camino de regreso a la puerta mientras tenía presente dónde la acechaba el paragüero. La alfombra olía a moho, pero un poco de bicarbonato lo arreglaría. Cerca entrevió una lámpara de pie y pensó que le haría un buen servicio como lámpara de lectura, pero tendría que esperar. A decir verdad, sus dependencias empezaban a estar abarrotadas. Si se empeñaba en meter más cosas, no tardarían en parecerse al sótano.

Cuando empezó a caminar hacia la salida, se le ocurrió que era una pena que un espacio como ese se viera reducido a un recinto de almacenaje. Conservaba las huellas de la decoración de su anterior encarnación como bar: unos estampados de flores de lis naranjas por aquí, parches de papel pintado con relieve rojo por allí, y un par de viejos grifos tirados encima de un polvoriento barril de cerveza. Un trozo de rodapié de latón discurría a lo largo de una de las paredes; le sorprendía que Wadlin no lo hubiera vendido. Un reloj de la década de los cuarenta de *bourbon* Four Roses, con las manecillas detenidas a las cinco y media y los números desvaídos del dorado al negro, colgaba sobre las sombras de los estantes que, en el pasado, seguramente habían acogido las botellas. Esther se imaginó la música sonando y a la gente bailando, incluso durante la Prohibición, sintiéndose segura porque todos sabían que las gruesas paredes, junto con los sobornos que se hubieran pagado, garantizaban que la fiesta podía continuar sin temor a que la interrumpiera la policía.

Y, si esta se presentaba, siempre quedaba el túnel. Su entrada todavía era visible, una apertura que recordaba a la de una caverna y que en el pasado había quedado oculta por unos paneles. Hacía mucho que se había bloqueado, pero solo dejando metro y medio libre hacia el interior del propio túnel, creando un hueco que podía utilizarse para almacenar más cosas. Sin embargo, estaba a oscuras incluso cuando se encendía la luz del sótano. La posición y el ángulo del hueco lo hacían poco propicio para la iluminación, de modo que fuera lo que fuese lo que se almacenaba allí estaba destinado a seguir intacto, pues no podía identificarse adecuadamente. Cuando hacía frío en el sótano, la zona alrededor de la boca del viejo túnel estaba más fría todavía, y en invierno uno podía sentir el aire gélido que procedía de dentro. Esther suponía que, como cualquier otra obra en el Braycott, el túnel se había cerrado defectuosamente y lo más barato posible, y los materiales utilizados habían empezado a agrietarse y descomponerse. Las ratas seguramente habían encontrado una vía de entrada, porque ahí abajo había roedores. Ella los había visto y también oído, pero su presencia no la preocupaba a no ser que pasaran corriendo entre sus pies. Esther, vegetariana de toda la vida, creía que ellas, las ratas, tenían tanto derecho a estar ahí abajo como ella misma, o más, si cabe, dado que se suponía que ella no podía estar en el sótano, mientras que se aceptaba, aunque con reticencias, que las ratas formaban parte del alma de los lugares antiguos. Solo Dios sabía de qué se alimentarían, pensó Esther. Imaginaba que una rata se comería cualquier cosa. Bichos, ratones, otras ratas...

Había una removiéndose en el túnel en ese mismo momento. Esther oía el golpeteo de sus uñas contra la piedra. Por el ruido que hacía debía de ser una rata grande.

Y entonces la rata se rio.

19

Llegué al apartamento de Angel y Louis poco antes de la una. Me abrió Louis y me dijo que Angel estaba chafado.

—¿Está enfermo? —La salud de Angel seguía siendo para Louis y para mí una fuente de constante preocupación, pese a que en la revisión más reciente se había confirmado que todo estaba bien. Angel también seguía siendo propenso al cansancio, así como a periodos de una profunda depresión. Pero, como suele pasarle a cierto tipo de enfermos, detestaba que le preguntaran por su salud o que se le hicieran comentarios al respecto, de manera que nosotros lo observábamos fingiendo que no mirábamos y nos preocupábamos por él en silencio.

—Tiene resaca —aclaró Louis—. Anoche se bebió unas botellas de una *ale* llamada Diner, y esta mañana se ha levantado como si le hubiera atropellado un tren, o posiblemente dos, y ambos cargados de alcohol.

Me quedé impresionado, pero al modo en que te impresionaría un simple aficionado que decide combatir un par de asaltos con el campeón. Diner la producía la Maine Beer Company en Freeport, y era una cerveza imperial, lo que básicamente quería decir que la habían puesto a dieta de esteroides. Me pareció recordar que tenía más de un ocho por ciento de alcohol y tumbaba a hombres adultos como los leñadores tumbaban árboles.

—¿Dónde está?

—En el sofá, agonizando.

Entré en el salón y me encontré al paciente tal como se me había descrito.

—Sácame de esta miseria —susurró Angel.

—¿Quieres decir unas últimas palabras?

—Ninguna por la que me gustaría ser recordado.

Consiguió abrir un ojo.

—Mi mundo está llegando a su final —dijo—. Me estoy planteando la eutanasia.

—Necesito tu ayuda.

Volvió a cerrar el ojo.

—Tenía el espantoso presentimiento —dijo— de que ibas a decir algo parecido...

Angel se las apañó como pudo para arrastrarse hasta la mesa de la cocina. Louis preparó unos huevos con beicon que Angel se zampó junto con varios vasos de agua, un puñado de ibuprofenos y un brebaje que contenía dos tipos de ginseng, jengibre, azúcar moreno y aceite de borraja. Yo era muy consciente de que íbamos justos de tiempo, pero Angel me preocupaba y no quería obligarle a encarar la jornada sin una oportunidad de salir bien parado. Al final de aquel ágape, reconoció encontrarse mejor, aunque solo fuera porque las posibilidades de sentirse peor eran más bien escasas. A esas alturas, ya los había puesto apresuradamente al día tanto sobre Melissa Thombs como sobre Sarah Abelli.

—Vaya —dijo Louis—, así que la viuda de Nate Sawyer. ¿Eliges tus clientes basándote en el criterio de a cuánta gente les gustaría verlos muertos o también tienes en cuenta su capacidad de pago?

—No creo que la Oficina quiera matar a Sarah Abelli —dije.

—Solo porque los muertos no pueden pagar sus deudas. —comentó Angel.

—Ella afirma que no tiene el dinero que robó su marido.

—¿Y tú la crees?

—Por ahora. Lo que quiere es que le devuelvan los recuerdos de su hija. Creo que si tuviera el dinero, pagaría el precio que le pidieron por ellos. Pero tiene razón al mostrarse escéptica sobre la probabilidad de recuperar esas pertenencias, tanto si apoquina como si no. Es posible que la Oficina no esté empeñada en convertirla en un cadáver, pero se alegraría de verla sufrir por las pifias de su marido.

—Asumiendo, claro, que la Oficina esté implicada —puntualizó Louis.

—Que es lo que tengo que averiguar antes de que esto se ponga más feo.

—Detesto Providence —dijo Louis—, siempre lo he detestado, incluso después del asunto con Madre?

—¿Alguna noticia en ese frente? —pregunté.

—Por lo que me ha llegado, nunca sale de su antigua mansión, y su gente la ha abandonado. Algún día alguien se pasará por allí y encontrará su cáscara reseca acurrucada en un rincón. Pueden prenderle fuego y así ahorrarse el coste de un funeral.

—Alguien podría pensar que le hemos hecho un favor a la Oficina al implicarnos en sus asuntos —dije.

—Eso es una manera de verlo. No estoy seguro de que la Oficina cuadre sus libros de ese modo.

—Pues parece que esta es una ocasión para averiguarlo.

Louis se acabó el café y removió los posos del fondo de la taza.

—Boston está todavía en transición después de lo que pasó con Sawyer —dijo—. Lo último que he sabido es que la Oficina ha nombrado a un hombre llamado Dante Vero como jefe provisional del nordeste, pero no durará mucho. Para empezar, no quería el cargo, pero no le dieron opción. Dante es uno de los cerebros clandestinos de la organización de toda la vida. Es un padre de familia, un hombre de fiar pero cauteloso. No sale en la prensa, no corre riesgos innecesarios y no se le conoce como violento. Dante es el tipo al que mandan antes de mandar a otro.

—¿Como Luca, el que amenazó a Sarah Abelli con desenterrar el cuerpo de su hija?

—La exhumación no es el estilo de Dante. Resulta interesante que ella contara que apareció alguien cuando sus secuestradores iban a violarla. A mí me suena como algo que podría hacer Dante. La Oficina ya se quedaba la casa de Sarah Abelli, y aunque no es ningún pusilánime, mirar cómo se atormenta sexualmente a una mujer no es algo que vaya con él.

—¿Hablaría conmigo? —pregunté.

—Es un hombre al que resulta difícil acceder directamente. No utiliza teléfonos: ni móviles, ni fijos, nada. Es una vuelta atrás, a otra época, y lo que ha pasado con Sawyer solo le ha vuelto más firme en sus convicciones, y esa es una de las razones por las que nunca ha cumplido condenas largas. Conozco, como tú, a varias de las personas que se mueven por allí, pero a nadie del círculo de Dante, si me perdonas el juego de palabras. Si el reloj ya está corriendo y necesitas una respuesta inmediata, lo mejor sería encontrar una ruta más directa hacia él.

Reflexioné sobre el particular.

—Moxie le ha estado dando trabajo a un hombre llamado Mattia Reggio —dije—. Como conductor, para recoger documentos, ese tipo de cosas. Reggio solía ir con Cadillac Frank, aunque de eso hace mucho tiempo. A Moxie le gusta la idea de tener a un antiguo matón en nómina. La reputación de Reggio no anda lejos de la de Dante Vero: el tipo al que mandan antes de mandar a otro.

—Sin embargo, detecto cierta vacilación por tu parte —intervino Angel despacio y muy muy cuidadosamente.

—Vaya, mira quién se ha despertado —dijo Louis.

—He estado escuchando —dijo Angel—. He permanecido callado hasta que me bajara la inflamación del cerebro. —Volvió su atención hacia mí—. ¿Tengo razón sobre Reggio?

—No niego que lleva años comportándose como un hombre respetable —dije— y nunca ha decepcionado a Moxie, pero a mí no me cae bien. No por nada en concreto, es solo una sensación, bueno, aparte de que siempre está mascando chicle y se le conoce por dejarlos pegados en los salpicaderos y debajo de las mesas, incluidas las de Moxie. Es una cosa muy rara, como un tic nervioso o un perro marcando su territorio.

—Y, aparte de los delitos con los chicles, no quieres deberle nada —dijo Louis.

—Preferiría mantenerlo a cierta distancia, nada más.

—Podrías intentarlo a través de Moxie —dijo Angel.

—No —repliqué—, si hay que pedírselo a Reggio, lo haré yo.

—¿Y qué pasa con lo otro? —preguntó Louis—, ¿lo de las Thombs?

—En cuanto sepa que Melissa tiene el móvil, podemos planear cómo sacarla de allí, aunque sea de madrugada. Más vale no retrasarse.

Saqué mi teléfono. Tenía el teléfono de Mattia Reggio guardado a petición de Moxie, aunque nunca lo había llamado. Entonces, presionado por el tiempo, lo llamé.

20

Por un instante, Esther Vogt estuvo convencida de que había oído mal, y el ruido que procedía del túnel no era, de hecho, una carcajada sino el tintineo del cristal provocado por el viejo señor Rata. Pero entonces volvió a oír el sonido, esta vez con más claridad, y recordó los pasos que habían perturbado su descanso la noche anterior, igual que habían despertado al señor Hardiman. Ella sabía que Bobby Wadlin no les había creído, ni siquiera cuando le contaron sus distintas versiones, y tenía que admitir que lo que le contaron parecía inverosímil, incluso para sí misma. Después de todo, ningún padre mínimamente responsable llevaría a su hijo a un establecimiento como el Braycott Arms, y hasta un padre irresponsable se lo habría pensado dos veces antes de hacerlo. Pero era posible que un niño se hubiera colado dentro a hurtadillas: un chaval fugado de casa en busca de refugio, aunque los pasos que oyó eran ligeros y poco ruidosos, y los niños que se fugan suelen ser mayores. ¿Y qué tipo de fugado, tras conseguir acceder al Braycott, se arriesgaría a que lo pillaran brincando por los pasillos en plena noche?

—¿Hola? —dijo Esther—, ¿hay alguien ahí?

Lo cual era una pregunta tonta porque estaba claro que sí había alguien ahí, pero fue lo mejor que se le ocurrió a Esther dadas las circunstancias. Se dio cuenta de que todavía cargaba con la alfombra y se planteó dejarla a un lado y agarrar algo que pudiera utilizar como arma, si es que necesitaba una, aunque, al ser una anciana artrítica que se acercaba a los ochenta, cualquier armamento de ese tipo apenas le habría sido de utilidad.

Permaneció ante la entrada del túnel y le sorprendió lo oscuro que era. No recordaba que antes le pareciera tan oscuro. Era como si quienquiera que fuese el que se ocultaba en sus recovecos los hubiera envuelto en penumbra.

—No voy a hacerte ningún daño —dijo Esther—. Creo que anoche te oí en el pasillo, y el señor Wadlin, el gerente, debe de andar buscándote. Tarde o temprano vendrá a registrar aquí abajo, así que tendrías que haberte ido para entonces. No es un hombre muy comprensivo.

Incluso en aquella penumbra y con su mala vista creyó detectar movimiento, una sombra que se desplazaba sobre otra como un humo denso arremolinándose o unas serpientes negruzcas retorciéndose. Le pareció, con una extraña objetividad, que eran unas comparaciones completamente negativas, y de las que no se asocian con un niño, tanto si se ha escapado de casa como si no. Se vio a sí misma con el aspecto que debía de tener para la presencia del túnel: una anciana vulnerable, que llevaba zapatillas con el abrigo, apoyada en una alfombra enrollada para no caerse.

—No es bueno para ti estar aquí solo —prosiguió Esther—. Este sótano es frío y húmedo, y hay ratas y bichos. No querrás que te muerdan, ¿verdad que no?

La figura del túnel se le estaba presentando con mayor claridad. Era pequeña, y Esther pensó que debía de haber estado agazapada a cuatro patas, como un gato preparado para saltar y abalanzarse sobre ella. La imagen hizo que la anciana diera un paso atrás, y le pareció que la figura avanzaba a la par, de modo que la poca luz que había captó fugazmente lo que podría ser una cara antes de que aquella presencia retrocediese de nuevo. Era una criatura, una niña pequeña, probablemente de no más de cinco o seis años.

Cualquier idea de agenciarse un arma se desvaneció. No la necesitaría, no para una niña tan pequeña. «Dios mío», pensó Esther, «¿cómo habrá podido siquiera bajar hasta aquí?» A no ser que hubiera entrado porque alguien se hubiese dejado la puerta abierta, tal vez el propio Bobby Wadlin, y luego no hubiera podido salir de allí porque la puerta se hubiera cerrado. Esas viejas paredes eran gruesas y era posible que impidieran que se oyeran sus gritos pidiendo ayuda.

—Oh, cariño —dijo Esther—, ¿por qué no subes conmigo? Estoy segura de que puedo llevarte hasta mi habitación sin que te vean. Tengo caramelos y galletas, y leche en la nevera. Puedes comer algo mientras me cuentas todo lo que te ha pasado, y nos pondremos a buscar a tu mamá y a tu papá. Porque tienes una mamá o un papá, ¿verdad?

La niña emitió un sonido, pero Esther no supo si era para mostrar que estaba acuerdo o no.

—Y si estás sola —dijo Esther—, buscaremos a alguien que pueda ayudarte. Todo irá bien, te lo prometo. Lo que sí sé es que no puedes quedarte aquí.

Esther se irguió todo lo alta que era, casi uno sesenta.

—No te dejaré aquí —dijo con firmeza—, no sería correcto.

La niña saltó y la impresión fue tan inesperada que Esther apenas tuvo tiempo para registrar sus rasgos pálidos, su pelo lacio y el extraño ángulo en que le colgaba la cabeza, antes de que el corazón le explotara en el pecho. Se desplomó sobre el suelo, con la conciencia anegada por un dolor tan abrumador que tenía peso y masa, y una gravedad que le arrancó la vida de sus entrañas.

—¡Bu! —exclamó la niña mientras Esther Vogt moría.

21

Mattia Reggio pareció sorprendido al oír que era yo, y seguidamente no se alegró mucho cuando le dije por qué necesitaba su ayuda.

—Muchos de los chicos que conocía ya no siguen en el negocio —dijo, y el chicle chasqueó con fuerza en su boca—, los que no han muerto están entre rejas, y los que no están muertos ni entre rejas, intentan seguir así. Ahora todos son caras nuevas, nombres nuevos.

—No todos —dije.

Dejé que el silencio se alargara.

—Yo trabajaba fuera de Boston —dijo por fin—. Por entonces Providence era el centro principal y nosotros acudíamos a ellos. Ahora creo que pinta más Boston, pero el asunto de Sawyer ha hecho mucho daño, así que es posible que la cadena se haya ido a la mierda.

—¿Conociste a Dante Vero?

—Sí, conocí a Dante, aunque yo estaba más próximo a su tío, Marco.

—¿Y Marco sigue en activo?

—No. Marco murió en Devens hará unos diez años. Fallo hepático. La última vez que vi a Dante fue en su funeral.

Devens, o Federal Medical Center Devens, era una cárcel federal en Massachusetts que funcionaba como centro médico para reclusos con problemas de salud, tanto físicos como psicológicos.

—¿Todavía os habláis Dante y tú?

—Supongo que sí, dentro de lo razonable.

—Me han dicho que tiene aversión a los teléfonos —comenté.

—Dante tiene aversión al riesgo —dijo Reggio—. No abre la boca a menos que se vea obligado.

—¿Incluso contigo?

—Incluso conmigo.

—¿Qué hay que hacer para abordarlo?

—La única hermana de Marco, Elisa, todavía vive, o vivía la última vez que pregunté. No se casó, y no habría abandonado su barrio de toda la vida. Dante es el tipo de hombre que la cuidaría, se aseguraría de que le va bien. Si alguien puede darle un mensaje a Dante, es Elisa.

—Si pudieras ponerte en contacto con ella, te lo agradecería.

Oí que Reggio dejaba escapar una exhalación larga y áspera. Yo sabía que no quería hacerlo. Y no solo porque la relación entre nosotros no fuera especialmente buena. Si la Oficina había puesto a la viuda de Nate Sawyer en su punto de mira, la implicación de Reggio, aunque solo fuera como intermediario, con un hombre que actuaba en nombre de la mujer, le haría merecedor de un punto negro en el registro de alguien.

—Haré la llamada —dijo por fin.

—Gracias.

—A cambio, me gustaría preguntarte algo.

—Adelante —dije.

—Tal vez no venga a cuento, pero me da la sensación de que no te caigo bien. Nunca he hecho nada para ofenderte, pero aun así me tratas como si fuera una mierda. Me preguntaba a qué se debía.

No lo negué. Nos habría humillado a ambos.

—No lo sé —dije—, pero lo pensaré.

—Tienes pelotas —dijo Reggio, y colgó el teléfono.

—¿Y bien? —preguntó Louis.

—Lo hará.

—¿De buena gana?

—Yo diría que no mucho.

—¿Y tú?

Me levanté para marcharme.

—Yo tampoco —dije.

22

Pantuff y Veale llevaban en el negocio tiempo de sobra para saber que la parte más difícil de cualquier trabajo de esta clase era el periodo de espera que precedía a la acción. Mantenerse ocupado ayudaba: ir al cine, jugar al billar, cualquier cosa que te distrajera. Dormir también funcionaba, si uno podía conciliar el sueño. A tipos más jóvenes e inexpertos les costaba mucho porque estaban demasiado tensos, pero Pantuff, como se ha apuntado previamente, era capaz de dormir en cualquier sitio, y Veale había aprendido el valor de, como mínimo, cerrar los ojos y procurar relajarse. El plan, por tanto, había sido volver al Braycott y ponerse cómodos, pero eso fue antes de que a Pantuff empezara a preocuparle que la viuda de Nate Sawyer se creyera que era una zorra listilla.

Había que abordar rápidamente ese problema.

Pantuff rechinaba los dientes mientras conducía, que era lo que solía hacer cuando se sentía presionado. Los rechinaba con tal fuerza que a Veale le daba la impresión de que no tardaría en es escupir trozos de esmalte.

—La cuestión reside en —dijo Pantuff— con quién ha estado hablando.

Esa era la forma que tenía Pantuff de expresarse. Utilizaba locuciones como «reside en», e incluso esporádicamente citaba versos de poesías y obras de teatro, aunque Veale se había fijado en que se trataba siempre de los mismos versos, lo que le llevó a pensar que Pantuff solo se sabía unos pocos. Pantuff cursó un año en una facultad progresista de artes del Medio Oeste antes de que le enseñaran la puerta por infracciones sin especificar. Por lo que Veale sabía de él, su mala conducta probablemente tenía que ver con las chicas. Si hoy hubiera cometido actos como aquellos, lo habrían detenido y juzgado, pero, por entonces, las instituciones educativas del siglo pasado habían adoptado un enfoque más pragmático con los violadores y los acosadores sexuales. La reputación lo era todo. Mejor dicho, la reputación institucional lo era todo. La de una mujer importaba considerablemente menos. Bien mirado, pensaba Veale, tal vez las cosas no hubieran cambiado tanto, pero lo cierto es que a él le daba igual.

—Podría ser su hermana o su hermano —dijo Veale—, o un amigo. Alguien cercano a ella.

No podía decirse que Veale tuviera la menor experiencia personal al respecto, siendo hijo único y careciendo prácticamente de amigos, aparte de Pantuff. Pero incluso si tuviera problemas, no creía que recurriera a Pantuff en busca de ayuda, a no ser que fueran problemas sumamente graves. Se las habría apañado solo, tratando con quienquiera que le plantease dificultades, ¿o se decía «a quienquiera»? Dios, estaba pasando demasiado tiempo en compañía de Pantuff, y lo que le quedaba hasta que se separaran o murieran, fuera lo que fuese lo que ocurriera primero.

—O la poli —añadió Veale—, pero dijiste que eso no te parecía una opción para ella.

—La policía siempre es una opción —dijo Pantuff—, pero una que ella será reacia a elegir. En cuanto a amigos, o el tipo de amigos que deberían preocuparnos, los perdió cuando se descubrió que su marido se había convertido en un soplón.

—Podría haber hecho algunos nuevos desde entonces.

Pantuff volvió a rechinar los dientes.

—No, ella no. No con su pasado. Se ha reinventado. Es posible que aprendiera algo sobre el comportamiento humano durante el tiempo que pasó con su marido, aunque solo fuera para no cometer el mismo error dos veces.

Un trocito de esmalte se desprendió de un diente por fin,

como Veale había previsto. Pantuff se lo quitó de la lengua y lo sostuvo en alto para que lo viera su colega.

—Mira lo que me ha obligado a hacer —dijo.

Era un buen trozo. A Veale le pareció que a Pantuff le dolería la próxima vez que bebiera algo frío o caliente. Pantuff tiró al suelo el fragmento de diente, y Veale lo vio buscando alguna cavidad con la lengua.

—Siempre queda la posibilidad de que haya buscado ayuda —dijo Veale—. Si es así, no se tratará de nada que no podamos controlar.

—Eso es verdad —reconoció Pantuff—, aunque los desconocidos me preocupan, y no me hace gracia que no se fíe de nosotros.

A Veale el comentario le pareció excesivo, dado que habían irrumpido en su casa, se habían llevado todo lo que habían encontrado de su hija muerta y ahora tenían planeado traicionarla. Se guardó esa opinión para sí, aparte del hecho de que la mujer de Sawyer no se fiara de ellos hacía que él la respetara más.

Pantuff señaló a la izquierda.

—Volvamos a recorrer la ruta —dijo.

Y eso hicieron.

23

Llamé a Sharon Macy cuando iba de camino a comprar un teléfono de prepago para dejarlo en la casa que Melissa Thombs compartía con Donnie Packard. Macy y yo seguíamos acercándonos tímidamente, poniendo fin a lo que Louis había calificado en una ocasión como el periodo seco más prolongado desde la racha sin victorias del equipo de béisbol de los Chicago Cubs. Pero por un acuerdo mutuo y tácito, habíamos evitado llamar relación a aquel acercamiento y hacerlo público. En parte, se trataba de una cautela natural para ambos, complicada en el caso de Macy por lo desaconsejable de hacer público que una detective del Departamento de Policía con responsabilidades como enlace con otras agencias de la ley y el gobernador se acostaba con un investigador privado del que muchas de esas mismas agencias y facciones de la oficina del gobernador pensaban que debería estar entre rejas.

Oh, y complicado en mi caso por el hecho de que mi hija difunta hablaba, según parecía, con la que tenía viva, y ella y algún vestigio de mi esposa muerta seguían moviéndose por este mundo. No obstante, Macy y yo no habíamos hablado de eso. Había algunas conversaciones que más valía dejar para otro momento, o, mejor aún, posponerlas para siempre.

Macy respondió al segundo toque de llamada.

—El mundo se ha vuelto loco —dijo.

—Este mundo siempre ha estado loco. Lo que pasa es que antes no resultaba tan pavoroso para la mayoría de nosotros.

—Si llamas para pedirme la mano antes del día del Juicio Final, no puedo garantizarte que te vaya a gustar mi respuesta.

—Pues eso es tan ambiguo —dije— que creo que por el momento no formularé la pregunta. ¿Y qué te parece si hablamos de Donnie Packard?

—Por Dios bendito, no tengo la menor intención de casarme con Donnie Packard. Si esa es la alternativa, me parece que tendré que conformarme contigo.

—Iré preparando el discurso que daré en la boda —dije— cuando haya recuperado el habla. Mientras tanto, Donnie está viviendo con una tal Melissa Thombs, aunque ella ya no quiera seguir bajo su techo, o eso dice la madre de la chica. Pero Donnie es posesivo y no está dispuesto a dejar que ella se vaya..., una vez más según la madre.

—Y déjame adivinar: Melissa Thombs no quiere recurrir a la policía.

—Ya ha habido intervenciones de la policía en el pasado, y Donnie tiene una condena por violencia doméstica a causa de una de esas intervenciones; pese a todo, ella permaneció a su lado. Me veo incapaz de entender por qué. Ahora parece que la situación ha empeorado, pero no tanto como para que ella quiera que la policía vuelva a implicarse de nuevo.

—¿Vas a intentar sacarla?

—Esa es la idea, aunque, preferiblemente, se haría con sigilo, y sin que Donnie se enterase hasta que ella se encontrara lejos de casa y a salvo.

—¿Dónde viven?

—En la antigua casa de la madre de Donnie, en Yarmouth.

—La madre murió, ¿no?

—De vergüenza. Suele pasar.

—Si el nombre de Donnie aparece en la escritura de la casa, podrían acusarte de allanamiento de morada. Y si entras armado, un fiscal podría ponerte en apuros.

—Como he dicho, esperamos no tener que entrar en la propiedad. Si nos vemos obligados, pretendemos contar con una invitación de Melissa Thombs.

—Y me estás contando todo esto porque...

—Porque si se va a pique, necesitaríamos un oído comprensivo. No te pido que intervengas, pero sí que me aconsejes.

Detestaba tener que pedirle a Macy incluso algo tan simple. Entre nosotros existía un pacto tácito de no arriesgarnos a comprometer profesionalmente al otro. Y otra rareza más: yo todavía pensaba en ella como Macy, igual que ella aún me llamaba Parker. Eso tal vez cambiara si la relación seguía adelante, pero ¿quién podría asegurarlo?

—Mi *consejo* sería pirarse —dijo—. Liberar a una mujer de una pesadilla doméstica es siempre complicado, y raramente sale bien. Incluso los policías lo echan a suertes para decidir quién acude a llamadas de maltrato. Hay algunos agentes que son muy buenos en esos casos, pero es una combinación de naturaleza y formación, y alguien (habitualmente el varón maltratador) acabará sangrando o esposado; no es un trabajo para un investigador privado, ni siquiera para uno tan preparado como tú.

—La madre de Melissa Thombs cree que Donnie podría estar a punto de asesinarla y cualquier orden para que ella permanezca en casa puede bastar para inclinar la balanza en ese sentido.

—En ese caso, a la hija no le queda otra que acudir a la policía.

—No hacemos más que dar vueltas. Si la policía se presenta en la puerta, no tenemos garantías de que Melissa quiera irse con ellos, y Donnie estará avisado. Hasta cabe la posibilidad de que se desquite con ella cuando la puerta vuelva a cerrarse.

A esas alturas estaba delante del pequeño centro comercial que vendía móviles de prepago baratos, tanto usados como nuevos. A menudo había tenido ganas de que me confeccionaran una insignia para esas visitas. Rezaría: NO SOY UN CAMELLO.

—Las escoges tú, ¿verdad?

Al menos detecto cierto afecto en su frustración.

—No eres la primera en decirme algo por el estilo hoy —dije—. Y, por si te sirve de algo, fue su madre la que me escogió a mí. La conocí en el instituto.

—¿Una ex?

—Es posible que me hubiera gustado durante un par de segundos, y dudo que ella tardara tanto en tacharme de su lista de pretendientes aceptables. Además, y dado que te lo estoy contando todo, ya intenté hablar con Melissa Thombs una vez, pero no conseguí gran cosa. No te haces una idea de lo que me cuesta volver a implicarme en esto.

—Estoy empezando a hacérmela —dijo—. ¿Cuándo vas a intentarlo?

—Esta noche, con un poco de suerte. Tengo un plan.

—No esperaría menos. Si estás comprometido y no puedo persuadirte para que no lo hagas, te sugeriría que al menos informaras de manera formal al Departamento de Policía de Yarmouth cuando estés de camino. Averiguaré quién está de guardia esta noche y comprobaré si es alguien especialmente apto para gestionar disputas domésticas, luego hablaré con ellos de forma tranquila. Pero tú no debes (repito: no debes) entrar en esa finca sin el consentimiento de Melissa Thombs o, por improbable que sea, de Donnie Packard. Si lo haces, y uno de ellos resulta herido, perderás tu permiso para ejercer de detective, y posiblemente también tu libertad, y no pienso ir a visitarte a la penitenciaría de Warren. Además, también estarás poniendo en peligro mi carrera, porque es posible que no pueda pedir a las personas con las que hable que guarden silencio sobre mi intervención, ni ellas tendrían por qué hacerlo.

Eso era más de lo que yo había esperado, o hubiera pedido. En cualquier caso, tampoco tenía intención de entrar en la propiedad de Packard sin permiso. Ya durante el trayecto a la tienda de móviles había tomado la decisión de que si Melissa Thombs no salía de la casa por voluntad propia, pospondría el intento de sacarla y buscaría otra forma de ayudarla en cuanto pudiera.

—De acuerdo —dije—. Y gracias.

—Me debes una cena.

—He estado guardando mis vales de Denny's para una ocasión especial.

—Y seguro que te preguntas por qué las mujeres no hacen cola alrededor de tu manzana para salir contigo.

—Por aquí todavía hace frío, espera a que llegue el verano y ya verás.

—Llámame antes de salir para ir a la casa de Packard. ¿Es tu trabajo principal de hoy?

—Hay otra cosa.

—¿Me conviene saber los detalles?

Miré la tienda de móviles. Justo delante de ella había un hombre de veintipocos años que, si hubiera llevado mi insignia, podría haber tachado la palabra «no». Pensé en Sarah Abelli y su hija muerta.

—No —dije—, mejor que no los sepas.

Segunda parte

24

Pantuff y Veale habían chantajeado a otros en el pasado, y habían participado en dos ocasiones en un secuestro. El primero de los secuestros había salido bien, pues pudieron cobrar el rescate sin problemas y el secuestrado fue liberado relativamente ileso; pero el segundo había acabado mal: ni un centavo, dos de sus colegas detenidos, y el rehén, muerto. En ninguno de los dos casos, ni Pantuff ni Veale fueron los instigadores de la acción, pero lo que sucedió en el segundo les había enseñado que implicarse en un secuestro no compensaba la tensión ni los riesgos que conllevaba.

No obstante, también habían aprendido valiosas lecciones sobre la mecánica del cobro de los rescates, y la más importante era no dejar de moverse. Eso significaba que no habría puntos fijos para la entrega del dinero; nada de dejar la bolsa con el dinero en el hueco de un árbol, ni en un banco del parque, y menos en una cabina telefónica, asumiendo que alguien pudiera encontrar una cabina en condiciones en los tiempos actuales. Ni Pantuff ni Veale eran chicos bitcoin, y carecían de los contactos que les garantizasen transferencias electrónicas fiables o difíciles de rastrear. Básicamente, preferían el tipo de dinero que un hombre puede sostener en las manos y gastar en una tienda de barrio. En su mundo, reinaba el efectivo, y siempre sería así.

Para la entrega del dinero habían elegido una localización del condado de Androscoggin cerca de la frontera con el condado de Cumberland, porque no había nada como las dudas jurisdiccionales, por insignificantes que fueran, para fastidiar a las fuerzas del orden. Allí la carretera de Lisbon se bifurcaba en la carretera de Shiloh al cruzar la línea del condado, que entonces pasaba sobre un pequeño trecho de agua, el Pinkham Brook, no lejos de la gran capilla de Shiloh. Allí tendría lugar la entrega y allí estaría esperando Pantuff. Poco más adelante del arroyo había un tranquilo callejón sin salida, que sería donde Pantuff dejaría el coche. Ya había hecho una prueba yendo desde el arroyo al callejón —metafórica, aunque no literalmente, el arroyo había resultado más difícil de salvar de lo que había previsto sin mojarse los pies— y no había encontrado obstáculos. Con el dinero a salvo en sus manos, volvería a cruzar al condado de Cumberland y recogería a Veale de camino. Si podían eludir a la policía estatal, seguramente todo saldría bien.

Mientras Pantuff estaba temblando en la húmeda oscuridad, Veale se ocuparía de otras cuestiones. Se informaría a la viuda de Nate Sawyer de que tomara una ruta indirecta desde su casa en Freeport: primero al sur hacia Portland, luego al oeste hacia North Windham, antes de hacerla volver gradualmente al norte, al punto de entrega. Veale —en un Honda Civic de 1998 por el que había pagado setecientos cincuenta dólares en efectivo y que en ese momento estaba aparcado ante un motel junto al Maine Mall— se situaría detrás de ella cuando estuviera a cincuenta kilómetros del punto de entrega, con la única intención de fijarse en los vehículos que iban por detrás y por delante de la viuda. Luego se desviaría y volvería a situarse detrás, quince kilómetros más cerca de la carretera de Shiloh, donde, una vez más, comprobaría los vehículos que circulaban cerca de la mujer. Por último, esperaría en una carretera secundaria cuando ella estuviera a menos de diez kilómetros del punto de entrega. A esas alturas, él tendría claro si la seguían, y se tomaría una decisión sobre qué paso dar a continuación.

Pantuff y Veale no tenían la menor intención de enzarzarse en un tiroteo con la policía o con agentes privados. Veale pensaba que la solución más simple, si la viuda había buscado ayuda exterior, sería utilizar el Civic para bloquear la carretera de Shiloh en el punto en que cruzaba el arroyo. El ratero de poca monta al que le habían comprado el coche, quien a su vez lo había comprado por calderilla en un desguace, tuvo un ataque de amnesia en cuanto el dinero estuvo en su cartera, así que no había ninguna preocupación por ese lado, sobre todo si nadie resultaba herido durante la recogida del rescate. Si por un milagroso trabajo detectivesco se rastreaba el Honda hasta su vendedor, el atontado sabía que no le convenía dar una descripción precisa del hombre que lo había comprado. Él podría sufrir de amnesia cuando se le requería, pero ese era un problema que no sufrían Pantuff y Veale.

En cuanto a los recuerdos de la hija difunta de Sawyer, le dirían que la estaban esperando en una caja en el arcén de la carretera poco después de que hubiera realizado la entrega, una vez verificado que el dinero estaba en el bolso. Y, en efecto, habría una caja porque Pantuff la colocaría donde se suponía que debería estar antes de emprender el camino al arroyo. Por descontado, ella se encontraría la caja vacía cuando la abriera, a no ser que Pantuff decidiera dejar un pequeño recuerdo propio. Había encontrado una rata muerta en el aparcamiento del Braycott y la había metido en una bolsa en las profundidades de un espeso matorral, porque había pensado que una rata muerta sería un buen regalo para la viuda de Nate Sawyer. Pantuff se había planteado incluso cagarse dentro de la caja, pero si las cosas salían muy mal, eso dejaría una montón de ADN para la policía. Si optaba por hacer algún regalo, tendría que conformarse con la rata.

El plan no era perfecto, porque ningún plan lo era nunca. El momento más peligroso sería después de que les arrojara el dinero desde el coche, cuando Pantuff todavía fuera a pie. De producirse una intervención exterior, sería en ese momento, pero Veale estaría preparado y esperando para ayudarle. Sin embargo, ese era un punto débil que había que corregir.

—¿Qué piensas? —preguntó Pantuff mientras se acomodaban en el coche en el lado de Lisbon Falls del Pinkham Brook.

—Creo que sería más sencillo que te recogiera en cuanto tuvieras el dinero —dijo Veale—. Deberíamos olvidarnos del otro coche. Si lo hacemos, nos ahorrará minutos de peligro.

—Pero si ella trae gente consigo, no tendremos manera de impedir que nos sigan.

—Lo he estado pensando. Hay un lugar junto al centro comercial donde venden esas tiras de clavos para carreteras, ya sabes, de esas que impiden a los conductores entrar en una finca, o pinchan las ruedas si alguien intenta robarte el coche. Yo no tardaría más de unos segundos en colocarlas detrás de nosotros, suponiendo que ella tenga a alguien siguiéndola.

—Ajá —dijo Pantuff—. Sí, eso podría funcionar. Lo más sencillo es siempre lo mejor.

Pero seguía quedando lejos de lo ideal. ¿Y si estaba en contacto con alguien que la seguía por móvil, o contaba con más de un coche de asistencia? Le contó sus preocupaciones a Veale.

—¿Quieres suspenderlo? —preguntó Veale, y le sorprendió oírse a sí mismo pronunciando esas palabras, casi le sorprendió tanto como aceptar que una parte de sí mismo era lo que quería. «Es por las pisadas que he estado oyendo», pensó Veale. «Son la razón por la que quiero irme de aquí.»

Y tras haber admitido eso para sus adentros, estuvo dispuesto a conceder todavía más. Había intentado, pero no había podido, descartar el ruido de un niño moviéndose en plena noche como un eco, y un olor a polvos de talco y algo más, que procedía de los conductos de ventilación o entraba desde la calle. Se había resignado ya a la desalentadora realidad de que estaba poseído, y esa era una carga que había recaído solo sobre él, porque Pantuff no se veía afectado de modo similar. Veale sabía interpretar al hombre mayor con facilidad, y no creía que pudiera, ni quisiera, ocultarle tal fuente de turbación.

Veale no era supersticioso, y no tenía fe en ningún dios. Al mismo tiempo, siempre había creído que el mundo era un lugar más extraño de lo que parecía al principio, porque de otro modo no habría acogido a un hombre como él. Y guardaba un recuerdo de la infancia, uno que nunca se había desvanecido, o cuya verdad nunca había cuestionado: el recuerdo de despertarse la noche después de que enterraran a su madre y notar un peso en su cama, la fragancia del perfume que ella usaba oliendo fuerte en la habitación y la levedad del roce de sus labios cuando le tocó la frente como si se despidiera de él por última vez. En aquel momento, había pensado a menudo, la anormalidad que percibía en su interior, la alteridad, había pasado de latente a activa, porque en los días que siguieron había empezado a experimentar en serio con infligir dolor.

Ahora, tenía la impresión de que otra aparición había irrumpido en su vida. Pero, si la criatura se había sentido atraída, ¿a qué se debía? Solo podía tratarse de la caja de recuerdos, como le había sugerido a Pantuff. Algún rasgo de la niña, alguna esencia, la había atraído hacia ellos. Pantuff y él habían robado algo más que fotografías, un diente, un juguete. Al hacerse con todo lo que había quedado de la niña, aparte de sus huesos en proceso de descomposición, se habían llevado también a su... Veale tuvo que esforzarse para dar con la palabra correcta: ¿«espíritu», «alma»? No, él sentía instintivamente que eso no era correcto. «Fantasma» o «espectro» se acercaban más a lo que buscaba, pero seguían siendo palabras inexactas. Se removió en el asiento, los dedos de su mano derecha se abrían y cerraban, como si quisiera arrancar las letras, las sílabas, del aire. Entonces se le ocurrió: «duende». El baile, las risas; luz, pero también oscuridad, porque todo niño albergaba una parte sombría. Veale lo sabía mejor que la mayoría.

Pero ¿lo sabía la madre también? ¿Por eso deseaba que le devolvieran esas pertenencias con tal desesperación? Porque no eran solo recuerdos simbólicos de su hija: *eran* su hija. ¿El mismo fantasma que ahora perseguía a Veale también hacía cabriolas por las habitaciones de la casa de Freeport por las noches, y miraba a su madre dormida desde la oscuridad?

De ser así, ¿qué hacer a continuación? Pantuff nunca aceptaría devolver los objetos, ni siquiera si recibían el dinero según lo acordado. Para Pantuff aquellas reliquias estaban perdidas. Era una sorpresa que no las hubiera destruido ya: solo la necesidad de confirmarle a la madre, si esta lo pedía, que estaban a buen recaudo le había impedido dar ese paso.

Veale dejó escapar un suspiro que sonó como el último aliento. La destrucción total era la única solución. En eso Pantuff estaba en lo cierto, aunque por la razón equivocada: él quería destruir la vida de la mujer, pero Veale quería algo más. Al quemar los objetos mandarían lo que quedara de la niña a las llamas, y

Veale se libraría de ella. Se imaginó vaciando el contenido de la caja en una hoguera, seguido por la propia caja. Casi se veía haciéndolo.

Casi.

—¡Eh! —dijo Pantuff—, ¿me estás escuchando o qué?

Veale había estado tan ensimismado que no había oído la respuesta de Pantuff, y se vio obligado a pedirle que la repitiera.

—He dicho que no vamos a pirarnos, al menos no hasta que tengamos nuestro dinero.

Veale asintió.

—Y también me parece bien que quememos lo que nos llevamos —dijo—. No se lo devolveremos a ella.

—¿Es que antes no te parecía bien? —preguntó Pantuff.

Veale se encogió de hombros.

—Tenía que pensármelo un poco más.

—¿Y qué te ha llevado a esa conclusión?

—La niña. Quiero que desaparezca.

Pantuff lo miró fijamente. Una sonrisa arrugó su cara, y entonces empezó a reírse con tantas ganas que la risa acabó en una carcajada.

—Tío —dijo una vez que hubo recobrado el control de sí mismo—, lo que quieres es verla arder. Eres un tipo duro, amigo mío. —Emitió un silbido de admiración—. Eres tan bestia como la ocasión te obligue a serlo.

25

Compré el móvil que había que pasarle a Melissa Thombs, e introduje un número —el mío— en su memoria, porque todo podía ser mucho más fácil si pudiera encontrar un modo de comunicarme con ella directamente antes de que intentáramos sacarla de casa. Ahora era problema de la madre de Melissa informarla de que el teléfono estaría pronto en su sitio. Según Marjorie, Donnie nunca había disfrutado de su compañía cuando estaba con ellos, y en el pasado había dejado que ella y Melissa utilizasen sus propios aparatos, pero a medida que aumentaba su paranoia se había acostumbrado a permanecer con ellas en el salón, aunque su atención se centrara sobre todo en su propio teléfono o en lo que emitiera la televisión en ese momento. Cuando Marjorie tenía algo importante que decirle a su hija, o a la inversa, la comunicación se hacía mediante una nota de papel doblado hasta hacerlo diminuto e introducido bajo el cojín de un sillón.

Marjorie Thombs llamó mientras yo llenaba un vaso de café para llevar en una cafetería Panera Bread.

—Le he hecho llegar la nota a Melissa —dijo.

—¿Alguna posibilidad de que Donnie se haya percatado?

—Ninguna. Estaba medio dormido cuando la deslicé debajo del cojín. Estuve tentada de echar a correr en ese mismo momento con Melissa, pero Donnie abrió los ojos y me miró, y juro que me estaba retando a que lo hiciera. Es como una serpiente de cascabel. Te hace creer que está dormido y entonces se yergue de repente y te muerde.

—¿Y no se han cambiado de sitio los cubos de basura?

—Todavía están entre la casa y la acera. Donnie los estaba retirando de la calle cuando llegué; iba en camiseta con los pantalones caídos hasta la mitad del trasero, como si fuera un matón. Odio a ese hombre. Con toda mi alma.

Le di las gracias por sus desvelos y colgué. Sabía que ella quería hablar más, pero yo no podía complacerla. Tenía que llevar el móvil a la casa de Donnie Packard. En cuanto lo hubiera hecho, podría quitarme de la cabeza a Melissa Thombs hasta más tarde y centrarme en el problema de Sarah Abelli. Pensándolo fríamente, había decidido no pedirle a Paulie Fulci que entregara el móvil. Aparte de porque quería que su hermano y él permanecieran cerca de la casa de Sarah por si el Chrysler azul se aproximaba otra vez —o, peor aún, sus ocupantes decidían realizar una visita personal—, Paulie, como ya se ha dicho, no era una persona que pasara inadvertida. Si lo mandaba a la casa de Packard, sería como si alguien hubiera abandonado una nevera en medio de la calle. Fui en coche hasta el Great Lost Bear y le pagué cincuenta dólares a una de las camareras de Dave para que llevará el móvil a la casa de Packard. Lo había envuelto en plástico de burbujas, de manera que, de ser necesario, podía arrojarlo a las primeras de cambio. Lo más importante era asegurarse de que cayera fuera de la vista, detrás de los cubos de basura del patio. De hecho, lanzarlo por encima de la valla sería preferible a entrar en la finca, dado que esta segunda opción la ponía en peligro de que la vieran no solo Packard, sino también cualquiera de sus vecinos. Si mantenía buenas relaciones con alguno de ellos —improbable, pero ¿quién sabe?—, podría mencionarle que había visto a una desconocida cerca de su basura, y eso no nos convenía.

En el Bear, tardé un momento en recuperar el aliento. A mi alrededor, se iba desarrollando la jornada habitual del bar, pero se percibía cierta tensión. Recuerdo a mi abuelo describiéndome cómo sus padres y él escucharon las noticias del ataque japonés a Pearl Harbour en una radio de una gasolinera mientras volvían a casa de misa. Las horas que transcurrieron entre el ataque y la declaración de guerra al día siguiente, me contó, fueron como estar en el limbo. El mundo había cambiado y no tardaría en cambiar de nuevo. Ellos sabían lo que se avecinaba, y así, el periodo entre el ataque del 7 de diciembre y la firma de la declaración de guerra estadounidense por parte de Roosevelt, a las cuatro y diez de la tarde del día 8, tuvo un aire de irrealidad, como un hiato entre el pasado y un futuro con el que no tendría nada que ver. Al estar en el Bear ese día, con la pandemia en puertas, me dio la impresión de que entendía por primera vez lo que había querido decir mi abuelo.

Sonó mi móvil y vi el nombre de Mattia Reggio en la pantalla.

Era hora de irse.

26

Mattia Reggio solo había matado a un hombre en toda su vida. Nunca había hablado de ello con nadie, ni siquiera con su mujer, Amara, y eso que la quería y, en consecuencia, confiaba en ella. Él no creía que ella, de haberlo sabido, hubiera cambiado su opinión sobre él. Era la única mujer con la que se había acostado, y él era su único hombre. Cuando en broma les comentaba a viejos amigos que se había casado joven, pero desgraciadamente su marido seguía vivo, lo hacía donde él pudiera oírla y le guiñaba un ojo mientras hablaba. Es posible que él la hubiera decepcionado en alguna ocasión, pero ella nunca cuestionó sus juicios. Amara entendía que él, durante buena parte de su vida, se hubiera involucrado en actos criminales y se hubiera relacionado con hombres violentos. También sabía que había hecho daño a otros cuando había sido necesario, aunque solo como último recurso. Mattia Reggio se había ganado la reputación de hombre tranquilo y de ser la voz de la razón cuando otros aconsejaban actos impulsivos. En casa, fue Amara la que se vio obligada a asumir el papel de imponer disciplina cuando sus hijos se pasaban de la raya. Ella no recordaba a Mattia levantándoles la mano a los pequeños. Aunque, para ser justos, nunca fue necesario. Cuando él hablaba, los niños siempre le prestaban atención y se comportaban como era debido. Solo en su ausencia ponían a prueba cuáles eran los límites.

Pero si la relación entre marido y mujer era de las que parecían perfectamente complementarias, tampoco carecía de secretos. Amara había aprendido que si Mattia quería compartir algo con ella, él se lo diría cuando le pareciera conveniente, y sin previo aviso. Era un hombre que se sentía cómodo en silencio, y que se lo pensaba antes de abrir la boca, una cualidad rara en su género, pensaba ella. Ella se percataba de cuándo su marido estaba preocupado, y había aprendido a alterar sutilmente los contornos de su existencia para darle espacio, tanto físico como emocional, para que controlara lo que estaba sintiendo. Y si ella, en sus momentos de mayor melancolía, pensaba que había pasado la mayor parte de su matrimonio intentando comprender a su marido, mucho más tiempo del que había dedicado él a pensar en la naturaleza de ella, le parecía un precio barato a cambio de una vida feliz, y al menos podía consolarse con el hecho de que casi todas las mujeres casadas que conocía podían afirmar que habían vivido lo mismo.

Y era así hasta tal punto que si Mattia hubiera optado por contarle los detalles del asesinato, ella habría sido capaz de concretarle, sin ayuda, la fecha en la que había ocurrido, y qué ropa llevaba puesta cuando volvió a casa aquella noche. Incluso habría precisado a qué olía, y hablado de la mancha roja que tenía detrás de la oreja izquierda, una mancha de sangre que había desaparecido cuando fue a acostarse, una vez duchado y, además, oliendo también a la loción para después del afeitado English Leather que ella le había comprado en Navidad, aunque él no se había afeitado desde por la mañana. Ella se pasó los tres días siguientes observando cómo cavilaba su marido, viendo que la expresión de su cara solo cambiaba cuando salía de casa, como si se pusiera una máscara para ser capaz de reunirse con sus socios. Una máscara que colgaba en el perchero, al lado del abrigo y el gorro, cuando regresaba por la noche.

El cuarto día los nubarrones se abrieron y se restauró cierta versión de normalidad, pero solo era el principio del fin de su vida en Boston. Sucedió gradualmente —casi como si quisieran evitar llamar la atención sobre algún momento o incidentes concretos—, pero, al cabo de un año, Mattia Reggio había roto todos los lazos con la Oficina, y su esposa y él se habían mudado a Portland, en Maine. A esas alturas, sus hijos estaban a punto de irse de casa y Mattia había sufrido un amago de ataque al corazón, de manera que los peces gordos de Boston y Providence comprendieron —o eso pareció al menos porque con esa gente nunca se sabía— por qué quería buscar una forma de vida nueva y menos fatigosa.

Pero si hubieran estado al corriente del hombre que había matado, las cosas podrían haber seguido un curso distinto. Su mujer se habría convertido en viuda, y Mattia no habría vivido para ver el nacimiento de sus nietos, porque su propia gente habría acabado con él para evitar una guerra. Habría sido rápido, y con un poco de suerte él no se habría enterado de gran cosa. Tal vez ni siquiera viera el arma ni oyera el disparo, y su muerte habría dado lugar a algunos lamentos. Porque, dado quién era, y el respeto que se le tenía, la necesidad de un ataúd cerrado podía haberse evitado. Sería la herida de salida la que habría estropeado su aspecto. Una calibre 22, pongamos, a bocajarro, disparada en la sien o en la nuca, donde el hueso era más delgado; un disparo, dos como mucho. De hecho, él seguramente lo habría sentido, el primero, al menos, mientras la bala trasteaba dentro de su cráneo. El segundo habría puesto fin a cualquier dolor.

Mattia no había ido a buscar problemas. A decir verdad, había estado intentando evitar el deterioro de una situación peligrosa. Mattia tenía al responsable individual de la situación por un niño, aunque ya había cumplido veinticinco años, debido a la forma que tenía de comportarse. Alessandro Angioni estaba vinculado a los Genovese, se dedicaba a cometer fraudes para ellos en Springfield, Massachusetts. Pero Angioni era impulsivo y ambicioso, y decidió considerar los límites territoriales como algo puramente opcional. Alessandro Angina, empezaron a llamarle en la Oficina, por lo molesto que era, pero tanto en Boston como en Providence preferían evitar una confrontación con los Genovese, aunque algunos de los que peinaban canas conjeturaban que Angioni no actuaba exclusivamente por iniciativa propia, y que sus jefes le habían dado mucho margen para poner a prueba la debilidad de la Oficina en el nordeste.

La situación se prolongó así, intranquila, durante cierto tiempo, hasta que una chica llamada Donna Sirola llamó la atención de Angioni. La de Donna era una familia de gente normal de Springfield, y lo más cerca que habían estado de infringir la ley era al cruzar un semáforo en rojo. Compraban los pasteles en La Fiorentina y la comida en Frigo's y conocían por sus nombres al personal del consulado italiano de habérselos encontrado en las reuniones sociales. El padre era guardia de seguridad en Smith & Wesson, y la madre trabajaba de enfermera en el Mercy Medical. Donna era su única hija y se había especializado en educación elemental en la Western New England University. No tenía novio y no quiso tenerlo hasta que se hubo asentado en la facultad, e incluso cuando encontró el tiempo para salir con alguien, la persona en cuestión ni se parecía ni se comportaba como Alessandro Angioni.

Pero Angioni la quería, y sus atenciones no tardaron en amargarle la vida a la chica. Él conocía su horario de clases, dónde vivían sus amigos, adónde le gustaba ir a tomar un café. Sabía qué coche tenía, un viejo Volkswagen Escarabajo que le habían comprado sus padres cuando la aceptaron en la WNE, y daba igual donde aparcara, porque Angioni daba con él, y a menudo estaba esperándola cuando tenía que volver a casa. Ella dejó de ir a clase en coche, y o bien iba en autobús, o bien le pedía a algún compañero que la llevara, pero ni así se libró de que Angioni la siguiera. Sus padres tenían miedo de acudir a la policía por ser él quien era, y cuando su padre intentó hablar con él en el Mule, el antro que había al lado de Main Street adonde solía acudir, Angioni se rio en sus narices. Esa noche, depositaron un sobre dirigido al padre de Donna en el buzón de su casa. Contenía una tarjeta comercial de una funeraria, con su nombre escrito al dorso.

Los Sirola eran parientes lejanos de la mujer de Mattia Reggio, primos de primos, pero eso bastaba. Le pidieron a Mattia que interviniera, pero a todos los colaboradores de la Oficina se les había requerido que se mantuvieran alejados de Angioni. Las cosas empezaron a tensarse. La gente hablaba. Al cabo de unas pocas semanas, cuando se pudiera actuar sin que nadie quedara mal, se le pondría freno a Angioni, o, mejor, se le enviaría a alguna otra parte: Jersey, el sur de Florida, la puta Cuba, ¿a quién le importaba? Siempre que no fuera algún sitio donde la Oficina tuviera que tratar con él.

Pero Mattia no creía que los Sirola dispusieran de tanto tiempo, porque, según los rumores, Angioni se estaba hartando de la cacería y tenía ganas de darle una lección a Donna Sirola. Después de todo, los Sirola eran unos donnadies. Si, como dijo lo bastante alto para que lo oyera una camarera del Mule, «enculaba a la zorra», lo peor que podía esperar era un tirón de orejas y una orden para pagar una compensación a la familia. Angioni ganaba dinero para los Genovese. Uno podía pensar lo que quisiera de él, pero lo cierto es que convertía en oro cuanto tocaba, y ese talento invitaba a ser tolerante con él.

Al día siguiente, Leo Sirola llamó a Mattia Reggio y le pidió que se reuniera con él en Boston. Mientras tomaban café en vasos para llevar cerca de Revere Beach, Leo le contó que estaba planteándose pegarle un tiro a Alessandro Angioni.

—No es eso lo que me han dicho —respondió Mattia.

—No me queda otra. Va por ahí diciendo que va a violar a mi pequeña.

A Leo se le quebró la voz. Le temblaban tanto las manos que derramaba el café. Mattia lo había creído capaz de cumplir con su amenaza, pero seguramente habría acabado hiriendo levemente a Angioni, incluso disparando de cerca, suponiendo, primero, que le diera. Disparar a un hombre no era como en la televisión. Mattia conocía a sicarios experimentados que habían fallado un disparo desde unos pocos metros de distancia, porque a saber qué podía pasar en los segundos que transcurren entre sacar el arma y apretar el gatillo. Y los seres humanos son asombrosamente resilientes, sobre todo los que, como Alessandro Angioni, deseabas que no fueran tan obstinados. A no ser que cayeran abatidos al instante, había muchas posibilidades de que o bien salieran corriendo, en cuyo caso te verías obligado a correr tras ellos, y pocas cosas atraían más la atención que un hombre con un arma persiguiendo a otro hombre que iba manchando de sangre toda la acera mientras se desgañitaba desde el fondo de la tripas; o bien, casi igual de malo, podían ir a por ti, obligándote a pelear con un hombre herido por un arma, manchándote con su sangre por todas partes, y posiblemente una de tus propias balas en el pie o el vientre por añadidura. Estos resultados no solo eran poco dignos, sino también un modo infalible de acabar ante un juez, ya fuera terrenal o divino. Mattia calculó que las posibilidades de Leo Sirola de acertarle a Angioni oscilaban entre cero y menos que cero, lo que significaba que las preocupaciones de Leo por su hija era improbable que le angustiaran durante mucho más tiempo, porque lo único peor que matar a Angioni sería no ser capaz de matarlo.

—Veré qué puedo hacer —dijo Mattia.

No le dijo a Leo que ya había intentado ejercer su influencia en nombre de los Sirola. Había hecho saber que eran de la familia, y que a él no le hacía gracia que ninguno de los suyos se viera acosado, pero el mensaje no llegó a donde debía. Lo que se comunicaba entre la Oficina y los Genovese era una cuestión entre capos, de manera que cuanto él dijera sencillamente pasaba por la cadena de mando, pero las cosas nunca se trasladaban correctamente cuando se hacía mediante una sucesión de oreja a oreja.

Sin embargo, Mattia no podía permitir que Leo Sirola se pasara las horas dando vueltas delante del Mule, esperando a Alessandro Angioni con una pistola que había montado con las partes que había sacado clandestinamente de la fábrica de Smith & Wesson, como una versión letal de aquella vieja canción de Johnny Cash «One Piece at a Time». Y si Angioni cumplía su amenaza contra Donna, a Mattia le costaría dormir bien por las noches, suponiendo que Amara no lo asfixiara por ser incapaz de impedir la violación.

Aunque Mattia no podía abordar a Angioni a través de los canales habituales, todavía mantenía la esperanza de llegar a un acuerdo con él extraoficialmente. La violación no le haría ningún bien a Angioni, sin importar cuánto dinero les generara a sus jefes. Tenía por delante una carrera de éxitos, si era capaz de controlar sus impulsos. Si no lo conseguía, acabaría encarcelado o muerto, porque eso era lo que les pasaba a los hombres en esa profesión si no sabían controlar sus impulsos. Mattia había visto a Angioni un par de veces, pero siempre con más gente, en situaciones en que el joven cachorro se sentía obligado a portarse mal. En una conversación individual, sin público, Mattia creía que sería posible apartarlo de un proceder que, a largo plazo, solo podía perjudicarle.

De manera que le había pedido a Leo Sirola un par de días, diciéndole que estaba convencido de que podía encontrar un modo de garantizar la seguridad de Donna sin recurrir a hacerle un orificio a Angioni.

—¿Y si te equivocas? —dijo Leo.

—Yo mismo te ayudaré a enterrarlo —dijo Mattia, unas palabras que acabarían persiguiéndolo.

27

Más adelante, Mattia intentaría convencerse a sí mismo de que esa noche no había viajado hasta Springfield con la intención de matar a Alessandro Angioni, y de que todo lo que le había contado a Sirola, así como la versión de Mattia de lo que hubo a continuación, representaban la verdad. Él solo pretendía conversar y llegar a un acuerdo, porque así era como prefería trabajar; y si no podía hacer entrar en razón a Angioni, Mattia les cobraría favores a sus jefes, favores que le supondrían un coste profesional, pero valdría la pena. Incluso intentaría plantear el viaje exclusivamente como una misión de reconocimiento, pensando que el enfrentamiento real no se produciría hasta un par de días más tarde, aunque conocía tanto Springfield como el barrio bostoniano de North End.

Pero a medida que pasaban los años y proyectaban una perspectiva más precisa sobre la muerte de Angioni, Mattia se fue reconciliando con una personalidad, la suya, que había tenido a la vez por menos y por más de lo que era, y acabó aceptando que, desde el momento en que le llegaron noticias del acoso a Donna Sirola, tal vez desde que Angioni llegó a Springfield y empezó a enseñar los músculos, había sabido cómo terminaría esa historia. Angioni nunca estaría dispuesto a llegar a un compromiso, lo que implicaría que habría que recurrir a la violencia —con la aprobación de los Genovese, quienes optarían, seguramente por pragmatismo, por considerar un ataque contra uno como un ataque contra todos—, de manera que la respuesta requerida para abordarlo tendría que ser letal y secreta.

Fue una desgracia para ambos hombres, pero sobre todo para

Angioni, que Mattia Reggio señalara su blanco para poco después de llegar a Springfield, aunque, hasta cierto punto, también eso estaba predeterminado. Angioni, que ya se sentía seguro de sí mismo en su territorio, había desarrollado ciertas rutinas, una de las cuales era ir caminando, las noches que estaba en la ciudad, desde su apartamento en Magazine Street a su querido Mule, por lo general recorriendo Lincoln y Federal, y otras veces por State Street. Así, Mattia se cruzó con Angioni cuando este se acercaba a Magazine Park, lo que dio tiempo a Mattia para girar y entrar en Lincoln y aparcar entre las sombras. Cuando Mattia hubo retrocedido hasta la esquina, Angioni estaba a solo unos metros. Miró una vez a Mattia, pero en un primer momento no lo reconoció. Solo cuando se disponía a reanudar su camino cambió de expresión.

—Eh —dijo Angioni—, ¿qué haces aquí?

—Esperaba que pudiéramos hablar un momento —respondió Mattia.

—Yo no hablo de negocios en la calle.

—Esto no son negocios. Se trata más bien de una cuestión personal.

—En ese caso podemos hablarlo tomando algo. No nos molestará nadie.

—No bebo.

—Quieres decir que no bebes alcohol —dijo Angioni—, porque beber seguro que bebes mierda como agua o refrescos, ¿no? No estás hecho de arena de mierda.

Y ahí estaban, desde hacía apenas unos segundos, en lo que iba a ser la negociación más importante de la vida de Angioni, aunque solo fuera porque sería la última, y el tipo ni siquiera podía hablar con un mínimo de educación. Cualquier esperanza que Mattia hubiera tenido de abordar el problema de Angioni sin derramamiento de sangre se desvaneció en ese instante. Miró a su alrededor, pero las calles estaban tranquilas, a pesar de que se encontraban cerca de varias iglesias, un instituto de secundaria y el Colegio Técnico Comunitario de Springfield. Ni siquiera Dios, pensó Mattia, quería que Alessandro Angioni viviera mucho más.

—A decir verdad —replicó Mattia con un gesto rápido de la muñeca derecha—. Tomo un montón de arena.

Se adelantó, puso la mano izquierda sobre el hombro de Angioni y le apuñaló con fuerza en el pecho. Era un cuchillo de doble filo, muy afilado, y Mattia sabía dónde clavarlo con exactitud para que no se quedara dentro. Lo metió hasta el fondo, le dio dos vueltas y lo sacó antes de volver a clavárselo dos veces, casi en el mismo sitio. Tuvo que apartar rápidamente la cabeza para evitar que le alcanzara de lleno en la cara un borbotón de sangre que salió disparado de la boca de Angioni, y notó que su mano derecha y la manga de su abrigo se humedecían y entibiaban. A la tercera puñalada, Angioni agonizaba, aunque todavía se mantenía en pie. Mattia deslizó el brazo izquierdo alrededor de la cintura de Angioni y lo llevó como pudo hasta el coche. Vio gente que se acercaba por Lincoln, aunque todavía estaban a cierta distancia, así que asumió el riesgo de abrir el maletero y arrojar dentro a Angioni sobre el doble forro de bolsas de plástico de basura pegadas con cinta adhesiva a los costados. Angioni se estremecía mientras moría y Mattia se fijó en las lágrimas que caían por las mejillas del joven. Durante todo el tiempo que llevaba con la Oficina, Mattia nunca había visto morir a nadie violentamente hasta ese momento. No se le había pasado por la cabeza que un agonizante tuviera tiempo para llorar.

Mattia dejó caer el cuchillo en el plástico antes de quitarse el abrigo y cubrir el cadáver con él, luego cerró el maletero. Había mantenido el abrigo abotonado con la esperanza de que recibiera la mayor parte de la sangre, y así había sido. Vio una poca en el pantalón, pero era de algodón negro y no habría vislumbrado las gotas de no haberlas buscado. Más sangre brillaba en la manga derecha de su camisa oscura, que se había humedecido hasta el codo, y tenía la mano derecha completamente ensangrentada. Podría haberse puesto guantes, pero temía que con ellos se le escapara el cuchillo, y se sentía más seguro con las manos desnudas.

Mattia se subió al coche, el grupo de transeúntes se estaba acercando. Eran jóvenes y dos de ellos llevaban guitarras en sus fundas. Mattia miró por el retrovisor. Veía la sangre en la acera.

Había atacado a Angioni en un trecho de penumbra entre dos farolas, pero la sangre era sangre, incluso a oscuras, y también se podía detectar mediante el olor cuando era reciente. Se envolvió la mano derecha en el trapo que utilizaba para limpiar el parabrisas y se apartó del bordillo en cuanto otro coche entró en Lincoln, y Mattia se situó detrás de él. Ninguno de los chicos le prestó la menor atención por lo concentrados que iban, hablando de sus cosas. Alguno podía pisar la sangre cuando llegaran a la esquina, pero a esas alturas Mattia se habría perdido de vista. No dejó de mirarlos hasta que tomó el siguiente desvío a la derecha, y luego se olvidó de ellos para siempre.

Solo cuando salía de Springfield le entraron los temblores. Pese a su reputación como influencia tranquilizadora, había dado palizas cuando no le había quedado más opción, dejando a hombres con tajos abiertos y moratones, a veces incluso con huesos rotos, pero nunca había apaleado a nadie hasta que perdiera la conciencia, y siempre le había dejado claro a la Oficina que él no se dedicaba a asesinar. Nadie lo criticó por eso. A Mattia Reggio se le conocía por ser un hombre duro, a su manera, y no era el único que evitaba los asesinatos. Había otros a los que el asesinato les parecía menos desagradable, y algunos que se deleitaban con él, aunque todos los hombres cuerdos se mantenían a distancia de ese tipo de individuos. En ese momento, mientras conducía, un sudor febril le cubrió la cara y las ganas tanto de vomitar como de vaciar sus intestinos se volvieron incontenibles. Mattia se asombró de lo fácil y rápidamente que había pasado de ser un hombre que se negaba a matar a convertirse en un asesino.

El trapo que le envolvía la mano derecha ya se había empapado de sangre, así que se deshizo de él metiéndolo en una de las bolsas para excrementos de perro que llevaba en el coche para cuando sacaba de paseo al animal. Usó un montón de toallitas húmedas para quitarse toda la sangre que pudo, antes de meterlas en la bolsa de excrementos. Atisbó un Starbucks más adelante, se detuvo en el aparcamiento y se dirigió al lavabo de hombres con una sencilla bolsa de la compra de lona negra en la mano derecha. Casi no le dio tiempo de entrar y bajarse los pantalones, y tuvo la suerte de que el lavamanos estaba lo bastante cerca del retrete para que también pudiera expulsar lo que le quedara en el estómago sin dejarle hecho un asco el lavabo al pobre trabajador precario que tuviera que limpiarlo. Cuando acabó, se lavó la cara, se quitó la camisa con la manga ensangrentada y la sustituyó por otra limpia que llevaba en la bolsa. Seguidamente se aseguró de que tenía el pelo limpio, roció un poco de ambientador, y fue al mostrador, donde pidió un té helado que no quería, porque alguien que entraba en una cafetería, utilizaba el lavabo y pedía algo del menú era más probable que fuera olvidado que otro hombre que entrara, utilizara el servicio y se marchara sin tomar nada. Pero el té helado también le ayudaría a eliminar el mal gusto de su boca, aunque Mattia creía que el té le habría parecido bastante asqueroso en cualquier caso, incluso si no acabara de vomitar en un lavamanos. No le gustaban los Starbucks y nunca le gustarían.

Mattia se cercioró de que sus faros funcionaban y de que las llantas estaban en buen estado antes de irse, aunque había realizado la misma comprobación antes de salir para Springfield. Era mejor asegurarse. Si le paraba la policía por llevar una bombilla rota y verificaban su matrícula, su nombre resplandecería como una iluminación navideña. Lo próximo que sabría es que algún poli del estado con un gran sombrero le pediría que abriera el maletero, y Mattia Reggio se enfrentaría a una vida sin posibilidad de libertad condicional, aunque con la sangre de Angioni en sus manos podría considerarse afortunado si sobrevivía lo suficiente para llegar a juicio.

Mattia prosiguió hacia el este evitando los peajes, como había hecho en el viaje de ida, para no dejar ningún registro de su ruta. Sabía adónde se dirigía: de regreso a Revere. Había pasado por las obras de camino a su cita con Leo Sirola: era una nueva manzana de oficinas con un par de tiendas en la primera planta. Lo llamaban The Argent. La Oficina se llevaba su parte de la construcción, como solía hacer: contratos con ofertas hinchadas, materiales desviados y vendidos, y un puñado de tipos en nómina, a ninguno de los cuales se vería en persona en la obra. Dinero fácil, en parte incluso limpio. Todo sumaba, nadie sufría ningún daño y los contratistas podían dormir tranquilamente por la noche, sabedores de que no habría huelgas ni azúcar en los depósitos de gasolina, que no desaparecerían inesperadamente hormigoneras, y tampoco se desatarían incendios ni durante ni después de la construcción. Mattia estaba más al tanto que la mayoría de cuánto dinero suponía todo eso, porque era el encargado de muchas de las recaudaciones. Estaba previsto que los cimientos en esta obra se rellenaran al día siguiente, y esa era posiblemente una de las razones por las que Mattia había decidido ir a hablar con Angioni esa noche en lugar de esperar un poco más, porque resulta curioso las perlas que atesora la mente.

No había guardia de seguridad. La obra no era lo bastante grande para justificar el gasto, y el dinero que se pagaba a aquellos empleados fantasma también compraba un tipo de seguro muy especial, el seguro que desanimaba a violar la propiedad privada. Mattia aparcó en la parte de atrás del proyecto en construcción, alejado de la carretera, y abrió el maletero. Utilizó otra bolsa para excrementos de perro para recoger el cuchillo, quitó la cinta adhesiva que mantenía las bolsas de basura sujetas a los costados del maletero, y, con cuidado, plegó las puntas sobre el cadáver después de haberlo empapado en lejía como precaución añadida. Luego cogió el rollo de cinta y envolvió el plástico en los tobillos, los muslos, el pecho y el cuello, antes de colocar otras dos bolsas, una poniéndola por la cabeza y la otra por los pies, y selló el punto donde se unían con más cinta. Por último, sacó el cadáver del maletero, se lo echó sobre los hombros y lo llevó hasta el foso que había en el centro de la excavación. El agujero era grande, con un hondo charco de agua enfangada al fondo. Tenía la profundidad que necesitaba. Mattia depositó a Angioni en el suelo, sacó el cuchillo y apuñaló el plástico para hacerle algunos agujeros —y, por si acaso, rematar a Angioni y hacer que el cuerpo se hundiera más deprisa y se quedara en el fondo una vez hundido—. Cuando acabó, lo arrojó de una patada al foso. Angioni golpeó los costados antes de llegar al agua con una ruidosa salpicadura. El agua se cerró sobre su cuerpo, y desapareció. Mattia arrojó el cuchillo tras él.

Después, no perdió el tiempo. Volvió al coche y condujo hacia su casa, deteniéndose tan solo para meter la bolsa de la compra con la camisa y el trapo ensangrentados y las toallitas empapadas en un contenedor de basura que apestaba como si ya tuviera un cadáver dentro. Cuando llegó a su casa, apagó el motor y se quedó sentado en silencio durante un rato. Todavía tenía temblores, aunque cada vez más débiles. Una parte de sí mismo, la que seguía siendo infantil y siempre lo sería, quería confesarle a su mujer lo que había hecho. Quería que lo abrazara, lo consolara, lo tranquilizara. Pero Mattia sabía que nunca podría decirle a Amara lo que había pasado. No solo porque no quería agobiarla, sino porque contárselo significaría implicarla, y tenía que mantenerla lejos de todo aquello. No le cabía duda de que ella le habría perdonado; o bien podría pensar que no había nada que perdonar, dada la naturaleza de Angioni y lo que pretendía hacerle a Donna Sirola. En cualquier caso, el saberlo habría puesto nerviosa a Amara, obligándola a fingir ignorancia, a comportarse simulando naturalidad en lugar de ser natural, y ahí radicaba el riesgo. Alguien como Alessandro Angioni no desaparecía así como así sin que se hicieran preguntas, y quienes fueran a indagar estarían acostumbrados a reconocer el disimulo.

Mattia sabía que sería uno de los principales sospechosos. Había cometido un error al pedir que se advirtiera a Angioni para que se contuviera. Mattia había mostrado interés por el destino de Angioni, y eso era algo que uno jamás debería hacer. Los demás se habrían fijado en el detalle, y se acordarían. La Oficina no lamentaría que Angioni hubiera desaparecido, dado que era un incordio. Lo que quedaba por ver era cuánta colaboración estaba dispuesta a ofrecer la Oficina a los Genovese para evitar cualquier posible conflicto y hasta dónde estaban dispuestos a presionar los Genovese si creían que la Oficina estaba protegiendo a un par de los suyos.

Lo que Mattia tenía a su favor era que, los dioses de la construcción mediante, el cadáver de Angioni no se hallaría nunca, y por tanto su destino final permanecería para siempre como un misterio. Oh, los Genovese podían estar razonablemente seguros de que había muerto, porque los hombres como Angioni no estaban dispuestos a desvanecerse de forma voluntaria, ya fuera fugazmente o para siempre, al menos no sin una buena razón. Pero quedaría un elemento de incertidumbre y, mientras fuera así, sus opciones se verían limitadas. Incluso los Genovese tendrían dificultades para justificar la venganza de un asesinato que no podían demostrar que se hubiera cometido, a no ser que consiguieran una confesión del culpable.

El cuerpo de Mattia tembló de arriba abajo de nuevo. Podía aceptar una paliza, si a eso se reducía todo. En tanto no fuera descubierto el cuerpo de Angioni y no apareciera inopinadamente un testigo de Springfield, los Genovese se quedarían buscando a tientas como ciegos.

Salió estirándose del coche, lo cerró, y entró en casa. Amara apareció en la puerta de la cocina y al instante se dio cuenta de que algo iba mal, pero sabía que más valía no intentar sonsacárselo. Cuando él se duchó esa noche, al principio el agua caía teñida de rosa, pero al poco ya corría clara.

28

Los Genovese tardaron cuarenta y ocho horas en empezar a preocuparse por Angioni. Como todos los que viven temiendo la traición, su inquietud principal era que lo hubieran convencido para que se convirtiera en testigo federal, pero ninguna de sus indagaciones al respecto dio un solo resultado. Quienquiera que lo tuviera, no era la Unidad de Fuerza de Choque del FBI, la sección de la institución de Boston responsable de investigar el crimen organizado en la región, y con seguridad tampoco era ninguna de las autoridades estatales del nordeste. A esas alturas se estaba acabando la cimentación en la obra de Revere Beach y el cadáver de Angioni estaba recubierto de cemento.

Al cabo de una semana, los Genovese empezaron a buscar entre los enemigos exteriores, sobre todo entre aquellos a los que Angioni podría haber cabreado. Era una larga lista, puesto que ni la discreción ni la diplomacia formaban parte de su limitada gama de habilidades. Dos hombres abordaron a Leo Sirola cuando salía de la fábrica de Smith & Wesson y le rompieron un par de costillas, pero ni siquiera cedió cuando amenazaron a su hija con el mismo destino que había planeado Angioni; así que acabaron por descartarlo. Finalmente, en la segunda semana, empezaron a acercarse a Mattia Reggio.

—Quieren hablar contigo —dijo Dante Vero, mientras Mattia y él caminaban por Parmenter Street bebiendo café del Polcari's. Vero llevaba un paquete de carne de Sulmona's bajo el brazo izquierdo, cuidadosamente envuelto para que la sangre no se filtrara.

—Porque pregunté por lo de Sirola. —Era inútil fingir que no sabía por qué.

—Tendrías que haber dejado que siguiera su curso.

—Tenía un problema con esa opción. Tú lo habrías tenido también en mi lugar.

—Sí, pero ¿tan grave era el problema para ti?

—¿Me estás preguntando si maté a Angioni?

—Yo no he preguntado nada —dijo Vero. Giraron a la derecha para entrar en Hanover. Mattia reparó en que Vero mantenía la mirada fija hacia delante—. Pero los Genovese van a querer saber si tú le mataste, así que más vale que tengas una respuesta preparada.

—Yo no le maté —dijo Mattia.

—Lo que podría ser la respuesta correcta.

—Es que esa es la verdad.

—¿Crees que cambió de nombre y entró en un monasterio? La Iglesia católica tiene muchos. No, está muerto, y quienquiera que se encargara de él fue lo bastante inteligente para no dejar el cadáver donde pudieran encontrarlo.

—De momento.

—Nunca.

—Pareces muy seguro de eso —dijo Mattia—. No lo matarías tú, ¿verdad?

—El comentario no es ni gracioso. Pero fue el trabajo de un profesional, quienquiera que fuese el que lo llevó a cabo. Para hacer desaparecer a Angioni de ese modo tienes que ser inteligente y afortunado.

—Dos hombres —dijo Mattia—. Incluso puede que tres.

—Eso era lo que pensaban los Genovese.

—¿Pensaban?

—Para ellos carecía de sentido. Angioni cabreó a un montón de gente, pero no tanto como para que quisieran enterrarlo. Eso significa que se trató de algo personal, que era por lo que le dieron la paliza al padre. ¿Te has enterado de eso?

—Sí.

Vero se detuvo en el cruce con Prince Street, y quitó la tapa de su vaso para poder beberse el resto del café.

—En este momento somos vulnerables —dijo—. Tenemos que quitarnos de encima a los Genovese.

—Lo entiendo —dijo Mattia, mientras una furgoneta gris se detenía en el bordillo.

—No te olvides de la respuesta que me has dado —dijo Vero.

Mattia ni siquiera intentó resistirse cuando le pusieron una bolsa en la cabeza y le empujaron para meterlo en la furgoneta.

29

Se trabajaron a Mattia a fondo, aunque no tan a fondo como habrían podido. La Oficina había consentido que se le presionara, pero sin romper ningún hueso, y cualquier herida que se infligiera debía curar pronto. Pero también estaba el hecho de que era Mattia Reggio, el hombre que enviaba la Oficina cuando todavía había esperanzas de una solución no violenta a un problema. Era alguien que hablaba, un negociador, no un asesino. Eso lo sabían todos.

Por otro lado, tenía razones para quitar a Angioni de en medio. Había querido que se hiciera algo, pero los Genovese no se mostraron dispuestos a frenar a su chico dorado en el oeste de Massachusetts, no mientras ganara dinero para ellos. Dada la situación, un hombre podía sentirse tentado a ocuparse del asunto por su cuenta. ¿Había sido eso lo que pasó?, le preguntaron a Mattia. ¿Intentaste hablar con Alessandro? Pero él no te escuchó. Ellos entendían hasta ahí. Alessandro no escuchaba a casi nadie, y apenas prestaba atención a sus propios jefes si creía que lo que pensaba él era más acertado. Tenía facilidad para subirle la temperatura a cualquiera, de convertir una conversación en una confrontación. En algunas zonas del nordeste no podías tirar una piedra sin darle a alguien que no estuviera tomando medicación para controlar la presión sanguínea por culpa de Alessandro. Se habían esforzado avisándole al respecto, animándole a modificar su comportamiento. Sus provocaciones eran de baja intensidad, por lo que no merecían un castigo, pero si Alessandro no las dominaba, amenazaban con escalar. De manera que sus jefes podían apreciar que alguien como Mattia, un individuo maduro con reputación de moderado, podría haberse sentido obligado a tratar con él, porque con el tiempo incluso el puto dalái lama habría recurrido a moler a palos a Alessandro, y hasta Buda en persona se habría sentido tentado a ir a por él con una barra de hierro. ¿Era eso lo que había pasado? ¿Empezaste hablando, y al momento Alessandro estaba cargando contra ti, pegándose a tu cara? Le diste un golpe y se cayó, se golpeó la cabeza en la acera y empezó a sangrar por las orejas. ¿O pensaste, ya sabes, a la mierda, y le pegaste un tiro? Bien sabe Dios que no habrías sido el primero en planteárselo. Si nos dices la verdad, podemos pensar en alguna solución: una indemnización, lo que sea. Debes de tener algo de dinero apartado. Puedes asumirlo. ¿Qué te parece? Confiesa y así podemos irnos todos a casa.

Pero Mattia no confesó. Se mantuvo fiel a su historia. No sabía nada de lo que podría haberle pasado a Angioni. Hacía semanas que no lo veía, y no quería verlo. El tipo era un gilipollas. Hasta ellos mismos lo habían dicho.

Le dijeron que alguien había visto su coche en Springfield. Él les respondió que no podía ser porque ni se había acercado a Springfield. ¿Y no quería saber quién lo había dicho?, le preguntaron. No, respondió Mattia, porque si él no había ido a Springfield, ellos estaban equivocados. A pesar de que alguien creyera haberlo visto, ni era su coche ni era él.

En ese caso, ¿dónde había estado?, le preguntaron. ¿Dónde había estado cuándo?, replicó. Si querían saber todos los sitios a los que había ido y toda la gente con la que había hablado desde que Angioni desapareció del mapa, más valía que le pegaran un tiro en ese mismo momento porque no llevaba ningún diario. Si los federales fueran a encerrarle, les obligaría a trabajarse las pruebas. No iba a dejar una confesión encima de su mesa.

Todos se rieron del comentario, pero entonces alguien volvió a golpearle.

El interrogatorio se prolongó durante todo el día y la mayor parte de la noche. Todavía no había amanecido, pero se insinuaba ya la luz en el este, cuando por fin lo devolvieron a su casa. Le bajaron de la furgoneta y dos de ellos se aseguraron de que pudiera mantenerse en pie sin ayuda antes de llamar al timbre. Amara abrió al cabo de solo unos segundos, porque alguien debía de haber hecho una llamada: Dante, seguramente, diciéndole que no se preocupara, que se trataba solo de una conversación, aunque ella no se lo creyera. Amara no iba vestida para dormir y Mattia supuso que habría dormido en el sofá de la sala de estar, si es que había llegado a conciliar el sueño. Quería estar preparada por si recibía otra llamada, por si él nunca volvía a casa. Pero ahora se lo habían devuelto y ella lo abrazó con fuerza, hundiendo la cabeza en su cuello, su pecho, oliendo la sangre, el sudor y algo peor. A ella no le importó. Él era suyo y lo tenía de vuelta en sus brazos. Lo llevó al lavabo, le quitó la ropa, vendó sus heridas y le administró una dosis de ibuprofeno, whisky y una pastilla para dormir, y al infierno con el riesgo potencial de la mezcla. La cara de Amara fue lo último que vio antes de que se le cerraran los ojos, y cerrarlos fue lo único que pudo hacer para no echarse a llorar.

Al día siguiente, por razones que nunca podría explicar, se compró su primer paquete de chicles desde la infancia, y desde entonces no había dejado de mascar chicles.

Amara lo había imaginado. Por supuesto. Desde el momento en que empezaron a preguntar por Alessandro Angioni, había establecido la conexión. Su manera de mirar a Mattia cambió. Supo lo que había hecho porque nadie lo entendía tan bien como ella, pero no era preciso decir nada, y nada se diría. A lo largo de los años transcurridos desde entonces, el nombre del muerto no se había pronunciado jamás entre ellos. El destino de Angioni siguió siendo un misterio, y Mattia pensó que incluso Dante Vero solo había sospechado fugazmente y sin mucho entusiasmo que él hubiera estado implicado. Mattia había sido sacrificado a los Genovese más como un gesto de apaciguamiento que otra cosa, y él había superado el mal trago, que fue la razón por la que nadie se opuso cuando anunció su intención de irse y empezar una nueva vida en Maine. Mattia Reggio había sido un resistente. Había hecho lo correcto.

Pero él sabía la verdad, y su esposa también. Y estaba lo otro, el gusano que se retorcía en las entrañas de Mattia; el investigador llamado Parker también sabía algo de eso.

Mattia llevaba una reliquia del padre Pío en su coche. Era un fragmento de tela de una de las togas del santo, guardada en un relicario sujeto a una cadena con un crucifijo. Había sido un regalo de Leo Sirola, el padre de Donna, y era uno de los pocos objetos físicos que Mattia apreciaba, pues era funcional con sus pertenencias. El padre Pío, según se contaba, podía ver en los corazones y las almas de los hombres, sobre todo durante el examen de conciencia requerido por el sacramento de la confesión. No podía ocultársele ningún pecado y por tanto no era posible que concediera el perdón si no se decía toda la verdad.

Parker, creía Mattia, poseía cierta versión de ese poder de adivinación, porque cuando miraba a Mattia, el detective percibía su pecado; no todos los detalles, ni la identidad de la víctima, ni siquiera la naturaleza exacta del delito, pero sí sabía que Mattia estaba implicado en un engaño, un engaño que implicaba violencia y muerte. Era como si su mirada contuviera luz ultravioleta, de manera que la sangre, o la mancha que quedaba aun después de borrarla, se le aparecía como una especie de presagio. Era el don del investigador privado, agudizado por la sangre que el propio Parker había derramado y los secretos que guardaba.

El resultado fue que, por primera vez desde la noche que había matado a Alessandro Angioni, Mattia sintió la necesidad de confesar. Quería contarle a Parker lo que había hecho, no por buscar la absolución sino la comprensión. Por eso el rechazo de Parker le dolió tanto a Mattia. Parker no se fiaba de él, pero si supiera lo que había hecho Mattia, y por qué lo había hecho, cambiaría de opinión. Parker, pensaba Mattia, veía solo la sombra, no la realidad del hombre que la proyectaba, no su verdad.

Pero Mattia no podía hablarle a Parker de la muerte de Angioni. Si no había compartido los detalles de aquello con su mujer, no iba a hacerlo con un desconocido. Más bien, estaba resuelto a demostrarle a Parker mediante sus acciones que estaba equivocado, demostrarle que era digno de su confianza, su respeto, incluso su amistad. Por eso, a petición de Parker había buscado a sus antiguos camaradas, hombres a los que había evitado deliberadamente desde que se había retirado a Maine. Haría lo correcto y, al hacerlo, se ganaría el respeto de Parker.

Mattia Reggio se tenía por un buen hombre, aunque uno que había cometido un único acto terrible, y, cuando le llegara la hora, se colocaría ante Dios y le diría que de no haber actuado, de no haber intervenido, habría sido mucho peor. Mattia acudiría a Dios para eso. Porque ¿con cuánta frecuencia se había negado a intervenir, sin evitar que inocentes sufrieran? Dios, pensaba Mattia, se había pasado demasiado tiempo sin nadie que criticara Su comportamiento. En opinión de Mattia Reggio, muchas de las tribulaciones de este mundo se habrían resuelto si Dios tuviera una esposa.

Parker tal vez le habría entendido si Mattia se hubiera sincerado con él. Parker no se quedaba quieto. Parker intervenía. A lo mejor cuando se acercaran, y Parker aprendiera a confiar en él, Mattia le hablaría de lo que había hecho. Le hablaría de las hijas de Donna Sirola, de que se había casado, pero todavía seguía dando clases. Mattia había visto fotografías de las niñas, dos gemelas. Leo Sirola le había enviado por *email* algunas imágenes poco después de que nacieran. Luego Mattia había llamado a Leo desde un teléfono público y le había advertido de que no volviera a ponerse en contacto con él nunca más. No le importaba lo que Leo supiera, o creyera que sabía, ni siquiera si no creía ni sabía nada en absoluto. Los Genovese siempre estaban alerta, siempre a la escucha.

Eso también lo habría entendido Parker.

30

Respondí la llamada de Reggio.

—Me puse en contacto con Dante —dijo—, y él me devolvió la llamada.

—¿Qué dijo?

—Quiere que nos reunamos, en persona.

—Mattia, estamos en plena cuenta atrás.

—Así hace negocios Dante. No va a hablar de Nate Sawyer por teléfono, ni siquiera por uno desechable.

—En ese caso, ¿dónde y cuándo?

—Acepta que sea a medio camino: en Portsmouth. Hay un bar llamado Hitch Knot. Lo lleva un amigo. Él puede estar allí dentro de dos horas. Yo también.

La perspectiva de una cita en un bar propiedad de un amigo de la Oficina no me llenaba precisamente de alegría. No si la gente de Dante Vero estaba implicada en la extorsión a Sarah Abelli.

—Creo que deberías mantenerte apartado de esto, Mattia. Ya has hecho bastante.

Lo dije en serio, pero aun así percibí el dolor en su silencio.

—Pero informa a Dante de que no iré solo —dije.

—Dudo que él esperara otra cosa —comentó Reggio.

31

La camarera del Bear, Lucie Barnes, estaba segura de que había conseguido colocar el móvil detrás de los cubos de basura de la casa de Donnie Packard sin que la hubiera visto nadie de los que estaban dentro. Pero cuando salía del patio, casi se tropieza con una anciana que iba empujando un pequeño chucho marrón en un carrito. Al perro le faltaba la pata derecha delantera, aunque la herida hacía mucho que había cicatrizado. Parecía sentirse muy feliz en el sitio que estaba y de la manera que estaba, como si perder una pata fuera un precio pequeño que pagar a cambio de que le sacaran a pasear en un carrito durante el resto de su vida.

—¿Qué estaba haciendo ahí dentro? —preguntó la anciana.

—Me pareció ver un gatito —dijo Lucie—, pero en realidad era una rata.

—En ese caso, debía de estar visitando a Donnie Packard. Seguramente era una pariente. Tiene que mantenerse alejada de ahí. Es un mal bicho.

—No pienso volver.

—Ya —dijo la anciana mientras volvía a empujar a su perrito—, eso es lo que dicen todas.

Llamé a Angel y a Louis y les conté lo de la reunión inminente con Dante Vero en Portsmouth.

—Dudo que pretenda matarte —comentó Louis—, sería una reacción exagerada por su parte.

—Eso deja abiertas un montón de posibilidades entre la vida y la muerte —dije.

—Es verdad. Si la Oficina está implicada en lo que está pasando por aquí, Vero empezará por advertirte que te quites de en medio. Si no le haces caso, podría dar el paso de impedirte intervenir. A la Oficina no le faltan lugares donde esconder a alguien durante unas horas. La posibilidad más favorable es que pidan pizza, te dejen ver un poco la tele y te suelten más tarde, cuando el dinero haya sido entregado.

—Que es la razón por la que vais a acompañarme.

—¿Para ver la tele y comer pizza también?

—Si es eso lo que acabamos haciendo, consideraré que nuestra misión ha sido un fracaso. Pero no creo que ellos nos tengan eso preparado.

—Me alegro —dijo Louis—, porque nunca nos ponemos de acuerdo en los ingredientes de la pizza.

La única razón de la Oficina para perseguir a Sarah Abelli sería aclarar si tuvo acceso al dinero robado por su marido. Pero incluso si pagaba el rescate, no acabaría con las dudas, porque la suma que se le pedía no era lo bastante grande, y ella tenía acceso a otros fondos gracias a sus hermanos y al banco. Cabía la posibilidad de que, habiéndola obligado a pagar una vez, volvieran a intentarlo de nuevo, y así demostrar que tenía reservas mayores de efectivo de las que tirar, pero a mí me parecía una mala estrategia. Sarah no era tonta. Después de que le robaran la primera vez, sabría que había pocas esperanzas de recuperar todas sus pertenencias, a no ser que estuviera preparada para caminar por una cuerda floja el resto de su vida. Así que no pagaría ni una vez más.

Y yo también era un factor que debía tenerse en cuenta. No me gustaba lo que le estaban haciendo, que era la razón por la que había decidido intervenir. Sería reticente a abandonar a Sarah Abelli en esa situación. Si Dante Vero tenía el menor sentido común —y todos los indicios apuntaban a que sí lo tenía—, no querría tenerme persiguiéndole. Se vería obligado a hacer algo al respecto, pero el precio que pagaría por la menor violencia sería muy alto, porque sabía que la fuerza sería respondida con la fuerza. Esa, al menos, era mi esperanza.

Le dije a Louis que pasaría por su casa al cabo de unos minutos. Antes de colgar, Louis preguntó si Mattia Reggio se había ofrecido a acompañarme al encuentro con Vero.

—Sí —dije—, pero rechacé su oferta.

—¿Por qué? Te acompañaría con gusto.

Me di cuenta de que Louis ya había pensado en el final.

—Ya sabes la respuesta —dije—. No es alguien que quiera tener a mi espalda, sobre todo si eso implica a alguno de sus antiguos compañeros.

—He estado preguntando por ahí sobre él —dijo Louis.

—¿Y?

—¿Has oído hablar alguna vez de un matón de los Genovese llamado Alessandro Angioni? Trabajaba en Springfield, Massachusetts.

—No.

—Bueno, en realidad nadie sabe nada de él desde hace mucho. Desapareció hace más de una década, se evaporó. Hay quienes creen que Reggio podría saber qué le pasó.

—Reggio no tiene esa reputación —dije.

—Y esa puede ser la razón de que haya salido bien parado. La opinión general es que Angioni no supuso una gran pérdida. Con el tiempo, alguien tendría que encargarse de él. Es posible que Reggio llegara el primero.

—¿Por qué me lo cuentas?

—Porque me parece interesante, nada más. Es posible que Mattia Reggio sea más de lo que parece.

—Eso es lo que me preocupa —dije—. Te veo en diez minutos.

32

Pantuff y Veale casi habían llegado al Braycott Arms cuando vieron los destellos de las luces de los vehículos del aparcamiento. Su reacción inmediata fue dar la vuelta, hasta que Pantuff atisbó la ambulancia y cayó en la cuenta de que, pese a todo lo que habían hecho, en el hotel no habían pegado ni herido a nadie, por ahora.

—¿Qué crees? —le preguntó Veale mientras se detenía para observar el espectáculo desde una distancia prudencial.

Veale tardó un momento en responder. Pantuff pensó que su socio había estado muy reservado en el trayecto de vuelta, incluso tratándose de él, pero a veces Veale era así. Se abatían sobre él extraños estados de ánimo y a menudo no se disipaban durante días. Hacía mucho tiempo que Pantuff había llegado a la conclusión de que el problema de Veale radicaba en que pensaba demasiado, lo que en ocasiones equivalía a que simplemente se perdía en cavilaciones.

—Ha podido ser alguien que se ha caído por las escaleras —dijo Veale.

—O al que le han disparado. En el puto hotel hay muchísimos exconvictos. He estado encerrado en cárceles con menos criminales.

Había dos coches patrulla aparcados al lado de la ambulancia, además de un Crown Vic sin distintivos que proclamaba «¡Detectives!». Pantuff tenía que ir al lavabo, pero se aguantaría hasta que le reventara la vejiga antes que identificarse como un huésped del Braycott ante un puñado de uniformados y detectives de paisano. Haría mejor subiéndose directamente a la parte de atrás de uno de esos coches patrulla y pidiendo una celda con vistas.

—Tendríamos que habernos alojado en cualquier otra parte —dijo Veale.

—En el Braycott nadie hace preguntas —repuso Pantuff.

—Ahora se las están haciendo a ellos.

—No sobre nosotros.

Sacaron una camilla con ruedas por la entrada principal, con su ocupante tapado de pies a cabeza. Los dos auxiliares de emergencias la introdujeron directamente por las puertas traseras de la ambulancia, donde las ruedas se recogieron y la camilla se deslizó con suavidad al interior. Pantuff no detectó que los policías tuvieran mucha prisa, lo que le llevó a creer que estaban contemplando las consecuencias de un accidente, no de un crimen. Eso era bueno. Significaba que nadie llamaría a las puertas para preguntar por, o sobre, otros huéspedes. Se lo dijo a Veale, pero la atención de su compañero estaba en otra parte, distraído por una fila de niños de primaria conducidos como patitos por un par de maestras jóvenes. Cada niño se sujetaba con fuerza con una mano a un nudo de cinta atada a una cuerda.

—¿Estás planteándote adoptar? —preguntó Pantuff.

Pero Veale no respondió, así que Pantuff lo dejó con sus pensamientos.

Veale observó cómo los niños cruzaban la calle y se perdían de vista. Ninguna de las pequeñas se parecía a Kara Sawyer, y, aun así, era como si todas fueran como ella.

Veale no quería volver al Braycott Arms. Si le hubieran dado la oportunidad, lo habría volado, junto con todos y todo lo que había en él, y no le habría quitado el sueño ni un instante. A medida que se habían ido acercando a Portland, había sentido una creciente presión en el cráneo, que se había convertido en muy dolorosa cuando el hotel apareció ante su vista; y lo que al principio había sonado como un remoto romper de olas, o el silbido del gas, ahora parecía un susurro, aunque Veale no podía distinguir las palabras, todavía no. Pero podría entenderlas, lo sabía, en cuanto pusiera el pie en el Braycott, porque estaba seguro de que lo que oía era la voz de una niña muerta, la que los estaba esperando dentro..., no, solo lo esperaba a él. Kara Sawyer intentaba hablar con Veale, pero él no quería escucharla. Fuera lo que fuese lo que tuviera que decirle, no supondría ningún consuelo para él.

—Voy a dar un paseo —dijo de repente.

—¿Adónde?

—A cualquier sitio. Me duele la cabeza. Caminar tal vez me ayude a que se me pase.

—No irás a dejarme tirado, ¿verdad? —Lo dijo en tono de broma, pero en el fondo estaba el reconocimiento de que, en cierto momento del futuro, habría que decirlo en serio. Confiaban el uno en el otro tanto como podría haber hecho cualquier hombre de su calaña, y eso significaba que no se fiaban lo más mínimo.

—Cuando planee irme, ya te enterarás —dijo Veale.

Pero estaba todo lo cerca de abandonar a su socio que podía estar. Lo único que se lo impedía era el dinero. Veale quería su mitad de los cincuenta mil dólares. Sin ese dinero, no podría sobrevivir mucho tiempo, a no ser que se dedicase a limpiar mesas o fregar lavabos —o al equivalente delictivo de lo mismo, que era asaltar tiendas de comestibles y atracar a ancianas—. Veale no estaba por encima de nada de eso, y en el pasado había hecho de todo, pero no era más que una vida de subsistencia, como alimentarse de materia muerta. Veinticinco mil dólares le situarían en mejor posición, y sus necesidades eran pocas.

—Pues anda, camina —dijo Pantuff—, pero no vayas por ahí buscando nuevos horizontes.

Pantuff detestaba hablar como si fuera la madre de Veale, pero tenía sus costumbres y no quería que se las alterasen. Sabía que no se sentiría completamente tranquilo sin Veale cerca hasta que hubieran acabado el trabajo y el dinero estuviera a salvo en sus manos. Mientras Veale estuviera vagando por las calles en vez de sentado en la cama o en una silla de la habitación que compartían, Pantuff se sentiría incómodo, nervioso. Eso no interferiría en su siesta, aunque esta podría no ser tan reparadora como deseaba.

—No lo haré —dijo Veale mientras se apeaba.

—¿Estás seguro de que es solo un dolor de cabeza?

—¿Qué otra cosa podría ser?

—No lo sé.

—Entonces, vale.

Veale cerró la puerta y se alejó caminando. Pantuff volvió a observar el Braycott. La ambulancia estaba saliendo del aparcamiento, seguida de uno de los coches patrulla y el Crown Vic sin distintivos. Pantuff optó por quedarse donde estaba hasta que se hubiera marchado el último policía. Ahora apenas notaba la hinchazón de su vejiga. Miró a Veale. Se preguntó si habría llegado el momento de seguir cada uno por su lado. De ser así, las obligaciones de Pantuff con su socio acabarían. Pantuff no era ningún matemático, pero calculó que cincuenta mil dólares le durarían el doble que veinticinco mil, y le permitirían la euforia natural y la tentación de gastar que acompañaban al verse uno mismo con más fondos de los que preveía.

Y no era que fuera a echar de menos las conversaciones brillantes.

33

Melissa Thombs había recogido el móvil de detrás de los cubos de basura cuando salió a deshacerse de algunos recipientes de comida para llevar que habían empezado a heder especialmente. El aparato estaba oculto, por el momento, en una caja de tampones. Donnie no lo buscaría allí, no porque fuera reacio a registrar todas sus cosas, incluso las más íntimas, sino porque ya había registrado sus pertenencias la noche anterior, durante uno de sus ataques de rabia, y no tendría las energías para otra embestida, al menos durante un par de días. Si el detective privado no se presentaba para ayudarla esa noche, como su madre había insinuado que haría, Melissa sabía que tendría que deshacerse del móvil. Si no lo hacía, Donnie lo encontraría. Tenía un olfato canino para el contrabando.

Y, si descubría el aparato, le haría daño.

Ya había intentado esconder un móvil en una ocasión anterior. Se creyó muy lista al ocultarlo dentro del armazón de uno de los altavoces del pequeño equipo estéreo del dormitorio que solo ella utilizaba. Primero se aseguró de que el teléfono estuviera apagado, claro. Lo tenía, se tranquilizó, solo por si se daba alguna emergencia. El destornillador que usaba para apretar las monturas de sus gafas se ajustaba casi a la perfección a las cabezas de los tornillos del altavoz, pero ella los dejó un poco sueltos después de colocar dentro el móvil, para que le resultara más fácil recuperarlo o para cuando le hiciera falta. Tal vez por eso se dio cuenta Donnie, al ver los tornillos sueltos. Nunca se molestó en contarle ese detalle. Estaba demasiado ocupado poniéndole la bota que calzaba sobre la nuca y apretándole lentamente la cara contra la alfombra hasta que ella creyó que la ahogaría, o le rompería el cráneo, tanto daba qué ocurriese primero. Solo cuando pareció que uno u otro final eran inminentes, Donnie levantó el pie, porque siempre sabía lo fuerte que podía apretar, retorcer, presionar o golpear. O eso era así antes: últimamente se le iba cada vez más de las manos. La última vez que la había asfixiado, ella había perdido la conciencia. Eso nunca había pasado hasta entonces, y fue en ese momento cuando ella se dio cuenta de que, a la larga, acabaría matándola. Cuando recobró la conciencia y dejó de dolerle la cabeza, él la hizo permanecer tumbada en el suelo durante cuatro horas, con los brazos estirados y la cara todavía metida en la alfombra, tiempo que él dedicó a ver dos películas en la televisión portátil del dormitorio. Cada vez que ella se movía, él volvía a pisarle la cabeza. Eso era lo peor que le había pasado, pero incluso otros incidentes que no habían sido tan terribles ya habían sido lo suficientemente graves.

Un breve periodo de calma en el maltrato había seguido a la intervención de la policía. Donnie le prometió que cambiaría, que lo que había pasado era un toque de atención. Y lo cierto es que lo intentó, durante una semana más o menos, si una estaba dispuesta a aceptar que el acoso psicológico y emocional separado de la fuerza física representaba un avance en la relación. En cierto modo lo era, o eso supuso Melissa, aunque no duró mucho.

¿Por qué no se marchó de allí? Era una pregunta que solía plantearse con mucha frecuencia. Había intentado abandonar a Donnie, pero solo al principio, y siempre había vuelto con él porque lo amaba, y a veces los problemas empeoraban antes de mejorar, ¿no? Pero no parecía haber límites a lo miserable que podía ser la vida con Donnie, y los buenos momentos con él no eran más que el intermitente parpadeo de un latido que se iba apagando. Más adelante, él la retaba a que se fuera. «Vete», decía. «Ahí tienes la puerta. Recoge toda tu basura y vuelve con tu mamá. No te lo impediré.»

Ella mordió el anzuelo... una vez. Consiguió llegar a la puerta principal antes de que él la arrastrara de vuelta. Era febrero y, como represalia, la encerró en el lavabo con el radiador apagado y le sacó la válvula al aparato para que ella no pudiera volver a encenderlo, dejándole solo una delgada manta para calentarse. Se pasó la noche metida en la bañera, y las noches en que hacía frío el recuerdo de lo sucedido volvía a calarle los huesos. Desde entonces, cuando él la invitaba a que se fuera, optaba por quedarse sentada y en silencio.

Pero eso no acababa de explicar por qué permanecía allí. Procuraba no mortificarse dándole demasiadas vueltas, porque cualquier respuesta que se le ocurría no servía para que se sintiera mejor con respecto a sí misma o a su situación. Sí, Donnie la asustaba, e incluso si lo abandonara, sabía que él iría a buscarla. Marcharse de casa solo sería el principio, y el terror que él le producía probablemente aumentaría a partir de ese momento. Al menos, mientras vivía con él, sabía dónde estaba Donnie. La idea de pasarse la vida mirando por encima del hombro no la atraía.

Pero Donnie también podía ser cariñoso, cuando quería. Eso era lo que resultaba tan desconcertante: en algún lugar de su interior era un hombre mejor. La semana anterior habían ido juntos al cine y luego habían tomado algo y cenado una hamburguesa. Y Donnie había sido como era cuando habían empezado a salir: gracioso, tierno, afectuoso. También recordó que antes se sentía a salvo con él, porque nada lo asustaba. No era corpulento, pero se movía como si lo fuera, y transmitía a los demás la sensación de amenaza física, de una potencial ferocidad. Para alguien como Melissa, que era pequeña y tímida —una presa natural para cierto tipo de depredador—, tener a Donnie cuidándola era algo parecido a estar bajo la protección de un guardaespaldas. Cuando descubrió que también Donnie era un depredador, y que su violencia no solo podía volverse contra ella sino que de hecho lo hacía, ya era demasiado tarde.

¿Y quién la cuidaría ahora? Era una mercancía usada y deteriorada. Incluso se había tatuado el nombre de Donnie en la muñeca, menuda tonta. La había marcado como propiedad. Salvo que eso no era cierto, porque ella había consentido. Incluso era posible que la idea fuera de ella, porque había estado enamorada de él hasta ese punto. No le importaba que él no hubiera hecho lo mismo. Donnie no se oponía a que las mujeres se tatuaran, le dijo, o al menos no se oponía a los tatuajes correctos, pero no estaba a dispuesto a hacerse ninguno. Tenía la piel demasiado blanca, le dijo, y creía que los tipos pálidos con tatuajes parecían una mierda. Tras pensárselo, Melissa había concluido que Donnie tenía razón. Por el contrario, su propia piel era cetrina, y la tinta tenía cierta elegancia sobre ella, bueno, eso sin tener en cuenta el nombre de Donnie, que estropeaba el efecto. Si escapaba de él, podría hacer que se lo borraran, aunque le dejaría cicatriz. Pero eso no supondría ninguna catástrofe. Le serviría de recordatorio, aunque tampoco es que le hiciera falta ninguno. Mejor llamarla marca penitencial.

En ese momento, Donnie estaba holgazaneando en su sillón, con la pierna izquierda colgada sobre un costado, mientras los dedos de la mano derecha tamborileaban y repiqueteaban saltarines. Últimamente no podía estarse quieto, siempre estaba moviéndose; incluso dormido era una sucesión de sacudidas y contracciones. También olía a agrio. Era otro defecto que añadir a su creciente lista. La ayudaba a odiarlo.

El detective privado, el que había contratado su madre, vendría a buscarla. La sacaría de allí. Ella empezaría una nueva vida en algún lugar donde Donnie no pudiera encontrarla jamás. No volvería a ver a Donnie.

O...

El detective privado, el que había contratado su madre, vendría a buscarla. La sacaría de allí. Ella empezaría una nueva vida, pero Donnie la perseguiría. Empezaría por su madre, obligándola a decirle adónde había ido. Le haría daño a su madre, y luego se lo haría a ella.

Sentada detrás de Donnie, Melissa afilaba su odio.

34

Hablé por teléfono con mi hija, Sam, mientras esperaba delante del apartamento de Angel y Louis. Era lista y parlanchina, y me recordó cuánto la echaba de menos. Volví a pensar en buscar algún sitio donde instalarme cerca de Burlington, solo por si las cosas se ponían tan feas como alguna gente sugería que se pondrían, pero mientras Sam estaba en Vermont, mi vida estaba aquí: mi hogar, mi trabajo, los amigos que tenía, y lo que podía ser una nueva relación con Sharon Macy. También sabía que si me mudaba a Vermont, aunque solo fuera temporalmente, lo haría más por mí mismo que por Sam. Ella tenía su propia vida, sus costumbres, y una madre y unos abuelos que la cuidaban. Mi presencia, pese a lo novedosa y bienvenida que fuera al principio, pronto se convertiría en una imposición y potencialmente en un problema para aquellos que rodeaban a la niña. Así que opté por quedarme donde estaba. Si surgían dificultades, podía plantarme en Vermont en cuatro horas, y sabía cómo abrirme paso en los controles de carretera.

Desde donde estaba sentado, podía ver algunas de las islas de Casco Bay y el ferry alejándose del muelle en Peaks. Me pregunté si los habitantes de las islas se sentirían más seguros alejados del continente, y, cuanto más lejos, mejor. La más distante de todas era Sanctuary, pero yo no me habría mudado allí ni aunque hubiera tenido que enfrentarme a la peste bubónica en lugar de a la COVID-19. Conocía bastante bien lo que había sucedido en esa isla para querer mantenerme alejado de ella. Se decía que los fantasmas de Sanctuary estaban tranquilos ahora. Algunos afirmaban que estaban descansando, mientras que otros hacían como si creyeran que nunca habían existido. Fuera cual fuese la verdad, Sanctuary era un lugar autónomo, y, en cualquier caso, había bastantes fantasmas en esta orilla para aquellos con predisposición a buscarlos, e incluso sin ella.

Angel y Louis salieron de su edificio. A sus espaldas, el mar estaba turbio y el cielo gris, aun así no pude evitar sonreír. Me sentía a gusto en compañía de esos hombres.

—¿Todo preparado para fastidiarles el día a unos bellacos? —preguntó Louis al subirse al asiento de delante mientras Angel se acomodaba atrás.

—Eso siempre —dije.

—Pues entonces vamos.

35

En el trayecto hacia Portsmouth, el tráfico era denso en ambos sentidos. La resaca de Angel había ido bajando de intensidad, de potencialmente letal a miserable, y ahora solo quería que pasara el día para poder acostarse de nuevo, acabar de dormir la mona y despertarse a la mañana siguiente con el firme propósito de no pecar otra vez. Pusimos la música a un volumen bajo, en deferencia a su sufrimiento.

El Hitch Knot se encontraba al final de Junkins Avenue, y tenía todo el aspecto de ser un bar para los lugareños, con un menú para el que la palabra «experimental» solo podría aplicarse si la opción de unos boniatos fritos era la noción que se tenía de vanguardia culinaria. Por raro que parezca, no recordaba haber reparado antes en el local, pese a que solía visitar Portsmouth con regularidad. El bar quedaba camuflado en el edificio donde estaba, de manera que, a no ser que fuera el lugar de destino, la mirada patinaría sobre él. Incluso el nombre apenas era visible y la única concesión a las teorías del diseño era una versión en latón del nudo que le daba nombre y que colgaba de un riel sobre la puerta. Pero si Mattia Reggio tenía razón, el Hitch Knot también era un local que los policías de Portsmouth no frecuentaban si no estaban de servicio, aunque uno sabía a ciencia cierta que lo tenían vigilado. Si Dante Vero se sentía seguro llevando sus asuntos allí, entonces las relaciones de las fuerzas de la ley con la Oficina eran profundas, y un hombre descuidado podía entrar en el bar pero no volver a salir.

Aparcamos fuera, guardamos nuestros móviles en la guantera y mantuvimos una breve discusión sobre las armas. No queríamos dar la impresión de ser hostiles, pero a nadie le gusta ser un pelele, y la advertencia de Louis sobre la propensión de la Oficina a la hospitalidad en el sótano había hecho mella. Al final llegamos a la conclusión de que hay ocasiones en que incluso la Asociación Nacional del Rifle tenía razón, y que era mejor llevar un arma y no necesitarla que viceversa. Sobre la puerta principal, un rótulo rezaba: CERRADO POR FUNCIÓN PRIVADA. O bien estábamos a punto de colarnos en un velatorio o Dante Vero no quería testigos ni entrometidos. Sentí cómo me tensaba. Meterse en estas situaciones nunca era agradable, y con cuanta más frecuencia lo hacía, mayor era la probabilidad de que un día no saliera de una de ellas.

Había esperado que el interior del Hitch Knot fuera funcional, pero me había equivocado. Se habían invertido dinero y cuidados en su mobiliario y equipamiento: accesorios metálicos, madera oscura, tapicería roja y una iluminación lo bastante brillante para permitir que se leyera un periódico sin provocar dolor de cabeza, pero lo bastante atenuada para dar intimidad. Dentro nos esperaban cinco hombres, sin contar al camarero, que tenía el cabello blanco y largo, una larga barba blanca y la cara a juego con ambos. No pareció que nuestra llegada le impresionara, lo que lo colocaba a la altura del resto del comité de bienvenida. Uno de ellos, el más corpulento, estaba sentado a la barra, mientras que los otros cuatro estaban reunidos alrededor de una mesa casi en el centro del local. Dante Vero, al que reconocí tras haber realizado una búsqueda superficial en internet, era el segundo a la derecha, un hombre de tamaño medio vestido como un obrero de la construcción: vaqueros, camisa a cuadros, chaqueta acolchada, coronado con una ajada gorra de los Red Sox. Transmitía la impresión de querer estar en otra parte, lo cual, si lo que se contaba de él era cierto, era su manera de ser habitual. Algunos hombres han nacido para liderar, y a otros se les ha impuesto el liderazgo. El encorvamiento de los hombros de Vero y su expresión de cansancio indicaban que le costaba mucho sobrellevar el peso de la responsabilidad. Y que lo cedería agradecido en la primera ocasión que tuviera.

El hombre que estaba en la barra se dejó caer del taburete y todos esperamos un momento a que el suelo dejase de temblar. Vino hacia nosotros con un detector de micrófonos en la mano y nos lo pasó barriéndonos con él a cada uno antes de volverse hacia Vero negando con la cabeza.

—Supongo que llevan armas —dijo Vero.

—Sí, las llevamos —confirmé.

—No serviría de mucho pedirles que nos las entregaran, ¿me equivoco?

—No nos habríamos molestado en traerlas si eso sirviera de algo.

Vero miró a sus acompañantes e hizo un gesto de resignación con las manos.

—En ese caso, supongo que pueden seguir con ellas —declaró—, dado que les importan tanto.

A nuestras espaldas, el gigantón había cerrado, vigilado por Angel. Él había venido dormitando en el coche durante todo el trayecto hasta aquí, pero ya se había espabilado.

—No le importará que mi amigo aquí presente se siente junto a la puerta, ¿verdad? —dije señalando a Angel.

—Puede sentarse donde quiera —comentó Vero—. Pero si le preocupa que vayamos a impedirles salir, le aseguro que no estamos aquí para eso.

—No estamos preocupados —dijo Louis, que hablaba por primera vez. La ambigüedad de esas palabras hizo que sonriera hasta Vero.

—En ese caso, siéntese. Si quieren beber algo, Saverio, el que está detrás de la barra, se lo traerá.

—Se agradecería un café —dije mientras Louis y yo nos uníamos al cuarteto sentado a la mesa.

El camarero se acarició la barba, pero no hizo ningún gesto para servir hasta que Vero no asintió, tras lo cual el camarero se aprestó, o se arrastró, a pasar a la acción. A la velocidad que se movía, habríamos hecho mejor pidiendo un café con hielo. Angel se quedó en la mesa más próxima a la puerta, desde donde podía ver a todos. El gigantón lo estuvo observando un rato, como si se preguntara por qué Dios habría creado a alguien tan insignificante, antes de volver a su sitio.

De los cuatro hombres solo reconocí a uno, aparte de a Vero: Luca Zambroni, o Luca Z, como se le conocía. Luca Z era unos quince años más joven que Vero y había estado en la lista para el cargo que ahora ocupaba Vero, antes de que los jefes en Providence optaran por un hombre más cauteloso y conservador para estabilizar el barco del noroeste hasta que se encontrara una solución más permanente. Luca Z se lo había tomado razonablemente bien porque sabía que llegaría su hora, tal vez incluso en cuanto a Vero se le permitiera retirarse. Hasta entonces se le había ordenado seguir al hombre mayor, proporcionando un poco de acero para apuntalar el enfoque más suave de Vero. Luca Z también era el que estaba dispuesto a permitir que sus colegas violaran a Sarah Abelli. Si alguna vez se presentaba la oportunidad de causarle algún daño sin atraer la ira de la Oficina sobre mí, yo la aprovecharía.

Los demás sentados a la mesa —uno mayor que Vero, uno menor que Luca Z— me parecieron respectivamente un *consigliere* y un chófer y recadero. El mayor de la pareja examinaba atentamente a Louis del modo en que uno examinaría a una rara especie animal sobre la cual había oído hablar mucho y que podría resultar un motivo de preocupación si se le provocaba. Tenía los ojos tristes, húmedos, y el pelo le raleaba en mechones. También era el que iba vestido con más formalidad de los que se encontraban en el bar, lo que implicaba que llevaba corbata.

—¿Se pronuncia Luis o Lui? —dijo antes de que se hicieran las presentaciones.

—Lui —respondió Louis—. Mi familia vino de Evangeline Parish, en Luisiana, hace siglos.

—¿De verdad? Porque yo he oído ambos, Luis y Lui.

—En ese caso, parte del tiempo no ha oído mi nombre correctamente.

—Me gusta pronunciar bien los nombres. Por educación, ¿sabe?

—Sí, lo sé —dije—, pero usted tiene ventaja cuando se trata de nombres.

—Este es Adio Pirato —dijo Vero—. El de mi izquierda es

Luca Zamboni, y el joven es Anthony. A Mark, el de la barra, ya lo conocen.

Quedó claro que Anthony y Mark no se habían ganado el derecho a tener apellidos. Los únicos que contaban eran Vero, Luca Z y Pirato, con su nomenclatura puramente italiana. Me sonaba vagamente el último, tal vez de cotilleos o de informes judiciales. Si había retenido algún recuerdo de él, casi con seguridad era por buenas razones.

—Llevo algún tiempo interesado en reunirme con ustedes, caballeros —dijo Pirato—. Han conseguido hacerse con toda una reputación ustedes solos. A decir verdad, hay un montón de gente que pagaría mucho dinero para que acabaran en un vertedero.

—¿Y le tienta? —pregunté.

—A mí no. Solo me imagino qué harían mis parientes con tanta riqueza.

Con lo cual se zanjó el asunto. No puedo decir que me sintiera aliviado, aunque no podía hablar por Louis. Seguramente estaba lamentando que no lo hubieran intentado. Luca Z habría estado dispuesto a hacerlo, aunque solo fuera para demostrar que tenía razón. Yo casi oía su mecha crepitando.

Llegó el café. Había un televisor encendido sobre la barra. Sin sonido. Más noticias de la pandemia.

—¿Se cree esa mierda? —preguntó Vero.

—No parece que me quede más remedio —contesté.

—El presidente ha dicho que no hay nada de que preocuparse —dijo Anthony. Tenía la voz quebrada y aguda, el tono de una adolescencia interrumpida.

—¿Y qué coño sabes tú? —dijo Luca Z—. Si ni siquiera votas.

—Si votara —dijo Anthony—, habría votado por él.

—Ya, y si jugaras a la lotería, a estas alturas serías millonario. Bobo.

Miré a Louis. Esto era lo que pasaba cuando la mitad de tu operación quedaba al descubierto e incluso algunos de los más listos acababan en la cárcel.

—Mi abuela —dijo Vero sin prestar atención a ninguno—

recordaba la gripe española de 1918. La gente caía como moscas, decía, y se dejaba que los enfermos se pudrieran en sus camas. En el cementerio de New Cavalry, los sepultureros volcaban los cuerpos de los ataúdes abiertos directamente a la tumba para poder reutilizar los féretros. Jamás pensé que algo por el estilo fuera a ocurrir a lo largo de mi vida.

Se hizo el silencio, y entonces Anthony preguntó:

—¿Todavía anda por aquí?

—¿Quién anda por aquí? —preguntó Vero.

—Tu abuela.

Vero le miró fijamente, reacio a creerse que un ser humano que tenía en nómina pudiera ser tan imbécil.

—No, no anda por aquí —dijo—. ¿Es que me parezco a Matusalén?

Anthony suspiró, se cruzó de brazos, y dio señales de no querer seguir participando en el coloquio, lo que no suponía ninguna pérdida apreciable para la historia de los discursos. Si la memoria no me engaña, Anthony venía a significar algo así como «digno de elogio» en italiano. Si este Anthony no suponía una dolorosa decepción para sus padres, prefería no conocerlos.

Pirato sirvió café para Louis y para mí. Tenía el pulso firme.

—¿Sabe? —dijo—. Cuando se vaya, es más que probable que los polis, y sin duda también los del FBI, vengan preguntando qué hacía aquí.

—Clase de catequesis.

—¿Y qué me dice de sus amigos? ¿No me dirá que también son estudiosos de la palabra de Dios?

—No, le diré que me acompañan por si hay desacuerdos doctrinales.

Pirato miró más allá de mí, hacia donde se sentaba Angel, que seguía con todo el aspecto de sentir pena de sí mismo.

—¿Incluso ese? Me da la impresión de que está indispuesto.

—Siempre tiene ese aspecto.

—Eh... —dijo Angel,

Pero nadie le hizo caso.

—Bueno, espero que se sepa sus sagradas escrituras —dijo Vero.

Era hora de ir al grano.

—Recuerdo algo sobre dar falso testimonio —dije—, pero no estoy seguro de que se aplique al caso del testimonio de Nate Sawyer, dado que todas las pruebas indicaban que no tenía nada de falso.

—Sawyer está muerto —dijo Pirato—. Es agua pasada.

—Pues aun así, aquí estamos por la mera mención de su nombre.

—Nos causó muchas molestias, e hizo daño a mucha buena gente.

—Me parece que su definición de «buena» está abierta a debate.

Luca Z abrió la boca para discrepar, pero Pirato le hizo un gesto con la mano, así que volvió a cerrarla. Me di cuenta de que Pirato se comportaba aquí como algo más que un simple consejero. Tanto Vero como Luca Z se remitían a él, lo que significaba que, por lo menos en lo que a esta reunión se refería, Pirato era los ojos, los oídos y la boca de la Oficina.

—No estamos aquí para discutir de semántica —dijo—. ¿Por qué necesitaba hablar con nosotros con tanta urgencia sobre Sawyer?

—Porque él ha muerto, pero su viuda sigue viva.

—Puta de mierda —dijo Luca Z.

Pirato y Vero fruncieron el ceño ante las palabras, pero no se tomaron la molestia de contradecirlas.

—¿Qué pasa con ella?

—Le han robado ciertos objetos. Los utilizan para pedir un rescate.

—¿Qué objetos?

—Recuerdos de su hija fallecida, posesiones que no tienen valor para nadie salvo para ella misma.

—¿Y le ha contratado a usted para recuperarlos?

—Así es.

El ceño de Vero se frunció todavía más.

—¿Y qué tiene eso que ver con nosotros?

—Nate Sawyer robó dinero a la Oficina, y no se ha localizado. Hay gente en su organización que cree que su viuda podría saber dónde está. Ya la han presionado antes, haciéndole daño. Queremos asegurarnos de que no vuelva a pasar.

—¿Haciéndole daño? Tenía entendido que se limitaron a interrogarla sobre el dinero y luego la dejaron ir sin tocarla.

La mirada de Vero se deslizó hacia Luca Z, que sacudió levemente la cabeza. Pirato, al que no se le escapaba nada, captó ambos gestos.

—La atacaron sexualmente y amenazaron con violarla —declaré—. Los responsables también le prometieron exhumar los restos de su hija y echárselos a los cerdos si no les decía dónde estaba el dinero.

No me molesté en añadir que la habían obligado a hipotecar su casa. Pirato debía de estar al tanto de eso, pero la expresión de su cara indicaba que el resto no lo sabía. No era tan sentimental como para que le irritasen las alegaciones de violencia sexual, pero pertenecía a la vieja escuela y no le parecía nada bien exhumar a la hija de una mujer de duelo y arrojar el cadáver a los cerdos.

—¿Ella le ha contado eso? —preguntó.

—Así es.

Pirato se volvió hacia Vero.

—¿Sabías algo al respecto?

Vero, dicho sea en su favor, ni siquiera pretendió evitar la pregunta.

—Estaba allí. Se me fue de las manos. Lo paré antes de que fuera a más.

—¿Y eso lo hizo nuestra gente? —preguntó Pirato.

—No. —Esta vez respondió Luca Z—. Trajimos gente de fuera.

Vero se retorció, y Luca Z se corrigió.

—*Yo* los contraté —dijo—. Me habían dicho que uno de ellos estaba especializado en tratar con mujeres. Es posible que yo no acabara de entender qué implicaba eso.

—O que no quisieras entenderlo.

—No disponía de muchas opciones. Teníamos a gente entre rejas, a otros ocultos, y la mayoría de los demás estaban sometidos a vigilancia; y los que no lo estaban temían acabar estándolo. Necesitábamos conseguir efectivo para los abogados, para las mujeres y los niños. Nos pareció que la viuda de Sawyer podría saber qué había hecho él con el dinero que nos robó.

Vero habló en voz alta.

—Y nadie que conociéramos quería hacer lo que se tenía que hacer —dijo—. Puede que su marido fuera un ladrón y un chivato, pero ella estaba llorando la muerte de su hija. Luca tiene razón: estábamos en apuros y no teníamos tiempo para sutilezas. Asustarla un poco era lo que debíamos hacer. Pero todo se fastidió muy rápido. Los hombres implicados eran auténticas alimañas, y nunca tendríamos que haber permitido que se acercaran a la viuda, pero no todo es culpa de Luca. Yo tendría que haber prestado más atención a los detalles.

Me mantuve en silencio. Dante Vero, corpulento como era, había esperado hasta mucho después de que uno de los hombres le había metido los dedos a Sarah Abelli antes de concluir que aquello se pasaba de la raya. Podía tolerar los tocamientos, hasta cierto punto, pero no quería tener que presenciar una violación.

Pirato estuvo dándole vueltas a lo que acababa de escuchar antes de mirarme de nuevo.

—Y bien, ¿en qué punto estamos? —preguntó.

—Tengo la impresión de que los mismos dos hombres podrían ser los responsables de intimidar a la viuda de Sawyer —respondí—. También dudo de que tengan la menor intención de devolver lo que se llevaron. No me parecen individuos con un elevado carácter moral. Percibo su maldad.

Miré a Dante Vero, luego a Luca Z. Dejé que mi mirada se demorara un poco más en el último, y me aseguré de que Pirato se fijara.

—Esto va a acabar mal para ellos —proseguí—, porque es lo que se están buscando. Si alguien de su organización está implicado, este es el momento de decirlo. No queremos consecuencias negativas para nadie, no si pueden evitarse, pero si hay que elegir entre eso y dejar que esos hombres priven a una madre de cuanto le queda de su hija muerta, aceptaremos las consecuencias.

Pirato miró fijamente a Dante Vero y Luca Z.

—¿Y bien?

Vero negó con la cabeza.

—No —dijo—, por la vida de mi madre.

Pero Luca Z vaciló.

—Yo no los eché contra ella —respondió por fin— y no estoy en contacto con ellos.

—Sigue —dijo Pirato.

—Tras lo que pasó en el sótano, uno de ellos preguntó qué tipo de comisión cobrarían, ya sabe, si descubrían dónde había ocultado nuestro dinero esa zorra de la Sawyer.

—¿Una comisión? —preguntó Pirato—. ¿Qué pensabais hacer, poner un cartel en el escaparate de una tienda?

—¿Qué creíste que significaba? —le pregunté a Luca Z.

Dirigió su respuesta a Pirato, no a mí.

—Que ellos podrían intentarlo otra vez con ella, si se presentaba la ocasión —dijo—. Si lo hacían y ella confesaba, sabían que nosotros lo descubriríamos tarde o temprano. No podían escaparse por las buenas con la pasta. Tendrían que traérnosla y aceptar la parte que les diéramos.

Y tal vez ese había sido su plan, al menos durante un tiempo, hasta que decidieron que sería más fácil ir a por la viuda de Nate Sawyer y ver cuánto dinero podían sacarle sin que participara la Oficina. Me pregunté cuándo se les habría ocurrido la idea de llevarse las cosas de su hija. Tenía la pinta de ser un delito coyuntural, a no ser que de algún modo ellos se enteraran de la existencia de los objetos a través de alguien que la conociera. Cuando ellos entraron en su casa, lo hicieron seguramente con la esperanza de que ella guardara parte del efectivo allí. Como resultó que no era el caso, fueron lo bastante ingeniosos o crueles para que se les ocurriera otra forma de hacerle pagar utilizando su duelo contra ella.

—¿Quiénes son? —pregunté.

—No soy ningún chivato —dijo Luca Z.

—Escúchame —dije—, a tu organización no le hace falta recibir ninguna atención de la policía ni del FBI, pero será eso lo que suceda si este asunto sigue su curso. Nuestra intención es pillar a esos tipos vivos, aunque no puedo garantizarlo, y entonces se sabrá lo que hicieron y a por quién iban. Tú nos estás diciendo que nadie en esta sala era consciente de lo que pasaba. Podría ser verdad, pero no impedirá que otros piensen lo contrario, y eso bastaría para instigar un nuevo ciclo completo de investigaciones, porque a la ley no hay nada que le guste tanto como una excusa para entrometerse en las iniciativas de los delincuentes. Y aunque eso no sucediera, te verás asociado con un delito que no le hará ningún bien a tu reputación, ni siquiera entre los tuyos. ¿Robar los recuerdos de una niña muerta a su madre? Los asesinos cambiarán de acera para no cruzarse contigo.

Pirato no pareció visiblemente disgustado por el comentario, dado que los asesinos seguramente ya cambiaban de acera para evitarlo. Pero Dante Vero tuvo el mínimo decoro de parecer un poco avergonzado.

—¿Tiene hijos? —preguntó Louis a Pirato.

—Sí, tengo hijos.

—¿Y nietos?

—Sí, también.

—¿Se preocupa por ellos?

—Claro que sí.

—En ese caso, ¿por qué seguimos hablando de esto?

Pirato recogió unos granos de azúcar de la mesa con la palma de una mano abierta y los depósito en su platillo.

—Díselo —le ordenó a Luca Z.

Luca Z sabía cuándo había sido derrotado. Después de todo todavía podía albergar una pequeña esperanza.

—Se llaman Lyle Pantuff y Gilman Veale —dijo—. Pantuff es el mayor y al que le gusta hacer daño a las mujeres. Es el que habla. Veale es más joven y más reservado. No creo que tenga ninguna manía sobre el tipo de gente al que hace daño.

—¿Cómo diste con ellos? —dije.

—Pregunté por ahí. Me los recomendaron.

No me importaba averiguar cómo se iba por ahí buscando a alguien especializado en torturar a mujeres, o a un intermediario que estuviera en condiciones de ofrecer sugerencias, y cómo, para empezar, podían disponer de esa información. La vida ya era bastante deprimente de por sí.

—¿Cómo te pusiste en contacto con ellos?

—Fueron ellos quienes contactaron conmigo; yo había hecho correr la voz. Recibí una llamada y nos citamos en un bar de Somerville. Yo les conté lo que había que hacer, les dije dónde atrapar a la mujer, y ellos la sacaron de su casa al día siguiente.

—¿Así que tienes un número de contacto?

—Ya no. A ellos no les gusta ir dejando rastro. Solo trabajan por encargo de manera esporádica. Habitualmente trabajan por su cuenta, como emprendedores que van dando pequeños golpes.

—Carroñeros —dijo Pirato.

Luca Z se encogió de hombros.

—¿Cuánto tiempo llevan trabajando juntos? —pregunté.

—Un par de años, creo.

—¿Les gusta apretar el gatillo?

—No si pueden evitarlo, pero son capaces de asesinar. Veale sobre todo. El tipo que me hizo de intermediario había oído hablar de un par de cadáveres y estaba ansioso por apostar a que habría más.

—¿Y quién es —pregunté— ese misterioso personaje que está al tanto de los cadáveres?

—No —dijo Luca Z. Negó con la cabeza y con la mirada buscó el apoyo de sus mayores—. Una cosa es entregar a Pantuff y Veale y otra muy distinta es meter en problemas a un amigo nuestro.

—Solo me has dado dos nombres —repliqué—, y no me sirven de nada a no ser que pueda echarles el guante a los hombres que los usan.

—Pero Luca tiene razón —dijo Pirato—, aquí también hay límites.

—Podríamos hacerles llegar un aviso —ofreció Dante Vero—, ordenarles que entreguen lo que se hayan llevado y desaparezcan.

—Tal vez también podrían pedirles que hicieran una donación a un organización de beneficencia —dijo Louis.

—O podrían escribir una nota disculpándose —intervino Angel desde la puerta— y obsequiar una tarjeta regalo de Macy's para compensar las molestias que han causado.

Vero levantó una ceja e interrumpió una incipiente sonrisa.

—Esos hombres no trabajan para ustedes —le dije—. No tienen ninguna obligación con ustedes ni con la organización. Según el cerebrito aquí presente, ni siquiera puede conseguir que se le pongan al teléfono sin que venga un adulto a ayudarle a marcar el número.

—No me hable así —dijo Luca Z, pero habló demasiado alto. La amenaza carecía de sustancia y le sobraba jactancia. Todo el mundo lo sabía, hasta el propio Luca Z.

—Lo que estoy diciendo —proseguí— es que no me fío de que esos ladrones hagan lo correcto, o ni siquiera lo inteligente, si los has contratado tú o un intermediario. Tampoco me fío de que nadie de tu gente les imponga un castigo si ellos incumplen un pacto, y si lo hicieran, sería demasiado tarde porque habrían tirado a la basura o destruido las pertenencias de la mujer.

—Y nosotros nos sentiremos inclinados a interpretarlo mal —dijo Louis.

—Sí —dije—, desde luego que sí.

—Entonces, ¿qué les satisfaría? —preguntó Pirato.

—Nosotros trataremos con ellos, y a nuestra manera. Su trabajo consistirá en ayudarnos a localizarlos. Si no pueden hacerlo, ni siquiera con la mejor de las voluntades, nos conformaremos con el teléfono que ellos estén utilizando en este momento. Si tenemos ese número, podemos atraparlos.

—¿Y eso es todo? ¿Así se pondrá punto final?

—Siempre y cuando nuestra clienta no vuelva a ser molestada.

Dante Vero hizo un ruidito de succión a través de los dientes.

—Algunos de nosotros todavía creemos que ella tiene nuestro dinero —dijo.

—En ese caso, tráguense las pérdidas, porque incluso si lo tiene, no van a recuperarlo, no después de esto.

Pirato meneó un dedo apuntándome con él.

—Mire —dijo—, ahora entiendo por qué tanta gente se alegraría de verle muerto.

—A usted le está resultando fácil —dije—, y creo que lo sabe.

—No estoy de acuerdo con esto —dijo Luca Z—. Yo mandaría a estos a la mierda y asumiría el riesgo.

Pirato le clavó una mirada cansina.

—Dices demasiados tacos —le reprochó—. Tendrías que plantearte cambiar tu lenguaje cuando estás en compañía. En cuanto a lo de si estás de acuerdo o dejas de estarlo, es algo irrelevante. Tú nos has metido en este lío, Dante y tú, los dos. Habéis informado a dos desconocidos de nuestras dificultades, y luego los habéis soltado para que se aprovechen de ese conocimiento como les venga en gana. Ahora hay que limpiar ese lío, y tú vas a hacer tu parte de la limpieza.

—Nuestro contacto —dijo Vero—, si nos cargamos a Pantuff y Veale, sabrá que los hemos traicionado.

—En ese caso, tendréis que aseguraros de que entienda la razón de por qué se ha hecho —dijo Pirato—. Es posible que sea más fácil de lo que creéis. Son parásitos, y nosotros hemos nacido para que nos devoren bichos más grandes. Cuando hayan desaparecido, vendrán otros a sustituirlos. Nunca nos faltarán tipos de esa especie.

—Y ¿qué pasa si se toman nuestra decisión como algo personal? —dijo Luca Z.

—Entonces les llegará antes su final. Pero si son sensatos, se tragarán su medicina como hombres y la anotarán en su cuaderno de experiencias. Son negocios, nada más. Haz la llamada, Luca. Diles que los necesitamos para un trabajo, algo urgente, con mucho dinero que cobrarán rápido. Dejo que tú entres en los detalles. Cuando no dices tacos, resultas bastante elocuente.

Luca Z sacó su móvil y se levantó para mantener la conversación en privado.

—No —dijo Pirato—, llama desde aquí, donde todos podamos oírte. —Entonces le hizo una pequeña concesión a Luca Z, solo para que quedara claro que eso no se debía a que no confiaran en él—. Eso garantizará a nuestros huéspedes que lo hacemos con buena voluntad.

El resto de nosotros esperamos en silencio mientras Luca Z

buscaba el número de sus contactos. Aparte de él, Dante Vero no podía ocultar su desagrado, aunque no quedaba claro si le molestaba la orden de Pirato o si le preocupaba su propia cercanía a alguien tan descuidado como para mantener a un intermediario de torturadores entre los contactos de su móvil.

Escuchamos en silencio, mientras la llamada era respondida y Luca Z montaba su numerito de chico listo, soltando todavía más tacos, antes de ir al grano. Desde el principio cumplió lo que se le había ordenado, al menos, por lo que yo sabía, pero me alegré de que Pirato hubiera insistido en que la conversación fuera con público. No me habría fiado de Luca Z ni para que aparcara mi coche sin robarme la calderilla. Obviamente, Pirato tenía una opinión similar, y era posible que ya la hubiera tenido desde mucho antes de llegar al Hitch Knot.

—¿Sabes dónde están? —le preguntaba Luca Z al intermediario—. ¿Por qué? Porque no me sirven de nada si están en Seattle o en la puta Alaska, por eso. —Luca Z escuchó la respuesta—. ¿Cómo de cerca? Ajá, ajá. ¿Tienes algún sitio al que pueda llamarlos? En esto hay pasta si pueden hacerlo rápido. Y me aseguraré de que tú también recibas tu parte. Ya sabes que eso lo sé hacer.

Chasqueó los dedos al aire e hizo el gesto de escribir. Dante Vero se sacó un bolígrafo y empujó un ejemplar de ese día del *Boston Herald* hacia él. Observé atento mientras Luca Z garabateaba un número de móvil encima de la cabecera. Yo ya estaba introduciéndolo en mi propio móvil antes de que él hubiera acabado de anotar el último dígito.

Luca Z puso fin a la llamada. Pareció a punto de arrojar su móvil contra la pared, pero se contuvo.

—Menuda mierda —dijo—. No va a volver a hablarme y, como corra la voz, nadie más me hablará.

—En ese caso, nos aseguraremos de que mantenga la boca cerrada —dijo Vero—. Sabemos hacerlo. No somos el Rotary Club.

Pero yo apenas les prestaba atención mientras introducía el número en mi *app* rastreadora. La tarjeta SIM del móvil de Pantuff y Veale no paraba de transmitir datos, incluso cuando no estaba en uso. Eso lo convertía en vulnerable a la geolocalización. La *app* no era perfecta, pero podía ubicar un móvil en una manzana, incluso un edificio. Sin embargo, esta vez yo habría sabido dónde se escondían esos hombres aunque la *app* solo hubiera sido capaz de ofrecer una indicación muy genérica de su paradero, porque solo había un hotel en esa zona.

Se alojaban en el Braycott Arms. De eso no había duda.

Pirato nos acompañó a Louis y a mí hasta la puerta del Hitch Knot, donde nos unimos a Angel. Estábamos fuera del alcance del oído de los demás.

—No puedo decir que haya sido un placer hacer negocios con ustedes —dijo Pirato—, pero ha resultado menos doloroso de lo que podría haber sido... para todos nosotros.

—Salvo para Luca —dije.

—Lo superará.

—Yo no estaría tan seguro.

—¿Le preocupa por usted?

—Era solo una observación general.

—Por aquí —dijo Pirato— las estructuras están en una fase de transición. La situación ha sido difícil desde hace años. Se requiere estabilidad mientras nos reconstruimos. Se me ha encargado que lo haga posible.

—Le desearía suerte —dije—, pero eso sería ir contra corriente.

—Ya he visto cómo. —Nos miró a los tres—. Ustedes entenderán que esto ha sido un favor que se les debía, y que ahora estamos en paz.

—¿Un favor? —pregunté, aunque creía que sabía a qué favor se refería.

—Llegamos a un acuerdo con Madre en Providence —dijo Pirato—. Ella no se metía en nuestro territorio y nosotros le pagábamos con la misma cortesía. No era lo ideal (para nosotros más que para ella), pero la alternativa no habría merecido los daños. Esperábamos que ella muriera, pero el idiota de su hijo empezó a hacerse ideas sobre su papel, y ella se lo permitió. Entonces aparecieron ustedes tres y resolvieron el problema por nosotros.

—Nosotros no tocamos a su hijo —dije.

—No hizo falta. Simplemente hicieron que lo que le pasó resultara inevitable.

—¿Ha sabido algo de ella? —preguntó Louis.

—Madre no hace visitas sociales, ni tampoco las recibe. Si lo que he oído es cierto, tiene demencia, o es posible que lo que ustedes le obligaron a hacer la volviera loca. Por mi parte, pensaría que una mujer con sus capacidades estaba desquiciada desde el principio.

Me dio una palmada en el hombro.

—Es hora de que se vayan. Cuando vea a Mattia Reggio, dele saludos de mi parte. Dígale que me pasé por Revere Beach no hace mucho. —Abrió la puerta del bar con la llave para dejar que entrara algo de luz—. Eché un vistazo al Argent —prosiguió— y me acordé de él.

36

Veale se pasó horas caminando por las calles de Portland, y cuando no caminaba, encontraba sitios para sentarse, mirar y cavilar. No conocía la ciudad, nunca había estado allí antes y sospechaba que nunca volvería en cuanto Pantuff y él hubieran acabado con sus asuntos. En el mejor de los casos, a Veale no le gustaban las ciudades, ni siquiera las que eran tan pequeñas como esta, pero también estaba harto de la gente, de manera que la pandemia parecía ideada pensando en él. Planeaba abastecerse de comida y provisiones y encontrar algún sitio donde esperar. Suponía que si Pantuff y él podían permitirse una vivienda lo bastante grande, ni siquiera tendrían que verse muy a menudo; o podían instalarse en un aparcamiento de caravanas y alquilar un par de unidades contiguas. Pero, mientras caminaba, Veale empezó a concebir cada vez con mayor intensidad una vida sin Pantuff a su lado.

Mientras tanto, no se le había ido el dolor de cabeza, y tampoco el maldito siseo. *No, llámalo lo que es. Llámalo discurso. Y podrías entender las palabras, si así lo quisieras, independientemente de la cercanía de aquel maldito hotel, pero no quieres escuchar, todavía no. Pero lo harás, por supuesto que lo harás.* Había comprado unos sedantes en una gasolinera y se los tragó a palo seco, sin beber nada, pero no le habían calmado. Finalmente, cuando empezaron a dolerle los pies, se resignó a regresar al Braycott Arms.

El gerente, Wadlin, estaba sentado tras su mostrador, viendo otra película del Oeste por televisión. Apenas se tomó la molestia de saludar a Veale, que se quedó ante el plexiglás sin hablar.

—Su colega ya ha subido —dijo Wadlin—. Ha cogido la llave. Si quiere otra, tendrá que pagar otro depósito de seguridad.

En la pantalla, unos nativos morían a manos de unos soldados ocultos tras unas paredes de adobe. Era una película en blanco y negro, así que Veale sabía cómo iba a terminar. La caballería solo perdía en películas en color, salvo en aquella en que Errol Flynn interpretaba a Custer. Veale sacó un billete de veinte dólares y lo deslizó hacia Wadlin.

—Me llevaré la segunda llave —dijo—. Por si mi amigo está durmiendo.

Wadlin fingió el numerito de que lo estaba molestando, aunque solo tenía que desplazar su silla unos quince centímetros hasta un armario y sacar la segunda llave. El billete de veinte desapareció en su bolsillo, luego dejó caer la llave en el cajón y volvió a su película del Oeste.

—Una vez conocí a un hombre —dijo Veale.

Los ojos de Wadlin no se apartaron de la acción de la película, pero para Veale la mente del gerente estaba en otra parte, y miraba menos a la pantalla que a través de ella, siguiendo imágenes que solo él podía ver.

—No me diga.

—Era negro —prosiguió Veale—. Me contó que, de niño, su viejo solía llevarlo al teatro Apollo en Harlem para ver películas del Oeste como parte del espectáculo, y cuando los indios mataban a un vaquero, el público vitoreaba.

Wadlin encontró el mando a distancia y detuvo la película.

—¿Y por qué motivo lo hacían? —preguntó. Sonó sinceramente asombrado.

—Porque eran negros —respondió Veale— y los vaqueros eran blancos.

—Pero también había negros en la caballería —dijo Wadlin sin dejar de insistir, y estaba como si acabara de despertarse por la mañana—. Soldados Búfalo, los llamaban, me parece que por los abrigos de piel de búfalo que solían ponerse en invierno, o tal vez por su pelo. Cuando se trataba de los indios, todos eran del mismo bando.

—No en Harlem —dijo Veale.

—No, supongo que no. Aunque, bien pensado, tampoco había muchos indios en Harlem. —Wadlin volvió a pulsar el mando a distancia y se reanudó la matanza—. Tienen pagada una noche más —dijo—. Si han pensado alargar su estancia, se agradecería el pago por adelantado.

—Casi hemos acabado aquí —dijo—, no necesitaremos la habitación más allá de mañana por la mañana. Hasta es posible que nos hayamos ido al anochecer.

—Bueno, no se olviden de devolver las dos llaves, es decir, si quieren recuperar los depósitos.

Veale se planteó tirar las llaves a un río y a la mierda los depósitos, aunque solo fuera para fastidiar un poco a Wadlin. El hombre le recordaba a un sapo blanco.

—¿Qué fue todo ese alboroto de antes? —preguntó Veale—. Con la policía y la ambulancia.

Wadlin inhaló con tanta fuerza que los hombros le rozaron los lóbulos de las orejas.

—Una de las inquilinas de larga estancia sufrió un ataque al corazón en el sótano —dijo—. Una anciana. Estaba muerta antes de que llegaran los médicos. Muy triste.

A Veale aquello no le parecía tan triste si la difunta era tan mayor. Los ancianos se morían. Para Veale no tenían ya otra función. Lo único que le interesaba eran las circunstancias.

—¿Y qué estaba haciendo en el sótano? —preguntó.

—Robando.

—¿Robando?, ¿qué?

—Muebles para su habitación. Estaba llena de cosas que no tendrían que haber estado allí, todas sacadas de nuestro sótano. Cuadros, lámparas, alfombras. Parece que las de la limpieza hacían la vista gorda. Despediría a un par de ellas para que sirvieran de ejemplo si no las necesitara tanto.

—A mí eso no me suena a robo —dijo Veale—, más bien a redecoración, que no les viene mal a las habitaciones.

Vio que Wadlin estaba pensando qué responder a ese insulto hasta que se dio cuenta de que había algo de verdad en esas palabras.

—Eso no significa que pudiera seguir sirviéndose de lo que quisiera —dijo Wadlin—. Y mire cómo ha acabado por eso: en una bolsa para cadáveres. —Dio unos golpecitos intencionados al mando a distancia con una uña larga—. ¿Quiere algo más?

—El niño ese que mencionó la otra vez —dijo Veale—. El que estuvo corriendo por el hotel durante la noche. ¿Ha sabido algo más de él?

—No había ningún niño —respondió, pero Veale captó un matiz en su rostro. No se trataba de una mentira, al menos no exactamente, pero sí había confusión, angustia.

—En cuanto a la anciana —dijo Veale—, ¿tiene la menor idea de qué le provocó el ataque al corazón?

—No soy médico —dijo Wadlin—, pero mi diagnóstico sería que seguramente fue su propio corazón.

Veale era inmune al sarcasmo. No lo notaba. Ese era uno de sus puntos fuertes, aunque, como no dejaba huella, no lo reconocía como tal. En ese momento, solo pensó que Wadlin era todavía más bobo de lo que había sospechado.

—Me refiero —aclaró— a si pudo haber algo que la asustó.

—¿Como qué? —preguntó Wadlin.

Ahí estaba otra vez, pensó Veale: el nerviosismo. Veale lo había visto tantas veces que era capaz de atisbarlo, incluso cuando se ocultaba.

—No lo sé —dijo—, ¿como un niño tal vez?

Wadlin se crispó y Veale lo supo con seguridad.

—Tengo cosas que hacer —dijo Wadlin.

Se levantó, apagó el televisor y se retiró a sus alojamientos privados. Veale se quedó donde estaba, mirando la pantalla de seguridad rayada y pensando que Wadlin era un prisionero del Braycott, pero no lo sabía o no le importaba. La conversación con el gerente había sido la más larga que había mantenido con un desconocido desde hacía años. Había estado haciendo tiempo, posponiendo su regreso a la habitación.

También se dio cuenta de otras dos cosas. Ya no le dolía la cabeza, lo que estaba bien. Pero ahora podía oír con claridad la voz que resonaba en su cabeza.

Lo que era malo.

Muy pero que muy malo.

37

Bobby Wadlin esperó detrás de la puerta de su apartamento, con una oreja pegada a la madera, hasta que se aseguró de que Veale se había ido. Pero ni siquiera en ese momento Bobby volvió inmediatamente a su sitio. Si alguien quería su llave o su correo, no le quedaría otra que joderse y esperar. Fue a su dormitorio, abrió la mesita de noche y sacó un atomizador de Bach Rescue Remedy. Abigail Stackpole se lo había recomendado hacía tiempo, cuando uno de sus huéspedes se había puesto especialmente pesado. Al principio había sido escéptico con respecto a las propiedades del Rescue Remedy. Hasta donde sabía, estaba hecho de flores, pero el caso es que funcionaba, aunque Bobby sospechaba que bien podía ser un resultado del efecto *plácido*, como el cantante de ópera. Fuera cual fuese la razón, y dado que él no bebía mucho ni era partidario de los narcóticos fuertes, Bach se había convertido en el remedio al que recurrir en momentos de estrés. Se roció la boca cinco veces. Bobby solo quería que ese día acabara de una vez. Ya había tenido que afrontar una fatalidad, había tenido que aguantar más conversaciones indeseadas de las que un hombre podría soportar, y había perdido un tiempo valioso buscando a un niño huidizo, una búsqueda que había acabado de mala manera, de muy mala manera.

En ese momento, Bobby se tragó otras cinco tomas del aerosol.

La vieja Esther había tenido razón, y Phil Hardiman también: en el hotel había un niño, pero no era una criatura que Bobby tuviese prisa por volver a ver. Puede que el Braycott fuese viejo, pero hasta el día de hoy, y a diferencia de muchas instituciones de similar antigüedad, Bobby había estado convencido de que no había historias de fantasmas que contar. Tal vez porque la zona donde se ubicaba era tan paupérrima que ni siquiera los espíritus se molestaban en deambular tristes entre sus paredes durante demasiado tiempo por temor a deprimirse. Como consecuencia, a Bobby nunca le había dado miedo el Braycott por las noches, desde luego no a causa de los difuntos, aunque algunos de los vivos podrían haberle dado motivos para pensárselo.

Pero no creía que fuera a volver al sótano, al menos no por un tiempo.

Había sido una tarde espantosa para Bobby, con todo el follón a causa de Esther Vogt, y no es que le hubiera afectado demasiado su muerte, aunque a nadie le gustaba perder a un huésped que pagaba puntualmente, pese a que fuera de vez en cuando tan irritante como ella. Una de las sirvientas había encontrado el cadáver todavía caliente, y había reaccionado gritando y lamentándose de tal modo que uno la habría tomado por María Magdalena tambaleándose mientras se alejaba de la tumba vacía de Cristo, aunque, en su caso, la sepultura estaba ciertamente ocupada, por más que el espíritu ya hubiera partido para siempre. La policía y los técnicos de emergencias no habían encontrado indicios de que pudiera tratarse de un crimen y la opinión de los médicos fue que la vieja Esther había sufrido probablemente un repentino paro cardiaco, conclusión corroborada tras el registro de su habitación, que reveló medicación suficiente para abrir un negocio de farmacia, incluyendo antiarrítmicos e inhibidores de la ECA.

Después de que los profesionales acabaran su trabajo, Bobby bajó con una escoba y un recogedor al lugar de los hechos, con la intención de limpiar el lío que habían dejado, incluyendo algunos objetos de cristal hechos añicos y una silla rota. Había pensado hacer fotos de los daños para la compañía de seguros, porque conocía a un anticuario que estaría dispuesto a hacer valoraciones infladas a cambio de unos pocos dólares. Bobby también creyó que podría encontrar un par de piezas que ya estuvieran rotas desde mucho antes que los servicios de emergencia empezaran a tocarlo todo. Su póliza de seguro incluía una cláusula deducible, pero si él reunía las suficientes valoraciones exageradas, estaba convencido de que saldría ganando a la par que se quitaba de encima un poco de basura.

Por desgracia, la bombilla de repuesto, colocada para ayudar a retirar el cadáver, se había fundido, lo que implicó que Bobby tuvo que ir a buscar otra, y recuperar la escalera, porque necesitaba un mínimo de luz para las fotografías del seguro. Una vez que hubo encontrado ambas cosas, además de una linterna, volvió a bajar al sótano, se abrió paso hasta el centro y despejó el espacio necesario para plantar la escalera. Subió con cuidado, porque no quería acabar boca abajo ni tener que llamar a emergencias para una nueva visita, así que colocó la linterna de forma que apuntaba al techo. Bobby esperaba no tener que reemplazar el portalámparas, porque esos días cada centavo contaba.

Había empezado a sacar la bombilla fundida cuando la escalera se estremeció.

En su acogedor apartamento, con estanterías sin fin rebosantes de películas, novelas y libros de referencia, además de biografías y autobiografías de las estrellas de las películas del Oeste, Bobby Wadlin ya no se sentía cómodo ni seguro por primera vez, que él recordara. Le habían arrebatado algo en el sótano, algo que nunca recuperaría, pero hasta el propio Braycott se había visto desplazado por el eje y se habían alterado sus dimensiones, de manera que, aunque todavía reconocible como tal, estaba claro que no se podría mover por sus estancias como antes. Era como si el amado hotel de Bobby hubiera sido sustituido por un simulacro que fuera casi idéntico, pero no del todo: medio metro más estrecho aquí, un par de centímetros más bajo allí; una puerta donde antes había una pared, un peldaño donde nunca había habido ninguno. Su santuario había desaparecido, se lo habían arrebatado en cuestión de minutos, se lo habían quitado de debajo de los pies como...

Como una escalera.

Puso a un lado el Rescue Remedy. Se había calmado un poco, pero quizás más de lo que quería, de lo que necesitaba que lo tranquilizase la combinación de ingredientes que había ingerido. Fuera ya había anochecido, aunque el impacto de esa oscuridad en el interior del Braycott era algo menor, dada su tendencia natural a la penumbra sepulcral. Pero ahora Bobby contemplaba la oscuridad de un modo distinto: no como consecuencia de la puesta de sol, o el efecto de la suciedad acumulada en las ventanas, sino como un estado atmosférico generado desde el interior, una tenebrosidad pavorosa cuya fuente se encontraba en el sótano y cuyo origen era un huésped inesperado.

La escalera, volvamos a la escalera.

Al principio, Bobby se responsabilizó del temblor. Debía de haber colocado mal uno de los pies, de manera que había quedado apoyado en el borde de una alfombra vieja, o se sostenía en uno de los pequeños huecos que salpicaban el suelo. Al quitar la bombilla, había provocado que el peso se desplazara y que la escalera se balanceara. Sí, eso era. Tendría que moverse despacio, pero no merecía la pena bajarse, porque la lámpara estaba al alcance de las manos...

La escalera volvió a traquetear, pero esta vez Bobby notó que el impacto procedía de abajo. Alguien había cargado con su cuerpo contra la escalera provocando que esta oscilase más. Bobby se las apañó para agarrarse, pero la vieja bombilla se le escapó y se hizo añicos contra el suelo, y, antes de que pudiera impedirlo, su linterna siguió el mismo camino. No se rompió, pero acabó señalando hacia la puerta, iluminando su camino de vuelta a la seguridad.

—¿Quién anda ahí? —dijo Bobby—. Maldita sea, deje de hacer tonterías. Tengo un arma y la usaré.

No tenía ninguna arma, claro. Le gustaban las armas en las

películas del Oeste, sobre todo cuando estaban en manos de Audie Murphy o Gary Cooper, hombres dignos de confianza, pero no le hacían gracia por regla general. Llevaba tiempo suficiente en el Braycott para saber que la mayoría de las armas estaban en manos de gente que no era digna de confianza ni siquiera con una pistola de agua.

Bobby escuchó. Quienquiera que estuviera gastándole una broma se movía con delicadeza. Y había que tener en cuenta toda aquella basura —perdón, todo aquel mobiliario antiguo— diseminada por el sótano, pese a la cual él no había oído acercarse a nadie. También podrían haberse materializado debajo de él, con gran sigilo. Fuera cual fuese su método, Bobby tenía que volver a pisar tierra firme, y deprisa. Una vez que tuviera de nuevo en las manos la linterna, podría verlos bien. A su izquierda, pero fuera de su alcance por el momento, había una lámpara de metal que podría servirle como arma. Se arriesgó a mover el pie derecho buscando el peldaño inferior para empezar a bajar.

Y en ese momento se apagó la luz del pasillo.

Desde su apartamento, Bobby oyó que alguien bajaba por las escaleras y pasaba por la recepción. A continuación oyó el sonido de una llave al depositarla en la ranura, y el de la puerta principal abriéndose y cerrándose. No se molestó en acercarse a la ventana para ver quién era. Había dejado la llave, que era lo que contaba. Después de todo, los demás podían hacer lo que quisieran.

Bobby se sentó al borde de su cama. Le temblaban las manos y tenía que esforzarse para no vomitar. Había dejado una parte de sí mismo en aquel sótano, y no estaba seguro de que fuera a recuperarla jamás.

De manera que ahí estaba, como abandonado en la oscuridad, con el único consuelo del haz de luz de la linterna, mientras que alguien resuelto a hacerle daño se cernía entre los muebles de los difuntos. Bobby podía pedir ayuda, pero no acudiría nadie corriendo, a no ser que hubiera alguien en la planta baja prestando atención. Por el momento, estaba solo.

Su pie derecho encontró el peldaño que buscaba, y el izquierdo cambió de posición para descender también. Le llegó un ruido como de arañazos desde algún lugar cercano. Bobby se dio la vuelta y entrecerró los ojos para ver entre las sombras, y en el haz de luz de la linterna captó movimiento, era algo pequeño y pálido; una rata o un ratón, tal vez, si no fuera porque no tenía la forma apropiada, y era rosa, no gris. Bobby se quedó donde estaba y miró más de cerca.

Era un pie, cuyos dedos asomaban por unos agujeros de lo que parecían unos calcetines blancos, aunque la extremidad era demasiado delgada para pertenecer a un adulto. Estaba claro que se trataba de un pie infantil, pero las uñas eran demasiadas largas, casi como garras, y la piel que las rodeaba estaba mugrienta y arrugada. Bobby se fijó en que la piel había retrocedido de las uñas, por lo que estas parecían más largas, porque ningún niño tenía dedos que acabasen en garras. Le faltaba la uña del dedo gordo, y la parte que quedaba al descubierto estaba ennegrecida y podrida.

Fue entonces cuando Bobby comprendió y se preguntó cómo se podía hablar con los difuntos.

—No me hagas daño —dijo—. Yo no quiero hacerte nada.

El pie se apartó de la luz y su dueño se dio cuenta de que lo había visto.

—Solo he bajado para arreglar la luz —prosiguió Bobby—, pero si prefieres la oscuridad, no pasa nada. Puedo dejarla tal como está.

El pie volvió a aparecer. Bobby reaccionó y el pie se sumió de nuevo en la oscuridad.

«Dios mío», pensó Bobby, «está jugando.»

Tenía poca experiencia con niños y no había jugueteado con uno desde que él mismo era un crío. Tampoco era un hombre sensible, porque la gente no le interesaba más allá de su capacidad para pagar las habitaciones de su hotel, y las relativas ventajas y desventajas que podían producirle en consecuencia. Pero en este caso, en un sótano donde solo le separaban de la oscuridad total dos pilas, sintió instintivamente que esa presencia, aunque quizás no quisiera hacerle daño, podría hacérselo de todos modos. Estaba jugando con él para divertirse, pero su sonrisa era de dientes afilados. La broma con la escalera podría haberle partido el cuello si hubiera sufrido una mala caída, y pensó que la anciana Esther Vogt habría conocido al mismo visitante poco antes de que le reventara el corazón. Bobby no quería morir con el fantasma de un niño cerniéndose sobre él. Bueno, no quería morir, punto; pero mucho menos quería que sucediera en la situación actual.

La escalera temblaba, pero el niño no tenía nada que ver. Temblaba porque Bobby Wadlin temblaba también. De algún modo, consiguió esbozar una sonrisa.

—Cucú —dijo—, te veo, Clodoveo.

El pie le dio un golpecito a la linterna y Bobby oyó una risa. Bajó un peldaño más de la escalera, y la risa se interrumpió. Bobby cerró los ojos y rezó.

—Tengo que irme —dijo—. Tengo cosas que hacer, un hotel del que encargarme. Pero tú puedes quedarte aquí, si quieres. Casi nadie baja nunca al sótano, salvo yo.

Y Esther Vogt, claro, pero no parecía probable que Esther volviera a rebuscar tesoros enterrados, a no ser que sintiera tal apego por el Braycott que decidiera probar un hechizo *post mortem* para refugiarse en él. A Bobby le vino a la cabeza la imagen de una despensa llena de fantasmas, una bóveda subterránea de espectros que no podían permitirse aparecer en lugares más refinados. Tuvo que reprimir una risa.

«Me he vuelto loco.»

En la oscuridad, el niño dejó de fingir. Bobby supo que habían llegado al final: tinieblas o luz, y las primeras, si las cartas caían por ahí, para él serían perpetuas, como lo eran para Esther. Bajó los últimos peldaños, y sintió la inestabilidad de sus piernas al poner ambos pies en el suelo. Mantenía la mirada fija en el haz de luz, intentando memorizar los obstáculos que iluminaba, porque se iría corriendo. Si el niño quería ir a por él, se enfrentaría a aquella pequeña mierda por darle el gusto.

En el pasillo, la luz volvió a encenderse, y su resplandor se extendió como una mano para tragarse el dedo de la linterna. Las formas de los muebles del sótano salieron a la luz, pero allá donde había estado el niño, Bobby veía ahora un sillón de lectura con el relleno sobresaliendo de un brazo. Pensó que quizás el niño había estado sentado en ese sillón, porque era lo bastante bajo para que sus pies llegaran al suelo.

Recogió la linterna, pero se resistió a la tentación de enfocarla a su alrededor, solo por si daba con algo que preferiría no ver.

—Gracias —dijo todo lo alto que pudo—. Ahora me voy.

Recogió la escalera y se la llevó consigo al pasillo. La bombilla del sótano seguía sin reponer, pero no iba a preocuparse por eso. Dejaría pasar un tiempo antes de volver a aventurarse hasta ahí abajo, al menos sin compañía. Había estado planteándose contratar a alguien de mantenimiento a tiempo parcial, porque ya no era tan joven como antes, y tenía que admitir que el Braycott empezaba a parecer demasiado deteriorado. Conocía a un par de manitas a los que les gustaría el trabajo, cobrando en efectivo y por adelantado, y al menos uno de ellos podría empezar dentro de un par de días. Bobby añadiría la instalación de una bombilla nueva en el sótano a su lista de tareas, y una limpieza de todos los trastos viejos tampoco estaría de más. Solo Dios sabía qué se escondería entre ellos; se lo diría al tipo: roedores, cucarachas, y vaya usted a saber qué más.

Cualquier cosa imaginable.

38

Donnie Packard estaba apoyado en la jamba de la puerta del dormitorio; de vez en cuando su mirada seguía a Melissa, vigilando sus movimientos, antes de volverse hacia su interior para cruzar otro paisaje. Había estado fumando Spice esa misma tarde y el olor a pescado que desprendía le llegó a Melissa desde donde él estaba, pero a Donnie se le estaba pasando el efecto, su ritmo cardiaco casi había vuelto a la normalidad, y el cegador dolor de cabeza que le había hecho gritar se había reducido a un latido apagado. Ella se había encerrado en el lavabo para escapar de él. Si su dolor de cabeza no hubiera sido tan intenso, habría intentado echar abajo la puerta arrancándola de las bisagras, pero se había limitado a darle un par de desangeladas patadas antes de dejarse caer al suelo y pasarse una hora balbuceando para sí. Cuando se ponía así, él la aterrorizaba, pero ahora le producía otro temor. De algún modo, Donnie daba más miedo cuando se controlaba.

—¿Qué estás haciendo? —preguntó. Era la primera vez que hablaba desde que había aparecido.

—¿A ti qué te parece? —respondió ella mientras echaba un par de sus calzoncillos en una bolsa de la colada—. Estoy limpiando allá por donde pasas, como siempre.

Al instante, lamentó la pulla. No tenía razones para picarle. Donnie era muy capaz de pasar de la calma a la rabia sin su ayuda.

—No, me refería a qué estás haciendo a mis espaldas.

Precisó de todo su autodominio para no reaccionar.

—No sé de qué estás hablando. Ya me ves, me tienes delante.

—No te hagas la listilla. Antes me fijé en ti y en tu madre. Os observé, os escuché. No os comportabais con normalidad, ninguna de las dos. ¿Qué estabais tramando, zorras?

Melissa siguió recogiendo la ropa, pasando de calzoncillos a calcetines. Donnie no siempre había ido desastrado, del mismo modo que no siempre había parecido paranoico y violento..., ni adicto, lo que podría haber explicado muchas cosas. Pero su deterioro había sido progresivo, no repentino. Se había ido abatiendo sobre ella sigilosamente, atrapándola como unas zarzas que la rodearan en un bosque por haber permanecido en un lugar sin moverse durante demasiado tiempo. Y volvió a plantearse la pregunta, la misma que se haría en el momento en que él se decidiera por fin a matarla. ¿Por qué no lo dejaba? Bueno, a la mierda con esa pregunta. ¿Y si se preguntaba por qué *él* era como era? ¿Por qué atribuirse a sí misma toda la responsabilidad de su propio destino?

Pero, finalmente, ya tenía una respuesta satisfactoria para la gran pregunta. Se le había ocurrido antes, mientras estaba sentada en el suelo del lavabo, esperando a que se le pasaran los efectos del Spice a Donnie. No lo había dejado antes porque no estaba segura de que no volvería con él si lo hacía. Ahora estaba preparada. Había roto definitivamente con él. ¿Se debía a que su madre, al contratar al detective privado, le había dado una salida? Concedió que su madre había actuado como catalizador. Se le había tendido una mano en el momento propicio, justo cuando ella empezaba a perder todos sus asideros y abajo no la esperaba más que el vacío. Hay ocasiones en las que necesitamos que haya alguien que diga: «Estoy aquí. El primer paso para ti es hacia abajo, pero una vez que lo hayas dado, no estarás sola. ¿Qué me dices?». Era un ejercicio de confianza, como los ejercicios en el equipo de hockey sobre hierba en el instituto de Scarborough, cuando cruzabas los brazos encima del pecho, cerrabas los ojos y te dejabas caer hacia atrás. En ese momento, una voz en tu cabeza gritaba que habías cometido un terrible error, hasta que te recogían los brazos de otra jugadora.

Pero todavía tenía que dejarse caer, y ahora Donnie la miraba fijamente, y todo el vacío había desaparecido de sus ojos. Él la comprendía. La comprendía muy bien. ¿Cómo podía haber albergado la esperanza de huir de este hombre alguna vez?

—Estábamos hablando —dijo—. Tú estabas allí. Y no la llames zorra, ni a mí tampoco.

Él removió saliva en la lengua. De haber estado presente su madre, le habría expectorado en la cara.

—Sé que ella quiere que me abandones —dijo.

Melissa no detectó el menor rastro de autocompasión. No estaba lloriqueando. Lo decía solo como una declaración de hechos. Si ella se retiraba, si intentaba rechazarlo, él se le echaría encima en un abrir y cerrar de ojos. Y la destrozaría.

Melissa dejó caer la bolsa de la colada.

—¿Y puedes culparla? —replicó ella—. ¿Es que ni siquiera ves en qué se ha convertido esta casa, el aspecto que tiene, lo mal que huele? ¿Por qué no iba a preocuparse? ¿Por qué no iba a querer que me marchara? No es esto lo que ella quería para mí. Mierda, ni siquiera es lo que tú querías para ti mismo. Dios mío, Donnie, ¿cómo permitimos que todo fuera tan mal?

No eran esas las palabras que él había esperado. Ella no estaba segura de que él se hubiera dado cuenta siquiera de la habilidad con la que ella había eludido sus sospechas. Melissa recogió la bolsa de la colada y se la tiró a él, pero sin fuerza, sin rabia genuina. Él la atrapó al vuelo instintivamente, y ella sonrió para sus adentros.

—Mira, ¿por qué no me ayudas a limpiar todo esto un poco? —dijo—. Podemos abrir las ventanas y dejar que entre algo de aire antes de que empiece a hacer demasiado frío.

Melissa esperó. Veía cómo lo mejor de Donnie intentaba imponerse. Cuando lo hizo, ella sintió una breve oleada de calidez hacia él. Sin decir nada más, él empezó a recoger la ropa tirada por el suelo, añadiendo, de paso, un par de latas de cerveza.

«¿Ves?», pensó ella. «Por esto seguimos juntos. Así es como nos manipulan.

»Y así es como morimos.»

39

Ya estábamos volviendo a Portland. El tráfico no había disminuido nada y avanzábamos despacio.

—¿Aquel malencarado sigue encargándose del Braycott? —preguntó Louis.

—¿Bobby Wadlin? —dije—. Claro, y ahí seguirá hasta que muera. Después, esparcirán sus cenizas por las alfombras.

—Alguien tendría que derribar ese sitio, con él dentro, vivo o muerto, tanto da.

—En ese caso, tendríamos que andar fisgoneando por los rincones más oscuros en busca de la mitad de los expresidiarios del estado cada vez que necesitáramos hablar con ellos, y no solo nosotros, también la policía, los supervisores de libertad condicional, los trabajadores sociales, los avalistas y los abogados. Piensa en todo el tiempo que se malgastaría. Al menos, con el Braycott abierto sabemos dónde encontrarlos.

—Seguramente, ese tendría que haber sido el primer sitio al que deberíamos haber ido a buscar a quienquiera que robara las cosas de la niña —intervino Angel desde el asiento de atrás.

—Sí —dijo Louis—, es como ocultar cadáveres en un cementerio.

—¿Estáis seguros de que esos nombres no os dicen nada a ninguno de los dos? —pregunté.

Ambos negaron con la cabeza.

—Carroñeros —dijo Louis—. Pirato tenía razón en eso. Si empezamos a seguirles el rastro, no podremos pensar en otra cosa. Así que dime, ¿en qué estás pensando?

—Vamos a por ellos en el Braycott —dije—. No tiene sentido dejarlos campar a sus anchas si podemos pillarlos ya.

—¿Los tienes por hombres razonables?

—Los tengo por pragmáticos: desagradables, pero prácticos. Todavía no han conseguido los cincuenta mil. Si estuvieran en sus manos, eso bastaría para que se pelearan entre ellos. Con un poco de suerte, podemos convencerlos de que se marchen mientras todavía pueden.

—Nunca hemos tenido mucha suerte en situaciones así —comentó Angel; lo que era verdad, pero de poco servía recordarlo.

—Siempre hay una primera vez —dije—, incluso para nosotros.

—¿Crees que Luca Z no intentará avisarlos? —preguntó Louis.

—No, no creo, pero sí creo que Pirato no lo perderá de vista hasta que nosotros hayamos resuelto el problema.

—Dudo que Pirato vaya a regresar a Providence en el futuro inmediato —dijo Louis—. Seguramente ya sabía que Dante Vero era débil, pero ahora también sabe que no puede fiarse del juicio de Luca Z. Yo diría que los problemas en la sucesión de la Oficina en el nordeste siguen sin resolverse.

—Afortunadamente no son nuestros problemas.

—Pero podrían serlo si Luca Z encuentra el modo de zafarse del tacón de Pirato y se impone. Por la forma en que te mueves, acabarás cruzándote con él, y es de los que guardan rencor.

No respondí. Era una preocupación para otro día.

—¿A qué creéis que se refería Pirato con aquel comentario sobre The Argent? —pregunté.

—Ni idea. Reggio podría saber algo.

—Puede que no me preocupe tanto como para preguntarle.

—Sería lo mejor —dijo Louis—. Sin duda había una fría resaca en el mensaje de Pirato. Aunque, bien mirado, ese hombre es hielo puro.

40

En Portsmouth, Adio Pirato iba a la altura y al paso de Dante Vero, mientras que los demás caminaban por delante o por detrás. Luca Z iba el primero, en paralelo a Anthony, y Mark iba en la retaguardia.

—Si tienes algo que decir —dijo Pirato—, ahora es el momento.

—Se ha manejado mal —repuso Vero.

—¿Lo de Parker?

—No, antes, con la mujer de Sawyer. Nosotros no lo hicimos bien. Yo no lo hice bien. Lo siento.

—Eres demasiado duro contigo mismo. Te colocamos en una posición difícil, una que ni pediste ni querías. El mayor error fue nuestro, agravado por el pésimo perro guardián que te pusimos al lado.

Vieron que Luca Z se giraba para mirarlos por encima del hombro. Pirato le había pedido que les dejara cierta intimidad, y ahora él estaba desesperado por saber de qué estarían hablando, porque no le cabía duda —acertadamente según se vio— de que tenía que ver con él. Pirato también le había pedido a Luca Z que le entregara su teléfono móvil. La pausa antes de que cediera a la petición había sido una de las más largas que Dante Vero había visto en su vida.

—Podría aprender —dijo Vero, aunque su tono delataba poca convicción.

—Hay quienes aprenden y hay quienes no. —Daba la impresión de que a Pirato ambos casos le eran indiferentes—. Y tú, Dante, has sido un buen capitán. Aparte de este problema en

Portland, has pilotado el barco con firmeza, pero ha llegado la hora de que des un paso atrás, con una muestra de reconocimiento por tu esfuerzo, claro.

—No es necesario —dijo Vero. Se suponía que era eso lo que había que decir, como el que rechaza educadamente un cumplido. Pero en su caso lo decía de verdad. Deshacerse por fin de la carga del liderazgo ya sería suficiente recompensa.

—Aunque no lo sea —dijo Pirato.

—¿Y quién ocupará mi cargo?

—Por el momento, la tarea recaerá sobre mí. No me importa dejar Providence. —Pirato pasó por un breve instante al italiano para hablar de su difunta esposa—. *Mia moglie, che riposi in pace, non c'è più ora.* Pero, como sabes, tengo una hija viviendo aquí. Me cae bien su marido, y adoro a mis nietos. Puedo buscar algún sitio cerca de ellos, aunque no demasiado. Uno no querría molestar.

Vero sabía que seguramente se había estado discutiendo de todo desde hacía semanas. Lo que Pirato había visto y oído en el Hitch Knot solo le confirmaba la sensatez de la decisión definitiva. Pocos se opondrían, y, en ese caso —de ser sensatos—, únicamente en la intimidad de sus propios corazones. Incluso Luca Z sabría que no le convenía oponerse a que Pirato tomara posesión del cargo.

—¿Piensas en la muerte alguna vez, Dante? —preguntó Pirato.

A Vero le desconcertó el repentino cambio de tema. Cuando un hombre como Adio Pirato le preguntaba a uno por la muerte, habitualmente lo sensato era escuchar, solo por si la pregunta tenía una importancia personal inminente.

—Algunos días —dijo Vero.

—Yo pienso en ella cada día, cada vez más. E imagino que seguiré pensando en ella hasta que, al fin, ya no me queden pensamientos.

—¿La temes?

—Temo el cómo. Morir, creo, será duro, aunque, *se Dio vuole,* no se hará muy largo.

—¿Y qué te ha hecho pensar en eso, Adio?

—Creo que fue el hecho de reunirme con Parker —respondió Pirato—. Es muy raro que un hombre esté a la altura de su destino, pero creo que él lo hizo, ¿no te parece?

—Es posible que yo no lo observara tan de cerca como tú.

Pirato se tamborileó el pómulo con el índice de la mano derecha.

—Estaba en sus ojos —dijo—. ¿Sabes? Hay quien dice que los ojos de los difuntos retienen una imagen de lo último que han visto, de manera que podría identificarse a un asesino examinando la retina de la víctima. Yo tengo una teoría diferente: que si los ojos de los vivos se ven obligados a mirar demasiado a los muertos, acaban alterados.

—¿Como los de las funerarias?

Pirato se rio.

—O algunos hombres que conocemos —dijo—. Pero eso es distinto. Eso es mirar a las caras de desconocidos o de personas no queridas. Pero este Parker se vio obligado a mirar a su esposa e hija muertas. Lo que vio sigue grabado en él. Lo ha convertido en lo que es.

—¿Y qué es?

—No estoy seguro —dijo Pirato—. Solo sé que se trata de algo que no me gustaría ser, y tampoco quisiera compartir sus sueños.

41

Veale estaba en la puerta del sótano. En el pasillo se encontraban los restos de una emergencia: envoltorios tirados, un rollo casi gastado de vendas adhesivas, el capuchón de una jeringuilla. No tenía ni idea de por qué se habrían requerido esos materiales si la anciana ya estaba muerta. Posiblemente, los técnicos de emergencias se habían cansado de intentar resucitarla. De ser así, podrían haberse ahorrado unas cuantas energías.

La puerta estaba cerrada con llave, pero las cerraduras nunca habían supuesto ningún impedimento para él, y un par de patadas bien dadas acabaron con el obstáculo. El sótano olía a humedad, pero por debajo se percibía un áspero olor medicinal. Al entrar, trozos de cristal crujieron bajo sus pies y vio que un espejo roto y un agrietado grabado de un faro, junto con el marco, estaban apoyados en la pared de su izquierda. Supuso que el daño lo habían causado los técnicos de emergencias cuando intentaban llegar a la mujer. La luz del pasillo no alcanzaba mucho más allá de medio metro. Cuando probó el interruptor que había junto a la puerta, no pasó nada. Sacó su móvil y lo utilizó como linterna. Había leído que quienes usaban móviles podían ser rastreados a través de estos, pero la única persona que tenía su número era Pantuff. Veale no había visto ninguna razón para compartirlo con nadie más. Y, en cualquier caso, si hubiera querido divulgarlo, se habría visto obligado a limitarse a escribirlo en la pared de un baño, porque, aparte de Pantuff, no hablaba con nadie, a poco que pudiera evitarlo. También dejaba el aspecto comercial de sus operaciones en manos de su socio, que era más sociable, o menos raro, dependiendo de la perspectiva de cada uno.

Veale iluminó el sótano recorriéndolo con el haz de luz. Estaba lleno de mobiliario usado, la mayor parte deslustrado, desprovisto de colores vivos. Se había despejado una zona hasta un hueco en la parte de atrás, seguramente donde habían encontrado a la anciana. Veale había olvidado preguntar a Wadlin cómo se llamaba la mujer, pero carecía de importancia, dado que tampoco iban a invitarlo a leer su elegía. Se acercó al lugar donde había muerto, pasando junto a una lámpara, un paragüero y una silla rota. Ante él estaba el hueco, como la entrada de una cueva. Apuntó hacia él con el haz de luz, pero este no pudo penetrar en sus profundidades. La oscuridad se lo tragó, de manera que lo único que pudo ver fueron sombras que tendían a desvanecerse en las negras tinieblas.

Pero algo se movió entre esas sombras. Él lo oyó, y percibió a la vez el interés que eso sentía hacia él. Lo estaba mirando, pero con desagrado, porque él había pecado contra eso, contra su madre. Esa hostilidad le puso la piel de gallina, y los susurros que lo habían estado incordiando durante días de repente cesaron por completo, porque ahora se encontraba en compañía de lo que le había estado llamando, la niña muerta. En ese momento, en la quietud y la oscuridad, Veale comprendió que destruir las reliquias no supondría ponerle fin a aquello, porque no le correspondía a él expulsarla de este mundo. Si lo intentaba, aquel ser encontraría el modo de castigarlo. Era algo que estaba tanto lejos de él como en su interior. Se había introducido sigilosamente en su conciencia. No podía obligarla a salir. Solo se iría por voluntad propia, y por ahora no quería, todavía no.

Eso, no *ella.* Aquello también lo compendió Veale: ya no dudaría más entre ambos. La presencia del hueco había mudado de género y de nombre, y lo que quedaba era una amalgama asexuada de amor, dolor y rabia, que a la vez era un ser autónomo y la creación de otro. Todas las concepciones que se había hecho Veale de la existencia, las estructuras y relaciones tanto recibidas como creadas por él mismo, se disiparon. Las mudó como si fueran escamas, dejando su esencia al descubierto y totalmente vulnerable. Veale previó cómo sería morir ahí, en ese espacio frío, a manos de algo que había sido una niña en el pasado. Por primera vez desde su juventud, Veale tenía miedo, tanto del dolor que parecía inminente como de lo que podría venir después.

Ahora se aproximaba, atravesando la penumbra. Él pudo percibir su forma, su palidez sobre el negro de fondo. La niña había sido enterrada completamente de blanco, hasta los calcetines. Pero los pies los habían agujereado y los dedos desnudos asomaban entre los jirones de tela. Sus manos estaban ennegrecidas por la mugre y el polvo, pero todavía no podía distinguir su cara. Esta permanecía borrosa, quimérica, y solo permitía advertir la impresión de unos ojos y una boca, como unos agujeros abiertos en una tela gris. Se adelantó, hasta que se situó ante él, en un espacio creado por la mortalidad. Lentamente, Veale dirigió la luz del móvil hacia el suelo, porque ya había visto bastante. La niña volvió a quedar a oscuras, y solo persistía su silueta, como la de una imagen atisbada brevemente recortada contra el sol.

Y entonces Veale sintió que le rozaba, y los dedos de la cosa apenas tocaron los suyos. Estaban resecos y fríos, pero no resultaban desagradables. Cuando se dio la vuelta, aquello ya se había ido de la sala, pero vio que estaba a esperando que lo siguiera, mientras la luz del pasillo parpadeaba en su presencia. Él sabía lo que eso quería. Pensó que siempre lo había sabido, al menos desde que se había despertado al oír el sonido de sus pasos bailando delante de su habitación, desde que había optado por buscarlo a él y no a Pantuff. Había procurado ignorarlo, pero, como todos los niños, no dejaba que lo ignoraran.

Veale levantó el teléfono y utilizó su resplandor para ayudarse a recorrer el camino de vuelta a la puerta. No quería hacerse daño, ahora no. Si iba a tropezar y a caerse, la criatura tal vez no tendría paciencia con él. Volvería, lo sabía, cerraría la puerta tras de sí y él pasaría sus últimos momentos con ella.

Pero llegó al pasillo sin incidentes y oyó a la criatura, que ya estaba subiendo.

Veale fue tras el sonido.

42

Donnie Packard permanecía cerca de Melissa Thombs, siguiéndola por todas partes como un perro que hubiera mordido a su dueño y ahora quisiera reparar el año por su comportamiento. Llegó con un cubo y un trapo mientras ella pasaba la mopa por el suelo del baño y se puso a limpiar el retrete, una tarea que ella no recordaba que él hubiera hecho jamás. Tras un par de horas habían dejado la casa como algo que volvía a parecer un hogar. Donnie abrió unas cervezas para los dos y le mandó que se sentara en la encimera de la cocina mientras preparaba su especialidad «de Pascuas a Ramos», espaguetis con albóndigas, que hasta Melissa tenía que reconocer que le salía bien. Encontró una *playlist* de Grover Washington en Spotify, y al poco tarareaba para sí mientras picaba las cebollas y las zanahorias, trituraba tomates y lo ponía todo a calentar en una sartén que tenía al lado. El cuchillo era muy afilado y él cortó rápidamente las verduras. Las cebollas no le provocaban lágrimas, pero la verdad era que Melissa nunca lo había visto llorar, ni una sola vez, y eso que lo había acompañado al entierro de varios amigos suyos.

Solo cuando empezó a cocer los espaguetis, ella se dio cuenta de por qué Donnie se comportaba de ese modo. No era como expiación, sino por lo que quería ver. Intentaba leerla, adivinar sus intenciones. Quería mantenerla cerca porque la pequeña alarma de su mente paranoica se había disparado, y no iba a pararse pronto. A su modo, era un genio, poseedor de una innegable agudeza emocional, salvo que esta solo percibía lo negativo, y estaba desprovista por entero de empatía. Su único propósito era la supervivencia.

Y luego llegaría el sexo; eso ella también lo sabía. Él la tomaría y luego la retendría a su lado. Podía intentar rechazarlo, cosa que raramente funcionaba, dependiendo de lo resuelto que estuviera. Afirmar que eran sus malos días del mes no lo detendría, porque él llevaba la cuenta de su ciclo menstrual. Si se acostaba con él, no tenía esperanzas de mantener el teléfono a mano. E incluso si encontraba un modo de hacerlo, nunca podría apartarse de él en cuanto llegara la señal para que se pusiera en marcha. Donnie tenía un sueño ligero y le despertaría el aleteo de una polilla.

El olor de la comida, el calor de la cocina, el regusto de la cerveza en su boca, todo se volvió agobiante al instante para ella. Notó que se le humedecía la frente, la espalda y las axilas. Eructó y el alcohol regurgitado le llenó la boca y le provocó arcadas.

—Lo siento —dijo.

Donnie la miró

—¿Por qué? —dijo él.

Pero ella ya estaba vomitando sobre el suelo de la cocina.

43

Estábamos pasando por la Kennebunk Service Plaza cuando la *app* de rastreo de mi móvil indicó que Sarah Abelli estaba recibiendo otra llamada de un número desconocido. Llegó vía Bluetooth por la radio del coche: la misma voz de antes, con esa cantinela envenenada del sur.

—¿Tiene nuestro dinero?

Pantuff, pensé: el torturador de mujeres, al que Luca Z había descrito como el que habla.

—Sí —respondió Abelli—, lo tengo. ¿Y usted tiene lo que me robó?

—Voy a mandarle algunas imágenes. Llevarán grabadas la hora y la fecha, para que se tranquilice.

—Para eso hará falta algo más, pero es un punto de partida.

Pantuff se rio.

—Tiene buen ánimo —dijo—, lo reconozco. Es una pena que no hubiéramos podido intimar más entre nosotros en Boston. Quién sabe, hasta es posible que lo hubiera disfrutado.

—Lo dudo.

—Bueno, yo sí lo habría disfrutado, y el cincuenta por ciento es mejor que nada. Uno es responsable de su propio placer. Me parece que lo leí en una de esas revistas que hay en la sala de espera del dentista. De ser así, me dejaba libre de culpa, y de no serlo, tampoco es que me preocupara mucho. Pero escúcheme, señorita: si intenta jugárnosla, no solo no volverá a ver jamás sus baratijas, sino que, con el tiempo, dentro de meses o años, la encontraré y la violaré antes de empezar a descuartizarla. ¿Me ha oído?

—Le he oído.

—Dentro de dos horas, quiero que esté sentada en su coche, con el motor en marcha. Ponga el dinero en una bolsa de basura, átela con un nudo, luego busque un bolso de lona lo bastante grande para que le quepa, uno con cremallera que cierre bien. ¿Tiene algo así en casa?

—Sí.

—Bien. Deje el bolso en el asiento del copiloto, con la puerta abierta. Antes de que se dé cuenta habremos acabado.

Colgó. Al cabo de unos segundos se enviaron tres fotografías al teléfono, que se reprodujeron en la *app*. Louis les echó un vistazo. Una era una fotografía de una lata de galletas *vintage*, y la segunda mostraba su contenido. En la tercera se veía un pene erecto, agarrado por una mano que también aferraba una fotografía de la hija difunta de Sarah Abelli.

Hablé con ella cuando llegamos a las afueras de la ciudad de Portland.

—Me estaba preguntando cuándo me llamaría —dijo—. Doy por supuesto que ha escuchado la última conversación, ¿no?

—Y he visto las fotografías.

—Son malas bestias.

—Ni eso. ¿Está Tony todavía con usted?

—Sí. Le he estado enseñando a jugar al ajedrez.

A mi lado, Louis frunció el ceño, sorprendido, como un primatólogo que acabara de descubrir el texto de *Hamlet* en la máquina de escribir de un mono.

—Espero que le deje ganar de vez en cuando —dije—. Puede tener mal perder.

—¿Está intentando aligerar la tensión, señor Parker?

—Sería difícil crispar más la situación.

—Bueno, se agradece el esfuerzo, pero ahora puede ahorrárselo. Quiero matar a esos hombres. Los aborrezco por lo que han hecho y por lo que quieren hacer.

—Que es...

—Dejarme sin nada.

—Vamos a impedir que eso suceda.

—Quiero creerle, pero tal vez sea demasiado tarde. Cuando me suba al coche, solo me quedarán recuerdos de mi hija.

Era una mujer fuerte, pero el tiempo le había pasado factura. En cierto momento, toda persona necesita algo más que un vago consuelo.

—Es posible que no acabe así —comenté—. Sabemos quiénes son y tenemos cierta idea de dónde se alojan. Ahora mismo vamos de camino hacia allá.

—Vale —dijo, y oí que se le quebraba la voz.

Colgué. Louis miraba otra vez las fotografías que habían mandado al móvil de Sarah Abelli, sobre todo la última.

—Puede que tengamos que hacer daño —dijo.

Tomé la salida para Congress.

—Aunque no sea así —concluí—, se lo haremos de todos modos.

44

Bobby Wadlin, reanimado con tanto Rescue Remedy que creía que podría ser casi media flor, se había preparado una taza de café y había vuelto al vestíbulo. El televisor estaba apagado porque por el momento no podía concentrarse en una película del Oeste, lo que indicaba lo alterado que todavía estaba. Había sacado un cedé de canciones sentimentales de los años treinta y cuarenta que se ajustaban tanto a la atmósfera del hotel como a su estado de ánimo, y lo puso a bajo volumen de fondo. Había colocado su silla de manera que no encaraba la puerta sino el pasillo que quedaba a su izquierda y la escalera que descendía hasta el sótano. No quería darle la espalda; eso le parecía una insensatez. Bobby esperaba que la criatura no se instalara de manera permanente ahí abajo. No creía que sus nervios ni su cordura pudieran aguantarlo.

La puerta delantera del Braycott se abrió y entraron tres hombres. Dos de ellos se quedaron atrás mientras el tercero se acercó a la recepción. Para Bobby, aquel había sido, sin temor a equivocarse, un día espantoso. Si le hubieran preguntado, podrían habérsele ocurrido unas cuantas desgracias más, salvo una enfermedad grave o su propio fallecimiento, que asegurarían que el día sería peor si cabe; pero entre aquellas posibles desgracias se contaría una visita del hombre que tenía ante sí. Bobby cerró los ojos.

—Dios mío —dijo—, mátame ahora.

45

Esperé a que Bobby Wadlin volviera a abrir los ojos antes de empezar a hablar. Pareció decepcionado al comprobar que yo seguía ahí.

—No creas que no me apetecería —dije—, pero no me gustaría dejar esto hecho un asco.

—¿Por qué? Hasta el momento no ha habido nada que te haya detenido.

Wadlin se levantó y señaló a lo que tenía detrás de mí, hacia el lugar desde el que le observaban Angel y Louis sin el menor interés.

—Y también me lo han contado todo de esos dos —dijo—. No quiero a los de su calaña en mi hotel.

—Eso son prejuicios —dijo Angel.

—Pues demándame.

—Esa sería la opción menos atractiva.

Angel se desabotonó la chaqueta dejando al descubierto la empuñadura de una pistola. Louis se adelantó y le dio unos golpecitos al plexiglás con los nudillos.

—No —le dijo a Angel—, no es a prueba de balas.

Wadlin volvió a sentarse. Era posible que bromearan, pero también era posible que no. Ni siquiera yo lo sabía con seguridad.

—¿Qué queréis? —preguntó.

—Estamos buscando a dos hombres. Creemos que podrían alojarse aquí.

—Ya sabéis que no puedo daros esa clase de información sobre...

Louis volvió a dar unos golpes en el plexiglás, esta vez con el cañón de su arma.

—¿Cómo se llaman? —dijo Wadlin.

—Lyle Pantuff y Gilman Veale.

Wadlin transmitió la nítida impresión de querer arrastrarse bajo la mesa.

—Tenían que ser ellos —dijo.

—¿Dónde están?

—Se os acaba de escabullir uno, el más joven, Veale. Salió hará unos diez minutos. Lo vi irse en coche.

—¿Qué clase de coche?

—Un Chrysler azul.

—¿Y Pantuff sigue aquí?

—Por lo que yo sé, sí. ¿Qué hicieron?

—Robar.

—Eso no los hace especiales —dijo Wadlin—. La mitad de quienes se alojan aquí son ladrones, y prefiero no saber de qué es culpable la otra mitad.

—De indiferencia por la higiene, como poco —dije—. ¿Qué habitación?

—Veintinueve. Cuarta planta. A la izquierda, al final del pasillo.

—Coge la llave.

Wadlin localizó la llave que acababa de devolverle Gilman Veale y se la dio.

—Vas a venir con nosotros —dije.

—No pienso ayudaros a irrumpir en la habitación por la fuerza.

—Lo que está claro es que no vas a quedarte aquí.

—No le avisaré de que subís.

—Eso dices tú, pero yo no me apostaría un carajo.

Angel ya estaba cerrando la puerta principal. Colocó el cartel que advertía de que la recepción no atendería por un rato.

—¿Sabes que has escrito mal «pacienzia»? —preguntó.

Wadlin le fulminó con la mirada.

—Todos los carteles están mal escritos —informé a Angel—. Forma parte del carácter singular de esta institución.

—A lo mejor eres disléxico —le dijo Angel a Wadlin.

—No soy disléxico —dijo Wadlin mientras salía de detrás de la recepción—. Es que me importa un comino escribir correctamente.

46

Melissa Thombs estaba en el dormitorio que compartía con Donnie Packard, tumbada de costado, tapándose hasta la barbilla con la colcha, mientras el estómago seguía revuelto. Donnie, por desgracia, estaba con ella, y apenas había tenido tiempo de esconder el nuevo móvil bajo el colchón antes de que él entrara. Entretanto, él había tirado toda la comida a medio preparar en un ataque de ira, y ahora estaba sentado en un puf, completando su dieta con una bolsa de Munchos y una lata de cerveza Old Style. Por un momento, Melissa había creído que podría estar preocupado por ella, pero se quitó la idea de la cabeza en cuanto vio el modo en que seguía vigilándola, como si la animara a llevar adelante el plan que su madre y ella hubieran urdido entre las dos.

Ella le dio la espalda, pero veía su reflejo en la ventana. No había intentado forzarla, lo que ya era algo. Melissa se había negado deliberadamente a lavarse la boca después de vomitar, y tampoco se había cambiado de camiseta. Aquello sería suficiente para mantener a raya a Donnie. Él puede que tolerara, e incluso contribuyera desproporcionadamente a ello, cierto grado de mugre en la casa; pero le gustaba que ella estuviera limpia para él.

Melissa dejó que la mano derecha colgara por el borde de la cama, con un dedo metido bajo el colchón para tocar el teléfono. Estaba en modo de silencio, pero lo sentiría vibrar si entraba algún mensaje. Aunque, en ese caso, ¿qué haría? Porque no se le había escapado que Donnie había colocado el puf cerca de la puerta del dormitorio.

—Te amo —dijo él.

Ella no se dio la vuelta, ni siquiera respondió.

—¿Me has oído? —insistió él.

Donnie no iba a permitir que ignorara su comentario.

—Sí, te he oído.

—Se supone que debes decir que tú me amas también.

—Acabo de vomitar, Donnie. Ahora mismo lo único que me apetece es morir.

Lamentó haber dicho la última palabra en cuanto la pronunció.

—Lo único que quiero es que lo digas —insistió Donnie—. Di que me amas.

Ella detectó una nota nueva en su voz, distante y disonante, como un toque de trompeta de una horda que se aproximara y que la aplastaría a su paso.

—Te amo, Donnie.

Ella escuchó su respiración. Sonaba como si le costase, las inhalaciones y exhalaciones de un hombre esforzándose para no cometer un acto a la vez vergonzoso y sinceramente deseado, y Melissa supo que estaba tan cerca de que la matara como nunca lo había estado en su vida.

Pero Donnie no se movió, y al poco ella oyó el crujido de una patata frita en su boca.

—Siempre estaré aquí —dijo—. No me apartaré de tu lado, jamás.

Ella acarició el móvil con la punta del dedo.

—Ni siquiera —añadió Donnie— en la muerte.

47

Subí hasta la tercera planta por la escalera, con Bobby Wadlin detrás de mí, y Angel y Louis a sus espaldas, solo por si Wadlin nos fallaba e intentaba escabullirse en busca de seguridad. El Braycott tenía un antiguo ascensor de jaula que subía y bajaba por el centro de la escalera principal, que se desplegaba en espiral a su alrededor. Si alguien llamaba al ascensor, nos enteraríamos, pero nadie lo usó. El pasillo estaba vacío cuando llegamos, pero oímos una canción de Neil Diamond saliendo de una de las habitaciones.

—Debe de ser Pantuff —dijo Wadlin en voz baja—. No hay nadie más alojado en ese lado del pasillo.

Wadlin procuraba no mirar las armas que sosteníamos en nuestras manos.

—Escúchame —dije—. Vas a llamar a la puerta e identificarte. Cuando Pantuff responda, le dices que no quieres alarmarle, pero que un agente de policía acaba de pasar preguntando por un Chrysler azul que había sido visto antes en el aparcamiento, y que se trataba de algo que no podía hablarse en público.

No era el mejor de los pretextos, pero la llave no sería de mucha utilidad si Pantuff también había echado la cerradura de seguridad, y era mejor que intentar echar abajo una de las pesadas puertas del Braycott mientras esperábamos a que nos disparara.

—¿Y si no abre? —preguntó Wadlin.

—Esperemos que lo haga —respondí con sinceridad—. E intenta evitar que te tiemble la voz.

Seguimos a Wadlin por el pasillo, y la vieja alfombra amortiguó nuestros pasos. Un arrugado cartel que rezaba NO MOLESTAR colgaba del pomo de la habitación 29. Neil Diamond dejó de sonar y fue sustituido por un *jingle* de la emisora Pure Oldies 105.5 y los primeros compases de «You Send Me», de Sam Cooke, y Louis y Angel tomaron posiciones a la izquierda de la puerta, lo bastante alejados para quedar fuera del limitado alcance de la mirilla. Yo me situé a la derecha, donde el hueco de un armario de almacenamiento proporcionaba cierta cobertura. Cuando estuvimos listos, hice un gesto con la cabeza a Wadlin, que se armó de valor y llamó.

—¿Señor Pantuff? —dijo—. Soy yo, Wadlin, el encargado del hotel.

Esperamos, pero no contestó nadie. Le indiqué a Wadlin que probara de nuevo. Esta vez llamó con más fuerza.

—¿Señor Pantuff? Lamento molestarle, pero es importante.

Ninguna respuesta. Me adelanté, le cogí la llave a Wadlin, y le hice un gesto para que retrocediera. Mientras Angel y Louis se acercaban, utilicé la pared como protección a la vez que introducía la llave en la cerradura todo lo sigilosamente que pude con la mano izquierda, y luego giré el pomo. La puerta se abrió con facilidad. No había echado la cadena ni ningún pestillo. Le hice un gesto a Wadlin.

—Señor Pantuff —dijo—, ¿está usted bien?

Pero yo ya sabía que no lo estaba. Hay cierto olor que solo desprende la muerte violenta: a sangre y a algo peor. En ese momento lo percibí. Entré en la habitación, aunque sin bajar la guardia. El simple hecho de que haya un cadáver no implica que el responsable no le esté haciendo compañía al difunto. Comprobé y revisé el lavabo antes de aventurar una mirada dentro de la habitación. Los restos de un hombre yacían sobre la cama que estaba más cerca. Llevaba puesta una camiseta, ropa interior y calcetines con un agujero en uno de los talones. Le habían cortado el cuello, seguramente mientras estaba de cara a la pared, a juzgar por las salpicaduras. En el suelo, entre ambas camas, había una lata de galletas Sunshine a la que le habían quitado la tapa. Por lo que podía ver, el contenido seguía en su sitio: una colección de recuerdos de la breve vida de una niña.

Louis apareció a mi lado.

—¿Es Pantuff?

—Eso diría yo.

—Parece que la asociación se ha disuelto —comentó Louis.

—Dile a Wadlin que llame a la policía —dije—, pero que no entre aquí. Que Angel lo acompañe abajo. Pero antes que te dé una descripción de Pantuff, solo para asegurarnos.

Louis se puso en marcha. Oí a Wadlin resistiéndose a que se lo llevaran, pero yo no quería que viera lo que había en la habitación, no tanto por el cuerpo como por la lata de galletas y lo que contenía. Saqué del bolsillo un par de guantes de plástico. Le había prometido a Pirato que haría cuanto pudiera para mantener el nombre de la Oficina fuera de esto, y me interesaba cumplir mi palabra, pero también me preocupaba Sarah Abelli. Si se llevaban la lata como prueba, ella tendría que presentarse a reclamar. Entonces le harían preguntas y alguien del Departamento de Policía de Portland la relacionaría con su difunto marido. Su nombre llegaría de algún modo a los medios de comunicación, y habría acabado su vida en Maine. Estaba a punto de alterar la escena de un crimen, aunque el resultado no cambiaría mucho.

Louis volvió.

—Sí, es Pantuff —dijo.

Si Veale había asesinado a su socio, me preguntaba por qué no se habría llevado la lata de galletas consigo. Posiblemente, creyó que solo no podía seguir adelante con el plan, pero bien podría haber contratado una ayuda si la necesitaba, incluso con poca antelación. Aunque, bien pensado, acababa de rajar el cuello de un hombre, así que parecería sensato poner cierta distancia entre el cadáver y él, pero eso seguía sin explicar por qué tuvo que abandonar también la lata. La madre estaba dispuesta a pagar para que le devolvieran los recuerdos de su hija, y no parecía probable que esa situación fuera a variar, así que ¿por qué no esperar a ver cómo se desarrollaban los acontecimientos?

Coloqué la tapa de la lata y se la di a Louis.

—¿Y si detienen a Veale y este lo menciona? —preguntó.

—¿Que menciona qué?
—Ya lo sabes; yo creo que ya he empezado a olvidarlo.
—Quítala de la vista, por favor.
Y eso hizo.

48

Llamé a Sarah Abelli desde el pasillo mientras esperaba a que llegara la policía.

—Tengo sus pertenencias —dije.

Tardó unos segundos en responder.

—Gracias. ¿Y los hombres que se las llevaron?

—Uno de ellos, Lyle Pantuff, está muerto. Su socio, Gilman Veale, ha huido. Hubo una pelea entre ladrones. Voy a insistir en que Tony y su hermano permanezcan cerca de usted por el momento, hasta que se localice a Veale.

—¿Tendré que hablar con la policía?

—No, a no ser que quiera.

—Pero...

—Por varias razones, preferiría que la policía no supiera nada de usted ni de la naturaleza de lo robado. Por el momento no hay lata de galletas y yo estaba buscando a esos dos hombres en relación con una investigación en marcha por hurto. Es posible que la policía me presione sobre el particular, pero dudo que sea una presión excesiva. Si eso es lo que prefieren, acabaremos enturbiando las aguas. Intentaré acogerme al derecho del secreto profesional de mi cliente en nombre de mi abogado, que emitirá retroactivamente un contrato que le hará firmar a usted, pero ese sería el último recurso. En el momento en que detengan a Veale, si es que lo detienen, me sorprendería que se fuera de la lengua. Pero si usted tiene algún problema con esto, puedo devolver la lata a la habitación antes de que entre la policía. Todavía hay tiempo.

—No —dijo—. Preferiría mantenerme aparte de todo esto, y

no me importa firmar lo que haga falta si sirve para evitar que la policía le moleste... o me moleste.

Le dije que haría todo lo posible para devolverle la lata antes de que anocheciera, pero que tenía otra clienta a la que atender, así que tal vez tendría que esperar hasta la mañana siguiente.

—Si puede, me gustaría recuperarla lo antes posible —dijo—. No me importa lo tarde que venga. Esperaré despierta.

Pero yo no creía que fuera necesario llegar a ese extremo. Me despedí y llamé a Paulie Fulci cuando las primeras luces de emergencia bañaron el aparcamiento de abajo. Le di la versión resumida de lo que había sucedido y le pedí que se pusiera en contacto con Louis para recuperar la lata y devolvérsela a Sarah. Yo sabía que ella no recobraría la calma hasta que tuviera la lata a salvo en sus manos.

Dos agentes uniformados aparecieron por la escalera. Tuve el tiempo justo para hacer una última llamada, esta vez a Moxie, antes de que empezaran las preguntas.

49

Resultó que los interrogatorios que se llevaron a cabo a continuación fueron razonablemente directos. Bobby Wadlin había visto salir a Gilman Veale antes de que nosotros llegáramos, y el cadáver de Lyle Pantuff se descubrió con nosotros. Ambos hombres tenían antecedentes, y ninguno había hecho cola para ganar el premio al buen ciudadano, y Wadlin pudo proporcionar el número de matrícula del Chrysler azul en el que se había marchado Veale. Lo encontraron abandonado junto al Maine Mall al cabo de unas horas, pero no hubo denuncias de que se hubiera robado otro vehículo en las cercanías durante esas horas, lo que implicaba que Veale podría disponer de otro coche esperando, o había organizado que alguien fuera a recogerlo. Fueran cuales fuesen sus medios para huir, seguramente ya estaba fuera del estado cuando se descubrió el Chrysler. Angel, Louis y yo tuvimos que declarar ante la policía, yo con más detalle que los demás, dado que ellos explicaron que les había pedido que acudieran como apoyo, lo que era cierto en gran medida, y luego nos dejaron ir. Se me presionó para que diera el nombre de mi cliente, pero sin muchas ganas. Los remití a Moxie.

Sharon Macy me llamó por teléfono mientras nos dirigíamos hacia Yarmouth y la casa donde vivían Donnie Packard y Melissa Thombs. Para entonces era cerca de medianoche, y me sentía como si llevara días sin dormir.

—¿Así que lo que ha pasado esta noche en el Braycott era la otra cosa sobre la que yo no querría saber nada? —preguntó Macy.

—Eso es.

—A Dios gracias no estaba de servicio. Lo nuestro va a acabar teniendo consecuencias como continúe, suponiendo que lo haga.

Louis me miró desde el asiento del copiloto. Era obvio que sonreía con malicia, pero del asiento de atrás me llegaron unas risas perfectamente audibles.

—Eh, ¿vas solo? —preguntó Macy.

—No del todo.

—Maldita sea. Llámame cuando lo estés, por Dios.

Colgó.

—Ja —dijo Angel—. Te has buscado problemas con tu novia.

Las cortinas estaban corridas en las ventanas de la casa de una sola planta de Packard cuando pasamos por delante con el coche, pero pude ver luces encendidas dentro. Aparcamos donde no se nos podía ver y le mandé un mensaje de texto a Melissa Thombs para informarla de que la estábamos esperando. Angel se puso al volante mientras que Louis y yo bajamos a la acera, para estar preparados si Melissa Thombs salía seguida de cerca por Donnie Packard. Yo esperaba que ella saliera por la puerta mientras él estaba adormilado e inconsciente; si lo hacía así, haría una donación para obras de caridad en nombre de san Judas. Le concedimos cinco minutos, pero no apareció, lo que implicaba que íbamos a tener que sacarla por las malas.

—¿Y bien? —preguntó Louis.

Yo no quería llamar a la puerta y encararme a Donnie, no a aquellas horas, porque no abriría sin un arma al alcance de la mano. Lo mejor que podríamos hacer sería distraerle para que Melissa tuviera tiempo de llegar a la puerta. Ya habíamos visto trotar a un zorro rojo por el lateral de la casa, con un roedor muerto en sus fauces. El animal no había activado ninguna luz de alarma con su movimiento.

—¿Crees que puedes dar la vuelta hasta la parte de atrás y tirar una piedra a una de las ventanas? —pregunté.

—¿Quieres decir sin que me dispare?

—Preferiblemente, pero depende de ti.

—Sí. Puedo romper una ventana.

Louis entró en el patio y yo lo seguí. Estábamos a medio camino de la casa cuando se abrió la puerta delantera. Melissa Thombs apareció enmarcada a contraluz. Llevaba puesta una camiseta de manga larga y unos pantalones de chándal grises. Incluso desde lejos, vi que estaba cubierta de sangre.

50

Louis y yo nos colocamos delante de Melissa, ambos ya armados.

—¿Estás herida? —le pregunté.

Ella negó con la cabeza, y se hizo a un lado para dejarnos pasar. La puerta daba directamente a la sala de estar. Detrás de esta había una pequeña cocina a la que se accedía a través de una pequeña abertura con una trampilla por donde se servía y también hacía las veces de encimera. Donnie Packard estaba tirado boca arriba en la abertura, vestido tan solo con ropa interior. Al igual que Melissa, estaba cubierto de abundante sangre, pero era toda suya, y la mayor parte procedía de la herida abierta en su pecho. El cuchillo de trinchar responsable yacía al lado.

—Encontró el teléfono —dijo Melissa—. No iba a dejar que me fuera. Ni esta noche ni nunca.

La miré. Se había llevado el pulgar de la mano derecha a la boca y empezó a chuparlo como un niño. Parecía haberse olvidado de que tenía la mano ensangrentada; o eso o es que ya no le importaba.

Louis cerró la puerta principal, pero apenas percibí el sonido. Estaba pensando en lo que le esperaba a Melissa. Si crees que la ley trata con igualdad a hombres y mujeres, te equivocas. Deliberadamente o no, porque las mismas injusticias de género se dan ahí tanto como en cualquier otra parte. La mayoría de los tribunales no tiene en cuenta una historia de maltrato cuando sentencia a mujeres por crímenes violentos contra su maltratador. Incluso cuando la defensa presenta a un perito, la fiscalía puede intentar invalidar el testimonio argumentando que la mujer no cortó la relación cuando tuvo ocasión, y eso suponiendo que, para empezar, el juez acepte que se presente la prueba de maltrato histórico a un jurado. De media, las mujeres pierden los casos de defensa propia con un veinticinco por ciento más de frecuencia que los hombres y los de homicidio justificado un diez por ciento más. El sistema es inherentemente misógino, está contaminado por un temor masculino a la rabia de las mujeres que se remonta a Clitemnestra, Judith y Medea. Ahora Melissa Thombs iría a prisión, tal vez durante décadas, todo porque nosotros habíamos llegado unos minutos tarde para ayudarla.

—¿Dónde guarda Donnie su arma? —pregunté.

—¿Qué? —dijo Melissa con los ojos apagados por la conmoción.

—Su arma. ¿Dónde está?

—En su mesita de noche, la de la izquierda. Tiene un fondo falso. Si le da con la fuerza suficiente, cede.

Saqué los guantes de plástico que había utilizado para registrar la habitación del Braycott. Me acerqué a la mesita, la aparté de la pared y le di un golpe por detrás. Como había dicho Melissa, el fondo se separó. En el espacio que quedó al descubierto había una ajada Hi-Point con una empuñadura envuelta en cinta adhesiva. Comprobé el cargador. Estaba lleno, pero en la recámara no había ninguna bala. Monté el arma y una bala entró en la recámara; llevé el arma a la sala de estar.

—¿Donnie era diestro o zurdo? —pregunté.

Melissa se sacó el pulgar de la boca.

—Diestro.

—¿Has usado alguna vez esta pistola?

Negó con la cabeza.

—¿Estás segura?

—Sí.

Hice que los dedos del muerto tocaran la pistola con fuerza, asegurándome de conseguir la huella de un índice en el gatillo, luego coloqué el arma en el suelo, junto a su mano derecha, pero alejada de la mancha de sangre.

—No entiendo —dijo, pero a mí me dio la impresión de que empezaba a entender.

—Has matado a un hombre desarmado, Melissa. No importa lo que te hubiera hecho en el pasado ni lo que afirmes que iba a hacerte en el futuro. Cuando salgas de la cárcel, seguramente serás una mujer de edad madura, con un poco de suerte, o una anciana si no la tienes. Pero eso es solo una versión de la historia.

Bajé la mirada al segundo cadáver de esa noche.

—Así que, a ver —dije—, ¿quieres contarme otra?

Llamé a Moxie Castin por segunda vez esa noche y le informé de que al llegar a la casa de Packard habíamos descubierto que Melissa Thombs había apuñalado a su pareja en defensa propia. Había un arma —de tenencia ilícita, dada la condena de Donnie Packard por violencia doméstica— al lado del cuerpo. Moxie dijo que vendría enseguida y nos advirtió que no llamáramos a la policía hasta que llegara. Aunque no hacía falta que me lo dijera porque yo no era idiota, o, al menos, no esa clase de idiota.

Louis salió para esperar con Ángel. Yo me quedé con Melissa. Se sentó de espaldas al cadáver, pero yo lo hice de frente. Considérenlo una especie de penitencia. ¿Qué debe hacer uno cuando todas las opciones que se le ofrecen son malas, cuando cada compromiso que tenga que asumir le costará un trozo de su alma? Donnie no se merecía morir, pero tampoco Melissa se merecía pasarse décadas en la cárcel por lo que había hecho, no si decía la verdad sobre lo que había pasado, aunque eso tenía que decidirlo un tribunal. Pero si uno no se puede fiar de los tribunales, ¿qué queda? Si el sistema es injusto y está cargado de prejuicios, ¿cómo va a tener el menor sentido la justicia?

Llamaron al timbre. Abrí. Moxie estaba en la puerta.

—Muy bien —dijo—, ya puedes hacer la llamada.

51

A Melissa Thombs se la llevaron a la comisaría del Departamento de Policía de Yarmouth, y era probable que pasara la mayor parte de la noche allí, pero tendría a Moxie a su lado. El arma era la clave, me dijo este mientras le acompañaba a su coche para que pudiera seguir a Melissa a Middle Street. Ningún fiscal querría jugarse su reputación en este caso, no con un arma sin licencia en posesión de un maltratador doméstico. Eso significaba que la historia de violencia de Donnie Packard tendría que ser admitida, y los jurados eran menos propensos a condenar si se les presentaba ese tipo de pruebas.

Una muerte causada «bajo la influencia de una rabia o un miedo extremos ocasionados por una provocación pertinente», dijo citando el Código Penal de Maine, «es una defensa justificada frente a una acusación».

—Lo que significa...

—No cumplirá condena —dijo Moxie—, no siempre que su versión se sostenga. Y lo hará, ¿verdad?

Ella me miró atentamente

—Sí —dije—, lo hará.

Cuando llegué a casa eran cerca de las tres de la madrugada. Sharon Macy me había llamado cuatro veces. La última de ellas momentos antes de que hubiera salido de la casa de Packard. Le devolví las llamadas mientras me quitaba los zapatos.

—Menuda nochecita has tenido —dijo—. Dos cadáveres en dos casos es demasiado, incluso para ti.

—Si vas a echarme un rapapolvo —dije—, ¿no puedes esperar hasta por la mañana?

Ella transigió.

—Supongo que sí —dijo—. ¿Estás bien?

—No —respondí, porque no lo estaba.

—¿Quieres un poco de compañía?

—Creo que me hace falta dormir. Pero mañana, si la oferta se mantiene...

—Debería alargarse veinticuatro horas, como mucho, tanto como la promesa de un sermón. Buenas noches.

Apagué las luces y fui a mi habitación, pero no dormí. No pegué ojo durante horas. Intenté ponerme al día con las noticias en mi portátil, pero de lo único que hablaban era de virus y de muertes, y al cabo de un rato ya no lo soporté más. Así que me senté ante la ventana y contemplé las marismas. Hacer el mal, incluso en nombre de un bien superior, me había quitado la calma. Yo lo había hecho demasiado a menudo. Se estaba convirtiendo en algo habitual. Temía que con el tiempo acabara pasándome factura.

Al final, oculté mi rostro de la oscuridad y esperé a que llegara el alba.

Tercera parte

52

Sarah Abelli estaba sentada en el suelo junto a la ventana de su dormitorio, con la antigua lata de galletas al lado y su contenido esparcido a su alrededor. Lloraba porque estaba a punto de despedirse.

A sus espaldas, la niña bailaba, pero casi no hacía ruido y no proyectaba ninguna sombra. El dolor de la madre la había devuelto a la existencia, convocándola desde otro lugar, pero lo que había vuelto ya no era del todo su hija. Se trataba de un vestigio, peor aún, de un vestigio umbrío. Sarah no la habría llamado malvada, porque no era capaz de aplicar esa palabra a su hija, pero la niña había perdido su gracia. Lo que quedaba era una criatura con una voluntad incontrolable.

Pero ahora, Sarah estaba a punto de mandarla de vuelta, y después lloraría su pérdida de una manera distinta.

—Tengo que dejarte ir —le dijo a la niña.

La pequeña dejó de bailotear. Sarah sintió que se acercaba. Miró a la ventana y ahí estaba, su cara reflejada, atenuada y borrosa.

—Cuando aquellos hombres te atraparon —prosiguió Sarah—, creí que me iba a morir. No puedo volver a pasar por eso. Si el otro hombre regresara, si volviera a conseguirlo, no sé lo que haría. Te mantuve aquí por egoísmo, porque no podía soportar vivir sin ti, pero tendré que encontrar el modo de hacerlo, por el bien de las dos. Te quiero mucho, y te veré de nuevo muy pero que muy pronto.

Su cuerpo se retorció con el dolor de la despedida. Se preguntó cómo podría acostumbrarse a vivir con ese vacío.

—Pero antes de que te vayas —dijo—, tienes que hacer algo.

Y pronunció las últimas palabras.

En el cristal, la niña apoyó la mano en ella, y Sarah notó la frialdad en su hombro.

Y entonces la criatura desapareció.

53

Gilman Veale había conducido hacia el norte, y solo cuando se encendió la luz de aviso se detuvo para llenar el depósito del Civic. Sabía que su fotografía ya se habría difundido. En cuanto amaneciera tendría que salir de la carretera y encontrar un lugar seguro. Pantuff y él habían repartido la comida no perecedera y otros suministros —medicinas, un par de hornillos de camping, sacos de dormir, ropa de repuesto de un Goodwill— entre los maleteros del Civic y del Chrysler, con la opción de juntarlo de nuevo más adelante si se veían obligados a abandonar un coche o el otro. Veale conocía un poco los bosques de Maine porque había buscado refugio en ellos en el pasado, no huyendo de la ley sino de otra gente: Stokholm, New Sweden, Long Lake, Cross Lake, esos eran los lugares con los que estaba familiarizado. Si se adentraba lo bastante en los bosques, podría encontrar una caravana o un viejo campamento y enterrarse allí hasta que se hubiera apagado un poco el alboroto. Tendría que deshacerse del Civic; no confiaba en que el vendedor mantuviera la boca cerrada en cuanto se enterase de que había vendido el coche a un asesino. En el peor de los casos, huiría hasta la frontera canadiense, que era porosa, y podría cruzarla a pie. Todavía tenía algunos contactos en Montreal y Quebec, pero Canadá no andaba escasa de lugares en los que un hombre podía hacerse un ovillo y transformarse en crisálida antes de reaparecer con un aspecto diferente.

Veale siguió su viaje por la Ruta 1, y pasó por Littleton, Monticello, Bridgewater y Presque Isle. Justo antes de llegar a Caribou enfiló al oeste por carreteras que raramente aparecían en los mapas, hasta que el sol empezó a acariciar los árboles. Cerca de Carson encontró lo que buscaba: una cabaña con las ventanas tapiadas y un agujero en el tejado, en una finca con un cartel que rezaba EN ALQUILER tan viejo que bien podría haber sido escrito en sánscrito. Aparcó el coche fuera de la vista de la carretera y entró en la casa a través de una ventana de la parte de atrás. Olía a putrefacción, pero había un par de habitaciones secas y habitables. Desenrolló el saco de dormir, hizo una almohada con algunos viejos jerséis y durmió hasta que volvió a anochecer.

Veale se despertó al oír que algo se movía. Era algo demasiado grande para ser un roedor, y también demasiado rítmico: como saltar a la cuerda o bailar. La criatura había venido.

—Hice lo que me pediste —dijo Veale.

La niña había estado con él cuando le había cortado el cuello a Pantuff, situada a los pies de la cama mientras Veale utilizaba el cuchillo. Lo hizo rápido, porque Pantuff nunca había hecho nada para cabrearle, aparte de elegir a la mujer equivocada. Y ni siquiera eso había sido culpa suya, porque ¿cómo iba a saber Pantuff que una lata de galletas contenía un alma? A cambio de matar a Pantuff, Veale había albergado la esperanza de que la niña lo dejara en paz. No tenía la menor intención de volver a molestar a la viuda de Nate Sawyer, o eso pensaba. Aunque, bien mirado, tenía que admitir que era un hombre veleidoso.

Ahora tenía a la criatura ante sí. No la había visto moverse. En un momento estaba en un rincón, y al siguiente tan cerca de él que vislumbraba los agujeros donde tendrían que haber estado los ojos, y olía la tierra del cementerio que la manchaba. Con suavidad, la cosa cerró una de sus manos sobre la suya y lo condujo afuera de la habitación. Caminó con ella hasta la leñera que había al fondo de la finca, y allí ella le enseñó el trozo de cuerda. La cuerda estaba teñida de verde, pero todavía no se había podrido. Soportaría su peso.

Mientras hacía el nudo corredizo, Veale recordó las palabras que le habían dicho cuando era mucho más joven: «Hijo, lo único que llegará antes que tú al cementerio son los faros del coche fúnebre». Intentó recordar el nombre de quién se lo había dicho, pero no pudo. Recordaba, sí, su cara, arrugada y cansada de vivir, pero nada más. Sería un policía, que ya estaría entre los muertos. Veale había vivido más tiempo del que muchos habrían esperado, aunque, como la mayoría de los hombres, él había esperado vivir más todavía.

Recuperó una silla de lo que en el pasado había sido una cocina y la colocó debajo de un árbol. Probó la firmeza de una rama, le pareció bien y ató la cuerda. Mientras se ponía el nudo corredizo alrededor del cuello, la criatura daba vueltas a su alrededor. Le pareció que podía oírla cantar. Ahora Veale tuvo la impresión de que la veía con mayor nitidez, menos quimérica a medida que su propio estado se aproximaba al de ella, y podía ver a la niña que había sido en el pasado aquella cosa. En sus últimos momentos, creyó que sus ojos le engañaban, porque apareció la sombra de otra criatura por detrás de la primera; la nueva visión era rubia, mientras que la otra era morena, y su cara era un despojo sangriento. Las vueltas a su alrededor cesaron, y las dos niñas se cogieron de las manos, mientras el bosque crecía a su alrededor como si siguiera sus órdenes. Se preguntó qué le esperaría al otro lado. Rogó que no fueran ellas.

Gilman Veale le dio una patada a la silla y emprendió el inevitable trabajo de morir.

AGRADECIMIENTOS

Las hermanas Strange se concibió y escribió originalmente durante el primer confinamiento por la COVID-19, a principios de 2020. Quería dar a los lectores algo que les distrajese, y la idea de ofrecer una novela corta en breves capítulos diarios que pudieran leerse fácilmente en las pantallas de un móvil o un ordenador me pareció atractiva. Cuando empecé el relato, solo tenía el título, y una vaga idea de que la trama incluiría una antigua runa o un símbolo. El libro se escribió en secciones semanales, con poca o ninguna revisión, dado que el texto tenía que enviarse a cuatro traductores para ser vertido al español, el francés, el griego y el búlgaro. De hecho, suelo producir mi primer borrador trabajando desde el principio hasta el final de una historia sin revisarla, pero una cosa es trabajar de ese modo en privado, y otra muy distinta exponer el borrador, con todos sus defectos, a un público lector. En el caso de *Las hermanas Strange,* tuve que convivir con las decisiones que tomaba, fueran cuales fuesen, por más problemáticas que resultaran avanzada la historia. Pese a todo, pareció funcionar, y, como mínimo, distrajo a los lectores de la pandemia que llegaba a sus puertas o incluso se metía en sus propios hogares.

Pero cuando llegó el momento de revisar *Las hermanas Strange* para este libro, rápidamente quedó claro que lo que podría haber funcionado, dentro de ciertos límites, en una pantalla en breves grupos de seiscientas a ochocientas palabras no se trasladaba con facilidad al formato impreso. También quise aprovechar la oportunidad para ampliar la historia, y explorar avenidas que no había podido explorar antes a causa de la forma de su publicación original, como el que atisba un sendero interesante en el retrovisor y se plantea: «¡Qué caray!, daré la vuelta y echaré un vistazo por allí, para ver qué encuentro». Por eso, *Las hermanas Strange* tiene ahora el doble de su tamaño original, y se ha convertido en una pequeña novela más que en una breve. Sin embargo, esta es también una oportunidad para dar las gracias a todos aquellos que colaboraron para que cobrara vida en 2020, sobre todo a mi hijo mayor, Cameron Ridyard, quien diseñó el sitio web para la historia y se aseguró de que apareciera un nuevo capítulo en cinco idiomas distintos, cinco días a la semana, durante más de dos meses. Sue Fletcher, Emily Bestler, Ana Estevan de Hériz y Frédérique Polet —respectivamente mis editoras británica, americana, española y francesa— trabajaron todas sobre el texto original, como lo hizo Eva Monteilhet, que supervisó la traducción francesa de Nadia Gabriel. Mi amigo Stefano Bortolussi, que ha traducido muchas de mis novelas al italiano, cuidó de esa versión de la historia; Mar Rodríguez hizo un trabajo admirable en la versión española; Cristina Rizopoulou, que también estaba familiarizada con mi obra de traducciones anteriores, se encargó de la versión griega, y Haris Nikolakakis y la buena gente de Harlenic/BELL facilitaron la publicación adicional a través de su sitio web. Por último, Irina Manusheva, otra traductora frecuente de mis libros, preparó la versión en búlgaro con el apoyo de Prozorets, mi editorial en ese país, y también hicieron accesible la novela breve a través de sus propias redes sociales. Un agradecimiento especial para Liuboslava Rousseva, Aneta Panteleeva, Anna Georgieva y Vanya Zvezdarova. Una ovación por mi parte también para todo el personal y los publicistas que ayudaron a llamar la atención de los lectores sobre la novela breve, incluyendo a Rebecca Mundy en Hodder & Stoughton; David Brown y Gena Lanzi en Atria; Delia Louzán Fariña en Tusquets; Sophie Thiebaut en Les Presses de la Cité, y Rosa Vito y Noemi Proietti en Fanucci. La aparición de *Las hermanas Strange* en formato revisado supone una oportunidad que recibo con agrado para reconocer de nuevo su apoyo en la iniciativa. La información sobre dados procedía básicamente de *Dice: Deception, Fate & Rotten Luck* (Quantuck Lane Press, 2003), de Ricky Jay y Rosamond Purcell.

Las furias fue una propuesta distinta, quizás más sencilla, pero quiero agradecer a Gordon Walsh que le echara un vistazo antes de su publicación, y haber estado dispuesto a revisarla durante esos primeros y difíciles días de la pandemia.

En Atria/Emily Bestler Books sigo en las manos seguras de mi editora, Emily Bestler, asistida por Lara Jones, Gena Lanzi, David Brown, Raaga Rajagopala, y muchos muchos más. Muchas gracias a todos. Quiero expresar también mi agradecimiento a Hodder & Stoughton y Hachette Ireland, en especial a Sue Fletcher, Carolyn Mays, Swati Gamble, Rebecca Mundy, Oliver Martin, Alice Morley, Catherine Worsley, Alasdair Oliver, Jim Binchy, Breda Purdue, Elaine Egan, Siobhan Tierney, Ruth Shern y Dominic Smith y su equipo. Dominick Montalto y Sarah Wright, por su parte, asumieron la poco envidiable tarea de descubrir todos mis errores durante la revisión. Hicieron lo que pudieron, pero yo soy el responsable de cuantos errores pudieran haberse filtrado, pido disculpas.

Mi agente, Darley Anderson, y su personal siguen siendo auténticas rocas de paciencia, apoyo y buen humor. Clair Lamb mantiene un ojo atento a las redes sociales, así como hace las veces de primera parada obligada para libreros y lectores, y proporciona una mirada penetrante siempre que se necesita, así como lo hace Cliona O'Neill, mientras que Cameron mantiene la pulcritud de nuestro sitio web (bueno, su sitio web, dado que él lo ha diseñado). Por último, gracias a Jennie, Cam y Alistair —y Megan y Alannah— por ser vosotros.

John Connolly,
marzo de 2022

MAXI
TUSQUETS
EDITORES

www.maxitusquets.com

www.planetadelibros.com